BARBARA WOOD

Née en Grande-Bretagne, Barbara Wood a fait ses études en Californie où elle est devenue infirmière spécialisée en neurochirurgie et en neurologie cardiaque. Voyageuse infatigable, elle a sillonné l'Alaska, l'Égypte, l'Afrique orientale, l'Union soviétique. À l'âge de seize ans, elle écrit son premier roman. Depuis, c'est une succession de best-sellers.

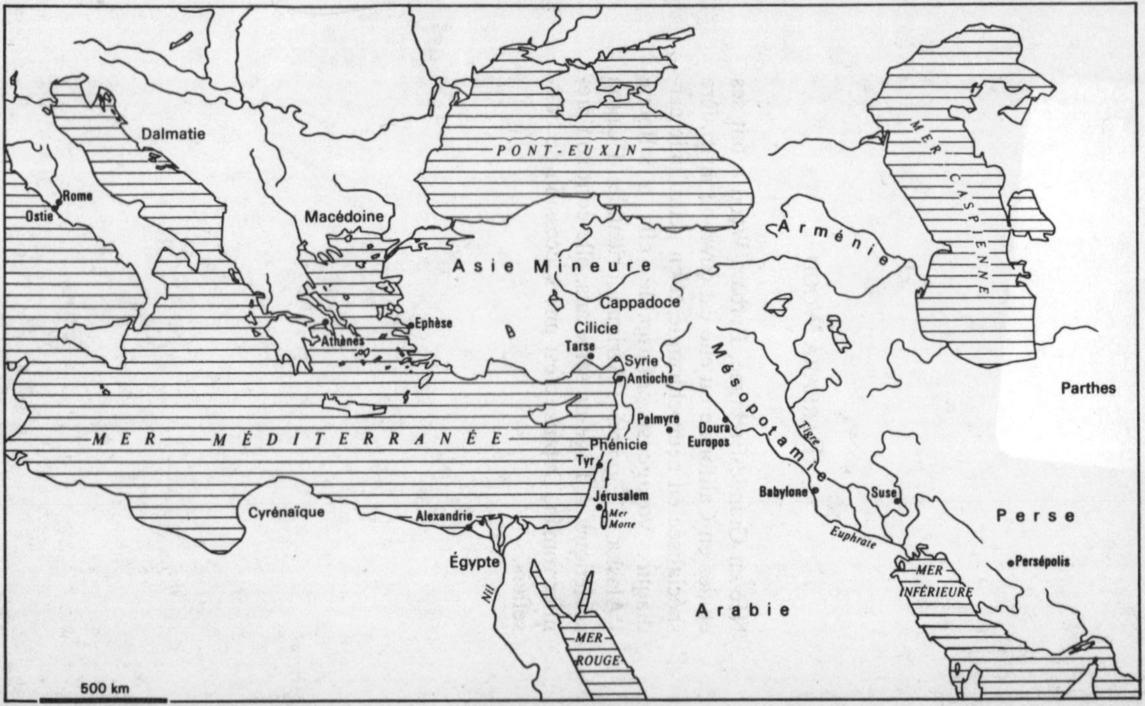
Dalmatie
Rome
Ostie
Macédoine
PONT-EUXIN
MER CASPIENNE
Arménie
Asie Mineure
Cappadoce
Cilicie
Ephèse
Athènes
Tarse
Syrie
Antioche
Mésopotamie
Parthes
Palmyre
Doura Europos
Tigre
MER MÉDITERRANÉE
Phénicie
Tyr
Jérusalem
Mer Morte
Babylone
Suse
Perse
Cyrénaïque
Alexandrie
Euphrate
Égypte
Persépolis
MER INFÉRIEURE
Nil
Arabie
MER ROUGE
500 km

SÉLÉNÉ

DU MÊME AUTEUR
CHEZ POCKET

AFRICAN LADY
AUSTRALIAN LADY
LES VIERGES DU PARADIS
LA PROPHÉTESSE
LES FLEURS DE L'ORIENT
LA TERRE SACRÉE

BARBARA WOOD

SÉLÉNÉ

PRESSES DE LA CITÉ

Titre original :
Soul Flame
Traduit de l'anglais par Anita Portier

ISBN 2-266-13810-3

A John Makarewich, affectueusement.

A ma mère, qui toute sa vie a prêté foi aux prophéties d'une certaine diseuse de bonne aventure; à mon époux, George, et à mon père, qui tous deux m'ont encouragée et soutenue.

Note de l'auteur

Pour faciliter l'identification de nombre des plantes et herbes mentionnées dans ce livre, j'ai préféré employer le nom sous lequel elles sont communément connues aujourd'hui, plutôt que celui que leur donnaient les Anciens. Ainsi, j'ai parlé de « jusquiame » au lieu d'utiliser le terme latin *hyoscyamus*.

B. W.

PROLOGUE

La journée avait été si remplie de présages qu'avant même d'entendre les coups précipités frappés à sa porte, la guérisseuse savait que cette nuit allait décider du reste de sa vie.

Depuis des jours, les signes célestes se multipliaient, tous annonciateurs de grands bouleversements. Ils étaient apparus d'abord dans ses rêves sous forme de serpents, de lune qui devenait rouge sang, ce qui était de bon augure, puis dans les rêves de ceux qui venaient la consulter : des femmes enceintes qui, en songe, accouchaient de colombes et de jeunes vierges au sommeil peuplé de visions troublantes. Et puis, un veau à deux têtes était né dans le campement bédouin dressé au sud de la ville. Enfin, à minuit, on avait vu errer dans les rues le fantôme d'Andrachus, décapité et qui pourtant hurlait le nom de ses assassins. Tant de signes qu'il était impossible de les ignorer. Mais à qui étaient-ils destinés? Les habitants de Palmyre, la cité du désert, se le demandaient en regardant furtivement par-dessus leur épaule.

« C'est à moi qu'ils sont destinés », pensait la guérisseuse sans savoir comment elle le savait.

Aussi, lorsqu'elle entendit qu'on frappait des coups rapides à la porte, elle se dit que l'heure annoncée était venue.

Elle jeta un châle sur ses épaules puis, une lampe à la main, elle ouvrit sans demander qui était là. A Palmyre, pourtant, on se méfiait, redoutant toujours la visite d'un étranger. Méra, elle, n'avait peur de rien. On venait la voir pour un remède ou un sort, pour soulager une douleur, pour une potion qui calme les angoisses, mais

jamais personne n'était venu armé de mauvaises intentions.

Sur le seuil balayé par le vent, un homme et une femme se tenaient dans l'obscurité. L'homme, les cheveux argentés, les traits nobles, portait un long manteau bleu fermé par une fibule en or. La femme, presque une enfant encore, s'était enveloppée dans une cape ample qui dissimulait à peine son ventre gonflé. La première chose que remarqua Méra en ouvrant la porte fut deux yeux effrayés au milieu d'un visage pâle. Le visage de l'homme. Celui de la jeune femme était tordu de douleur.

Méra recula pour les laisser entrer. Le vent s'engouffra derrière eux. Elle dut lutter pour refermer la porte, tandis que sa lampe projetait sur les murs des ombres affolées. Alors qu'elle se tournait enfin vers ses visiteurs, la jeune femme s'affalait à genoux.

– Elle va accoucher, crut bon de préciser l'homme, qui s'efforçait de la soutenir.

Méra, posant la lampe, désigna la paillasse installée dans un coin et l'aida à y allonger la jeune femme.

– On nous a dit en ville que vous nous aideriez, commença-t-il.

– Son nom, demanda Méra. Je dois connaître son nom.

Il eut un air hagard.

– Est-ce nécessaire? Le faut-il vraiment?

Méra sentait la peur de l'homme déferler sur elle comme une pluie d'hiver. Elle leva les yeux pour plonger son regard dans le regard terrifié de l'inconnu et posa une main sur son bras.

– Ce n'est pas important. La déesse le connaît, murmura-t-elle.

« Ainsi, pensa-t-elle se mettant sans plus attendre à l'œuvre, ce sont des fugitifs. Ils fuient, mais qui? ou quoi? Ils sont riches, à en juger par l'étoffe de leurs vêtements. Et ils ont parcouru un long chemin. Des étrangers à Palmyre. »

– C'est ma femme, dit l'homme, debout au milieu de la pièce, indécis.

Il observait la sage-femme. En venant ici, dans cette maison des faubourgs de la ville, il s'était attendu à trouver une mégère, vieille et ratatinée. Mais cette femme était belle et il était incapable de lui donner un âge. Il se tordait les mains d'impuissance. Des mains soignées,

remarqua Méra dans la lumière dansante. De longues et belles mains, à l'image de cet homme, grand et raffiné. Un Romain, conclut-elle. Un Romain très important.

Elle aurait voulu disposer de davantage de temps pour se préparer convenablement, pour lire les étoiles, consulter les thèmes astrologiques, mais il était trop tard. La naissance était imminente.

L'homme observait la guérisseuse tandis qu'elle préparait à la hâte de l'eau chaude et des linges. A l'auberge, le tenancier avait parlé d'elle avec beaucoup de respect. C'était une sorcière, avait-il dit, et ses pouvoirs surpassaient même ceux d'Ishtar. Alors pourquoi, se demandait le Romain en regardant autour de lui, vivait-elle si pauvrement? Sans même un esclave pour ouvrir la porte au visiteur qui frappe en pleine nuit?

– Tenez-lui les mains, demanda-t-elle en s'agenouillant entre les jambes de la jeune femme. Quel est son dieu?

– Nous adorons Hermès [1], répondit l'homme après une courte hésitation.

« Ils viennent d'Égypte! » pensa Méra avec un hochement de satisfaction.

Elle-même était égyptienne et parfaitement initiée au culte du dieu sauveur. Elle se pencha donc pour tracer la croix d'Hermès sur le front, la poitrine et les épaules de la jeune femme étendue. Puis elle s'assit sur ses talons avant de se signer elle aussi. Hermès était un dieu puissant.

L'accouchement s'annonçait difficile. La jeune femme avait les hanches étroites. Elle criait. L'homme, agenouillé près d'elle, lui épongeait doucement le front, lui tenait les mains tout en lui murmurant des paroles rassurantes dans le dialecte de la vallée du Nil que Méra avait parlé des années auparavant et qui à présent chantait à ses oreilles.

« Il y a trop longtemps que je suis partie, pensait-elle alors qu'elle se préparait à l'arrivée de l'enfant. Peut-être la Déesse m'accordera-t-elle de revoir une dernière fois mon fleuve vert avant de mourir... »

– C'est un garçon, dit-elle enfin et elle embrassa doucement le petit nez et la bouche minuscule.

Le Romain se pencha au-dessus d'eux, enveloppant le

1. Il s'agit de l'*Hermès Trismégiste*, le Toth égyptien.

nouveau-né de son ombre protectrice. La jeune femme, libérée, poussa un profond soupir. Après avoir attaché puis coupé le cordon ombilical, Méra plaça le bébé contre le sein de sa mère.

– Vous devez prononcer ses noms maintenant, lui souffla-t-elle. Protégez-le, petite mère, avant que les djinns du désert ne tentent de vous le voler.

Ses lèvres desséchées collées contre le lobe rose de la petite oreille, la jeune femme murmura le nom de l'âme de son fils, connu de lui seul et des dieux. Puis, d'une voix faible mais audible, elle le nomma Hélios.

Satisfaite, Méra retourna à sa tâche, car il fallait à présent enlever le placenta. Mais alors que dehors le vent hurlait et secouait portes et volets, elle remarqua dans la lumière oblique quelque chose qui l'alarma. Une main, minuscule et bleuie, sortait de l'utérus.

Un jumeau!

Après avoir à nouveau tracé la croix d'Hermès, et ajouté le signe sacré d'Isis, Méra se prépara pour la seconde naissance. Elle formait des vœux pour que la jeune femme ait la force d'aller au bout de ce second accouchement.

Le vent hurlait avec tant de férocité maintenant qu'il semblait vraiment que les djinns étaient là, dehors, à essayer de voler les deux nouvelles vies. La petite maison en terre de Méra, faite d'une pièce unique, avait beau être solidement bâtie, elle tremblait si fort qu'on aurait dit qu'elle allait s'écrouler d'un moment à l'autre. La jeune femme hurlait de douleur, le visage congestionné, les cheveux trempés de sueur, et ses cris se perdaient dans les hurlements du vent. En désespoir de cause, Méra passa une amulette au cou de la jeune parturiente, une grenouille en jade vouée à Hécate, la déesse des sages-femmes.

Étrangement, le premier-né, toujours blotti contre le sein de sa mère, n'avait pas encore émis un son.

Le travail s'acheva enfin et Méra déposa le deuxième bébé, une fille, sur les draps qui l'attendaient. A son grand soulagement, elle vivait. Mais au moment où elle coupait le cordon ombilical, elle entendit un bruit dehors mêlé à celui du vent, un bruit qui n'aurait pas dû être là. Méra redressa brusquement la tête. Le Romain fixait la porte.

– Des chevaux, dit-il. Des soldats.

Puis des coups ébranlèrent la porte. On ne demandait pas à entrer. On cherchait à abattre la porte.

– Ils nous ont trouvés, dit-il simplement.

Méra se releva aussitôt.

– Venez! souffla-t-elle en courant vers la porte étroite à l'autre bout de la pièce.

Elle ne se retourna pas, ne vit pas les soldats drapés de rouge faire irruption. Instinctivement, elle plongea dans l'obscurité de l'appentis qui jouxtait la maison et, le bébé encore trempé et nu accroché à son sein, elle grimpa dans le coffre à maïs où, retenant son souffle, elle se tapit sous les grains qui lui picotaient la peau. Elle écouta le piétinement des sandales ferrées sur le sol en terre battue. Il y eut un court échange en grec, juste une question sèche suivie d'une réponse. Un sifflement métallique déchira l'air, deux cris perçants, puis plus rien.

Méra ne put réprimer un frisson. Le bébé tremblait dans ses bras. Des pas lourds à travers la pièce, jusque dans l'appentis. Par les fentes du coffre, elle vit une lumière : quelqu'un fouillait la pièce avec une lampe. Puis elle entendit la voix de l'élégant Romain, faible et haletante.

– Il n'y a personne, je vous le dis. La sage-femme était absente. Nous étions seuls. J'ai... j'ai accouché ma femme moi-même.

Le bébé commença alors à gémir. Méra posa vite une main sur le petit visage et murmura : « Mère bénie, Reine des Cieux, faites que ce bébé ne soit pas tué. »

Retenant à nouveau son souffle, elle écouta. A présent, il n'y avait plus autour d'elle que l'obscurité, le silence et les gémissements du vent. Elle attendit. Le bébé serré contre son corps, elle resta pendant ce qui lui parut des heures blottie dans le maïs. Elle se sentait percluse de douleur. Le bébé se tortillait. Mais elle ne quitta pas encore sa cachette.

Après ce qui lui sembla une éternité, elle entendit une voix dans le vent. « Femme », appelait-elle.

Avec d'infinies précautions, elle se releva. Dans les ténèbres de la nuit finissante, elle aperçut une forme ramassée sur le sol, puis elle entendit la voix faible du Romain.

– Femme, ils sont partis...

Le corps endolori après une si longue immobilité, elle s'approcha de l'homme en boitant. Il était en sang.

– Ils l'ont emmenée..., dit-il d'une voix sourde. Ma femme et mon fils...

Abasourdie, Méra regarda la paillasse vide. Ils avaient arraché à son lit une femme qui venait tout juste d'accoucher, et avec elle son nouveau-né!

Le Romain leva un bras tremblant.

– Ma fille... Laissez-moi...

« Ils sont venus pour tuer le père, pensa Méra tandis qu'elle approchait le bébé nu de la main de son père. Et pourtant, ils ont pris la mère et le fils vivants. Pourquoi? »

– Ses noms... – Il suffoqua. – Je dois lui donner ses noms avant de...

Méra abaissa la tête du bébé à hauteur de la bouche du mourant puis regarda les lèvres qui formaient le nom secret, ce nom qui serait le lien spirituel de l'enfant avec les dieux et qu'aucun mortel ne devait entendre à cause de son pouvoir magique. Ensuite, à voix haute, il prononça son autre nom :

– Séléné. Elle s'appelle Séléné...

– Laissez-moi panser vos blessures à présent, dit doucement Méra.

Mais il l'arrêta d'un signe de la tête. Et elle comprit : le Romain gisait désarticulé.

– Emmenez-la loin d'ici, murmura-t-il. Tout de suite! Cette nuit même! Il ne faut pas qu'ils la trouvent! Cachez-la. Prenez soin d'elle. C'est un don des dieux.

– Mais qui êtes-*vous*? Que lui dirai-je de ses parents, de sa famille?

Il avala sa salive avec difficulté, et reprit :

– Cet anneau... Donnez-le-lui quand elle aura grandi. Il lui expliquera... tout. Il la conduira à sa destinée. Elle appartient aux dieux...

Alors que Méra faisait glisser le lourd anneau d'or de son doigt, le Romain mourut et, au même instant, Séléné se mit à pleurer.

Méra baissa les yeux sur elle et remarqua, étonnée, quelque chose de singulier dans la bouche du bébé, une petite marque de naissance. Alors, elle comprit : c'était le signe de son élection. Le Romain avait dit vrai : cette petite fille était un don des dieux.

Livre Premier

ANTIOCHE

1

Séléné traversait la place du marché quand se produisit l'accident.

Elle se trouvait dans le quartier nord de la ville, où elle se rendait rarement, avec ses larges avenues et ses riches villas. Elle y était venue, par cette chaude journée de juillet, pour aller dans une échoppe qui vendait des plantes médicinales rares. Sa mère avait besoin de racines de jusquiame pour préparer un soporifique. Ce que Méra ne faisait pas pousser dans son jardin et ce qu'elle ne pouvait se procurer sur la grande place du marché de la ville basse, elle envoyait Séléné le chercher chez Paxis le Grec. Et c'est ainsi qu'elle traversa la place du marché au moment où le marchand de tapis fut victime d'un accident.

Séléné vit la scène. L'homme, qui était en train d'attacher des tapis roulés sur le dos de son âne, s'était penché pour ramasser le bout de la corde quand l'animal rua soudain, lui décochant un terrible coup de sabot dans la tête.

Après un instant de stupeur, Séléné avait couru vers l'endroit où il gisait. Lâchant son panier sans égards pour son précieux contenu, elle s'agenouilla près de l'homme inconscient. Elle lui prit doucement la tête et la posa sur ses genoux. Il saignait abondamment et son teint devenait dangereusement terreux.

Quelques passants, curieux, s'arrêtèrent, mais pas un n'esquissa un geste pour l'aider. Séléné leva les yeux vers eux.

– Au.. au secours! cria-t-elle. Il... il...

Elle grimaçait, mais les mots refusaient de sortir de sa bouche.

Les gens tout autour se contentaient de les regarder fixement. Elle lisait sur leurs visages. « Elle ne sait pas parler, pensaient-ils. Cette fille est une simple d'esprit. »

– Il... Il est blessé! parvint-elle à dire, alors que le sang coulait de la blessure de l'homme sur ses mains.

Les badauds se regardèrent.

– Il n'y a plus rien à faire. Le magistrat veillera à le faire enterrer, dit un marchand de tissus qui, accouru de son échoppe, lorgnait déjà en direction des précieux tapis, visiblement intéressé à se les approprier.

– Il n'est pas m... mort! s'écria-t-elle, luttant pour se faire comprendre.

Comme les badauds, lassés du spectacle, faisaient mine de se détourner, elle les rappela, les supplia de l'aider, de faire quelque chose. Ce n'était pas juste. Ils ne pouvaient pas laisser cet homme ainsi. Et que pouvait-elle faire, elle, une jeune fille de seize ans, seule dans un quartier qu'elle ne connaissait pas?

– Que se passe-t-il? demanda une voix dans la foule.

Séléné vit un homme se frayer un chemin dans sa direction. Il émanait de lui une sorte d'autorité et il portait la toge blanche des citoyens romains.

– L... l'âne lui a d... donné un coup de s... sabot. A la tête, réussit-elle à dire sans trop bégayer.

L'étranger la dévisagea. Ses sourcils lui donnaient l'air courroucé – un sillon commençait à se creuser entre ses yeux. Mais son regard était doux. Il l'étudia un instant, vit les yeux qui le suppliaient, la bouche qui luttait avec des mots maladroits.

– Très bien, dit-il en mettant un genou à terre pour examiner rapidement le blessé. – Il se releva. – Suis-moi. Nous allons peut-être pouvoir le sauver.

Au grand soulagement de Séléné, l'étranger fit signe à un compagnon, un esclave bien bâti qui chargea le blessé inconscient sur ses larges épaules. Puis ils s'éloignèrent à larges enjambées. Séléné, qui pourtant était grande, dut presser le pas pour rester à leur hauteur. Elle ne pensa plus à son panier, qu'un mendiant, étonné de sa bonne fortune, avait maintenant ramassé, et oublia tout autant sa mère qui attendait dans le quartier pauvre d'Antioche les racines de jusquiame dont elle avait besoin pour l'avortement qu'elle devait pratiquer l'après-midi même.

Ils franchirent un portail entre de hauts murs et traversèrent un jardin rempli de fleurs estivales. Jamais de sa vie elle n'avait vu de maison aussi magnifique, avec des pièces aussi grandes, aussi bien aérées. Un monde inconnu lui apparut. De ses pieds chaussés de sandales, elle foula un sol splendide, incrusté de mosaïques brillantes. Les murs étaient en marbre, le mobilier riche et élégant. Tout en suivant l'homme et son esclave à travers l'*atrium*, elle regardait tout autour d'elle, émerveillée. Finalement, ils entrèrent dans une pièce qui à elle seule était plus grande que la maison où elle vivait. Elle était presque vide, juste un divan, une chaise et des tables aux pieds dorés.

Le marchand de tapis toujours inconscient fut étendu sur le divan, le dos appuyé contre des coussins. L'étranger ôta sa toge et entreprit d'examiner la blessure.

– Je m'appelle Andréas, dit-il à Séléné. Je suis médecin.

L'esclave se mit aussitôt à ouvrir des tiroirs et des boîtes, versa de l'eau dans une cuvette, prépara des linges et des instruments. Les yeux écarquillés, Séléné regarda le médecin raser avec adresse le crâne du blessé, puis laver la plaie saignante avec du vin et du vinaigre.

Pendant qu'il travaillait, Séléné découvrait la pièce à la dérobée. Comme tout ici était différent de chez Méra! D'abord, pour parvenir à la maison de sa mère, pas de dallage en mosaïques, mais un chemin creusé par les pas des milliers de patients qui l'avaient emprunté. Et puis la pièce unique, où Méra prodiguait ses soins, était encombrée des accessoires de la profession. Des béquilles étaient accrochées aux murs, les étagères regorgeaient de pots, des herbes et autres racines pendaient du plafond bas, des bols s'entassaient et on trouvait des bandages dans la moindre niche. C'était un havre confortable et familier pour les malades et les blessés du quartier pauvre d'Antioche et c'était la seule maison qu'avait connue Séléné depuis ses bientôt seize années.

Mais cette pièce-ci! Immense et aérée, avec un sol brillant, la lumière qui entrait par la fenêtre, les tables délicates couvertes d'instruments et d'éponges soigneusement rangés, de petits pots bien alignés. Et dans un coin, la statue d'Esculape, le dieu de la médecine. Séléné comprit : elle était sans aucun doute chez un médecin grec. Elle avait entendu dire combien ils étaient modernes et savants.

Quand elle vit Andréas découper de façon experte le cuir chevelu du blessé avec un couteau puis l'ouvrir en se servant d'une compresse, elle sut qu'elle ne s'était pas trompée. Il se pouvait même que cet homme ait été formé à Alexandrie!

Andréas marqua une pause pour s'adresser à la jeune fille.

– Tu peux attendre dans l'*atrium*. Mon esclave t'appellera quand j'aurai terminé.

Mais elle secoua la tête et ne bougea pas.

Il lui jeta un regard amusé puis retourna à sa tâche.

– Nous devons d'abord déterminer s'il y a une fracture et pour le savoir nous appliquons ceci.

Il parlait calmement dans un grec raffiné que Séléné entendait rarement dans son voisinage.

Cependant qu'Andréas étalait une pommade noire et épaisse sur le crâne dénudé, Séléné s'approcha pour le regarder faire, fascinée. Elle remarqua ses longues mains, fines et soignées. Il laissa la pommade agir un moment, puis il la retira en la raclant.

– Là, dit-il en désignant une ligne noire sur l'os. Voilà la fracture.Vois-tu comme elle est incurvée, comme elle appuie sur l'intérieur du crâne? Le cerveau est comprimé à cet endroit. Il faut que je relâche cette pression sans quoi cet homme va mourir.

Les yeux écarquillés, Séléné observait. Durant toutes les années où elle avait aidé sa mère, où elle avait travaillé aux côtés de Méra et acquis le savoir ancien des guérisseurs, elle n'avait jamais vu de crâne ouvert.

Andréas prit alors un instrument qui ressemblait beaucoup à un foret dont elle et sa mère se servaient pour allumer des feux de bois.

– Malakos, dit-il à l'esclave. Maintiens-le, s'il te plaît.

Séléné regardait sidérée les mouvements du foret : les mains du médecin allaient et venaient inlassablement, rapides, précises, suivies par celles de Malakos, qui rinçaient la plaie avec de l'eau.

Enfin, le foret s'immobilisa et Andréas le retira.

– Le voilà, l'œuf qui l'aurait tué ou paralysé à vie, dit-il.

Séléné le vit. L'œuf du démon, causé par la ruade de

l'âne logé entre le crâne et le cerveau. Elle le regardait pétrifiée. Quand il arrivait qu'on amène chez elle des gens blessés à la tête, la mère de Séléné préparait un cataplasme d'opium et de pain qu'elle posait sur la tête de la victime comme un bonnet. Après quoi elle disait une prière, donnait au malheureux une amulette et le renvoyait. Méra ne posait jamais un couteau sur un cuir chevelu, pas plus qu'elle n'ouvrait de crâne, et la plupart de ces patients-là mouraient. A présent, Séléné se demandait, le cœur battant, si elle était sur le point d'assister à un miracle.

Andréas choisit une sorte de truelle émoussée qu'il fit doucement glisser sous le crâne, puis il souleva l'os endommagé qui appuyait contre le cerveau. Aussitôt, l'homme, toujours inconscient, laissa échapper une plainte, son teint s'éclaircit et il respira mieux.

Pendant qu'Andréas travaillait, Séléné étudiait son profil. Profondément concentré, il semblait sévère, les sourcils bas, cachant ses yeux gris-bleu foncé. Son nez épais et busqué allait avec son air courroucé, ses lèvres étaient minces et une barbe sombre soignée soulignait sa mâchoire ferme et carrée. Séléné lui donnait environ trente ans, malgré les quelques mèches grises sur ses tempes, signe qu'il était de ces hommes dont les cheveux grisonnent avant la quarantaine.

L'œuf vint entier, mais non sans provoquer une hémorragie alarmante. Andréas continua pourtant de travailler calmement et en silence.

Séléné était émerveillée par sa parfaite maîtrise. Son visage était grave, mais de concentration, pas de peur. Il travaillait sans ciller, la respiration paisible. Ses mains poursuivaient leur tâche sans relâche alors que Séléné s'attendait à tout moment à le voir jeter ses instruments et crier qu'il ne pouvait pas, que c'était impossible.

Mais Andréas ne lâchait pas prise, ses yeux, ses mains, tout son être tendus vers le blessé comme si rien d'autre au monde n'avait existé. Et la résolution inébranlable qui se lisait sur son visage remplissait Séléné de respect.

L'hémorragie finit par faiblir. Quand enfin Andréas posa ses instruments, ce fut pour rincer la plaie avec du vin, remplir la cavité de cire d'abeille fondue puis rapprocher les bords du cuir chevelu.

– S'il reprend connaissance dans les trois jours, il vivra.

Sinon, il mourra, dit-il enfin à Séléné tout en se lavant à nouveau les mains.

La jeune fille croisa son regard un instant puis se détourna, incapable d'énoncer clairement toutes les questions qui se bousculaient dans son esprit.

Soudain, le blessé cria dans son sommeil et commença à agiter les bras. Malakos, qui venait de lui bander la tête, se précipita.

– Une crise! dit Andréas en courant vers le divan.

Il essaya d'attraper un bras mais fut rejeté en arrière.

– Trouve de la corde! ordonna-t-il à l'esclave. Et ramène Polibus. Nous aurons besoin d'aide.

Séléné regardait le marchand de tapis, toujours inconscient et livide, se tordre et se cabrer sur le divan comme s'il avait été la proie de démons. Le médecin tenta de le maîtriser, de l'empêcher de se jeter par terre, mais les convulsions étaient trop violentes, il ne put même pas s'approcher. Le pauvre homme se cogna à la tête, rouvrant sa blessure. Le bandage s'imbiba à nouveau de sang. Un grognement étrange monta de sa gorge tandis que chacun des muscles de son cou saillait.

Malakos réapparut avec un esclave géant et ils ne furent pas trop de trois pour attacher les jambes et les bras de l'homme au divan. Mais la crise ne s'arrêta pas pour autant. Il se débattait dans ses liens. Séléné entendait ses os et ses articulations craquer comme s'ils étaient sur le point de casser.

– Il n'y a rien que nous puissions faire, dit sombrement Andréas. Il va certainement se tuer.

Séléné fixa le médecin et, un instant, leurs regards se croisèrent et restèrent rivés l'un à l'autre, puis elle baissa les yeux vers l'homme sur le divan. Si, il y avait une chance...

Sans un mot, elle s'avança. Elle ferma les yeux et forma mentalement l'image d'une flamme, d'une simple flamme dorée qui brûlait doucement, cernée d'obscurité. Elle emplit de la vision d'une flamme qui brûlait régulièrement jusqu'à ce qu'elle commençât à en sentir la chaleur et qu'elle entendît le doux murmure de son énergie. Séléné se concentra sur cette flamme qui brûlait au cœur de son âme. Sa respiration se ralentit et son corps se détendit. Ce processus lui sembla durer des heures mais en réalité, tout se passa très vite, juste le temps de rassembler ses forces et de les faire converger sur cette source lumineuse.

Pour ceux qui l'observaient, Andréas et ses deux esclaves, elle semblait plongée dans une sorte de sommeil. Son visage ne trahissait rien de l'intense concentration de son esprit. Qui aurait pu deviner les forces qui lentement s'unissaient en elle? Ils regardaient, intrigués, la jeune fille qui, le souffle régulier, levait lentement les mains pour les placer juste au-dessus du corps agité du marchand. Les mains descendirent, tendues, les paumes vers le bas, tout près du corps sans pourtant le toucher, puis elles commencèrent à bouger, d'abord en petits mouvements circulaires, ensuite, graduellement, en mouvements de plus en plus amples traçant un cercle qui finit par englober le corps entier.

Séléné ne voyait que la flamme. Rien d'autre n'existait. Tout comme Andréas avait dirigé son esprit entièrement sur le crâne ouvert, Séléné tendait à présent toutes ses pensées et toute sa force vers l'image de la flamme. Et quand elle la toucha, la chaleur de la flamme sortit de son esprit, passa le long de ses bras, traversa ses mains, irradia le corps de l'homme couché.

Andréas regardait avec curiosité la forme élancée qui oscillait légèrement. Il étudia son visage, ses pommettes hautes et sa bouche aux lèvres pleines, si timide et embarrassée quelques instants auparavant, et si étrangement sereine à présent. Elle garda ses longs bras et ses mains tendues jusqu'à ce que le corps torturé du marchand se détende peu à peu et, après quelques derniers soubresauts, s'apaise enfin, pour plonger dans le sommeil.

Séléné ouvrit les yeux, clignant des paupières comme si elle se réveillait.

– Qu'as-tu fait? demanda Andréas, sourcils froncés.

Elle évita son regard, à nouveau intimidée. Elle n'avait pas l'habitude de parler à des étrangers. Invariablement, ils avaient un sursaut de surprise en l'entendant bafouiller, puis ils perdaient patience et elle lisait sur leurs visages qu'ils la prenaient pour une simple d'esprit. Elle aurait dû s'y habituer, depuis le temps que les autres enfants se moquaient cruellement d'elle, que les marchands ne lui prêtaient aucune attention sur le marché, que les gens lui aboyaient de parler plus clairement. Sa mère lui avait dit que son infirmité, sa langue attachée de naissance qu'on avait plus tard opérée, était un signe de la faveur des dieux. Méra disait que c'était la marque de son élection. Mais pourquoi les autres gens ne le voyaient-ils pas de cette manière?

Pourtant, à son étonnement, le beau visage du médecin grec ne laissait paraître aucune des réactions habituelles. Elle se força à croiser son regard, à regarder dans ces yeux sombres à la fois sévères et bienveillants et elle crut y lire de la compassion. Aussi se risqua-t-elle à dire :

– Je l... lui ai m... montré c... comment dormir.

– Comment?

Séléné parla aussi lentement qu'elle put. Elle avait du mal à se faire comprendre; cela prenait du temps et, souvent, les gens terminaient ses phrases à sa place.

– C'est qu... quelque chose que ma m... mère m'a appris.

Andréas haussa un sourcil.

– Ta mère?

– Elle est g... guérisseuse.

Andréas resta un instant pensif puis, se rappelant la blessure réouverte du marchand de tapis, il se dirigea vers le divan, ôta le bandage ensanglanté et entreprit de refermer la plaie.

Quand il eut terminé, il prit une pointe de lance rouillée qu'il gratta à l'aide d'un couteau au-dessus de la blessure.

– Cette rouille accélèrera la guérison, expliqua-t-il devant l'air interrogatif de Séléné. Il est connu que dans les mines de cuivre et de fer, les ulcères des esclaves guérissent plus vite que nulle part ailleurs. Encore que personne ne sache pourquoi.

Il mit un bandage propre autour de la tête du blessé, qu'il reposa doucement, puis il se tourna vers Séléné.

– Explique-moi ce que tu as fait pour le calmer. Comment t'y es-tu prise?

Séléné baissa les yeux, paralysée de timidité.

– Je n'ai r... rien fait, répondit-elle avec gêne. J'ai g... guidé ses é... é... – elle serra les poings le long de son corps – ses énergies hors de leur c... confusion.

– Est-ce un remède?

Elle secoua la tête.

– Cela ne g... guérit pas. Cela aide s... seulement.

– Est-ce que cela marche toujours?

– Non.

– Mais comment? insista-t-il. Comment as-tu fait?

Séléné se mordit la lèvre tout en étudiant le dessin du marbre sur le sol.

– C'est une technique ancienne. On v... voit une flamme.

Andréas la contemplait de ses yeux sombres. La jeune fille était très belle. Comme il la fixait, une image lui revint en mémoire, le souvenir d'une fleur rare qu'il avait vue autrefois, une fleur appelée hibiscus. Séléné était ravissante, sa bouche en particulier attirait le regard. Quelle ironie, pensa-t-il, qu'une bouche d'un dessin aussi parfait fonctionne de façon si imparfaite. Elle n'était pas muette, puisqu'il l'avait entendue parler. Pourquoi, alors, ne pouvait-elle s'exprimer correctement?

A ce moment, le marchand fit entendre un profond ronflement.

– On dirait que ta flamme a fait son effet, dit-il en souriant.

Elle leva timidement les yeux et vit combien le sourire transformait son visage. Quand le froncement s'effaçait, Andréas avait l'air plus jeune et Séléné s'aperçut qu'elle se posait des questions à son sujet.

Et Andréas lui aussi se posait des questions au sujet de la jeune fille. Le défaut d'élocution venait probablement d'une malformation corrigée dans l'enfance, mais tard et sans exercices oraux par la suite. Andréas devinait les peines que cette affliction devait lui causer, car il voyait combien elle en était consciente à présent – une très belle fille en vérité, mais affreusement timide et qui semblait toujours s'excuser, le regard gêné et apeuré. Pourquoi ne l'aidait-on pas?

Une ombre passa sur le visage du médecin et le sillon se creusa à nouveau entre ses sourcils, pli prématuré chez un homme de trente ans à peine et marque d'une trop grande amertume.

Pourquoi devrais-je m'en préoccuper? se demandait-il, lui qui depuis des années avait franchi le cap au-delà duquel on ne se préoccupe plus d'autrui.

Une brise entra par la fenêtre, agitant les gazes suspendues. L'air chaud estival charriait des senteurs de feu de bois, de fleurs écloses, de fleuve vert qui descend vers la mer. Le vent gémit dans la maison d'Andréas le médecin, le tirant de ses pensées.

– Tu vas avoir besoin d'aide pour ton ami, dit-il en

faisant signe à Malakos. Mon esclave t'accompagnera.

Séléné le regarda, déconcertée.

– Je suppose que tu veux le ramener chez toi.

– Ch... chez moi?

– Oui, pour qu'il se rétablisse. Que pensais-tu en faire?

Séléné avait l'air perdue.

– J... je ne sais pas. Je ne s... sais pas qui il est.

Une surprise totale se dessina sur les traits du médecin.

– Tu ne connais pas cet homme?

– Je tr... traversais la pl... pl... Mon panier! s'écria-t-elle soudain, plaquant ses mains sur sa bouche.

– Est-ce que tu essaies de me dire que tu ne connais pas cet homme? Alors, bon sang, pourquoi appelais-tu à l'aide?

– Mon panier, répéta-t-elle. C'était n... nos derniers s... sous... Les pl... plantes...

L'impatience perçait dans la voix du médecin.

– Tu ne connais pas cet homme, et moi encore moins, alors que faisons-nous ici? Et pourquoi ai-je fait cela? demanda-t-il en désignant le divan.

Séléné regarda la tête bandée.

– I... il était blessé.

– Il était blessé, répéta Andréas, incrédule, jetant un regard méchant à Malakos qui avait l'air amusé. Tout un après-midi à travailler pour un inconnu, se renfrogna-t-il. Que suis-je censé faire de lui à présent?

Séléné semblait désemparée.

L'impatience d'Andréas vira à l'irritation.

– Tu espérais que je le garderais ici, n'est-ce pas? Je ne garde pas de patients chez moi. Ce n'est pas le rôle du médecin. Je l'ai opéré. Il échoit maintenant à sa famille de veiller sur son rétablissement.

De désemparée, Séléné devint désespérée.

– M... mais je ne connais pas sa famille!

Andréas la regarda fixement. Cette enfant s'inquiétait-elle réellement de ce qui arrivait à un étranger? Mais pourquoi? Personne d'autre au monde ne s'en souciait. A quand remontait la dernière fois où il avait rencontré quelqu'un d'aussi naïf? A des années. En fait, à l'époque où il vivait à Corinthe et où, regardant son propre reflet dans une mare, il s'était trouvé face à un jeune imberbe qui le fixait, un garçon au visage lisse, au seuil du désenchantement.

Il se maîtrisa. La jeune fille se tenait là, encore candide, intacte, juste de l'autre côté de cette faille inévitable. Elle s'était arrêtée sur la place du marché, elle, si jeune et à peine capable de parler, pour secourir un homme qu'elle ne connaissait pas.

Séléné remarqua l'expression de son visage et cela raviva en elle une pensée qui la travaillait d'aussi loin qu'elle pouvait se souvenir : la question complexe et apparemment insoluble de savoir que faire des gens.

Séléné avait été maintes et maintes fois témoin de ce genre de situation dans la maison de sa mère : des étrangers se présentaient à leur porte pour être soignés et ensuite, ils n'avaient nulle part où aller pour leur convalescence. Des solitaires, abandonnés de tous, des veuves sans amis, des invalides qui vivaient en reclus, autant de gens que Méra soignait dans leurs lits et dont personne ne s'occuperait après. Et dans les rues, oh! les rues! Surtout dans le quartier misérable attenant au port où les enfants erraient en bandes, où les prostituées accouchaient dans les ruelles, où des marins sans nom tombaient malades et mouraient sur les pavés. Ils restaient à l'endroit où ils s'étaient écroulés parce que personne ne se souciait d'eux, parce qu'ils n'avaient nulle part où aller.

– S'il vous p... plaît, ne pourriez-vous pas p... prendre..., commença-t-elle.

Andréas la regarda un instant, se morigénant intérieurement de s'être si hâtivement laissé entraîner. Le plus novice des étudiants en médecine savait qu'il fallait d'abord poser des questions! Puis il se sentit faiblir face au regard de la jeune fille.

– Très bien, dit-il enfin. Je vais envoyer Malakos se renseigner sur la place du marché. Peut-être quelqu'un y connaît-il cet homme. En attendant, il pourra reprendre des forces dans le quartier des esclaves.

Il se renfrogna, prit sa toge blanche et s'en drapa.

Séléné lui sourit de gratitude.

Il la regarda plus longuement. Il émanait d'elle un magnétisme inexplicable. A en juger par ses vêtements, elle n'appartenait certainement pas à une riche famille. Et quel âge pouvait-elle avoir? Pas encore seize ans puisqu'elle portait toujours une robe d'enfant qui s'arrêtait à ses genoux. Mais le jour ne devait plus tarder, estima-t-il, où elle recevrait la *stola* et la *palla* qui feraient d'elle une femme. Ses yeux se posèrent finalement sur sa bouche, dont la sensualité l'hypnotisait. C'était une bouche gonflée, boudeuse, pareille à la fleur tropicale qui lui était revenue en mémoire, l'hibiscus épanoui sur sa tige. Elle donnait à son visage une séduction exotique, une beauté envoûtante. C'était un bien méchant tour que lui avaient joué les dieux en la dotant de cette particularité qui constituait son attrait le plus singulier mais aussi, ironie du sort, son défaut. Quand on la rencontrait pour la première fois, il était très surprenant d'entendre les mots franchir gauchement ces lèvres sublimes. Tant de beauté tournée ainsi en dérision. Inexplicablement, il en était touché.

– Qu'as-tu perdu sur la place du marché? lui demanda-t-il tout à coup.

– De la j... jusquiame, répondit-elle en indiquant la quantité avec ses doigts.

Andréas se tourna vers Malakos :

– Donne-lui ce dont elle a besoin. Et un panier aussi.

– Oui, Maître, répondit l'esclave surpris avant de se diriger vers une rangée de jarres.

Le visage du médecin se durcit à nouveau, prenant une expression sombre qui le vieillit, mais sa voix demeura bienveillante.

– A l'avenir, fais attention quand tu décides bon gré mal gré d'aider quelqu'un. La prochaine fois, tu risques d'entrer dans une maison moins sûre que celle-ci.

Séléné rougit violemment en prenant le panier des mains de Malakos, remercia Andréas à sa façon maladroite et s'enfuit.

Le médecin resta immobile un long moment à écouter le bruit de ses pas que le corridor renvoyait en écho. Il secoua la tête. Quel après-midi extraordinaire il venait de passer! D'abord, il avait opéré un inconnu qui, selon toute vraisemblance, ne le paierait jamais et, ensuite, il avait renvoyé la jeune fille qui en était responsable avec un bel approvisionnement du plus coûteux des remèdes. Et qu'avait-il reçu en retour? Rien. Il ne savait même pas son nom, se rendit-il soudain compte.

2

– Là, le vois-tu, ma fille? chuchota Méra.

Séléné se pencha pour regarder de plus près le spéculum vaginal en bronze placé à l'entrée de l'utérus.

– C'est le col de l'utérus, continua la guérisseuse. Le passage béni que nous empruntons tous pour entrer dans la vie. Est-ce que tu vois le fil que j'ai placé autour du col il y a quelques mois alors qu'il menaçait de s'ouvrir avant le terme de la grossesse? A présent, suis attentivement tous mes gestes.

Séléné se sentait toujours émerveillée devant ce savoir infini. Méra semblait tout connaître de la naissance et de la vie. Elle savait quelles plantes augmenteraient la fertilité des femmes qui souhaitaient avoir des enfants mais aussi quels onguents empêcheraient la fécondation de celles qui n'en voulaient pas. Elle connaissait les cycles lunaires et les jours propices à la conception et à la naissance. Elle savait quelles amulettes protégeraient le mieux l'enfant dans le ventre maternel. Elle savait même comment pratiquer sans risque des avortements sur des femmes qui, pour des raisons qui leur étaient propres, ne devaient pas porter d'enfant. Ce même après-midi, elle avait regardé Méra placer une lamelle de bambou à l'entrée de l'utérus d'une jeune femme enceinte, trop fragile pour supporter l'épreuve d'un accouchement. Méra avait expliqué qu'ainsi le bambou, en absorbant l'humidité, se gonflerait lentement et forcerait le col à s'ouvrir, ce qui libérerait le fœtus encore minuscule.

Après avoir fait trois fausses couches l'année précédente, celle que Méra et Séléné assistaient ce soir dans la dernière phase de sa grossesse avait désespéré de jamais avoir d'enfant. Son jeune époux, un fabricant de tentes, voulait à tout prix des fils pour perpétuer son commerce et ses frères le poussaient à divorcer pour prendre une autre femme.

Voilà comment la jeune femme, alors enceinte de deux mois, terrorisée à l'idée de perdre cet enfant qui représentait son dernier espoir d'être mère, était venue voir

Méra. La guérisseuse avait fait l'inverse de ce qu'elle aurait fait s'il s'était agi d'un avortement. Au lieu d'aider le col de l'utérus à se dilater, elle l'avait soigneusement resserré en le cousant d'un fil à l'ouverture. Puis elle avait ordonné que la jeune femme gardât le lit durant l'hiver et le printemps.

A présent, les neuf mois écoulés, l'abdomen gonflé de la jeune femme se contractait normalement. Le mari, rongé d'inquiétude, était là, agenouillé près d'elle.

– Il faut faire très attention maintenant, mon enfant, dit calmement Méra. Éclaire-moi. Je vais couper le fil.

Chacun des mots, chacun des gestes de sa mère, Séléné les gardait gravés dans sa mémoire. Depuis l'âge de trois ans, depuis qu'elle savait reconnaître une feuille de menthe d'une feuille de digitale mortelle, Séléné travaillait et apprenait à ses côtés. Ce soir, elle était venue dans la maison du fabricant de tentes, aider Méra dans ses préparatifs. Elle avait allumé le feu sacré d'Isis, chauffé à la flamme les instruments en cuivre pour chasser les mauvais esprits de l'infection. Elle avait récité les incantations à Hécate, déesse des sages-femmes, afin qu'elle assistât la jeune mère. Elle avait étalé les draps et les serviettes pour la naissance.

Alors, après s'être lavé les mains, Méra avait pris le relais. Son visage aquilin semblait sculpté dans de l'ébène.

Tandis que la jeune femme, agrippée aux poignets de son mari, gémissait, Méra introduisait doucement un long forceps dans la rainure du spéculum vaginal; avec la pointe en cuivre, elle saisit le bout du fil de ligature. Puis, prenant un long couteau, elle l'assura dans sa main avec une extrême concentration.

L'utérus bougeait sans cesse, animé par les mouvements de la vie qui poussait pour sortir. Chacune des contractions pressait la tête du bébé contre une ouverture hermétiquement close. Une fois, le fil glissa de la fine pince en cuivre. Méra le saisit à nouveau. La jeune femme criait, essayait de soulever ses hanches. Séléné dut à plusieurs reprises replacer la lampe, tout en maintenant le spéculum pour sa mère. Seule une mince paroi de chair séparait la lame du couteau du crâne tendre de l'enfant.

– Tenez-la fermement, dit Méra au mari livide. Je dois couper maintenant. Il n'est plus possible d'attendre davantage.

Séléné sentit son cœur battre la chamade. Peu importait le nombre d'accouchements auxquels elle avait assisté, pour elle, il ne s'agirait jamais d'une routine. Chaque naissance était différente, comportait sa part de hasard, d'émerveillement, de danger. Ce bébé, elle le savait, risquait de suffoquer dans le ventre de sa mère, à cause des contractions, ou de mourir d'épuisement à tant s'efforcer de naître.

Dehors, dans la nuit chaude, la cité du désert était silencieuse. Tandis que Méra la guérisseuse égyptienne usait une fois encore de sa magie, les cinq cent mille habitants d'Antioche dormaient, presque tous sur le toit de leur maison.

Les yeux du jeune mari étaient agrandis par la peur. Son front luisait de sueur. Séléné sourit et posa une main sur son bras pour essayer de l'apaiser, de le rassurer. Il arrivait aux hommes de souffrir autant que leurs femmes pendant l'accouchement. Ils se sentaient perdus et impuissants face au mystère suprême de la naissance. Séléné en avait vu s'évanouir. Mais la plupart préféraient attendre dehors, en compagnie d'amis. Celui-ci était un bon époux. Manifestement bouleversé, il était évident qu'il aurait souhaité se trouver ailleurs, mais il n'en restait pas moins près de sa femme et essayait de l'aider à traverser cette épreuve.

Séléné posa à nouveau une main sur son bras. Il se tourna vers elle, serra les dents et hocha la tête.

Méra gardait les yeux fixés sur l'utérus de la jeune femme. Son dos était rigide, sa poitrine se soulevait et s'abaissait imperceptiblement. Que le couteau glisse maintenant et tout serait perdu.

Soudain, l'utérus se relâcha et elle vit la tête du bébé s'éloigner une fraction de seconde. Aussitôt, elle avança le couteau et, sans trembler, vite, elle trancha le fil.

La jeune femme poussa un cri. Méra retira précipitamment les instruments et se prépara pour la naissance. De son côté, agenouillée près de la jeune femme, Séléné lui épongeait le front avec un linge humide. L'accouchement à proprement parler commençait maintenant. Les contractions étaient si rapprochées qu'elles ne laissaient aucun répit. Méra disait à la jeune femme quand pousser, quand attendre. L'époux, aussi blanc que les draps sur lesquels reposait sa femme, se mordait les lèvres. Séléné plaça ses mains de part et d'autre de la tête de la parturiente, ferma les yeux et invoqua sa flamme intérieure. Elle ne pouvait prononcer de paroles de réconfort, car elle ne possédait pas ce don des autres guérisseurs. Mais dans son silence, ses mains parlaient pour elle. Ses doigts longs et frais calmaient et rassuraient, donnaient de la force.

Enfin, la jeune femme poussa un dernier cri et l'enfant arriva dans les mains tendues de Méra.

C'était un solide garçon qui cria aussitôt, à la grande joie de tous, de son père en particulier dont le rire retentit plus fort que celui des autres. Triomphant, il prit sa femme dans ses bras en lui murmurant de tendres promesses à l'oreille.

Méra et Séléné rentrèrent chez elles à l'heure où la garde effectuait sa deuxième ronde. Pendant que Méra allait se servir à boire, Séléné entreprit de laver les instruments qu'elles avaient utilisés lors de l'accouchement puis de remplacer les médicaments qui manquaient dans la pharmacie de sa mère.

Elle se sentait fatiguée et énervée à la fois. Elle ne pouvait fixer son attention sur les jarres d'ergot de seigle et d'ellébore blanc, plantes bien connues des sages-femmes. Ses pensées la ramenaient à la villa de la ville haute où, cet après-midi-là, Andréas le médecin avait accompli un miracle.

Elle revoyait chaque détail, comme s'il avait été présent devant elle, dans la lueur de la lampe : les boucles brunes et soyeuses qui retombaient sur son front, le liséré d'or de sa tunique blanche, ses jambes musclées, ses mains surtout qui travaillaient sur le crâne du blessé comme s'il s'était agi d'une œuvre d'art. Elle le regardait à nouveau dans les yeux, ces yeux bleu foncé légèrement tombants, des yeux compatissants qu'obscurcissaient des sourcils courroucés. Et elle se demandait encore quel événement dans sa vie l'avait autant durci.

Elle jeta un regard vers sa mère, qui s'affairait près du placard de l'alcôve. Pouvait-elle lui parler d'Andréas? Elle avait encore tant de choses à apprendre. Jamais auparavant elle ne s'était sentie ainsi et cela la troublait. Elle ne comprenait pas pourquoi elle ne pouvait se concentrer sur son travail – pendant l'avortement de Flavia cet après-midi et ce soir, pendant la naissance du fils du fabricant de tentes. Malgré tous ses efforts, le beau visage du médecin grec n'avait cessé de hanter ses pensées.

Séléné n'avait qu'une infime expérience des hommes. Hormis les fois où elle aidait Méra à soigner un marin aux gencives malades ou un docker qui se cassait une jambe, elle se trouvait rarement en présence d'hommes, et jamais jusque-là elle n'était restée seule avec eux comme elle l'avait fait avec Andréas. Les garçons du voisinage, dans cette petite rue surpeuplée, l'ignoraient. Elle avait beau être jolie, ils n'en perdaient pas moins patience dès qu'elle essayait de parler.

Séléné regarda sa mère qui était en train de se servir à boire. Méra connaissait tout, pensait la jeune fille. Il n'existait rien qu'elle ne comprît, qu'elle ne pût expliquer. Et pourtant...

Elle ne l'avait jamais entendue parler d'amour, d'hommes, d'époux ou de mariage. Quand Séléné était enfant, Méra lui avait une fois parlé de son père, un pêcheur qui avait péri en mer avant sa naissance. Ce fut tout, plus jamais elle n'aborda le sujet. Il arrivait pourtant que des hommes lui fassent des avances – Séléné en avait vu venir avec des présents à la maison; elle les repoussait gentiment mais fermement.

Séléné retourna aux instruments qu'elle était en train de laver.

Le mariage. Elle n'y avait jamais vraiment songé jusque-là. S'il lui arrivait d'imaginer son propre avenir, elle se voyait vivre comme sa mère, modestement et seule dans une petite maison, cultivant quelques plantes médicinales et aidant de jeunes femmes à accoucher.

Andréas était-il marié? se demanda-t-elle en séchant et en enveloppant les instruments dans un linge fin avant de les ranger. Vivait-il seul dans cette grande maison? Et pourquoi, alors que son regard reflétait une âme sensible, son visage semblait-il façonné par la colère?

Avec quelle patience il l'avait écoutée parler, sans finir ses phrases à sa place comme les autres le faisaient! Andréas. Quel nom merveilleux! Elle aurait voulu le prononcer à voix haute, le sentir sur sa langue. Quand elle alla se coucher, elle savait qu'elle ne s'endormirait pas mais que, les yeux grands ouverts, elle revivrait chaque seconde de cet après-midi extraordinaire.

Dans la pénombre de l'alcôve où elles préparaient leurs repas, Méra observait sa fille tout en buvant à même une jarre qu'elle reposa en s'essuyant la bouche d'un revers de main. Elle ferma les yeux. Elle sentait le remède puissant envahir ses veines. Elle imaginait, avant même qu'il ne se produise réellement, le soulagement qu'elle éprouverait dans la partie malade de son corps. La douleur se calmerait. Une nuit encore, et elle en serait débarrassée. Du moins l'espérait-elle.

« Mais pour combien de temps? » pensa-t-elle en replaçant la jarre dans sa cachette.

Elle savait que, bientôt, il lui faudrait augmenter les doses. Ensuite, il serait impossible de dissimuler plus longtemps sa maladie à Séléné.

Le vent qui sifflait dans la rue déserte lui rappelait cette autre nuit où un vent aussi violent avait déposé à sa porte une étrange cargaison, il y avait presque seize ans maintenant. Ces derniers temps, ce souvenir remontait de plus en plus souvent de sa mémoire et elle savait pourquoi : les rêves avaient réapparu.

Ces rêves affreux qui avaient hanté son sommeil les premiers jours qui avaient suivi sa fuite de Palmyre et où elle voyait des soldats en capes rouges faire brutalement irruption chez elle et lui arracher Séléné pour l'entraîner dans la nuit. Parfois, dans ces cauchemars, elle les voyait assassiner l'enfant. D'autres fois, ils l'emmenaient dans les ténèbres où elle disparaissait. Mais chaque fois, Méra se réveillait en sursaut, le cœur battant, trempée de sueur. Depuis des années, les rêves avaient cessé et elle les avait oubliés, mais à présent, ils revenaient et avec une telle intensité, un tel raffinement de réalisme que Méra avait peur de s'endormir.

Que signifiaient-ils? Pourquoi resurgissaient-ils maintenant, après toutes ces années? Était-ce parce que Séléné aurait bientôt seize ans et qu'elle entrerait dans le clan des femmes? Les rêves étaient-ils un avertissement des dieux? Mais contre quoi voulaient-ils la mettre en garde?

Debout dans l'obscurité à attendre que la drogue agisse, Méra pensait à sa vie.

Mince et élancée, encore attirante à cinquante et un ans passés, elle avait connu une vie difficile, faite de déracinements et de vagabondage, où elle avait dû apprendre à connaître de nouvelles villes, une vie d'amours impersonnelles avec des hommes dont elle avait oublié le nom; cinquante et une années à se demander quel était son rôle, à attendre que la Déesse lui révèle la raison pour laquelle elle l'avait choisie, elle, Méra, pour guérir les corps et les esprits.

Et pourquoi lui avait-on donné cette enfant? Sa vie n'avait-elle été qu'une préparation en vue d'élever la petite orpheline? Et Séléné elle-même était un mystère, une énigme, que Méra, en dépit de sa sagesse et de son savoir, n'avait pu résoudre.

L'héritage qu'elle avait emporté en quittant Palmyre et qu'elle devait remettre à Séléné au moment de sa maturité était bien mince : un anneau, une mèche de cheveux du Romain et un morceau du linge qui avait reçu son frère jumeau à la naissance. C'étaient là les seuls gages de l'identité de la jeune fille.

Méra n'avait jamais pu en décrypter le sens. Mais elle les avait conservés en attendant le jour où elle les transmettrait à Séléné qui, à son tour, poursuivrait les recherches.

Méra, gardait précieusement dans un coffret une rose en ivoire de la taille d'une prune que, des années auparavant, à Byblos, un homme qu'elle avait soigné lui avait donnée comme marque de sa reconnaissance. La rose était une pièce d'orfèvrerie, délicate et parfaite, ciselée dans l'ivoire le plus pur et creusée en forme d'écrin. C'est au cœur de cette rose que Méra avait placé l'anneau, la mèche de cheveux et le morceau de tissu, puis elle l'avait scellée. Au fil des années, à plusieurs reprises, elle l'avait sortie du coffret pour la montrer à Séléné, sans jamais toutefois lui révéler ce qu'elle recelait. Elle lui avait seulement appris qu'elle était d'une valeur inestimable. Séléné avait demandé quel secret elle renfermait. Méra avait répondu qu'il lui fallait attendre jusqu'à ce qu'elle parvienne à l'âge de seize ans. Alors se ferait le passage rituel de l'état d'enfance à celui de femme.

« Et ce jour-là que lui dirai-je? se demandait Méra en la regardant ranger les médicaments. Il faudra que je lui apprenne la vérité. Il me faudra lui dire que je ne suis pas sa mère. Lui enlever ses certitudes sans avoir de vrais parents à lui offrir à ma place. »

Tandis que la drogue commençait enfin à faire son effet, Méra se remémorait à nouveau cette longue nuit d'il y avait bientôt seize ans. Elle revit le départ précipité de la maison qui avait été la sienne pendant cinq ans. Elle avait jeté pêle-mêle tout ce qu'elle possédait dans un coffre, ses plantes médicinales, ses instruments et ses parchemins magiques; elle avait couché le nouveau-né dans un panier qu'elle avait solidement attaché sur le dos de son vieil âne, puis elle était partie vers le nord. Le voyage avait été long et difficile, solitaire et parsemé d'embûches. Il lui avait fallu rebrousser chemin à plusieurs reprises, pour brouiller sa trace, au cas où les soldats aux capes rouges se seraient lancés à sa poursuite. Elle avait marché, marché sans cesse, ne faisant de haltes dans les villes et les oasis que le temps de reprendre des forces. Plus tard, elle s'était jointe à des caravanes qui faisaient route vers l'ouest. Elle avait partagé l'eau avec des Arabes du désert et prié dans les temples de dieux inconnus d'elle, jusqu'au jour où elles étaient arrivées dans la cité d'Antioche, nichée au cœur de la vallée verdoyante de l'Oronte. Là, dans les faubourgs de la ville, Méra avait lu dans le ciel qu'elle avait enfin atteint le but de son voyage : les astres lui avaient dit que l'enfant ici serait en sécurité.

Et elle l'avait été avec bonheur près de seize ans, grandissant, apprenant et remplissant la vie de Méra du seul véritable amour qu'elle ait jamais connu.

A présent, c'était la fin. Le temps pressait et Méra éprouvait un sentiment grandissant d'urgence. Dans vingt jours aurait lieu la première cérémonie, le jour le plus important de la vie d'une jeune fille, celui où elle quittait solennellement les vêtements de l'enfance pour revêtir la *stola,* la robe longue des femmes. Elle couperait l'une de ses boucles d'adolescente pour l'offrir aux dieux du foyer.

Pour la plupart des jeunes filles, la cérémonie se terminait par une grande fête à laquelle participaient parents et amis, mais Séléné, elle, devrait se prêter à un rite supplémentaire. Au cours de la première nuit de la pleine lune qui suivrait son anniversaire, dans vingt-huit jours précisément, sa mère l'emmènerait dans les hauteurs environnantes pour qu'elle y soit initiée aux plus grands des mystères.

Méra lui avait tout enseigné de l'art de la guérison, le savoir antique qui, au travers des siècles, s'était transmis de mère en fille, et qu'elle-même avait reçu de sa propre mère. Mais maintenant, au cours d'un rituel auquel la guérisseuse s'était elle-même prêtée des années auparavant, dans le désert d'Égypte, devait avoir lieu la transmission des Secrets fondamentaux. Il ne suffisait pas de connaître les plantes et leurs vertus, une guérisseuse devait aussi entrer en communication avec la Déesse, car d'Elle venait toute guérison.

« Rien ne doit empêcher cette initiation, pensait Méra en regardant Séléné se préparer à se coucher. Pas même ma propre mort. »

Méra ferma les yeux et essaya d'invoquer l'image de sa flamme intérieure pour pouvoir concentrer l'opium sur la partie malade de son corps. Mais elle était trop tendue, trop préoccupée par des pensées profanes. Elle s'inquiétait pour l'avenir de Séléné. Méra allait mourir. Très bientôt, Séléné serait seule au monde. Était-elle prête? Et comment survivrait-elle, elle qui avait encore si peur de parler?

Séléné était née la langue scellée au plancher buccal et, jusqu'à ce que Méra trouve un chirurgien qui l'opère, l'enfant n'avait jamais parlé. A sept ans, elle avait eu la langue déliée mais les mots avaient du mal à se former. Ensuite, d'année en année, à cause des moqueries des autres enfants et de la brutalité des adultes, son bégaiement avait empiré au lieu de s'atténuer. Et Méra n'y pouvait rien. Tous ses efforts pour l'aider s'étaient trouvés chaque fois contrecarrés par l'intolérance du monde. Et c'est ainsi que, à vingt courtes journées de la cérémonie qui la ferait entrer dans l'âge de la maturité, Séléné souffrait d'une timidité paralysante.

« Fasse Isis, priait Méra, que je vive assez longtemps pour lui transmettre ma pèlerine et pour que je la voie accomplir les rites, entrer en l'état de femme et d'indépendance. Et, je t'en prie, ô Isis, fasse qu'elle reste pure jusqu'au jour de son initiation aux Mystères... »

Le visage de Méra s'assombrit au souvenir de l'agitation de la jeune fille au retour de la ville haute, l'après-midi même.

Le panier qu'elle avait à son bras n'était pas celui qu'elle avait emporté le matin et il contenait plus de jusquiame qu'elles n'auraient jamais pu s'en acheter. Séléné avait bredouillé une histoire incohérente au sujet d'un homme qui avait reçu un coup de sabot, d'un beau médecin grec, d'un traitement miraculeux. Jamais auparavant Méra n'avait entendu sa fille se lancer dans un récit aussi précipité.

– Il a p...passé les instruments dans la f...flamme d'abord, avait-elle réussi à dire.

– Oui, avait répondu Méra. Mais la flamme venait-elle

d'un temple? Car autrement, elle ne sert à rien. Et n'a-t-il pas fait brûler d'encens? Quelles amulettes a-t-il enveloppées dans le pansement, quelles prières a-t-il récitées, quels dieux se trouvaient dans la pièce?

Selon Méra, il ne servait à rien d'être le mieux formé des médecins du monde si l'on ne s'assurait pas du concours des dieux. Et se servir d'un couteau! Pour inciser un abcès, oui, pour couper un fil qui fermerait le col de l'utérus, oui, mais pour plonger dans la chair humaine, c'était un signe d'arrogance qui confinait au sacrilège! Méra faisait confiance aux plantes et aux incantations. La chirurgie, elle la laissait aux charlatans et aux prétendus héros.

En quittant l'alcôve pour aller se coucher, Méra pensa encore au visage qu'avait Séléné quand elle parlait du médecin grec. Elle y avait vu une expression nouvelle, qu'elle ne lui connaissait pas et le sentiment d'urgence qui l'étreignait déjà redoubla. Séléné devait se présenter à l'initiation pure d'esprit, de cœur et de corps. Rien ne devait la détourner de cette voie et elle devait rester vierge de toute pensée de chair. Il y aurait le jeûne, la prière et la méditation, qui conduiraient la jeune fille à la conscience cosmique. Méra comprit qu'elle aurait à protéger Séléné durant ces derniers vingt-huit précieux jours.

Méra s'allongea sur sa couche avec un soupir de lassitude. La journée avait été longue. Le matin, elle avait remis et éclissé le bras cassé de la femme d'un marchand de poisson qui lui avait dit être tombée dans l'escalier, mais Méra savait. La femme avait voulu se protéger des brutalités d'un mari fou furieux. Combien de fois avait-elle soigné des femmes au bras cassé? C'était toujours la même histoire qu'elles évoquaient pour masquer leur infortune.

Après la femme du marchand de poisson, il y avait eu un abcès à inciser, une oreille infectée à drainer, des plantes à moudre et, l'après-midi venu, l'avortement de Flavia. Dure journée, sans personne pour l'assister puisque sa fille s'était encore mêlée des malheurs d'un inconnu.

Séléné s'était toujours sentie obligée de secourir les malheureux qu'elle rencontrait. Toute petite, déjà, elle rapportait des animaux blessés, qu'elle soignait puis relâchait une fois guéris. Plus tard, ce fut ses poupées, qu'elle installait dans des lits affublées de bandages. D'où Séléné tirait cette idée d'une maison où l'on rassemblait des malades, Méra n'en avait pas la moindre idée. Mais elle soupçonnait que cette enfant candide aurait, s'il elle l'avait pu, ramené à la maison tous les miséreux de la terre.

Méra, les yeux grands ouverts, regardait l'obscurité, où elle pouvait lire ce qui l'attendait demain : la mort. Elle avait pensé avoir des années encore devant elle, mais le sort en avait décidé autrement.

La grosseur au côté, apparue tout à coup, du jour au lendemain, et qui enflait à vue d'œil, lui avait fait prendre conscience de la brièveté de la vie et de la mortalité de l'homme. Sa vie s'était écoulée comme un fleuve, aussi prévisible que l'Oronte; mais maintenant le cours se précipitait, tumultueux, et Méra avait désespérément besoin de savoir.

« J'irai au temple consulter l'oracle. Il faut que je sache quel avenir les étoiles réservent à Séléné. »

Elle sentit une douleur fulgurante au côté et comprit, avec consternation, que la drogue ne ferait bientôt plus aucun effet.

3

Ils se trouvaient dans une taverne de la rue chaude d'Antioche, le long des docks, là où les prostituées accrochaient des lanternes rouges au-dessus de leur porte pour que les marins arrivant au port sachent qu'elles les attendaient.

Assis à l'écart, loin de la foule des clients ivres, Andréas et Naso le Capitaine regardaient les deux danseuses nues qui ondulaient au rythme des cymbales et de la flûte. Andréas les observait avec détachement. La nudité féminine n'avait rien de nouveau pour lui, il était médecin, mais il n'en demeurait pas moins sensible aux balancements suggestifs des deux corps. Au cours de ses voyages, il avait connu bien des danseuses. Mais ce soir, il avait beau essayer de prendre part à l'atmosphère de liesse générale, il n'y parvenait pas. Il ne pouvait chasser de ses pensées la jeune fille de la place du marché.

Il n'y avait presque que des marins à s'entasser entre les murs du Coq d'Apollon, des matelots ivres, frais débarqués d'un long périple ou venus pour une dernière bordée avant de lever l'ancre. Ils avaient fait relâche à Antioche, l'un des plus grands ports de l'empire; ces hommes, qui débitaient les plus incroyables histoires, avaient la peau tannée comme du cuir, les yeux délavés par le soleil du grand large, et si leurs appétits étaient énormes, leurs besoins restaient simples et limités. C'étaient des hommes vieillissants, sans foyer, parias de la société et pourtant, paradoxalement, c'était avec eux qu'Andréas le raffiné se sentait à l'aise. Comme avec Naso, le capitaine noueux et buriné qui se vantait d'avoir le plus gros nez de toute la Syrie et, par conséquent, du monde. Trois fois par le passé, Andréas et Naso avaient conclu le même contrat et ce soir, ils s'apprêtaient, pour la quatrième fois, à passer le même accord.

Le capitaine vida le fond de sa chope et fit signe à la serveuse de lui en apporter une autre. Il remarqua que, comme à l'accoutumée, Andréas avait à peine touché à sa bière. Ils se connaissaient depuis des années, avaient partagé bien des aventures et pourtant, pour Naso, le médecin demeurait un mystère.

Il n'avait pas la moindre idée de ce qui, cycliquement, l'attirait vers les ports et les bateaux. Par trois fois déjà, le marin avait été le témoin de l'étrange impulsion qui saisissait Andréas et le poussait à s'embarquer avec lui. Alors, le médecin fermait sa maison, envoyait ses patients ailleurs puis achetait un passage sur un navire en partance vers des ports lointains. Quand il embarquait, Andréas se montrait distant, renfermé, et dans son regard scrutateur brûlait une étrange question. Il passait des semaines sur le pont à fixer l'horizon, sans se mêler à l'équipage, prenant ses repas seul. Puis, au moment même où Naso commençait à se demander avec inquiétude s'il n'allait pas se jeter par-dessus bord, il venait le voir. Il se mettait à sourire, à parler aux matelots, à dîner avec le capitaine, jusqu'au jour où, enfin libéré, il rentrait chez lui.

Sa fièvre l'avait repris, Naso le savait bien. Il lui avait vu cet air à Alexandrie, à Byblos et à Césarée, les villes portuaires où le médecin avait vécu. Le poison coulait à nouveau dans ses veines. Quand il avait appris l'année précédente qu'Andréas avait acheté une maison à Antioche, Naso avait eu bon espoir pour son ami. Il s'était dit qu'il s'installait, qu'il ne tarderait pas à se marier. Mais après quelques mois seulement passés dans sa belle villa, il hantait déjà les docks à la recherche d'un nouvel embarquement.

Qu'est-ce qui périodiquement l'attirait vers la mer? Naso n'en savait rien et n'avait jamais osé le lui demander. Il y avait un dicton qui disait « Médecin, guéris-toi toi-même », mais il soupçonnait qu'aucun baume, aucun point de suture ne pourrait cicatriser la blessure qui déchirait le cœur de son ami.

– Nous levons l'ancre à l'aube, avec la marée, annonça-t-il alors qu'on lui apportait sa bière.

Il prit une saucisse dans le plat qui se trouvait sur la table, la roula dans une galette plate et, l'enfournant, il ajouta :

– Cette fois, cap sur les Colonnes d'Hercule, et plus loin encore. Cela te convient-il, Andréas?

Andréas hocha la tête. Peu lui importait la destination du navire pourvu qu'il parte. Il avait prévenu son esclave Malakos qu'il serait probablement absent six mois et Malakos, qui connaissait l'étrange besoin qui tenaillait parfois son maître, veillerait sur la maison.

– Tu prends une fille ce soir, mon gars? demanda Naso, qui s'en était déjà choisi une. Il va se passer un bout de temps avant que tu revoies une femme.

Mais Andréas secoua la tête. Les femmes étaient le cadet de ses soucis. Ce qui le tourmentait pour l'instant, c'était une femme, une seule, une jeune fille. Celle au panier, celle à la bouche affligée d'une étrange infirmité qui, cet après-midi, lui avait imposé le marchand de tapis.

Andréas fronça les sourcils et, pour la chasser de son esprit, étudia la foule dans la taverne.

Un commerçant scythe urinait contre le mur du fond; deux matelots mauritaniens, noirs comme l'ébène, se battaient à coups de poing sans que personne y prête attention et un nain juché sur les épaules d'un compagnon gravait une inscription sur un pan de mur nu.

Pourquoi? se demandait Andréas. Il avait connu bien des filles et des femmes au long de ses voyages et aucune ne l'avait ému ainsi. Pourquoi elle?

Il se renfrogna, agacé par la bataille qui faisait rage en

lui. Son cœur lui disait, parce qu'elle est différente. Sa raison contestait, non, elle ne l'est pas. Partout, les femmes étaient les mêmes. En tant que médecin, il le savait; en tant qu'homme, il le savait aussi.

– Tu lui as tapé dans l'œil, dit Naso, le tirant de ses pensées.

A l'autre bout de la pièce, une jeune prostituée le dévisageait avec intérêt. Il la regarda à son tour. Elle était grande pour une femme, avec une peau blanche et des cheveux noir corbeau. Et une bouche rouge sang. Elle lui rappelait...

– Fais-toi plaisir, fiston, insistait Naso en prenant une autre saucisse.

Andréas baissa les yeux. Cette bouche boudeuse, fascinante, à la langue maladroite, le hantait. Comment s'appelait-elle? Mais comment s'appelait-elle?

Quand il releva la tête, la prostituée se frayait un chemin en riant parmi les hommes éméchés. Naso avait remarqué la lueur cupide qui éclairait son regard. Elle savait jauger sa prise dès le premier abord. Des hommes comme Andréas, aux mains lisses, habillés d'une toge blanche, bien mis, fréquentaient rarement ce quartier de la ville. Ils étaient mariés et Naso n'arrivait pas à comprendre pourquoi Andréas ne l'était pas.

Le médecin la regarda approcher et quand elle fut près de lui, il se sentit rempli de tristesse. La blancheur de son teint n'était pas naturelle. Elle s'était saupoudré le visage de poudre de riz pour en cacher les imperfections. Sa bouche était fardée de rouge. Elle avait souligné d'un trait ses lèvres minces pour qu'elles paraissent pulpeuses. De son regard de professionnel, il lut toute une vie de souffrance et de privation et il devina son avenir. Un mal lui rongeait la moelle osseuse. Savait-elle que ses jours étaient comptés, que ses lendemains se mesuraient en mois et non plus en années?

Avant qu'elle ait pu relever sa robe pour s'asseoir fesses nues sur ses genoux, Andréas s'était brusquement levé.

– Je serai au bateau à l'aube, dit-il au capitaine en le saluant.

Puis il glissa à la fille abasourdie une pièce d'or, la première qu'elle ait jamais tenue dans sa main.

Dehors, la nuit était chaude et lourde. C'était l'été et l'Oronte coulait paresseusement. Andréas regarda à droite et à gauche. On se serait cru en plein jour dans la rue éclairée par la lumière vive des lanternes rouges. Se drapant dans sa toge, il s'éloigna le long des quais, sachant d'expérience qu'il valait mieux rester dans les rues claires et peuplées. Il avait connu bien des ports de l'Empire romain et partout, c'était la même chose.

Il replongea dans ses pensées.

Oui, la fièvre l'avait repris. Mais cette fois, un peu plus tôt que d'habitude. Jusque-là, il avait pu tenir deux à trois ans avant que le poison ne l'envahisse au point qu'il lui faille aller faire peau neuve, en haute mer. Cette fois, une seule année avait passé depuis la dernière traversée avec Naso. C'était à cause de cette fille.

Après son départ, et une fois que le marchand inconscient avait été transféré dans le logement des esclaves, il s'était aperçu, non sans contrariété, qu'il ne pouvait la chasser de son esprit. Alors qu'il regardait sa merveilleuse bouche lutter de façon pathétique pour former des mots, il s'était senti ému, l'espace d'un instant. Mais son cœur endurci avait refusé de se laisser attendrir et tôt fait d'étouffer cette faiblesse. Un cœur dur, il le savait, était un cœur sûr; un cœur de pierre ne pouvait s'écorcher. Il l'avait donc renvoyée puis avait demandé à Malachus de chercher Naso. S'il ne s'était pas trouvé à Antioche, eh bien, un autre capitaine au navire solide aurait fait l'affaire, pour peu qu'il naviguât vers quelque port lointain. Mais par chance, Naso se trouvait à Antioche, prêt à partir pour la Bretagne. Demain à l'aube, Andréas serait à son bord.

Soudain, un cri suivi de hurlements le tirèrent de ses réflexions. Il se retourna pour voir un homme sortir d'une ruelle voisine et courir vers lui. Il avait du sang sur les mains.

– Au secours! Mon compagnon est blessé! Il saigne! cria-t-il en empoignant Andréas par le bras.

Méfiant, Andréas regarda par-dessus l'épaule de l'homme et il aperçut, dans la pénombre de la ruelle, un homme allongé par terre qui se tenait l'oreille.

– Qu'est-il arrivé? demanda-t-il.

– On nous a attaqués! Moi et mon ami, nous prenions un raccourci et quelqu'un nous a sauté dessus! Il est gravement touché. Il a l'oreille coupée!

Andréas dévisagea l'homme, très pâle, visiblement terrorisé, puis le blessé qui gisait dans une mare de sang. Il était sur le point de poursuivre son chemin quand une image lui revint en mémoire : la jeune fille bégayante qui suppliait les passants de l'aider à secourir un étranger blessé.

– Je suis médecin. Je vais vous aider, dit-il alors sans réfléchir.

– Les dieux vous bénissent, pleura l'homme en courant vers la ruelle.

Arrivé près du blessé, Andréas s'agenouilla pour l'examiner. Il vit aussitôt que la blessure était grave.

– Ne vous inquiétez pas, mon ami, le rassura-t-il. Je suis médecin. Je vais vous soigner.

Alors, l'autre homme, resté debout, dit à voix basse :

– Bien, maintenant, toi, tu fais ce que je te dis et t'auras pas à t'inquiéter non plus.

Andréas leva les yeux, vit le couteau ensanglanté et il sut à cet instant qu'il était tombé dans un des plus vieux pièges du monde, que le plus novice des médecins aurait su éviter. L'homme qui baignait dans son sang avait été la première victime et, ensuite, il avait servi d'appât pour une deuxième. Andréas sentit son propre sang se glacer dans ses veines.

– Prenez mon argent, dit-il aussi calmement qu'il le pouvait.

Puis il vit le bras du voleur se lever et s'abaisser vers son visage et, juste avant que le coup ne le frappe, juste avant que les étoiles et les lumières de la rue se brouillent, il pensa :

« Enfin, l'heure est venue, après tant d'années... »

4

Tandis qu'elle suivait le messager et sa lanterne dans la rue sombre, Méra se morigénait intérieurement.

Elle ne voulait pas sortir ce soir. Elle était en pleins préparatifs pour le seizième anniversaire de Séléné et pour les huit jours d'initiation qui suivraient. Le temps pressait. Mais quand le visage familier d'une fillette maigrichonne dont elle avait soigné la pneumonie l'hiver précédent était apparu à sa porte et qu'elle l'avait suppliée de venir au port parce que le capitaine Naso avait besoin d'elle, quand Méra avait vu ses grands yeux, avait senti sa main qui la tirait par la robe, elle s'était laissé fléchir. D'abord et avant tout, elle était guérisseuse. Elle avait fait serment de servir la Déesse.

La prostituée habitait au bord du fleuve dans un de ces immeubles insalubres et surpeuplés, construits à la va-vite et qui souvent s'écroulaient en engloutissant tous leurs habitants. La fillette guida Méra jusqu'au troisième étage de l'escalier de pierre étroit. La fille l'attendait sur le palier. Derrière elle se tenait un gaillard à l'air menaçant, le capitaine à en juger par ses vêtements.

– Merci d'être venue, mère, murmura la prostituée en utilisant le titre de respect traditionnel. Il est ici.

Méra embrassa la pièce misérable d'un seul regard : la lampe qui fumait trop parce qu'on y brûlait l'huile la moins chère et de la pire qualité, le teint cireux de la fille, le capitaine à la démarche chaloupée de marin et enfin, le corps d'un homme étendu sur une paillasse.

– Il devait partir avec moi demain. Il s'est fait attaquer, dit Naso tout en observant la guérisseuse qui s'agenouillait près de son ami.

– Est-ce qu'il vit? demanda la prostituée qui, Méra ne tarda pas à l'apprendre, s'appelait Zoé.

Avec douceur, Méra chercha le pouls au cou du blessé. Il était faible.

– Oui, répondit-elle en faisant signe à l'enfant qui s'approcha avec la boîte dont elle l'avait chargée.

Elle était en cèdre incrusté de signes mystiques sacrés.

– Rentre à présent, mon enfant, et merci d'être venue me chercher, lui dit-elle. Va dormir et dis à ton père qu'en remerciement je viendrai demain lui arracher sa mauvaise dent.

Inquiets, Naso et Zoé regardèrent en silence les fines mains brunes dénuder le torse d'Andréas. Ils virent la guérisseuse marquer un brusque arrêt, puis soulever la chaîne qui pendait au cou du blessé pour l'examiner à la lumière. Elle portait en médaillon l'Œil d'Horus, symbole du dieu égyptien de la médecine. Méra se tourna vers le capitaine.

– Est-il médecin?

– Oui, et il devait embarquer sur mon bateau à l'aube.

Méra secoua la tête.

– Il ne prendra pas la mer avec vous, capitaine. Il est blessé à la tête.

Naso cracha de rage en maudissant le premier dieu qui lui venait à l'esprit.

– Alors, je ne peux rien pour lui, dit-il, s'apprêtant à partir.

– Attendez! Vous ne pouvez pas le laisser ici! intervint Zoé en l'attrapant par le bras.

Naso se dégagea d'un geste.

– Moi, je dois m'occuper de mon bateau.

– Mais il ne peut pas rester là! Et mes clients alors?

Le capitaine regarda Méra, qui était en train d'ouvrir sa boîte à médicaments.

– Pouvez-vous l'emmener, mère?

– Il ne doit pas être déplacé.

Le marin se dandinait d'une jambe sur l'autre. Il n'avait pas la moindre idée de l'adresse d'Andréas, ne savait pas qui envoyer chercher. Après un instant de réflexion, il tira de sa ceinture une petite bourse en cuir.

– Voilà, dit-il en le donnant à la prostituée. Pour qu'il reste ici. C'est ce qu'il m'avait donné pour la traversée.

Zoé ouvrit la bourse et regarda, yeux écarquillés, les pièces qu'elle contenait. Puis elle regarda le blessé inconscient et les mains expertes de la guérisseuse.

– Très bien. Il peut rester, décida-t-elle après un rapide calcul.

Tout en demandant une bassine d'eau et en continuant de préparer médicaments et compresses, Méra pensait à la longue *stola* à moitié cousue qui l'attendait à la maison et que Séléné revêtirait au cours de la cérémonie, le jour de ses seize ans, et qui ferait d'elle une femme. Elle pensait aussi à la rose en ivoire qu'il fallait porter chez un joaillier pour qu'il y mette une chaîne et au manuscrit de formules secrètes qu'elle rédigeait pour la jeune fille. Tout serait-il prêt à temps? Vingt jours passaient si vite et la douleur dans son corps augmentait. Ses mains s'activèrent au-dessus d'Andréas.

– Je vais le guérir, dit-elle à l'adresse du capitaine et de la prostituée. Pour étranger qu'il me soit, il est médecin, mon frère par conséquent...

5

Assise par terre en tailleur, Zoé comptait une fois de plus les pièces. Ce n'était pas pour calculer leur valeur, elle la connaissait déjà, depuis deux jours qu'on lui avait amené l'étranger. Si la jeune Zoé étalait les pièces par terre, celles en argent d'un côté, celles en cuivre de l'autre, et qu'elle caressait l'effigie de chacune d'elle, longuement, c'était parce qu'elles avaient fini par représenter sa vie, ou plutôt la vie dont elle rêvait, une vie à l'opposé de la sienne aujourd'hui. Ces pièces lui ouvraient la porte de la liberté. Elle allait pouvoir fuir son existence misérable. Elle était sauvée.

Le seul problème était que ces pièces ne lui appartenaient pas.

Naso avait beau les lui avoir données pour qu'elle recueille le Grec blessé, n'importe quel imbécile aurait vu que le contenu de la bourse dépassait de beaucoup la valeur de son temps. Une seule de ces pièces représentait ce qu'elle gagnait en une année, toute la bourse, ce qu'elle gagnerait en une vie, une vie d'injures et d'humiliations, de peur et de solitude. Dans le tunnel lugubre qui s'ouvrait devant elle, Zoé voyait des hommes – durs et sans pitié, gentils parfois mais c'était rare, la plupart cruels –, la maladie, la misère, le désespoir et, tout au bout, une vieille femme seule, finissant ses jours à mendier de la bière sur les docks. Mais ces pièces, avec ces images de dieux et cette écriture étrangère, lui montraient une autre vie, une vie de respect et de bien-être, sous un climat chaud, en Sicile peut-être. Elle vivrait dans une petite maison, cultiverait un jardin, peut-être aurait-elle même son propre olivier, et elle bavarderait avec des voisines près du puits. Elle pourrait repartir de zéro, enterrer Zoé la fille de joie et donner naissance à une autre femme, une jeune veuve respectable, dont le mari aurait péri en mer. Et elle pourrait vivre au soleil, marcher la tête haute et, la nuit, dormir respectablement dans un vrai lit. Ce rêve était si fort, il semblait si réalisable à présent qu'elle en avait le souffle coupé.

Elle jeta un regard à l'étranger paisiblement endormi. Depuis deux jours, sous l'effet des calmants que lui avait administrés la guérisseuse, il dormait. Il avait déliré, à cause du coup qu'il avait reçu à la tête. Les rares fois où il s'était réveillé, il ne savait ni qui il était ni où il se trouvait. Mais bientôt, Méra le lui avait assuré, le voile se lèverait et il retrouverait tous ses esprits. Alors, il enverrait chercher les siens qui le ramèneraient chez lui où on l'installerait dans son propre lit.

« Et il reprendra ses pièces », s'était dit Zoé.

Elle le dévisagea avec intérêt. Elle pensait au collier. L'œil d'un dieu, avait dit Méra, en or ouvré et serti de lapis-lazuli qui certainement valait deux fois les pièces que contenait la bourse! Avec le collier et la bourse, Zoé pouvait changer de vie maintenant, tout de suite. Elle n'avait qu'à quitter cette chambre misérable, tourner le dos à sa vie pénible et se joindre à une caravane en partance pour le sud. Elle serait alors une riche et respectable veuve à l'orée d'une vie paisible et confortable.

Que lui importait que la guérisseuse lui ait dit qu'elle ne reviendrait pas, que lui importait d'abandonner l'étranger ici, inconscient et blessé? Il ne tarderait sûrement pas à se réveiller, il appellerait à l'aide, quelqu'un finirait bien par le trouver. Sa perte à lui lui offrait une chance à elle. Zoé se sourit à elle-même. Sa décision était prise : elle partirait cette nuit.

Elle remit les pièces dans la bourse puis, s'affairant, elle entreprit de rassembler ses maigres possessions qu'elle empaqueta dans un châle. Il ne lui restait qu'une dernière chose à faire : s'emparer du collier en or. Mais quand elle se retourna, l'étranger était réveillé.

Il s'assit. Dans la nuit à peine éclairée par le clair de lune, ils se dévisagèrent, Zoé sur ses gardes, serrant contre elle son balluchon, l'étranger les sourcils froncés. Pendant ces deux jours où il avait dormi, Zoé ne l'avait pas vraiment regardé, mais maintenant qu'il était assis à l'observer, elle se sentit sous le charme de son étonnante beauté.

– Où suis-je? demanda-t-il.

Une émotion, nouvelle et inconnue pour Zoé, circula dans ses veines, envahissant son corps, la parcourant d'un frisson. Il semblait si... vulnérable.

– Vous êtes chez moi, répondit-elle.

– Qui êtes-vous?

– Vous ne vous souvenez pas?

Elle marcha prudemment vers lui puis s'arrêta dans le rayon de lune qui entrait par la fenêtre.

– Est-ce que je vous connais?

Elle se mordit la lèvre inférieure. Avait-il perdu la mémoire? La guérisseuse en avait parlé comme d'une éventualité. Si tel était le cas, avait-il aussi oublié les pièces?

– Nous nous sommes rencontrés il y a deux nuits, lui apprit-elle.

Son haut front se rida de perplexité. Il se frotta la tête d'une main.

– Que s'est-il passé?

– Vous avez été attaqué par des voleurs. Dans une ruelle du port.

Son froncement de sourcils s'accentua. Il était troublé. Les yeux bleu nuit étudiaient Zoé avec une telle intensité qu'elle porta ses mains à sa poitrine. Et tandis qu'elle aussi le dévisageait, Andréas pensait que quelque chose en elle lui était familier, sa bouche si rouge...

– La place du marché, dit-il lentement. Le marchand de tapis. Il y avait une jeune fille...

Zoé retenait son souffle.

– Est-ce vous?

Elle hésita. Elle avait joué tant de fois cette même comédie. Les hommes venaient à elle avec leur solitude, ivres et tristes, regrettant l'absence de Bythia, Deborah ou Lotus, cherchant davantage dans le corps décharné de Zoé que le simple plaisir. Il leur fallait réaliser un rêve, un désir, s'accrocher à un espoir perdu. Bien des nuits, sur sa paillasse, elle n'était plus Zoé la putain mais l'épouse laissée il y a un an, la bien-aimée d'une jeunesse évanouie, parfois la femme d'un autre ou encore et même une mère. Alors, si cet étranger dérouté voulait voir en elle une jeune fille croisée au hasard d'une place de marché, quel mal y avait-il à ne pas le détromper, si cela le rendait heureux? Oui, c'était elle, celle dont il se souvenait.

– Tu es partie si vite, dit-il faiblement. Je ne sais même pas ton nom.

Il se frottait le front, l'air déconcerté. Quel jour était-on? Pourquoi sa tête lui faisait-elle si mal? Et pourquoi avait-il l'impression que, malgré tout, il y avait autre chose, quelque chose d'important dont il aurait dû se souvenir? Naso... Tout semblait si trouble. Il sentait sa tête près d'exploser, son corps endolori. Il leva les yeux vers la jeune femme qui se tenait dans le clair de lune, le teint laiteux, la chevelure si noire qu'elle se confondait avec la nuit. Était-elle vraiment la jeune fille de la place du marché?

Andréas perdait de plus en plus pied. Il avait rêvé. Tant de rêves qui tourbillonnaient, s'embrouillaient, devenaient impossibles à démêler. Que signifiaient-ils? La guérisseuse égyptienne aux mains douces et fraîches, Naso et le plat de saucisses, le panier de jusquiame. Quel sens donner à tous ces lambeaux de mémoire?

La jeune femme au teint pâle s'approcha et s'agenouilla près de lui. Sa voix était mélodieuse.

– M'as-tu cherchée?

Andréas le croyait.

– Oui...

– Alors tu m'as trouvée, dit-elle, un sourire aux lèvres.

Andréas prit sa main un instant puis retomba sur l'oreiller avec un soupir. Non, quelque chose sonnait faux. Mais il était incapable de penser. Sa tête lui faisait mal et il se sentait affreusement faible. Malakos. Où était Malakos? Et cette fille qui se faisait passer pour l'autre, il voyait bien à présent qu'elle était différente. Ses paupières se fermèrent, il soupira à nouveau, s'abandonnant au sommeil qui l'emportait.

Une heure plus tard, debout près de la fenêtre, le regard perdu par-delà les toits et les docks, jusqu'au ruban argenté de l'Oronte, Zoé réfléchissait à ce qui venait de se produire.

Quand elle avait dit au blessé qu'elle était la fille de la place du marché, il l'avait dévisagée comme s'il la suppliait de lui dire la vérité et, maintenant, il dormait, apparemment plus paisiblement encore qu'avant, cependant qu'elle se retrouvait seule, avec une impression de froid et de vide, seule pour déchiffrer cette énigme.

Elle n'était pas moins troublée que lui, car il ne ressemblait en rien à tous ceux qu'elle avait connus jusque-là. Elle se croyait experte en matière d'hommes, au fait de leur moindre pensée, de leur plus petite ruse, du plus infime de leurs secrets. Pourtant, Andréas n'entrait dans aucune des catégories bien établies dans lesquelles elle avait pris l'habitude de classer la gent masculine depuis l'âge de dix ans, depuis qu'elle avait commencé à vendre son corps. Ce qui la frappait le plus, c'était le pouvoir de sa tendresse. Quand il avait pris sa main, elle avait ressenti un choc plus puissant que si elle avait reçu un coup de poing. Comment expliquer qu'une telle douceur pût se révéler plus forte que la force des hommes qu'elle avait connus ? Zoé, si habituée à être dominée, à se trouver à la merci de leur violence, ne parvenait pas à croire que cet étranger à la voix douce ait pu lui faire confiance aussi docilement. Il avait reposé la tête sur l'oreiller, mais dans ses yeux douloureux fixés sur elle, elle avait lu une question à laquelle elle ne pouvait répondre. Il avait semblé si perdu qu'elle avait dû détourner le regard.

Le dos à la fenêtre, elle le regarda et elle sentit une vague de chaleur l'envahir. En elle s'éveillait soudain un grand élan protecteur, exclusif et maternel à la fois, en même temps qu'un désir physique. Le premier désir réel qu'elle éprouvât pour un homme après des années passées à mépriser les brutes qui se servaient d'elle. Et tout à coup, elle n'eut plus qu'une envie, non pas de connaître le soleil de Sicile, non pas de posséder une maisonnette et un olivier, mais de se trouver dans les bras de cet homme. Le rêve de liberté et de paix qu'elle nourrissait quelques instants auparavant s'était évanoui, remplacé par l'image de cet étranger si doux, qui lui était reconnaissant, redevable, et qui l'aimait. Dans sa naïveté, Zoé la prostituée, qui venait à peine d'apprendre à rêver, imaginait maintenant la longue vie qu'elle et cet étranger partageraient...

Elle savait ce qu'elle devait faire. Elle allait lui donner une nouvelle mémoire. Elle lui dirait qu'il s'appelait... Titus. Oui, elle aimait ce nom, Titus. Il sonnait fort. Et elle lui dirait qu'ils étaient fiancés, qu'ils envisageaient d'unir leurs vies...

Les poings serrés, elle se jura de garder cet homme à ses côtés, toujours.

6

Séléné, pleine d'espoir, scruta longuement la rue ensoleillée. Mais cette fois encore, personne.

Déçue, elle rentra et se mit à préparer sa boîte de médicaments. Elle ressemblait à celle de sa mère, hormis qu'elle était neuve et taillée dans un beau bois d'ébène inscrusté d'ivoire. Elle était dotée de multiples tiroirs et compartiments pour ranger remèdes et instruments, et munie d'une sangle de cuir épais pour que la jeune fille puisse la porter sur l'épaule. C'était le cadeau de Méra pour son seizième anniversaire.

Bientôt se déroulerait la cérémonie au cours de laquelle elle passerait la robe des femmes, selon une coutume plus ancienne que la fondation de Rome. Elle quitterait l'enfance, couperait une mèche de ses cheveux pour la dédier à Isis puis, avec sa mère, elles feraient un repas de fête.

Elle leva la tête de son ouvrage pour regarder toute la nourriture disposée sur la table.

Il était d'usage, en pareille occasion, de préparer quantité de mets et de boissons pour tous les amis et parents qui venaient féliciter la jeune fille. Le mois dernier, chez Ester, il y avait eu tant de monde qu'il avait fallu porter les tables dehors. Tandis qu'elle regardait les gâteaux que sa mère avait faits et les deux canards rôtis qu'elle avait achetés avec le peu d'argent qu'elles avaient, Séléné se dit que c'était beaucoup d'abondance, trop peut-être. Mais Méra avait voulu qu'il y ait assez pour tous ceux qui passeraient les voir.

Séléné jeta un nouveau coup d'œil vers la porte, avec l'espoir que quelqu'un allait venir, pour sa fête. Mais le seuil était vide. Elle poussa un soupir et se remit à sa tâche.

Sa boîte serait en tout point semblable à celle de Méra, avec les pansements, les onguents, les fils et les aiguilles, sans oublier un silex pour le feu. Aucun instrument chirurgical, cependant, puisque la guérisseuse ne croyait pas aux bienfaits de la chirurgie. Le couteau que comportait la pharmacie servait à percer des abcès, les pinces à saisir des pansements, les aiguilles à recoudre des plaies. Il n'y avait là rien de comparable avec les beaux instruments que Séléné avait vus chez Andréas le médecin, les scalpels en bronze, les pinces hémostatiques pour serrer les vaisseaux sanguins, les forceps pour broyer les calculs rénaux et quantité d'autres instruments dont elle n'avait pu deviner l'usage.

« Ce doit être merveilleux de posséder d'aussi beaux objets! pensait-elle tout en remplissant un flacon d'extrait de digitale avant de le placer dans la boîte. De détenir un tel savoir! De connaître le monde mystérieux qui se cache sous la chair! »

Il y avait trois semaines maintenant qu'elle avait quitté la maison d'Andréas, et pourtant son esprit restait là-bas, elle n'arrivait pas à l'en détacher.

Sans doute pensait-elle aux instruments du médecin. Mais c'était surtout le visage de l'homme lui-même qui la hantait. Chaque nuit, avant de s'endormir, elle revivait la merveilleuse rencontre.

Un après-midi, la semaine suivante, s'armant de courage, elle avait essayé de retrouver la maison. Mais en vain : comment reconnaître un portail parmi tant d'autres semblables? Et elle n'avait pu se résoudre à demander autour d'elle.

Au bruit de pas, elle courut regarder dehors. Mais ce n'était qu'un passant qui s'éloignait.

Elle rentra, regarda à nouveau la table.

Méra avait dû emprunter pour acheter tout cela. Sous un linge, il y avait un plat de galettes de pain azyme que chacun remplirait à sa guise d'olives et d'oignons, de morceaux d'agneau, de riz ou de miel. Il y avait aussi trois énormes fromages, qu'un marchand avait offerts à Méra pour la remercier d'avoir guéri son fils qui souffrait des yeux, et une amphore de vin obtenue contre la promesse de soigner toute la famille pendant une année. Il y avait encore des figues et des pommes, et quelques oranges – ce qui était un luxe –, toutes soigneusement disposées, à l'abri des mouches et de la poussière mais que la chaleur blettissait pourtant.

« Ils vont venir, se rassurait la jeune fille. Il est encore trop tôt. »

Elle retourna à sa boîte. Elle était seule à la maison. Méra avait couru à la rue des Joailliers où la rose d'ivoire était enfin prête. Elle l'avait confiée quelques jours plus tôt à un artisan pour qu'il la monte en pendentif. La rose, et son précieux trésor, serait offerte à Séléné ce soir afin qu'elle la portât avec sa nouvelle *stola*. Dès que le joaillier l'avait fait prévenir, Méra avait ôté son tablier et s'était précipitée, non sans recommander à Séléné de veiller sur leurs hôtes.

« Des hôtes? » se demandait la jeune fille en regardant encore vers la porte. Si personne ne venait, alors Séléné, au coucher du soleil, affronterait seule la Cérémonie, fêterait sans témoin son passage à l'âge adulte.

Elle pensa à la *stola* soigneusement pliée que Méra avait passé des nuits à coudre. Le tissu, d'une cotonnade bleu nuit, la plus douce qui existe, lui venait d'un chef de caravane dont elle avait guéri la toux. Elle l'avait brodé de délicates fleurs bleu pâle le long des manches et de l'ourlet. Ce serait la première robe longue de Séléné, et, au coucher du soleil, elle la revêtirait, ainsi que la *palla* bleu pâle, le long châle que seules les femmes peuvent porter.

La coutume voulait que ce soit le père qui accueille officiellement au sein de la famille la jeune fille devenue femme quand elle se présentait ainsi vêtue et que ce soient ses frères qui coupent la mèche de cheveux qui serait offerte aux Lares. Mais Séléné, qui n'avait ni père ni frères, serait accueillie par sa mère et, au lieu de sœurs pour la coiffer, ce serait elle encore qui arrangerait sa chevelure.

Séléné pensa avec mélancolie à la fête d'Ester, le mois précédent. Que de monde il y avait eu! Quelle belle fête! Les six tantes, les trois sœurs et les quatre cousines d'Ester l'avaient accompagnée au premier étage de la maison pour l'aider à enlever sa robe d'enfant puis à passer une *stola* d'un jaune tournesol éclatant. Quand elle avait reparu, tous s'étaient tus. Puis son père avait marché à sa rencontre pour l'embrasser et accueillir la jeune femme qu'elle devenait à présent.

Sous les acclamations, ses frères, l'air taquin, l'avaient encerclée et, armés du rasoir du coiffeur, avaient fait mine de vouloir lui raser la tête. Et Ester, rougissante, avait ri. Puis était arrivé l'instant solennel : la mèche de cheveux avait été placée sur l'autel des dieux du foyer, dans une urne qui renfermait déjà les mèches de ses sœurs aînées, de sa mère et de sa grand-mère. Après quoi la chevelure d'Ester avait été relevée en un magnifique chignon symbolisant son passage à l'âge adulte. Enfin, très cérémonieusement, on avait rangé dans un coffre ses poupées et ses robes courtes.

Séléné, dans un coin, seule parce que Méra avait été appelée pour un accouchement, avait souri et applaudi à la joie d'Ester avec un pincement d'envie et d'impatience. Car le fiancé d'Ester, un beau jeune homme, droit comme un i, aux yeux vert émeraude, assistait à la cérémonie.

A présent, Ester, considérée comme adulte, participait à toutes les tâches domestiques incombant aux femmes : filer, tisser, veiller sur l'autel des Lares. Et quand elle sortait, le bas de sa *stola* cachait ses chevilles et sa *palla* recouvrait pudiquement ses cheveux. Avec grâce et dignité, Ester était sortie de l'enfance.

Un bruit à la porte fit sursauter Séléné. Mais ce n'était que le vent qui bruissait dans la ramure du jardin.

Séléné avait bien sûr conscience que sa propre cérémonie sacrifierait plus à une coutume qu'elle ne tracerait de frontière véritable entre les deux phases de sa vie. Seule avec sa mère, sans père ni frères, il y avait des années qu'elle tenait sa place d'adulte, que non seulement elle filait, tissait, prenait soin du petit autel d'Isis, mais encore qu'elle cultivait des plantes médicinales, préparait des remèdes, aidait sa mère à soigner les malades. Ses poupées étaient depuis longtemps reléguées dans un coffre, depuis longtemps son enfance avait pris fin, parce que sa mère avait besoin d'elle. Cette partie-là de la cérémonie était inutile : il n'y aurait pas de poupées à ranger.

Pourtant, ce jour restait très important aux yeux de Séléné. Elle l'attendait depuis que, petite fille, elle avait commencé à assister à ces fêtes, non pas que les enfants du voisinage aient souhaité sa présence, puisqu'ils avaient fait d'elle une paria, mais parce que, par respect pour la guérisseuse égyptienne, on l'invitait. Chaque fois, témoin exclu et solitaire, elle avait regardé avec envie chacune des jeunes filles qui, au fil des ans, avaient reçu la robe convoitée et le baiser d'un père fier.

– Séléné, mon enfant. Quel jour béni!

Elle se retourna brusquement; la silhouette rondelette de la femme du boulanger se découpait dans l'encadrement de la porte.

– Soyez la bien... bienvenue. Entrez, je... je vous en

prie, bégaya-t-elle en refermant le coffre d'ébène, avant de se diriger vers la visiteuse.

La boulangère, s'éventant, entra dans la fraîcheur de l'unique pièce de la maison qu'elle fouilla de son regard curieux.

– Où est ta mère?

– Elle est s...

– Sortie?

Séléné hocha la tête.

– Un jour pareil? Mais où est-elle allée?

– Chercher mon c...

– Collier? Il est prêt alors?

Séléné hocha à nouveau la tête avant de désigner la table et la meilleure chaise de la maison, que la visiteuse occupa aussitôt après s'être servi une poignée d'olives.

– Où est votre m...

– Mon mari? Il ne viendra pas. Ce sont ses reins à nouveau.

Séléné ressentit une pointe de déception, non pas qu'elle appréciât particulièrement le boulanger, mais cela aurait fait une personne de plus.

– Quand est-elle sortie?

– Ce ma...

– Ah, ce matin. Alors, elle ne va plus tarder. Il est déjà midi, tu sais.

Nul besoin n'était de le lui rappeler. A la même heure, chez Ester, la foule se pressait déjà jusque dans la cour de devant.

Le silence s'installa. La jeune fille restait poliment debout et la visiteuse, un œil sur la table, suçait ses olives. Séléné sentait l'inquiétude la gagner. Et si personne d'autre ne venait? Certainement que des gens que sa mère avait soignés viendraient, mais pas de jeunes filles de son âge.

Enfant, elle ne prenait pas part aux jeux de la rue : incapable de s'exprimer couramment, elle avait été jugée lente et stupide. Plus tard, et quoique vivant dans un quartier pauvre dont aucune famille ne pouvait se targuer de grandes prétentions, les filles l'avaient évitée parce que ses robes étaient encore plus démodées que les leurs. Méra, tout le monde le savait, dépensait tout leur argent en remèdes au lieu d'offrir des vêtements à sa fille. Les bandes de fillettes, gloussant et chuchotant, s'étaient moquées d'elle parce qu'elle était mal habillée et qu'elle était chaussée de sandales en jonc semblables à celles que portaient les paysans. Elles se taisaient à son approche et riaient dès qu'elle essayait de parler. Puis, quand elles eurent passé cet âge cruel pour entrer dans l'adolescence, le fossé s'était trop creusé entre elles pour espérer le combler. On l'avait vue ramasser des herbes au clair de lune, elle qui ne parlait jamais. Et puis, qui n'avait été témoin de la façon dont elle avait placé ses mains au-dessus de Kiko, le vieux soldat atteint du haut mal? Qui n'avait vu comment elle avait fermé les yeux, les bras tendus devant elle et comment la crise du vieil homme s'était arrêtée?

La vérité était que, après bientôt seize ans passés dans cette petite rue, Séléné restait une étrangère parmi les siens. Ils ne viendraient pas. Oh! pas par méchanceté ou par antipathie, mais simplement parce qu'ils n'en auraient même pas l'idée.

Néanmoins, sa mère était respectée, et quelques personnes commencèrent à arriver : le jeune fabricant de tentes, sa femme et leur bébé de trois semaines, la veuve dont Méra soignait régulièrement les douleurs articulaires, le fouleur estropié dont Méra avait autrefois tenté de sauver la jambe et qui maintenant mendiait sur la place du marché, et le vieux Kiko, le soldat épileptique. Ce n'était pas une assemblée brillante, mais au moins étaient-ils venus.

Il y aurait beaucoup trop de nourriture. Pourquoi Méra avait-elle tenu à en préparer autant? Une telle prodigalité, au lieu de grandir l'événement, accentuait l'absence de convives. Séléné ne pouvait s'empêcher de songer qu'il y avait quelque chose de triste dans ce festin qu'ils seraient si peu à partager. Elle espérait qu'ils accepteraient d'emporter quelque nourriture en partant.

Elle faisait passer à la ronde un plat de gâteaux au safran quand l'entrée s'obscurcit. Tous levèrent les yeux pour voir qui arrivait et, instantanément, les bavardages cessèrent.

Ils regardaient, éberlués, un homme, visiblement de haut rang et très beau, qui se tenait sur le seuil de la maison.

Andréas.

Séléné plissa les yeux, incrédule. Ses rêves lui jouaient-ils un mauvais tour?

Mais la vision parla.

– On m'a dit que c'était la maison de Méra la guérisseuse.

Sept paires d'yeux le regardaient fixement. Puis Séléné, après avoir posé son plat, s'approcha de lui.

– C'est sa m... maison. Soyez le b... bienvenu.

A présent, c'était à Andréas de sembler incrédule.

– Toi! laissa-t-il échapper.

Ils se dévisagèrent un instant, incapables de parler. Était-ce bien lui, l'homme dont elle rêvait? Et Andréas pensait : « Je t'ai retrouvée, moi qui croyais t'avoir perdue à jamais. »

– Je v... vous en prie, en... entrez, se ressaisit-elle, agitée, maudissant sa langue de la trahir.

Andréas entra. Six visages sidérés le fixaient, bouches bées.

– Ce... ce sont mes a... mes amis.

Elle luttait pour ne pas bégayer. Elle aurait tant voulu s'exprimer parfaitement devant Andréas, mais plus elle s'efforçait, plus les mots résistaient.

– Je m'appelle Andréas, dit-il aux invités qui continuaient de le regarder fixement.

Tous cherchaient dans leur mémoire quand pour la dernière fois il leur avait été donné de voir une figure aussi prestigieuse. Quand? Tout simplement, jamais.

Le vieux marin se leva précipitamment pour lui offrir son tabouret, qu'Andréas refusa poliment.

Il portait des vêtements qu'ils n'avaient aperçus que sur les chevaliers qui traversaient la place du marché ou sur les nobles, au Cirque. Même le questeur ne portait jamais rien d'aussi beau! Six paires d'yeux ébahis admiraient la tunique lavande ourlée d'or, la toge blanche immaculée, les sandales en cuir lacées jusqu'aux genoux, la barbe soigneusement taillée et les cheveux bouclés. Quel était cet élégant seigneur qui venait rendre hommage à Séléné?

– Je suis à la recherche de Méra, expliqua-t-il en se tournant vers Séléné. Est-ce ta mère?

– Oui.

Andréas hocha la tête, comprenant soudain, émerveillé de l'œuvre du destin.

– Comment t'appelles-tu?

– Sé... Séléné.

Il sourit.

– A présent, je connais ton nom.

Il portait une jarre d'albâtre magnifiquement ouvragée et, comme un parfum doux et familier emplissait la maison, tous surent qu'elle contenait de la myrrhe, onguent extrêmement coûteux.

– Je suis venu lui apporter ceci, dit-il doucement en tendant la jarre d'albâtre à Séléné. Elle m'a porté secours alors que j'étais blessé.

Au moment où elle prenait timidement la jarre, leurs doigts se touchèrent. Elle en ressentit comme une secousse. Vivement, elle se détourna pour placer la jarre sur une étagère haute de façon que tous puissent la voir.

« A-t-il ressenti la même chose? » se demandait-elle. Elle le regarda à nouveau, les yeux brillants.

– Vous avez été... b... blessé? demanda-t-elle lentement.

– Sur le port, il y a trois semaines. Un coup à la tête. Et ta mère m'a soigné.

Séléné se rappelait. Un capitaine l'avait envoyée chercher en pleine nuit.

Andréas fit un pas vers elle. Il la dominait d'une demi-tête.

– Je me suis réveillé dans une chambre étrange. Il y avait une fille. J'ai cru que c'était toi, lui dit-il doucement en la dévisageant de ses yeux bleu nuit.

Sous le charme de ses yeux, subjuguée par sa présence, Séléné ne voyait pas les regards étonnés qu'échangeaient ses hôtes. Andréas s'adressait à elle comme s'ils s'étaient trouvés seuls dans la pièce.

– Puis la mémoire m'est revenue, j'ai compris que ce n'était pas toi et j'ai craint de ne jamais te retrouver.

Il se tut, scrutant intensément son visage.

– Te rappelles-tu le jour où nous nous sommes rencontrés? Le marchand de tapis?

Elle hocha la tête.

– Il s'est rétabli, tu sais. Il est rentré à Damas. Quand il m'a remercié de lui avoir sauvé la vie, je lui ai dit qu'il la devait à une jeune fille dont je ne connaissais pas le nom.

Noyée dans son regard, Séléné était incapable de parler.

Pour finir, une chaise racla le sol, quelqu'un toussa. Andréas leva les yeux, haussa un sourcil, comme surpris de se trouver là.

– Mais je m'impose! Tu as des invités.

Puis il vit la table qui croulait sous les mets.

– Je reviendrai une autre fois, ajouta-t-il en se dirigeant vers la porte.

Séléné le rattrapa.

– Attendez. Ne... ne partez pas, dit-elle, avec une grimace de douleur.

Andréas regarda la main posée sur son bras, puis la bouche merveilleuse qui s'efforçait de formuler des mots.

– Elle essaie de vous dire de rester, intervint la boulangère, aussitôt foudroyée du regard.

– Que célébrez-vous? demanda-t-il à Séléné.

La jeune fille fronça les sourcils. Elle en voulut aux Dieux de l'avoir fait naître avec une parole si lente. La réponse était si longue. Il lui fallait dire que c'était son anniversaire, qu'elle avait seize ans, qu'en ce jour elle revêtait la *stola*. C'est alors qu'elle comprit étonnée en le regardant qu'il avait déjà deviné la raison de cette fête. Mais il voulait qu'elle le dise.

– Mon... mon anniversaire. La *stola*.

– Je serais honoré de rester, si tu le souhaites, lui dit-il dans un sourire. Et je désirerais exprimer à ta mère toute ma gratitude.

Il y eut un instant d'émoi tandis que les convives s'écartaient pour lui faire place. Tous s'empressaient, voulant lui offrir leurs sièges, lui présenter de la nourriture. Au même moment, la rue se mit elle aussi en effervescence. Ester, la jeune femme dont la fête avait été un tel événement le mois précédent, se trouvait dans son minuscule jardin quand Andréas s'était présenté à la porte de Séléné. Elle avait aussitôt laissé là son ouvrage pour observer cet inconnu si noblement vêtu jusqu'à ce qu'il fût entré dans la maison. Les minutes s'étaient écoulées et il n'était toujours pas ressorti. Sa curiosité était à son comble. Elle courut prévenir sa mère et ses sœurs que l'homme le plus riche qu'il lui ait été donné de voir, et qui portait certainement un présent, venait d'entrer chez la guérisseuse; elle se précipita chez sa meilleure amie, Almah, une jeune femme enceinte de son premier enfant.

– Elle fête ses seize ans! Ce doit être un invité. Je me demande qui il est! s'exclama Almah, heureuse de la moindre diversion dans la monotonie quotidienne.

– Je n'avais pas l'intention d'y aller...

– Mais elle est venue à nos cérémonies...
– Pour Séléné, c'est le moins que nous puissions faire.

Et comme Ester et Almah se dirigeaient vers la maison de Méra, la boulangère, elle, rentrait vite chez elle tirer son époux de sa sieste pour le convaincre de venir à cet anniversaire auquel assistait un inconnu de marque.

La nouvelle se propagea, si bien que lorsqu'elle arriva à la petite rue, fatiguée de sa longue course, taraudée par une douleur insupportable au côté, Méra fut accueillie par un brouhaha de voix et de rires. Une fête, pensa-t-elle, tout en cherchant chez qui elle pouvait avoir lieu. Puis elle vit les gens assemblés à sa propre porte, entassés dans son propre jardin, des gens qu'elle connaissait et qui étaient en train de boire et de manger dans la chaleur de cet après-midi d'été. Elle resta figée sur place.

Que s'était-il passé? Ces gens s'étaient-ils donc tous déplacés pour l'anniversaire de Séléné? Il y avait sûrement davantage de monde qu'à celui d'Ester, dont on avait pourtant parlé pendant des semaines!

Quand elle atteignit la barrière, amis et voisins l'accueillirent avec des sourires que le vin généreux rendait particulièrement rayonnants. Elle se fraya un chemin jusqu'au seuil de sa maison. Là, devant la pièce grouillante de monde, devant cette foule animée et joyeuse, elle resta sans voix.

La nourriture sur la table disparaissait rapidement, certains plats étaient déjà vides, et une nouvelle jarre de vin, qu'elle n'avait jamais vue auparavant, circulait de main en main. On se pressait pour la saluer, on se bousculait pour venir la féliciter. Abasourdie, elle chercha sa fille des yeux. Séléné, les joues enflammées et le regard brillant, était le centre de la fête. Debout à ses côtés, se tenait un homme de haute taille dont le visage lui était vaguement familier.

Tout en répondant aux félicitations qu'on lui adressait, oui, c'était un grand jour, elle se dirigea vers Séléné. Où avait-elle déjà vu ce jeune homme? Elle se rappela le blessé dans l'appartement de la prostituée, au bord de la rivière et, devinant qu'il avait dû s'enquérir du nom et de l'adresse de la guérisseuse qui l'avait soigné, elle comprit pourquoi sa maison était aussi remplie...

Si le jeune médecin était venu la remercier de son aide,

songea-t-elle, eh bien, elle lui était redevable deux fois. Parce que, grâce à sa présence extraordinaire ici et à la simplicité des voisins, le bel étranger avait sans le savoir contribué à la réussite de l'anniversaire de Séléné.

Quand il vit Méra, Andréas s'interrompit au milieu de sa phrase pour venir s'incliner cérémonieusement devant elle.

– Je suis Andréas, mère. Je suis venu vous remercier de ce que vous avez fait pour moi.

Les yeux de Méra brillèrent et un instant, elle oublia la douleur affreuse qui lui brûlait le côté.

– L'honneur était pour moi de vous aider, Andréas.

– M... mère. Regarde! intervint Séléné en prenant la jarre en albâtre sur l'étagère pour la lui tendre.

Méra sentit le parfum avant même de toucher la jarre. De la myrrhe. Un baume béni que jamais elle n'avait pu acheter et dont elle saurait faire si bon usage. Elle resta muette de saisissement.

L'instant d'après, Séléné racontait haletante comment elle avait rencontré Andréas trois semaines auparavant, avant son accident sur le port, quelle merveilleuse coïncidence, n'est-ce pas? Méra remarqua ses joues empourprées et nota que, malgré son bégaiement, elle parlait sans timidité. Elle se souvint alors de son agitation ce fameux jour où elle avait rencontré le médecin et aussitôt sa joie tourna à l'inquiétude.

Séléné était amoureuse!

Mais on entraînait déjà Méra loin de sa fille et du séduisant étranger. La boulangère l'avait prise par un bras, la vieille veuve par l'autre et toutes deux la soûlaient de paroles et de compliments, lui disant combien elle devait être fière en ce grand jour. Elle hochait la tête distraitement et les remerciait, cherchant Séléné entre les gens qui l'entouraient : la jeune fille enveloppait le médecin d'un regard qui ne laissait aucun doute.

La fête s'animait. Des gens rapportaient de la nourriture, des hommes couraient chercher du vin chez eux. Des musiciens firent leur apparition, mais c'est à peine si, dans le vacarme, l'on entendait le son des flûtes et des harpes. On se bousculait pour être à côté du bel étranger. Ester et Almah lui faisaient les yeux doux. Enfin, quand le soleil eut presque terminé sa course vers l'horizon, l'heure arriva pour Séléné de se retirer pour se préparer, revêtir la *stola*.

Comme il n'existait pas d'autre pièce dans la maison, Méra emmena sa fille sur le toit où, l'été, elles vivaient et dormaient et où poussait un romarin derrière lequel la jeune fille pouvait s'habiller.

Mère et fille se tenaient dans la lumière dorée du soleil couchant. Au loin, des feux brûlaient sur les toits, et la fumée qu'ils dégageaient faisait vaciller les contours des temples. Sous le ciel enflammé d'orange, de pourpre et d'or, transfigurée par cette brume, Antioche leur apparut comme une ville mythique.

Tandis que sa mère l'aidait à se changer, Séléné ne parvenait pas à calmer sa nervosité.

– N'est-ce pas m..., essayait-elle de dire en enlevant sa robe élimée. Andréas n'est-il pas...

Elle se lava dans une bassine d'eau claire, puis passa une chemise propre. Méra, silencieuse, sortit avec précaution la *stola* bleu nuit de sa boîte. En bas, la fête battait son plein. Tout le monde attendait l'apparition de Séléné.

Méra se sentait déchirée. Certes, elle se réjouissait que l'anniversaire de Séléné se déroule finalement si bien. Pourtant, Andréas, qui était la raison de cette réussite, suscitait en elle de sourdes inquiétudes.

Dans huit jours, ce serait la nuit de la pleine lune. Elle emmènerait Séléné dans la montagne où, retirées du monde, elles jeûneraient, prieraient et communieraient avec la Déesse. Là, dans cet endroit désert, aurait lieu la phase finale de l'initiation de Séléné, celle qui ferait d'elle une guérisseuse. Et là, Méra apprendrait à sa fille la vérité sur sa naissance; elle ouvrirait la rose d'ivoire et Séléné, à son tour, commencerait la quête de sa propre identité.

Tout s'était déroulé comme prévu, jusqu'à ce soir.

Elle avait consacré ces vingt derniers jours à compléter les connaissances de la jeune fille, à lui transmettre son savoir. Dans huit jours, elle lui passerait également ses connaissances spirituelles. Alors, son travail accompli, elle pourrait mourir sans regret. Mais à présent, une terrible complication survenait : à ce moment si précieux et si délicat de sa vie, Séléné était amoureuse.

– Tu dois penser à d'autres choses ce soir, Séléné, lui dit-elle en l'aidant à passer sa *stola*. Tu dois penser à la gravité de cet instant. Désormais, Séléné, tu n'es plus une enfant. Tu es une femme. Pas une femme comme les autres, une guérisseuse, et tu ne peux mener une vie ordinaire. Tu dois penser à tes nouveaux devoirs, Séléné.

– Je... je ne veux p... penser à rien d'... d'autre qu'à Andréas !

Méra serra les lèvres. Vingt jours plus tôt, elle avait voulu consulter l'Oracle du temple. Il fallait qu'elle sache ce qui était inscrit dans les astres de sa fille. Elle devait connaître l'avenir de Séléné avant de mourir. Mais on lui avait répondu de revenir dans vingt-sept jours. Elle avait eu beau supplier le gardien du temple, rien n'y avait fait. Nul ne choisissait le moment où l'Oracle le recevait.

Une douleur fulgurante la traversa, lui arrachant une grimace. Mais Séléné ne remarqua rien. Elle n'avait pas conscience que sa mère se mourait.

Quand la *stola* glissa sur son corps, douce comme une caresse, Séléné se tut. Jamais elle n'avait senti sur sa peau une étoffe aussi fine. L'ourlet, bordé de fleurs pâles bleutées, dansantes, effleurait le sol. Les manches, vagues et flottantes, ajourées le long d'une couture, lui faisaient l'effet d'une brise sur ses bras. Un long cordon de chanvre teint en bleu resserrait sa taille et se croisait entre ses seins, ajustant la robe contre son corps.

Enfin, Méra sortit la rose en ivoire.

Le bleu de nuit de la *stola* en faisait ressortir la blancheur éclatante et la délicatesse des ciselures, finement ouvragées. Au moment où Méra fixait la chaîne au cou de Séléné, la rose se plaça au creux de la gorge de la jeune fille et fit entendre un léger bruit comme pour rappeler le mystérieux trésor qu'elle contenait. Depuis longtemps scellée à la céramique, elle serait ouverte pour la première fois la nuit où elles iraient sur les pentes du Mont Silpius, qui dominait Antioche. Séléné le savait mais ce soir, Andréas seul occupait toutes ses pensées.

Pour finir, Méra brossa les longs cheveux noirs de Séléné, qu'elle portait pour la dernière fois libres dans le dos. Elle se recula pour regarder sa fille et une douleur l'étreignit. Mais ce n'était pas celle qu'elle connaissait, cette souffrance de son corps qui se mourait. Non, c'était dans son âme même que Méra avait mal.

« Tu es venue à moi alors que j'étais solitaire et sans enfant, pensait-elle. Nous avons passé trop peu de temps ensemble, douce enfant, mais il n'est pas une heure, pas une seconde, durant ces seize années, que j'aie regrettées. »

En un éclair, elle revit le Romain agonisant aussi distinctement que s'il avait été devant elle. « C'était un don des Dieux, avait-il dit. L'anneau la conduira vers sa destinée. »

Méra aurait voulu tendre la main vers cette vision et lui demander : Qui êtes-vous? » Mais le visage s'évanouit dans le soleil couchant embrumé.

Le silence se fit dans l'assemblée quand Méra apparut enfin à la porte de derrière. Chacun des invités attendait d'autant plus fébrile que la journée s'était révélée riche en surprises. Qui se serait imaginé qu'un homme aussi distingué assisterait au seizième anniversaire de Séléné? Qui se serait attendu à autant de mets délicieux, à pareille profusion de vin? Alors, maintenant, celle qui allait franchir le seuil ne pouvait plus être une jeune fille ordinaire.

Leurs espoirs ne furent pas déçus.

Plusieurs invités retinrent leur souffle quand Séléné fit son entrée. Aux côtés d'Andréas, Ester et Almah restaient bouche bée devant la ravissante *stola* bleue. Où Méra avait-elle trouvé un tissu aussi magnifique? Comment avait-elle pu l'acheter? Et chacune de penser que la sienne n'était pas brodée de fleurs...

Séléné entra d'un pas hésitant, un sourire timide aux lèvres, effrayée à l'idée de croiser le regard des convives assemblés. Méra vit leurs visages soudain frappés de stupéfaction et des larmes montèrent à nouveau à ses yeux. A présent, ils voyaient sa fille telle qu'elle était réellement, belle et pure. Ces gens qui l'avaient méprisée parce qu'elle bégayait, qui lui avaient prédit que jamais elle ne ferait un bon mariage, qui des années durant n'avaient pas vu qu'elle existait la regardaient maintenant, abasourdis.

Puis elle se tourna vers Andréas et sa joie disparut instantanément. Elle avait connu assez d'hommes dans sa vie pour savoir déchiffrer un regard sans se tromper et ce qu'elle lut dans celui-ci fit battre son cœur encore plus fort. Il ne fallait pas qu'Andréas ait des vues sur Séléné...

La scène sembla un instant suspendue dans le silence. Méra s'avança vers sa fille et l'embrassa devant toute l'assistance, qui éclata aussitôt en joyeuses acclamations. Tandis que sa mère la serrait fort contre elle, Séléné regardait Andréas par-dessus son épaule. Il n'applaudissait pas, il ne disait rien et restait immobile. Il la regardait avec cette intensité dont elle se souvenait et qui maintes et maintes fois lui était revenue en rêve. Il ne souriait plus; sous ses sourcils froncés, son regard s'était à nouveau assombri.

Méra se détacha de sa fille, essuya les larmes qui roulaient sur ses joues avant de prendre sur une étagère le couteau qui couperait une mèche de cheveux symbolique. Mais au moment où elle le levait, prête à prononcer les paroles rituelles, Andréas s'avança.

– Il est de coutume que le frère accomplisse ce devoir, dit-il en tendant la main.

Méra cligna des yeux de surprise, puis elle posa le couteau dans sa main, incertaine.

– Considère-moi, en cet instant, comme ton frère, dit-il s'adressant à Séléné dont il s'était approché.

Quand ses mains touchèrent ses cheveux, la jeune fille ferma les yeux. Et tous regardaient fascinés, conscients que ce jour alimenterait pour longtemps leurs conversations.

« Il est en train de l'éloigner de moi », pensa Méra au moment où la mèche brune tombait dans la main d'Andréas.

Il remit la mèche à Séléné et tout le monde la regarda la dédier à Isis sur le petit autel domestique.

Puis la musique reprit et le vin coula à nouveau à flots, tandis que le bruit des voix et des rires s'élevait dans la chaleur de la nuit d'été. Tournant le dos à l'autel, Séléné ne put trouver le regard d'Andréas. Elle avait l'impression de marcher dans un rêve, qu'elle risquait de se réveiller tout à coup, dans une aube froide, amèrement déçue.

Mais le rêve durait. Quelqu'un lui présenta une chaise sur laquelle elle s'assit cérémonieusement. Sa mère sortit alors les peignes et les épingles pour procéder au dernier rite.

Ester et Almah, désireuses d'attirer les regards du bel inconnu, s'avancèrent et insistèrent pour remplacer les sœurs qui, si elle en avait eu, auraient coiffé Séléné. Une fois encore, pour son enfant, Méra s'effaça devant des étrangers et, une fois encore, elle observa Andréas du coin de l'œil.

« Il me la prendra, pensa-t-elle. Il l'éloignera de la Déesse et de sa destinée. Elle m'avait été confiée. Les dieux m'avaient choisie pour la protéger. Elle a un devoir envers eux; à son tour, elle doit se mettre en quête de son identité. Et rien ni personne ne doit la détourner de cette voie. »

Dans sept jours, se rassurait-elle, l'Oracle lui dirait comment agir...

Quand Esther et Almah eurent terminé, tous louèrent leurs talents. Elles avaient réalisé une coiffure simple mais du tout dernier cri, portée, insistaient-elles, par les dames de la cour impériale à Rome. Et maintenant que tout le cérémonial était accompli, les voisins reconnaissaient Séléné en tant que femme. Ils lui prirent la main et la complimentèrent. On envoya chercher davantage de victuailles, les musiciens se remirent à leurs instruments et la fête reprit de plus belle.

Séléné restait assise telle une reine sur son trône, le visage empourpré, le regard embrasé. Cette jeune femme en *stola* bleue, avec une rose blanche telle une étoile sur sa poitrine, les cheveux attachés en une multitude de boucles, était-ce vraiment elle, Séléné? Elle regarda autour d'elle les gens qui mangeaient, qui buvaient et s'amusaient en son honneur. Elle se sentit prise de vertige, comme si elle s'était élevée vers les étoiles.

Le contact d'une main posée sur son poignet la ramena sur terre. Oui, c'était bien elle, Séléné. Méra lui demandait de dire quelque chose et de souhaiter bonne nuit à leurs hôtes. Elle la regarda horrifiée. Parler? Devant tous ces gens?

– Juste quelques mots de remerciement, expliqua doucement Méra. Pour leur gentillesse.

– M... mais...

– Séléné, insista Méra avec calme mais fermeté. Lève-toi à présent et dis seulement merci.

– Je ne p... peux pas, murmura la jeune fille.

Et soudain, Andréas fut près d'elle.

– Elle a besoin d'un peu d'air, dit-il à Méra. Elle a besoin de s'éloigner un instant de ce tumulte.

Il tendit le bras et Séléné, les yeux levés vers lui, glissa sa main dans la main qu'il lui offrait. Personne ne les vit s'éclipser par la porte de derrière, sauf Ester et Almah, envieuses, qui échangèrent un regard entendu, et Méra, qu'ils avaient plantée là où elle était.

Ils montèrent sur le toit, véritable îlot de paix dans le tohu-bohu de la fête, espace de silence sous le ciel étoilé, au milieu des milliers de lueurs scintillantes de la ville.

– Séléné, murmura-t-il en se tournant vers elle. Il ne faut pas avoir peur. Tu peux leur parler. Tu peux prononcer ces paroles qu'on attend de toi.

M... mais, je n...

Attends.

Il la regarda, regarda les yeux levés vers lui, la bouche ravissante et il s'émerveilla de ce qu'il était en train de faire. Depuis la dernière fois qu'il avait aimé, les années s'étaient écoulées, et il s'était endurci. Douze années pendant lesquelles nul n'avait pu l'atteindre, n'avait su trouver le chemin étroit qui menait à son cœur. Certains avaient essayé, mais lui s'était armé contre l'amour, contre les sentiments, contre ce qui pouvait le blesser. Il était médecin, il savait que son âme, si durement meurtrie autrefois, ne pouvait risquer une autre blessure.

Et pourtant, il se trouvait là, sur le toit de cette modeste maison, il prenait entre ses mains le visage craintif d'une jeune fille qu'il connaissait à peine et il lui disait qu'il saurait lui apprendre à parler sans peur.

– Comment? demanda-t-elle.

– Tu peux guérir les autres. A présent, tu dois te guérir, toi. Le marchand de tapis. Tu te rappelles son attaque?

Elle hocha la tête.

– Alors, utilise ce pouvoir sur toi-même, Séléné.

Ses yeux s'écarquillèrent. Elle n'avait jamais songé à utiliser sa propre concentration pour elle-même. En était-elle capable?

– D... dites-moi c... comment.

– Chaque fois que tu essaies de parler, tu te fixes sur les mots, c'est pour cela que tu butes dessus. A trop t'efforcer, tu es trop tendue. Ne pense pas à ce que tu es en train de dire, concentre-toi sur autre chose. De cette manière, les mots sortiront d'eux-mêmes, naturellement. Regarde ton auditoire, Séléné, mais sans le voir, comme si tu étais ailleurs. Que voyais-tu l'autre jour avec le marchand de tapis? Une flamme, m'as-tu dit? Alors imagine une flamme, concentre-toi sur elle, ne laisse rien d'autre s'immiscer dans ton esprit. Et alors, parle.

Séléné le dévisageait, fascinée. Il était en train de lui expliquer comme Méra avait fait des années auparavant, quand elle lui avait appris l'antique technique, comment évoquer sa flamme intérieure, centrer son univers sur elle.

Représente-la-toi maintenant, lui dit-il doucement.

Une brise souffla sur le toit, gonflant la *stola*. Le tissu frôla la jambe nue d'Andréas dont la toge blanche en flottant s'enroulait autour de la cuisse de Séléné. Elle ferma les yeux puis les ouvrit. Elle voyait la flamme et se calmait, apaisée. La flamme semblait plus éclatante, plus chaude que jamais auparavant, comme si le regard d'Andréas l'avait attisée.

– Je vais essayer, Andréas. Pour vous, je vais essayer, dit-elle alors.

Tout le monde se serrait à l'intérieur de la maison pour entendre les mots qui allaient clore la soirée. Le silence était tel qu'on entendit le vigile annoncer son deuxième passage loin dans la ville. Les regardant en face, Séléné parla sans hésiter, sans bégayer. Elle les remercia un à un avant de les bénir. Quand elle eut terminé, personne ne bougea. Tous restèrent immobiles dans un silence de pierre.

Puis ils se dispersèrent lentement, comme s'ils s'éveillaient d'un sommeil hypnotique. Ils se chuchotèrent des au revoir en cherchant capes et sandales avant de disparaître petit à petit dans la nuit. Ester demanda à Séléné de passer lui dire ce qu'elle pensait d'un nouveau tissage qu'elle avait entrepris. Almah voulut savoir si elle pouvait lui rendre visite. Quant à la boulangère, elle la salua d'un air étrange. Un beau jeune homme, le fils du marchand d'huile, lui demanda timidement si elle accepterait de venir se promener avec lui.

Andréas, le dernier à partir, renouvela ses remerciements à Méra pour l'avoir soigné et présenta une fois encore ses vœux à Séléné pour son seizième anniversaire. Il s'éloigna en pensant à la longue nuit qui l'attendait, certain qu'il ne trouverait pas le sommeil.

7

– Tu es mourante, ma fille ! annonça l'oracle.

Méra inclina la tête.

– Oui, mère, en effet.

Et l'enfant n'en sait rien?

Non.

L'oracle observa Méra de son regard empli d'une sagesse antique.

Pourquoi ne lui as-tu pas dit que tu étais mourante?

– Je voulais que son cœur et son esprit soient libres de toute inquiétude. Elle se prépare à l'initiation ultime aux secrets de la Déesse.

L'oracle hocha la tête, puis elle détourna le regard pour s'absorber dans la contemplation des abords du temple, par-delà la fenêtre.

C'était une journée grise et nuageuse, typique d'août, et l'orage menaçait. Quelques suppliants allaient et venaient dans l'enceinte, porteurs d'offrandes pour la Déesse. Une pierre sacrée dominait le centre de la cour, monolithe ancien érigé à l'endroit que la Déesse en personne aurait, selon la légende, touché. Une allée de terre battue y menait, celle qu'empruntaient les mères quand elles venaient cogner la tête folle de leurs enfants contre la pierre dans l'espoir d'y faire entrer un peu de raison.

L'oracle regarda à nouveau Méra.

– Quand sera-t-elle initiée?

– Demain. Nous partons dans la montagne.

L'oracle approuva d'un hochement de tête. Cette guérisseuse était une fille pieuse et dévouée de la Déesse. Là-haut, dans l'air pur et raréfié des montagnes qui gardaient Antioche, elle offrirait sa propre fille au service de la Grande Mère.

– Est-elle prête? demanda-t-elle.

Méra leva la tête pour la regarder droit dans les yeux.

L'oracle, petite femme frêle d'un âge avancé, disparaissait dans ses robes noires et sous le voile qui couvrait ses cheveux blancs. Devant elle, Méra éprouvait de l'humilité mêlée d'une crainte sacrée, car les gardiennes de la maison d'Isis exerçaient un pouvoir redoutable. A l'instar des prêtresses de Minerve, les femmes qui servaient la déesse avaient dépassé depuis longtemps l'âge de la fécondité. Le monde entier les respectait comme les sages entre les sages.

– Je ne sais pas, murmura la guérisseuse en réponse à la question de l'oracle. Elle devrait l'être. Je lui ai transmis mon savoir, je l'ai préparée. Mais...

L'oracle attendit.

– ... Mais il y a un homme à présent.

– Tu sais que ta fille doit être pure et vierge pour la cérémonie.

– Je lui ai interdit de le voir!

– Obéit-elle?

Méra se tordit les mains. Non, elle n'obéissait plus. Pendant ces seize années, Séléné s'était montrée une enfant douce et respectueuse. Mais maintenant, malgré les mises en garde de sa mère, elle s'échappait pour courir chez lui, dans la ville haute.

– Connaît-elle le danger? demanda l'oracle, comme si elle avait lu dans les pensées de Méra.

– Je l'ai mise en garde. La nuit de son seizième anniversaire, il y a sept jours, alors que nous étions seules, je lui ai expliqué. Mais elle pense qu'elle est amoureuse, mère! Son esprit repousse mon enseignement. Elle ne pense qu'à lui, ne parle que de lui...

L'oracle avait levé une petite main brune et noueuse.

– Ton enfant n'est pas une enfant ordinaire. Elle a une destinée à accomplir. Tu m'as dit qu'elle venait des dieux et qu'elle avait été confiée à ta garde. Ne crains rien, ma fille, la Déesse la guidera.

Elle se tut et dévisagea un instant Méra avant de poursuivre.

– Il y a autre chose. Cet homme te fait peur. Pourquoi?

– Parce qu'il détourne ma fille des enseignements véritables. Il est chirurgien, mère. Il pratique une médecine profane. Et il ne fait pas appel à la Déesse, il n'emploie pas de feu sacré, ne prie pas. Et il apprend à ma fille ces méthodes impies! Il est dangereux, mère. Il va détruire tout ce que je me suis efforcée de lui inculquer.

Puis baissant la voix.

– ... Ce n'est pas la virginité de son corps qui est menacée, mère, mais celle de son esprit.

L'oracle resta silencieuse.

– Que dois-je faire? demanda Méra en s'inclinant. Pouvez-vous me dire ce qui est écrit dans ses étoiles?

– Quels étaient les astres à sa naissance?

– Elle est née en Lion avec Vénus ascendante en Vierge.

– A quelle heure?

– Je... je ne sais pas, mère. La naissance était bousculée, ses parents fuyaient...

– Tu sais qu'il nous faut le véritable ascendant, ma fille. Il se peut qu'il y ait plusieurs planètes dans sa Première Maison; il est indispensable de connaître la plus proche de sa corne.

Méra savait déjà cela. Au fil des années, elle s'était évertuée à faire lire les étoiles de Séléné, mais en vain. Ses données étaient insuffisantes : trois planètes flanquaient le Lion – Mars et Saturne ascendants et Jupiter sur le point de l'être. Mais ce n'était qu'une approximation. Elle pouvait se tromper d'une heure, ce qui suffisait à décaler l'ascendant.

– Il y a autre chose, continuait l'oracle. Dis-moi ce que tu m'as tu jusqu'alors.

– Il y avait un jumeau, un garçon, né juste avant Séléné. Ses parents l'avaient appelé Hélios.

L'oracle fronça les sourcils.

– Hélios et Séléné? Soleil et Lune?

La prêtresse demeura pensive un instant, le regard comme tourné vers l'intérieur d'elle-même.

– Cette enfant doit retrouver son frère, reprit-elle enfin. Car il constitue son autre moitié. Il est vital qu'ils soient réunis. Sais-tu où il se trouve?

Méra secoua la tête.

– A présent, donne-moi la mèche de cheveux.

Méra l'avait prise sur l'autel domestique d'Isis, et cette boucle qu'Andréas avait coupée, elle la déposa dans les mains de l'oracle.

Après un long moment, assise dans la pénombre et l'encens de la chambre, la servante d'Isis prit la parole.

– Pendant seize années, tu as éduqué cette enfant, dit-elle. L'heure est venue de te retirer et de la laisser poursuivre son propre chemin.

Méra attendit. Mais rien d'autre ne vint, et elle se pencha avec inquiétude vers l'oracle.

– Avant que je ne meure, mère, pouvez-vous me dire qui elle est?

– Je ne peux pas. Elle devra l'apprendre par elle-même. Tel est le but de sa vie. Mais sa quête ne commence pas ici à Antioche. Tu dois la ramener là où sa vie a commencé, au lieu de sa naissance et de là, la Déesse la guidera.

Méra dévisagea l'oracle, incrédule. La ramener? A Palmyre?

Mais, dit-elle, hésitante, c'est un très long voyage, mère. Ce serait une terrible épreuve pour moi.

– Et il doit en être ainsi, ma fille. Tu ne reverras pas Palmyre, mais tu dois conduire l'enfant dans le désert qui y mène pour qu'elle puisse prendre la route qui la conduira à son destin. Vous partirez cette nuit même. C'est le moment le plus propice, sous la première pleine lune. C'est elle qui guidera vos pas.

Méra se sentait soudain paralysée. Muette, elle regarda l'oracle se lever lentement de sa chaise et, pliée par l'âge, se diriger vers une niche encastrée dans le mur. Elle y prit un objet qu'elle posa sur la table devant Méra.

Donne-le à ta fille, dit-elle. Un jour, il lui sauvera la vie.

C'était un morceau de soufre, qu'on appelait pierre de Brimo et qu'on brûlait dans la chambre des malades pour chasser les mauvais esprits. Cela signifiait-il, se demanda Méra, que quelque terrible maladie guettait Séléné?

C'est tout ce que je peux faire pour toi, ma fille, dit l'oracle en s'asseyant avec peine. Tu as beaucoup à faire si tu veux obéir à la Déesse et quitter Antioche ce soir avec ton enfant. Pars quand la lune se lèvera.

8

Primum non nocere, dit doucement Andréas en enduisant l'oreille de son patient de pommade anesthésiante. Cela signifie, Séléné, avant tout, ne pas faire souffrir. Et telle est la règle cardinale du médecin.

Le patient, sous l'effet d'un soporifique, somnolait étendu sur le canapé de la salle de soins d'Andréas. Il avait la tête tournée de côté et le crâne rasé tout autour de l'oreille. Dans la lumière estivale qui entrait par la fenêtre, Séléné pouvait voir la difformité du lobe.

L'homme était un ancien esclave, à présent affranchi. Il avait apporté à Andréas son certificat de manumission pour prouver qu'il était en droit de se faire opérer.

L'oreille percée était la marque de l'esclavage. L'opération, généralement pratiquée sur le marché aux esclaves à l'aide d'un poinçon, quand le sujet était jeune, donnait un résultat disgracieux : un lobe pendant où l'on passait un anneau. Andréas était, par sa formation, un des rares médecins capables d'effacer chez les affranchis la trace de l'esclavage. Et ce matin, il était en train de transmettre ce savoir à Séléné.

Elle se tenait près de lui et quand elle prit le scalpel et qu'Andréas lui montra comment le manier, leurs bras nus se frôlèrent.

– Incise d'abord ici, lui dit-il en guidant sa main.

Et dès l'incision, il arrêta le saignement avec un cautère rougi.

– A présent, rappelle-toi ce que je t'ai dit, les bords de la plaie doivent être à vif et propres, sinon ils ne cicatriseront pas parfaitement.

Séléné gratta les deux parties du lobe d'une main sûre, sûre parce que Andréas était là, prêt à intervenir, et qu'elle gardait à l'esprit l'image bienfaisante de sa flamme intérieure.

Andréas la regardait travailler. Il voyait le beau regard, attentif, les lèvres pulpeuses contractées par l'effort. Et, une fois encore, comme chaque jour depuis ce jour d'anniversaire, il ressentit un tremblement qui menaçait de faire chavirer son cœur entêté. Et, étrangement, il en fut heureux. Après douze années de cynisme, passées à ériger des murs qui le protégeaient de l'amour, il accueillait bras ouverts la tendresse que Séléné avait ramenée dans sa vie.

Était-il possible que sept jours seulement se fussent écoulés? Se pouvait-il qu'en si peu de temps un homme pût se sentir renaître, découvrir en lui une sagesse grandissante et penser qu'il avait une raison d'exister?

« Ce doit être possible, pensa-t-il, puisque cela m'arrive. »

« Apprenez-moi ce que vous savez », lui avait-elle demandé. Deux simples mots, « apprenez-moi », et les portes s'étaient ouvertes toutes grandes.

– Maintenant, cautérise, indiqua-t-il en passant pardessus sa main pour essuyer le sang. Maintenant, suture.

Elle prit un fil de soie attaché au bout d'une arête de

poisson incurvée et Andréas la guida pendant qu'elle recousait l'oreille.

Il faut faire coïncider soigneusement les bords, sinon ils ne se souderont pas. Notre patient souhaite que personne ne connaisse son ancienne condition, il faut donc ne laisser aucune cicatrice.

Séléné sentit son excitation monter, comme chaque fois qu'une opération arrivait à son terme. Pourtant, quand ils commençaient, elle se sentait déroutée, incapable de voir dans la chair ce qu'à l'évidence Andréas y voyait : une forme, une ligne nouvelle, parfaitement cicatrisée. Puis, pendant l'intervention même, elle ne pensait plus qu'à l'incision, au sang, qu'à l'enseignement qui lui était donné. Mais à la fin, quand ils modelaient la chair – ce que les Grecs appelaient la chirurgie plastique –, quand ils la façonnaient pour lui donner une certaine forme, qu'ils la cousaient comme un linge, alors Séléné voyait enfin ce qu'Andréas avait vu depuis le début et c'était ce miracle qui l'exaltait.

Ce miracle, et de sentir la main d'Andréas sur la sienne.

Le jour où il lui avait appris comment tenir un scalpel, au lendemain de son anniversaire, quand il avait placé le couteau en bronze dans sa main, ses doigts épousant la forme des siens, elle s'était sentie envahie par une immense sensation de bien-être. Tout lui avait paru évident, tenir un couteau, entailler et réparer la chair blessée, comme si elle était née pour cela.

Et elle était convaincue d'avoir, au cours de cette nuit magique, sept jours auparavant, franchi un seuil bien plus important que celui qui l'avait fait passer de l'enfance à l'âge adulte. Elle avait l'impression d'une seconde naissance. Andréas avait ouvert une porte et lui avait montré un monde bien plus vaste que ceux auxquels elle avait pu rêver jusque-là, un monde nouveau, aux horizons si lointains qu'on ne pouvait pas les voir, seulement les imaginer, un monde de guérisons plus miraculeuses encore que celles dont était capable Méra, un monde dans lequel Séléné puiserait un savoir qui viendrait s'ajouter aux connaissances qu'elle avait acquises : la phytothérapie de Méra s'allierait à la science d'Andréas. Tant de choses l'attendaient et elle voulait tout connaître.

– A présent, la rouille, dit le médecin en lui tendant la lance.

Tout en bandant soigneusement la tête de l'affranchi, elle écoutait Andréas.

– Nous allons le laisser dormir, ensuite il pourra rentrer chez lui. Il reviendra dans deux jours faire changer ses pansements, tu en profiteras pour vérifier que l'oreille ne s'est pas infectée. Dans huit jours, tu enlèveras les points de suture et il sera guéri.

Andréas s'éloigna du lit pour aller se laver les mains dans une cuvette.

Depuis longtemps, la pratique de la médecine avait cessé de l'émerveiller. Il soignait parce que c'était ce qu'il savait faire. Mais il y mettait peu de conviction, en retirait peu de satisfaction. Les jours se suivaient, les maux se ressemblaient. Pourtant, en réfléchissant aux moyens de transmettre son savoir à Séléné, il avait senti une ardeur se raviver en lui. Il s'était rendu compte de ses dons de pédagogue. Les après-midi qui avaient suivi, alors qu'il l'enseignait, qu'il la guidait, il avait retrouvé le bonheur de sa pratique. L'impatience de recommencer, de voir Séléné et de lui apprendre, d'apprendre à d'autres, peut-être, le réveillait au petit jour.

Il ne s'aperçut qu'il la fixait que lorsqu'elle leva soudain les yeux en souriant.

Autre chose s'était réveillé en lui sept nuits plus tôt, quelque chose qui était mort des années auparavant. Quelque chose qu'il savait devoir aborder avec une infinie précaution. Il ne fallait rien précipiter, ni montrer qu'il la désirait.

Il aurait voulu la prendre tout de suite dans ses bras, lui faire l'amour. Il lui avait ouvert des univers inconnus; à présent, il voulait être pour elle la clé de ce monde-ci. Parfois, son désir se transformait en douleur, au point qu'il aurait voulu oublier toute prudence pour la prendre aussitôt. Mais alors, il pensait à sa jeunesse, à son innocence, au lien nouveau qui les unissait, étonnamment profond, indestructible, comme s'ils se connaissaient depuis des années. Néanmoins, ce lien était tout neuf encore et il fallait le resserrer doucement.

Et puis que savait-il du désir de Séléné? Il avait quatorze ans de plus qu'elle. Sans doute, cela ne constituait pas un obstacle à leur mariage, ne comptait-on pas nombre d'unions réussies entre des jeunes filles et des hommes mûrs? Mais il était bien plus âgé qu'elle par l'expérience qu'il avait de la vie. Il avait voyagé à travers le monde; il connaissait les différents visages de l'humanité, alors que Séléné avait toujours vécu protégée.

Que représentait-il pour elle? Quand elle le regardait avec autant d'affection, était-ce l'amour de l'élève pour son maître, d'une sœur pour son frère ou encore, à Dieu ne plaise, d'une fille pour son père? Qu'adviendrait-il s'il osait révéler ses sentiments véritables? Allait-il risquer de l'effrayer et briser ce lien délicat qui commençait de les unir?

Un brouhaha monté de la rue l'interrompit dans ses pensées. Il s'approcha de la fenêtre pour regarder.

– Que se passe-t-il? demanda Séléné en le rejoignant.

Une foule turbulente et joyeuse venait de tourner l'angle de la rue et passait en criant devant la maison d'Andréas. C'était une parade colorée : les participants portaient des guirlandes de fleurs et des couronnes de glands, des musiciens jouaient de la flûte et du tambour. A mesure qu'ils avançaient, leur nombre grossissait.

Andréas remarqua alors l'effigie grandeur nature portée en queue de procession.

– Ils fêtent l'anniversaire du dieu Auguste, expliqua-t-il.

– Où vont-ils?

– A mon avis, ils se rendent à Daphné. C'est là qu'ont lieu les fêtes en l'honneur des dieux. Ils vont rendre hommage à Auguste.

– Mais Auguste n'est-il pas mort? demanda-t-elle, semblant se rappeler qu'un autre empereur régnait à Rome, un certain Tibère.

– Auguste est mort il y a seize ans.

– Alors pourquoi fêtent-ils son anniversaire?

– Parce que c'est un dieu.

Séléné regarda la statue s'éloigner en pensant qu'Auguste avait dû être très beau de son vivant, si l'effigie lui ressemblait fidèlement.

– Mais s'il était un homme, comment peut-il être un dieu maintenant?

– Le peuple a fait de lui un dieu.

– A-t-il ce pouvoir?

– C'est la foule qui règne sur Rome, Séléné. Elle a le pouvoir de faire les dieux ou de les détruire. La famille des Julio-Claudiens ne règne qu'avec l'accord de la foule.

C'est elle aussi qui a fait de Jules César un dieu. Et je ne serais pas surpris qu'elle fasse de Tibère un dieu vivant.

Séléné écarquillait les yeux. A quoi pouvaient-ils ressembler, ces gens qui étaient des dieux et qui habitaient le Palais impérial dans la lointaine Rome?

– Aimerais-tu aller à la fête? demanda Andréas.

Elle regarda l'horloge à eau. Avait-elle le temps? Elle n'avait pu venir aujourd'hui que parce que sa mère s'était rendue au temple d'Isis pour consulter l'Oracle. Elle lui avait interdit d'aller voir Andréas. Mais comment auraitelle pu obéir?

9

Zoé les regarda partir. Debout près de la fenêtre, les yeux remplis de larmes de jalousie et de rage, elle vit Andréas et la fille se joindre à la procession bruyante qui s'éloignait en serpentant avant de disparaître au coin de la rue. Puis le silence retomba.

Zoé resta là un long moment. Tout au long de ses vingt-deux années de pauvreté et de mauvais traitements, où elle avait abandonné son corps à des mains indifférentes, où elle avait été l'objet de la convoitise d'hommes sans cœur et sans scrupules, dans sa solitude et sa misère, au plus noir de ses nuits de désespoir, jamais jusqu'à ce jour elle n'avait à ce point compris l'injustice de la vie.

C'est elle qui aurait dû aller à la fête avec lui; c'était elle qui l'avait recueilli et lui avait laissé son lit quand il avait été blessé. C'était elle qui avait envoyé chercher la guérisseuse et qui l'avait veillé jusqu'à ce qu'il se réveille. Et c'était elle, Zoé, qui avait échafaudé pour eux deux un rêve immense.

Il s'en était fallu de peu qu'elle le réalisât. Quand il s'était réveillé chez elle, si vulnérable, un court instant, il l'avait regardée avec tendresse et le cœur de Zoé, pour la première fois de sa vie, s'était adouci. Mais le jour suivant, il avait demandé un certain Malakos et on l'avait emmené, loin d'elle, et elle était restée avec son beau rêve brisé.

Puis, quelques jours plus tard, il l'avait envoyée chercher! Il l'avait fait venir dans cette maison pour la récompenser de l'avoir hébergé. La Zoé d'avant lui aurait demandé de l'argent et serait partie pour la Sicile où elle aurait acheté la petite maison et l'olivier. Mais la nouvelle Zoé, follement amoureuse, avait demandé à rester comme domestique dans la maison d'Andréas. C'est ainsi qu'elle avait une chambre à elle, qu'elle allait bien vêtue et qu'elle recevait des gages. On s'occupait d'elle à présent, et elle était respectable.

Mais peu lui importait. Tout ce qui l'intéressait, c'était de se trouver près d'Andréas.

Elle avait été heureuse de lui apporter du vin, de fleurir sa maison, de veiller à son confort. Mais cette fille était apparue et maintenant tout était gâché.

Zoé était assez intelligente pour savoir interpréter le regard de son maître quand la fille était là. Zoé avait le même regard pour lui, mais lui ne la voyait pas.

Eh bien, elle n'abandonnerait pas. Elle avait fini par trouver un homme qui vaille la peine qu'elle se sacrifie, qu'elle se batte pour lui, et elle lutterait pour le garder. Elle lui donnerait sa jeunesse, le peu qu'il en restait, elle serait à ses côtés, dans sa maison, à le servir docilement, loyalement, jusqu'à ses vieux jours s'il le fallait. Et elle se battrait contre cette fille ou contre toute autre qui essaierait de se l'approprier.

Mais d'abord, décida-t-elle, alors que dehors la rue était redevenue silencieuse, elle allait s'occuper de cette fille.

Elle s'éloigna sans remarquer que depuis un moment Malakos l'observait d'un regard empli de désir.

Pour un homme de son âge, tomber enfin amoureux, quelle ironie cruelle, et quel terrible coup du sort en même temps! La fille était si jeune, elle avait le cœur si dur, que l'amour, avec elle, prenait le visage du malheur.

Malakos savait ce que Zoé pensait de lui, elle avait dit à la gouvernante qu'il avait l'air d'un gros ours stupide qui suivait son maître partout. Bon, il ne pouvait nier sa forte carrure ni son air gauche, pas plus que son manque d'aisance quand il s'agissait de parler. Mais il avait aussi un cœur immense et loyal et sa fidélité était éternelle. Il ne savait pas si Zoé avait remarqué qu'il l'aimait. Il espérait que non, car si elle s'en était aperçue, alors elle le traitait bien cruellement. Dans sa naïveté, il caressait l'espoir qu'une fois qu'elle aurait découvert ses sentiments, elle se montrerait plus gentille avec lui. Et que peut-être elle finirait par l'aimer.

Mais pas tant que je serai un esclave, pensait-il avec tristesse en la regardant disparaître dans le couloir, pas tant que j'aurai cet anneau à mon oreille.

Pour la première fois de sa vie, lui qui avait tant voyagé et servi tant de maîtres, Malakos maudissait son sort. La passion qui l'embrasait faisait sourdre en lui de l'amertume et de la rancœur.

Il voulait sa liberté. C'était à ce prix qu'il conquerrait Zoé. Il lui avait offert des figues, un foulard, un bracelet qui lui avait coûté très cher. Elle acceptait ses cadeaux avec une indifférence glacée qui lui transperçait le cœur. Mais s'il devenait son propre maître, alors elle comprendrait : la liberté était le bien le plus précieux. Cependant, pour l'obtenir, il devait l'acheter à Andréas, le maître qu'il avait pensé ne jamais quitter.

Quand un esclave comme lui arrivait à un âge avancé, il était vital de mener une vie sans désagrément et Malakos était mieux loti que la plupart. Andréas ne maltraitait pas ses gens; il était bon, généreux et gardait les vieux esclaves depuis longtemps inutiles, veillant à ce qu'ils aient un lit, à manger et des soins médicaux. Malakos avait attendu avec impatience cette retraite paisible sous le toit d'Andréas. Mais il n'en voulait plus. Aujourd'hui, il avait besoin de sa liberté, pour quitter cette maison qui avait été sa famille pendant dix années et faire son propre chemin d'homme libre dans le monde. Comment? Il n'en avait aucune idée.

La première chose qu'il demanderait à Andréas serait de refermer le trou qui déformait son oreille de façon que Zoé n'ait pas à se souvenir du passé de son mari.

Malakos soupira et s'éloigna.

Cependant, il y avait un obstacle à ses projets : Zoé semblait éprise d'Andréas. Bien sûr, Malakos mieux que personne savait qu'elle n'avait rien à espérer : aucune femme ne réussirait à prendre au piège le cœur de son maître, et surtout pas de cette façon. Malakos savait, parce qu'il avait accompagné Andréas à Alexandrie : autant vouloir capturer une étoile! Mais cela n'empêchait pas Zoé de soupirer après lui. Et même si ses espoirs étaient vains, Malakos comprenait que tant qu'elle aimerait Andréas elle ne verrait jamais combien Malakos lui était attaché.

Néanmoins, tout n'était pas perdu. Quatre jours plus tôt, il avait appris que Naso le capitaine était de retour à Antioche et qu'il avait, pour une raison quelconque, renoncé à se rendre en Bretagne. Malakos savait que son maître serait incapable de résister à l'envie de le voir. Andréas éprouvait pour les marins et leurs histoires de mer la même attirance que certains hommes pour l'alcool. Peut-être, espérait Malakos, qu'ayant manqué le dernier départ de Naso, il embarquerait cette fois à son bord et on disait que le capitaine avait l'intention de lever l'ancre pour une destination lointaine, qu'après avoir passé le cap de l'Inde, il ferait voile à l'est, vers la lointaine Chine.

Malakos était rempli d'espoir. Parce que Andréas, il le savait, ne pourrait pas résister à la tentation d'un tel périple.

10

La procession, qui n'avait cessé de grossir tout au long de son parcours, franchissait maintenant bruyamment la porte sud d'Antioche qui menait à la Grotte de Daphné.

Les abords de cette porte massive, qui, pour de nombreuses caravanes, constituaient la fin du voyage, n'étaient à perte de vue qu'un gigantesque campement. Se faufilant entre les tentes, les chameaux et les ânes, Méra, dans une course effrénée contre le temps, cherchait une caravane en partance cette nuit même.

Après avoir quitté le temple quelques instants plus tôt, elle était rentrée à la maison et n'avait pas été surprise de découvrir l'absence de Séléné, partie, elle le savait, chez Andréas, dans la ville haute! Elle avait rassemblé ses quelques possessions de valeur : la jarre de myrrhe, des sandales en cuir neuves, un peigne en écaille. La précieuse rose d'ivoire, elle l'avait donnée à sa fille, qui la portait toujours sur elle maintenant, sous sa robe, pour la protéger des voleurs. Méra n'aurait, de toute façon, pas vendu la rose. Avec ce qu'elle avait pu réunir, elle aurait assez d'argent pour payer leur passage et assurer le long voyage vers l'est qui, à travers le désert, les ramènerait à Palmyre.

Les caravanes arrivaient, partaient. Voyageurs, commerçants, mendiants, animaux se mêlaient dans un désordre indescriptible. La main au côté, pour essayer de calmer cette douleur affreuse qui la transperçait, Méra se frayait un chemin entre les tentes et les baraques. Pour obéir à l'Oracle, il lui fallait trouver une caravane pour le soir, à tout prix.

Elle était si préoccupée qu'elle ne prêta pas attention à la joyeuse procession qui empruntait le chemin boisé tout près d'elle. Elle ne vit pas sa fille et Andréas marchant main dans la main au milieu de la foule qui chantait.

On l'appelait la Grotte de Daphné parce que c'était là, d'après la légende, que la nymphe s'était changée en laurier pour échapper aux ardeurs d'Apollon. On y venait voir l'arbre aimé du Dieu, en lequel elle s'était métamorphosée. Séléné, accrochée à la main d'Andréas dans la procession qui les emportait, se demandait pourquoi Daphné avait préféré se transformer en arbre plutôt que de succomber au désir d'Apollon.

Arrivé devant la grotte, on plaça la statue d'Auguste sur un tertre autour duquel les gens commencèrent à danser. Du vin et de la nourriture firent leur apparition, des paniers aussi. On étendit des manteaux par terre. Certains se mirent à faire des cabrioles. On jouait du tambourin, on s'interpellait dans la plus belle insouciance. Malgré le ciel qui s'assombrissait, l'humeur restait ensoleillée.

Séléné avait l'impression qu'avec Andréas elle venait d'entrer dans un monde magique. La grotte était ravissante, boisée et parfumée, peuplée de bruits de chutes d'eau et de ruisseaux. Tandis qu'elle avançait, sa main dans celle d'Andréas, loin des soucis, des remèdes et des maladies, loin aussi de l'initiation spirituelle qui l'attendait le lendemain soir, près d'ici sur un mont retiré, Séléné songeait au sort de la pauvre Daphné changée en arbre parce que Apollon avait voulu l'aimer.

« Pourquoi a-t-elle réagi ainsi? se demandait-elle alors

qu'elle sentait la chaleur de la main d'Andréas sur la sienne. Pourquoi a-t-elle fui la passion? Je ne fuirais pas, moi. Si Andréas me désirait... »

Elle le regarda à la dérobée. Il était si beau, si fort. Et elle l'aimait tellement qu'elle en avait le souffle coupé. Comment la considérait-il? Était-elle encore trop enfant à ses yeux pour qu'il envisageât la passion? Ne voyait-il en elle qu'une élève, une protégée? Ne lui avait-il pas dit lors de la Cérémonie de le considérer comme un frère? Était-ce tout ce qu'il serait jamais?

Elle l'aimait passionnément. Elle voulait sentir ses bras l'entourer, elle voulait lui dire ce qu'elle ressentait. Mais chaque fois qu'elle avait été sur le point de parler, de faire un geste, elle avait pris peur et avait renoncé. Le lien qui les unissait à présent était trop précieux, trop nouveau. Elle n'osait le mettre en péril par un mot, un mouvement qui risquait de briser son rêve.

Tout en regardant les gens s'amuser autour d'eux, les hommes et les femmes qui s'embrassaient, Séléné chercha à nouveau l'arbre qui avait prêté son apparence à la déesse Daphné.

Quand les premières gouttes de pluie tombèrent, Andréas et Séléné se regardèrent surpris. L'instant d'après, les nuages crevaient, dispersant la foule. Les gens couraient se mettre à l'abri, chargés de manteaux et de victuailles. Andréas prit Séléné par le bras pour l'entraîner sous l'épaisse frondaison d'un arbre.

Séléné rit en voyant la pluie redoubler. La journée estivale avait soudain tourné à l'orage, mais les gens, dispersés sous les arbres, continuaient à s'interpeller joyeusement. D'autres dansaient sous la pluie. Des gouttes commencèrent à transpercer le feuillage, Andréas enleva sa toge, et, attirant Séléné contre lui, adossé au tronc, les en enveloppa tous deux.

Elle ne riait plus. Les yeux fixés sur la pluie, elle ne pensait qu'à ce bras autour de ses épaules.

Andréas devint, lui aussi, silencieux. Puis, au bout d'un moment, quand l'averse sembla ne pas vouloir se calmer, il fit asseoir la jeune fille près de lui, le dos contre le tronc, genoux repliés sous la toge, et il dit :

– Il pleut comme cela à Alexandrie.

Au ton de sa voix, Séléné tourna la tête pour le regarder. Son visage n'était qu'à quelques centimètres du sien; il regardait fixement devant lui.

Cela me rappelle quelqu'un que je connaissais à Alexandrie, dit-il calmement, le regard toujours fixe. Je ne sais pas pourquoi je pense à lui maintenant, après tant d'années. Il était avec moi à l'École de Médecine. Nous étudiions ensemble.

Séléné sentit le corps d'Andréas se détendre puis se contracter dans un soupir et le bras passé autour de ses épaules se fit plus lourd.

– J'avais dix-neuf ans quand je l'ai rencontré. Il venait de Corinthe, comme moi, bien que je ne l'aie pas connu là-bas. C'était un garçon tranquille et solitaire et les gens se posaient des questions à son sujet. Il se réveillait en pleine nuit en hurlant.

Séléné regardait le profil d'Andréas. Elle ne s'était jamais trouvée si près de lui auparavant. Elle voyait son pouls battre doucement à son cou, là où la barbe brune s'éclaircissait, juste au-dessus du col de sa tunique.

– Parlez-moi de lui, dit-elle.

Andréas ne semblait pas vraiment avoir entendu. Il fixait toujours la pluie, comme s'il y avait cherché quelque chose.

– Un jour, dit-il enfin, ce garçon m'a raconté une histoire extraordinaire.

Il avait grandi à Corinthe auprès de ses parents, dont il était le fils unique. Son père était un simple médecin, sans grandes connaissances, sa mère, une de ces femmes rondes et douces. D'aussi loin qu'il se rappelait, il avait appris auprès de son père et son ambition se bornait à devenir médecin de village. Puis un jour, il rencontra une femme.

– Je crois qu'il m'a dit qu'elle s'appelait Hestia. Quoi qu'il en soit, le garçon me raconta qu'il tomba éperdument amoureux d'elle. Il avait seize ans et ne connaissait rien de la vie. Il passait son temps sous ses fenêtres, avec l'espoir de l'apercevoir. Il lui envoyait les présents que lui permettait sa maigre bourse, autant dire de petites choses. Hestia ne l'encourageait ni ne le décourageait. En fait, elle tolérait sa toquade d'adolescent comme elle aurait accepté l'attachement d'un animal familier. Une nuit, il entra de force chez elle pour lui déclarer sa flamme. Hestia ne le réprimanda pas, ne se moqua pas de lui. Pire, elle se montra gentille.

» Sa passion le dévorait à tel point qu'elle finit par l'obséder. Il négligeait ses devoirs familiaux, passait des jours et des nuits à essayer de trouver le moyen de conquérir le cœur d'Hestia. Et un jour, il trouva. Il avait compris que des femmes comme elle se laissaient impressionner par la fortune et que les hommes riches étaient mieux traités que les pauvres. Dans sa naïveté, il conclut que s'il devenait très riche, elle ne pourrait qu'être ravie d'être sienne.

» Qu'il travaille comme médecin de village ne la satisferait pas, il le savait. Et elle n'attendrait pas qu'il ait fait fortune. Il fallait qu'il fasse vite. Et il connaissait un moyen.

Il avait entendu parler des chasseurs d'ambre, des hommes qui risquaient leur vie pour aller pêcher la précieuse concrétion à l'autre bout de la terre. Tout le monde savait que l'ambre était l'une des matières les plus recherchées au monde. La moindre figurine coûtait autant que six esclaves. Aussi le garçon décida-t-il de s'engager sur un bateau en partance pour les champs d'ambre, de travailler une année et de se présenter devant Hestia riche. Ainsi raisonnait-il en garçon de dix-sept ans.

Andréas marqua une pause. Le silence dura longtemps. Séléné leva les yeux pour le regarder. Les rides avaient disparu de son front. Son visage était lisse et inexpressif, son regard lointain. Il se remit à parler d'une voix sourde. Il raconta comment le garçon était allé voir Hestia pour lui expliquer son intention, comment, pour la première fois, elle l'encouragea. Elle promit de l'attendre et que s'il revenait vraiment avec de l'ambre, elle deviendrait son amie de cœur. Sans rien dire à ses parents, il quitta la maison dans la nuit et gagna le port où un homme, disait-on, armait un bateau.

Il trouva le capitaine et quand on lui dit qu'il était trop jeune, trop inexpérimenté, il jura ses grands dieux qu'il travaillerait davantage que n'importe lequel des membres de l'équipage. Le capitaine, qui avait vu la passion dans le regard du garçon, l'engagea. Puis il lui expliqua les termes du contrat.

– Il n'est pas de secret mieux gardé au monde que celui de la route de l'ambre, poursuivait Andréas. Le peu de capitaines qui commandent les bateaux pêcheurs d'ambre le gardent jalousement. Aussi, sachant combien les marins sont friands d'histoires à raconter, ils ont imaginé un moyen pour les rendre muets en ce qui concerne les champs d'ambre.

» Chacun des membres d'équipage doit signer un contrat sur lequel sont écrits les noms des parents et des êtres chers laissés à terre. Ce papier, tous le savent, constitue la garantie du capitaine contre les bavardages. Si le marin ne tient pas sa langue, s'il lui arrive de se vanter, dans n'importe quelle auberge de n'importe quel port du monde, la compagnie maritime exercera des représailles contre ceux dont le nom figure sur le contrat. C'est ainsi que la route des champs d'ambre reste secrète. Le garçon me dit qu'il avait écrit le nom de ses parents et l'adresse de leur maison à Corinthe.

Andréas raconta ensuite comment le garçon s'était embarqué le lendemain sans dire au revoir à ses parents tant il se sentait honteux. Mais il était amoureux fou d'Hestia. Il imaginait déjà son retour glorieux. Le bateau leva l'ancre et disparut entre les Colonnes d'Hercule sur une mer brumeuse, le cap sur l'étoile polaire. Le voyage dura deux ans au cours desquels le garçon était devenu un homme.

Tandis que, les yeux fixés sur la pluie qui tombait doucement, elle écoutait la voix calme d'Andréas, Séléné voyait les vagues de l'océan aussi hautes que des montagnes et les marins qui périssaient noyés; elle imaginait des monstres marins terrifiants et la terre embrumée des barbares à peau bleue. Elle ressentait le mal de mer qui rendait les marins fous, la soif horrible qui les tenaillait quand les réserves d'eau douce s'épuisaient. Elle voyait les hommes se battre pour un morceau de viande avariée et mourir. Elle entendait l'appel fatal des sirènes enchanteresses sur les rochers, elle sentait le froid cinglant de la banquise, voyait des hommes amputés et elle comprenait jusqu'au fond de son âme le désespoir et la solitude d'un jeune garçon séparé des siens.

– Ils trouvèrent l'ambre et en remplirent les cales à craquer, poursuivait calmement Andréas. Puis les quelques survivants entreprirent le long voyage du retour sur le bateau désemparé. Quand ils touchèrent enfin le port de Corinthe, les hommes qui mirent pied à terre étaient devenus des étrangers. Mais ils étaient riches, riches à ne plus pouvoir compter, et bien établis pour le reste de leur vie.

Le garçon, qui avait passé dix-huit ans mais en paraissait davantage et surtout avait beaucoup mûri, se rendit tout droit chez Hestia. Pendant ces deux interminables années de cauchemar, pendant ces nuits où il avait dormi un couteau à la main, quand il avait pleuré amèrement, quand son estomac avait crié famine, c'était le souvenir d'Hestia qui l'avait maintenu en vie. Aussi, lorsqu'il trouva sa maison occupée par des inconnus, par des gens qui l'avaient achetée presque deux ans auparavant mais n'avaient pas la moindre idée de l'endroit où la dernière propriétaire était partie, quelque chose se brisa en lui.

Pendant une année, il la chercha. Mais en vain. Et une nuit, dans la taverne d'un port, ayant bu plus que de raison, il déversa toute sa peine et, sans s'en rendre compte, parla des champs d'ambre, sur les rives de la Mer du Nord, là où le Rhin se jette dans les eaux glacées. Quand il fut dégrisé et qu'il comprit ce qu'il avait fait, il était trop tard.

Andréas prit une profonde inspiration avant de continuer, lentement. Il serra Séléné tout contre lui, si fort que ses doigts s'enfonçaient dans sa chair.

– Il fallait faire un exemple, bien sûr. Tard une nuit, on rendit visite aux parents du garçon. On leur vola tout, leur maison fut détruite. Et le jour suivant, on faisait circuler le bruit qu'un certain médecin de la ville s'adonnait à des pratiques scandaleuses et qu'une jeune fille était morte.

» Tu sais, Séléné, dit alors Andréas d'une voix brisée, qu'un médecin peut employer son savoir à ôter la vie comme à la sauver. Aussi, quand le garçon rentra chez lui, il trouva ses parents sans vie. Un voisin seulement était là pour les veiller. Ils avaient laissé une lettre. Il avait dû l'apprendre par cœur, car il me la récita d'un trait. *Quand nous avons appris ton infortune, il était trop tard pour te venir en aide*, disait-elle. *Ne nous pleure pas, car la vie n'est que vanité et nous la quittons sans regret. N'oublie jamais que nous t'avons aimé jusqu'à notre dernier souffle.*

» Le garçon partit alors pour Alexandrie où il s'inscrivit à l'École de Médecine, où je l'ai connu et où il m'a raconté son histoire.

Quand il se tut, Séléné se tourna vers lui.

– Qu'est-il devenu? Le garçon? demanda-t-elle.

– Il se prit de fascination pour les bateaux. Il descendait sur le port et il y passait des heures, juste à les regarder. Puis un jour, peu après avoir prononcé le serment d'Hippocrate, il a dû trouver le bon navire, car il embarqua à son bord, sans un regard en arrière, et il partit pour ne jamais revenir...

Séléné observait le profil tendu d'Andréas, son nez busqué et sa mâchoire carrée sous la barbe taillée; elle sentait le battement de son cœur sous l'étoffe douce de sa tunique et sa respiration lente comme celle d'un homme assoupi. Et elle voulait dire quelque chose mais ne savait quoi.

– C'est une histoire très triste, finit-elle par dire.

Il tourna ses yeux gris-bleu foncé vers elle et elle y vit son propre reflet et autre chose encore, les courants et les profondeurs des océans.

Il s'étira comme après un long sommeil, puis il posa sa main contre la joue de Séléné.

– Tu es différente, n'est-ce pas? demanda-t-il. Qu'ai-je fait pour te mériter? Pourquoi les dieux me sourient-ils? Cela me fait peur.

Séléné se serra contre lui, contre ce corps ferme qui l'électrisait.

– N'aie pas peur, Andréas, murmura-t-elle en pressant ses lèvres contre son cou, contre sa barbe.

Leurs bouches se rencontrèrent dans un baiser léger, presque hésitant, comme si chacun avait craint que l'autre ne s'enfuie, ne parte en courant comme Daphné. Mais quand Séléné passa ses bras autour du cou d'Andréas, le baiser devint plus ardent et sûr. Il l'allongea sur l'herbe mouillée, à l'abri de la toge blanche.

Ils s'embrassèrent longuement, se caressèrent, mais lorsque Séléné gémit en s'arc-boutant, Andréas s'arrêta brusquement.

Pas maintenant, dit-il la gorge serrée.

– Andréas...

Il posa le bout des doigts sur ses lèvres.

Rien ne presse, Séléné. Nous avons le temps. Nous avons tout l'avenir et le monde entier.

Il sourit en lui caressant les cheveux.

Nous venons de très loin. Nous avons parcouru un chemin plus long que celui qui nous sépare des étoiles dans le ciel. Nous sommes comme deux voyageurs qui viennent de naître, seuls ensemble sur terre, toi et moi. Je t'aime, Séléné, dit-il en la dévisageant. Et c'est plus que l'amour d'un homme qui désire une femme, bien que je te désire de tout mon cœur. Tu es entrée dans ma vie et tu m'as réveillé. Je ne vivais pas, Séléné. J'existais seulement. Mais tu m'as donné un but. Je veux t'enseigner, Séléné. A toi d'abord. A d'autres ensuite.

Il parlait avec passion, le regard brûlant.

– Nous sommes ensemble maintenant et jamais nous ne serons séparés. Je ne prendrai plus la mer. Tous ces voyages, toute cette quête. Je ne sais pas ce que je cherchais, tout ce que je savais, c'était que je devais me punir à travers les rigueurs de la mer. Mais je sens que tout cela est terminé à présent. J'ai été pardonné. Tu m'as été donnée et avec toi, une nouvelle chance. Séléné, tu es ma vie, mon âme.

Il porta les mains à la chaîne en or qui pendait à son cou et à laquelle était accroché l'Œil d'Horus qu'il avait reçu le jour où il avait prononcé le serment d'Hippocrate à l'École de Médecine. Il la fit glisser par-dessus sa tête et la passa au cou de Séléné.

– C'est mon bien le plus précieux. Avec lui, je me lie à toi.

– Et je me donne à toi, répondit Séléné en ôtant son propre pendentif, la rose d'ivoire. Quand elle reposa sur la poitrine d'Andréas, elle ajouta : Ma mère m'a dit que cette rose contient tout ce que je suis. Aussi, je te la donne comme je me donnerais à toi.

Ils s'embrassèrent à nouveau, puis il l'attira contre lui et la serra tendrement. Et ils regardèrent la pluie tomber doucement.

11

– Palmyre ! Mère, mais pourquoi ?

Méra ne répondit pas. Elle s'affairait dans la maison, rassemblant leurs derniers biens dans l'unique panier auquel elles avaient droit dans la caravane.

– Réponds-moi ! cria Séléné.

En rentrant de Daphné, elle avait trouvé sa mère en train de remplir un grand panier de vêtements et de provisions. D'abord, elle avait cru que c'était pour leur retraite de deux jours dans la montagne, mais quand elle avait vu les rouleaux de formules médicinales, les chemises d'hiver en laine, la quantité de pain et de fromage, autant de choses superflues pour une courte retraite, elle l'avait interrogée.

– Nous partons tout de suite, avait-elle dit. Nous prenons une caravane pour Palmyre.

– Mère! Pourquoi devons-nous aller à Palmyre? insista la jeune fille en agrippant le bras de Méra.

– La Déesse en a décidé ainsi. L'oracle me l'a dit cet après-midi.

– Mais pourquoi, mère? Pourquoi Palmyre? C'est à des centaines de kilomètres d'ici! Nous serons parties des semaines!

« Je ne serai partie que quelques jours, pensa Méra. Mais toi, mon enfant, tu t'en vas pour toujours. »

– Je te l'ai dit. Ainsi en a décidé la Déesse.

Séléné restait interdite. Lâchant le bras de sa mère, elle secoua doucement la tête en reculant.

– Non. Je n'irai pas.

– Tu n'as pas le choix.

– Je vais épouser Andréas.

– Tu n'épouseras pas Andréas, répliqua Méra avec une telle férocité que Séléné en sursauta. Tu iras à Palmyre ainsi que la Déesse l'ordonne, tu obéiras, ajouta-t-elle, des éclairs dans les yeux.

– Mais... Palmyre, mère! Pourquoi Palmyre?

Méra retourna au panier, en rabattit le couvercle puis l'attacha avec une corde.

– Parce que c'est à Palmyre que ton destin t'attend.

– Mon destin est de vivre auprès d'Andréas!

Méra fit volte-face, prête à affronter sa fille.

– Écoute-moi, Séléné, lui dit-elle d'un ton égal. Je n'espérais pas que tu viennes de bon gré. Ce voyage ne m'enchante guère moi non plus. Mais nous n'avons pas le choix. Tu appartiens aux dieux, Séléné. Ils t'ont envoyée ici, tu dois retourner avec eux. Tu dois leur obéir.

Séléné sentait tout tourner autour d'elle.

– Que veux-tu dire?

– Le moment venu, je t'expliquerai. Pour l'instant, prends ta cape et tes sandales de rechange. Nous devons partir tout de suite.

– Il faut que je prévienne Andréas.

– Tu n'as pas le temps. Tu ne préviendras pas Andréas, lui dit-elle en lui serrant le bras à lui faire mal.

Il faut que je le prévienne!

Il n'entre pas dans ton destin, Séléné. Tu dois l'oublier.

Le choc et l'incrédulité se peignirent sur le visage de la jeune fille. Sa mère ne lâchait pas son bras, elle lisait une détermination farouche dans son regard. Soudain, le monde commença à chavirer autour d'elle.

Non, hurla-t-elle en essayant de se dégager.

Séléné, tu me dois obéissance comme tu dois obéissance à la Déesse.

– Je n'obéirai pas, mère.

Elles se défièrent du regard. Mais Méra s'était attendue à cette réaction. Elle s'y était préparée.

Tu dois venir, dit-elle à voix basse. C'est mon dernier vœu.

Que veux-tu dire?

– Que je vais mourir, mon enfant.

Elle lâcha le bras de la jeune fille pour la prendre par le poignet et lui faire sentir la grosseur, de la taille d'une orange, qui saillait sous sa robe.

Séléné sursauta.

– Je te l'ai caché, dit Méra en se détournant, pour ne pas que tu t'inquiètes. Je voulais que tu te concentres sur ton initiation. Mais à présent, je n'ai plus le choix. La Déesse demande que je te conduise dans le désert près de Palmyre et que je finisse de te préparer là-bas.

Elle se retourna pour regarder sa fille droit dans les yeux.

– Il ne me reste que très peu de jours, Séléné. Ma tâche touche à sa fin et la tienne commence à peine. J'ai promis à la Déesse de t'emmener à Palmyre cette nuit. Avant de mourir.

Les pensées de Séléné se bousculaient. Andréas. Il fallait le prévenir.

– Viens, mon enfant. Il nous faut nous presser.

– Mais qu'allons-nous faire à Palmyre?

– La Déesse nous fera connaître son dessein. Tiens, voici ta cape. N'oublie pas ta pharmacie.

Séléné ne comprenait pas. Sa mère avait dû devenir folle!

– Je reviendrai aussitôt à Antioche, dit-elle. Je viendrai retrouver Andréas.

– Si tel est ton destin, tu reviendras, mais je ne le crois pas.

– Je déciderai de mon destin.

Méra était déjà sur le seuil de la maison.

– Ce n'est pas à toi d'en décider, Séléné. Allons, viens. Le temps presse.

Elles se dirigèrent à grands pas vers le sud de la ville. Sur leur droite, le soleil couchant filtrait à travers les nuages. Elles ne se retournèrent pas pour regarder la maison qu'elles quittaient. Méra savait qu'elle resterait vide un moment, puis qu'un magistrat se chargerait de la vendre. La petite maison avait rempli son office. Ni elle ni Séléné, elle en était certaine, ne la reverraient jamais.

Le campement était toujours en effervescence. Une caravane de cinq cents chameaux venait d'arriver de Damas; une autre, plus importante encore, était sur le point de partir pour Jérusalem. Séléné suivit sa mère dans le tohu-bohu, contournant des tentes et des feux de camp, des chameaux agenouillés et des ânes attachés à des longes. Toutes les races et toutes les langues de l'Empire étaient représentées. L'air résonnait de cris, de disputes et de musiques tapageuses.

Tandis qu'elle se frayait tant bien que mal un chemin, son coffre d'ébène à l'épaule serré contre elle, Séléné s'efforçait de penser. Que faire? Sa mère était-elle vraiment mourante? Méra mentirait elle sur un sujet aussi grave uniquement pour l'éloigner d'Antioche? Et pourquoi devaient-elles aller à Palmyre et pas ailleurs?

– Nous y voilà, annonça Méra essoufflée. – Puis, posant le lourd panier par terre, elle ajouta : – Nous partagerons un âne.

Séléné jeta un regard circulaire sur l'enclos enfumé fermé par une rangée de chameaux endormis. Il y avait des tentes qu'on dressait, d'autres qu'on démontait. Les gens s'affairaient, achetaient quelques vivres de dernière minute, remplissaient des cruches d'eau, arrimaient des paquets sur des animaux. Séléné était abasourdie. Ce n'était pas possible! Elle devait faire un mauvais rêve. Andréas!

Elle regarda sa mère se redresser en se tenant de côté. Elle était mourante, mourante! Elle se précipita pour la soutenir.

– Tout ira bien quelques jours encore, ne t'inquiète pas. Malheureusement, l'opium ne fait plus d'effet.

Alors Séléné se rappela l'avoir vue se lever la nuit et

aller boire. Elle s'était dit qu'elle avait soif, tout simplement.

– Mère, dit-elle en pleurant. Tu n'es pas assez bien pour entreprendre ce voyage!

– Il le faut pourtant, mon enfant. A présent, attends-moi ici. J'ai à faire.

Les yeux embués de larmes, elle la regarda s'éloigner vers un homme autour duquel des gens s'agitaient et criaient à propos des droits d'eau dans les oasis. Elle boitait et se tenait le côté. Séléné ne put nier davantage la réalité : Méra était vraiment mourante.

Elle fit demi-tour et partit en courant à travers la foule, évitant caisses et poulets, contournant des files de tentes et de feux de camp. Andréas, Andréas. Elle avançait le cœur battant.

Quand elle atteignit la ville haute, à bout de souffle, désespérée, le ciel était noir et un pâle clair de lune commençait de poindre derrière les toits.

Méra partirait-elle sans elle? Non. Mais Séléné le savait, si elle n'arrivait pas à temps à la porte sud, la caravane partirait, abandonnant Méra seule dans la nuit au milieu d'un campement rempli de voyageurs et de voleurs. Et certainement que maintenant, Méra avait remarqué son absence.

« Elle va penser que je me suis enfuie. Elle va être terrifiée. Nous devons vite la rejoindre. »

Andréas la persuaderait de sa folie. S'il n'y parvenait pas, alors il les suivrait à Palmyre. Andréas.

Elle tira la cloche à toute volée et quand le portail s'ouvrit, elle dut s'appuyer contre un pilier pour reprendre haleine avant de pouvoir parler.

– Il faut que je voie ton maître! C'est extrêmement urgent!

Zoé la dévisagea d'un œil froid, notant au passage la cape de voyage, le magnifique coffre en ébène et en ivoire, les vêtements en désordre.

– Mon maître est absent, répondit-elle enfin.

– Absent! Mais il devrait être là!

Zoé cligna des yeux.

– Il est sorti.

– Pour aller où?

– Au port. Il est allé voir le capitaine d'un navire.

« Andréas! » criait Séléné intérieurement.

Elle n'avait pas le temps de le retrouver. La caravane

était sur le point de partir. Il lui fallait regagner le campement sans tarder.

Vite, elle fit glisser la pharmacie de son épaule, se mit à genoux et l'ouvrit. Zoé la regarda en sortir un morceau de poterie, de ceux qu'utilisaient les médecins pour rédiger leurs ordonnances. Puis elle cracha sur un pain d'encre avant d'en enduire le bout d'une plume.

– Tu remettras ceci à ton maître, précisa Séléné en écrivant.

Nous sommes en route pour Palmyre, disait le mot. *Nous voyageons avec une caravane qui porte la bannière de Mars. Viens nous rejoindre. Ma mère est mourante.*

Elle s'arrêta, puis ajouta : *Je t'aime.*

Refermant d'un claquement sa pharmacie et la hissant à son épaule, elle tendit le tesson à Zoé.

– Tu sais qui je suis, n'est-ce pas ? Dis à ton maître que je suis venue. Et donne-lui ceci dès son retour. C'est urgent !

Zoé prit le tesson.

– Dès son retour, répéta-t-elle en reculant pour refermer le portail.

– Et dis-lui, ajouta Séléné en serrant de toutes ses forces la bandoulière en cuir de sa pharmacie, que je suis sur la route de Palmyre avec ma mère. Dis-lui de venir me rejoindre !

Zoé fit signe qu'elle transmettrait le message, puis referma le portail et écouta le claquement des sandales de Séléné qui décroissait rapidement dans la rue humide de pluie. Quand elle n'entendit plus rien, elle regarda le morceau de poterie et les gribouillages à l'encre, le laissa tomber par terre et l'écrasa du talon. Puis elle nettoya l'allée de toute trace.

Andréas leva les yeux de sa table de travail et regarda par la fenêtre ouverte le clair de lune qui se levait sur les toits. Il avait cru entendre sonner la cloche. Il attendit, la plume suspendue au-dessus du parchemin blanc étalé devant lui. S'il y avait quelqu'un au portail, un malade probablement, alors on viendrait le prévenir d'un moment à l'autre.

Il écouta. La maison était silencieuse. Personne ne vint. Décidant que ce devait être la cloche du voisin, il se pencha à nouveau sur la page blanche.

Il avait acheté le parchemin l'après-midi même, après avoir quitté Daphné avec Séléné. C'était le premier achat de sa nouvelle vie. En fait, il représentait sa nouvelle vie. Une feuille blanche et neuve qui attendait qu'il la couvrît de signes. Il y coucherait ses remarques médicales, en ferait un livre de médecine. C'était son avenir, et celui de Séléné.

Avec Séléné à ses côtés pour l'encourager, l'inspirer et l'aimer, il se savait capable de réaliser de grandes choses. D'y penser, il frissonna. Le changement serait si radical qu'il le redoutait presque. Avec Séléné, il apprenait à nouveau la confiance.

Il ferma les yeux. Il ressentait un bonheur qui lui semblait trop grand pour un seul homme. Quand il les rouvrit pour écrire les premiers mots – *De Medicina* –, il n'entendit pas le bruit des sandales qui s'éloignaient en courant dans la rue humide de pluie.

Livre II

PALMYRE

12

Kazlah, premier médecin du palais de Magna, n'avait que deux ambitions dans la vie : devenir l'amant de la reine Lasha et vivre éternellement. Et il commençait à se demander si, des deux, la seconde ne serait pas la plus facile à réaliser.

En tant que médecin personnel de la reine, il était le seul membre de la cour autorisé à la regarder en face, ce qu'il faisait en ce moment en s'adressant à elle, non sans se demander comment il pourrait se glisser dans sa couche.

– Il nous faut des vierges. Des vierges. Elles guériront l'impuissance du roi, l'interrompit la reine d'une voix cinglante.

Kazlah en doutait. L'impuissance du roi Zabbaï résistait à ce genre de stimulation. Des vierges, vraiment, pour un homme qui comptait plus de cent femmes! Mais le médecin n'osait contredire la reine. Car en principe, ce n'était pas la reine qui parlait mais la Déesse.

La déesse vénérée sous divers noms, Allat, Allah ou encore Alla', l'Étoile du matin, celle qui dévorait ses amants. D'abord adorée à Sheba, dans la lointaine Arabie méridionale, elle l'était aussi depuis des siècles à Magna, où l'avaient amenée les nomades arabes qui sillonnaient l'immense désert. Dans la cité exotique bâtie sur l'Euphrate, Allat s'exprimait par la bouche de Lasha.

– Ainsi le veut la Déesse, répétait-elle à l'intention de Kazlah. Le roi doit retrouver sa virilité. Son heure n'est pas venue de mourir.

Kazlah caressa sa barbe brune tout en observant la déesse qui dévoilait ce soir ses traits de dévoreuse, engloutissant sur son passage la nuit et les étoiles. Si le rôle essentiel de Kazlah, en tant que premier médecin, était de maintenir le roi en vie, il s'agissait en l'occurrence d'éviter une issue qui ne relevait d'ordinaire pas de ses compétences. Le roi Zabbaï, bien que vieillissant, restait sain et vigoureux. Sa mort prématurée ne serait pas due à des causes naturelles mais d'ordre religieux. Un roi impuissant devait mourir.

La coutume, qui remontait à la nuit des temps, à une époque où les femmes régnaient et où l'on se débarrassait des hommes devenus inutiles, reposait sur une vieille croyance universelle. Le remplacement du roi âgé rendait à la ville et à ses habitants puissance et immortalité. Dans l'antique cité de Magna, distante d'une centaine de kilomètres de Palmyre, le roi Zabbaï, après une vie d'excès et de plaisirs, se trouvait dans cette situation et le bruit courait déjà dans le palais que l'heure de son remplacement ne tarderait pas à sonner.

Mais il y avait un problème. Personne en ce moment dans le palais, et Zabbaï moins que quiconque, ne voulait voir la couronne reprise par un homme plus jeune. Pour Kazlah et certains puissants du royaume, Zabbaï était un roi fantoche qui ne se mêlait jamais de leurs nombreuses intrigues; quant à Lasha, partager le trône avec un être faible lui permettait de régner sans partage, aussi la perspective de devoir prendre pour consort un homme jeune et ambitieux la contrariait-elle considérablement.

Il était donc de l'avis général qu'il fallait raviver la virilité du roi.

Le premier médecin de la cour se détacha de la contemplation de la nuit pour faire face à la reine. Malgré sa cécité partielle, elle était belle, d'une beauté austère, presque effrayante. Comme l'amour qu'il lui portait. Kazlah n'était pas un homme ordinaire, aussi sa soif de pouvoir n'était-elle pas ordinaire non plus. De nature insensible et incapable d'affection, son amour était dicté par l'obsession de captiver, de soumettre et donc de posséder l'inaccessible par essence : la reine Lasha, incarnation de la Déesse sur terre.

– La Déesse précise-t-elle comment nous devons procéder? demanda-t-il.

Le regard de Lasha se durcit.

– A vous d'en décider, médecin.

Le médecin grand et maigre au visage en lame de

couteau déchiffra ce regard puis se détourna. Il devait agir avec prudence ou bien il risquait de compromettre tout ce pour quoi il avait travaillé, comploté, tué même. Pour la première fois, au bout de tant d'années, la reine Lasha plaçait en lui ses espoirs et sa confiance. Peut-être la voie qui menait à la couche royale s'ouvrait-elle enfin.

Ses pas résonnaient sur le sol brillant qu'il arpentait, plongé dans ses pensées. Lasha, qui l'observait, haïssait et admirait à la fois cet homme dont elle avait fini, contre son gré, par dépendre beaucoup trop. Il était ambitieux et on ne pouvait se fier aux ambitieux. Elle se rappelait le jour où Kazlah, nouveau à la cour, avait rampé devant elle, plein de crainte et d'humilité, les yeux baissés. Aujourd'hui encore, on punissait de mort immédiate l'impudent qui aurait voulu la regarder en face. Mais pour lui, ce temps était depuis longtemps révolu. Des années d'intrigues avaient hissé ce fils de nomades arabes au plus haut de l'échelle sociale. Il avait depuis lors acquis un savoir médical précieux et secret qu'il accroissait toujours et gardait jalousement. Il avait fini par développer au sein de la famille royale et parmi les courtisans qui vivaient au palais une dépendance totale à son égard. Qu'il s'agisse de vie ou de mort, on ne pouvait s'en remettre qu'à lui. En dépit de la haine qu'elle lui vouait, la reine Lasha avait besoin de son premier médecin.

– Très bien. Des vierges, dit-il enfin en s'inclinant devant la reine. Peut-être blanches, avec une carnation pure, sans tache. Peut-être cela stimulera-t-il le roi.

Le visage glacial de Lasha se marqua d'un froncement. Où, sur cette terre au soleil implacable balayée par les vents du désert, allaient-ils trouver des jeunes filles au teint clair?

– Envoyez des gens à Palmyre, ordonna-t-elle. Il y a un homme là-bas, un marchand d'esclaves qui garde un œil sur les routes.

– Mais, Altesse, les Romains surveillent les routes.

– Ils ne peuvent se trouver partout à la fois.

– Et la police du désert palmyréenne! Ces marchands des oasis gardent les routes de leurs caravanes aussi jalousement qu'un père ses filles, car la sécurité se relâcherait-elle que Palmyre cesserait d'être le carrefour du monde et qu'elle retournerait au sable et aux scorpions. Mieux vaut s'attaquer à leur approvisionnement en eau que de menacer ceux qui empruntent leurs routes!

Lasha plissa son œil unique.

– J'ai entendu dire que cet homme est discret. Il frappe vite et disparaît dans le désert comme un djinn. De plus, il sait quelles pattes graisser et il a ses espions. Allez le voir, il le faut.

Le ton des derniers mots sans réplique et lui intimait de se taire. Lasha n'était pas d'humeur à se laisser contrarier et il savait pourquoi. La reine était furieuse qu'il n'ait su guérir la fièvre estivale du jeune prince.

Il arrivait parfois que Kazlah regrettât amèrement sa position de premier médecin. Il lui fallait soulager les multiples maux d'une cour à la vie dissipée. On le tirait de son lit à toute heure de la nuit, souvent pour des maladies imaginaires, et l'on attendait de lui qu'il fît des miracles. Il devait prouver qu'il connaissait tous les mystères du corps, trouver réponse à tout, en un mot, on lui demandait d'être infaillible. Regardez-le maintenant, les cheveux grisonnants, les joues creuses marquées de rides profondes, la bouche aux lèvres pincées dont les coins s'affaissent d'année en année. Depuis trois jours, le fils unique de Lasha brûlait d'une fièvre mystérieuse et jusqu'à présent, aucun des remèdes de Kazlah n'avait fait effet.

Le palais commençait à bourdonner de rumeurs sur le sort que la reine lui réserverait. Qu'allait-il advenir du puissant et invincible Kazlah si l'enfant mourait?

Kazlah frissonna malgré la chaleur de la nuit. Il détestait y penser! La reine n'était pas femme à faire preuve de compassion ou de pitié. Sa sentence serait impitoyable, il en était certain.

– Très bien, Altesse, céda-t-il enfin. Comment s'appelle-t-il?

13

– Voilà, dit le vieux Romain, satisfait de lui-même. Qu'en penses-tu?

Séléné fixait la flamme qui avait jailli comme par magie, allumant le petit bois du feu de camp. Mais elle ne dit rien.

Ignatius regarda la pierre transparente qu'il tenait et haussa les épaules. La plupart des gens étaient impressionnés. Mais cette jeune fille n'était pas comme les autres. D'abord, il y avait sa mère mourante sur qui elle veillait. Ensuite, elle semblait obsédée par l'idée qu'on la suivait. Depuis leur départ d'Antioche, deux semaines auparavant, il l'avait souvent vue se retourner comme si elle avait cherché à voir quelqu'un sur la route derrière eux. Il se sentait désolé pour elle et il avait envie de lui faire un présent.

– Prends cette pierre, mon enfant. Elle est à toi, dit-il gentiment.

Séléné l'accepta et le remercia. Elle prit sa pharmacie qu'elle gardait toujours à portée de main, l'ouvrit, y déposa la pierre, la referma et se remit à fixer le feu de ses grands yeux graves.

Ignatius était un vieux magistrat romain qui s'en allait vivre chez son fils et sa bru, aussi coriace qu'un vieil hibou, avait-il l'habitude de dire en riant. Il s'était lié d'amitié avec la jeune fille et sa mère malade alors que la caravane serpentait à travers les monts du Liban; puis, quand leurs maigres provisions de pain et de fromage s'étaient épuisées, une semaine après avoir quitté Antioche, Ignatius avait commencé à leur procurer de la nourriture et un feu. Au soir, quand la caravane dressait le camp, il apportait du charbon de bois de racine de genévrier qu'il enflammait miraculeusement à l'aide de la pierre transparente avec laquelle il captait les rayons du soleil.

Tandis que le soleil se couchait à l'horizon, le gigantesque campement s'éclairait d'une multitude de feux. La région alentour était nue et désolée. Une fois franchies les montagnes verdoyantes, la caravane avait traversé des étendues de steppes couvertes de broussailles, d'épineux où vivait un peuple nomade qu'on appelait les Bédouins. L'oasis de Palmyre se trouvait en bordure de cette région aride et plus loin, très loin à l'est et au sud, s'étendait l'immense désert de Syrie qui se fondait dans le néant. Et au-delà encore, se dressait l'antique cité de Magna sur laquelle régnait la reine Lasha.

Il y avait d'autres caravanes le long de la route, des

flots de gens venus de pays inconnus, arrivés par la Mer Inférieure avant de remonter l'Euphrate, de traverser Magna et de s'engager dans le désert qui conduisait vers l'ouest – des caravanes venues de Chine chargées de soie, de jade et d'épices, des caravanes venues de Méditerranée chargées de laine pourpre et de verrerie de Syrie. Et des caravanes arabes qui empruntaient cette route très fréquentée au retour du sud, de La Mecque où la déesse Allat était symbolisée par un croissant de lune et où les femmes se couvraient entièrement d'une étoffe noire percée d'une fente unique à hauteur des yeux.

– Je nous ai acheté du poisson, annonça Ignatius. De très belles pièces, ajouta-t-il dans l'espoir d'inciter Séléné à manger. Je suis un vieil homme avec ses manies, s'excusa-t-il en souriant. C'est aujourd'hui le jour de Vénus, le dernier jour de la semaine, et à Rome, pour honorer la déesse, nous ne mangeons que du poisson ce jour-là. C'est une tradition très ancienne et je crains d'être gouverné par de vieilles coutumes.

Séléné ne répondit pas. Elle avait le cœur trop lourd pour parler.

Andréas.

Où était-il? Pourquoi n'avait-il pas déjà rattrapé la caravane? Il y avait deux semaines, deux longues semaines qu'elle l'attendait impatiemment, qu'il lui manquait terriblement, qu'elle s'inquiétait, qu'elle guettait la route, en espérant le voir surgir à tout moment. Où était-il?

Elle se sentait malade, mais d'un mal qu'aucun de ses remèdes ne pouvait apaiser. Elle souffrait d'un coup mortel au cœur qu'aùcun baume ne pourrait cicatriser, jamais. Seul Andréas en serait capable par ses gestes, son sourire, son amour. Elle voyait son visage dans les flammes du feu de camp. Il allait arriver, bientôt. Il le fallait.

La situation était désastreuse. Elle n'avait plus d'argent. Sa mère avait payé pour se joindre à la caravane, en échange de quoi elles avaient eu le droit d'avoir un âne et de tirer de l'eau dans toutes les oasis traversés. Mais quand, au bout de quelques jours, leurs provisions furent épuisées, il avait fallu acheter de quoi manger et les prix étaient exorbitants. Il lui était arrivé d'obtenir de la nourriture contre des soins. Ainsi, elle avait soigné une jeune Syrienne sur le point d'accoucher prématurément. Séléné lui avait prescrit un état d'ébriété permanent... A l'étonnement général, un gobelet de vin toutes les heures avait suffi à arrêter les contractions. L'époux reconnaissant avait donné à Séléné du pain et du poisson pour trois jours. Mais il n'en restait rien.

Elle se détourna du feu pour regarder la forme endormie de Méra dont l'état s'aggravait.

Cet après-midi, quand la caravane avait fait halte pour la nuit, Séléné avait ramassé des plantes du désert qu'on appelait « les choses qui roulent » et elle les avait recouvertes de sa *palla* pour en faire une petite tente qui protège Méra du soleil implacable. Elle y dormait à l'abri maintenant, lovée sur le côté, respirant péniblement. Depuis deux jours, elle ne mangeait plus.

Séléné sentit son estomac se nouer de peur à la pensée qu'elle allait la perdre, que sa mère allait mourir dans ce désert terrible.

Que faisait Andréas? L'avait-elle perdu lui aussi?

Elle regarda derrière elle. La route s'assombrissait avec la nuit. Ses yeux s'efforçaient de voir l'image d'un cavalier solitaire approchant à vive allure. Où était-il? Pourquoi n'arrivait-il pas?

Sentant une main sur son bras, elle tourna la tête et croisa le regard plein de bonté d'Ignatius. Il pensait savoir ce qui la troublait. Lui aussi avait remarqué que la santé de Méra déclinait.

Ignatius, attentionné et généreux, avait pris Séléné et sa mère dans son propre groupe de huit chameaux et douze esclaves, les plaçant d'office sous sa protection. Il ne savait que trop bien depuis des années qu'il voyageait combien vulnérables étaient les femmes qui osaient se déplacer seules.

– J'ai peur, Ignatius, finit par avouer Séléné, la gorge serrée. La lune décroît et c'est à ce moment que les malades et les personnes âgées risquent le plus de mourir. Je crains qu'elle ne survive pas jusqu'à Palmyre. Je ne pense pas qu'elle soit assez bien pour reprendre la route demain. Nous devons nous arrêter pour qu'elle prenne un peu de repos.

Ignatius hocha gravement la tête. Il avait pensé la même chose.

Très bien, dit-il en posant son vin et son poisson. Je crois qu'il est temps d'avoir une conversation avec le guide. Je veillerai à ce qu'il vous laisse un chameau, une escorte et de l'eau.

– Vous croyez qu'il sera d'accord?

Le vieux Romain se leva en souriant.

– Cet homme est aussi prévisible qu'un arbre.

Peu convaincue, elle le regarda cependant se faufiler entre les tentes et les feux de camp. Les rares fois qu'elle avait aperçu le chef de la caravane, il ne lui avait nullement donné l'impression d'un homme généreux.

Ignatius revint presque aussitôt. Il se laissa tomber sur un tabouret et attrapa son gobelet de voyage en bois – car lorsqu'on se déplace, on cache sa richesse pour ne montrer que de menus biens.

– Maudite soit notre époque et les gens qui l'ont faite, grogna-t-il en renversant un peu de vin en hommage aux dieux du désert avant d'avaler ce qui restait.

– Ignatius, que s'est-il...

– Tout ce que je demandais, c'était qu'il rédige un billet pour que vous ayez droit à de l'eau jusqu'à l'oasis. Après tout, vous avez payé pour cela. Le contrat avec la caravane a été conclu avec le sceau de la déesse Bonne Foi, il doit donc être respecté.

– Ne va-t-il pas l'honorer?

– Je crains, mon enfant, que ce soit aussi désespéré que de chercher un noyau dans un oignon. Il n'y a pas plus mesquin que lui.

– Que vais-je devenir? s'affola Séléné. Ma mère ne peut continuer! Elle a besoin de repos avant de repartir!

– Allons, allons, la rassura Ignatius, honteux de l'avoir effrayée. Tout ne va pas si mal. Palmyre n'est plus qu'à deux jours. Cette route est très fréquentée. Vous ne serez jamais seules.

– J'ai peur!

– Il n'y a pas de raison. Ces routes sont les plus sûres du monde. Les bandits n'ont nulle envie de se frotter aux archers montés de la police du désert palmyréenne!

Il observa Séléné dont le visage pâle était éclairé par le feu de camp.

– Ne crains rien, mon enfant, dit-il doucement en posant ses mains sur les siennes. Je veillerai sur vous.

14

Peu importait qu'elle fût Bethsabée, la « fille de la Déesse » au pouvoir illimité, en cet instant, la reine Lasha se sentait totalement impuissante.

Elle était agenouillée près du lit sur lequel reposait son enfant brûlant de fièvre.

Médecins et membres de la suite s'agitaient nerveusement dans la chambre. Ils avaient tout tenté pour faire tomber la fièvre du jeune garçon, mais en vain. Maintenant, la fureur de la reine montait à mesure que la température du petit corps s'élevait. Elle leva la tête et foudroya les médecins du regard.

– Où est Kazlah ? demanda-t-elle enfin.

Ils se regardèrent.

– Il est au temple, Majesté.

Son sourcil se releva.

– Est-il en train de prier la Déesse pour la vie de mon fils ?

A nouveau, les courtisans échangèrent des regards de malaise. La peur leur glaçait les sangs.

– Il prie pour... euh... pour l'affaire du Roi, Votre Gracieuse Majesté.

– Qu'on aille le chercher. Si mon fils meurt, il ne mourra pas seul.

Elle se leva avec lassitude.

– A présent, sortez tous.

Après le bref moment d'émoi dû à la trop grande hâte des courtisans à se retirer, la reine Lasha se laissa enfin aller. Il n'était pas facile de garder constamment le contrôle de soi, de montrer du courage et de la réserve face à ses sujets. Aujourd'hui surtout, alors que son fils était si malade.

Elle se détourna du lit. C'était une femme élancée, aux épaules carrées, à la grâce royale. Sa chevelure noire était coiffée en mille tresses, des soieries bruissaient contre son corps et, même à cette heure, son front, son cou et ses poignets étaient parés de pierres précieuses.

Elle s'éloigna vers la terrasse d'où elle pouvait voir le fleuve suivre son cours, étincelant au clair de lune. Puis son regard se portant sur les bosquets de saules pleureurs, elle se sentit humble. Après avoir des années durant décidé de la mort d'autrui, il semblait qu'à présent ce fût la mort qui disposait d'elle. Elle aimait son fils plus que tout au monde.

Tournant son visage vers la déesse argentée qui illuminait le ciel, elle lui adressa une simple prière :

– Mère de tous les êtres, fasse que mon enfant ne meure pas...

15

– Mère de tous les êtres, je t'en prie, fasse que ma mère ne meure pas, murmura Séléné, les yeux levés vers le croissant de lune dans le ciel noir.

Agenouillée par terre, elle berçait Méra contre elle. Un instant plus tôt, elle lui avait fait boire quelques gorgées d'eau, ce qui avait déclenché une quinte de toux alarmante. Séléné avait peur de la bouger à nouveau. Peu après minuit, Méra rouvrit les yeux et regarda sa fille.

– C'est fini, dit-elle doucement. Mon heure est venue.

– Non, mère...

Méra respirait difficilement.

– C'est inutile, mon enfant. Il ne reste à présent que le temps de la vérité. Aussi, je t'en prie, écoute-moi. Écoute-moi attentivement. Je dois te dire des choses importantes et parler me coûte de grands efforts.

Elle essaya de bouger, ce qui lui arracha une grimace de douleur. Alors qu'elle prenait une longue inspiration pour se donner le courage de parler, un son rauque monta de sa gorge.

– Il était écrit que je n'atteindrais pas Palmyre, mon enfant. Ma vie se termine. Ma tâche touche à sa fin. Je t'ai ramenée...

– Mère, murmura Séléné en lui caressant les cheveux. Je ne comprends pas ce que tu dis. Que veux-tu dire, tu m'as ramenée ?

– Il y a seize ans... Tu as été spécialement choisie...

Séléné fronça les sourcils. Le regard fixé sur les lèvres bleuies de sa mère, elle essayait de saisir ce que cachaient ses paroles, de l'aider en comprenant avant qu'elle doive expliquer.

« Choisie? pensait-elle. Choisie pourquoi? »

- Ton père... souffla Méra. Il disait que tu venais des dieux. Il disait que tu leur appartenais.

Séléné dévisageait Méra. Des années auparavant, elle lui avait parlé du pêcheur qui était mort en mer avant sa naissance. Ensuite, elle n'avait plus jamais parlé de l'homme qui l'avait laissée veuve. Mais pourquoi un simple pêcheur aurait-il prétendu que son enfant était envoyée par les dieux?

Des larmes montèrent aux yeux de Méra qui maudissait ce corps qui la trahissait, qui était devenu son ennemi.

« Il y a des jours que j'aurais dû lui parler, quand j'en avais encore la force. Pourquoi? Oh, pourquoi ai-je tant attendu pour lui dire la vérité? »

Elle ferma les yeux et la réponse vint.

« Parce que j'avais peur. Je voulais la garder encore un peu; je voulais qu'elle reste mon enfant rien que quelques jours encore. Je n'aurais pas eu le courage de la regarder en face après lui avoir appris que je n'étais pas sa mère, en sachant qu'elle penserait à une autre femme, à cette pauvre jeune femme, arrachée à son lit par des soldats en capes rouges. »

– Séléné. Tu as éclairé ma vie. Tu es venue dans ma solitude. J'étais égoïste. Je voulais que tu m'appartiennes à moi seule. Pourtant, je savais qu'un jour les dieux allaient te réclamer, car tel est leur droit. Ils t'ont marquée à la naissance, et cette marque, tu la portes toujours en toi. Chaque fois que tu maudiras ta langue, Séléné, et je sais que tu le fais, rappelle-toi que ce sont les dieux qui t'ont faite ainsi, que c'est le signe qu'ils t'ont élue...

La voix de Méra s'éteignit. Séléné baissa les yeux sur elle, déroutée.

De sa place près du feu, Ignatius observait les deux silhouettes dans la tente de fortune. C'était le deuxième jour qu'ils passaient seuls, avec un minuscule troupeau de huit chameaux, un âne fatigué et une suite d'une douzaine de personnes. Depuis le départ de l'interminable caravane, depuis que la poussière qu'elle soulevait était retombée, le désert syrien lui semblait plus immense et hostile que jamais. Il surveillait attentivement la nuit, un poignard à la ceinture, et il avait demandé à ses esclaves de s'armer.

Bien que la jeune fille lui ait assuré qu'un ami n'allait plus tarder à les rattraper, il n'y croyait guère. Si cet ami avait existé, il serait déjà arrivé.

La voix haletante de Méra s'éleva à nouveau.

– Tu as une tâche à accomplir, Séléné. Tu n'es pas comme les autres. Une destinée unique t'attend, une destinée pour laquelle tu es née, à laquelle je t'ai préparée durant seize années et que tu dois à présent découvrir. Je n'ai pas de réponses pour toi, Séléné. Tu dois les trouver toi-même. Ce sera le but de ta vie.

Séléné secouait la tête, abasourdie.

– Mère, de quoi parles-tu?

– Écoute-moi, mon enfant. Écoute-moi. Tu dois connaître la vérité à présent.

Agenouillée, la tête inclinée, les yeux rivés sur la bouche desséchée de Méra, Séléné écouta. Le silence du désert se peupla des mugissements d'un vent qui pleurait dans la nuit, qui secouait portes et fenêtres et qui apportait avec lui le bruit de sabots et les cris de soldats romains.

Méra revivait pour sa fille cette nuit vieille de seize ans, et Séléné, le cœur battant, écoutait, suspendue à ses lèvres : le beau patricien romain et sa jeune femme, la petite maison de Méra dans les faubourgs de la ville, la naissance du premier bébé, un garçon appelé Hélios, puis la naissance difficile du second, une fille appelée Séléné, l'irruption des soldats romains, Méra cachée dans la remise à grain, et puis, enfin, le noble romain baignant dans son sang et demandant à Méra de retirer l'anneau qu'il portait au doigt.

– Il disait que tu venais des dieux, Séléné. Que tu avais été choisie. La Déesse t'a confiée à moi qui étais seule et sans enfants, et, en retour, j'ai tenu la promesse qui me liait à elle. Je t'ai ramenée à Palmyre, ainsi que l'ordonnait l'oracle, afin de te mettre sur la voie de ta destinée.

Séléné dévisageait sa mère, hébétée. Elle essayait de comprendre ce récit fantastique, l'incroyable histoire de sa naissance, ses parents dont elle ne pouvait voir le visage, les paroles prophétiques qu'avait prononcées le

Romain dans son dernier souffle, mais autant vouloir attraper le ciel et les étoiles.

Méra leva une main tremblante.

– Il est temps à présent, Séléné. Donne-moi la rose.

– La rose?

– Le pendentif. Que j'ai placé sur ton sein lors de la Cérémonie. Le moment est venu pour toi de savoir ce qu'il contient et que je te l'explique.

– Mais... Je ne l'ai plus. Je l'ai donné.

– Tu l'as donné? s'exclama la vieille femme. Séléné, que dis-tu?

La jeune fille porta sa main à sa poitrine où elle pouvait sentir, sous l'étoffe de sa robe, le pendentif en forme d'œil.

– Je l'ai donné à Andréas. Nous nous sommes promis l'un à l'autre. Il m'a donné son Œil d'Horus et moi...

Une plainte s'échappa de la gorge de Méra, monta vers les étoiles, remplit le désert. Les chameaux grognèrent, s'agitèrent. Ignatius et ses esclaves levèrent la tête, alarmés.

– Qu'ai-je fait? pleurait Méra affaiblie en se frappant la poitrine. Qu'ai-je fait? Dans ma peur, sotte que je suis, je t'ai laissée dans l'ignorance! Il y a longtemps que j'aurais dû te parler! Qu'ai-je fait?

– Mère, calme-toi. Je t'en supplie!

En sanglotant, Méra lui parla de l'anneau d'or dont le Romain avait dit qu'il lui expliquerait tout. Il y avait un sceau dessus, un visage et quelque chose d'écrit dans une langue étrangère que Méra n'avait pu déchiffrer. « Remettez-le-lui quand elle aura grandi, avait-il dit. Il la conduira à sa destinée. »

– Mais comment feras-tu maintenant? pleura Méra. Sans cet anneau? Il y avait aussi une boucle de cheveux, des cheveux de ton père, et un morceau du linge qui avait enveloppé ton frère. Des liens puissants, Séléné, et tout ce qui t'attache à eux dans ce monde. Évanouis! Tu es séparée d'eux! Qu'ai-je fait?

Fascinée, Séléné imagina la rose d'ivoire sur la poitrine d'Andréas. Elle comprit alors qu'elle lui avait donné davantage qu'elle-même : elle avait placé sa destinée entre ses mains.

– Mon enfant, écoute-moi. Tu dois retourner à Antioche. Tu dois aller voir Andréas et reprendre la rose. Ouvre-la, mon enfant. Regarde l'anneau...

Séléné dévisageait sa mère.

« Retourner à Antioche, revoir Andréas... »

– Séléné, promets-moi! supplia Méra en lui agrippant le poignet avec une force inattendue. Isis est ta déesse. Elle t'a choisie spécialement. C'est ton devoir. Tu dois apprendre qui tu es. Tu dois retrouver ton frère...

La voix de Méra s'éteignit à nouveau et lorsqu'elle ferma les yeux, on l'aurait crue endormie. Séléné resta longtemps le regard fixe à bercer sa mère. Puis, elle se laissa envahir par les révélations de Méra comme par une brume nocturne; elle frissonna, ses yeux se brouillèrent de larmes brûlantes.

« Tu n'es pas ma vraie mère? demanda-t-elle intérieurement à la femme endormie dans ses bras. Mais qui alors... »

Elle leva la tête pour regarder par-delà le désert, très loin vers l'horizon où se découpaient des collines désolées. Derrière ces collines se dressait la ville où elle était née, Palmyre.

« Ma mère s'y trouve-t-elle encore? Et mon frère jumeau, Hélios? »

Et Andréas saurait-il la retrouver là-bas? Suivrait-il cette route? Irait-il à sa recherche? Ou devait-elle rebrousser chemin, rentrer maintenant à Antioche, et tourner le dos à une mère et à un frère qui se trouvaient peut-être dans cette ville étrangère?

Séléné se mit à pleurer.

Comment se pouvait-il que cette femme si tendre ne fût pas sa mère? Elle qui avait essuyé ses larmes et apaisé ses frayeurs d'enfant, qui avait soigné ses genoux écorchés, lui avait expliqué les mouvements de la lune et des planètes. Elle qui lui avait dévoilé les secrets et la magie des plantes. Elle qui l'avait guidée le long du chemin sombre qui menait à son âme et lui avait montré comment capturer sa flamme intérieure.

Et c'était cette femme simple et aimante qui avait passé tant de nuits à broder une magnifique *stola* bleue pour que sa fille resplendisse, au jour le plus important de sa vie.

Non, décida Séléné. Son destin ne pouvait l'attendre dans cette ville lointaine et inconnue. Il l'attendait à Antioche, auprès d'Andréas qu'elle aimait et qui lui enseignait la médecine.

Quand Méra essaya de parler à nouveau, elle caressa son front brûlant et lui dit, la gorge serrée :

– Ne t'inquiète pas, mère. Dors.

– J'ai l'éternité pour dormir, mon enfant. Je veux que tu me promettes que tu reprendras mon manteau, que tu suivras les enseignements que je t'ai transmis, que tu vénéreras notre antique savoir sans jamais oublier la Déesse. Tu dois continuer seule, en pensant toujours que tu es marquée du signe des Dieux. Promets-moi...

En larmes, Séléné prit la main de sa mère et promit. Alors Méra, soulagée, reprit :

– A présent, prépare ma tombe.

– Non!

– Les cadavres se décomposent plus vite la nuit que le jour, je te l'ai appris. Dépêche-toi. Le temps presse.

Toujours en larmes, Séléné reposa doucement la tête et les épaules de Méra sur la *palla*. Comme elle allait s'éloigner, Méra la retint une dernière fois par la main.

– Il n'y a pas à redouter la mort, mon enfant, lui dit-elle tendrement. Je vais m'endormir et quand je m'éveillerai, j'aurai rejoint notre mère à tous. Et nous serons à nouveau réunies toi et moi, ma chère enfant, dans la Résurrection. La Déesse nous le promet. Je t'attendrai...

Tandis qu'elle reposait sous la tente faite de la *palla* de Séléné et des « choses qui roulent » et qu'elle écoutait le bruit de sa tombe qu'on creusait dans le sable, elle sentit les regrets l'envahir. Si seulement elle avait pu vivre assez longtemps pour savoir qui était sa fille et pour voir enfin pour quel destin exceptionnel elle était née! Pour la première fois de sa vie, Méra s'insurgeait contre la volonté de la Déesse.

Dans ces derniers instants, soudain, dans un éclair, Méra eut une vision. Tournant la tête de côté, elle regarda avec amour la jeune fille en pleurs et pensa :

« Tu retourneras à Antioche où tu chercheras Andréas. Mais ce ne sera pas comme tu l'imaginais. Les circonstances seront bien différentes de ce à quoi tu te serais jamais attendue... »

Juste avant l'aurore, Méra prononça ses dernières paroles.

– N'oublie pas de révérer Isis, dit-elle à sa fille.

Puis elle s'éteignit.

16

Quand les assaillants surgirent, ils étaient en train de bâter le dernier chameau et Ignatius assurait Séléné qu'elle trouverait une caravane pour Antioche dans l'heure qui suivrait leur arrivée à Palmyre et qu'il veillerait à ce qu'elle soit bien placée et à ce qu'on ne la vole pas sur le prix du trajet.

Entre l'instant où, dans les lueurs de l'aube, elle avait posé la dernière pierre sur la tombe de Méra et celui où ils avaient levé le camp, Séléné avait décidé que le mieux serait d'aller jusqu'à Palmyre et d'essayer d'y trouver une caravane qui la ramènerait à Antioche. Elle imaginait la surprise d'Andréas s'ils se rencontraient en chemin. C'est alors que la première flèche fut décochée.

Soudain, comme jaillis de nulle part, des géants à cheval fondirent sur le campement. Les esclaves d'Ignatius se dispersèrent dans tous les sens en hurlant. La première flèche avait atteint une vieille femme dans le dos; la deuxième frappa un vieil homme. Un instant, Séléné resta figée sur place, interdite, puis elle murmura : « Des djinns! » et se mit à courir. Les assaillants les encerclaient et les poursuivaient en brandissant des grands sabres incurvés qui étincelaient dans le soleil. Leurs visages étaient cachés par des turbans et des voiles noirs, mais sous leurs sourcils épais, leurs regards effrayants flamboyaient tandis que montait de leurs gorges un cri sinistre et inhumain.

Séléné chercha désespérément Ignatius. Les chameaux commençaient à s'affoler, Séléné savait que d'un moment à l'autre elle serait piétinée par leurs sabots. Tout autour d'elle, les esclaves romains tombaient fauchés par les cimeterres. Le sable et la poussière se soulevaient en un nuage aveuglant et les pleurs et les cris des victimes devenaient assourdissants.

Puis une main la saisit par le bras et la tira. C'était Ignatius qui tentait de l'entraîner loin du centre de la bataille où les chameaux broyaient de leurs sabots les corps des esclaves tombés.

– Abats leurs chevaux! cria-t-il en lui mettant brusquement un poignard entre les mains.

Interdite, elle regarda la lourde lame puis, levant les yeux, elle vit Ignatius tournoyer pour taillader l'avant-train d'un cheval qui arrivait au galop. Il manqua son coup et le sabre du cavalier lui entailla profondément le bras.

– Ignatius! cria-t-elle en essayant de l'attraper.

Un autre cheval s'élançait vers elle, son cavalier la fixait intensément. Elle s'immobilisa, comme hypnotisée. Quand il fut sur le point de l'atteindre, son cimeterre levé, elle plongea, inconsciemment, et enfonça la lame dans le poitrail du cheval jusqu'à la garde. L'animal hennit et se cabra, désarçonnant son cavalier. Ignatius, qui reprenait conscience, se jeta sur lui et lui trancha la gorge.

Séléné ne pensait plus, ne sentait plus. Tandis que son esprit reculait d'horreur, son corps continuait d'agir. Aveuglée par les sanglots, elle tailladait et frappait autour d'elle, sa lame rapide tournoyait, au milieu du sang, des cris et du sable qui tourbillonnait.

Puis tout s'arrêta.

Soudain, ce fut le silence. On n'entendit plus que la respiration lourde des chevaux et le cliquetis des harnais. Elle se retrouva appuyée contre le cadavre d'un chameau, un couteau ensanglanté à côté d'elle. Ignatius gisait non loin, mort, dans son sang que le sable buvait.

Un ordre claqua dans une langue qu'elle ne comprenait pas et, aussitôt, elle fut ligotée et bâillonnée. Elle lutta faiblement quand un des assaillants la souleva de terre pour la jeter en travers de son cheval, comme un vulgaire sac de grains. Sans attendre, ils partirent au galop et Séléné, ballottée, sur l'estomac, les mains étroitement liées dans le dos, sentit une horrible nausée l'envahir.

Six des esclaves d'Ignatius avaient aussi été épargnées, toutes de jeunes femmes. Les hommes et les femmes plus âgées avaient été abandonnés aux hyènes et aux vautours. Les assaillants emportaient les captives à une vitesse folle, s'éloignant de la route à travers le désert, vers les collines escarpées en direction du nord de Palmyre. Là, un autre groupe les rejoignit, qui lui aussi convoyait son chargement humain. Sans prendre un instant de repos, ils s'engagèrent dans le grand désert qui s'étendait au sud-est, loin des routes, loin de Palmyre.

Au moment de sombrer dans les ténèbres de l'inconscience, la dernière pensée de Séléné fut pour Andréas, pour sa réaction quand il arriverait au campement dévasté.

17

Soupesant la bourse remplie d'or, Kazlah jaugea le visiteur d'un regard.

– Tu recevras le reste s'il y a des vierges parmi elles.

Le visiteur, couvert de poussière après sa longue chevauchée, lorgnait la bourse avec cupidité.

– Quatre sont très jeunes, Maître. Elles sont certainement vierges. Pour les autres... dit-il en haussant les épaules.

– Je verrai. En attendant – il jeta la bourse par terre –, voici ton acompte. Quand je les aurai examinées, j'enverrai un esclave avec le reste. Ne reviens plus au palais.

L'homme fronça les sourcils avec méfiance. Pouvait-il se fier à Kazlah s'il lui annonçait qu'aucune des captives n'était vierge? Il se félicitait d'avoir eu la présence d'esprit de prendre un butin après l'attaque. Ses ordres avaient été de frapper vite et d'emmener les femmes avant que la police arrive. Mais il n'avait pu s'empêcher d'emporter ce qui lui avait semblé un trésor original.

– Maître, dit-il en ramassant la bourse, peut-être vous intéressez-vous à une autre sorte de marchandise?

Kazlah le toisa avec dédain. S'attaquer à des femmes sans défense n'était pas la pire des activités du Palmyréen. Il se livrait aussi au commerce des enfants, des garçons en particulier. Kazlah détestait traiter avec lui, mais la reine avait insisté pour qu'il réglât personnellement cette affaire désagréable. Toutefois, c'en était trop.

– Nous avions un marché. Va-t'en.

– Permettez que je vous montre quelque chose d'inhabituel, du plus grand intérêt.

– Si tu ne sors pas sur-le-champ, je te fais jeter dehors et tu ne verras jamais le reste de ton argent.

Le visiteur fit demi-tour, ouvrit la porte et fit signe à une cohorte qui l'attendait dehors. Puis il se retourna vers Kazlah en traînant derrière lui un grand sac en cuir brut.

– Qu'est-ce que c'est? demanda le premier médecin, irrité.

– Si vous voulez bien regarder?

Quand le sac fut au milieu de la pièce, le Palmyréen détacha le cordon qui le fermait, plongea précautionneusement les mains à l'intérieur et en ressortit un coffre en ébène incrustée d'ivoire.

Kazlah sentit sa curiosité piquée malgré lui.

Après avoir posé le coffre sur la table, l'homme en souleva le couvercle, puis observa le visage du médecin.

– C'est une boîte à remèdes, crut-il bon de préciser. Vous voyez? Elle appartenait sûrement à un médecin riche et bien informé.

Les yeux de Kazlah parcouraient les rangées de petits pots, s'arrêtaient sur les rouleaux de papyrus vierges, le pilon et le mortier, sur les minuscules tiroirs soigneusement étiquetés avec des hiéroglyphes, sur la bobine de fil de suture, les aiguilles en os. Il s'agissait de la pharmacie d'un médecin non seulement riche et bien informé mais aussi extrêmement savant.

– Où l'as-tu trouvée? demanda-t-il enfin.

– Je l'ai rapportée du raid sur la route d'Antioche. Il y avait un vieux Romain avec une suite d'esclaves. C'était certainement un médecin qui allait s'installer à Palmyre.

Kazlah hocha la tête. Il y avait plus de médecins par habitant à Palmyre que dans n'importe quelle ville du monde, davantage même qu'à Rome. Ce vieux médecin n'aurait été qu'un poisson de plus dans une grande mare surpeuplée, mais un poisson remarquable.

Il avança un long doigt fuselé qu'il posa sur chacun des objets du coffre, comme fasciné par leur pouvoir; la pierre transparente, le morceau de soufre, la petite statuette d'Isis. Cette pharmacie représentait l'aboutissement d'années d'études et de labeur, Kazlah le savait.

Il prit un des petits pots, en retira le bouchon puis le sentit. Quelle que puisse être cette substance, elle lui était inconnue. Il replaça délicatement le pot et regarda la pharmacie d'un air pensif. A l'évidence, elle avait appartenu à un médecin formé en Égypte. Aucun médecin au monde ne surpassait ceux qu'on formait à Alexandrie.

Il eut un pincement de jalousie, une émotion que son cœur desséché n'avait pas ressentie depuis nombre d'années. Il éprouvait de la jalousie envers l'homme qui avait possédé cette pharmacie à cause des études qu'il avait faites, très probablement dans la célèbre École de Médecine d'Alexandrie. Kazlah, lui, n'avait jamais eu le privilège d'étudier dans une école; ses connaissances médicales, il avait dû lutter pour les acquérir, voler même et tuer. Dès son arrivée au palais, il avait mesuré l'immense pouvoir du Premier Médecin, un pouvoir qui s'exerçait jusque sur le roi et la reine, tout aussi sujets à des maux que le plus pauvre des paysans. Il lui avait fallu s'abaisser et ravaler sa trop grande fierté de jeune homme pour entrer dans les bonnes grâces de Malal, le Premier Médecin d'alors. Ses premières notions de médecine, c'est de lui qu'il les tenait. Ensuite, il avait appris de manière empirique, en s'essayant sur des membres de la cour. Ce coffre révélait un homme qui avait bénéficié de tous les avantages dont lui avait été privé et il en était contrarié.

Après avoir réfléchi un moment, il fit demi-tour, traversa la pièce et alla prendre derrière un rideau un autre sac d'or, plus petit que le premier.

– Je l'achète, dit-il en lançant le sac sur la table.

18

Quand elle s'éveilla, Séléné n'avait aucune idée de l'endroit où elle se trouvait.

Elle ressentit d'abord une douleur, une douleur intense et brûlante aux poignets, au dos et aux chevilles. Puis, à mesure qu'elle reprenait connaissance, elle remarqua la paillasse sur laquelle elle était couchée, le mur de pierre à quelques centimètres de son visage. Elle avait la bouche et la gorge desséchées.

Elle s'assit en gémissant. Tout chavirait autour d'elle; elle se rallongea et resta là un long moment à fixer le plafond tout en essayant de rassembler ses pensées confuses.

Où se trouvait-elle? Que s'était-il passé? Et soudain, tout lui revint en mémoire : la mort de Méra, l'embuscade, la chevauchée cauchemardesque.

Entendant des sanglots étouffés, elle tourna la tête et découvrit la pièce où elle se trouvait.

Elle était grande, propre, éclairée par le soleil qui entrait par une haute fenêtre. Il y avait un tapis par terre, des bassines d'eau, des serviettes et, au centre, sur une table basse, ce qui semblait être des bols de nourriture. Mais ce n'est pas cela qui retint l'attention de Séléné. De l'autre côté de la pièce, allongée sur une paillasse, une jeune fille pleurait.

Puis elle vit les autres : tout autour, allongées ou assises, l'une d'elles debout adossée à un mur, l'air hébété, de jeunes femmes plus ou moins dévêtues, pleurant, gémissant, malades. Elle avait du mal à les distinguer, la tête lui faisait très mal, et quand elle essaya de bouger, une douleur fulgurante lui déchira la poitrine.

Et soudain, à sa grande surprise, elle vit une des jeunes femmes, vêtue d'un costume qu'elle n'avait jamais vu auparavant, des jambières et une chemise, se lever, se diriger vers l'une de celles qui pleuraient, s'agenouiller près d'elle et lui parler dans une langue inconnue en posant doucement les mains sur elle. Quand la jeune fille cessa de pleurer et de gémir, elle retira ses mains. Elles étaient couvertes de sang.

Séléné essaya à nouveau de s'asseoir, cette fois avec succès. Une main serrée contre sa cage thoracique, elle parvint à traverser la pièce.

Elle examina le bras entaillé de la jeune fille.

– Sa blessure est grave. Il faut...

Prise d'un vertige, elle porta une main à son visage.

– Il faut arrêter le sang, reprit-elle quand le malaise eut disparu. Et il faut nettoyer la plaie.

La jeune fille bizarrement vêtue la regarda l'air perplexe. Puis, comme si elle avait compris, elle se leva d'un bond et courut chercher de l'eau. Elle était parfumée, nota Séléné, et les serviettes étaient de la meilleure étoffe. Étrange traitement pour des prisonnières, pensa-t-elle alors qu'elle se mettait à soigner les blessées.

Quand l'étranger arriva, les jeunes femmes étaient toutes réveillées. Elles parlaient entre elles, s'efforçant de reconstituer ce qui leur était arrivé, de savoir où elles se trouvaient et pourquoi on les avait rassemblées dans cette cellule peu ordinaire. Séléné pouvait parler avec celles qui avaient été les esclaves d'Ignatius, mais les autres s'exprimaient dans des dialectes inconnus. La jeune fille menue en pantalon, celle aux yeux si démesurément grands, réussit à leur faire comprendre qu'elle venait d'un pays situé très loin à l'est, au-delà de l'Indus, et qu'elle s'appelait Samia.

Dès que l'homme aux habits sombres entra, elles se turent. Derrière lui se tenaient deux gardes muets armés de sabres. L'homme s'arrêta sur le seuil de la pièce et examina les vingt visages effrayés comme il l'aurait fait de chevaux ou de chameaux. Séléné, tremblante dans sa robe déchirée, ferma les yeux et pria Isis.

L'homme agissait méthodiquement, ponctuant son travail d'ordres secs. Au début, les gardes durent maintenir les femmes allongées, mais quand les jeunes filles eurent compris qu'elles souffriraient moins en se soumettant, elles n'opposèrent plus de résistance. Les ordres aboyés aux gardes étaient en grec oriental, Séléné sut donc ce qui se passait. Elle trembla davantage encore.

Ces deux-là ne sont pas vierges, dit-il. Emmenez-les au casernement. Un marchand d'esclaves passera les prendre ce soir. Celle-ci est vierge. Remettez-la au chef des eunuques du harem royal.

Il était encore de l'autre côté de la pièce, mais déjà Séléné repliait les genoux d'un geste de défense en les serrant contre sa poitrine. Elle était vierge; elle serait conduite avec les autres au harem royal.

Qu'est-ce que cela signifie? s'exclama-t-il soudain, l'air courroucé, en montrant le bras bandé de la jeune fille qui pleurait. Qui a fait cela? demanda-t-il sèchement à la ronde.

Toutes retenaient leur respiration.

Puis la jeune fille dont il tenait toujours le bras jeta malgré elle un regard vers Séléné.

C'est toi? demanda l'étranger, qui avait suivi le regard.

Séléné ouvrit la bouche mais ne put articuler le moindre son.

Il fit signe à l'un des gardes qui s'avança vers elle.

Oui, c'est moi! laissa-t-elle aussitôt échapper.

Pourquoi?

Par... parce que...

Allons, parle!

Parce qu'elle saignait, finit-elle par répondre au prix d'un effort sur elle-même.

Il y a du miel dans le bandage, continua-t-il en désignant du regard les bols de figues et de miel posés sur la table à l'intention des captives. Pourquoi as-tu mis du miel sur la blessure?

La gorge serrée, elle pria Isis que sa langue ne la trahisse pas.

Pour... pour chasser les mauvais esprits de l'infection.

Le regard de l'homme, si froid qu'elle en frissonnait, la paralysait littéralement. Il lâcha le bras de la jeune fille pour se diriger vers elle. Les autres suivaient la scène, terrorisées.

Comment le sais-tu? demanda-t-il, la dominant de toute sa hauteur.

Séléné se recroquevilla sur elle-même en laissant échapper un sanglot.

Ma...

Parle!

Ma mère était guérisseuse. Elle me l'a appris.

Derrière le regard glacial s'opéra un rapide calcul et son ton s'adoucit.

Ta mère était guérisseuse? Était-elle avec toi dans la caravane?

Séléné hocha la tête.

Vous étiez avec un Romain sur la route d'Antioche. Était-il médecin?

– Non.

Les lèvres minces de Kazlah se tordirent en un rictus. Il pensait à la magnifique pharmacie et aux mille mystères qu'elle renfermait.

Prouve-moi que ta mère t'a enseigné son savoir.

Dis-moi, par exemple, comment tu t'y prendrais pour faire tomber la fièvre d'un enfant.

– Il existe plusieurs méthodes : on peut plonger l'enfant dans un bain froid, le frictionner avec de l'alcool d'orge...

– Et si rien de cela n'agit ?

Sa gorge se serra à nouveau. La douleur entre ses côtes se réveillait à chaque inspiration. Elle se sentait faible, sur le point de s'évanouir.

– Il y a la potion d'Hécate, dit-elle dans un souffle.

– Et de quoi s'agit-il ?

– D'une infusion. Ma mère en prépare. Ma mère...

Sa voix s'étrangla dans un sanglot.

– Parle !

Séléné se mit à pleurer, le corps parcouru d'un frisson.

– Ma mère est morte, dit-elle doucement avant d'enfouir son visage en pleurs dans ses mains.

Kazlah la toisait, un vague sourire aux lèvres. La potion d'Hécate, avait-elle dit.

19

Kazlah trouva dans la pharmacie un pot bleu marqué du symbole d'Hécate.

Il essaya d'abord la potion au goût amer sur un criminel condamné à mort. Voyant qu'elle ne provoquait aucun trouble apparent, il en fit boire quelques gouttes à un esclave atteint d'une fièvre estivale commune. Quand la fièvre disparut, il décida d'administrer le remède au jeune prince.

Il était tard et la chambre princière était bondée et silencieuse. Tout autour de la pièce, des prêtres d'Allat balançaient des encensoirs d'où s'échappait une fumée âcre et frappaient sur des tambourins en invoquant les nombreux noms de la déesse. Le grand chambellan, entouré de sa suite, se tenait prêt ; le premier scribe était assis par terre en tailleur, avec son encre et ses papyrus.

La reine, quant à elle, assise près du lit, épiait chacun des gestes du médecin.

Une peau de léopard jetée sur les épaules, ses cheveux noirs lissés sur son crâne étroit, il était penché au-dessus du jeune prince, immobile, le visage pétrifié sans le moindre battement de cils, respirant à peine, comme s'il était entré en transe.

Derrière les tentures diaphanes montaient les cris des oiseaux de nuit. Le clair de lune caressait le parquet brillant. Juste au-dessus de la couronne des palmiers, se levait le dernier croissant d'Allat. Et dans la brise qui soufflait comme une marée, dansait l'odeur verte de l'Euphrate fertile.

La première dose du mystérieux remède avait été administrée au crépuscule, par petites cuillerées. D'instinct, la gorge du jeune prince affaibli s'était soulevée pour avaler tandis que tous s'étaient rapprochés anxieusement. Kazlah n'avait aucune idée de la quantité qu'il devait faire absorber à l'enfant, mais il n'osait interroger la captive plus avant de crainte qu'elle se méfie et refuse de répondre. Certes, il pouvait recourir à la torture, mais alors il ne serait jamais certain qu'elle dise la vérité et il risquerait de tuer involontairement le prince. Mieux valait la garder prisonnière et la rendre dépendante de lui. Avec le temps et en sachant s'y prendre, elle lui livrerait tous ses secrets, après quoi il la ferait disparaître et avec elle toute trace de son existence. Ainsi, le coffre d'ébène qu'il tenait soigneusement caché demeurait-il son trésor exclusif.

Lasha restait assise, raide, dans le nuage d'encens. Kazlah savait que s'il échouait maintenant, il souffrirait mille morts avant l'aube. En revanche, si par miracle, le garçon guérissait...

Un soupir traversa la pièce, frais et nouveau, comme si le fleuve lui-même avait respiré. Le prince semblait dormir plus paisiblement.

Kazlah se pencha et posa une longue main sur le front royal. Puis il reprit le petit pot bleu. Nul ne savait d'où il venait, nul n'avait entendu parler de la pharmacie. Ni de la jeune fille qu'il gardait au secret.

Il reposa le pot sur la table de nuit et se rassit. L'assemblée entière avait les yeux fixés sur le jeune visage. Les tambourins et les chants se turent, les encensoirs s'immobilisèrent. Les courtisans semblaient pétrifiés. La peur se lisait dans leur regard : si l'enfant mourait, la fureur de la reine retomberait sur eux.

Soudain, la forme fragile bougea sous le couvre-lit de soie, les cils clignèrent, puis les yeux s'ouvrirent et le prince regarda sa mère, la reine.

– Maman... appela-t-il.

20

Les yeux d'Andréas l'attiraient, exerçaient sur elle un pouvoir étrange, un pouvoir auquel elle ne pouvait résister, l'eût-elle désiré. Ils étaient du même gris-bleu foncé que les ciels d'orage et pourtant, sous ses épais sourcils perpétuellement froncés, pareils à un miroir penché sur un cœur tendre et aimant, ils reflétaient la bonté et la compassion.

Il la serra contre lui. Son corps était dur. Elle sentit son pouls s'accélérer, sa respiration se précipiter. Elle tendit sa bouche vers la sienne, impatiente. Alors, il l'embrassa, ses bras, son corps tout contre le sien. « Prends-moi, murmura-t-elle. Prends-moi maintenant. »

Un fracas étourdissant la réveilla en sursaut. Elle se redressa brusquement en clignant des yeux, troublée. Puis elle comprit : ce n'avait été qu'un rêve.

Elle tourna les yeux vers la fenêtre en haut du mur : il pleuvait. C'était le tonnerre qui l'avait réveillée. Frissonnante, elle s'enveloppa dans la mince couverture et se leva.

Cette cellule avait connu de nombreux occupants avant elle. L'un d'eux avait creusé des prises dans le mur sous la fenêtre pour poucoir s'y hisser et regarder à travers les barreaux.

La pluie torrentielle de novembre obscurcissait la ville.

– Andréas, mon amour, murmura-t-elle, le front appuyé contre les barreaux glacés. Nous ne nous embrassons qu'en rêve.

De sa tour de pierre, elle posa sur Magna un regard embué de tristesse.

Jour après jour, depuis trois mois, le visage appuyé contre les grilles de sa prison, cherchant obstinément une forme familière sur un cheval, elle avait scruté la porte de la ville en contrebas et la route sinueuse qui conduisait au désert. Il allait venir, s'était-elle dit chaque fois, agrippant les barreaux jusqu'à en avoir les mains et les épaules endolories. Andréas, elle n'en doutait pas, prendrait la route d'Antioche et entendrait parler du campement attaqué et alors, quand il ne la verrait pas à Palmyre, il passerait l'immense désert au crible pour la retrouver. Quatre-vingt-dix jours s'étaient écoulés, mais la distance était si grande. Il finirait par venir ici, elle le savait, c'est pourquoi elle devait le guetter, se tenir prête.

Mais aujourd'hui, il pleuvait à verse et, hormis quelques silhouettes fantomatiques, il était difficile de discerner quoi que ce fût. Elle reporta son regard sur les rues qu'elle avait mémorisées, parcourant mentalement le chemin qu'elle avait choisi pour son évasion.

Elle ne s'évadait pas physiquement, puisqu'elle était enfermée entre des murs inexpugnables. Elle s'envolait par l'esprit, parcourant en pensée les ruelles étroites et sinueuses, escaladant des murs, traversant le désert à la rencontre d'Andréas. Dans sa terrible captivité, cela la consolait un peu.

Où se trouvait-il à cet instant précis? se demandait-elle. Se chauffait-il les mains au-dessus d'un feu, peut-être dans cette rue en bas, avec les auvents multicolores?

Elle sentait la pluie commencer à lui envahir le cœur, à noyer son âme, mais elle la chassa. Elle évoqua sa flamme intérieure, concentra toute son énergie à l'alimenter pour qu'elle continue de briller de tout son éclat. Séléné savait qu'elle ne devait pas se laisser envahir par le désespoir, car alors, elle serait perdue. Elle devait rester en vie, pour Andréas et pour Méra, dont les dernières paroles l'avaient emplie d'une volonté farouche de survivre.

« Tu es l'élue des dieux... »

Elle regarda les palmiers-dattiers ployer sous la tempête, mais elle ne les voyait pas; elle voyait la rose d'ivoire, un anneau en or, un frère jumeau appelé Hélios, Andréas.

Elle lâcha les barres et se laissa glisser par terre, puis

elle marcha de long en large dans la pièce minuscule pour se réchauffer.

Elle était seule. L'une après l'autre, les captives avaient été emmenées au quartier des esclaves ou au harem du roi, comme Samia, la jeune Hindoue avec qui elle s'était liée d'une brève amitié. Puis un jour, on avait fini par l'emmener, elle aussi, de la pièce confortable pour l'enfermer dans cette cellule misérable. La porte en fer avait claqué sur elle, la clé avait tourné dans la serrure et les pas du garde s'étaient éloignés, la plongeant dans le silence.

Depuis trois mois qu'elle vivait confinée dans ce cube de pierre sans savoir qui la retenait, où elle se trouvait, quel sort on lui réservait, elle n'avait qu'une seule certitude : elle ne devait pas céder au désespoir, elle devait survivre, s'évader et retourner vers Andréas, vers sa destinée.

Son unique réconfort au milieu de ce cauchemar était l'Œil d'Horus qu'elle portait sous sa robe et que personne n'avait remarqué. Elle avait perdu sa pharmacie. Elle l'imaginait dans le désert, progressivement recouverte par le sable jusqu'à devenir une ondulation du sol parmi tant d'autres. Sa pharmacie, son seul lien avec le passé, avec sa mère, avec la médecine sacrée. Sans elle, elle se sentait nue, privée d'identité et de raison d'être; mais lorsque la peine menaçait de la submerger, il lui suffisait de serrer dans sa main l'Œil d'Horus pour que ce contact l'apaise aussitôt. Car dans ce pendentif, il y avait l'amour d'Andréas.

Au bruit de pas derrière la porte, elle s'immobilisa. Tremblante de froid, les bras serrés autour de son corps, elle écouta, terrorisée.

Était-ce encore lui?

Son persécuteur, l'homme qui la torturait. Elle ne savait jamais quand il allait venir. Parfois, c'était le matin, d'autres fois, en pleine nuit, et toujours il arrivait avec des questions. « Que signifie ce symbole? » demandait-il en lui tendant un morceau de papyrus. Ou « Dis-moi ce qu'est cette poudre ». Elle savait ce qu'il cherchait : son savoir. Elle savait aussi que c'était ce qui la gardait en vie, ce qui la mettait à l'abri de ses menaces terrifiantes.

– Si tes réponses ne me satisfont pas, l'avait-il prévenue le jour où on l'avait mise dans cette cellule, je t'enverrai au harem et quand le roi se sera lassé de toi, tu passeras entre les mains de qui voudra. Réponds bien à toutes mes questions, sinon je t'expédie dans les chambrées pour divertir les soldats.

Elle en avait éprouvé le plus grand effroi de sa vie et elle avait dû lutter pour chasser la nausée qui l'envahissait. Être utilisée de cette façon par des hommes! Passer de mains en mains, être brutalisée, abandonnée. Comment était-il possible que le même acte – un homme et une femme qui s'assemblent – puisse servir deux fins si opposées? Comment une même chose pouvait-elle à la fois marquer l'aboutissement de l'amour et être brandie comme instrument de terreur?

Séléné voulait Andréas, elle en rêvait jusqu'à l'obsession. Son corps contre le sien, sentir sa force et sa passion. Mais avec le vieux roi, avec les soldats!

Son estomac se noua. Les pas s'étaient arrêtés devant sa porte, des clés tournaient dans la serrure.

Elle appartenait à Andréas. Il était le seul homme qui la posséderait jamais. Comment pourrait-elle lui revenir souillée?

La porte s'ouvrit et l'étranger entra dans la cellule. Dans une main, il tenait une couverture épaisse, dans l'autre une coupe.

Séléné recula.

– Tu as froid? demanda-t-il.

Elle hocha la tête.

– Voudrais-tu cette couverture?

Elle la regarda. Elle était tissée dans une laine somptueuse d'un rouge doré comme un feu de bois. Oh, s'en envelopper, avoir chaud à nouveau! Elle hocha la tête une seconde fois.

– Dis-moi ce que c'est, dit-il en lui tendant la coupe.

Sans s'éloigner du mur, elle se pencha pour voir ce qu'elle contenait. C'étaient des feuilles au parfum citronné. Elle se demanda où il se les était procurées et pourquoi, ne sachant pas les identifier, il jugeait utile de la questionner.

– C'est de la citronnelle, dit-elle.

– A quoi servent-elles?

Ses questions l'intriguaient toujours. En effet, s'il ne savait ni les reconnaître ni les employer, comment devinait-il qu'elles étaient médicinales?

– La citronnelle est une plante qui rend heureux,

expliqua-t-elle. Prise en infusion, elle calme le cœur.

– Est-ce tout?

Les yeux sur la couverture, elle frissonnait. Elle avait les doigts gourds, le froid la pénétrait jusqu'aux os.

C'était l'autre face de l'étranger, il avait non seulement le pouvoir de la faire souffrir mais aussi celui de veiller à son bien-être. Juste pour lui donner une idée de l'étendue de ce double pouvoir, il l'avait affamée les tout premiers jours de son séjour dans la cellule. Puis il était venu avec de la nourriture et des questions. Et quand elle n'avait su proposer de solution à l'impuissance du roi, il avait fait enlever sa paillasse pour l'obliger à dormir à même la pierre froide. Il pouvait à sa guise lui apporter le confort ou lui infliger la douleur.

Elle jeta un coup d'œil aux deux gardes qui se tenaient derrière lui, bloquant la porte qui ouvrait sur le corridor et, par conséquent, sur la liberté. Si seulement elle pouvait courir...

– En lotion, finit-elle par répondre, la citronnelle atténue les douleurs articulaires et réduit les ecchymoses.

Il la regardait, le visage dur, comme taillé dans la pierre. Pourtant, quand elle croisa son regard glacial, elle y lut une terrible solitude. Lui-même ne devait pas avoir conscience qu'on pouvait la remarquer.

Elle le plaignait et le redoutait à la fois. Le jour viendrait, elle le savait, où il n'aurait plus de question à poser, où elle lui serait inutile; alors, elle serait livrée au harem. Il fallait qu'elle s'enfuie loin d'ici avant ce jour. Elle devait absolument faire parvenir un message à Andréas.

– Je vous en prie, dites-moi où je me trouve, quelle est cette ville?

Kazlah fit demi-tour, sortit de la cellule et fit signe aux gardes de refermer la porte. Quand le corridor fut à nouveau silencieux et qu'elle se retrouva seule dans la pénombre à écouter la pluie, elle se rendit compte qu'il avait remporté la couverture.

21

La reine Lasha entendait devenir immortelle. Plus précisément, elle entendait régner sur les Cieux comme reine des dieux.

Sa croyance en l'au-delà était aussi solide et inébranlable que les murs de sa forteresse. Elle croyait aux sept sphères célestes, à la pesée des âmes, au châtiment comme à la récompense éternels et au panthéon. Les dieux régnaient au plus haut du ciel, bien au-dessus de la voûte cosmique, et ils jouissaient d'un luxe et d'une félicité éternels. Lasha savait qu'à sa mort, en tant que reine, elle irait d'office résider dans l'un des degrés célestes supérieurs, mais cela ne lui suffisait pas. Dans son ambition, elle visait les cimes de la splendeur élyséenne. Pas question pour elle d'une vulgaire éternité : les dieux eux-mêmes l'accueilleraient parmi eux.

A l'instar de sa propre mère, et de la mère de sa mère et ainsi jusqu'aux temps où Magna n'était qu'un village de boue sur les rives de l'Euphrate, Lasha avait consacré sa vie terrestre à préparer sa vie dans l'au-delà. La construction de son tombeau avait commencé le jour-même de son couronnement, alors qu'elle n'avait pas douze ans, et depuis lors, pas un jour ne s'était écoulé sans qu'elle visite sa dernière demeure.

Ce tombeau surpassait celui de Cléopâtre à Alexandrie, dont la rumeur disait qu'il était plus somptueux que tous ceux des plus grands pharaons. Il serait davantage qu'une simple demeure pour l'éternité : ce serait un palais, avec une salle du trône, des bains immenses, de nombreuses pièces et une centaine d'esclaves pour la servir dans l'au-delà et qu'on emmurerait vivants avec son sarcophage. Et non seulement cette dernière demeure serait plus magnifique que celle de sa mère, que celle des légendaires rois perses, que celle d'Alexandre le Grand même, mais elle les dépasserait toutes en richesse avec son fabuleux trésor.

Après avoir passé l'après-midi sur le site du tombeau à surveiller les tailleurs de pierre et à s'entretenir avec les architectes, la reine avait regagné ses appartements privés. Elle était soucieuse. A son retour au palais, on lui avait apporté de mauvaises nouvelles du harem. Les vierges amenées trois mois plus tôt n'avaient pas remédié à l'impuissance du roi.

Les mains crispées sur les bras de son fauteuil, elle enrageait à l'idée de devoir prendre un nouvel époux.

Le seul moyen de réaliser son ultime ambition était de devenir plus riche que les dieux et la seule façon de conserver le trésor qu'elle avait secrètement amassé dans son tombeau, c'était de garder le vieux Zabbaï comme consort.

Rien n'intéressait Zabbaï, pas plus l'au-delà que les dieux. Ce libertin impie ne vivait que pour boire et manger et se livrer aux plaisirs de la luxure. Lasha, elle, avait commencé à thésauriser dès l'âge de douze ans. Fillette solitaire, elle venait à peine de consommer sans plaisir son mariage qu'elle poussait déjà son nouvel époux vers ses concubines dans une aile séparée du palais. Chaque fois qu'au retour d'une marche triomphale contre des royaumes rivaux l'armée rapportait un magnifique butin, Zabbaï ne s'intéressait qu'aux prisonnières; quand les rois vassaux payaient leur tribut à Magna, il dédaignait l'or et les joyaux pour ne voir que les présents de chair; enfin, quand les impôts étaient collectés, remplissant le Trésor de Magna, il ne daignait même pas consulter les livres de comptes mais se contentait de demander de quoi pourvoir à ses divertissements. Tout revenait donc à la reine, qui était maintenant l'une des femmes les plus riches du monde.

Mais le monde n'en savait rien et c'est intentionnellement qu'elle gardait le secret. Là où d'autres souverains étalaient leurs richesses aux yeux de tous, elle amassait en vue de sa vie éternelle. Elle veillait, cependant, à garder au palais une splendeur suffisante pour susciter la crainte de ses ennemis et l'admiration de ses amis, et satisfaire Zabbaï. Mais le reste des richesses qui affluaient à Magna allait directement au tombeau, que les gardes muets surveillaient jour et nuit et surveilleraient jusqu'au moment où Lasha monterait au septième ciel pour éblouir les dieux.

Il n'y avait que de cette façon qu'elle trouverait place parmi eux, car les dieux étaient des êtres cupides qui respectaient grandement la fortune. Ils l'accepteraient dans leurs rangs et lui offriraient le trône des cieux, au-dessus d'Isis et d'Ishtar.

Pour l'instant toutefois...

L'impuissance de Zabbaï signifiait qu'il fallait l'écarter, car un roi impuissant était synonyme de désastre pour la cité. Sa fertilité spirituelle était liée à celle de son peuple. Si elle déclinait, il en allait de même de Magna. Or écarter Zabbaï entraînait la venue d'un nouveau consort qui exercerait le pouvoir à ses côtés, un jeune prince viril, très probablement ambitieux qui, Lasha n'en doutait pas, s'intéresserait au tombeau et pillerait son trésor.

Elle serra le poing et l'abattit sur le bras du fauteuil.

Pauvre sotte! Elle avait laissé son dégoût prendre le dessus et l'éloigner de son devoir royal. Il y aurait longtemps, sinon, que Zabbaï lui aurait fait un enfant et aujourd'hui, ce prince-héritier aurait pu prendre la place de son père, sous la férule de sa mère. Mais elle avait trop attendu, ne se pliant au devoir que parce que le Grand Prêtre lui avait dit que la Déesse avait parlé. Cette unique union avec son époux avait bien porté ses fruits, un fils, mais il était trop jeune encore et à des années de l'âge adulte et de la virilité que la cité exigeait.

Elle frappa encore le bras du fauteuil. Pourquoi, après toutes ces années de virilité infaillible, le roi souffrait-il d'impuissance?

– Mes hommages, Majesté.

Lasha leva les yeux. Le grand prêtre d'Allat venait de faire son entrée.

– Pourquoi me dérangez-vous ce soir? demanda-t-elle agacée.

Le prêtre prit garde à ne pas se placer face à elle. Quand elle accordait une audience, la reine Lasha s'asseyait toujours de profil de manière à ne montrer que son bon œil. Quelqu'un serait-il surpris à la regarder en face, et surtout à regarder l'émeraude géante qui cachait son œil aveugle, il serait mis à mort, tant la vanité de la reine était grande. Le prêtre jeta un regard à la ronde. De nombreuses lampes brûlaient pour conjurer la tristesse de la pluie. Une certaine nervosité se lisait sur le visage des suivantes et des courtisans.

– Je suis venu m'enquérir des plans que vous avez formés pour votre royal époux. Le peuple s'impatiente. Il voit dans son impuissance un mauvais présage.

Lasha ne répondit pas. Assise sur son trône élevé, drapée de soie et parée de joyaux, les pieds sur un coussin, elle fixait les ténèbres qui semblaient la défier.

Je suis venu vous demander si vous pensiez utiliser la dernière vierge.

La reine bougea.

De quoi parlez-vous?

Je parle de la dernière jeune fille que l'on garde, à n'en pas douter, pour quelque raison particulière.

Cette fois, Lasha regarda le prêtre en face et celui-ci baissa discrètement les yeux.

Dans la tour, ajouta-t-il d'un ton doucereux, il y a une jeune fille, très belle, qui bénéficie d'un traitement spécial. Nul n'est autorisé à la voir.

Comment savez-vous cela?

Il haussa les épaules avec humilité.

J'ai beaucoup d'amis, Majesté. Ceux qui préparent sa nourriture, qui gardent sa porte jour et nuit.

« Et j'ai des ennemis, pensait-il, que je veillerai à anéantir. »

Le prêtre était jaloux du pouvoir de Kazlah et il était possible que son information secrète, achetée à prix d'or, s'avère juste l'arme qu'il recherchait.

Qui la garde dans la tour? demanda la reine.

Kazlah, Majesté.

Un frisson parcourut les rangs des courtisans.

Qu'on m'amène cette jeune fille, dit la reine d'une voix douce.

N'ouvre pas la bouche, quoi qu'il arrive, dit le prêtre en la poussant gentiment vers sa suite. Ne lève pas les yeux. Si jamais tu regardes le visage de la reine, tu mourras immédiatement. Garde les yeux au sol.

Séléné passa devant les nombreux courtisans qui attendaient devant les appartements royaux. Ils dévisagèrent la jeune fille mince et anormalement pâle qui avançait aux côtés du Grand Prêtre. Elle portait une robe simple et marchait pieds nus. Sa longue chevelure noire était lâchée dans son dos, sans ornement. Il s'agissait certainement d'une prisonnière, mais il émanait d'elle quelque chose d'indéfinissable, une présence, une sorte de dignité tranquille.

Quand ils arrivèrent à la chambre de la reine, Séléné

écarquilla les yeux. Jamais elle n'avait vu de plafond si haut, de colonnes si larges. On la força à s'agenouiller devant le trône.

– Comment t'appelles-tu? demanda une voix sèche dans un grec parfait.

Séléné fixait le marbre et essayait de parler. Elle ne pouvait pas.

– Parle!

– Séléné, répondit-elle.

– Majesté, ajouta le prêtre en la frappant.

– Séléné, Majesté.

– Qui te gardait prisonnière dans la tour? demanda Lasha en se penchant vers elle.

– Je ne...

Séléné se mordit les lèvres. Sa langue refusait d'obéir.

– Parle! ordonna le prêtre en la frappant de nouveau.

« Isis, par pitié, libère ma langue. Si elle porte la marque des dieux, alors qu'elle ne mette pas ma vie en péril. »

– Tu oses désobéir? dit la voix de Lasha, impérieuse.

– Je... essaya-t-elle encore.

– Te moques-tu de moi? Parle! Ou je te fais arracher la langue.

Séléné ferma les yeux de toutes ses forces. Elle s'efforça d'invoquer sa flamme intérieure, mais elle avait trop peur. Derrière ses paupières closes, il n'y avait que l'obscurité. Alors elle porta la main à sa poitrine et, sous le tissu de sa robe, elle sentit l'Œil d'Horus.

Soudain, elle entendit la voix apaisante d'Andréas qui lui disait :

– Ne pense pas à ce que tu es en train de dire, Séléné. Concentre-toi sur autre chose et alors les mots sortiront plus facilement, d'eux-mêmes.

Les yeux rivés au sol, elle vit le beau visage d'Andréas se dessiner dans les veines du marbre. Elle se concentra sur son visage, se convainquit qu'il était là, qu'il lui souriait, l'encourageait, la protégeait de son amour.

– Je... je ne sais pas qui me g... qui me garde dans la tour, Majesté.

– Y es-tu seule?

– Oui, Majesté.

– Quelqu'un te rend-il visite?

– Un homme, Majesté.
– Et que fait-il quand il te rend visite?
– Il me pose des questions, Majesté.

La reine se tut, comme si la réponse l'avait surprise. Séléné frissonnait au contact froid du marbre sur ses jambes, ses genoux lui faisaient mal. Elle se demandait ce qu'on attendait d'elle, ce que cette femme voulait entendre. Avait-elle dit quelque chose qu'elle n'aurait pas dû dire? Mais la reine reprenait.

– Quelle sorte de questions te pose-t-il?
– Sur des remèdes.
– Des remèdes?
– Il m'interroge sur des maux et la façon de les soigner.
– Pourquoi te poserait-il ces questions?

Séléné hésita, de crainte de dire ce qu'il ne fallait pas dire et d'être punie. Sa tête se mit à tourner.

– Parce que je suis guérisseuse, finit-elle par répondre.

La reine se tut à nouveau et Séléné se prépara mentalement.

– Quand es-tu arrivée ici? demanda-t-elle.
– On m'a amenée ici en août, Majesté.
– As-tu été amenée seule ou avec d'autres filles?
– Avec d'autres filles.

Lasha se tut une troisième fois et Séléné, à genoux, paralysée de douleur, commença à trembler. Que se passait-il? Pourquoi l'avait-on conduite devant cette étrange femme? L'homme l'avait gardée prisonnière en secret. Pourquoi? Allait-il être puni pour cela maintenant, et elle aussi? Elle croyait deviner de la colère dans la voix de la femme qui la questionnait. Allait-on la livrer aux soldats? Son corps serait-il souillé avant qu'elle ait retrouvé Andréas?

Elle se concentra sur la vision d'Andréas avec amour, y puisant du courage.

La femme reprit la parole.

– Tu dis être arrivée en août. L'homme qui vient te poser des questions t'a-t-il jamais interrogée à propos de fièvre?
– Si, Majesté.
– D'une fièvre infantile?
– Oui, Majesté.
– Que lui as-tu dit de faire?

– Je lui ai dit que la potion d'Hécate la ferait tomber.

– Et comment administre-t-on cette potion?

– On la donne dans une boisson.

Alors la voix de la reine devint tranchante.

– Qu'on aille chercher Kazlah sur-le-champ!

Séléné, pétrifiée, entendit des pas qui se hâtaient. Le prêtre resta debout derrière elle tandis que la femme sur le trône demeurait silencieuse. Séléné se sentait faiblir. Mentalement, elle s'efforça de quitter cet endroit, de fuir loin, à l'abri.

Les portes de la salle s'ouvrirent et au son de la voix qui s'éleva alors, son sang se glaça dans ses veines. C'était la voix de son mystérieux geôlier.

– Oui, Majesté, j'ai gardé la fille dans la tour, disait la voix de ses cauchemars. Quand j'ai appris qu'elle avait quelques connaissances médicales, j'ai estimé sage de la garder un moment.

– Et de ne pas l'envoyer au roi à qui elle était destinée?

Le cœur de Séléné battait la chamade. Alors, il en était ainsi. Elle aurait dû être envoyée au roi dès le début et, maintenant, cette femme allait veiller à ce que ce soit fait, sur-le-champ.

– J'ai pensé que le roi disposait de suffisamment de vierges, Majesté. Je pensais au prince.

– Alors le remède ne venait pas de vous?

– Je n'ai jamais prétendu le contraire, Majesté.

– Où te l'es-tu procuré? T'a-t-elle expliqué comment le préparer?

A cette question, Kazlah hésita une fraction de seconde et, quand il répondit, il ne put dissimuler une pointe d'irritation.

– Il se trouvait dans un coffre qu'on m'a apporté avec les captives.

Sans même réfléchir, Séléné redressa la tête.

– Ma pharmacie! Alors elle n'était pas perdue dans le désert! Vous l'aviez!

– Silence!

– Elle m'appartient! Cette pharmacie est à moi! cria-t-elle en se levant d'un bond. Je sais maintenant pourquoi vous me posiez toutes ces questions!

– A genoux, gronda Kazlah en l'attrapant par le bras.

Mais Séléné se dégagea.

– Vous devez me la rendre. C'est tout ce qui me reste au monde.

– Maîtrisez-la! ordonna la reine.

Séléné tourna sur elle-même, échappant aux mains qui tentaient de la saisir.

– Majesté, dit-elle en regardant la reine en face. Vous devez m'écouter. Cette pharmacie...

Elle se tut brusquement, frappée de stupeur.

La reine ressemblait à une déesse sur son trône doré. Sa chevelure était coiffée en un millier de tresses noires qui se terminaient par des perles en or, ses bras disparaissaient sous une multitude de bracelets, ses épaules semblaient ployer sous le poids de ses innombrables colliers de joyaux et sur sa tête étincelait une couronne de saphirs roses. Et elle portait de la soie! Séléné n'en croyait pas ses yeux. A Antioche, où une livre de soie, qu'on faisait venir de la lointaine Chine, valait une livre d'or, personne n'aurait imaginé s'en vêtir.

Mais c'est le visage de la reine qui la surprenait particulièrement.

Il n'était pas humain.

Il était maquillé du blanc le plus blanc sur lequel ressortaient des lèvres rouge sang. Les pommettes scintillaient de poussière d'or alors que le creux des joues était ombré. Ce qui fascinait davantage encore Séléné, c'étaient les yeux. L'œil droit était souligné d'un trait épais de khôl et maquillé dessus et dessous avec une ombre à paupières d'un vert éclatant. Mais l'autre œil! En fait, il n'y avait pas d'autre œil. On ne voyait qu'une énorme émeraude enchâssée dans de l'or filé et retenue au visage par de fins rubans d'or. Séléné la dévisageait, clouée sur place.

On la poussa brutalement sur les genoux.

– Tu as osé! Tu auras la gorge tranchée pour avoir levé les yeux sur la reine, lui souffla une voix à l'oreille.

– Pourquoi me fixes-tu? demanda la reine.

– Votre œil, Majesté, répondit Séléné.

Un frisson parcourut la pièce. Quelqu'un s'exclama même. Jusqu'à Kazlah qui semblait avoir peur de bouger.

– Et qu'a-t-il de particulier? cingla la voix de Lasha.

Les mains crispées sur les bras du trône, elle se tenait droite, les traits pareils à du marbre.

– Ma mère était une guérisseuse égyptienne, Majesté.

Elle avait appris tous les secrets des anciens. Comme chacun le sait, on souffre beaucoup en Égypte de maladies oculaires. Ma mère connaissait de nombreux traitements.

Sans changer d'attitude, la reine se pencha imperceptiblement en avant et ses bijoux se reflétèrent en mille jeux de lumière sur les murs et le plafond.

– Quelle sorte de traitement? demanda-t-elle.

– Des traitements de la cécité. Il existe, dans certains cas, des moyens d'y remédier.

– Comment?

– A l'aide d'une aiguille.

La reine Lasha restait assise telle une statue tandis que tout le monde attendait. Dehors, la pluie de novembre tombait plus fort, fouettant les eaux grises du fleuve et les branches fragiles des saules royaux qui le longeaient.

Séléné, tête haute, observait la reine. Qu'avait-elle fait? Elle n'avait dit que la vérité. Et Méra lui avait toujours répété que la vérité et la sincérité ne pouvaient être source d'ennuis.

– Tu vas me guérir, finit-elle par dire sèchement et, au son de ces quatre mots, la nuée des courtisans sembla frappée par la foudre.

Séléné eut l'impression que le sol se dérobait sous ses pieds.

– Majesté, il se peut que ce traitement ne corresponde pas à votre forme de cécité. Il arrive que la médecine ne puisse rien contre certaines infirmités.

Mais la reine avait arrêté sa décision.

C'est toi qui as sauvé la vie de mon fils et maintenant, tu vas me rendre la vue. Qu'on aille chercher l'astrologue! ordonna-t-elle soudain. Il consultera les augures.

Mais, Majesté, insista Séléné. Même si l'intervention réussit, elle ne redonne pas toujours une vision totale.

– Pour ce qui est de voir, je vois déjà de mon œil valide, rétorqua la reine. L'autre œil est défiguré. C'est à cela que tu vas remédier. Ainsi, je n'aurai plus à le cacher. A présent, va te préparer.

Alors qu'elle se retirait, Kazlah murmura à son oreille :

Maintenant, tu vas comprendre. Tu étais en sécurité avec moi, mais ton arrogance te mènera au bourreau!

22

– J'aurai besoin du feu du temple d'Isis, indiqua-t-elle à l'esclave muet qu'on lui avait assigné.

L'esclave lui fit comprendre qu'Isis n'avait pas de temple à Magna et lui montra le croissant de lune, symbole d'Allat, qui pendait à son cou.

– Le feu de votre dieu, alors.

Elle devait s'efforcer de rester calme. Elle était si nerveuse que ses mains tremblaient.

Ce qui lui arrivait était certainement un signe des dieux ! Ils allaient la délivrer de cet horrible emprisonnement et l'aider à partir d'ici ! C'était la réponse à ses prières. Rendre la vue à quelqu'un était une chose fantastique, aussi ne doutait-elle pas que la reine la récompenserait généreusement. Elle ne demanderait que sa liberté, se disait-elle en se lavant les mains et en préparant les aiguilles et les drogues pour l'intervention. Elle demanderait qu'on la ramène sur la route d'Antioche, ensuite elle saurait retrouver Andréas.

Séléné se sentait si heureuse, si impatiente de quitter cet endroit, de fuir loin de l'homme qui l'avait tourmentée pendant trois mois, qu'elle parvenait à peine à se concentrer. Mais il le fallait pourtant, car pour mériter cette liberté, elle devait réussir l'opération. Et elle n'en avait jamais pratiqué de ce type.

Elle caressa du bout des doigts le contenu de sa pharmacie. Chaque élément était comme un ami de longue date retrouvé : le pot de thym et miel, le sachet de racines de pissenlit, les précieuses fleurs de lavande, séchées et conservées dans un coffret en bois.

Elle se rendit compte alors que Kazlah lui avait, à un moment ou à un autre, présenté un échantillon de tout cela et qu'elle n'avait pas reconnu les plantes qu'elle avait elle-même soigneusement ramassées et conservées. Les feuilles de bourrache étaient partout les mêmes. Quand Kazlah lui avait demandé à quoi elles servaient, elle lui avait dit, sans se douter qu'il s'agissait de feuilles qu'elle avait cultivées et récoltées de ses propres mains, qu'on en faisait un cataplasme avant de les appliquer sur des brûlures ou sur des plaies.

L'esclave revint avec le feu sacré du temple, sur lequel Séléné plaça une coupe d'eau pour la faire bouillir, puis elle la versa sur une mesure de racines de fenouil en disant : « Saint esprit du fenouil, éveille ton pouvoir guérisseur dans cette infusion », puis elle mit la coupe à refroidir. L'infusion de fenouil servirait de bain oculaire après l'opération pour éloigner les mauvais esprits de l'infection.

Pour finir, elle s'occupa de l'aiguille.

Elle ne l'avait jamais utilisée mais avait plusieurs fois vu sa mère retirer des cristallins. Elle regarda la longue aiguille délicate posée dans le creux de sa main, aussi légère que l'aile d'un papillon et aussi lourde que les murs de ce palais, car cet objet de bronze fragile qui pouvait restaurer la vue pouvait aussi tuer.

L'approchant de la flamme qui dans quelques minutes la purifierait, elle pensa à ce qu'elle était sur le point de faire. Si sa main ne tremblait pas, si l'opération réussissait, elle ne tarderait pas à reprendre le chemin d'Antioche. Si en revanche, elle commettait une erreur, elle serait perdue.

Une main contre sa poitrine, elle sentit l'Œil d'Horus et pria.

« Fasse que je vienne vraiment des dieux, car ils guideront ma main ce soir. Ils ne peuvent pas m'avoir conduite à cet endroit pour mourir. Je suis née pour accomplir une tâche. Je dois trouver qui je suis. Je dois être unie à Andréas. C'est pourquoi je dois recouvrer la liberté. »

Ramassant l'aiguille et la tendant à la flamme, elle murmura :

– Saint esprit de la flamme, purifie cette aiguille et chasse les mauvais esprits porteurs de maladies et de mort.

Fermant les yeux, elle invoqua tous ses pouvoirs et les fit passer dans ses mains. Étrangement, elle avait l'impression de renaître. Sa captivité n'avait été qu'un songe, une période de préparation.

Elle comprenait soudain que ces trois mois avaient été son initiation spirituelle, celle-là même qu'elle aurait dû vivre avec sa mère dans les hauteurs d'Antioche. Elle comprenait maintenant que les dieux l'avaient conduite ici, dans ce palais, pour qu'elle soit prête à accomplir le rite final. Car cette nuit, elle procéderait à son premier acte de guérisseuse, sans le soutien de quiconque, ni de Méra, ni d'Andréas. Avec sa propre pharmacie et le savoir qu'on lui avait transmis, elle était prête à franchir le seuil de l'indépendance qui ferait d'elle une guérisseuse à part entière.

– Cela s'appelle une cataracte, disait la voix douce et nasillarde de Kazlah au moment où Séléné entra dans la chambre royale. Il s'agit d'un voile qui recouvre la pupille et obstrue la vision, rendant l'œil inutile.

La reine lui intima le silence d'un geste impatient. Peu lui importait la vision, son autre œil y suffisait. Ce qui l'affligeait, c'était ce voile hideux qui, au fil des années, avait peu à peu recouvert cet œil, le rendant difforme et repoussant. C'est pourquoi elle avait commencé à porter l'émeraude et personne, depuis lors, pas même le roi son époux, n'avait vu l'œil en dessous. Mais maintenant, il était découvert, grand ouvert, son regard aveugle fixé sur le plafond.

Séléné s'avança et posa sa pharmacie sur la table à côté du divan de la reine. Un esclave la suivait avec le feu sacré.

– Il me faut du savon et de l'eau, demanda-t-elle.

– Pour quoi faire? aboya Kazlah.

– Pour me laver les mains.

Il la dévisagea d'un air soupçonneux.

– C'est une pratique égyptienne, dit Séléné.

– Allez chercher ce qu'elle demande! intervint sèchement la reine.

Séléné ouvrit sa pharmacie.

– Quelqu'un pourrait-il m'apporter un gobelet de vin pour la reine?

Elle prit un petit pot en argile et le tourna vers la lumière pour lire l'inscription. Il portait le symbole de la belladone et, dessous, l'hiéroglyphe indiquant le danger, ce qui signifiait que son contenu était mortel.

Quand on lui eut apporté le vin, elle versa quelques gouttes de belladone dans un petit entonnoir en cuivre obturé avec du coton qu'elle plaça ensuite au-dessus du gobelet. Tous les courtisans et les serviteurs suivaient ses gestes en silence. Il sembla un instant que rien ne coulait de l'entonnoir, puis une goutte apparut et tomba dans le vin. Séléné restait parfaitement immobile au-dessus du gobelet, ne le quittant pas des yeux. Une autre goutte se forma et tomba. Et enfin, une troisième.

Après avoir vivement éloigné l'entonnoir et l'avoir posé sur le pot de belladone afin de récupérer ce qui n'avait pas été employé du coûteux narcotique, Séléné prit le gobelet et mélangea doucement la drogue au vin. La prudence était une des premières leçons que sa mère lui avait apprises; en quantité appropriée, la belladone apportait le sommeil et soulageait la douleur. Une goutte de trop et elle se transformait en poison.

Donnez cela à boire à la reine, dit-elle en tendant le gobelet à l'une de ses suivantes.

Mais Kazlah l'intercepta, exigeant d'en connaître le contenu. Séléné regarda l'homme qui l'avait terrorisée dans sa cellule.

C'est un secret, lui répondit-elle, décidée à ne plus se laisser impressionner.

Elle le vit se raidir.

Donnez-le-moi, ordonna la reine avec impatience.

Cette jeune fille timide avait sauvé la vie de son fils. Lasha lui faisait confiance.

Pourtant, en regardant la reine boire, Séléné sentit un frisson la parcourir tout entière. L'énormité de ce qu'elle était sur le point de faire et les conséquences éventuelles de ce geste la frappaient soudain. Tout le temps qu'elle se préparait, elle n'avait vu que la route d'Antioche qui la ramènerait à Andréas, mais à présent, alors qu'elle regardait les paupières de la souveraine s'alourdir et sa tête s'enfoncer dans l'oreiller, elle se rendait compte qu'elle allait percer l'œil de cette femme avec une aiguille et qu'elle risquait de la tuer.

« Si j'échoue, pensait-elle tout à coup effrayée, que m'arrivera-t-il? »

Glissant un regard vers Kazlah dont les lèvres minces se pinçaient de colère, elle se demanda ce qui se passerait si c'était à lui qu'on confiait son châtiment.

Quand une suivante annonça que la souveraine s'était endormie, elle ferma les yeux, essaya de se représenter sa main droite, l'aiguille qu'elle tiendrait, la trajectoire qu'elle suivrait jusqu'à l'œil, puis elle s'efforça de se remémorer les gestes de sa mère. La moindre erreur et l'aiguille causerait plus de mal que de bien. Le globe oculaire, s'il était perforé, se dégonflerait de manière affreuse en se vidant de son liquide. Par ailleurs, si elle provoquait une hémorragie, il serait impossible de l'arrêter. Enfin, pis encore, si la pression de l'aiguille était trop forte, elle risquait de toucher le nerf optique si sensible, tuant instantanément la reine.

Séléné frémit. Elle serra les poings, luttant pour se ressaisir. Si elle devait réussir l'opération, il ne fallait pas que ses mains tremblent. Mais plus elle essayait de se calmer, plus son affolement semblait grandir.

– Qu'attends-tu? aboya Kazlah derrière elle.

Prenant une profonde inspiration en pensant à sa mère, Séléné prit l'aiguille et s'approcha de la souveraine endormie. De si près, elle voyait les ans gravés dans la face poudrée, les traits durcis et les rides profondes que Lasha, dans son extrême vanité, était passée experte à dissimuler. Elle posa sa main gauche sur le front frais de la reine puis, avec une grande douceur, du pouce et l'index, elle écarta les cils de l'œil malade et cet œil, autrefois très beau mais aujourd'hui enlaidi par un voile disgracieux, la fixa sans la voir.

L'opération elle-même était simple : on appuyait sur le cristallin de la pointe de l'aiguille jusqu'à ce qu'il se détache et flotte dans le liquide vitreux. Séléné avait souvent regardé Méra le faire et, dans certains cas, le patient avait recouvré la vue. Le risque résidait dans la main qui guidait l'aiguille. Si Méra avait des années d'expérience et de pratique, en revanche Séléné n'avait jamais touché ce type d'aiguille, pas même pour la nettoyer.

Elle commença par la purifier dans la flamme d'Allat, afin d'éloigner les mauvais esprits puis, retenant son souffle, elle l'abaissa vers l'œil de Lasha.

Soudain, sa main s'immobilisa. Et si ce n'était pas le bon angle? En arrêt, elle examina le pourtour du globe, cherchant le point d'entrée le plus précis.

« Là, décida-t-elle. Juste sur le côté de l'iris. »

Mais elle hésita à nouveau, persuadée de se tromper encore. Fallait-il introduire l'aiguille par le haut ou bien par le bas? Elle avait oublié!

– Pourquoi hésites-tu? la pressa Kazlah.

Elle était déterminée à l'ignorer. L'aiguille redescendit et la pointe toucha la surface vitreuse de l'œil.

« Voilà, se dit-elle. Appuie très légèrement. Maintenant! »

Sa main trembla. Aussitôt, elle la releva. Quarante paires d'yeux convergeaient sur elle. Dehors, la pluie qui fouettait les palmiers et les saules claquait furieusement à la surface des eaux du fleuve.

« Je n'y arriverai pas, je n'y arriverai pas », se répétait-elle prise de panique.

Et soudain, elle se rappela une autre leçon de Méra. Elle venait d'avoir neuf ans et elle lui avait dit : « Ferme les yeux et représente-toi le monde. Imagine un chemin qui parte de l'extérieur pour aboutir en toi, une route sur laquelle tu voyages. Elle tourne, franchit des collines et se fraye un passage dans l'obscurité. Il y a quelque chose au bout du chemin, Séléné. Quelque chose au fond de ton cœur. Tu dois l'atteindre, le toucher... »

Alors elle l'avait vue. Une petite flamme bleu et blanc, minuscule, qui vacillait dans la nuit. A ce moment-là, son corps d'enfant n'avait pu supporter la tension du voyage intérieur et elle s'était évanouie. Mais à présent, elle avait la force de résister, aussi invoqua-t-elle la flamme qui se mit à briller dans une obscurité imaginaire, chassant l'angoisse et la peur de sa chaleur et de sa clarté.

Séléné se pencha sur l'œil de la reine. Parfaitement immobile, elle se raccrocha à l'image de la flamme. Alors qu'elle occupait son esprit, elle entendit la voix de Méra réciter une autre leçon du passé : « L'aiguille doit pénétrer par le haut, avait-elle expliqué lors d'une intervention similaire à laquelle elle assistait. Fais-la entrer au bord de l'iris. Tiens l'aiguille parfaitement perpendiculaire à la surface de l'œil. »

Concentrée sur la flamme dont l'image se superposait au visage de la reine, Séléné toucha de la pointe de l'aiguille le bord de l'iris et exerça une légère pression. Lentement, presque imperceptiblement, le voile commença à bouger.

Séléné continua d'exercer une pression régulière, ne voyant le visage de la reine qu'à travers la flamme qui l'habitait entièrement.

On n'entendait pas un souffle dans la pièce. Même la pluie déchaînée semblait se calmer, comme si les dieux avaient suspendu le temps. Les lueurs d'une centaine de lampes dansaient sur les murs en un jeu d'ombres mouvantes. Quiconque serait entré aurait vu une scène figée : les suivantes dans leurs longues robes, les devins avec leurs chapeaux coniques, les esclaves et les gardes muets, tous pétrifiés, hypnotisés par la main apparemment immobile de celle qui jusque-là avait été prisonnière.

Lentement, le cristallin opaque se décolla de la paroi de l'œil puis, lorsque l'aiguille pénétra plus profondément, se détacha avec un petit bruit sec à peine audible pour enfin flotter sans danger dans le liquide oculaire.

Séléné retira l'aiguille, leva la tête et annonça :

– C'est fait.

23

Quand la reine Lasha s'éveilla, encore engourdie du somnifère qu'elle avait absorbé, elle passa les doigts sur son visage, hésitante, et découvrit qu'on avait replacé l'émeraude sur son œil. Puis elle sentit une main ferme et familière qui prenait les siennes. C'était Kazlah.

– Que s'est-il passé? demanda-t-elle.

– C'est fini.

– L'opération a-t-elle réussi?

– C'est à vous de nous le dire, Majesté.

Après avoir avalé une tasse de thé fort et s'être assise entourée de sa suite personnelle, elle demanda un miroir.

De là où elle se tenait, à l'écart, Séléné, tendue, regarda des suivantes enlever l'émeraude. Lasha prit le miroir de cuivre poli dans sa main droite et de sa main gauche éleva une petite lampe à huile. Quand la lumière fut près de son visage, elle ouvrit les yeux.

Aussitôt, elle lâcha le miroir et porta un bras devant son visage.

Un bruissement inquiet parcourut l'assemblée.

– Quelle douleur! s'écria-t-elle en se protégeant l'œil gauche de la main. Quelle douleur affreuse!

« Il ne devrait pas y avoir de douleur », s'affola Séléné.

Elle n'avait pas saigné, l'œil était intact. Du moins quand elle l'avait vu pour la dernière fois, mais plus d'une heure s'était écoulée depuis, le temps que la reine reprenne conscience, et Séléné avait vu Kazlah se pencher à plusieurs reprises sur le visage de Lasha, apparemment pour examiner l'œil.

– Donnez-moi le miroir, ordonna la reine quand elle se fut ressaisie.

– Majesté, il est évident que l'opération n'a pas réussi.

La main de Lasha resta tendue. On lui remit le miroir. Cette fois, elle ouvrit les yeux face à la lumière ambiante et, bien qu'elle tressaillît, elle ne lâcha pas le miroir.

– La douleur a disparu, déclara-t-elle, ouvrant les yeux pour la troisième fois. La lumière de la lampe me blessait. C'est un miracle, je vois!

La nouvelle déclencha des murmures d'excitation que Lasha fit taire.

– Pour ce que tu as fait, dit-elle à Séléné, les dieux te béniront. Approche, mon enfant, je saurai te récompenser comme il convient.

Séléné sentit son cœur bondir dans sa poitrine.

« Demain, pensa-t-elle joyeusement. Je vais demander à partir demain, dès l'aube. »

– Parce que Allat est miséricordieuse, poursuivit Lasha, et en signe de gratitude pour ce que tu as fait pour moi, ta mort sera douce.

Séléné la regarda, interloquée. Sur un signe de Kazlah, dont la mine s'était renfrognée, les gardes qui se tenaient près de la porte se saisirent d'elle.

Tandis que l'un lui attachait les chevilles avec une cordelette et lui liait les mains dans le dos, l'autre dégainait un couteau court et coupait sa longue chevelure. Tout se passa si vite qu'elle n'eut pas le temps ni de penser ni de réagir, elle se retrouva à genoux devant la reine, un gobelet de vin drogué contre les lèvres.

– Tu as de la chance. Beaucoup de chance, en vérité, continuait la reine alors que Séléné la dévisageait, incrédule.

Kazlah, debout près de Lasha, la toisait d'un regard qui lui disait : « Quand on ose porter la main sur la personne royale, c'est la mort qu'on mérite. »

– Attendez! s'écria-t-elle, comprenant soudain.

Mais la reine n'écoutait pas. Les bras au ciel, elle récitait une prière à la déesse alors que deux gardes muets encadraient Séléné. Elle vit l'un d'eux lever son sabre.

Non... murmura-t-elle tandis qu'une main puissante la forçait à baisser la tête.

Du coin de l'œil, elle aperçut une mèche de cheveux noirs sur sa joue, ses cheveux, ridiculement courts sur sa nuque dénudée. On allait la décapiter!

Je vous en prie! murmura-t-elle en voyant sur le sol brillant l'ombre géante du sabre monstrueux qui retombait.

Quand elle sentit la lame effilée frôler doucement son cou, elle vacilla sous l'impact d'un coup qui ne vint jamais.

Elle entendit la reine dire : « Fortuna, lève-toi. » Et les gardes détachaient ses liens. Elle regarda la reine, abasourdie, tandis que les gardes l'aidaient à se relever; ils durent la soutenir, car ses jambes refusaient de la porter.

Séléné d'Antioche est morte, déclara la reine d'une voix impérieuse. Qu'on l'écrive, indiqua-t-elle au scribe de la cour. En ce jour, Fortuna de Magna est née. Approche, mon enfant.

Séléné, soutenue par les gardes, obéit, stupéfaite de voir la reine se lever et regarder son nouveau sujet avec deux yeux clairs qui voyaient parfaitement.

– Je t'ai donné le nom de Fortuna, car tu me portes chance. A compter de ce jour, tu t'appelleras ainsi. Séléné n'est plus, tu renais aujourd'hui.

Quelque chose scintilla dans les mains de la souveraine. C'était un collier de rubis montés sur or. Elle le passa au cou de Séléné et proclama qu'il était le symbole de la décapitation qu'elle venait de subir.

Le reine recula, ouvrit les bras et, sous le regard horrifié de Séléné, déclara :

– Je te garderai à jamais à mes côtés. Fortuna de Magna, aujourd'hui commence ta nouvelle vie dans ma maison.

Livre III

MAGNA

24

S'évader.

Séléné n'avait qu'une idée en tête, s'évader.

Fuir Magna, retrouver Andréas, se remettre en quête de sa destinée.

Le risque était grand. D'abord, elle courait le danger d'être surprise au moment où elle tenterait de s'échapper du palais. Lasha infligeait d'horribles châtiments à ceux qui osaient la défier. Séléné gardait en mémoire cette pauvre suivante qui avait voulu s'enfuir avec un officier de la garde : lui avait été castré, elle enterrée vive. Ensuite, une fois franchis les murs du palais, il y avait le désert, hostile, redoutable, peuplé de brigands et de scorpions. Pourtant, elle était prête à affronter tout cela. La reine et son armée de gardes muets ne pourraient l'empêcher d'aller vers sa destinée. Les dieux l'avaient désignée pour une tâche spéciale, Méra l'avait dit, et le Romain mourant l'avait juré aussi.

« Comment pourrai-je jamais y parvenir dans cette prison de fous ? » se demandait-elle en se dirigeant à grands pas vers le harem. S'occuper des maux imaginaires de personnages royaux trop nourris, ce n'était pas soigner. Le jour où Andréas lui avait ouvert les portes de la science, elle avait compris qu'elle était née pour dispenser le bien, qu'une vocation secrète l'attendait quelque part dans le monde. Mais ce rêve ne se réaliserait jamais si elle ne réussissait pas à le retrouver, lui et l'anneau en or dont Méra avait assuré qu'il lui expliquerait tout.

Lasha était avec un de ses amants, un garçon amené de la ville, et elle passerait l'après-midi avec lui, en privé.

Séléné profitait toujours de ces occasions pour aller au harem royal voir sa seule amie, Samia, la jeune Hindoue capturée en même temps qu'elle, deux années plus tôt. Et là, dans l'intimité et la solitude du bassin de lotus – les esclaves de Séléné n'étaient pas autorisés à entrer dans cette partie du harem –, pendant que les autres femmes sommeillaient dans la chaleur de l'après-midi, toutes deux parleraient d'évasion.

Dans le mois qui avait suivi sa mise à mort symbolique, alors que le palais s'apprêtait fébrilement à célébrer le solstice d'hiver, Séléné avait retrouvé Samia. La jeune Hindoue, comme toutes les autres vierges destinées à réveiller la virilité du roi, avait échoué. On l'avait donc enfermée dans le harem, condamnée à l'indifférence et à l'oubli. Presque aussitôt, les deux amies avaient commencé à échafauder des plans et, des mois durant, n'avaient pratiquement pas eu d'autre sujet de conversation.

Séléné regarda discrètement derrière elle. Il y avait des espions et des ennemis partout. Jouir de la protection de Lasha n'était nullement synonyme de sécurité, surtout lorsque l'ennemi juré se trouvait être un homme presque aussi puissant que la reine, un homme qui avait des yeux et des oreilles dans tous les recoins du palais, un homme qui ne vivait que pour se venger de celle qui l'avait humilié, et qui pouvait la détruire d'un simple claquement de doigts : le Premier Médecin, Kazlah.

Comme elle franchissait une porte qui ouvrait sur un jardin, elle vit le soleil estival et soudain, elle se sentit submergée de tristesse. Il lui rappelait le jour où elle avait rencontré Andréas, deux ans auparavant. Elle allait fêter ses seize ans, la vie entière lui souriait. Puis, que s'était-il passé? Brusquement, son rêve lui avait été arraché et un sort étrange l'avait réduite à cet état.

« Et qu'est-il advenu de mon bien-aimé? se demanda-t-elle. Qu'a-t-il fait quand il ne m'a pas trouvée? Me cherche-t-il encore? M'a-t-il oubliée? Il ne peut pas m'oublier, nous sommes voués l'un à l'autre, à jamais. »

Les gens la saluaient sur son passage, par déférence envers la guérisseuse personnelle de la souveraine. En apparence, elle appartenait à cette cour luxueuse. Comme toutes les femmes, elle portait un voile qui lui cachait le bas du visage, signe de l'influence considérable du monde arabe à Magna. Sa chevelure noire, qui tombait à nouveau sur ses épaules, était tressée en nattes serrées attachées sous un voile couleur lavande. Son front était ceint d'un rang de pièces d'or. Une ceinture sertie de gemmes resserrait à la taille sa robe large et volumineuse. Enfin, pour la première fois de sa vie et sur ordre de Lasha, Séléné se maquillait aussi.

A l'approche du harem, Séléné ralentit le pas, provoquant une bousculade entre les trois esclaves qui la suivaient. Ils l'accompagnaient partout, ne la quittaient pas un instant, l'épiant, l'espionnant, rapportant ses moindres gestes à la reine. L'un d'eux, Séléné ne savait pas lequel, avait découvert la lettre qu'elle se préparait à faire sortir secrètement du palais et qu'un voyageur en partance pour Antioche devait remettre à Andréas. Et cet esclave l'avait portée à Lasha. Depuis lors, qu'elle prît un bain, se reposât ou soignât les maux de la cour, jamais, pas même l'espace d'une seconde, elle ne s'était trouvée seule.

Deux gardes lui ouvrirent l'imposante double porte, puis les portes intérieures, gardées par des eunuques, s'écartèrent. Plantant là ses esclaves, Séléné, enfin seule, entra dans une pièce splendide inondée de soleil.

Dégrafant son voile, elle sourit au jeune homme aux traits fins et au regard émouvant qui l'accueillait. Darius était venu depuis peu gonfler les rangs des eunuques qui veillaient sur les femmes du harem royal. Quelques semaines à peine avaient fait de lui l'objet convoité de maints cœurs en mal d'amour.

D'aussi loin qu'il s'en rappelle, Darius avait toujours connu l'esclavage. D'avant, il ne gardait que le vague souvenir d'une cour, d'une femme qui chantait, d'une rivière verte de l'autre côté d'un mur. Souvent la nuit, le même rêve revenait le hanter : des mains l'attrapaient, l'enfermaient dans un sac et l'emportaient loin de la rivière verte. Puis on le mettait avec d'autres garçons et enfin, il revivait cent fois le même cauchemar de sang, de douleur violente, la convalescence et finalement la découverte ahurissante de son corps mutilé. Avec le temps, il ne distinguait plus le rêve de la réalité; il ne restait à ce jeune homme sensible que sa situation présente : après être passé de maître en maître pendant des années, il avait échoué dans le harem de Magna où l'attendait une longue et sombre solitude.

Séléné ne pouvait s'empêcher de plaindre l'eunuque qui

souffrait d'une faute qu'il n'avait pas commise. Il ne pouvait pas plus changer sa gentillesse naturelle et sa beauté attendrissante que les malheureuses qu'il servait n'étaient capables de maîtriser leurs passions et leurs frustrations.

Le harem la fascinait et lui faisait horreur à la fois. Il n'était pas naturel, pensait-elle, de vivre en cage. Beaucoup de ces femmes n'avaient pas vu le couloir de l'autre côté de la porte soigneusement verrouillée depuis qu'on les avait conduites ici enfants; en fait, certaines étaient même nées dans le harem et avaient grandi en ne connaissant que le coin de ciel au-dessus du jardin intérieur, mais toutes, jeunes ou vieilles, belles ou ordinaires, sottes ou intelligentes, n'avaient d'autre souci que le choix du voile qu'elles porteraient. Elles passaient leurs journées dans les bains parfumés, à bavarder, à s'occuper de leurs bambins, à s'étioler peu à peu. Il ne fallait pas s'étonner, alors, que ce lieu soit le foyer d'intrigues et de complots. Des liaisons amoureuses se nouaient entre les femmes, des jalousies aussi, et l'arrivée d'un bel eunuque comme Darius réveillait les haines et déclenchait des guerres.

Un tel jeune homme, s'il le voulait, pouvait tourner la situation à son avantage. Bien des eunuques avaient ainsi profité des faveurs des femmes du harem, filles ou sœurs de souverains orientaux qui détenaient pouvoirs et fortune personnelle. Darius avait la chance de faire partie de ces castrés capables de fonctions sexuelles, car peu importait à Zabbaï que les femmes de son harem aient des rapports avec des hommes, pourvu qu'il ne s'ensuive aucune grossesse. Oui, Darius avait de la chance de ne pas appartenir à l'autre catégorie d'eunuques de la cour, celle des gardes postés à toutes les portes, que l'on avait complètement privés de leurs organes sexuels, et qui n'étaient d'aucune utilité pour les femmes.

Mais Darius n'avait pas envie d'entrer dans les intrigues, de s'allier à des complots, d'user de ses atouts, parce que la nuit de son arrivée au palais, marqué et humilié, il était tombé amoureux pour la première fois de sa vie.

Pour l'instant, il accueillait Séléné d'une poignée de main ferme, signe de son amitié véritable.

Il n'y a aucun risque? lui demanda-t-elle en jetant un regard inquiet à la ronde.

Il la rassura d'un hochement de tête avant de lui

indiquer que Samia l'attendait près du bassin de lotus.

Séléné lui inspirait un respect mêlé de crainte, comme à la plupart des gens de la cour. Il n'était pas encore arrivé quand avait eu lieu l'opération de Lasha ni plus tard, quand Zabbaï avait recouvré sa virilité. Mais on lui avait raconté comment cette jeune femme venue d'Antioche avait soigné avec succès les membres de la famille royale. On murmurait dans les couloirs du palais que le sang d'une vieille sorcière égyptienne coulait dans ses veines.

A travers la cour, Séléné fit un signe de la main à Samia. Pendant cette première nuit terrifiante au palais, c'était elle qui l'avait aidée à panser les blessures des autres filles et elle encore qui avait partagé sa tristesse et sa douleur à mesure qu'on avait emmené les captives, une à une. Samia avait été parmi les dernières à partir et elles s'étaient accrochées l'une à l'autre, en pleurs. Ces jours d'emprisonnement partagé avaient tissé entre elles des liens solides. Samia était sa première amie véritable en dehors de Méra.

Elles s'embrassèrent puis Séléné s'assit au bord du bassin, si impatiente de communiquer ses nouvelles qu'elle ne remarqua d'abord pas l'expression sur le visage de son amie.

– Ils arrivent dans deux semaines, dit-elle précipitamment, en regardant par-dessus son épaule – Darius montait la garde un peu plus loin. Une délégation de Rome. Ils seront très nombreux. On ouvre une aile entière rien que pour eux ! Te rends-tu compte, Samia ! Le palais sera sens dessus dessous. Nous trouverons certainement une occasion de nous enfuir !

Quand Samia leva les yeux, Séléné s'aperçut qu'elle avait pleuré.

– Je sais déjà pour les Romains, dit-elle d'une voix blanche en regardant Darius qui se tenait derrière son amie. Ils vont emmener mon Darius bien-aimé.

Abasourdie, Séléné se retourna et remarqua la tristesse du jeune homme.

– Comment ? demanda-t-elle en se penchant vers Samia. Comment peuvent-ils ?

Les yeux de Samia se remplirent de larmes.

– Le roi va faire présent de vingt de ses femmes à l'empereur Tibère. Darius doit les accompagner.

Séléné se redressa, incrédule.

– A Rome? Darius va être emmené à Rome?

Son regard se perdit à la surface du bassin qui se ridait sous le soleil et brillait d'éclats d'or quand les poissons remontaient. Elle se rappelait la nuit où elle avait connu Darius, quatre mois plus tôt. Samia lui avait fait passer discrètement un message, de bouche à oreille, d'eunuque en domestique, et Séléné s'était aussitôt faufilée le long des couloirs sombres en espérant que la reine ne se réveillerait pas pour la réclamer. Elle avait trouvé son amie au fond de ce même jardin, contre un saule pleureur, trempée sous la pluie fine, en train de bercer le corps inconscient du jeune eunuque arrivé la veille au harem. Il avait tenté de se pendre avec un voile en soie que Samia avait tranché à temps. Séléné l'avait aidée à le soigner.

Elle aimait ces deux jeunes amoureux qui partageaient sa captivité. Samia et Darius étaient les seuls à connaître son histoire, les seuls à qui elle avait parlé d'Andréas et de sa quête, les seuls aussi à l'appeler Séléné et non Fortuna, nom qu'elle haïssait. Qu'ils connaissent son histoire et l'appellent Séléné lui donnait le sentiment d'avoir conservé l'identité et le passé dont Lasha avait voulu la dépouiller.

– Il doit exister un moyen pour que tu partes avec lui, dit-elle en sentant sa propre blessure se rouvrir, la douleur de sa séparation d'avec Andréas.

Mais Samia secouait la tête.

– Il n'en existe aucun. Les dieux m'ont abandonnée.

– Joins-toi au groupe de femmes! lui souffla Séléné. Va à Rome avec elles!

– Vingt seulement doivent partir. Les gardes les compteront et ils s'apercevront qu'il y en a une en trop.

– Alors prends la place d'une autre. Achète-la!

Samia secoua la tête avec plus de force encore.

– Séléné, j'y ai déjà pensé! J'ai demandé autour de moi mais toutes veulent partir! Je n'ai rien à offrir d'assez précieux pour qu'aucune me laisse sa place en échange. Elles veulent toutes voir Rome!

Séléné s'était tournée pour regarder Darius encore une fois.

Le jour de son arrivée au palais, des gardes l'avaient pincé si violemment qu'il avait le corps couvert de bleus. Les femmes, avides de la moindre nouveauté dans leur vie, s'étaient attroupées autour de lui, l'avaient examiné avec force commentaires, portant sa honte à son comble par leurs remarques et leurs spéculations. Il avait voulu mettre un terme à son existence misérable et cette nuit-là, il s'était glissé jusqu'à l'arbre avec son nœud coulant en soie. Mais au fil des quatre derniers mois, Samia et Séléné lui avaient appris à aimer et à avoir confiance à nouveau, à goûter de petites joies, à regarder l'avenir et à espérer. Maintenant, si on l'emmenait à Rome, il n'y aurait plus d'avenir ni pour lui ni pour Samia.

J'ai une idée, s'exclama soudain Séléné. Puisque tu ne peux te joindre au groupe à cause des gardes, et que tu n'as pu convaincre personne de te laisser prendre sa place, tu resteras ici. Et tu seras séparée de Darius.

Je le sais déjà, Séléné.

Alors, écoute. Si Darius reste lui aussi, vous ne serez pas séparés.

Mais il doit partir. Il en a reçu l'ordre.

Il restera et je prendrai sa place.

C'est impossible! affirma Samia en la dévisageant sans comprendre.

Pourquoi? Nous sommes de la même taille et de carrures similaires. En pleine nuit, au milieu d'un groupe de femmes, avec les soldats qui nous pousseront pour rejoindre le bateau qui attendra sur le fleuve...

Séléné, tu es folle, dit-elle d'un ton faussement calme qui trahissait son intérêt.

Séléné parla à voix basse, d'une traite. Ce serait simple, expliqua-t-elle. On ne remarquerait rien si l'eunuque qui accompagnait les femmes relevait la capuche de son manteau sur sa tête. Tout se ferait dans la précipitation, il en allait toujours ainsi lors des transferts du harem, et dans l'obscurité, puisque le départ était prévu pour minuit. Et elle et Darius étaient bien de la même taille et de la même carrure.

Mais Séléné, chuchota Samia, le regard brillant d'espoir, comment espères-tu tenir jusqu'à Rome sous ce déguisement? Tu seras démasquée avant!

Non, parce que je n'ai pas l'intention d'aller jusqu'à Rome, répondit-elle en se redressant. Je quitterai le bateau à la première occasion. Je sauterai à l'eau s'il le faut. Réussir à sortir du palais, c'est tout ce qui compte pour moi.

Darius et Samia finirent par approuver le plan. La nuit du départ, Séléné serait appelée au harem sous un prétexte quelconque, une urgence médicale par exemple. Elle veillerait à ce que Lasha absorbe un puissant somnifère avec son vin du soir, de manière qu'on ne s'aperçoive pas de son absence avant l'aurore. Et pendant que les femmes du groupe se rassembleraient avec tous leurs esclaves, leurs coffres et leurs gardes, Séléné et Darius procéderaient à l'échange. Après quoi, il se cacherait dans le palais, qui était bien assez vaste pour qu'un esclave s'y perde, et il chercherait un moyen de s'enfuir de Magna avec Samia.

25

– Où étais-tu ? demanda Lasha. Je t'ai appelée !

– Pardonnez-moi, Majesté, répondit Séléné en posant sa pharmacie sur une table. J'avais besoin d'un peu d'exercice.

Lasha s'étira sur le divan où elle s'était allongée, drapée de grandes vagues de soie, le visage poudré d'or.

– Tu prends assez d'exercice. Bon, mes règles se sont encore déclenchées inopinément et j'ai des crampes. Prépare-moi mon médicament.

Heureuse d'avoir à s'occuper, de pouvoir cacher son excitation – il fallait que leur plan d'évasion marche ! –, Séléné souleva le couvercle de la pharmacie.

La reine entrait dans la phase de la vie où le flux menstruel ne tarderait pas à cesser, et son cycle devenait irrégulier. Tout en travaillant, Séléné chercha dans la pièce luxueuse des traces du passage de l'amant d'un après-midi. Elle n'avait jamais su ce qu'il advenait de ces jeunes gens que la reine se faisait amener. En tout cas, elle ne les utilisait qu'une fois puis les renvoyait. Mais ils ne devaient certainement jamais rentrer chez eux, ce qui se passait dans la chambre royale ne devait pas sortir du palais.

Tout en versant quelques gouttes de potion d'Hécate dans une coupe de vin, elle leva les yeux vers la terrasse qui s'ouvrait derrière des tentures arc-en-ciel. Une seule fois, elle était sortie dans la ville, un jour où Lasha était allée rendre visite à une tribu bédouine qui passait l'été dans une oasis voisine.

La souveraine avait entendu parler de merveilleuses danseuses du ventre, capables, couchées sur le dos, de verser du vin d'un gobelet dans un autre par la seule force de leurs muscles abdominaux. Or, chaque fois qu'il lui prenait le caprice de visiter des lieux étranges, d'aller voir des curiosités, elle se faisait accompagner d'une suite d'au moins deux cents personnes – suivantes, prêtres, esclaves, scribes, archers et cavaliers. Ce jour-là, Séléné avait voyagé dans la litière aux rideaux tirés placée juste derrière le palanquin majestueux de la reine et dès qu'elle l'avait osé, elle avait glissé un œil furtif au-dehors pendant que le cortège traversait Magna.

Et ce qu'elle avait vu l'avait atterrée.

Après avoir vécu des mois dans la splendeur et la richesse, tant de misère et de privations l'avaient choquée. Une scène en particulier lui revenait en mémoire alors qu'elle tendait la coupe à la reine : aux grilles du palais, des infirmes, des mendiants, des fillettes avec dans leurs bras des bébés rachitiques, des hommes sans bras ni jambes, d'autres aux yeux malades, aux visages boursouflés, toute une foule immense s'agglutinait avec l'espoir insensé d'approcher la Déesse incarnée, la reine, et de guérir.

Elle avait alors compris qu'ils n'avaient nulle part où aller. Il n'existait pas à Magna de temple d'Esculape où un malade puisse aller passer la nuit avec l'espoir qu'un dieu vienne visiter son sommeil et le guérisse. Seuls les riches pouvaient s'offrir les services d'un médecin à demeure; les autres, bourgeois ou pauvres, n'avaient nulle part où se réfugier quand la maladie frappait.

Tu rêves? dit la voix de Lasha, l'interrompant dans ses pensées.

Séléné secoua la tête, tant en réponse à la reine que pour chasser l'horrible vision. A Antioche, elle s'était inquiétée à propos de ces mêmes gens, mais là-bas au moins, il y avait des endroits où chercher de l'aide, que ce soit le temple d'Esculape, la petite maison de Méra ou la villa d'Andréas le médecin.

« Je serais d'un grand secours ici, pensa-t-elle en reprenant la coupe des mains de Lasha pour la rincer. Si j'étais dehors au lieu d'être enfermée dans ce palais à accomplir mes prétendus miracles, je servirais vraiment à quelque chose. »

La guérison du roi Zabbaï ne tenait en rien d'un miracle, mais elle seule le savait. Personne pas même Kazlah le Premier Médecin, n'avait su voir que les ennuis du roi résultaient tout bonnement de son obésité.

Méra lui avait parlé d'une maladie que les Grecs appelaient *diabètès mélitos;* du grec *diabètès,* diabète, de *diabainein,* traverser à cause de l'émission surabondante d'urine, et de *mélitos,* « de miel », parce que les urines sont sucrées. Si elle frappait les enfants, ils mouraient. En revanche, si elle survenait à l'âge adulte, il suffisait souvent que le patient maigrisse pour se sentir soulagé. Il arrivait, avait expliqué Méra, que l'obésité provoque le diabète chez certains adultes; il suffisait donc parfois, pour en venir à bout, d'éliminer la graisse. Quand elle avait vu Zabbaï pour la première fois, en présence de soixante-dix des médecins, elle n'avait pas eu la moindre idée de ce qui n'allait pas. Mais à la description des symptômes – une soif anormale, une faim constante, des urines fréquentes –, elle s'était souvenue des indications de Méra. Alors, elle avait testé les urines du roi et avait découvert qu'elles étaient aussi sucrées que du miel. Zabbaï souffrait effectivement de diabète et, comme le diabète pouvait être source d'impuissance, elle décida que soigner son diabète guérirait peut-être son impuissance.

Zabbaï suivit un régime sévère, sa graisse fondit et six mois plus tard il réussit, pour la première fois depuis deux ans, à avoir des rapports sexuels.

Séléné avait accompli d'autres « miracles » : le vieux vizir de la reine souffrait depuis des mois de terribles démangeaisons du cuir chevelu. Séléné l'avait guéri avec un shampooing au soufre et à l'huile de cèdre. La potion d'Hécate avait soulagé les articulations gonflées du chef des eunuques. L'inquiétante diarrhée estivale du prince avait été stoppée grâce à une diète à base de riz bouilli.

Il y avait eu quelques vraies maladies au palais qu'elle avait été heureuse de soigner, mais dans la majorité des cas, elles étaient imaginaires et produites par l'ennui et l'oisiveté. Dans la forteresse de Lasha, elle faisait davantage office de magicienne que de guérisseuse, alors que dehors, dans Magna, où tant de gens avaient besoin de ses connaissances, elle savait qu'elle serait vraiment utile.

Lasha observait fixement Séléné. Elle était tellement fière de ses yeux que, depuis l'opération, elle en rehaussait la beauté avec des gouttes de belladone que lui procurait Séléné. La drogue, en dilatant les pupilles, lui donnait un regard étrange, qui semblait exceptionnellement perçant.

La reine regardait Séléné avec un mélange d'envie et de ressentiment. Cette fille ordinaire possédait un pouvoir immense dont Lasha rêvait. Pas le pouvoir de vie et de mort, qu'elle détenait déjà, mais le pouvoir sur la douleur, qu'elle estimait plus vital. Lasha avait celui d'infliger la douleur, mais cette fille aux origines obscures détenait celui de la soulager, ce qui était bien plus prodigieux encore.

« Cette enfant, pensait-elle en la regardant, ne connaît pas encore l'étendue de son pouvoir sur moi. Elle ne sait pas à quel point elle me tient, à quel point je dépends d'elle. Car rien, pas même la mort, n'est plus effrayant qu'une douleur interminable. Cette fille sortie du ruisseau, ignorante et sage à la fois, n'a aucune idée des sommets qu'elle pourrait atteindre grâce à ce pouvoir. Mais un jour, elle comprendra. En vieillissant, elle verra à quel point je suis esclave des faiblesses de la chair et alors, nos rôles seront renversés : elle sera la souveraine et moi le sujet. Essaiera-t-elle un jour d'utiliser ce pouvoir contre moi? Je me le demande. »

– Fortuna, dit-elle d'une voix suave. Les Romains arrivent dans deux semaines. Tu le sais certainement déjà, car ces murs ont des lèvres autant que des oreilles. Et pendant leur séjour, la confusion va régner au palais. Tu ne tenteras rien d'insensé, Fortuna, n'est-ce pas? Comme de t'échapper?

La reine, de son divan, vit Séléné se raidir soudain.

« Ainsi, j'avais raison », pensa-t-elle.

– Je m'inquiète à ton sujet, dit-elle en se levant, pareille à une colonne écarlate et or. Je crains parfois que la solitude ne te pèse. Je lis de la nervosité dans ton regard. Après tout, tu as presque dix-huit ans. Et tu es encore vierge, n'est-ce pas?

En deux ans, Séléné avait appris à reconnaître toutes les nuances mortelles dans la voix de Lasha. En ce moment, il y avait de la tromperie dans le cœur royal, elle le savait. Mais il y avait autre chose...

« J'ai sauvé la vie de son fils. Je lui ai rendu la vue. J'ai guéri l'impuissance de son époux et elle n'a pas eu à prendre un autre consort. Pourtant, elle me hait, parce qu'elle me doit de la reconnaissance et, alors que sa dette est immense envers moi, elle voudrait encore me faire payer. »

– Il m'est venu à l'idée, Fortuna, que tu as besoin de compagnie. Tu es beaucoup trop seule.

– Je ne suis jamais seule, Majesté, avança prudemment Séléné. J'ai de nombreux esclaves.

– Je veux dire une véritable compagnie, Fortuna. Quelqu'un avec qui tu puisses vraiment être, avec qui tu puisses partager. Tu as besoin d'un époux.

Séléné se retourna brusquement.

– Non! lâcha-t-elle, pour le regretter aussitôt.

Lasha sourit. Comme un dentiste penché sur une bouche à l'affût d'une dent malade, elle avait découvert ce qu'elle cherchait, le point sensible de Séléné.

– Tu es jeune, Fortuna, dit-elle en se détournant. Tu détiens peut-être l'incroyable savoir que ta mère t'a transmis, et ne va pas croire que je ne t'en suis pas reconnaissante ou que je trouve cela normal, mais par certains côtés, tu n'es encore qu'une enfant. Il est de mon devoir, de mon... obligation de veiller à ce que tu mènes une vie normale. Car, continua-t-elle en lui faisant face, ta vie est anormale. Dix-huit ans et pas un homme ne t'a touchée!

« Un homme m'a touchée, pensa Séléné avec défi. Le seul homme dont je veuille, Andréas. »

– Or il se trouve que quelqu'un au palais m'a demandé ta main.

Séléné la regardait, les yeux écarquillés.

– Un gentilhomme de ma cour m'a approchée à ton propos. Il souhaite t'épouser, Fortuna.

Le silence envahit la pièce alors que Lasha marquait une pause pour ménager ses effets, puis elle reprit :

– Et tu as beaucoup de chance, en vérité, et bien m'en a pris de te choisir un tel nom, Fortuna. Car celui qui t'a demandée n'est pas un homme ordinaire. Il s'agit du Premier Médecin en personne. Le noble Kazlah.

Séléné chercha la table à tâtons pour s'y raccrocher.

– Le Premier Médecin serait un bon époux pour toi, mon enfant, poursuivait Lasha. Vous avez des intérêts communs. Il comprend tes pouvoirs. Vous pourriez vous apprendre mutuellement des choses, partager vos connaissances. Il est bien plus âgé que toi et plus sage aussi. Songe à tous les avantages de ce qui serait ta position.

Séléné se détourna vers les tentures arc-en-ciel. Devant elle se dressait le mur de la terrasse qui la séparait de la liberté. Et de l'autre côté de ce mur coulait l'Euphrate.

Cependant, ses yeux ne virent plus le mur mais Kazlah, spectre longiligne habillé de bleu nuit. Il était en train de punir un esclave qui avait accidentellement renversé du vin sur lui. L'esclave était un musicien, très doux, un harpiste dont les oreilles étaient la vie et l'âme. Après avoir choisi une longue aiguille parmi ses instruments chirurgicaux, il lui avait percé les tympans.

Séléné fixa le mur. Elle pourrait courir maintenant, l'escalader et nager vers la liberté. Elle se domina pourtant, c'était une idée folle.

« Si j'étais reprise et ramenée ici, je perdrais à jamais toute chance de revoir Andréas. Il faut que je sois prudente. Dans deux semaines, à minuit, les vingt femmes du harem seront conduites au bateau. Et parmi elles... »

Séléné savait pourquoi Kazlah avait demandé sa main.

Elle pensait aux centaines de saules pleureurs qui, dehors, bordaient les rives de l'Euphrate. Le Premier Médecin ne se doutait pas que la chose au monde qu'il désirait le plus connaître, le secret de la potion d'Hécate, résidait dans l'écorce de ces arbres-là.

C'était à ce secret qu'elle devait de conserver la vie. Malgré les risques encourus, elle avait réussi à le garder pendant ces deux années. Au fil des mois, elle avait dû à plusieurs reprises remplir le flacon bleu. Alors, soupçonnant Kazlah d'avoir parmi ses esclaves des espions qui risquaient de transmettre la formule convoitée, elle avait chaque fois présenté une longue liste d'ingrédients, certains indispensables, la plupart superflus; puis, s'installant dans le jardin, elle avait entouré d'un rituel aussi déroutant que complexe ce qui n'était en définitive que la préparation d'une vulgaire décoction de plantes. Personne, en la regardant, n'aurait pu débrouiller le cérémonial compliqué et dénué de sens, ni mémoriser quelle quantité de chaque ingrédient entrait dans chacune des étapes. Kazlah ne connaissait toujours pas le secret de la potion d'Hécate et elle vivait, déterminée à ne jamais le lui dévoiler.

Tu trembles, dit Lasha en arrivant derrière elle. Cela te ravirait-il de devenir la femme de Kazlah ? On dit qu'il est un amant habile, très expérimenté en ce qui concerne les délices du lit conjugal. Le croirais-tu, il paraît qu'il aime se servir d'un...

Majesté, l'interrompit Séléné en faisant volte-face. Je ne suis pas prête pour le mariage. Je ne suis pas... digne d'être l'épouse du Premier Médecin.

Lasha sourit.

Bon, peut-être as-tu raison. Du moins, pour le moment, accorda-t-elle avec un soupir satisfait. Peut-être vaut-il mieux te laisser seule. Mais tu comprends bien, Fortuna, que si tu te mettais en tête l'idée insensée de t'enfuir, on le découvrirait, je te l'assure, avant même que tu aies pu seulement tenter de t'évader. Et alors, je serais contrainte d'agréer à la demande de Kazlah. Il te ferait filer doux, tu sais. Kazlah saurait veiller à ce qu'aucune autre idée folle ne germe en ton esprit. Il t'apprendrait l'obéissance, Fortuna. Je te le promets.

Séléné regarda la reine et eut l'impression de plonger dans des eaux arctiques. Puis elle se rappela Samia et Darius, et songea qu'il était temps de partir.

26

Bien qu'elle n'ait pu trouver le sommeil, elle avait dû faire semblant de dormir, de façon à donner l'impression qu'on la réveillait en venant frapper à sa porte. Elle s'habilla à la hâte puis, attrapant sa pharmacie, elle suivit le garde muet le long du couloir désert.

Elle ne s'aperçut qu'au bout de quelques minutes qu'il y avait quelque chose d'anormal.

– Ce n'est pas le chemin du harem, dit-elle au garde.

Il la regarda d'un air impassible. Évidemment, il ne lui avait pas dit où il l'emmenait ; d'ailleurs, il en était toujours ainsi, puisque au palais, les gardes étaient muets. Ils frappaient à sa porte et lui faisaient signe de les suivre, c'était tout.

Intriguée, elle continua de le suivre à travers les couloirs vides, passant sous des arcades exposées à tous les vents puis devant des pièces silencieuses, avant d'aboutir à des escaliers de pierre qui débouchaient dans une partie souterraine du palais dont elle ignorait jusque-là l'existence. Avec une inquiétude croissante, elle se demandait où il la conduisait, car l'air devenait froid et humide et les murs et les sols étaient nus. Quand le garde s'arrêta enfin, elle comprit qu'elle se trouvait loin du centre du palais, loin du harem.

Une porte en bois brut s'ouvrit et les yeux de Séléné s'écarquillèrent sur une scène étrange.

Dans la pièce de petites dimensions qu'éclairaient des torches fixées aux murs, il n'y avait qu'une table et une chaise. Le sol était couvert de sable et l'air était humide, ce qui signifiait que le fleuve n'était pas très loin. Mais ce qui retint l'attention de Séléné alors qu'elle entrait dans la pièce et que la porte se refermait sur elle, ce fut le jeune homme affalé sur la chaise, pieds et poings liés aux barreaux, tête rejetée en arrière, et qui ronflait, la bouche ouverte. Derrière lui se tenait un vieil homme courtaud en qui elle reconnut un des médecins de moindre importance du palais; devant, penché sur le jeune homme inconscient, il y avait Kazlah.

Concentré sur son travail, il ne réagit pas à l'arrivée de Séléné. Elle n'avait aucune idée de ce qu'il était en train de faire, penché sur le cou de ce garçon endormi.

Elle observa la longue silhouette du médecin, pratiquement immobile dans la lumière mouvante des torches, dans un silence si profond qu'elle se dit que les murs devaient être très épais. Hormis les deux gardes postés de part et d'autre d'une deuxième porte, de l'autre côté de la pièce, ils étaient seuls. Pourquoi l'avait-on fait venir ici?

Soudain, elle pensa à Darius. Il avait dû l'envoyer chercher maintenant et il s'attendait certainement qu'elle arrive à tout instant dans le harem.

Ses yeux s'écarquillèrent davantage encore. Tandis que Kazlah se redressait et s'éloignait du garçon endormi, elle fut prise de panique et s'imagina que Kazlah avait découvert leur plan, c'était pour cela qu'il l'avait fait venir ici!

Puis elle se raisonna, il ne savait rien, c'était une simple coïncidence.

A ce moment, il se tourna enfin vers elle.

– Tu t'es posé des questions au sujet de nos muets, lui dit-il d'un ton doucereux. Et à n'en pas douter, tu souhaiterais en partager le secret.

Séléné sentit un affreux pressentiment la gagner, la glaçant peu à peu comme si les eaux froides du fleuve s'étaient infiltrées dans la pièce et montaient lentement le long de ses jambes. Qu'est-ce qu'il disait? Elle, se poser des questions au sujet des muets? Elle n'avait jamais fait part du moindre intérêt à leur égard.

Ses yeux se posèrent sur le garçon endormi. Le second médecin était en train de lui envelopper le cou d'un énorme bandage. Elle sentit son cœur bondir dans sa poitrine : des taches de sang filtraient à travers le linge.

Kazlah fit signe aux gardes de détacher le garçon et de l'emmener.

– Approche plus près, Fortuna, lui ordonna-t-il d'un ton où perçait la cruauté.

Soudain effrayée, elle ne bougea pas.

Il haussa un sourcil interrogateur.

– Mon Seigneur, la Reine serait fâchée si elle se réveillait et ne me trouvait pas à ses côtés.

– La reine dort profondément, Fortuna. Nous le savons.

Séléné retint sa respiration. Tout à coup, la pièce lui sembla rétrécir, les ombres la menacer de toutes parts.

– Approche, Fortuna, répéta-t-il. Il est temps de t'initier à certains des secrets les plus raffinés de Magna.

Comme elle s'avançait vers lui, la porte face à elle s'ouvrit et deux gardes entrèrent avec une femme aussi noire que le coffre d'ébène de Séléné. Elle roulait des yeux écarquillés de terreur.

– Cette esclave vient d'Afrique. Nous ne savons pas son nom, car elle parle un dialecte primitif. Bientôt, elle ne parlera plus du tout.

Sénélé croisa le regard terrifié de l'esclave et un instant, elles partagèrent la même terreur. Puis on força l'esclave à boire une coupe que tenait l'autre médecin et sa tête ne tarda pas à tomber contre sa poitrine.

– La victime doit être tout à fait inconsciente, Fortuna, commenta Kazlah en faisant un signe à son assistant qui redressa la tête de la femme et la maintint en arrière.

– Il faut que la gorge soit complètement relâchée. S'il y a la moindre tension, on risque de couper accidentellement une des artères du cou et alors, on perd un esclave – un sourire furtif se dessina sur ses lèvres minces. On ne peut se permettre de maladresse dans ce genre d'affaire.

Frappée de stupeur, Séléné le regarda faire. Quelque part dans le couloir derrière elle s'éleva la voix du vigile qui annonçait minuit. Elle pensa à Darius qui devait la chercher affolé alors qu'on rassemblait les vingt femmes pour le départ, et un affreux pressentiment l'envahit.

– Maintenant, regarde attentivement, Fortuna, dit doucement Kazlah.

Et malgré elle, ses yeux se portèrent sur les longues mains du médecin qui tenaient une lancette en argent, fine mais apparemment solide. Elle le vit examiner le cou de la Noire puis en approcher la pointe de la lancette; son pouls s'accéléra.

La scène sembla se figer un instant puis la main de Kazlah s'abaissa et se releva, d'un geste sec, précis, et Séléné vit une goutte de sang perler d'une coupure minuscule.

– C'est là où l'adresse entre en jeu, Fortuna, expliqua-t-il en pointant l'autre côté du cou avant de l'inciser aussi. Il y a un nerf dans la gorge qui produit le son. Comment? Personne ne le sait, mais quand il est sectionné, impossible de parler. Néanmoins, il faut faire attention aux artères qui passent de part et d'autre de ce nerf.

Séléné regardait horrifiée la femme dont on avait bandé le cou et qu'on détachait avant de la traîner dehors.

– Examine bien cet instrument, Fortuna, lui ordonna Kazlah en lui tendant la lancette. Vois sa perfection, sa délicatesse, son tranchant. Dans nulle autre cité que Magna, on ne connaît le secret de la mutité. Les nations barbares réduisent leurs esclaves au silence en leur tranchant la langue, mais c'est tellement inesthétique! Et les sons qui montent de leurs gorges sont si disgracieux! Grâce à notre méthode, Fortuna, nos esclaves n'offensent plus ni l'œil ni l'oreille.

Un sourire cynique plissa ses lèvres.

– Et à présent, Fortuna, tu as vraiment de la chance, car je vais te former à cet art exclusif.

Incrédule, elle regarda la porte s'ouvrir à nouveau sur les gardes qui amenaient un autre esclave, un géant blond, si puissant qu'il aurait pu se débarrasser aisément d'eux, mais qui avançait, docile.

– Celui-ci est peu courant, commenta Kazlah pendant qu'on attachait le géant. La Légion romaine l'a fait prisonnier pendant la récente campagne dans la vallée du Rhin, en Germanie, et l'a emmené. Il s'appelle Wulf.

Wulf était grand et musclé; sa chevelure, qui lui tombait sur les épaules, avait la couleur des blés. Ses vêtements, des bottes et des jambières en fourrure, étaient les plus étranges que Séléné ait jamais vus. Sur son torse nu, il portait un pendentif primitif. Mais c'était son visage, mangé par la barbe et couturé de cicatrices, qui la fascinait, et surtout ses yeux étonnamment bleus sous ses sourcils blond foncé. Il était jeune et, Séléné le devinait à son attitude, terriblement fier.

– Nous nous attendions à ce qu'il nous cause des problèmes, poursuivit Kazlah tandis que son assistant mélangeait le somnifère au vin. Mais il s'est montré des plus coopératifs. Vois-tu, Fortuna, il vit dans le déshonneur parce qu'il a survécu à la bataille alors que ses compagnons sont morts. On m'a dit que c'est un prince et que chez lui, on lui avait inculqué qu'il devait mourir une épée à la main. Aussi, la brute en lui est morte à l'instant même où il a été capturé vivant par les Romains.

Séléné essaya de détourner les yeux, mais elle sentit le regard bleu et froid la fixer. Quand Kazlah lui fourra la lancette en argent dans la main, le regard glacé vacilla imperceptiblement et Séléné pensa qu'il savait ce qu'on allait lui faire.

– Je ne peux pas, parvint-elle à articuler.

– Mais tu dois, répondit Kazlah sans sourciller. Allons, je vais te montrer.

Quand elle fut près du barbare, elle sentit sa sueur, sa saleté et les mois d'humiliation; elle vit les muscles qui se contractaient sous la peau balafrée. Pourtant, il ne semblait pas éprouver la moindre peur.

– Mon Seigneur, vous ne pouvez me demander cela!

– Il faut apprendre, Fortuna, et nous disposons d'une multitude d'esclaves pour que tu t'entraînes, si jamais tu commets quelques erreurs.

Il se tenait près d'elle, la touchant presque, et sa voix se faisait mielleuse.

– Nous devons nous aider l'un l'autre dans notre noble profession. Je te révélerai mes secrets. Et en retour, tu me révéleras les tiens. Pourquoi hésites-tu, Fortuna?

– Il... Il devrait être autorisé à prier son dieu d'abord.

– Son dieu! s'esclaffa Kazlah. Une autre de ces brutes barbares inutiles! Le voilà, son symbole! – Il montra la croix en bois en forme de T au bout du lacet de cuir sur le torse du Germain. – Odin! ajouta-t-il avec mépris.

Séléné plongea son regard dans les yeux bleus qui ne la quittaient pas. Elle remarqua alors les courants d'émotions qui y passaient. Il avait peur.

Soudain, elle eut envie de lui dire quelque chose, de le réconforter, de le tranquilliser un peu.

« J'étais muette autrefois, pensait-elle. Ma langue refusait de parler. Et une fois qu'on l'a libérée, j'avais peur de parler. Andréas m'a guérie. »

Aussi l'idée de ce que Kazlah attendait d'elle, l'idée de condamner un être humain à un silence irréversible, la remplissait-elle d'horreur.

Kazlah se rapprocha encore tandis que son assistant poussait le gobelet de vin drogué contre les lèvres du Germain qui, curieusement, refusa de boire.

– Très bien, dit Kazlah avec mépris. Si c'est ce qu'il veut, qu'il reste conscient. A présent, Fortuna, procède comme je te l'ai expliqué.

Elle se plaça devant le barbare en le regardant droit dans les yeux.

« Je suis aussi terrifiée que toi, lui dit-elle mentalement. Écoute-moi si tu le peux. »

Levant la main pour que Wulf puisse voir la lancette, elle posa un doigt sur sa bouche, en espérant que ce geste universel le convaincrait de se taire. Les yeux bleu glacier la dévisageaient. Sourcils froncés, elle s'efforçait de communiquer avec lui. Elle serra les lèvres et les scella d'un doigt. Mais elle ne vit aucune lueur de compréhension dans les yeux de l'homme.

Cherche la trachée, disait la voix du médecin. Et maintenant le pouls. Là, entre les deux, il y a un petit espace. A présent, procède avec précaution.

Penchée autant qu'elle pouvait sur le barbare, le visage près du sien, elle laissa glisser le voile qui lui couvrait la tête sur son épaule pour en faire un écran. Tandis que l'assistant maintenait fermement la tête blonde, elle palpa le cou de la main gauche tout en approchant la lancette de la main droite. Les yeux rivés sur cette peau sale et pâle, elle sentit son cœur s'emballer.

Oserait-elle?

Elle n'avait pas le choix. S'armant de courage et se décalant à peine pour que Kazlah ne remarque rien, elle incisa avec précaution la surface de la peau. Le barbare tressaillit. Quand une goutte de sang apparut, elle se recula.

Bien, approuva Kazlah après avoir jeté un regard. A présent, l'autre côté. Pour obtenir une mutité totale, il faut que les deux nerfs soient sectionnés.

Comme l'assistant inclinait la tête du barbare de l'autre côté, découvrant le cou sous la mâchoire barbue, Séléné reprit sa position et se pencha pour inciser la peau puis se redressa.

Un court instant, devant l'adresse de Séléné, qui déjà bandait le cou du barbare, Kazlah ne put cacher son admiration qu'il réprima aussitôt. Désormais, il ne restait plus à Séléné qu'à prier que Wulf ait compris son geste et qu'il ne fasse pas tout échouer en se mettant subitement à parler.

J'ai fait ce que vous m'avez demandé, dit-elle en se tournant vers Kazlah alors qu'on emmenait Wulf. Puis-je me retirer à présent? Nous encourons tous deux la colère de la reine si elle se réveille pendant mon absence.

Kazlah sourit.

Et nous savons tous deux que cela ne se produira pas, n'est-ce pas? Juste une dernière leçon, Fortuna, et tu pourras t'en aller.

Il fit signe aux gardes.

Vois-tu, tu as pratiqué une opération parfaite, mais

je crois que tu n'as pas encore conscience des risques éventuels. Par conséquent, je vais te montrer ce qui peut arriver quand la chose n'est pas faite correctement.

Les pensées se bousçulèrent dans son esprit paniqué. Quelle heure était-il? Était-il encore temps de se rendre au harem et de prendre la place de Darius? Comment Kazlah savait-il pour le somnifère dans le vin de Lasha?

« Isis, Mère de tous les êtres, priait-elle désespérément. Épargne-moi ce cauchemar. »

Mais lorsque la victime suivante fut amenée, toutes ses prières, toutes ses pensées, son souffle même moururent en elle. Elle resta pétrifiée, comme clouée sur place. Quand le malheureux garçon fut jeté sur la chaise, elle comprit, glacée d'effroi, qu'elle n'était pas en train de faire un cauchemar, mais qu'elle le vivait et qu'elle ne pourrait échapper à toute son horreur.

Le cobaye était Darius.

Regarde attentivement, Fortuna, dit Kazlah pendant qu'on attachait Darius. Car cet enseignement te sera fort précieux.

La tête prise dans l'étau des mains de l'assistant, l'eunuque fixait Séléné.

Pas besoin de gaspiller du bon vin pour celui-ci, annonça Kazlah en s'approchant de la chaise et en prenant la lancette en argent.

Paralysée, Séléné regarda les doigts fuselés palper délicatement la gorge de Darius, puis s'arrêter et tendre la peau entre le pouce et l'index.

Tu vois, Fortuna, dit-il calmement. Le nerf se trouve ici, dangereusement près des artères. Grâce à des années d'expérience, je peux pratiquer mille fois cette opération sans commettre d'erreur fatale. Mais pour toi qui es novice et qui dois prendre conscience des risques, je vais commettre une erreur, sciemment.

– Non! hurla-t-elle.

Mais comme elle se jetait en avant, un des gardes géants jaillit de son poste près de la porte et la saisit d'une poigne de fer.

Je te l'ai dit, Fortuna. La leçon te sera extrêmement précieuse.

Non! hurla-t-elle encore, luttant pour se libérer de la poigne du garde. Ne faites pas cela. Je vous en supplie. Je ferai n'importe quoi, Kazlah. N'importe quoi. Mais ne le faites pas.

Mais la lancette plongea.

– Certains prétendent que de l'air circule dans les artères, dit-il en se redressant. Mais comme tu peux le voir, dans cette artère qui va du cerveau au cœur coule du sang.

– Par pitié... murmura-t-elle, en se débattant encore.

Quand elle cessa de lutter, Kazlah fit signe au garde de la lâcher. Aussitôt, elle se précipita pour presser sa main contre le cou de Darius. Comme elle cherchait frénétiquement des bandages, Kazlah la tira en arrière. Elle perdit l'équilibre et tomba contre lui. Il la tint, serrant son corps dur contre le sien. Elle se débattit, prise de nausée.

– Tu seras à moi, je te le promets, lui souffla-t-il à l'oreille. Et alors, tu m'obéiras. Tu n'auras plus de secrets pour moi, car en tant qu'époux, j'aurai le droit de te punir sans que personne n'intervienne. Et je peux t'assurer que je saurai te punir au-delà de ce que tu peux imaginer.

Horrifiée, Séléné voyait la tête de Darius bouger faiblement entre les mains de l'assistant. Bientôt, ses paupières se fermèrent, il perdit conscience, puis il mourut.

– Tu ne croyais pas que j'allais te laisser partir, n'est-ce pas? murmura Kazlah, les lèvres contre son oreille. Votre plan ridicule n'aurait jamais fonctionné. Dois-je avertir la reine de ce que tu as fait? Lui raconter comment tu l'as droguée pour tenter de t'enfuir? Nous aurions un mariage grandiose, dès demain. Et alors, tu connaîtrais vraiment le sens du mot emprisonnement. Ou bien... nous pouvons conclure un marché.

Les yeux fixés sur le corps inanimé de Darius, Séléné sentait la vie la quitter. Le visage ruisselant de larmes, elle lui répondit d'une voix ferme.

– Vous avez commis une erreur, Kazlah. Une erreur irréparable. Vous n'auriez pas dû tuer mon ami. Parce que, dorénavant, je ne vous dirai plus ce que vous voulez savoir. Vous pouvez parler à la reine, vous pouvez faire de moi ce que vous voulez. Mais jamais je n'oublierai cette nuit. Et je vous promets que cela me donnera toujours la force de ne pas vous céder.

27

Le roi Zabbaï mourut subitement, emporté dans son sommeil.

Aussitôt, le palais entra en ébullition. Tandis que la Prophétesse d'Allat jeûnait et communiait avec la Déesse, les prêtres brûlaient des offrandes et le peuple de Magna priait.

La réponse vint enfin : la Déesse parla. Il existait un rituel antique et sacré, connu à travers l'Orient, un rituel qui remontait à la nuit des temps, à l'époque où régnait le matriarcat. Une reine laissée soudain veuve sans consort pour remplacer le mari défunt pouvait choisir parmi les familles de haut rang un époux par procuration, un jeune homme de bonne lignée et de belle apparence, réputé pour sa force et sa bravoure, qui servait son consort d'une nuit. Le lendemain matin, son sang enrichirait et fertiliserait la terre.

On trouva un prince et les préparatifs commencèrent.

Trois jours durant, les prêtres et les prêtresses d'Allat invoquèrent le mystère de la Lune, priant la mère miséricordieuse des morts et des êtres à naître de bénir l'union de Lasha et de son époux sacrificiel. Ils firent offrande de fruits et de miel à la Coupe du Fluide de Vie qui brillait d'un vif éclat dans son royaume étoilé pour demander que la reine et Magna, cité sacrée d'Allat, reçoivent sa bénédiction. Tous au palais, du noble à l'esclave, participaient. On distribua des amulettes lunaires; des prières à la lune étaient sur toutes les lèvres et les superstitions antiques resurgirent : on observa à la lettre le tabou de *khaibut,* qui exigeait qu'on s'assurât que son ombre ne touchait pas un objet sacré. La fête s'étendit à la cité : dans les rues, les colporteurs vendaient des effigies de la déesse, les jeunes mariées achetaient des jarres de rosée de lune « garantie » pour s'y baigner afin d'accroître leur fécondité et les femmes enceintes proches de leur terme buvaient des infusions d'herbes pour accoucher au plus tôt afin que leurs enfants naissent sous la lumière propice de la pleine lune.

Jour et nuit, l'enceinte des temples d'Allat, du plus petit autel de la cité à la Maison d'Allat aux lourds piliers, attenante au palais, regorgeait de suppliants. L'air empli de la fumée des sacrifices résonnait d'incessantes psalmodies. Et dans les profondeurs du palais, dans une suite qui ne servait qu'à l'occasion de rites sacrés, la reine subissait la transformation miraculeuse qui, d'une mortelle, ferait d'elle la Déesse incarnée sur terre.

Dans une autre partie du palais, on procédait à d'autres préparatifs.

Séléné vérifiait une ultime fois le contenu de sa pharmacie.

Elle avait mal dormi ces dernières nuits et avait été incapable d'avaler quoi que ce fût. Depuis ces moments horribles dans la chambre aux muets, elle était gardée prisonnière dans ses appartements. On la surveillait sans relâche, sa porte était fermée à clé, chacun de ses gestes était contrôlé. Mais du fond de son cauchemar, elle apercevait un rayon d'espoir. Une seule personne devait se trouver dans la chambre rituelle avec Lasha et son prince-époux, la personne qui le tuerait après que le mariage aurait été consommé. Or Lasha l'avait désignée, elle.

Elle referma son coffre d'ébène avant d'aller attendre à l'orée du jardin. La nuit était chaude, lourde d'humidité et du parfum des fruits trop mûrs. La pleine lune inondait le jardin de sa lumière extraordinaire, dessinant des ombres noires à l'eau-forte sur les murs d'un blanc éclatant, métamorphosant le décor familier en un paysage fantomatique, inquiétant et surnaturel.

« Andréas, je jure sur notre amour, se promit-elle intérieurement en serrant entre ses doigts l'Œil d'Horus, et sur l'âme de mon père que je n'ai pas connu, et des ancêtres que j'espère trouver un jour, que je vais réussir à m'enfuir cette nuit. C'est mon dernier espoir. »

Séléné avait un plan.

Deux jours plus tôt, des prêtres étaient venus pour l'escorter jusqu'à la chambre nuptiale dans les profondeurs du temple d'Allat, là où serait célébré le rite. Il s'agissait d'une pièce construite des centaines d'années auparavant et qui n'avait pas servi depuis longtemps. Maintenant qu'on l'avait rouverte, on la purifiait pour y installer le lit sacré. Séléné, qui y avait été conduite les yeux bandés depuis sa chambre, se souvenait d'avoir traversé le palais, puis un espace en plein air, des couloirs qui sentaient le moisi et enfin d'avoir descendu des escaliers. Une fois arrivée, elle avait reçu ses instructions de Kazlah.

Tu te tiendras là, Fortuna, avait-il dit en lui indiquant l'endroit. Quand l'époux sera amené, tu le purifieras avec les symboles de la déesse. Ensuite, la reine dansera pour lui; après quoi, tu l'aideras à s'allonger sur le lit et tu la prépareras. Quand elle te fera signe que l'acte est consommé, tu tueras le nouveau roi avec ce poignard.

Il lui avait remis un long couteau qu'elle avait rangé maintenant dans sa pharmacie, arme de meurtre parmi ses instruments de soins.

Pendant le retour au palais, les yeux à nouveau bandés, une inspiration lui était venue.

Elle savait qu'on lui faisait prendre des détours pour qu'elle ne puisse pas mémoriser le chemin, repassant plusieurs fois par les mêmes couloirs avant d'arriver enfin à la porte secrète qui ouvrait sur l'endroit en plein air qu'elle soupçonnait être un passage entre le palais et le temple. Par le passé, quand elle avait assisté à des cérémonies au temple, elle avait remarqué de nombreuses portes qui, à n'en pas douter, ouvraient sur autant de couloirs et de labyrinthes différents. Choisir la mauvaise porte signifierait se perdre dans le labyrinthe sous le temple, errer dans l'obscurité pendant des jours pour ne peut-être jamais trouver la sortie. Cependant, s'il était possible de marquer la bonne porte d'une manière ou d'une autre...

Cette fois, elle devait réussir. Elle ne pouvait chasser de son esprit l'image de Darius agonisant. Pas plus qu'elle ne parvenait à surmonter sa peine depuis qu'elle avait appris, le lendemain, que Samia s'était pendue au saule dans le jardin du harem.

On frappa à la porte. Vêtus de robes blanches, oints d'huile sainte, les prêtres venaient la chercher. Ils lui bandèrent encore les yeux. Elle connaissait le chemin à travers le palais, mais peu importait, puisqu'elle n'avait aucune intention de revenir à sa chambre. Ce qu'elle remarqua alors qu'ils traversaient l'espace à l'air libre, c'est qu'il n'était pas abrité – elle avait l'impression de sentir la brise qui montait du fleuve. Elle compta ses pas, cent exactement avant de franchir une nouvelle porte.

Lorsque la porte se referma sur elle, elle trébucha et laissa échapper le coffre d'ébène qui, dans un fracas, heurta la pierre, s'ouvrit et se renversa. Il y eut des murmures inquiets dans l'escorte, car certains prêtres voyaient dans l'incident un mauvais présage, mais avant qu'ils n'arrivent à une décision commune, Séléné s'était agenouillée et tâchait tant bien que mal de tout ramasser. Quand les prêtres interrompirent leur conciliabule pour l'aider, elle créa davantage de confusion par ses gestes maladroits : des pots roulèrent dans le couloir, un collier se cassa et les perles se dispersèrent. Et dans cette confusion, bafouillant, au grand désarroi des prêtres, qu'il fallait tout retrouver, elle se détourna légèrement pour sortir de sous sa ceinture ce qu'elle y avait caché plus tôt.

Pendant que les prêtres cherchaient à tâtons, s'efforçaient de remplir, pêle-mêle, la pharmacie, se cognaient les uns dans les autres en se querellant, Séléné faisait jaillir une étincelle de la pierre de Brimo. Puis elle se retourna et leur fit signe qu'ils devaient poursuivre leur chemin.

Une fois de plus conduite par les prêtres, Séléné s'éloigna de la pierre de Brimo, sans savoir qu'elle réalisait la vieille prophétie de l'oracle d'Isis à Antioche.

La chambre nuptiale, qui symbolisait à la fois le ventre maternel et les enfers, rappelait le double rôle de la Déesse, maîtresse de la vie et de la mort. La Déesse, Lasha, y attendait son époux. Elle était drapée de longs voiles, au nombre de sept, qui représentaient les sept étapes des Enfers et les sept sphères des cieux, et qui, enroulés étroitement autour de son corps, ne laissaient voir que ses yeux.

Quand on lui avait retiré son bandeau, clignant des yeux dans les vapeurs d'encens et la fumée des torches, Séléné avait d'abord cru contempler une statue sur un trône, puis elle avait compris qu'il s'agissait de Lasha.

Dès que les prêtres se furent retirés et que la porte se fut refermée, Séléné, sans perdre de temps, remit de l'ordre dans sa boîte à médicaments, car après la danse sacrée, elle devait donner une potion revigorante à la reine, de l'essence de menthe verte, et une boisson aux vertus aphrodisiaques à l'époux d'une nuit, de la poudre de vers à soie. Elle prépara aussi le linge immaculé et la coupe d'eau qu'elle utiliserait pour laver le poignard ensanglanté puisque, le sang de la victime étant sacré, il fallait le conserver pour la cérémonie funèbre.

Le son des sistres dans le couloir l'avertit de l'arrivée du jeune consort. Une fois le rituel entamé, lui avait expliqué Kazlah, les prêtres se retireraient dans le temple où ils veilleraient jusqu'à ce qu'elle les prévînt que tout était terminé. Mais si son plan se déroulait comme elle l'espérait, Séléné ne préviendrait personne et quand les prêtres finiraient par se demander si elle n'allait pas bientôt se manifester, elle serait déjà loin dans le désert, sur le chemin de la liberté.

Arrangeant sa robe, elle se tourna vers la porte. Son pouls s'accéléra, ses mains étaient moites. L'atmosphère de la pièce était étouffante. La porte s'ouvrit lentement, livrant le passage à deux prêtres qui accompagnaient la victime aux yeux bandés. Quand on lui retira le bandeau, deux yeux bleus déconcertés se fixèrent sur Séléné dans la pénombre.

Elle était abasourdie. Wulf, le prince barbare, se tenait devant elle, poignets attachés, rasé de frais, son corps pâle et couturé lavé et parfumé mais toujours vêtu de cuir et de fourrure.

Elle avait aperçu l'esclave germain dans le palais au cours des deux dernières semaines, quand on la conduisait sous bonne garde aux appartements de la reine. Chaque fois, il était resté silencieux. Séléné craignait maintenant que Kazlah ait découvert sa supercherie et qu'il l'ait ramené dans ce terrible donjon pour l'obliger à faire le travail qu'elle n'avait pas fait.

Quand elle détacha ses mains et qu'elle traça sur lui les signes de la déesse avec de l'huile sacrée, elle s'efforça d'éviter son regard, mais, elle ne put s'empêcher de le croiser et ce qu'elle y vit la stupéfia.

Il ne trahissait ni amertume, ni colère, ni haine envers ceux qui se servaient de lui. Il disait seulement sa tristesse, sa défaite et sa résignation.

« Il sait qu'il va mourir », pensa-t-elle en traçant le signe d'Allat sur son front.

Elle aurait voulu lui murmurer des paroles réconfortantes, lui parler de son plan d'évasion, mais elle n'osait pas. Bien que les prêtres fussent partis, l'un d'eux pouvait être resté derrière la porte à écouter.

Aussi, au lieu de parler, elle profita de tracer le dernier signe sacré sur sa poitrine pour poser les doigts sur la croix en T qui reposait au creux de sa gorge puis, levant les yeux, elle lui dit, mentalement : « Ton dieu ne t'abandonnera pas », et Wulf battit des paupières.

Un léger tintement la fit se retourner. Lasha s'était levée, colonne de voiles soyeux aux couleurs éclatantes du plus beau des jardins printaniers. C'était le signal, la danse allait commencer. Séléné gagna sa place à l'écart alors que Wulf, fasciné, restait immobile.

La danse qu'exécutait Lasha était très ancienne, plus vieille que toutes les mémoires, si vieille qu'aucun peuple ne pouvait prétendre qu'elle lui appartenait. Simple et primitive, elle était la danse de toutes les nations et toutes les cultures, car elle parlait un langage universel. En Orient, on l'appelait la danse de Salomé, *shalomé* signifiant « bienvenue » dans les langues sémites. Elle remontait aux temps où Ishtar, la plus ancienne figure de la déesse, était descendue aux Enfers puis était remontée, ramenant avec elle le printemps bienfaisant grâce auquel la terre avait pu renaître. Les sept voiles, que Lasha ôtait maintenant au fil de la danse, symbolisaient les sept portes qu'Ishtar avait franchies. Danse de séduction, avec des mouvements lascifs des hanches et du ventre, elle devait libérer l'énergie sexuelle qui permettrait à la danseuse de s'unir à la Force divine.

Lasha se mouvait et se balançait selon un rythme fluide, rejetant nonchalamment ses voiles un à un. Elle s'accompagnait de cymbales et marquait doucement la cadence de ses pieds nus sur le sol de pierre. Son corps scintillait, ses muscles ondulaient sous sa peau satinée. Elle dansait autour de Wulf, à genoux devant lui, pour lui, elle l'hypnotisait de ses bras qui s'entrelaçaient et ondoyaient, pareils à des serpents. Elle le séduisait de ses hanches et de ses cuisses qui bougeaient comme pendant l'acte d'amour, son ventre se contractait et se relâchait, imitant l'accouchement, ses seins nus frémissaient des promesses de la vie.

Les yeux de Lasha étaient ouverts mais ne voyaient pas, car les prêtres lui avaient fait absorber des champignons sacrés. Ses visions n'étaient pas de ce monde, la passion qui consumait son âme transcendait ses désirs de chair pour le barbare blond. Lasha était avec la déesse, dansait pour la lune, comme ses ancêtres l'avaient fait à travers les âges.

Quand elle s'immobilisa, Séléné ne bougea d'abord pas. Puis, se souvenant, elle se pressa d'aider la reine à s'allonger, lui massa les bras et les jambes avec des essences d'Allat, traça des signes sacrés sur ses seins, son ventre et ses cuisses en s'efforçant de garder les idées claires, car il lui fallait agir à présent avec la plus grande prudence.

Des années auparavant, appelée au chevet de malades qui ne pouvaient être endormis par les drogues et les potions habituelles, Méra lui avait enseigné une autre méthode, simple mais risquée cependant. Les hommes dont la constitution robuste défiait les sédatifs les plus puissants s'endormaient si l'on savait utiliser un certain point d'anatomie.

La guérisseuse lui avait montré comment trouver les artères du cou – les artères vitales que Kazlah lui avait montrées dans le donjon –, comment sentir le pouls palpiter du bout des doigts et comment plonger le plus solide des hommes dans un profond sommeil par une simple pression exercée simultanément sur les deux artères. Une pression trop longue, l'avait-elle prévenue, entraînait la mort, mais une pression trop courte ne procurait qu'un sommeil de quelques minutes. Lentement, tout en la massant et en essuyant la sueur qui couvrait son corps, Séléné remonta vers le cou de Lasha. Elle s'y attarda un instant pour trouver les carotides puis, quand elle fut certaine de toucher les deux artères, elle appuya doucement.

La reine écarquilla les yeux de surprise, ses lèvres s'entrouvrirent comme pour protester puis, presque aussitôt, sans lutte ni résistance, son corps se relâcha et ses yeux se révulsèrent sous ses paupières. Séléné maintint sa pression un moment encore, en essayant de se remémorer les mots de sa mère, effrayée soudain d'avoir peut-être appuyé trop longtemps ou pas assez, puis elle se redressa enfin. Elle traça les signes sacrés d'Allat et d'Isis sur le corps endormi de la reine et se leva d'un bond.

Son coffre d'ébène à l'épaule, elle se dirigea à pas feutrés vers la porte. Alors qu'elle collait une oreille contre la pierre froide, Wulf courut à la porte, tira Séléné en arrière et écouta attentivement, l'oreille contre la pierre. Au bout d'un moment, il poussa sur la porte qui s'ouvrit silencieusement, puis il regarda de part et d'autre du couloir sombre avant de faire signe à Séléné de le suivre.

Comme elle l'avait espéré, le couloir était vide. Elle sortit prudemment, scrutant l'obscurité, sans s'éloigner de Wulf qui, dos arrondi, muscles bandés, semblait prêt à bondir. Ils explorèrent un court instant le silence, le temps de se convaincre qu'ils étaient seuls, puis Wulf se retourna, saisit la courroie du coffre d'ébène, la passa à son épaule et fit signe à Séléné d'avancer.

Elle le regarda refermer la lourde porte qui les plongeait dans les ténèbres, et se demanda combien de temps allait se passer avant que les prêtres ne commencent à s'inquiéter de la fin de la cérémonie, combien de temps s'écoulerait avant que Lasha reprenne conscience et qu'encore abrutie de sommeil elle envoie ses soldats à leurs trousses.

Progressant en silence le long de couloirs sombres où ne brillait pas la moindre lumière, pas la plus petite lueur, ils se lancèrent à l'aveuglette dans les ténèbres qui les engloutissaient. Il aurait été trop dangereux de prendre une des torches de la chambre sacrée dont la lumière aurait pu alerter les prêtres et les gardes. Consciente que l'obscurité constituerait à la fois un obstacle et une protection, Séléné avait aussi compris qu'il serait vain, l'eût-elle pu, de marquer son passage avec de la ficelle, des cailloux ou de la craie, que, dans la nuit noire, elle n'aurait plus retrouvés. Elle avait donc pensé à la pierre de Brimo, au soufre que l'oracle avait donné pour elle à sa mère.

Dans cette nuit, au milieu de la nuit, privée de l'usage de ses sens, puisqu'il n'y avait ni lumière, ni bruit, rien qui pût même rappeler ces tunnels feutrés et aveugles, elle avait su que l'odorat serait son seul repère, que l'odeur du soufre en combustion, cette odeur d'œufs pourris la guiderait.

Si le soufre avait continué de brûler...

Le dos et les mains contre la pierre froide, comme s'ils avaient marché au bord d'un précipice, ils avançaient à tâtons jusqu'à chaque intersection; alors Séléné s'arrêtait et humait l'air, à la recherche de la moindre trace de soufre. Chaque fois, ils avaient l'impression de trébucher dans le vide, parce que Séléné devait s'éloigner du mur pour trouver une autre voie. Saisissant la main calleuse de Wulf, les bras tendus, elle allait aussi loin que possible, respirait profondément puis cherchait le mur opposé.

A mesure que les minutes passaient, puis ce qui sembla une heure puis une autre encore, Séléné sentait la panique la gagner. Ils étaient certainement déjà passés par là! Ils tournaient en rond! Ils retournaient à la chambre sacrée! A la prochaine intersection, ils tomberaient sur des prêtres ou sur une Lasha folle de rage...

Ils s'arrêtaient de plus en plus souvent, Séléné pour découvrir une odeur de soufre, Wulf pour changer son fardeau d'épaule. Sans échanger un mot, unis par la peur et l'angoisse, pas à pas, ils se frayaient un chemin dans l'obscurité.

Tous deux sentaient le poids monstrueux du temple les écraser. Dans un labyrinthe semblable, un Grec nommé Thésée avait jadis combattu un monstre au corps d'homme et à tête de taureau. Quels monstres, se demandait Séléné, se cachaient dans ces effrayantes ténèbres?

L'obscurité, encore et encore. Interminable, éternelle. L'empire infernal où, impudents tous les deux, ils étaient descendus avant leur heure. Pourtant, au bout d'un moment, un curieux phénomène se produisit : ils commencèrent à voir.

Une lumière étrange surgit de nulle part, chargée de visions qui apparaissaient et se dissolvaient autour d'eux. Séléné voyait la petite maison dans le quartier pauvre d'Antioche, les bateaux dans le port, Andréas debout sous le laurier, alors que Wulf voyait une forêt familière, des manteaux de neige et sa femme qui allumait la bûche du solstice d'hiver. D'abord, ces visions les alarmèrent, mais après un moment, elles les laissèrent en paix puis rapidement, elles disparurent. Leur univers commença à rétrécir de plus en plus pour finir par se réduire à la taille du palais, puis à celle du labyrinthe et, enfin, à celle du couloir qu'ils suivaient. Ils finirent par n'être plus conscients que de la présence, de la chaleur de l'autre et de la peur qu'ils partageaient.

A tous les croisements, l'air avait la même absence d'odeur à l'infini, la même absence du sel de la terre, de la douceur du ciel et de la brise de l'été. Et cet air qui n'exhalait rien les narguait.

« Nous allons mourir ici », pensa Séléné d'une façon étrangement détachée.

Elle sentit qu'il tirait sa main d'un coup sec. Il lui montrait quelque chose. Elle se retourna et se figea.

Une odeur! Une odeur horrible d'œufs pourris!

Elle renifla pour essayer de la localiser, s'enfila dans un couloir puis, s'apercevant que l'odeur faiblissait, changea de direction et la retrouva. Ils finirent par tomber sur le premier couloir où stagnaient des vapeurs de soufre qu'ils suivirent attentivement, tournant le dos aux tunnels où elles disparaissaient, pour plonger dans une obscurité qui en était chargée.

Leur excitation croissait à mesure que l'odeur devenait plus forte. Ils pressaient le pas. Séléné tirait Wulf, lui faisait comprendre qu'à la source de cette odeur le labyrinthe se terminait. Il ne la quittait pas d'un pas. Sans savoir pourquoi elle essayait de s'enfuir, elle qui semblait occuper un rang si important à la cour, il lui faisait confiance et espérait qu'elle savait ce qui les attendait.

Ce qui les attendait, ils le découvrirent en tournant à une dernière intersection : c'était Kazlah.

Ils s'arrêtèrent net. Le Premier Médecin se dressait devant eux, une torche dans une main et la pierre de Brimo dans l'autre. Son visage, moitié caché dans l'ombre, était impassible. Il ne souriait ni ne fronçait les sourcils, ne montrait aucune surprise de les voir soudain apparaître. Sa longue silhouette semblait remplir le couloir étroit.

Séléné, qui était passée devant Wulf, sentait la poitrine du Germain se soulever et retomber derrière elle. Wulf était grand et fort. Était-il vif aussi? Serait-il assez rusé pour surprendre Kazlah? Et qui d'autre se cachait derrière la porte? La porte qui leur ouvrait la voie de la liberté...

Les deux adversaires se mesurèrent de part et d'autre du carré qu'éclairait la lueur vacillante de la torche. Kazlah, parfaitement immobile et silencieux, fixait

Séléné sans ciller, le morceau de soufre fumant à la main.

Alors, elle comprit. Il ne ferait pas le premier mouvement, dussent-ils rester ici pour l'éternité. Elle savait ce qu'il voulait. Mais est-ce que ce serait le prix de son silence?

Derrière elle, Wulf se dandinait d'un pied sur l'autre. Devait-elle le laisser essayer de maîtriser le médecin? Réussirait-il? Ou ne sortiraient-ils jamais vivants de ce couloir?

Les yeux durs de Kazlah la fixaient intensément. Elle devait se décider. Maintenant. Après une courte prière à Isis, elle se lança d'une voix calme.

– La potion d'Hécate se prépare avec de l'écorce de saule pleureur. Laissez-la macérer dans de l'eau bouillante jusqu'à obtenir la couleur foncée d'un thé fort et gardez la potion dans un endroit frais. Dix gouttes dans du vin pour des règles douloureuses, vingt pour la fièvre et les douleurs articulaires. Une goutte directement dans une dent malade pour faire cesser la douleur.

Les yeux du Premier Médecin se plissèrent légèrement. Séléné retenait son souffle. Puis, à son grand étonnement, elle le vit reculer, tourner les talons et s'éloigner sans bruit dans le couloir, pour ne devenir qu'une ombre éclairée par une lueur de plus en plus faible, avant de disparaître enfin.

Séléné resta un instant à regarder dans la direction où il avait disparu, puis elle se précipita vers la porte. S'arrêtant d'abord pour écouter et n'entendant rien dehors, elle poussa, sans résultat. Wulf, surgi derrière elle, prit sa place et poussa à son tour de tout son poids. Dans un murmure qui ressemblait à une prière, la porte de granit glissa doucement sur ses gonds et l'air frais de la nuit s'engouffra dans le labyrinthe.

28

Ils avaient couru longtemps, très longtemps, combien, ils ne savaient pas et ne s'étaient arrêtés qu'au bord de l'épuisement.

Ils n'avaient rencontré aucun obstacle pour quitter le palais où l'attention générale était concentrée sur le temple, mais il en était allé différemment dans Magna. Comme dans les couloirs du labyrinthe, ils s'étaient jetés dans le dédale des rues sombres, s'arrêtant aux carrefours, guettant les patrouilles, s'enfonçant dans des ruelles. Les portes de la cité étaient fermées pour la nuit, mais Wulf avait réussi à escalader les murailles à l'aide d'une corde volée et il avait hissé Séléné jusqu'à lui. Ensuite, il avait fallu affronter l'immense désert et tous ses dangers.

Ils avaient foncé de dune en dune, conscients que la pleine lune les trahirait à coup sûr en plaquant leurs ombres sur le sable. Et ce n'est qu'en atteignant enfin les collines dénudées, à quelque distance de Magna, qu'ils avaient entendu résonner, dans le lointain, les trompettes de l'alarme. La traque était lancée et Lasha n'aurait de cesse que les deux criminels soient repris.

La corniche rocheuse qui se dressait au sud-est de Magna formait une crête hideuse de collines pelées et de canyons déserts clairsemés de rochers et criblés de grottes. Les deux fuyards mobilisèrent leurs dernières forces pour grimper le long d'une paroi escarpée jusqu'à un plateau puis pour descendre au fond d'un ravin où une minuscule faille dans la roche leur révéla l'entrée d'une grotte. Sans se consulter, ils se faufilèrent à l'intérieur et, hors d'haleine, les muscles hurlant de douleur, ils se laissèrent tomber sur le sol sablonneux. Séléné resta étendue à l'endroit où elle s'était écroulée, sans autre désir que de dormir, mais Wulf la souleva et la porta en titubant vers le fond de la cavité, là où ils avaient le plus de chance de passer inaperçus. Il s'allongea près d'elle pour la protéger de son corps puis ils s'endormirent tout de suite.

Le coffre d'ébène, oublié, était resté dans l'entrée de la grotte.

Réveillés par les sabots des chevaux et la conversation étouffée des soldats, ils clignèrent des yeux dans le soleil aveuglant qui inondait leur cachette.

Aussitôt, Wulf se redressa en regardant du côté de l'entrée. Quand Séléné voulut dire quelque chose, il posa une main sur sa bouche.

Le corps pris de crampes douloureuses, ils écoutèrent sans bouger les mouvements des soldats de Lasha. Nombreux et tous à cheval, ceux-ci s'appelaient tranquillement les uns les autres tout en inspectant les broussailles et les grottes. A mesure que le bruit irrégulier des sabots approchait, Séléné, à présent habituée à la lumière, écarquillait les yeux en fixant avec stupeur l'entrée de la grotte.

Une toile d'araignée fraîche la fermait entièrement.

Wulf non plus n'en croyait pas ses yeux. Le voile de délicats filaments tissé durant leur court sommeil bougeait légèrement dans la brise matinale.

Les soldats, dont la conversation leur parvenait affaiblie, étaient arrivés devant la grotte. A travers la toile transparente, Séléné et Wulf distinguaient les pattes des chevaux. Soudain, incrédules, ils entendirent une voix qui disait: « Non, pas ici. Regardez cette toile d'araignée. Il y a des mois que rien ni personne n'est entré là-dedans. »

Osant à peine respirer, Séléné et Wulf regardèrent les chevaux et leurs cavaliers s'éloigner. Ils restèrent immobiles un long moment. Wulf finit par se déplier lentement pour ramper jusqu'à l'entrée. Il scruta les environs, fouilla le ravin de son ouïe fine de guerrier puis fit signe à Séléné que les soldats étaient partis.

Elle alla le rejoindre et tous deux s'émerveillèrent encore devant la toile d'araignée. Tandis que Séléné murmurait que la Déesse veillait sur eux, Wulf refermait une main sur sa croix d'Odin.

– Oui, peut-être que c'est ton dieu qui nous a sauvés approuva-t-elle en souriant.

Assise sur les talons, Séléné observait son étrange compagnon. Il avait l'air d'un fauve mal apprivoisé. Elle se demandait quel genre d'homme il allait se révéler, à nouveau libre au milieu des grandes étendues, loin des chaînes et des gardes. Peut-être redeviendrait-il un barbare, peut-être s'enfuirait-il en l'abandonnant dans le désert?

Selon ses critères, il n'était pas beau, ses traits étaient trop rudes, trop différents, mais il la fascinait néanmoins de façon irrésistible. Surtout maintenant que sa barbe sauvage avait disparu, découvrant une forte mâchoire carrée. Qui était-il? A quel peuple étrange appartenait-il pour porter ses cheveux longs et s'habiller de peaux de loup? Assis en tailleur, les avant-bras sur les genoux, il l'observait. Sa crinière blonde, encore tressée par endroits, lui tombait sur les épaules et lui balayait les jambes. Et dans la lumière matinale qui le baignait, Séléné découvrait la myriade de cicatrices dont son buste dénudé et ses bras étaient couverts. Un guerrier. Un homme qui vivait pour se battre.

Elle se détourna pour regarder le monde désolé qui les attendait de l'autre côté de la toile d'araignée.

Eh bien, je crois que nous devons partir, dit-elle en soupirant.

A sa grande surprise, Wulf ouvrit la bouche pour dire quelque chose dans une langue qu'elle ne comprenait pas.

Tu peux parler! s'écria-t-elle. Tu avais compris ce que j'essayais de te dire dans cette horrible cellule! J'étais si inquiète. Je craignais que Kazlah t'y ait ramené, que tu sois muet pour de bon!

Wulf continuait de parler dans cette langue gutturale incompréhensible qui devait être la sienne.

Je suis désolée, je ne parle que grec et araméen, s'excusa-t-elle en souriant. Et il semblerait que tu ne parles que germain. Tant pis. Au moins nous sommes-nous évadés. Je me demande pourquoi Kazlah nous a laissés partir...

Wulf l'interrompit d'un seul mot en lui montrant l'entrée de la grotte.

Séléné hocha la tête.

Tu veux savoir où nous allons à partir d'ici. Dans la seule direction qui m'importe. L'ouest. Vers Antioche. Vers Andréas...

Sa voix s'éteignit. Elle commençait seulement à comprendre l'énormité de ce qu'elle venait d'accomplir : s'enfuir du palais. Elle était enfin libre! Après deux années, elle était libre de rentrer chez elle!

Elle voyait à nouveau son chemin et, au bout, sa destinée. Retrouver Andréas et commencer une nouvelle vie avec lui! Apprendre et donner à ceux qui en avaient tant besoin. Et trouver qui elle était, pourquoi elle était née.

Wulf se leva, s'épousseta puis ramassa le coffre d'ébène qu'il hissa en bandoulière, et tendit une main à Séléné pour l'aider à se relever.

Nous pouvons reprendre le chemin de la maison maintenant, dit-elle. Et je suis sûre que nous le trouverons. J'ai caché un peu de nourriture dans le coffre, suffisamment pour quelques jours. J'ai aussi des herbes fortifiantes qui nous aideront dans le désert. Et j'ai ceci, ajouta-t-elle en montrant le rang de rubis que Lasha lui avait donné deux ans plus tôt. Ce collier nous paiera de quoi manger et dormir, peut-être même une place dans une caravane.

Tandis que Wulf déchirait la toile d'araignée et sortait dans le soleil, Séléné se dit qu'elle serait à Antioche pour l'automne...

Livre IV

BABYLONE

29

L'inquiétude de Fatma grandissait. La fête avait commencé depuis le coucher du soleil et Umma la guérisseuse n'était toujours pas arrivée.

Umma était très désireuse d'apprendre comment on séparait le suint de la laine et aujourd'hui, c'était l'occasion, toutes les femmes de la tribu y travaillaient. Si elle manquait cette fête, il lui faudrait attendre un an, que revienne le prochain été. En échange de ce savoir ancestral, Umma lui livrerait encore des secrets de sa médecine fabuleuse.

Alors, pourquoi n'était-elle pas là?

S'excusant auprès de ses sœurs et de ses cousines qui chantaient et riaient en pressant la laine dans de l'eau, Fatma alla se poster à l'entrée de la tente et fouilla du regard le campement du désert. Cela ne ressemblait pas à Umma d'arriver en retard ou d'oublier.

Umma l'étonnait. Jamais la Bédouine n'avait vu pareille soif de connaissance. A croire qu'apprendre semblait aussi naturel à la jeune femme que se nourrir. Son appétit était insatiable, elle insistait pour goûter à tout. Quelques jours plus tôt, quand la tribu était enfin arrivée à ce campement d'été et que la tonte avait commencé, elle avait manifesté le désir d'apprendre à extraire le suint de la laine et à le mélanger à de la graisse animale pour obtenir une base riche qui servait à préparer différentes crèmes et pommades médicinales. Ce travail, qui revenait une fois l'an, était réservé aux femmes et elles avaient pris l'habitude de transformer l'événement en fête. Rassemblées sous une tente avec autour d'elles la laine brute et des baquets, elles lavaient et frottaient en buvant du vin. Les bavardages allaient bon train. Elles avaient convié Umma à se joindre à elles pour frotter la laine puis, dans une seconde phase plus délicate, pour séparer la graisse de l'eau.

Mais il se faisait tard et il y avait longtemps que les femmes s'étaient joyeusement mises au travail. Où pouvait-elle être?

Depuis dix-huit mois qu'Umma et son étrange compagnon blond vivaient avec la tribu, depuis le jour où on les avait trouvés errant dans le désert, assoiffés, affamés, épuisés de fuir les soldats, jamais la jeune femme n'avait manqué une occasion d'apprendre les très vieux secrets des Bédouins. Pourquoi, alors, n'était-elle pas là?

Fatma fouilla encore une fois le campement du regard.

Ils s'étaient installés non loin de Babylone, dans une grande oasis où plusieurs familles bédouines avaient planté leurs tentes et où des caravanes et des voyageurs solitaires s'arrêtaient, partageant avec elles l'eau et les dattes, qui poussaient en abondance. Un millier de personnes environ, estimait Fatma, et deux fois autant d'animaux. La fumée de cent feux de camp s'échappait en volutes bleues vers le ciel, et des chants et des rires montaient vers les étoiles. Umma aurait-elle aperçu des soldats dans la foule? Sentant un danger, était-elle partie se cacher ailleurs? Ou bien, se demandait Fatma pleine d'espoir, avait-elle enfin trouvé un moyen de fuir?

Fatma connaissait la ténacité de sa jeune amie, elle la savait obsédée par un rêve, une destinée, par l'amour d'un homme dont le sort l'avait cruellement séparée. Quand Umma lui avait raconté son histoire, tard une nuit, alors que la tribu dormait, la Bédouine avait remarqué son regard brûlant de visions.

– J'ai vu tant de gens démunis, avait-elle dit. Des gens qui avaient besoin de soins et que personne ne secourait, des gens qui n'avaient nulle part où aller. C'est cela, ma vocation, Fatma, soigner tous ces malheureux. Travailler avec Andréas...

Fatma secoua la tête. Pauvres jeunes gens! Umma et son ami étranger ne connaissaient pas un instant de paix. Constamment menacés, toujours sur le qui-vive, ils regardaient sans arrêt avec appréhension par-dessus leur épaule, sans cesser de chercher un moyen de fuir plus loin. Et toujours, ils poursuivaient un rêve, vivaient dans l'impatience de retrouver leurs familles et ceux qu'ils aimaient. Quelle vie était-ce pour la pauvre enfant? Bientôt vingt ans et pas encore mariée!

Cette dernière pensée emplit la Bédouine de tristesse. Quelle ironie étrange : la tribu avait donné à cette jeune vierge le nom de Umma, la « mère » en arabe, parce qu'elle avait sauvé le bébé de Fatma.

Une explosion de rires secoua la tente derrière elle. Une fois encore, Fatma scruta le camp.

« Fasse Allat qu'il ne lui soit rien arrivé! » pria-t-elle.

Quel sort terrible s'acharnait sur Umma et Wulf! Une nuit qu'il avait ramené le troupeau dans l'enclos, dix-huit mois plus tôt, le mari de Fatma avait parlé à la tribu du décret royal. Il avait croisé des soldats à cheval qui lui avaient parlé de deux fugitifs qui s'étaient échappés du palais de Magna, loin au nord. La reine promettait une forte récompense pour leur capture, et menaçait de représailles terribles tous ceux qui s'aviseraient de les cacher. Puis, plus tard, quand les Bédouins les avaient trouvés et recueillis, brûlés par le soleil, affamés et épuisés, les deux fuyards leur avaient raconté leur incroyable histoire.

Pauvre Umma, pensait Fatma, qui s'était attiré la colère d'une reine cruelle et qui errait orpheline et sans foyer. Selon les Bédouins, pour qui la famille comptait plus que tout, la plus grande tragédie d'Umma était de ne pas savoir qui étaient ses parents. Pis encore, d'avoir un frère jumeau qu'elle ne connaissait pas. Les femmes citaient un dicton arabe : « Un époux, on peut toujours le trouver; un fils, on peut toujours le faire, mais un frère, rien ne saurait le remplacer. »

Fatma aurait voulu faire davantage pour Umma, car en tant que *shaykha,* c'est-à-dire que sage du clan, elle exerçait un grand pouvoir, et elle avait une dette envers elle qui, voilà un an et demi, avait sauvé son fils. Ce jour-là, épuisée par la naissance d'un enfant tardif, à trente-neuf ans, ce qui pour les Bédouins était l'âge de la vieillesse, elle avait refusé de l'allaiter et l'avait repoussé. Alors, Umma était intervenue. Elle avait pris le nouveau-né, si faible d'être né avant terme, et elle l'avait posé sur le ventre de sa mère endormie. Elle les avait attachés avec un grand linge, étroitement serrés l'un contre l'autre. Et quand Fatma s'était réveillée le lendemain matin et qu'elle avait senti le petit corps lové contre son sein, elle avait compris qu'elle aimait cet enfant davantage encore que les autres.

Des voix l'appelaient dans la tente. Le moment était venu de récupérer le suint dans les baquets de lavage. La sœur de Fatma entonna un chant, bientôt imitée par les autres qui tapaient dans leurs mains dans un bruit de bracelets. Un parfum merveilleux emplit soudain l'air : celui de l'huile d'amande qu'on réchauffait avant de la mélanger au suint pour obtenir un baume.

Avant de rentrer, Fatma chercha une dernière fois son amie du regard.

Séléné restait cachée de peur d'être vue.

Elle savait qu'il était tard et qu'elle avait manqué le lavage de la laine dans la tente de Fatma, mais il fallait qu'elle entende la fin de cette conversation. Il en allait peut-être de leur fuite et de leur survie, à Wulf et à elle.

Les hommes n'avaient pas remarqué sa présence derrière le dattier, et l'auraient-ils remarquée, ils n'auraient vu qu'une Bédouine parmi d'autres, une silhouette drapée de noir au visage voilé. Les voyageurs de Jérusalem ne prêtaient aucune attention à elle.

Séléné, en revanche, était tout ouïe. Plus tôt, elle les avait observés à distance alors qu'ils présentaient un numéro de serpents, de tente en tente. Dans tous les campements du désert, il y avait des illusionnistes et des magiciens qui exécutaient leurs tours contre un repas ou quelques pièces. Ces deux-là, qui changeaient des bâtons en serpents puis des serpents en bâtons, ressemblaient à tous les amuseurs itinérants rencontrés en chemin, à une exception près : Séléné les avait entendus dire qu'ils ne vagabondaient pas mais se rendaient à Babylone dans un but bien précis.

Cachée derrière l'arbre, tendue et inquiète, elle épiait leur conversation. Et à mesure que leurs voix lui parvenaient, elle sentait son cœur battre plus fort.

Ils parlaient de rejoindre un cirque qui s'embarquait pour l'Arménie.

Séléné se tordait les mains de peur et d'excitation. L'Arménie! C'était loin, au nord. Était-ce possible? Avait-elle trouvé un moyen de fuir enfin? Sans perdre de temps, elle se précipita à travers le camp pour regagner la tente qu'elle partageait avec Wulf. Si ce qu'elle venait d'entendre était vrai, ils quitteraient ce désert aux premières lueurs de l'aube pour reprendre la route qui les ramènerait chez eux.

Cependant, Séléné ne pouvait réprimer son inquiétude. Ils s'étaient tellement éloignés vers l'est! Babylone se dressait à l'horizon. Jamais elle ne s'était trouvée plus loin d'Antioche.

Ils n'avaient pas eu le choix. Du jour où ils avaient émergé de la grotte qui les avait sauvés des soldats de Lasha, ils avaient toujours trouvé la route de l'occident barrée, comme si un mur invisible avait été érigé à travers le désert de l'Euphrate à l'Arabie. Lasha avait d'abord envoyé des patrouilles à leur poursuite, mais ensuite, au bout de quelques mois, après son mariage avec un jeune prince ambitieux, c'était pratiquement son armée entière qu'elle avait lâchée dans le désert.

Toutes les routes étaient surveillées, tous les voyageurs arrêtés, toutes les caravanes fouillées. Une fois, les soldats s'étaient approchés de la tribu de Fatma. Heureusement, les hommes, de féroces guerriers quand on les provoquait, les avaient mis en déroute. Séléné et Wulf avaient vite compris que leur salut dépendait des nomades, bien que ceux-ci les entraînassent de plus en plus loin vers l'est. « Il faut repartir vers l'occident! » hurlait en Séléné la voix de la panique chaque fois que, les tentes démontées, la tribu se dirigeait vers le soleil levant. Mais Fatma et les siens suivaient des routes ancestrales dont il était impossible de les détourner.

Ils s'étaient arrêtés près de Babylone dans une oasis où ils resteraient pour la durée de l'agnelage et de la tonte. Il était temps pour Séléné et Wulf de tenter de s'enfuir, de découvrir une brèche dans les rets de Lasha et de s'y faufiler sains et saufs pour rebrousser chemin par une route plus sûre.

Les hommes de Jérusalem avaient parlé de bateaux entiers de saltimbanques qui remontaient l'Euphrate en direction de l'Arménie, pays hors de portée des griffes de Lasha. Ils devaient tenter leur chance!

Tout en traversant le camp à grands pas, Séléné regarda le ciel étoilé. Comme le lui avait enseigné Fatma, elle repéra le corps de la Déesse Grande Ourse que les Bédouins adoraient parce que le monde, sur son pôle, tournait autour d'elle. Cette nuit, la queue de la constellation pointait vers l'est, ce qui signifiait que le printemps était arrivé.

Fatma lui avait appris bien des choses. Femme fière et sage, la Bédouine était la « mère » de la tribu. Du sang noble coulait dans ses veines, car elle descendait des Coreshite, le peuple gardien de l'autel sacré de la déesse Coré à La Mecque. Elle avait pour ancêtres des prêtresses et des « grandes mères » qui avaient rédigé les écritures sacrées des Arabes, qu'on appelait le Coran en hommage à la déesse Coré. De Fatma, Séléné avait appris la sagesse simple des Bédouines qu'elles se transmettaient de mère en fille depuis la nuit des temps. Fatma savait lire les présages, jeter des charmes et prévoir le temps. Ainsi, elle avait appris à Séléné qu'un ciel pommelé annonçait de la pluie dans la journée et que des chauves-souris qui volaient bas signalaient une tempête pour le lendemain. Séléné avait aussi découvert un traitement à base de dattes pour soigner les maux de tête et l'usage de tampons de papyrus pendant les règles. Grâce à Fatma, elle avait considérablement augmenté le contenu de son coffre d'ébène et accru son savoir. Riche de nouvelles connaissances, elle allait retrouver Andréas et les partager avec lui.

A l'approche de la tente, elle porta instinctivement une main à sa poitrine pour se rassurer au contact de l'Œil d'Horus.

« La distance qui nous sépare a beau être immense, mon amour, pensa-t-elle avec solennité, nous sommes toujours voués l'un à l'autre. »

Wulf et Séléné occupaient une tente bédouine typique, longue et basse, en poils de chèvres tissé, et divisée en deux parties, l'une pour les hommes, l'autre pour les femmes. La partie destinée aux hommes était abritée du vent et ouverte, en signe d'hospitalité, comme l'exigeait la coutume, avec un petit feu de camp continuellement attisé, au cas où des visiteurs se présenteraient. Dans la partie cachée des femmes, Séléné et Wulf gardaient leurs maigres trésors et dormaient sur des nattes séparées.

Leurs vêtements étaient également ceux des Bédouins. Wulf portait une longue robe, une cape et une grande pièce de tissu maintenue sur sa tête par un bandeau de cuir brut. Quand ils voyageaient d'un point d'eau à un autre, comme les Bédouins le faisaient les mois d'hiver, Wulf relevait un coin du tissu pour dissimuler son visage et se fondre dans la tribu; seuls ses yeux le distinguaient des autres.

Leur vie était rude, à la merci des vents du désert, du sable et des scorpions. Comme leurs hôtes, ils se nourrissaient de lait caillé, de fromage et de fruits secs. Mais ils se sentaient en sécurité au sein de cette famille d'adoption. La nuit, quand les tentes noires des frères, des cousins et des neveux de Fatma se serraient les unes contre les autres, Séléné et Wulf savaient qu'ils avaient leur amitié et leur protection. Ces étrangers à la peau pâle, très grands à côté d'eux, qui n'adoraient pas les mêmes dieux, qui n'avaient pas les mêmes coutumes – Wulf n'était pas circoncis, Séléné n'était pas excisée –, les Bédouins pourtant les avaient acceptés dans leur clan.

– J'ai des nouvelles! annonça la jeune femme en ôtant son voile.

Wulf leva les yeux de la selle de chameau qu'il était en train de réparer et remarqua les joues en feu, les yeux brillants de Séléné. Elle paraissait essouflée et bégayait par moments, ce qui chez elle trahissait une forte émotion.

– Le roi d'Arménie, j'ai entendu des hommes le raconter, habite dans un palais qui ressemble à une forteresse, mais malgré toutes ses richesses, il vit solitaire, car son royaume est isolé dans les montagnes. Une fois par an, il envoie des gens lui chercher des amuseurs. Wulf, il y a sept bateaux à quai à Babylone, en ce moment même! Et ils embarquent tous ceux qui sont capables de distraire le roi d'Arménie. Les bateaux sont sous bonne garde et ils navigueront sous protection royale, ce qui signifie que les soldats de Lasha ne pourront pas les fouiller! Et ils lèvent l'ancre demain à midi! Wulf, peut-être réussirons-nous à monter à bord. Tu pourrais exécuter ta superbe danse de la chasse au sanglier, et moi je pourrais les étonner en allumant un feu avec ma pierre transparente! »

Wulf restait pensif.

– Les bateaux traverseront-ils Magna?

Oui, les bateaux traverseraient Magna, répondit-elle, parce que la cité se trouvait sur le chemin de l'Arménie, à trois cents kilomètres en amont. En fait, l'Euphrate coulait au beau milieu de Magna. Les bateaux passeraient juste sous les fenêtres de Lasha. Mais il y aurait beaucoup de monde, assura-t-elle. Une foule d'acrobates en tout genre et des gens tellement bizarres et exotiques qu'eux deux passeraient sûrement inaperçus.

– Au nord de Magna, il y a la frontière de la Cilicie, expliqua-t-elle, excitée. Les soldats ne peuvent la franchir parce qu'il s'agit d'un royaume ennemi. Après la Cilicie, il y a l'Arménie et à partir de là, la route est sûre!

S'asseyant devant Wulf, elle prit ses mains dans les siennes.

– Wulf, dit-elle calmement, nous devons essayer. Peut-être que c'est un signe des dieux. Une porte vers l'occident, qui ne restera ouverte qu'un instant avant de se refermer.

Tandis qu'elle parlait, Wulf regardait sa bouche, fasciné. Elle était pleine et sensuelle et ses lèvres comme tuméfiées. Des mois auparavant, alors qu'elle s'efforçait de lui apprendre, pour sa propre survie, quelques rudiments de grec oriental, il l'avait regardée comme hypnotisé. Puis soudain, pendant une leçon, alors qu'il se concentrait sur la façon dont ces lèvres formaient les mots étrangers, il s'était trouvé en train d'imaginer comment ce serait de les embrasser.

Il baissa les yeux sur les mains qui tenaient les siennes et à nouveau, se demanda, comme souvent, si elles avaient vraiment quelque chose de magique ou si c'était seulement son imagination et son amour grandissant et douloureux pour elle qui le lui faisaient croire.

– Oui, nous pouvons réussir, finit-il par dire en la regardant dans les yeux.

Elle le laissait perplexe, tant elle pouvait paraître innocente parfois et sembler si pleine de sagesse d'autres fois.

– Oui, murmura-t-elle en serrant ses mains.

Ils restèrent assis un moment à se regarder, à partager ce soudain espoir. Demain! pensaient-ils tous deux, leurs cœurs battant la chamade à l'unisson.

Puis, brusquement, elle lâcha ses mains et se détourna.

« En Arménie, je te dirai adieu pour toujours... », pensait-elle.

Elle sentit sa gorge se nouer. Ce ne serait pas facile de quitter cet homme qui avait partagé ses dix-huit mois d'exil, qui avait peiné avec elle à travers des territoires hostiles, qui l'avait portée quand elle était trop faible, qui avait rendu supportables les nuits froides sous les étoiles.

Wulf l'avait écoutée parler de son passé, d'Antioche et d'Andréas, de la destinée qui l'attendait et à son tour, il lui avait parlé de sa maison en Rhénanie, de la femme et du fils qu'il avait laissés derrière lui et qu'il languissait de revoir.

Séléné éprouvait une immense tendresse pour lui, qui la protégeait et qu'elle protégeait. Son corps puissant de guerrier, zébré de cicatrices, l'instinct de combat qui l'animait cachaient un homme doux qui pouvait s'asseoir près d'un feu de camp et tresser des poupées de paille pour les filles de Fatma. Et quand elle lui avait appris à parler le grec, il avait eu l'air d'un petit garçon confiant qui essayait vraiment de lui faire plaisir. Elle l'avait vu tel qu'il devait être là-bas : père et époux attentionné, protecteur aimant qui veillait sur les siens, dans les lointaines forêts du Rhin.

Elle savait ce qui le hantait. Il lui avait parlé de la vengeance qui le consumait, qui était sa raison de vivre.

Gravé dans sa mémoire, il y avait le visage d'un homme, un officier romain à la face étroite et aux yeux cruels l'homme qui avait mené une armée dans les forêts de son pays et, décimé son peuple. Ce visage, il ne l'oublierait jamais; il l'avait gardé en lui pendant ces dix-huit mois dans le désert, et chaque fois qu'il sentait son courage l'abandonner, il pensait au Romain et il se redressait. Chaque fois qu'il prononçait son nom, ses yeux brillaient d'un éclat meurtrier.

Gaius Vatinius, c'est ainsi qu'il l'avait entendu appeler. Il l'avait observé perché sur son étalon blanc, la plume rouge de son casque poudrée de neige. Gaius Vatinius, qui avait violé et torturé Fréda, sa femme, qui avait détruit la forêt, rasé le village et emmené les hommes enchaînés, abandonnant derrière eux les femmes et les enfants violés et sans défense. Wulf voulait rentrer en Germanie, il voulait retrouver Gaius Vatinius. C'étaient désormais ses seules raisons de vivre.

Comme elle s'éloignait de lui, Séléné se rappela une nuit, un an et demi plus tôt. Ils dormaient dans le désert, l'un contre l'autre pour se protéger du vent glacial, quand soudain Wulf avait commencé à s'agiter dans un rêve violent. Il avait crié, s'était débattu, et Séléné, inquiète, l'avait pris contre elle et l'avait calmé jusqu'à ce qu'il se réveille tout à fait et que le nom de Gaius Vatinius meure sur ses lèvres. Alors, il s'était détourné avait pleuré.

Elle n'était pas surprise de découvrir qu'elle l'aimait, car il était bon et gentil. Elle l'aimait sans trahir son amour pour Andréas. Elle l'aimait différemment. Pour Andréas, elle éprouvait une passion unique qu'elle ne pourrait jamais éprouver pour aucun autre; c'est lui qui avait éveillé son cœur et sa sensualité. Elle était liée à lui par l'esprit et elle ne doutait pas qu'elle le serait bientôt par la chair. Pour Wulf, elle éprouvait un amour tendre, une amitié douce. Ils avaient traversé tellement d'épreuves ensemble, il avait veillé sur elle et elle sur lui. Elle voulait le prendre dans ses bras et qu'il la presse dans les siens, et l'embrasser aussi, doucement, pas comme elle aimait embrasser Andréas, se donnant entièrement à lui, mais pour lui prouver combien il lui était cher, pour mettre du baume à sa douleur aussi, à sa tristesse.

Elle savait qu'il était férocement attaché à Fréda, sa femme, qui, espérait-il, était toujours en vie. Son souvenir l'accompagnait partout, il en parlait souvent et aussi du jour où il la retrouverait. C'est pourquoi Séléné savait qu'il ne voudrait pas partager son amour et son corps avec une autre femme. Elle le respectait et aussi forte que fût son envie de faire l'amour avec lui, elle gardait son désir secret.

Alors qu'il allumait le charbon de bois du brasero pour dissiper la fraîcheur de la nuit printanière, Wulf se sentait rempli de tristesse.

C'était le printemps en Rhénanie et son peuple devait être en train de faire le sacrifice annuel dans les bosquets. On chanterait beaucoup, des cornes d'hydromel passeraient à la ronde et des récits épiques conteraient les vieilles histoires tribales.

Il y avait si longtemps qu'il était parti! Il se sentait prisonnier dans ce maudit pays où personne n'avait entendu parler d'Odin, de Thor ou de Balder, de l'Arbre du Monde et de la bûche du solstice d'hiver. Ces étranges voyageurs du désert ne connaissaient ni les géants de givre, ni Fenris, le monstre à forme de loup qui vivait enchaîné dans les Enfers. Ils ne savaient pas que les nuages dans le ciel étaient les cheveux de Ymir, le géant mort, ni que l'or était les larmes de la déesse Freyja. Wulf s'étonnait encore qu'ils puissent survivre sans les arbres sacrés ou les femmes mortes pour les assister, sans gui sacré pour les protéger.

Le cœur de Wulf était lourd de nostalgie. Les arbres et la neige, la chasse au sanglier, l'amitié de ses frères et de ses cousins lui manquaient. Ainsi que l'amour solide et sage de sa femme, Fréda.

Quand le désespoir l'envahissait, il érigeait un autel de pierre puis il priait Odin et revoyait l'invasion de son pays. Il revivait le cauchemar de cette nuit sanglante, il entendait monter les pleurs de tout son peuple et, au-dessus des flammes, il revoyait le visage impassible du général romain. Et il sentait son sang bouillir de haine et qui criait vengeance. Il comprenait que son exil était son *wyrd*, son destin, ce que les Bédouins appelaient *qis-mah*; que sur la forge d'Odin, son âme était martelée en vue du jour du jugement. Alors, il attendait son heure.

Mais ensuite, la nuit venue, il s'asseyait à côté de Séléné devant le feu de camp et il regardait les flammes danser dans ses yeux. Ou étendu tout éveillé sur sa natte, il écoutait sa respiration tranquille tandis qu'elle dormait près de lui. Et il mourait d'envie de franchir l'espace qui les séparait pour la prendre dans ses bras et lui faire l'amour.

Il lui semblait qu'ils vivaient ensemble depuis toujours, cachés dans des grottes, fuyant l'armée du désert, se protégeant mutuellement pendant les tempêtes de sable, quand le char de Thor tonnait dans le ciel. Comme il serait bon, une nuit seulement, de lui exprimer son amour! Pas un amour profond, comme celui qu'il vouait à Fréda, mais une tendre affection qui s'éveillait en lui chaque fois qu'elle lui souriait ou qu'elle le touchait pour calmer son cœur angoissé. Mais il savait qu'un médecin grec l'attendait à Antioche et que son destin la liait à lui, corps et âme. Il savait qu'elle ne voudrait pas faire l'amour avec lui et il craignait, en faisant un geste, de la blesser et de la décevoir.

Séléné remit son voile, le voile noir qui cachait la beauté de sa jeunesse et faisait d'elle une femme anonyme du désert. Umma, l'appelaient les Arabes. Wulf savait qu'elle aimait qu'il l'appelle Séléné.

– Je dois aller parler à Fatma maintenant, dit-elle. Je vais l'avertir de notre intention de partir demain matin.

Quand elle fut partie, Wulf replongea dans ses pensées.

Demain, ils trouveraient les bateaux en partance pour l'Arménie et une fois là-bas, il n'aurait aucun problème à rejoindre ses forêts nordiques. Il serait à nouveau auprès de Fréda, si elle vivait encore, et de son fils, Einar, qui allait bientôt devenir un homme. Et il plongerait son épée dans le sang de Gaius Vatinius.

Quand Séléné revint à la tente, il était temps de dormir. Ils décidèrent de se lever à l'aube, de faire leurs adieux à Fatma et à la tribu, après quoi, déguisés en Bédouins, ils entreraient dans Babylone.

Après avoir éteint la flamme de la lampe qui pendait au toit de leur tente, Séléné se glissa sous ses couvertures tout habillée et Wulf l'imita. Seule la distance d'un bras tendu séparait leurs nattes. Mais ni l'un ni l'autre ne ferait le geste. Ils restaient éveillés dans le noir, à penser au jour où leurs chemins se sépareraient, en Arménie.

30

Sur le qui-vive, sans se quitter d'un pas, ils se joignirent à la multitude qui franchissait l'imposante porte d'Ishtar dont les mosaïques bleues étincelaient dans le soleil matinal.

Pour Séléné, qui ne connaissait qu'Antioche et avait à peine aperçu Magna de sa tour, Babylone semblait gigantesque. Quant à Wulf, dont le seul contact avec les grandes villes s'était fait depuis des bateaux ou des caravanes d'esclaves, il n'en croyait pas ses yeux. Quand les Romains étaient arrivés dans les forêts rhénanes et qu'ils avaient monté leurs palissades impressionnantes, les barbares les avaient pris pour des dieux. Mais ces murs-là! s'émerveillait le Germain en admirant les épaisses murailles crénelées et étayées qui se dressaient majestueusement au-dessus de l'Euphrate, ces murs-là, seuls des géants avaient pu les bâtir. Quand ses yeux se portèrent en haut, il grimaça. Il venait de distinguer la silhouette des archers dans la tour de guet.

Séléné ne quittait pas les rues des yeux. Babylone avait beau se trouver loin de Magna, la colère de Lasha défiait les distances. Il ne faisait nul doute que dans sa rage à retrouver ceux qui, en profanant le rituel du temple, l'avaient contrainte à prendre un époux, la reine avait jeté ses rets d'un bout à l'autre de l'horizon. Séléné et Wulf avaient entendu parler du mode de vie extravagant du nouveau roi, qui faisait creuser des lacs artificiels et construire des navires de plaisance en puisant dans le trésor du tombeau royal, réduisant ainsi à néant l'ambition ultime de son épouse qui avait cru un moment pouvoir régner sur les dieux. Aussi Séléné savait-elle que nulle part ils n'étaient à l'abri de la vengeance de Lasha.

Dans les rues de Babylone, les soldats n'arboraient pas sur leur bouclier le croissant de lune de Magna; ils ne portaient pas de capes rouges, comme les soldats romains. Les soldats de Babylone portaient l'étrange costume des Parthes : un chapeau conique incliné sur le front, une tunique et d'amples jambières. Située à l'intérieur des frontières occidentales du puissant empire oriental, aux confins des frontières romaines et parthes, l'antique cité d'Hammourabi servait de tampon entre les deux empires. Pour la première fois, Séléné se trouvait dans un endroit où l'influence romaine ne se faisait pas sentir.

Néanmoins, le danger était présent. Sous leur déguisement bédouin, des sacs sur le dos, la pharmacie trop repérable de Séléné enveloppée dans une peau de chèvre, Séléné et Wulf, sans s'écarter des rues grouillantes, se dirigeaient vers le fleuve où, selon les dires des voyageurs de Jérusalem, sept navires arméniens attendaient, ancrés au pied du Temple de Marduk. Dès qu'ils voyaient des soldats, ils se faufilaient discrètement sous un porche ou dans une ruelle. Bien que dissimulée sous des voiles bédouins, la haute taille de Wulf, qui dépassait les peuples d'ici de la tête et des épaules, ne pouvait passer inaperçue.

Séléné le suivait pas à pas en regardant de toutes parts, priant pour qu'ils atteignent le fleuve sans embûches. Lasha avait offert une récompense généreuse pour leur capture. Quiconque les livrerait à Magna serait riche pour le restant de sa vie. D'instinct, elle serra dans sa main l'Œil d'Horus. Elle sentait aussi sur sa poitrine, accrochée à une lanière de cuir, l'amulette que Fatma l'avait forcée à accepter le matin au moment des adieux. C'était un trèfle à trois feuilles que les Arabes appelaient *shamrakh* et qui symbolisait les trois phases de la déesse Lune. On disait qu'il portait chance.

Finalement, Séléné et Wulf passèrent sous un porche et débouchèrent sur une place immense où ils s'arrêtèrent, interdits.

– Qu'est-ce que tout cela signifie? demanda Séléné dans un mumure.

Wulf, déconcerté, secoua la tête.

La place se trouvait au pied d'une tour brun foncé qui s'élevait contre un ciel gris. On l'appelait Ba-Bel, « la porte de Dieu ». Là étaient rassemblés des centaines de gens qui se pressaient le long des murs, s'agglutinaient autour de la fontaine au centre de la place, se couchaient sur des nattes ou de la paille, quand ce n'était à même le sol. Le bruit monstrueux de leurs clameurs résonnait comme le chœur unifié de la souffrance humaine.

Séléné et Wulf entrèrent lentement sur la place. Où qu'ils regardent, ils voyaient des hommes adossés à des murs, des enfants en pleurs sur des couvertures, de jeunes femmes pudiquement voilées. Ils avaient à peine la place où passer tant il y avait de gens couchés côte à côte sur le sol pavé de brique, des gens de tous âges, atteints de toutes sortes de maladies. Ceux qui en avaient la force tendaient la main pour agripper Séléné et Wulf par le bas de leurs vêtements; les autres les appelaient faiblement. Beaucoup étaient entourés d'une ou de plusieurs personnes qui semblaient s'occuper d'eux. Mais beaucoup aussi semblaient livrés à eux-mêmes.

Séléné écarquillait les yeux.

Sur un écriteau passé autour du cou ou accroché au membre malade, ils portaient tous inscrits leur nom et la nature de leur mal. Elle lut : « Nébo d'Uruk. Gangrène »; « Shimax de Babylone, charpentier, sa main se paralyse ». Ceux qui ne savaient pas écrire avaient dessiné un cœur, une éruption de boutons, une tumeur. Les plus pauvres avaient simplement noué un chiffon autour de leur front, de leur bras ou de leur cheville.

Alors qu'ils avaient réussi à se frayer un chemin jusqu'à la fontaine, Séléné demanda à Wulf quel était cet endroit et une voix derrière elle lui répondit :

– Il faut que vous soyez étrangers à Babylone pour ne pas connaître la place de Gilgamesh. Elle est pourtant réputée dans le monde entier.

Se retournant, Séléné vit un homme entre deux âges, corpulent et bien vêtu, se lever d'un tabouret. Il tendait un gobelet à une femme allongée sur des couvertures à côté de lui.

– Mon épouse, dit-il. Pouvez-vous l'aider?

Séléné regarda la femme d'une extrême maigreur qui était étendue sous le ciel printanier. Juste à côté d'elle, un homme était en train de se gratter. Il avait un ulcère purulent.

– Pourquoi l'avez-vous amenée ici? demanda-t-elle. Pourquoi tous ces gens sont-ils là?

Il eut l'air ébahi.

– Elle est malade! A quel autre endroit pourrais-je l'emmener?

– Mais pourquoi l'amener ici, dans cet endroit terrible? Pourquoi ne pas aller voir un médecin?

– S'adresser à un médecin est un blasphème et nous, Babyloniens, sommes des gens pieux. Consulter un médecin équivaut à défier le jugement des dieux, aussi conduisons-nous nos malades sur la place de Gilgamesh où nous prions pour que vienne la guérison. Vous voyez les écriteaux qu'ils portent? – Il désigna le ventre gonflé de sa femme sur lequel on pouvait lire sur une plaquette d'argile : « Je m'appelle Nanna et mon bébé est mort en moi. » Nous venons ici avec l'espoir que les dieux envoient un passant qui aura souffert de la même maladie et qui saura comment la soigner.

Séléné fouilla à nouveau la place du regard et remarqua ce qu'elle n'avait pas vu jusque-là : des gens debout ou agenouillés près des malades, parlant, gesticulant et offrant des remèdes. Mais tous n'avaient pas cette chance.

– Est-ce que ce n'est pas la même chose que de consulter un médecin?

– Il y a une différence, répondit l'homme, visiblement agacé. Ce n'est pas nous qui recourons à une intervention humaine contre le jugement divin, ce sont les dieux eux-mêmes qui accordent leur pardon en levant leurs punitions.

– Des punitions pour quoi?

– Pour nos péchés, bien sûr.

Séléné regarda la femme inconsciente par terre.

– Et votre femme? Quel péché a-t-elle commis?

Le visage de l'homme s'assombrit.

– Si les dieux ont tué l'enfant, c'est qu'il n'était pas de moi.

– Vous êtes en train de l'accuser d'adultère? s'exclama Séléné, abasourdie.

– Elle s'en défend. Mais comment expliquer la mort du bébé autrement?

Séléné s'agenouilla près de la jeune femme et posa doucement une main sur son abdomen gonflé. Elle sut aussitôt qu'il n'y avait pas de vie dedans. La jeune femme avait le front étrangement frais et sec; son pouls était rapide et sa respiration laborieuse. Séléné aurait voulu mieux l'examiner mais ne le pouvait, faute d'intimité. Se relevant, elle remarqua que Wulf semblait nerveux.

– J'aimerais faire quelque chose, dit-elle. Il se peut qu'il y ait un moyen.

L'homme la regarda d'un air suspicieux.

– Lequel?

Elle hésita. Il faudrait écraser la tête du bébé pour le retirer du ventre de sa mère. Elle ne l'avait jamais fait avant et n'avait vu Méra le faire qu'une seule fois, il y avait des années.

– Pouvez-vous aider ma femme oui ou non? s'énerva l'homme.

Avant de pouvoir répondre, Séléné sentit la main de Wulf sur son bras. Il voulait la mettre en garde.

– Je ne crois pas que les dieux vous aient envoyés, lâcha sèchement l'homme avec un regard méprisant pour leurs vêtements bédouins et leurs balluchons. Je vous interdis de toucher ma femme. Allez-vous-en. Filez.

Séléné protesta, mais Wulf l'entraînait déjà. Ils devaient rejoindre le fleuve. Il se faisait tard.

Mais Séléné refusait de quitter la place. Elle le retenait en regardant autour d'elle. Elle vit un homme avec une blessure récente au pied qui essayait de se déplacer sur une béquille, une femme penchée au-dessus d'un enfant malade, un adolescent assis contre la fontaine, ses jambes étendues devant lui, mort.

– Wulf, c'est monstrueux, dit-elle dans un murmure.

Il regarda le soleil qui avait presque terminé son ascension, midi approchait.

– Nous devons y aller, insista-t-il en la prenant par le bras.

– S'il vous plaît, suppliait une voix toute proche.

Séléné baissa les yeux. Une fillette tirait sur sa robe.

– Aidez ma maman.

Séléné la suivit et s'agenouilla près d'une jeune femme

recroquevillée sur une couverture qui se tenait l'abdomen en geignant.

– Quand est-ce arrivé? interrogea Séléné en tâtant son front fébrile.

– Au milieu de la nuit, répondit la fillette. Tout à coup. Papa nous a amenées ici, mais il devait aller travailler. Je vous en prie, aidez ma maman.

Séléné essaya d'obtenir de la jeune femme qu'elle s'allonge suffisamment longtemps pour pouvoir lui palper l'abdomen.

– Avez-vous des saignements? demanda-t-elle en appuyant doucement au-dessus de l'aine, ce qui arracha à la jeune femme des cris de douleur.

Oui, elle avait des saignements et ses règles avaient cessé deux mois plus tôt. Séléné s'assit sur les talons, pensive. Puis, après avoir demandé la pharmacie à Wulf, qui la lui donna à contre-cœur, un œil sur les gardes postés à l'extrémité des rues qui débouchaient sur la place, elle versa un peu d'opium mélangé à du vin dans un gobelet qu'elle porta aux lèvres de la malade.

Puis elle se leva et parla tout bas de manière que seul Wulf entende.

– Je ne peux rien pour elle. Elle fait une grossesse extra-utérine. Elle ne va pas tarder à mourir, mais au moins l'opium soulagera un peu sa douleur.

A quelques pas de là, un homme qui avait observé Séléné tandis qu'elle s'occupait de la jeune femme se hissa sur une béquille et clopina jusqu'à elle. Le placard autour de son cou annonçait de la goutte. Alors qu'elle versait dans son gobelet un peu de crocus d'automne en poudre – un vieux remède contre la goutte –, un autre homme l'assaillait. Lui devenait sourd. Avant qu'elle ait commencé de l'examiner, une femme obèse l'agrippait par le bras en demandant quelque chose pour son arthrite.

Comprenant ce qui se passait, que Séléné avec sa pharmacie allait bientôt être débordée, Wulf l'attrapa par le bras et l'entraîna. Il allait lui montrer des soldats parthes qui patrouillaient dans le périmètre de la place quand Séléné fut arrêtée par un homme richement vêtu.

– Je vous en prie, voyez ma femme, dit-il en pointant un doigt bagué vers une matrone assise dans un fauteuil, entourée par ce qui ne pouvait être que toute la famille rassemblée. Elle souffre de migraines, expliqua-t-il inquiet. Et elle voit des étoiles du coin de son œil gauche.

Séléné savait ce que cela signifiait. Un démon avait pondu son œuf dans le cerveau de cette femme. Séléné ne pouvait rien pour elle. Andréas, lui, aurait pu quelque chose. Andréas!

– Séléné, intervint Wulf d'une voix calme et sombre.

Quand elle tourna la tête, elle vit qu'il regardait fixement de l'autre côté de la place, où deux gardes semblaient s'intéresser à eux.

Sans attendre, Wulf replaça la pharmacie dans la peau de chèvre, la hissa à son épaule et prit Séléné par la main.

Ils n'avaient parcouru que quelques pas quand Séléné entendit un passant recommander du laurier-rose à un homme dont le placard disait « Ulcère ».

– Non! lui cria-t-elle instinctivement. Le laurier-rose est un poison!

A ce moment, une très belle jeune femme qui portait la robe et la cape des prostituées du temple se planta devant elle et lui dit précipitamment :

– Ma sœur est en couches depuis quatre jours. Venez, elle est par ici, sous ce porche.

– Non! s'écria Wulf en voyant que les gardes avaient commencé à approcher lentement en les regardant. Ce n'est peut-être rien, souffla-t-il à son oreille. Mais ils ont vu la pharmacie. Et ils t'ont vue soigner la mère de la fillette.

Séléné regarda par-dessus l'épaule de Wulf. Les deux soldats parthes se dirigeaient maintenant droit sur eux d'un air décidé. Ils étaient arrivés à hauteur du Babylonien pieux bien habillé qui était penché sur sa femme, le visage enfoui contre son abdomen sans vie.

– Il va leur dire que nous ne sommes pas de Babylone, dit Wulf à Séléné. Il va leur dire que tu as proposé d'aider sa femme. Ils auront ta description, Séléné, et une description de la pharmacie.

Convaincue qu'il avait raison, Séléné pressa le pas, son balluchon serré contre elle, alors que partout les gens l'appelaient. Wulf se retourna une nouvelle fois : les gardes, qui avaient interrogé le Babylonien, traversaient la place à vive allure.

Il regarda tout autour. Plusieurs rues étroites partaient

du côté est. C'étaient des ruelles sinueuses et sombres qu'assombrissaient davantage encore des auvents et des balcons. S'ils atteignaient ce labyrinthe et couraient aussi vite qu'ils pouvaient, ils avaient peut-être une chance de semer les gardes et d'arriver à temps aux bateaux pour s'y réfugier.

Tandis qu'ils zigzaguaient entre les corps allongés ou assis, Séléné conservait le vague espoir qu'ils se trompaient au sujet des gardes, qu'ils s'étaient intéressés à eux par pure curiosité et que maintenant, s'ils traversaient la place, c'était pour un tout autre propos.

« Mais le Babylonien leur a peut-être raconté que le Bédouin parlait avec un drôle d'accent et qu'il avait des yeux couleur d'azur... »

– Halte! cria une voix derrière eux.

Ils regardèrent par-dessus leur épaule.

– Vous deux, là-bas! Arrêtez! hurlaient les gardes alors que l'un d'eux tirait une flèche de son carquois.

– Par ici! siffla Wulf et ensemble ils plongèrent dans la pénombre de la première rue venue.

En entendant les cris redoubler derrière eux, ils se mirent à courir. Ils louvoyaient entre les étals de marchands, contournaient des fontaines, passaient sous de vieux porches. Ils entendirent le martèlement de sandales cloutées : les gardes s'étaient lancés à leur poursuite. Des gens s'écartaient brusquement pour les laisser passer. Certains leur criaient des obscénités, d'autres les encourageaient. Les poulets et les enfants s'égaillaient sur leur passage. Une table couverte de dattes se renversa. Alors qu'ils tournaient l'angle d'une rue, Séléné lâcha son baluchon, qui tomba par terre. Elle allait le ramasser quand Wulf la tira pour continuer à courir.

Fatiguée de s'empêtrer dans ses vêtements, elle les releva pour courir jambes nues. Le tissu bédouin de Wulf glissa en arrière, découvrant sa crinière blonde, pareille à un halo autour de sa tête. Les gardes avaient beau leur crier de s'arrêter, Séléné et Wulf couraient toujours, escaladant des murs et jetant des tonneaux et des paniers derrière eux. Plus familiarisés avec la ville que les deux fugitifs, davantage rompus aux poursuites et mieux entraînés, les gardes gagnaient du terrain.

Comme Séléné plongeait sous un porche derrière Wulf, une flèche lui frôla la tête et alla se ficher sur le montant de la porte. Ils traversèrent un jardin privé, interrompant le déjeuner d'une famille, escaladèrent un mur, traversèrent un autre jardin et aboutirent dans une autre rue sinueuse. Wulf s'accrochait toujours à la pharmacie, mais il avait perdu leur second balluchon. Ses vêtements bédouins lui entravaient les jambes, le faisant trébucher à plusieurs reprises. Une fois, Séléné tomba. Il la releva sans briser sa course.

Une deuxième flèche manqua de peu son épaule. Une troisième déchira le voile de Séléné. Quand ils arrivèrent enfin au fleuve, Wulf prit le temps de parcourir du regard les quais animés; puis, voyant les derniers bateaux arméniens commencer à s'éloigner de la berge, il saisit Séléné par le bras et se remit à courir.

Ils étaient au pied de la passerelle quand une flèche frappa la jeune femme.

Poussant un cri, elle tomba aux pieds de Wulf en se tenant la cuisse.

– Au secours! souffla-t-elle. Ne les laisse pas me prendre! Il faut que... je réussisse...

Wulf cassa la flèche en deux, laissant la pointe enfoncée dans la cuisse, puis, il l'attrapa par la taille et courut avec elle.

Quand ils atteignirent le haut de la passerelle, les gardes les avaient pratiquement rattrapés. Le bateau allait larguer les amarres et dans la confusion générale, personne à bord ne remarqua ce qui se passait. Wulf jeta la pharmacie dans sa peau de chèvre sur le pont, puis soulevant Séléné, la fit passer par-dessus le bastingage. Alors qu'il grimpait à bord derrière elle, une flèche lui érafla le mollet.

On releva la passerelle et le bateau commença à s'éloigner de la rive.

– Halte! hurlèrent les gardes. Arrêtez, au nom de la police impériale!

A la vue des uniformes et des flèches sorties des carquois, le capitaine cria qu'on jette les amarres et les débardeurs se précipitèrent pour ramener le bateau à quai.

Wulf et Séléné, provisoirement dissimulés dans la foule sur le pont, comprirent, horrifiés, qu'on remettait la passerelle.

Sans réfléchir davantage, Wulf arracha ses voiles noirs, puis libéra vite Séléné des siens. Mais quand la robe s'accrocha dans la hampe fichée dans sa cuisse, Séléné poussa un cri et tout le monde sur le pont se retourna.

Voyant la flèche, les autres passagers restèrent bouche bée. Ils regardèrent Wulf débarrasser la pharmacie de sa peau de chèvre, qu'il balança avec les vêtements par une écoutille ouverte, puis soulever Séléné et la porter côté fleuve.

Soudain conscients de la situation tragique des deux nouveaux venus, et accoutumés eux-mêmes à fuir devant la loi, les gens de la troupe resserrèrent leurs rangs pour former un bloc chaotique afin de gêner la progression des gardes. Un couple de nains aida Wulf à descendre Séléné le long de la coque jusque dans l'eau et un jongleur lui passa la pharmacie. Puis une énorme femme avec un singe sur l'épaule réussit à se glisser en travers du chemin des gardes, leur obstruant la vue.

Séléné et Wulf, à présent dans l'eau, le coffre d'ébène flottant entre eux deux, s'agrippaient à la coque pour résister au courant.

Un couple d'acrobates, voyant la situation désespérée des deux fugitifs, se pencha hors du bateau, l'un accroché à l'autre, et coupa les attaches d'un radeau rond qui était arrimé le long de la coque. Avec un signe de remerciement, Wulf l'attrapa et hissa dessus Séléné et la pharmacie. Une seconde après, un vêtement rouge vif lancé du bateau atterrissait en boule sur le radeau. Wulf nagea derrière l'embarcation qu'il poussait vigoureusement pour s'éloigner au plus vite de la vue des gardes.

Un marin arménien, grimpé dans les gréements, lui transmit un signal de la part de la troupe du cirque : elle allait essayer de distraire les gardes le plus longtemps possible.

Wulf propulsa le radeau de toutes ses forces sans perdre de vue le bateau arménien jusqu'à ce qu'ils soient à l'abri derrière des roseaux. Il s'arrêta le temps de regarder Séléné, qui se tenait la cuisse, et de la couvrir du vêtement rouge, puis il se remit à nager, le dos tourné à Babylone.

Juste avant d'engager le radeau dans un coude du fleuve, il se retourna et vit la foule sur le bateau qui, unanime, montrait le nord. Certain que leurs amis racontaient aux gardes que lui et Séléné s'étaient enfuis dans cette direction, il se hissa sur le radeau et resta étendu, épuisé, alors que le courant les emportait vers le sud puis vers l'est.

31

Le crépuscule tombait quand Wulf estima qu'ils étaient suffisamment en sécurité pour s'arrêter et ancrer le radeau dans un fourré de hauts roseaux. En amont comme en aval du fleuve, des embarcations éclairées par des lanternes gagnaient, elles aussi, un mouillage pour la nuit. Wulf rassembla des pierres et de l'argile pour fabriquer un petit brasero et y faire brûler des brindilles. Puis il trouva, enfouie dans la pharmacie, une lampe en céramique pas plus grande que la paume de sa main, munie d'une mèche en tissu et remplie d'huile d'olive. Il l'alluma en frottant le silex.

Séléné, consciente, gémissait doucement. Quand Wulf avait voulu stopper le radeau afin de s'occuper d'elle, elle avait refusé, insistant pour qu'ils aillent le plus loin possible avant la nuit. Le courant rapide les avait emportés loin de Babylone, mais il subsistait encore le risque de patrouilles sur les berges. S'ils devaient profiter d'une sécurité même temporaire, ce serait dans les roseaux et dans l'obscurité de la nuit.

Wulf s'agenouilla pour examiner la cuisse de Séléné.

Le morceau de flèche qui émergeait de la peau blanche avait beau sembler inoffensif, Wulf savait qu'il fallait le retirer, et vite. Il fut soulagé de voir que le filet de sang qui s'écoulait de la plaie était d'un rouge vif. La flèche n'était pas empoisonnée. A présent, il lui fallait décider comment il allait s'y prendre.

Chez lui, il aurait d'abord localisé la pointe de la flèche avec un aimant, mais dans la pharmacie de Séléné, il n'y avait pas d'aimant. Ensuite, pour retirer la pointe d'un coup, il aurait attaché la hampe à la bride d'un cheval qu'il aurait ensuite effrayé pour qu'il redresse la tête brusquement, ou bien il l'aurait attachée à une branche d'arbre arc-boutée qu'il aurait relâchée. Mais il n'y avait pas plus d'arbres que de chevaux sur cette berge marécageuse. Il savait qu'il n'avait pas d'autre choix que d'extraire la pointe de ses mains.

Séléné ouvrit les yeux et lut l'inquiétude sur le visage

de Wulf; elle savait à quoi il pensait. Il n'y avait qu'une manière de procéder.

– Il faut traverser la cuisse, murmura-t-elle. Enfonce la pointe et retire-la par l'autre côté. C'est le seul moyen...

Lui posant une main sur le front, il lui dit de rester tranquille. Il devait réfléchir. Cette méthode comportait des risques effroyables qu'il connaissait : si la pointe traversait un nerf, la jambe serait paralysée à jamais, et si elle touchait une artère, Séléné ne tarderait pas à mourir d'hémorragie.

Wulf alla à la pharmacie. Dans ses forêts, il se serait servi d'une aiguille de pin solide pour localiser les barbes de la pointe de flèche. Ici, il se rabattit sur une longue sonde effilée en argent. Avant de commencer, il souleva la tête de Séléné et la posa au creux de son bras pour lui faire boire de l'opium. Puis il l'installa du mieux qu'il put sur le côté, au chaud sous le vêtement rouge, et lui glissa la statuette d'Isis dans le poing.

Invoquant Odin pour qu'il lui accorde sagesse et courage, il se pencha sur la cuisse de Séléné et commença à chercher les barbes. A peine la sonde toucha-t-elle la chair que Séléné hurla. Wulf essaya de lui faire absorber plus d'opium, mais elle était incapable d'avaler. Elle haletait, le visage tordu de douleur.

– Vite! souffla-t-elle. Enfonce-la!

Wulf serrait la sonde d'une main tremblante. Tandis que le radeau dansait doucement sur le fleuve dans la nuit tombante, il réfléchit un moment. Non, la méthode de Séléné était trop dangereuse, trop douloureuse aussi. Il prit un bandage dans la pharmacie, qu'il lui fit mordre pour que ses cris fussent étouffés.

Il recommença à sonder, comme il l'avait vu faire tant de fois, dans son pays, comme on le lui avait fait le jour où il avait reçu lui aussi une flèche dans la cuisse. Mais chez lui, il y avait le sage du village, une femme, avec ses herbes et son encens, et la grande maison en rondins avec ses feux de bois et ses lits de fourrures. Là-bas, il y avait aussi les prêtresses de la Grande Mère qui éloignaient les mauvais esprits et d'inépuisables quantités d'hydromel pour endormir la douleur du blessé. Ici, seul dans une nuit qui tombait rapidement, à genoux sur un radeau instable, il travaillait à la lueur d'une petite lampe en priant que les cris de Séléné n'alertent pas une patrouille.

En quatre essais, les barbes étaient localisées; Wulf marqua leur position d'un point de sang sur la peau blanche de Séléné. Puis il se rassit sur les talons et étudia la blessure.

Il ne connaissait qu'un moyen d'extraire une pointe de flèche barbelée sans déchirer davantage les chairs : avec les pennes de plumes d'aigle.

Comme s'il suffisait de le souhaiter pour que l'oiseau surgît, il leva les yeux au ciel. Depuis combien de temps les étoiles étaient-elles apparues? Était-il donc si absorbé qu'il n'avait même pas remarqué le passage spectaculaire entre la journée printanière et la nuit noire? Seul le clapotement de l'eau contre le radeau et le claquement des planches troublaient le silence. Le long du fleuve, d'autres bateaux s'étaient abrités parmi les roseaux et par moments leur parvenaient un rire, un mot, le son d'une harpe qu'on pinçait.

Wulf regarda le visage de Séléné. Elle avait fermé les yeux. Les mâchoires crispées, elle haletait.

Il retourna à la pharmacie, chercha. Il avait bien vu Séléné se servir de beaucoup de ces choses, quand elle soignait un Bédouin de la tribu ou qu'elle échangeait des connaissances avec Fatma, mais leur mystère restait quasi entier pour lui.

Il chercha encore. Il prenait des objets, les reposait : une pierre transparente, des pots d'essences et d'onguents, des aiguilles de suture en arête, des sachets d'herbes séchées. Il fallait trouver, vite. Cueillant un roseau sur la rive, il essaya de le séparer en deux dans la longueur, mais il était trop vert et il se déchiqueta. Il avait besoin de quelque chose de rond, de long et de creux pour gainer les barbes de la pointe de flèche. En désespoir de cause, il chercha une dernière fois dans le coffre d'ébène.

Alors il vit, fixée à l'intérieur du couvercle, une boîte de scribe. Dedans, à son grand soulagement, il y avait des plumes. Après avoir choisi ce qui lui semblait une plume d'oie, il l'incisa au scalpel dans le sens de la longueur afin d'obtenir deux longs demi-tubes, en priant le ciel qu'ils fussent assez solides.

Avant de se mettre à l'ouvrage, il trempa le bandage dans de l'opium et le replaça entre les lèvres de Séléné. Elle le regarda effrayée.

– Je vais l'extraire maintenant, dit-il avec douceur.

Elle secoua la tête faiblement.

– Je ne vais pas faire ce que tu m'as demandé, Séléné, expliqua-t-il d'une voix ferme. Je ne vais pas la faire ressortir par l'autre côté. Je ferai comme mon père me l'a appris. Tu auras mal, mais ce sera net et rapide.

Elle plongea son regard dans le sien puis finit par hocher la tête.

Wulf s'agenouilla au-dessus de sa cuisse et approcha la petite lampe. La hampe dépassait d'un doigt à peine. Si par accident, il l'enfonçait davantage, il faudrait ouvrir la cuisse pour l'extraire.

Il avança prudemment, comme pour surprendre un papillon posé sur une feuille. L'extrémité cannelée de la penne s'enfonça lentement dans la plaie. Séléné gémit et commença à bouger. Maintenant sa jambe immobile, Wulf inséra l'autre demi-penne, la sentit, comme la première, effleurer la pointe barbelée et l'envelopper comme une gaine.

Il marqua une pause pour s'essuyer le front du revers de la main. L'air fraîchissait mais lui, vêtu d'un pagne, transpirait. Il regarda Séléné. Elle avait refermé les yeux et son visage était pâle et trempé. Bien que seule sa cuisse dépassât du vêtement rouge, elle frissonnait.

Il examina les trois hampes qui émergeaient de la plaie : la flèche brisée et les deux demi-pennes. S'il n'avait pas perdu son adresse, si les demi-pennes étaient bien placées et si sa main ne tremblait pas pendant l'extraction, Séléné ne ressentirait qu'une brève douleur et la blessure ne serait pas aggravée.

Invoquant Odin et son oiseau sacré, le corbeau, il posa doucement les mains sur la peau glacée, prit plusieurs inspirations profondes puis, assurant les demi-pennes dans sa main gauche, serra soigneusement la flèche dans sa main droite.

Rejetant la tête en arrière, Séléné lâcha le bandage imbibé d'opium.

D'un seul geste sec, Wulf extirpa la pointe de flèche. Séléné hurla.

Aussitôt, il plaqua une main sur sa bouche et la prit dans ses bras où elle gémit, appuyée contre sa poitrine. Aux aguets, scrutant la nuit de ses yeux de guerrier, il la berça en lui caressant les cheveux et lui murmura que c'était fini.

Il y avait de l'herbe fraîche sur la berge; Wulf en ramassa qu'il écrasa pour l'appliquer à même la plaie avant de bander la jambe serré. Les feuillages verts, il le savait par expérience, prévenaient la gangrène. Puis il plongea un coin de linge dans l'eau du fleuve et le pressa contre les lèvres de Séléné. Elle s'était évanouie en s'effondrant dans ses bras, mais maintenant, elle dormait profondément.

La pointe barbelée était sortie sans accroc et Séléné avait peu saigné, mais des complications pouvaient encore survenir, il le savait parfaitement. A cause de leur profondeur, les blessures par flèche favorisaient les pires infections. Elles corrompaient la chair de l'intérieur, sans qu'on s'en aperçoive. Elles déclenchaient des fièvres, fatales parfois; les chairs noircissaient à partir des orteils, et il fallait alors amputer. Aussi resta-t-il longtemps assis près de Séléné, lui palpant fréquemment le front, surveillant sa respiration, examinant le pansement jusqu'à ce qu'enfin, tard dans la nuit, il s'allongeât sur le côté, en l'attirant contre lui pour qu'elle dorme dans la chaleur de son étreinte.

Quand il se réveilla, l'aube ne se levait pas encore. Perclus de douleurs dans tout le corps, il cligna des yeux. Alors, il sentit Séléné dans ses bras. Il explora son corps à tâtons : par bonheur, le pansement était sec. La jeune femme, profondément endormie, respirait à un rythme régulier, mais sa peau était anormalement froide et moite, comme si la mort avait commencé insidieusement son œuvre. Affolé, Wulf lui frotta vigoureusement les bras et essaya de la réchauffer de son haleine. Elle ne bougea pas. Son sommeil était plus profond qu'il ne le pensait. Il était terrifié.

Lui avait-il donné beaucoup trop d'opium? Dans sa peur et sa hâte, dans son inexpérience, lui avait-il fait absorber la dose fatale? L'avait-il tuée de sa propre main?

« Tu ne peux pas mourir! hurlait-il intérieurement en la berçant contre lui. Nous ne sommes pas arrivés jusqu'ici pour laisser la mort nous séparer! »

Une larme roula sur sa joue, coula sur le visage de Séléné, livide et d'une immobilité effrayante.

« Ne t'en va pas! Ne m'abandonne pas! » criait-il à l'âme qui s'envolait.

Finalement, désespéré, il se pencha et pressa sa bouche contre la sienne. Ses lèvres étaient glacées et insensibles, mais elle respirait toujours. Et tant qu'il y a un souffle de vie, il savait qu'il restait une chance.

« Odin! Isis! Venez à notre secours... »

Le visage levé dans la brise du petit matin, par-delà les roseaux, sur l'horizon qui pâlissait, il aperçut Vénus qui montait à l'est. Dans son angoisse, il voulut y voir un signe d'espoir.

Livre V

LA PERSE

32

– Par tous les dieux! s'écrièrent les sages-femmes en s'éloignant du lit. Son ventre est venu avec le bébé! Regardez, le bébé est toujours dedans!

Debout dans un coin, le docteur Chandra caressait pensivement sa barbe. D'ordinaire, il n'assistait pas aux accouchements, mais il se trouvait là à la demande expresse du roi, dont la jeune princesse qui accouchait était l'une des femmes préférées. Soudain rappelé à l'ordre par le manège affolé des sages-femmes autour du lit à baldaquin, il s'avança.

Ses yeux noirs en amande se froncèrent à la vue du nouveau-né qui reposait sur le lit dans sa poche transparente. Il allongea un doigt brun et perça la membrane, qui éclata, libérant les eaux. Ce n'était donc pas le ventre de la princesse, tout le monde le voyait, mais l'amnios du bébé, ce qui augurait d'une naissance propice.

Ainsi rassurées, les sages-femmes s'affairèrent à nouveau autour du lit. Quant au docteur Chandra, son devoir accompli – l'ordre régnait à nouveau dans la salle d'accouchement –, il salua l'assemblée d'un signe de tête et sortit précipitamment. Il avait promis au roi de prévenir aussitôt l'astrologue de la naissance pour qu'il puisse lire les étoiles.

Petit homme rond vêtu de soies jaune citron et coiffé d'un turban, le docteur Chandra parcourait en réfléchissant les couloirs du palais. Qu'est-ce que cela pouvait signifier? se demandait-il. Jamais au cours de ses nombreuses années de pratique il n'avait observé pareil phénomène. Le nouveau-né prisonnier de sa poche amniotique, comme une crevette rose enchâssée dans une perle transparente. Jamais il n'oublierait ce spectacle.

La nuit était tombée. Pourtant, alors qu'il traversait l'un des jardins royaux, le docteur Chandra vit l'extrémité des flèches du palais briller d'un éclat doré dans la lumière du soleil, depuis longtemps couché derrière l'horizon. La silhouette sombre des dômes et des minarets se dressait majestueusement contre un ciel où commençaient à scintiller des étoiles, mais là-bas dans les nuages, les tours délicates étincelaient encore de la lumière du jour.

Si un homme parvenait à atteindre ces pinacles impressionnants, se demandait le docteur Chandra, que verrait-il? Quelle étendue s'offrirait à sa vue? Jusqu'où son âme s'envolerait-elle? C'était un miracle de plus qui incitait à l'humilité dans cette journée déjà riche en miracles.

Car la naissance coiffée du principicule n'avait pas été le premier. La journée elle-même avait commencé par les révélations renversantes de l'astrologue, juste après le lever du soleil, et l'effet qu'elles avaient produit sur le docteur Chandra, malgré une journée passée en consultations et en soins dans le pavillon, malgré l'événement de la salle d'accouchement, malgré le temps consacré, entre deux, à la rédaction de son manuscrit sur le traitement des blessures, malgré tout cela, l'effet que ces paroles prononcées à l'aube avaient eu sur le docteur Chandra ne s'était toujours pas dissipé.

Quand il arriva à l'observatoire céleste, le domestique chinois de l'astrologue l'attendait. Le docteur Chandra ne s'était jamais habitué à l'invention de Nimrod. Parce qu'il détestait être interrompu dans son travail, l'astrologue avait réduit l'accès de sa tour jalousement gardée à une caisse en bois qui s'élevait du sol à mesure que le Chinois actionnait une manivelle. Tout le temps qu'ils s'élevèrent, de plus en plus haut, dansant périlleusement dans la brise, le docteur Chandra, les yeux fermés, se cramponna de toutes ses forces. Quand ils furent arrivés, après avoir attaché l'ascenseur pour que personne tout en bas ne puisse le faire descendre et s'en servir – quel fou s'y risquerait? se demandait le visiteur –, le domestique lui fit traverser un pont suspendu tout aussi dangereux, d'où l'on avait une vue sur le palais tentaculaire et les montagnes alentour, pour aboutir devant une double porte massive marquée de symboles mystiques.

Le domestique chinois le fit entrer dans une pièce

circulaire, s'inclina et se retira sur la pointe des pieds, le laissant dans le domaine de l'astrologue.

C'était là qu'il vivait depuis un nombre incalculable d'années. Mais cette grande pièce circulaire ne se trouvait pas au sommet de la tour. Cinquante-deux marches plus haut, bien au-dessus du dôme, il y avait un vieil observatoire, dans lequel Nimrod s'était pour l'heure retiré, plongé dans le chant silencieux des étoiles.

Levant impatiemment les yeux vers le plafond, dont le dôme en or était incrusté de pierres précieuses figurant des étoiles, le médecin hindou essaya par la force de sa volonté de faire descendre Nimrod. Le vieil homme pouvait passer des heures là-haut. Il ne connaissait que les cieux, et ce mieux que quiconque, car il était le Daniel de toute la Perse, dernier de la lignée des Danites qui remontait au temps de Nabuchodonosor, quand les Daniel – du nom de Dan-El, un ancien dieu phénicien – étaient prophètes. Nimrod, lui, n'était pas un prophète, mais il n'en prédisait pas moins des événements à venir inscrits dans les étoiles. Rien ne se décidait au palais sans l'avoir d'abord consulté, aucune affaire n'était conclue, aucune disposition prise, ni même une jarre de vin ouverte avant de s'assurer auprès du vieil homme que les étoiles étaient favorables. Et il était rare qu'il se trompât.

C'est pourquoi le docteur Chandra arpentait nerveusement la salle circulaire, pressé d'en entendre davantage sur l'incroyable prédiction que Nimrod lui avait faite le matin même.

« Moi, après trente-six années passées entre ces murs, je partirai enfin pour un long voyage, pour ne jamais revenir ! »

Pendant ce temps, dans son observatoire, Nimrod regardait fixement le ciel tandis que ses lèvres récitaient en silence un chant maintes fois répété. Depuis l'aube, il s'était plongé dans des relevés et des calculs, localisant aspects et ascendants, définissant polarités et conjonctions. Il avait usé trois crayons à écrire et à tracer des croquis qui maintenant, telles des feuilles d'automne, jonchaient le sol autour de lui. Il y avait des tableaux de trines et de sextiles, des colonnes de mathématiques, des symboles d'étoiles et de planètes et il les avait lus et relus ici, dans l'obscurité de la nuit, d'abord en silence, puis dans un murmure et pour finir à voix haute, comme pour se convaincre en l'entendant de ce que ses yeux refusaient de croire. Car la conclusion était trop douloureuse.

Il s'était tourné vers la prière, pour se rassurer, pour obtenir quelque signe des dieux qui lui dise qu'il se trompait. Mais les paroles n'attiraient jamais l'attention des dieux, car c'est avec le cœur qu'on leur parlait et le cœur de Nimrod demeurait obstinément muet.

Il s'efforçait de croire, désespérément, de croire comme jadis, il y avait tellement longtemps, à une époque où son âme et son cœur étaient virils, où il avait révéré les dieux jusqu'au fanatisme. Mais ensuite, après des étés et des hivers passés ici avec son cosmos pendant que, en bas, dans la ruche humaine du palais, tous suivaient le gré de leurs fantaisies, sa ferveur avait vacillé puis s'était étiolée avant de mourir comme une flamme qui s'éteint. Alors, il avait fait ce que font tous ceux qui finissent par perdre la foi sans pour autant oser rejeter la croyance divine. Il avait transformé la religion en un sujet d'étude, s'était mis à collectionner et à étudier les dieux comme d'autres collectionnent des pierres ou des papillons. Et il avait découvert une chose terrible : plus il les étudiait, plus sa foi se désagrégeait. Jusqu'au jour – quand était-ce? Dans sa cinquantième année? Dans sa soixante-dixième? – où il avait monté une fois de plus ces cinquante-deux marches éreintantes et où son vieux corps avait crié :

« Les dieux n'existent pas! »

Son chant s'arrêta. Ses lèvres s'immobilisèrent. Nimrod baissa ses mains tremblantes et regarda les étoiles, bouche bée, comme un homme primitif devant son premier feu. Les étoiles, elles seules importaient, car elles seules existaient, lueurs glacées au lent tourbillon éparpillées à travers les cieux des éternités avant même que la terre ne se formât. Les étoiles gouvernaient le destin des hommes, Nimrod en avait la conviction, pas les dieux créés de toutes pièces, car c'étaient les étoiles et les constellations qui dirigeaient les marées et les courants des êtres mortels. Pas ces petites statues de pierre qui se brisaient en tombant. Les étoiles étaient les divinités et c'étaient elles que Nimrod l'Astrologue adorait à présent.

Quand il arriva au pied de l'escalier en spirale quelques instants plus tard, il s'appuya contre le mur pour reprendre haleine, ses rouleaux et ses tableaux serrés contre son cœur comme autant d'enfants. Il ferma les yeux et soupira. C'était sa malédiction de pouvoir lire l'avenir et ce qu'il venait de voir lui causait une peine immense. Il se jura de ne pas répéter à son ami ce qu'il avait lu dans les étoiles. Il lui en avait déjà trop dit ce matin. Le docteur Chandra devait se trouver dans la salle circulaire à attendre d'en apprendre davantage. Il sera venu sous prétexte d'annoncer la naissance du petit prince, mais Nimrod connaissait trop bien son vieux compagnon. Chandra allait vouloir savoir, et Nimrod ne lui dirait rien.

Avec un autre soupir, il se redressa en pensant, attristé, que les étoiles s'amusaient sûrement à jouer des tours à un vieillard qui, allez savoir pourquoi, avait manqué son rendez-vous avec la mort.

Amis de trente ans, le médecin et l'astrologue s'inclinèrent poliment l'un devant l'autre. Ils se ressemblaient aussi peu que le jour et la nuit. Le médecin rondelet, avec son teint olive et sa barbe broussailleuse, contrastait singulièrement avec la haute taille peu commune de l'astrologue, comme si, à force de tendre vers les étoiles, son corps s'était allongé. Sa longue chevelure blanche était rassemblée au sommet de son crâne en un chignon retenu par des peignes en ivoire et sa barbe de neige, qui lui descendait jusqu'à la taille, était passée dans sa ceinture. Différents d'apparence mais semblables d'esprit. Depuis le jour où Chandra, alors jeune homme, était arrivé d'Inde trente ans plus tôt, ils avaient passé d'innombrables soirées à converser, à jouer aux échecs, à débattre de religion et à démontrer, d'un commun accord, qu'ils étaient supérieurs en intelligence et en esprit à quiconque sur terre.

Aussitôt que Chandra eut raconté l'étonnante naissance du prince, Nimrod entreprit de tracer le thème astral de l'enfant. Après avoir observé un moment le Daniel penché sur sa table de travail, Chandra comprit qu'il serait trop absorbé dans ses calculs pour lui donner des détails sur la sinistre prédiction du matin, quand il avait dit : « Mon ami, les étoiles disent qu'une personne à quatre yeux venant de Perse mettra fin à votre long séjour ici! »

Et quoi d'autre, se demandait le médecin pour la millième fois, cela pouvait-il signifier, sinon qu'il allait partir pour un long voyage?

Voyant qu'aucune lumière ne serait projetée ce soir sur

l'énigmatique prophétie, il sortit sans dire un mot et, quelques instants plus tard, on l'entendit descendre dans la cage branlante de Nimrod.

Après être passé voir ses patients dans le pavillon et s'être enquis de la santé du jeune prince, le docteur Chandra se dirigea enfin vers une annexe du palais où peu de gens se rendaient et, arrivé là, frappa à une porte. Il entrait dans les appartements isolés d'une patiente qui vivait en recluse, la princesse que l'on appelait « Celle qui inspire la pitié », la seule patiente que le docteur Chandra ne pouvait guérir et qu'il ne guérirait jamais, quand bien même il en aurait eu le pouvoir.

33

Séléné se réveilla et regarda le plafond en clignant des yeux. Elle tourna la tête : la paillasse de Wulf était vide. Alors, elle se rappela. Il était encore parti en ville à la recherche de quelqu'un qui les conduise à Persépolis.

Elle bougea légèrement en grimaçant. Les premiers instants après le réveil, quand sa jambe était raidie par la nuit, étaient toujours pénibles. Elle dut se forcer à se lever, car si elle restait couchée, la douleur persisterait. C'était à ce sujet que Wulf et elle avaient eu leur première dispute. Quand ils eurent débarqué sur la côte perse, après la traversée de la Mer Inférieure, Wulf avait trouvé une auberge et l'y avait installée, lui interdisant de sortir. Selon lui, sa jambe n'était pas encore guérie et il lui fallait du repos. Mais Séléné, qui détestait être enfermée, avait assuré avec force que l'exercice lui ferait du bien. Mais il avait gagné. Il l'avait vue de ses propres yeux frôler la mort de si près que, maintenant, il la traitait comme si elle risquait de se rompre.

Elle se lava, s'habilla puis mangea ce que Wulf lui avait préparé et passa sur la terrasse où des fleurs d'hysope séchaient étalées au soleil. Elle s'appuya un instant contre le montant de la porte pour se masser la cuisse. Wulf avait raison. Elle n'était pas encore rétablie. Et elle avait bien failli mourir.

« J'ai entr'aperçu l'au-delà, mais au dernier moment, quelque chose m'a retenue. »

Quelle force l'avait ramenée à la vie?

Elle secoua la tête et s'assit au soleil pour trier l'hysope. Elle sépara soigneusement les fleurs et les pousses des feuilles. En infusant les boutons bleus dans de l'eau avec les pousses tendres, elle obtiendrait un expectorant pour l'hiver. Des feuilles étroites et aromatiques distillées, elle tirerait des essences parfumées qu'elle troquerait sur le marché contre d'autres produits. Tout comme Wulf s'efforçait de troquer la pierre transparente de sa pharmacie contre les services d'un guide et de ses ânes. En dehors des remèdes et des fournitures médicales, c'était le seul trésor qu'il leur restait.

Il y avait encore l'Œil d'Horus qu'Andréas lui avait donné quatre étés plus tôt et qu'elle portait toujours sous sa robe. Elle le vendrait, s'il le fallait, mais en dernière extrémité.

Jusqu'ici, Wulf s'était bien débrouillé. D'abord dans les marais du delta de l'Euphrate où, bien plus résistant que les indigènes chétifs, il avait pu échanger son travail contre la convalescence de Séléné dans leur village. Ensuite, quand elle avait commencé à clopiner sur une béquille, elle avait insisté pour qu'ils reprennent la route et s'éloignent le plus possible de Babylone, car les soldats étaient à nouveau lancés sur leurs traces. Alors, Wulf avait obtenu du capitaine, qui, comme tous les marins, souffrait de la bouche, la traversée de la Mer Inférieure contre un onguent gingival. Enfin ici, dans cette cité portuaire de la côte occidentale de la Perse, il leur avait trouvé de la nourriture et un gîte. A présent, il cherchait un moyen d'atteindre Persépolis d'où, au dire du capitaine du navire, ils trouveraient une route pour rentrer chez eux sans encombre.

Séléné leva le visage vers le soleil brûlant, ce soleil oriental qui brillait sur une terre qui lui était aussi étrangère qu'une planète lointaine. Quelle ironie dans ce destin qui l'entraînait inexorablement vers l'est alors qu'elle faisait tout pour aller à l'ouest! Quatre mois plus tôt, ils avaient fui Babylone, emportés par le courant de l'Euphrate qui les avait emmenés jusqu'à la Mer Inférieure, au sud-est. De là, ils avaient gagné la Perse et ils s'apprêtaient encore à continuer en direction de l'est!

– Persépolis est une grande cité puissante, avait assuré le capitaine. On dit qu'il n'est rien qui ne puisse s'y obtenir. A Persépolis, vous pourrez gagner de l'argent et poursuivre votre chemin en toute tranquillité.

Ils iraient donc à Persépolis, toujours plus loin vers l'est en s'enfonçant dans les montagnes abruptes du nord de cette terre des Perses, creusant encore davantage la distance qui la séparait d'Antioche.

La chaleur estivale plongeait Séléné dans une douce somnolence. Et elle songeait. L'onguent avait tellement soulagé le capitaine qu'il avait voulu leur prouver sa gratitude. La jeune femme avait donc utilisé le dernier papyrus de sa pharmacie pour écrire une lettre à Andréas, que le capitaine avait promis de confier, dès son retour sur l'Euphrate, à un passeur ou à un guide en partance pour Antioche. L'espoir était mince, infime, mais elle s'y raccrochait.

« Il ne faut pas qu'Andréas m'oublie. Je dois lui faire savoir que je suis en vie. Pour qu'il m'attende. »

Au bruit de la porte qui s'ouvrait derrière elle, elle se retourna. Wulf venait d'entrer et, en le voyant, elle se demanda une fois de plus si c'était lui qui l'avait ramenée du seuil de la mort, si c'était sa voix qu'elle avait entendue l'appeler.

Elle s'était sentie si près de quitter la vie, à un souffle, à un battement de cœur, mais une force qui n'était pas la sienne l'avait tirée en arrière et c'était pendant ce retour douloureux, houleux, qu'elle avait eu les visions.

Les visions qui, enfin, lui avaient montré clairement le but de sa vie.

« Je comprends tout, à présent, pensait-elle en se levant pour accueillir Wulf. Je sais que ce n'est pas le hasard mais le destin qui m'a conduite en Perse. »

Pendant quatre années, elle avait vécu en nourrissant un rêve : créer une médecine qui combine les enseignements de Méra et d'Andréas. Mais dans sa fièvre délirante sur le fleuve, elle avait vu quelque chose de beaucoup plus grand, quelque chose qui l'avait étonnée, éblouie. Il y avait tant à apprendre, le monde était si vaste. Soudain, elle avait vu la raison de son exil, compris ce qui la poussait ainsi : elle était née pour rassembler des quatre coins de la terre – à Magna, parmi les Bédouins, sur l'abominable place de Gilgamesh – le savoir et les connaissances médicales de l'humanité entière pour les partager avec le monde.

En reprenant connaissance sur le fleuve, elle avait vu que le courant les emportait toujours vers l'est et elle avait su que ce n'était pas un hasard. La main des dieux la guidait.

« Ils me préparent à l'œuvre grandiose qui m'attend. Quand je retrouverai Andréas, je me présenterai à lui riche de la sagesse médicale que le monde m'aura enseignée. Et ensemble, nous la porterons là où le besoin s'en fait sentir. »

Ainsi, Séléné savait que la Perse constituait une étape de plus dans son initiation, l'étape qu'elle devait franchir sous le regard des dieux qui s'apercevraient qu'elle était enfin prête et la laisseraient rentrer à Antioche.

Elle regarda Wulf enlever sa tunique pour se rafraîchir le torse et les bras. Comme toujours, elle admira son corps magnifique, aussi parfait que la statue d'Adonis sur la place du marché d'Antioche.

Après avoir remis sa tunique et noué sa ceinture de toile, il se tourna vers Séléné qui se tenait sur le seuil de la terrasse.

– Comment te sens-tu ce matin?

– Mieux qu'hier. As-tu eu plus de chance?

Wulf hésita. Comment répondre à cette question! Il espérait rentrer chez lui par le nord-ouest avant le plus gros des neiges; il devrait partir tout de suite, sans s'attarder davantage. Il lui faudrait abandonner Séléné. Aujourd'hui, il avait trouvé un guide, un homme avec trois ânes qui les conduirait à Persépolis. Mais après...

– Tu as trouvé quelqu'un? » insista Séléné.

Il s'inquiétait pour elle. Malgré ses assurances, il n'était pas encore certain qu'elle puisse supporter le voyage. Peut-être devraient-ils rester ici un peu plus longtemps, jusqu'à ce qu'elle ait repris des forces.

– Oui, finit-il par répondre. Il connaît bien le chemin et peut nous conduire à Persépolis en dix jours.

– Alors, partons tout de suite!

Il la regarda traverser la pièce en boitillant, ramasser les paquets qu'il avait rapportés – des provisions pour leur long périple à travers les montagnes de Zagros : des œufs durs et des pommes de l'été, des sacs de riz, des pains azymes et du poisson salé. Ils se déplaceraient de nuit parce que « l'été, personne ne traverse ce pays de jour, sauf les fous et les Grecs », lui avait dit le guide, en faisant allusion à Alexandre le Grand qui avait parcouru ce chemin il y avait tout juste trois siècles, conquérant la Perse sur son passage. Wulf avait également acheté des sandales solides, des chapeaux à larges bords pour les abriter du soleil implacable et des capes en cuir avec des capuches pour les protéger du froid quand ils franchiraient les cols.

En la regardant défaire les provisions et s'exclamer joyeusement à chaque découverte, Wulf se sentit submergé de tristesse. Il se rappelait l'effroyable descente du fleuve, quand il avait dirigé le radeau dans le courant en surveillant les rives à cause des patrouilles mais sans jamais quitter des yeux Séléné, qui brûlait de fièvre.

Au coucher du soleil, il ancrait le radeau dans les roseaux. Puis il pêchait à la lance, fumait le poisson sur le brasero et essayait doucement d'en faire avaler quelques bouchées à Séléné. Mais elle pouvait tout juste boire. Elle dépérissait sous ses yeux, rongée par la forte fièvre qui ne la lâchait pas. Parfois, elle se débattait si violemment dans son délire qu'il était obligé de l'attacher pour qu'elle ne se jetât pas à l'eau.

Il avait à peine dormi pendant ces nuits et ces jours terribles. Il l'avait tenue dans ses bras, l'appelant, incapable de chasser la fièvre qui la lui volait. Plusieurs fois, il avait maudit Odin et failli jeter sa croix au fleuve et d'autres fois, il avait prié, agenouillé, si fort que ses genoux étaient en sang.

Et puis, juste comme il touchait le fond du désespoir et que la vie de Séléné ne semblait plus tenir qu'à un fil ténu, alors que, désolé, il commençait à chercher le long des berges un endroit où de creuser une tombe, le radeau était arrivé au delta du Tigre et l'Euphrate, là où les deux fleuves se jettent dans la Mer Inférieure, à l'endroit où le paysage se transforme en un immense marécage rempli de lagunes et il avait rencontré ces gens simples qu'on appelait depuis toujours les habitants des marais.

Séléné se redressa soudainement pour le dévisager d'un air perplexe.

– Avec quoi as-tu payé tout cela ? demanda-t-elle en lui montrant la nouvelle pièce de linge pour des bandages, le paquet d'écorce de sureau et le sac de feuilles de basilic séchées ; la pierre à feu ne suffisait certainement pas !

Il se détourna et marcha vers la terrasse.

Les habitants des marais s'étaient occupés de Séléné. Dans leurs étranges huttes en forme de tunnel, les femmes l'avaient soignée avec leurs remèdes primitifs pendant que Wulf se joignait aux petits hommes et partait avec eux en canoë attraper des canards et des hérons dans les joncs. Jusqu'au jour où, en rentrant, il avait trouvé Séléné assise en train de manger du riz avec ses doigts; son visage, quand elle l'avait vu sur le seuil de la hutte, s'était éclairé d'un sourire.

– Wulf, comment as-tu pu acheter toutes ces choses? insista-t-elle.

Les toits brun foncé du village portuaire étincelaient dans la chaleur perse. Ils partiraient au coucher du soleil, avait dit le guide. Et dans dix jours, ils seraient à Persépolis.

Dix jours...

Il agrippa la balustrade en bois sec, la broyant presque sous ses mains puissantes. Il devait laisser ces souvenirs derrière lui maintenant, oublier les mois dans le désert, Babylone, leur court séjour chez les habitants des marais. Seul comptait l'avenir. Il ne devait vivre que pour lui. Rentrer chez lui. Rejoindre sa femme, son fils, son peuple brisé, qui aurait besoin d'un chef pour le rassembler et se soulever contre les Romains.

Regagner la Rhénanie, retrouver Gaius Vatinius et se venger comme il se l'était juré.

– Wulf? Comment as-tu payé ces choses? répétait Séléné derrière lui.

« Odin, laisse-moi la tenir une dernière fois dans mes bras avant que nous nous séparions à jamais. Laisse-moi goûter ses lèvres, la sentir contre moi... »

Il se retourna et enleva son turban.

Séléné le regarda, les yeux écarquillés. La chevelure blonde qui lui arrivait presque à la taille avait disparu.

– Je les ai vendus, expliqua-t-il. Il y avait un perruquier sur la place du marché. Il m'a dit que les cheveux blonds sont très à la mode et très demandés.

Il sortit une bourse en cuir de sa ceinture.

– Il reste encore de l'argent. Assez pour Persépolis, pour trouver quelqu'un là-bas qui nous indique le chemin pour rentrer chez nous.

Séléné fit un geste de la main vers ses cheveux courts mais se ravisa en disant qu'ils repousseraient bientôt.

A le regarder déambuler dans la pièce, rassembler les

provisions, les répartir en balluchons et en petits sacs, elle aurait voulu dire quelque chose d'autre. Mais il n'y avait rien à dire. A Persépolis, leurs chemins se sépareraient à jamais. Le voyage de Wulf et de Séléné devait se terminer, elle l'avait toujours su.

Et maintenant, elle était assez forte pour le supporter. Elle était sortie du délire armée d'un courage neuf et étrange. Comme si son esprit s'était nourri de son corps pendant ces journées de fièvre; comme si, pendant que sa chair fondait, son âme s'était renforcée en pouvoir et en détermination.

Elle avait fait des rêves durant la longue bataille qu'elle avait livrée contre la mort et ces rêves l'avaient instruite, ils lui avaient donné une vision plus ample et insufflé un élan nouveau. Elle s'était réveillée impatiente de continuer mais avait dû céder devant la faiblesse de son corps. Cependant, après des semaines passées chez les habitants des marais et des jours à bord du bateau sur lequel ils avaient traversé la Mer Inférieure, elle se savait prête à reprendre sa route. Là-bas, à l'ouest, sa vocation l'appelait.

34

– Au secours! A l'aide! criait la jeune fille.

Elle s'élança dans un bosquet ombreux comme il y en avait beaucoup dans l'enceinte du palais. Elle traversa une pelouse verte et tendre, bordée de myriades de fleurs qui la faisaient ressembler à ces tapis précieux qui font la renommée de la Perse. La jeune fille, qui courait comme s'il en allait de sa vie, regardait fréquemment en arrière avec des yeux terrifiés.

Un homme la poursuivait. Quand elle le vit émerger d'un taillis de chênes et piquer vers elle à travers la pelouse, elle se remit à pousser des cris et à courir de plus belle. Mais menue, elle courait à petites enjambées et son poursuivant, avantagé par de longues jambes, la rattrapait rapidement.

De l'intimité de sa terrasse, invisible, la princesse Rani, « Celle qui inspirait la pitié », observait la scène.

La jeune fille, dans sa course éperdue, essayait d'échapper au jeune homme en contournant des haies, en fuyant dans des chemins sinueux, en enjambant des parterres. Aspergés par le jet des fontaines, ses pantalons orange vif ondulant comme des flammes étaient trempés. Sa longue tunique, orange elle aussi, avait perdu un bouton, découvrant la naissance de sa poitrine.

– Au secours! cria-t-elle encore.

Mais en vain. Le parc, clos de murs, n'offrait aucune issue. Et, hormis la princesse Rani qui, cachée derrière une treille de vigne vierge, les observait en silence, il n'y avait personne alentour.

Finalement, à bout d'inspiration, elle plongea dans des buissons de myrte en fleur et se laissa tomber par terre en haletant.

L'homme s'arrêta net pour regarder autour de lui. Les mains sur les hanches, il fouilla le parc du regard, et quand il se tourna dans sa direction, à peine un instant, la princesse Rani vit qu'il était d'une beauté sombre.

A en juger par la grosseur de l'émeraude accrochée à son turban, il s'agissait d'un noble. D'un noble jeune et beau dont les épaules larges et le dos droit tendaient la veste de soie gris perle. Même de l'endroit où elle se tenait, Rani pouvait deviner ses intentions. La jeune fille était-elle consciente de l'ironie qu'il y avait à s'être réfugiée dans un buisson de myrte, consacré à Vénus, déesse romaine de l'amour?

L'homme attendit. Bientôt incapable de rester immobile plus longtemps, la jeune fille bondit hors des massifs. Aussitôt, il la rattrapa mais ne réussit à saisir que son voile. Le visage caché entre ses mains, la jeune fille repartit en poussant des cris. Il se lança derrière elle, l'air décidé, cette fois.

Rani sentit Miko, sa vieille servante, approcher et s'arrêter près d'elle. Miko ne dit rien mais observa avec elle les deux jeunes gens sur la pelouse.

L'homme arriva enfin à hauteur de sa proie. La saisissant, il la fit se retourner, lui maîtrisa les bras et l'embrassa avec fougue.

Miko laissa échapper un soupir de désapprobation.

Puis les deux jeunes gens, en riant, roulèrent ensemble dans l'herbe, elle passant les bras autour de son cou, lui s'allongeant sur elle. Tandis que les cris d'excitation de la jeune fille emplissaient l'air estival, la princesse Rani détourna le regard.

- Pourquoi regardez-vous ? Cela vous fait mal et vous rend triste et pourtant, vous ne pouvez vous en empêcher, gronda Miko en abaissant discrètement un store derrière la vigne vierge.

– Cela m'apporte un peu de joie de voir que d'autres jouissent de ce que je ne connaîtrai jamais, répondit la princesse d'une voix sans conviction.

Miko regarda sa maîtresse d'un air éloquent. Rani savait ce que la vieille servante pensait, qu'il pouvait en être autrement.

« Mais c'est ainsi, se confortait-elle intérieurement. Je le fais pour le docteur Chandra. »

Alors que les cris des jeunes gens heureux s'éteignaient enfin et que le parc retrouvait sa tranquillité, la princesse Rani appuya sa tête contre le dossier de son fauteuil et regarda le ciel. Elle pensait à ce que le couple faisait en bas et qu'elle n'avait jamais connu ni ne connaîtrait jamais, et cela la remplissait de mélancolie.

L'amour, cet inconnu. Tout le monde s'y adonnait, semblait-il. Même la vieille Miko avait eu un époux, et dans ce palais, l'amour et la recherche du plaisir occupaient l'essentiel des loisirs.

« J'ai pris ma décision depuis longtemps, pensait-elle stoïquement. Je dois m'y tenir et je dois continuer à en payer le prix. »

Elle chassa de ses pensées ces considérations vaines et stériles pour réfléchir une fois de plus à la mystérieuse prophétie de l'Astrologue.

La vie du docteur Chandra dans ces murs allait bientôt prendre fin, avait-il déclaré à la surprise générale – après trente années de service à l'intérieur du palais, nul n'aurait songé, et l'intéressé moins que quiconque, le voir partir –, et une personne à quatre yeux serait l'instrument de ce départ.

« Mais partir de quelle façon ? » s'interrogeait la princesse Rani.

Car il y avait deux façons de quitter une vie : en en sortant ou en mourant.

« Quelle sera celle du docteur Chandra ? Et qu'était cet être à quatre yeux ?

La princesse ferma les yeux. Sa terrasse ombragée était

calme, paisible. La musique et les rires qui planaient continuellement au-dessus des dômes et des flèches, comme un nuage invisible, n'arrivaient pas jusqu'à ce coin retiré du palais construit dans les hauteurs des montagnes perses. Rani avait délibérément choisi de se tenir à l'écart de la vie du palais, de manière à ne pas se voir rappeler sa propre tragédie et à ne pas gâcher le bonheur d'autrui en l'affichant aux yeux de tous. Elle savait qu'on l'appelait « Celle qui inspire la pitié ». Il y avait presque trente ans qu'on chuchotait ce nom, depuis que les médecins du palais avaient déclaré qu'ils ne pouvaient la guérir.

Alors, aussi solitaire que fût son existence, avec ses quelques esclaves et ses animaux familiers, et la diversion occasionnelle que lui offraient les jeunes amoureux dans le parc, Rani avait choisi de vivre ainsi. Ici, elle ne risquait rien; ici, ses secrets étaient bien gardés.

Ou... l'avaient été. Jusqu'à présent. Jusqu'aux révélations à la fois bouleversantes et déroutantes de l'astrologue annonçant le départ du docteur Chandra.

« Serait-ce possible? se demandait-elle le cœur battant. Après tant d'années – combien déjà? – depuis le jour où le docteur Chandra est soudain apparu dans ces murs, le jour de mes dix-huit ans. Et s'il s'en allait vraiment? Que deviendrais-je? »

D'un naturel d'ordinaire calme et serein, cette femme douce à la voix posée, qui passait ses journées confinée sur un divan, car la vie avait quitté ses jambes, commença à avoir peur, pour la première fois depuis longtemps.

Dans sa haute tour, Nimrod s'inquiétait lui aussi au sujet du docteur Chandra.

Les étoiles disaient l'avenir et si elles n'avaient jamais menti, elles ne révélaient pas toujours tous les faits. Nimrod abattit un poing rageur sur sa table de travail jonchée de cartes astrales et d'instruments de mesure. Quand et comment le docteur Chandra quitterait-il le palais? Et qui était cette personne à quatre yeux qu'annonçaient les étoiles?

Jetant son crayon et poussant de côté son astrolabe, le vieil astrologue considéra ses cartes d'un œil noir.

Ainsi, le jour était enfin venu! Le jour où il devait quitter sa tour. Car il était clair dans son esprit qu'il ne trouverait plus de réponses ici, que les étoiles avaient livré tous leurs secrets. Les autres réponses, il faudrait les chercher ailleurs. Dehors, hors de cette tour que Nimrod, comme la princesse dans ses appartements, n'avait pas quittée depuis de nombreuses années.

Il lui fallait un agneau. Un agneau parfaitement immaculé, de la couleur et de l'âge requis. Et il ne pouvait se fier à personne au palais pour lui en ramener un qui fût aussi parfait. C'était trop important. Il allait devoir sortir pour le trouver lui-même. Ensuite, il lirait dans son foie l'avenir du docteur Chandra.

35

Ils partirent au crépuscule avec le soleil couchant dans les yeux et suivirent l'ancienne voie royale construite des siècles auparavant par Cyrus, le premier roi des Perses.

La plaine côtière s'élevait graduellement vers les collines vallonnées qui, ensuite, faisaient place aux pentes escarpées des monts Zagros. A mesure que la route montait, l'air se raréfiait et fraîchissait. Dix jours après avoir quitté la côte, ils atteignirent les célèbres Portes de la Perse où, trois siècles plus tôt, le grand *Sikander* avait livré une bataille décisive, et le guide leur expliqua qu'ils se trouvaient maintenant à deux mille cinq cents mètres au-dessus du niveau de la mer.

Au lieu d'être affaiblie par le périple éprouvant, Séléné sentait une vigueur nouvelle naître en elle. A cette altitude, les étoiles semblaient briller plus fort, plus près de la terre; la lune énorme et ronde baignait les feuillages des chênes d'une lumière argentée. L'air était si limpide et si pur qu'il enivrait. Séléné était prise de vertige. Tandis que, derrière le guide et ses ânes, elle et Wulf franchissaient le sommet d'un col inondé de lune, la jeune femme se sentait électrisée d'impatience et d'espoir. Leur voyage toucherait bientôt à sa fin. Juste après cette pente, ils découvriraient l'antique cité d'où, dans quelques jours, ils partiraient vers l'ouest, vers chez eux.

Elle savait exactement comment serait Persépolis – le capitaine la lui avait décrite pendant la traversée de la Mer Inférieure. « Une vaste plaine au milieu de montagnes, avait-il dit. Et la plaine entière est un immense jardin d'arbres, de fleurs et de prairie. Il y a des canaux et des cours d'eau, du gibier à plumes et des gazelles. C'est le Jardin d'Eden où les pavillons de la noblesse étincellent au soleil. Vous en aurez le souffle coupé! »

Quand ils eurent enfin franchi le col et qu'ils s'arrêtèrent pour regarder la plaine en contrebas, alors même qu'ils se trouvaient trop haut pour bien voir et que la plaine s'étendait dans l'obscurité, Séléné crut distinguer le grand palais de pierre et de cèdre aux peintures brillantes et au million de glands d'or.

Persépolis, pensait-elle, étourdie. Cette cité constituait une étape nouvelle sur le chemin de sa destinée. Les dieux l'avaient conduite ici.

Déjà, ils descendaient le versaient oriental de la montagne, s'engageant sur la route qui menait à la plaine. Il était minuit et la lune brillait au sommet de sa course. Leurs pas semblaient comme éclairés par une torche fantomatique. Et tandis qu'ils suivaient la voie royale, Séléné sentait un frisson étrange et inexplicable courir sur sa peau.

Un silence anormal semblait peser sur la vallée, comme si quelque dieu avait posé une main invisible pour réunir les deux cimes qui se faisaient face et, sous la coupole de sa paume divine, isoler la vallée en dessous du reste du monde. Le pavé renvoyait en écho le clip-clop des sabots des ânes. Séléné et Wulf commencèrent à regarder autour d'eux. Leur étonnement se mua vite en une profonde consternation. Ils traversèrent le vieux pont de bois sur la Pulvar, le guide parlait comme si tout était normal. Il parla de *Sikander,* Alexandre le Grand qui, il y avait très longtemps, avait conquis cette terre, il raconta comment, pour montrer sa puissance et son pouvoir aux Perses, il avait incendié la ville et l'avait regardée flamber comme un immense feu de joie qu'on avait sûrement dû voir de l'autre bout de la terre.

Séléné regardait, médusée, les tas de pierres, les murs éventrés et les colonnes renversées, derniers vestiges de ce qui, autrefois, avait été le palais de Darius le Grand. Il n'y avait pas de jardins, pas d'arbres ni de fleurs, pas même un brin d'herbe, rien qu'une plaine nue rasée jusqu'à la roche, comme une terre vouée à la malédiction des dieux.

Ils arrivèrent à la Porte de Xerxès. Le guide continuait de parler alors que ses compagnons marchaient en silence. Aucun gland d'or ne pendait ici, pas plus qu'il ne se dressait de colonnes, de murs de cèdre aux couleurs éclatantes. Le capitaine leur avait récité ce qu'il avait lu dans un livre! Il n'était jamais venu à Persépolis!

– Oh, Wulf! murmura Séléné dans l'air glacial de la nuit. C'est une ville morte. Il n'y a rien ici.

Les yeux levés sur les rares piliers encore debout, qui semblaient soutenir la voûte céleste étoilée, Wulf se demandait quels dieux avaient construit cette cité et pourquoi ils l'avaient laissée tomber en disgrâce.

– Wulf, dit Séléné d'une voix désolée. Nous sommes venus dans un endroit dévasté et désert. Pourquoi les dieux m'ont-ils amenée dans ce cimetière? Maintenant, il va nous falloir continuer jusqu'à une autre ville. Et je suis si lasse de voyager...

Quand elle s'appuya contre lui, il l'entoura de ses bras et lança un regard au guide qui s'éloigna avec ses ânes en désignant un endroit dans les ruines où il allait installer le camp. Le guide les prenait pour des touristes, qui d'autre aurait voulu venir à Persépolis?

Accrochés l'un à l'autre, blottis dans la chaleur de leurs deux corps, Séléné et Wulf restaient immobiles, pareils aux statues de pierre qui jonchaient les ruines. Ils étaient si fatigués, ils avaient parcouru tant de chemin, ils avaient formé tant d'espoirs. Et maintenant qu'ils étaient arrivés au bout de leur voyage, ils devaient reprendre la route pour se diriger vers une autre ville plus accueillante.

Puis, dans l'étreinte immobile qui les soutenait du fond de leur fatigue, Wulf commença à caresser les cheveux de sa compagne et les mains de Séléné à caresser son dos.

Séléné chercha la bouche de Wulf en même temps qu'il cherchait la sienne. Elles se rejoignirent doucement, dans un baiser plein de tendresse, sans violence ni passion dévorante; ils se serraient l'un contre l'autre dans un amour affectueux qui était comme un baume sur leurs âmes épuisées. Leur patrie était si loin qu'ils cherchaient un abri l'un près de l'autre.

La terre sembla les attirer à elle tandis que les étoiles tournaient au-dessus des piliers. Ils firent l'amour lentement, tard dans la nuit, chassant pendant un instant court et unique la solitude, la douleur de l'absence et le désespoir.

Le soleil surgit de derrière les cimes orientales et en un instant, la plaine fut inondée d'une lumière vive. Une brise encore fraîche, mais qui ne tarderait pas à devenir brûlante et sèche, jouait dans leurs cheveux alors qu'ils traversaient les ruines.

Ils virent des colonnes calcinées et, partout, une couche de poussière poudreuse, la cendre des énormes chevrons de cèdre calcinés qui s'étaient écroulés durant le terrible enfer allumé par la torche d'Alexandre. Sur les murs de chaux noircis que des tailleurs de pierre habiles avaient laborieusement sculptés, s'étaient figées des parades rigides de soldats depuis longtemps oubliés, seuls habitants désormais de ces lieux désolés.

Le guide réapparut conduisant les ânes. Ils devaient trouver un abri pour la journée, dit-il, parce que bientôt la chaleur serait insupportable. Il observa Séléné. Elle avait du sable dans les cheveux et ses lèvres étaient enflées. Ces deux-là n'étaient pas les premiers touristes à venir à Persépolis pour des raisons charnelles. Il y avait quelque chose dans les ruines qui émoustillait les sens. Allez savoir pourquoi !

Quand le bonhomme se dirigea vers la route qui les avait menés ici avec l'intention de ramener ses touristes à la côte, Wulf et Séléné insistèrent pour prendre une autre direction. Pour rentrer chez eux, il ne fallait pas qu'ils rebroussent chemin, à cause des soldats de Lasha qu'ils risquaient de croiser. Ne pouvaient-ils faire route vers le nord ? Était-il impossible de rejoindre l'Arménie par une route qui, du nord de la Perse, partirait en direction de l'ouest ? Le guide se gratta la tête.

– Cette route là-bas conduit à un vieux palais d'agrément, au nord, finit-il par répondre. Et de là, il y a une route en direction de l'ouest qui va jusqu'en Europe, à ce qu'on m'a dit.

Wulf et Séléné avaient entendu parler de ce palais et savaient qu'il se trouvait au bout d'une route sûre et rapide. Ils décidèrent donc de tenter leur chance de ce côté plutôt que de risquer de rencontrer les soldats de Lasha.

Le guide ne voulut pas plus les conduire jusqu'à ce

palais que leur vendre ses ânes, alors ils lui dirent au revoir et partirent seuls à travers les ruines.

36

L'incident se produisit à un jour de marche du palais d'agrément.

Le soleil commençait à darder ses rayons et ils avaient quitté la route à la recherche d'un endroit ombragé où dormir durant le jour. Ils se dirigeaient vers un bosquet de chênes quand ils virent un homme à la chevelure blanche surgir de derrière des rochers.

Ils s'arrêtèrent et le regardèrent se précipiter dans leur direction. Le regard fixé sur un agneau qui gambadait à quelque distance devant lui, il ne semblait pas les avoir vus. Soudain, son chapeau s'envola, libérant sa longue chevelure, ce qui ne manqua pas de déclencher l'hilarité de Séléné. Mais Wulf lui saisit le bras pour lui montrer l'ombre qui fondait sur le vieil homme.

Séléné leva les yeux, horrifiée : un oiseau piquait droit sur le crâne de l'inconnu. Ils restèrent un instant pétrifiés puis, entendant les hurlements du vieillard, se mirent à courir.

Il était tombé à genoux et poussait des cris perçants. Les ailes monstrueuses battaient autour de son visage et de ses épaules tandis que les serres lui creusaient impitoyablement le crâne. Des filets de sang commencèrent à couler de sa tête, puis il roula sur le dos en agitant les bras et les jambes. Wulf, qui était arrivé à lui en un instant, agrippa le faucon de ses mains puissantes pour lui faire lâcher prise. L'oiseau de proie hésita puis déploya ses grandes ailes et s'envola.

Séléné se pencha aussitôt sur le blessé. Il saignait abondamment.

Wulf ouvrait déjà le coffre d'ébène. Séléné, pressée d'arrêter l'hémorragie, lava la plaie puis posa des points de suture et un pansement. Alors qu'elle venait de terminer et qu'elle s'apprêtait à demander à Wulf ce qu'ils devaient faire de l'homme inconscient, elle vit apparaître au pied des collines le plus surprenant des spectacles.

Wulf, qui l'avait vu en même temps, commença à se lever lentement.

Il devait y avoir plus de cent personnes dans cette fantastique caravane, toutes vêtues comme des rois et juchées sur des éléphants chamarrés qui avançaient en une procession lente et majestueuse dans le tintement de centaines de clochettes. Quand elle arriva devant eux, la caravane s'arrêta.

Sans un mot, un homme sauta de sa monture pour courir jusqu'à eux. Il mit un genou à terre, examina le blessé inconscient puis se tourna et cria quelque chose dans une langue que Séléné ne connaissait pas.

Aussitôt, quatre porteurs sortirent des rangs, soulevèrent doucement le vieil homme pour le poser sur une civière avant de rejoindre la caravane où ils le hissèrent sur un éléphant drapé de velours bleu et or.

En tête de caravane, juché sur un éléphant peint en jaune vif, un grand et bel homme au teint basané dévisageait les deux étrangers d'un air indéchiffrable. Le regard de Séléné s'arrêta avec stupeur sur son bras tendu. Le faucon même qui avait attaqué le vieil homme y était posé, encapuchonné. Ses plumes et ses serres étaient tachées de sang.

Six soldats quittèrent la caravane et approchèrent de Séléné et de Wulf au pas de course. Ils leur dirent de monter à cheval, Séléné en croupe.

Le palais de l'empereur parthe était si magnifique qu'en comparaison celui de Lasha ressemblait à une étable. Il comptait tant de pièces qu'on disait qu'un homme qui en visiterait une par jour n'aurait pas encore vu la moitié du palais au bout de dix ans.

Le cortège fit son entrée par un pont qui enjambait une rivière asséchée. La chaleur était si intense qu'on voyait des lézards et des serpents frire dans les rues. En découvrant le palais, Séléné se demanda s'il s'agissait de celui de ses visions, celui aux murs d'albâtre étincelant dans le soleil, si cette vision était un message des dieux la prévenant de leur intention de l'amener ici et si elle allait se rapprocher de sa destinée.

Ensuite, ils franchirent sept portes imposantes avant de déboucher sur une place spacieuse qui cuisait sous le soleil implacable. Une nuée de domestiques apparut armée d'échelles et d'escabeaux. Le chaos le plus total régnait et Wulf et Séléné se demandèrent si, dans cette confusion, on n'allait pas les oublier. Mais une cohorte de soldats parthes les entoura rapidement cependant qu'ils mettaient pied à terre, puis les escorta à travers la place pour les faire entrer par une porte cloutée d'or.

Ils longèrent ce qui leur parut des kilomètres de couloirs étonnamment frais dans la chaleur accablante de l'été perse et croisèrent dans les salles des gens aux vêtements colorés dont le turban était orné de plumes et d'énormes joyaux. Si Wulf les dévisageait les yeux écarquillés, eux se retournaient avec curiosité sur le passage de ce géant blond qui déambulait en jambières de cuir. Mais lorsque les gardes leur firent traverser un jardin agrémenté en son centre d'un petit lac, Wulf s'arrêta net, interdit. Car sur l'eau, il y avait des cygnes, les premiers qu'il voyait depuis sa capture sur le Rhin et son cœur se pinça. Les cygnes étaient les incarnations des Walkyries, les filles d'Odin.

Pour finir, après les avoir cérémonieusement introduits dans une pièce confortablement meublée qui ouvrait sur un jardin privé, les soldats se retirèrent en fermant les portes à clef.

37

Un homme vint les voir. Il portait des habits de soie marron et un turban doré. Il se présenta comme le docteur Singh.

– Pourquoi nous gardez-vous prisonniers? demanda Wulf. Nous n'avons rien fait de mal.

Le docteur Singh, intimidé par le barbare qui le dominait de toute sa taille, recula d'un pas.

– Je vous assure que vous n'êtes pas prisonnier ici! Vous êtes notre hôte d'honneur!

– Nos portes sont verrouillées.
– Pour votre propre protection.
– Comment va le vieil homme? intervint Séléné.
Le médecin la regarda comme surpris qu'elle pût parler, puis il s'adressa à Wulf.
– Vous devez comprendre qu'il s'agit d'une situation délicate, hautement inhabituelle. C'est un crime pour quiconque hormis un brahmane de poser les mains sur le Daniel de toute la Perse. Cependant, vous lui avez sauvé la vie. Comme nous étions confrontés à un dilemme quant à votre sort, nous avons décidé d'attendre de connaître l'évolution de la blessure du Daniel. Il a repris connaissance et demande à vous voir.
– Alors, il va bien? insista Séléné.
A nouveau, il eut l'air surpris et à nouveau, il l'ignora, ne s'adressant qu'à Wulf.
– Celui que vous appelez le vieil homme et que vous avez sauvé est notre Astrologue. Sa mort prématurée aurait été une calamité nationale. Mais à présent, je vous prie de bien vouloir m'accompagner, dit-il en se tournant, un bras tendu vers la porte.
– Où nous conduisez-vous? demanda Wulf.
– Je vous emmène auprès de l'Astrologue. Il a demandé à voir l'homme qui lui a sauvé la vie.
Quand Séléné s'avança aux côtés de Wulf, le docteur Singh dit :
– Pas la femme. Elle reste ici.
– Mais c'est elle qui a sauvé le vieil homme. Pas moi.
Le docteur Singh écarquilla les yeux.
– Comment? Vous devez plaisanter!
– Elle est guérisseuse.
Le médecin s'étrangla.
– Et elle a *touché* l'Astrologue?
– Il le fallait pour..., commença-t-elle.
Mais le médecin la fit taire d'un geste.
– Voilà qui est des plus inattendu, dit-il, ennuyé. Des plus irrégulier. Je vais devoir demander conseil.
Et il sortit précipitamment pour revenir quelques instants plus tard avec une réponse.
– La femme peut venir.
Il les emmena à travers un dédale de couloirs qui les conduisit dans un endroit qu'il appela simplement le pavillon.

Séléné regardait, stupéfaite. Le pavillon était une grande pièce aérée avec une rangée de lits le long d'un des murs alors que le mur opposé ouvrait sur une large terrasse ventilée par la brise. Tous les lits étaient occupés et chacun des occupants, Séléné le vit alors qu'elle passait lentement devant eux, souffrait d'une maladie ou d'une blessure. Des guirlandes de fleurs décoraient les murs et le plafond; à côté de chaque lit était posée une épée impressionnante; l'air baignait dans la fumée de l'encens à la moutarde.

Séléné était abasourdie. Les patients étaient allongés dans des draps blancs et leurs têtes reposaient sur des oreillers blancs. Sur de petites tables entre les lits, il y avait des cuvettes et des linges et des bâtons d'encens brûlaient. Des gens étaient penchés sur les malades, les lavaient, changeaient leurs bandages, les nourrissaient et ce faisant, ils riaient et plaisantaient. En fait, la pièce était emplie de rires. Certains des soignants chantaient même et un homme grimpé sur une estrade au centre de la pièce récitait ce que Séléné devina être un conte humoristique, puisqu'il provoquait de fréquentes explosions de rires et des applaudissements.

En arrivant au dernier lit, Séléné reconnut le vieil homme à la tête bandée que le docteur Singh leur présenta comme étant Nimrod, l'Astrologue de la Cour. Trois très belles femmes assises à son chevet chantaient et tapaient dans leurs mains selon un rythme entraînant. Dès que les paupières de Nimrod commençaient à s'abaisser, l'une d'elles lui tapotait la joue et aussitôt il rouvrait les yeux.

– Que font-elles? interrogea Séléné.

Le docteur Singh eut une moue de dédain.

– Elles le gardent éveillé. Si vous êtes guérisseuse, vous devez savoir qu'il est mauvais qu'un patient dorme durant le jour.

Ignorant son ton méprisant et le fait qu'elle n'avait jamais rien entendu d'aussi absurde, elle demanda encore : Comment appelez-vous cet endroit?

– Le pavillon.

– Mais... Quelle est sa fonction?

Le docteur Singh se renfrogna. Séléné et lui avaient conversé en grec, mais il ne trouvait aucun mot dans cette langue pour décrire cet endroit, aussi lui répondit-il en sanskrit qu'il s'agissait d'une *chikisaka*.

– C'est l'endroit où nous soignons nos malades. Comment l'appelle-t-on là d'où vous venez?

A son tour, Séléné fronça les sourcils. Elle non plus ne pouvait trouver d'équivalent en grec. Alors, elle se rendit compte que c'était probablement parce que, à sa connaissance, en dehors des temples d'Esculape, il n'existait pas dans le monde occidental d'endroit où l'on soignât les malades.

– Nous n'avons rien de tel, reconnut-elle.

Il eut un air méprisant.

« Des étrangers, pensait-il. Comment l'Astrologue peut-il vouloir leur parler! »

Il se détourna pour aller se placer du côté du lit où les trois femmes chantaient. Pendant qu'il se penchait sur Nimrod et lui parlait en parsi, Séléné examina à nouveau l'étonnant pavillon et cette fois, elle remarqua dans un renfoncement un petit homme rond vêtu de soieries couleur pêche et d'un turban turquoise qui la dévisageait avec méfiance derrière une barbe noire broussailleuse.

– Vous pouvez approcher le Daniel, annonça sèchement le docteur Singh. Mais soyez brefs.

Séléné s'approcha et regarda le visage gris.

« On devrait le laisser dormir », pensa-t-elle avec inquiétude en souhaitant que les trois chanteuses s'en aillent.

– Bonjour, dit-elle doucement, je m'appelle Séléné.

Les yeux délavés fouillèrent l'air un instant puis se posèrent sur son visage.

– C'est vous qui m'avez sauvé la vie? demanda-t-il d'une voix rauque.

– Avec mon ami, répondit-elle en montrant Wulf. Il a chassé le faucon et j'ai pansé vos blessures.

Nimrod poussa un soupir.

– Le satané oiseau a confondu ma tête avec un lièvre. C'était une erreur. Je n'aurais jamais dû me joindre à la chasse de Mudra.

Il avait du mal à parler et Séléné voyait combien il était épuisé. Quand elle tendit la main pour lui palper le front, le docteur Singh cria :

– Arrêtez!

Elle leva les yeux pour le regarder.

– Vous ne devez pas toucher le Daniel.

– Mais je l'ai déjà touché!

– Votre présence dans cette pièce sème la confusion. Vous troublez la gaieté. Partez maintenant.

Abasourdie, Séléné le dévisagea. Par-dessus son épaule, dans le coin, elle vit le petit homme à la barbe noire qui la regardait toujours.

– Mais c'est ridi...

– Partez! aboya-t-il en appelant les gardes d'un geste.

Alors qu'on leur faisait quitter le pavillon, Séléné regarda derrière elle. Le docteur Singh était en grande conversation avec l'homme qui l'avait observée de son coin.

38

De son divan, adossée à des coussins de soie, la princesse Rani étudiait les deux visiteurs avec une franche curiosité. La jeune fille avait un teint inhabituel – une peau très blanche qui contrastait avec une chevelure noir de jais – et elle était grande. Si Rani avait pu se lever, elle lui serait à peine arrivée aux épaules. Et son compagnon! Il avait les cheveux de la couleur des épis de maïs. Rani avait entendu dire que pareil prodige pouvait exister, mais elle n'aurait jamais pensé en être un jour témoin.

– On m'a dit que vous aviez sauvé la vie de notre Astrologue, dit-elle d'une voix aimable. Soyez donc assurés de ma gratitude, de celle de tous dans le palais et, je n'en doute pas, de celle des dieux aussi. Asseyez-vous, je vous en prie.

L'endroit rappelait à Séléné les appartements de Lasha, encore que très vaguement. Chez la princesse, tout était beaucoup plus luxueux qu'à Magna. Le sol de marbre était incrusté de faïences et d'or; d'étranges oiseaux se pavanaient, des oiseaux turquoise géants avec de grandes queues au plumage multicolore qui traînaient derrière eux. L'un d'eux, tout blanc, s'envola et ouvrit sa queue en un magnifique éventail, laissant Séléné bouche bée.

– Vous venez de loin, dit Rani en souriant. Qu'est-ce qui vous amène en Perse?

Séléné détourna son regard des paons pour étudier la princesse. Elle était petite, rondelette et avait le teint sombre, comme beaucoup des habitants de ce palais d'agrément, mais ne semblait pas imbue de cette arrogance que les autres arboraient. Séléné se demanda pourquoi elle cachait ses jambes sous une couverture de satin. Elle ne l'avait pas encore vue les bouger.

– Nous sommes venus ici pour trouver un chemin qui nous ramène chez nous. Le sort nous en a considérablement écartés.

Rani hocha la tête. Elle comprenait ces choses. Elle n'oublierait jamais comment, trente-six ans plus tôt, le sort avait dévié sa route d'une manière cruelle qu'elle ne pourrait pardonner.

– Le docteur Chandra m'a parlé de votre visite au pavillon ce matin. Il m'a dit que vous auriez voulu toucher l'Astrologue. Ne savez-vous pas qu'en tant que femme, vous n'y êtes pas autorisée? Nimrod appartient à la caste des Brahmanes.

Séléné repensa à la visite du matin : qui était le docteur Chandra? Elle se souvint alors du petit homme barbu qui, d'un coin de la pièce, la surveillait d'un œil critique.

– Vous ne sauriez me tenir grief de mon ignorance, Votre Altesse, répondit-elle. De tels tabous n'existent pas dans le monde d'où je viens. Veuillez nous excuser si nous vous avons offensés; mon ami et moi ne souhaitons que repartir. On nous a dit qu'une route partait d'ici vers l'ouest...

– Le docteur Chandra m'a dit que les soins que vous avez donnés à Nimrod sont dignes de professionnels et que vous affirmez être guérisseuse. Est-ce vrai?

– J'ai quelques notions de médecine.

La princesse la dévisagea longuement.

– Les femmes ont-elles le droit d'être guérisseuse là d'où vous venez?

– Bien sûr, répondit Séléné, surprise par la question.

Rani secoua la tête, incrédule.

– Vous voyez, je connais si peu le monde en dehors de ces murs. Et je ne reçois jamais de visiteurs. Toutes les nouvelles me sont apportées par le docteur Chandra, qui est mon seul ami, en même temps que mon médecin personnel.

Voyant le regard de Séléné se porter instinctivement sur la couverture de satin qui couvrait ses jambes sans vie, Rani expliqua :

– Je suis paralysée depuis trente-six ans.

– Je suis désolée.

Les yeux en amande de Rani, qu'ourlaient d'épais cils noirs, croisèrent ceux de Séléné. Pendant un bref instant, il sembla qu'elles communiquaient ou peut-être, pensa Séléné, la princesse voulait-elle lui faire partager un secret. Mais cet instant passa et Rani détourna le regard.

– Vous éveillez ma curiosité, dit-elle. Dans cette partie du monde, les femmes n'ont pas le droit d'apprendre la médecine. On ne leur apprend pas non plus à lire et à écrire. Savez-vous lire et écrire ?

– Oui.

Rani soupira.

– Quel monde merveilleux, cet endroit où l'on accorde aux femmes tant de liberté !

Elle tapa dans ses mains, faisant tinter ses bracelets en or. Presque instantanément, une esclave apparut avec un plateau qu'elle posa devant les visiteurs tout en dévisageant effrontément Wulf.

– Vous êtes une curiosité ! expliqua Rani une fois l'esclave sortie, en leur faisant signe de se servir de vin et de manger des confiseries. Avant la fin du jour, les gens vont s'agglutiner sur votre passage. Il s'est passé la même chose quand les Romains sont venus.

– Des Romains ? s'étonna Séléné. Aussi loin à l'est ?

– Oh, nous sommes dans l'empire parthe et Parthe est très puissante, mais l'aigle romain est insatiable et il voudrait étendre ses ailes mortelles au-dessus de la Perse. Il y a trois mois, nous avons eu dans ce palais la visite d'une délégation romaine. Une mission pacifique, nous ont-ils dit ! Une mission diplomatique ! Et pourtant, ils avaient envoyé un de leurs généraux, un homme dur nommé Gaius Vatinius.

Wulf se redressa dans son siège.

– Gaius Vatinius ?

Rani le regarda.

– Vous avez entendu parler de lui ?

– Gaius Vatinius se trouvait ici ? demanda Séléné. Puis se tournant vers Wulf : – Est-il possible que ce soit lui ?

– Il commande l'armée du Rhin, ajouta Rani.
Wulf se leva d'un bond.
– Quand est-il parti? Quelle direction a-t-il prise?
– Calmez-vous, mon ami. Il y a des hommes à la cour qui peuvent vous apprendre ce que vous voulez savoir. Pour ma part, je n'ai jamais vu les Romains. C'est le docteur Chandra qui m'a raconté leur visite. En revanche, je sais que le général est reparti il y a trois mois pour rejoindre son armée sur le Rhin.
Séléné regarda Wulf, vit ses poings serrés et ses yeux bleus enflammés et elle sentit son propre cœur battre plus fort.
– Je vois maintenant, dit lentement la princesse en étudiant le visage de ses visiteurs d'un nouvel œil, que votre venue en Perse n'avait rien d'accidentel. Les dieux vous ont amenés ici pour une raison précise.
Elle plissa les yeux.
– Est-il possible que l'un de vous soit celui annoncé par les étoiles, celui qui sera responsable de la fin de la vie du docteur Chandra ici?
– J'aimerais que vous me rendiez visite avant de quitter la Perse, dit-elle à Séléné. J'aimerais que vous me racontiez comment les femmes deviennent guérisseuses dans votre monde.
Mais Séléné regardait encore Wulf.
– Nous sommes pressés, Votre Altesse. Nous ne pouvons nous attarder ici.
– Êtes-vous en chemin pour la Rhénanie, vous aussi?
Séléné se retourna pour plonger son regard dans celui de Rani.
– Je dois rentrer chez moi, en Syrie, dit-elle d'une voix où filtrait l'émotion. Une vocation m'y attend.
– Une vocation?
Séléné raconta brièvement comment elle avait frôlé la mort sur l'Euphrate et parla des visions qui l'avaient envahie dans son délire. Il n'était pas facile de faire comprendre comment, dans ces visions, elle avait revécu des événements du passé, des événements oubliés ou qui lui avaient paru insignifiants quand elle les vivait mais qui maintenant, devant ses yeux fiévreux de passion, prenaient un autre sens : le marchand de tapis de Damas qui avait failli mourir dans la rue, le rassemblement d'infirmes et d'indigents devant les portes du palais de Magna, l'effrayante place de Gilgamesh, à Babylone. Séléné

avait revécu tous ces épisodes dans les moindres détails, et alors qu'elle parlait, elle les revoyait avec un regard neuf.

– Je n'avais pas compris avant, dit-elle en se penchant vers la princesse pour lui parler avec passion. A l'époque, j'utilisais simplement ce que ma mère m'avait enseigné. Mais quand j'ai revécu ces moments dans mon délire, je me suis vue différente, changée, en quelque sorte.

» Voyez-vous, la femme qui m'a élevée n'était pas ma vraie mère. La nuit de ma naissance, sur le point de mourir, mon père lui a confié qu'un destin exceptionnel m'attendait. Et alors que j'avais ces visions, j'ai eu une révélation surprenante : j'ai compris tout à coup que ma vocation de guérisseuse et la quête de mon identité ne sont pas deux choses distinctes, mais qu'elles sont étroitement liées ! J'ai su que soigner et savoir qui je suis ne font qu'un, que l'un n'existe pas sans l'autre. Les dieux m'ont révélé d'une façon que les mots ne peuvent exprimer que ma vocation de guérisseuse et qui je suis sont inséparables et que les deux finiront par se combiner pour réaliser le grand projet pour lequel je suis née.

Rani regardait Séléné, les yeux voilés, perdus dans le vague.

– Comme si soigner ne résultait pas de ce qu'on vous a enseigné mais venait de l'intérieur de vous-même, de votre âme, dit-elle doucement. Comme si vous étiez née guérisseuse.

– Oui.

– Comme si soigner n'était pas simplement quelque chose que vous faites mais quelque chose que vous *êtes*. Comme si soigner était une partie intégrante de vous-même sans laquelle vous n'existeriez pas.

Séléné regardait la princesse, avec stupéfaction.

Rani eut un sourire.

– Et savez-vous quel est ce grand projet que les dieux vous réservent ?

– Je crois, répondit-elle calmement, qu'ils m'imposent de réunir des quatre coins de la terre tous les bienfaits de la médecine et de les apporter là où le plus grand nombre de gens en ont besoin.

– Et où se trouve cet endroit ?

– Je ne sais pas.

– Il vous faut donc regagner votre pays. Je vous envie.

Elle prononça ces derniers mots avec une pointe de tristesse qui surprit Séléné au milieu de ces soieries, de cet or et de ces oiseaux exotiques.

– Voudriez-vous que je vous examine? demanda-t-elle quand son regard se posa à nouveau sur la petite femme aux jambes paralysées. Je sais que d'autres l'ont fait avant moi, mais peut-être que...

– Si vous voulez. Mais mon cas est sans espoir.

Wulf s'éloigna à grands pas vers le jardin de la princesse et là, le regard perdu au-delà des arbres et des pelouses, il revit le visage, gravé dans sa mémoire, de Gaius Vatinius. Séléné roula le couvre-lit de satin pour découvrir les petits pieds bruns de Rani.

– Je suis née dans l'une des plus grandes familles de la noblesse indienne, dit Rani tout en regardant Séléné manipuler son pied. Et quand j'ai eu douze ans, mon père m'a fiancée à un prince persan. On m'a amenée ici de la vallée du Gange pour épouser un homme que je n'avais jamais vu, pour devenir l'une de ses nombreuses épouses et passer ma vie entière au milieu d'inconnus dans une cour étrangère. La veille du mariage, j'ai été prise d'une forte fièvre qui a duré des jours et quand elle est tombée, toute vie avait quitté mes jambes.

– Sentez-vous quelque chose? demanda Séléné en la pinçant légèrement.

– Non, rien du tout. Le prince refusa de m'épouser et mon père ne voulut pas me reprendre, alors on m'a mise ici et on m'a oubliée. Pendant six années, j'ai vécu dans une terrible solitude, mon seul ami était Nimrod, qui m'a appris à lire et à écrire pour qu'au moins j'ai un peu de distraction. Puis, quand j'ai eu dix-huit ans, le docteur Chandra est apparu. Comme moi, il venait de la vallée du Gange.

Séléné souleva la jambe droite de Rani et fit courir l'ongle de son pouce sur la plante des pieds nue. Les orteils se recroquevillèrent. Elle souleva la jambe gauche et répéta l'opération, à nouveau, les orteils se recroquevillèrent. Elle fronça les sourcils, perplexe.

– Vous voyez, lui dit Rani, une fois le couvre-lit remis en place. C'est un mal de la moelle épinière, un mal incurable. Mais je vous remercie de vouloir m'aider. Reviendrez-vous me voir avant de quitter la Perse?

Quand ils furent dans le couloir qui les ramenait à leur chambre, Séléné annonça calmement à Wulf :

– La princesse Rani n'a rien aux jambes. Elle devrait pouvoir marcher.

Puis elle pensa au docteur Chandra et se demanda quel pouvoir mystérieux il exerçait sur la princesse.

39

A sa grande joie, Séléné fut autorisée à retourner au pavillon. Non seulement autorisée mais encouragée. Et elle était impatiente d'y aller tant elle avait d'enseignements à en tirer.

Pendant que Wulf passait des heures penché sur des cartes à conférer avec les hommes de la cour qui connaissaient les routes septentrionales qui partaient vers l'occident, Séléné demeurait des jours entiers dans la *chikisaka,* l'endroit où l'on amenait les malades pour les soigner. Elle apprit qu'il ne s'agissait pas d'un phénomène particulier au palais d'agrément, mais qu'il s'en trouvait partout en Perse et en Inde. Ils avaient été créés par le bienveillant Bouddha, qui avait ordonné à ses disciples de prendre soin des malades et des infirmes.

Séléné apprit aussi que les lits étaient tournés vers l'orient pour que les patients puissent rendre hommage aux esprits célestes qui habitaient cette partie du ciel et qu'une épée, signe de la détermination du malade à guérir, était placée à chaque chevet pour impressionner les mauvais esprits. Les guirlandes de fleurs étaient supposées refléter la gaieté des patients et leur refus de se laisser vaincre par la maladie. Enfin, tous les rires et les chants devaient décourager les mauvais esprits de prendre la vie du malade.

Elle n'était pas d'accord avec tout ce qu'elle apprit, mais elle n'en fut pas moins fort impressionnée. Ainsi, l'utilisation des lits au lieu de paillasses, le fait de confier les patients à des gens spécialement formés, de réunir les malades dans un même lieu de sorte que les médecins emploient au mieux leurs connaissances étaient autant de choses inconnues dans le monde occidental, même dans les temples d'Esculape.

Séléné découvrit également des pratiques médicales exotiques dont certaines étaient assez surprenantes.

Un après-midi, elle vit le docteur Chandra placer de grandes fourmis et des scarabées sur des coupures. Il l'autorisa à regarder et même il lui parla.

– Quand les mandibules du scarabée se referment sur les bords de la plaie, vous les arrachez en tournant d'un geste sec et, vous voyez, la tête et les mâchoires restent accrochées. On les retire une fois la plaie cicatrisée.

Le docteur Chandra avait une voix étrange et lorsqu'il s'adressait à Séléné, il ne la regardait jamais en face mais lui décochait des regards de biais, qu'elle ne comprenait pas. Derrière l'énorme barbe qui lui mangeait le visage et recouvrait sa poitrine, il était difficile de deviner ses pensées. Mais elle le surprit souvent à l'observer et chaque fois, avant qu'il ne se détourne brusquement, elle tenta de déchiffrer le message que contenaient ses yeux. Méfiance? Curiosité? Jalousie?

Le docteur Chandra était le seul ami de la princesse Rani, et son seul visiteur. Séléné commença à se demander ce qu'ils pouvaient bien faire pendant leurs soirées passées ensemble et pourquoi il ne venait jamais quand elle se trouvait chez la princesse. Étaient-ils amants? Était-il contrarié de son intrusion dans leur vie privée? Et avait-il remarqué, comme elle, que Rani n'avait rien aux jambes?

Était-il, en fait, la cause de son incapacité à marcher?

Quoi qu'il en soit, Séléné reconnaissait qu'il était un excellent médecin et elle s'efforçait d'apprendre de lui autant qu'elle le pouvait.

40

Sur la place de Gilgamesh, raconta Séléné à Rani un soir qu'elles buvaient du thé à la menthe, tous les malades et les blessés se retrouvent ensemble, un peu comme dans vos *chikisakas*. Mais là s'arrête la comparaison. Il n'y a aucune organisation, ils reçoivent au petit bonheur des soins qui souvent se révèlent nocifs. Beaucoup de gens ne sont même pas secourus et meurent là où ils se sont couchés. En Syrie, celui qui se présente dans nos temples d'Esculape donne une piécette au prêtre pour être autorisé à passer la nuit dans le sanctuaire. Si le dieu lui rend visite pendant son sommeil, on le soignera. Sinon, il doit partir. Le dieu peut se manifester dans la personne d'un médecin ou d'un prêtre, mais en fait, c'est le jeu du hasard et son sort dépend de l'humeur ou des aptitudes du médecin. Ce qui fait que les malades prennent toujours un grand risque. Parfois, ils repartent plus mal en point qu'en arrivant.

– Vous approuvez donc nos méthodes ?

– Le système de la *chikisaka*, oui. A Antioche, ma mère parcourait la ville entière pour aller voir ses patients. Beaucoup d'entre eux vivaient seuls sans personne pour les veiller; même ceux qui en avaient les moyens n'étaient pas soignés par des gens qualifiés. Chez nous, il n'existe aucun équivalent aux aides soignants du pavillon. Dans mon délire, j'ai vu un endroit immense, une sorte de temple ou de palais. Une voix me parlait ou peut-être entendais-je mes propres pensées enfiévrées, et elle me disait : « Des murs d'albâtre brillant dans le soleil. »

– Qu'est-ce que cela signifie ?

– J'ai d'abord pensé que j'avais entrevu l'avenir, qu'il s'agissait d'un endroit où je me rendrais un jour. Quand on m'a conduite ici après avoir secouru Nimrod, j'ai cru que ce palais était celui de mes visions. Mais à présent, je ne le crois plus. Peut-être la vision ne représentait-elle qu'un endroit fictif, un concept. Puis, quand j'ai vu le pavillon et que j'ai entendu parler de vos *chikisakas*, j'ai compris : un jour, je construirai ma propre *chikisaka*, à Antioche, et les malades et les blessés viendront s'y faire soigner et se reposer. Comme dans un hospice, où feront halte des voyageurs sur le chemin de la guérison et de la santé.

Rani soupira. Quelle grande ambition habitait cette jeune femme ! Et quelle chance elle avait d'avoir la liberté de pouvoir la réaliser !

« Quel tour différent aurait pris ma vie, songeait-elle avec envie, si j'étais née dans son monde et non dans le mien. »

Un coup de tonnerre les fit se tourner vers la terrasse. Une pluie fine d'octobre se mit à tomber.

Posant sa tasse de thé, Séléné se leva et marcha jusqu'aux tentures de soie. Derrière elle, la princesse demanda :

– Quand partez-vous ?

– Demain.

– Alors, vous avez trouvé le bon chemin.

Séléné ne se retourna pas et parla comme si elle s'était adressée à la pluie.

– Wulf et moi devons nous joindre à la caravane d'un certain Gupta. Il connaît très bien la route à travers l'Arménie et il a payé pour avoir la protection des bandits des montagnes. Il nous assure que nous atteindrons la mer Noire sans encombre.

– Et ensuite ?

Séléné fixa la pluie un moment encore avant de faire face à la princesse.

– Sur la côte cappadocienne, Wulf embarquera sur un bateau qui l'emmènera jusqu'au Danube. Moi, je prendrai une route vers le sud, je traverserai la Cilicie. Et je serai à Antioche avant le printemps.

Les deux femmes se regardèrent.

– Vous me manquerez, dit Rani.

– Vous aussi...

La princesse dut détourner les yeux. Elle avait eu envie d'essayer de retenir Séléné un peu plus longtemps en Perse, mais elle connaissait l'existence d'Andréas, de la rose en ivoire qui était la clé de son identité et de la promesse qu'elle avait faite à une femme mourante de poursuivre la quête de sa destinée. Un avenir plein et prometteur attendait Séléné, un avenir que Rani n'avait aucun droit de contrarier. Rani ne comprenait pas très bien ce qu'était l'avenir, elle n'en avait plus et n'en avait jamais eu. Dès sa naissance, en tant que fille, son chemin avait été tracé pour elle : elle se marierait, aurait des enfants et serait maintenue dans l'ignorance la plus complète.

Il fut un temps, il y avait bien longtemps, où elle maudissait ce sort. Mais les années avaient tempéré son amertume et elle avait appris à s'estimer heureuse de ce qu'elle avait. Bien que sans époux et sans enfant, ce qui faisait d'elle un être inutile dans cette partie du monde, elle vivait, pouvait lire et converser avec des hommes savants. Néanmoins, l'arrivée de Séléné avait ravivé la rage et le ressentiment d'antan. Confinée à un divan et à cet appartement étroit, elle maudissait de nouveau la société qui l'avait engendrée.

« J'avais tort, se disait-elle aussi. Séléné n'était pas celle annoncée par les étoiles. Celle qui emmènerait le docteur Chandra... »

Les deux femmes se turent, la princesse sur son divan, Séléné le regard perdu dans la pluie, ensemble physiquement, séparées par la pensée. Pendant que Rani pleurait déjà le départ de sa nouvelle amie, Séléné luttait, aux prises avec la terrible décision qu'il lui fallait prendre.

« Car je ne peux vivre plus longtemps avec Wulf, pensait-elle, désespérée. Hier, j'aurais pu le suivre en Arménie, mais aujourd'hui, tout est différent. »

Elle se retourna, se demandant si elle pouvait se confier à la princesse, lui demander conseil. Au cours de ces dernières semaines, Séléné en était venue à apprécier la force et la sagesse paisible de Rani. Prisonnière de son corps, elle avait vécu tant d'années isolée dans cette pièce! Seule une femme douée d'une grande force intérieure avait pu surmonter pareille épreuve avec autant de dignité et d'intégrité.

« Comment a-t-elle pu? » s'interrogeait Séléné alors que de la terrasse elle observait la tête inclinée de Rani avec ses cheveux grisonnants rassemblés en chignon sur sa nuque. Comment a-t-elle réussi à vivre dans ces pièces pendant trente ans en ne recevant la visite que du seul docteur Chandra? »

Le docteur Chandra...

Qu'est-ce en lui qui la gênait à ce point? Ces semaines passées, il lui avait à peine adressé la parole. Peut-être estimait-il s'abaisser en parlant à une femme comme elle, étrangère et qu'il pensait de basse extraction? Et pourtant, elle l'intriguait, elle le savait. Chaque fois qu'elle se rendait au pavillon, il s'y trouvait et l'observait à la dérobée. Et presque chaque soir, quand elle venait ici, Rani lui posait des questions à propos de patients dont elle s'était occupée ce jour-là, de choses que le docteur Chandra avait remarquées et lui avait rapportées.

Comme le matin où elle s'était servie de sa flamme sur Nimrod.

Bien que sa plaie au cuir chevelu ait cicatrisé, les

journées qu'il avait passées alité avaient provoqué un accès de fluide dans ses poumons. Tous les efforts des médecins et de leurs assistants étaient restés vains. Le vieil astrologue toussait, crachait et sa respiration sifflante devenait alarmante. Comme ni la médecine ni les fumigations ne semblaient apporter de soulagement, Séléné avait suggéré d'essayer son toucher, en précisant que s'il ne se produisait pas toujours d'effet, il ne présentait aucun danger pour le patient.

Elle avait pris place près du lit, avait tendu les bras, conjuré sa flamme puis levé et abaissé les mains au-dessus du corps de Nimrod. Le vieil homme s'était senti mieux. Sa respiration était devenue plus aisée. Au bout de quelques jours, ses poumons s'étaient asséchés et il était sur la voie de la guérison.

Le docteur Chandra avait regardé faire Séléné. Le soir même, Rani avait posé des questions.

Séléné avait découvert que Rani s'intéressait beaucoup à la médecine. Et que ses connaissances en la matière étaient surprenantes. Un après-midi, elle avait remarqué qu'on amenait un mouton à l'intérieur du pavillon. On l'avait conduit au chevet d'un patient qui lui avait soufflé dans les naseaux puis on l'avait remmené. Le soir même, elle avait demandé à Rani à quoi cela servait.

– C'est un moyen d'établir un diagnostic dans les cas difficiles. Le mouton est conduit au temple où on l'abat avant d'examiner son foie pour connaître le mal dont souffre le patient, avait-elle répondu.

Quand Séléné lui avait fait remarquer ce soir-là qu'elle connaissait beaucoup de choses en médecine, la princesse s'était détournée et avait fait une réponse vague, en disant que son seul ami était médecin.

Alors qu'elle quittait la terrasse pour revenir auprès de Rani, celle-ci lui demanda si Wulf et elle partiraient malgré la pluie.

– Il le faut si nous voulons éviter des tempêtes pires encore.

Séléné prit sa tasse, la porta un instant à ses lèvres puis la reposa sur la table avant de parler.

– Rani, j'ai un problème.

– De quoi s'agit-il?

– Je vais avoir un bébé, dit Séléné avec douceur.

Rani la regarda avec surprise, puis elle tendit la main pour serrer celle de Séléné.

– Les dieux vous ont bénie, ma chère! Ne soyez donc pas triste!

– Mais ne comprenez-vous pas? Je ne peux partir avec Wulf! Je ne peux voyager maintenant!

Le sourire de Rani s'effaça et ses sourcils se froncèrent.

– Je vois. Évidemment. Que dit Wulf? Repoussera-t-il le départ?

– Je ne lui ai encore rien dit.

– Pourquoi?

– Parce que si je lui apprends que je suis enceinte, il restera. Il ne partira pas avec Gupta.

– Alors vous partirez après la naissance du bébé.

Séléné secoua la tête.

– C'est un périple épuisant. Un bébé nous gênerait. Avant de pouvoir quitter la Perse, il nous faudrait attendre qu'il soit assez grand pour supporter les rigueurs du voyage. Et ensuite, après ce voyage? Où irions-nous? Quelle sorte de famille formerions-nous? Wulf a une famille en Germanie, une femme et un fils qu'il doit aller retrouver. Et moi, je dois rentrer à Antioche, auprès d'Andréas. Comment vivrions-nous tous deux avec le bébé? Cela n'était pas prévu, Rani. Wulf et moi ne devions pas passer toute notre vie ensemble.

Devant les larmes de son amie, Rani sentit son cœur se serrer.

– Alors, vous ne devez rien lui dire, dit-elle gentiment. Pour votre bien à tous les deux. Vous devez inventer une excuse et rester ici. Vous devez insister pour qu'il parte seul.

– Comment puis-je le lui cacher? murmura Séléné. Comment puis-je garder un tel secret? Il a le droit de savoir!

Une ombre passa dans le regard de la princesse.

« Des secrets. J'ai gardé mon terrible secret pendant trente-six ans et une seule personne le partage avec moi, Nimrod. Nimrod sait... »

– Ce serait égoïste de ma part de lui parler du bébé, poursuivait Séléné. Parce que je sais qu'il resterait. Qu'il ne quitterait pas la Perse, alors qu'il doit partir, maintenant. Il doit rejoindre son peuple qui l'attend. Et je dois rentrer en Syrie et retrouver Andréas. J'aime Wulf, Rani, mais c'est à Andréas que je suis vouée corps et âme. Ce sont deux hommes différents que j'aime de deux façons différentes. Wulf était avec moi dans mon exil; je lui ai sauvé la vie et il a sauvé la mienne. Le lien qui nous unit est unique et particulier. Mais nos destinées sont différentes. Oh, Rani, que dois-je faire?

Mais la princesse ne répondit pas tout de suite. Elle fixait Séléné d'un air stupéfait, car elle venait de comprendre. Quand elle parla enfin, elle dit dans un murmure :

– Par les dieux, c'était bien vous...

Séléné la dévisagea.

– C'est vous qui marquerez la fin du docteur Chandra, dit-elle précipitamment. Séléné, que ferez-vous quand le bébé sera né? Où irez-vous?

– A Antioche. Quand le bébé aura assez de forces, nous partirons. Les soldats de Lasha ne seront pas à la recherche d'une femme seule avec un enfant...

– Emmenez-moi avec vous!

– Vous emmener?

– Séléné, laissez-moi vous accompagner! Laissez-moi fuir cette prison! Je veux connaître le monde. Je veux connaître *votre* monde! Écoutez, Séléné.

Le visage en feu, Rani parlait d'une voix précipitée.

– Nimrod m'a dit qu'une personne à quatre yeux viendrait au palais et mettrait fin au séjour du docteur Chandra ici. Vous êtes cette personne, Séléné. Ensemble, vous et l'enfant dans votre ventre avez quatre yeux.

– Mais qu'ai-je à voir avec le docteur Chandra? demanda Séléné, déconcertée.

– Vous avez l'intention de quitter cet endroit, n'est-ce pas? Si je pars avec vous, l'existence du docteur Chandra prendra fin et la prophétie se réalisera.

– Je ne comprends pas.

Rani frappa dans ses mains et Miko, la vieille domestique, apparut. La princesse lui dit quelques mots en parsi qui parurent la surprendre, puis s'adressant à Séléné, elle poursuivit :

– Je vais vous révéler un secret que nul ne connaît excepté mes esclaves personnelles et Nimrod.

Intriguée, Séléné regarda la vieille Miko reparaître avec un paquet dans les bras. Après l'avoir déposé près de la princesse, elle se retira, l'air soupçonneux. C'est alors que, sous les yeux ébahis de Séléné, Rani rejeta brusquement sa couverture avec ses jambes. Puis, tendant la main vers le linge qui recouvrait le paquet, elle dit :

– Le docteur Chandra, le voici!

A la stupeur grandissante de Séléné, elle retira brusquement le linge, découvrant sur une pile de vêtements pliés – que Séléné se rappela avoir vus au pavillon : la tunique citron et le turban – une énorme barbe brune broussailleuse.

– Regardez, dit Rani en portant la barbe à son visage. Comprenez-vous à présent?

– Vous! s'exclama Séléné, les yeux écarquillés. Vous êtes le docteur Chandra?

Rani se leva, laissa tomber le postiche sur le divan et marcha vers les tentures.

– D'aussi loin que je m'en souvienne, j'ai toujours voulu être médecin, expliqua-t-elle en regardant la pluie tomber doucement. Même tout enfant, j'étais toujours en train de soigner des animaux blessés. Je ne pouvais pas accepter l'injustice du monde dans lequel j'étais née, un monde qui juge les femmes indignes d'exercer une profession médicale.

» J'étais une enfant entêtée. Mon père et moi avions de terribles disputes. Je voulais aller dans l'une des grandes écoles de médecine de Madras ou de Peshawar. J'aurais mieux fait de demander la lune! Quand il m'a appris qu'il m'envoyait en Perse épouser un prince, je me suis enfermée dans ma chambre et j'ai essayé de me laisser mourir de faim. J'avais douze ans, mais je savais ce que je voulais faire de ma vie.

Elle se retourna et sourit à Séléné.

– Épouser un prince gros et gras et lui faire des enfants n'entrait pas dans mes projets.

Séléné l'écoutait, fascinée. Tandis que Rani lui racontait sa supercherie, toutes ces années vécues sous une double identité, beaucoup des pièces du puzzle se mettaient en place. Elle comprenait enfin pourquoi Rani était si férue de médecine et semblait connaître par le menu ses activités au pavillon, pourquoi elle n'avait jamais rencontré le docteur Chandra dans les appartements de la princesse et aussi pourquoi le docteur Chandra lui avait si rarement adressé la parole.

– Je me suis assuré que personne ne me voie sous ces deux jours, continuait Rani. Ceux qui travaillent avec le docteur Chandra n'ont jamais rencontré la princesse. En dehors de Nimrod, Wulf et vous êtes les premiers en trente ans à avoir vu et la princesse et le médecin.

Séléné lui révéla alors sa perplexité devant sa prétendue paralysie; elle lui parla du test de la plante des pieds qu'Andréas lui avait enseigné.

– Avec une jambe saine, si l'on caresse la plante du pied, les orteils se recroquevillent, par réflexe. En revanche, si la jambe est paralysée, ils ne bougent pas. Or les vôtres s'étaient recroquevillés, ce qui m'avait surprise.

Elle se leva à son tour pour rejoindre Rani en bordure de la terrasse balayée par la pluie.

– Que s'est-il passé quand vous êtes arrivée ici? demanda-t-elle.

– J'ai d'abord tenté de m'enfuir, dit la princesse, sa petite main brune posée sur les tentures. Je pensais pouvoir me déguiser en garçon et parcourir le monde. J'avais une imagination très fertile... Mais on m'a enfermée dans ma chambre jusqu'à la veille du mariage. En désespoir de cause, j'ai inventé une « fièvre » et après, j'ai prétendu ne plus pouvoir marcher. Je savais qu'aucun homme ne voudrait d'une infirme.

Elle se tourna vers Séléné et continua :

– Ici, en Perse, nous ne connaissons pas votre test des réflexes. Si tel avait été le cas, il y a probablement longtemps que ma supercherie aurait été découverte. J'ai enduré les pincements et les piqûres des docteurs jusqu'à ce qu'on finisse par me laisser tranquille et m'oublier. Le prince a épousé quelqu'un d'autre et je suis devenue « Celle qui inspire la pitié ».

La voix douce de Rani se mêlait au murmure de la pluie sur les feuilles et l'herbe de la terrasse. Elle raconta ses six années de solitude, dit comment elle avait lié amitié avec l'astrologue, lorsqu'il était venu lui dire son horoscope, comment elle avait appris à lire et à écrire et enfin comment, le jour de ses dix-huit ans, elle avait conçu un plan qui lui donnerait davantage de liberté de mouvement à l'intérieur du palais.

– Nimrod m'a aidée. Il m'a apporté des vêtements masculins et une fausse barbe et il m'a présentée au pavillon comme le docteur Chandra. Je restais à l'arrière-plan, observant, n'intervenant que peu et apprenant. J'avais l'intention de quitter le palais sous le déguisement de Chandra puis de visiter les grandes villes du savoir. Mais les choses ont tourné autrement.

Elle expliqua comment, petit à petit, elle avait fini par apprécier sa double existence au palais : médecin respecté le jour, goûtant les privilèges des hommes; princesse choyée la nuit.

– Mes esclaves gardaient les éventuels visiteurs à distance en leur disant que je dormais le jour. Mais en réalité, on m'a vite oubliée. Peu de gens essayaient de me voir. Cette situation était idéale. J'étais libre d'étudier ce que bon me semblait. Tout ce qui était interdit aux femmes : les livres, les patients dans le pavillon, les étoiles depuis l'observatoire céleste de Nimrod. Le seul prix que je devais payer était de renoncer à une vie normale. Je savais depuis longtemps qu'une fois engagée sur cette double voie, je devrais me refuser toute chance de tomber amoureuse, d'être aimée et protégée par un homme, d'avoir des enfants. J'aurais été punie, mise à mort, si l'on avait découvert que je me déguisais en homme. Alors...

Elle soupira avec mélancolie.

– Un jour où je me suis sentie sur le point de tomber amoureuse, quand un jeune médecin du pavillon a commencé à trouver le chemin de mon cœur, je me suis montée contre lui. Personne n'en a rien su, bien entendu. Et moins que quiconque le beau médecin dont j'étais amoureuse. Il a quitté le palais quelque temps après.

– Pourquoi n'êtes-vous jamais partie? demanda gentiment Séléné.

Rani se détourna de la pluie pour regarder Séléné.

– Pourquoi serais-je partie? Au bout d'un moment, cette vie m'a paru idéale, exception faite du sacrifice que j'évoquais, et le monde extérieur a cessé de m'attirer. Mais maintenant, il m'attire à nouveau, Séléné, à cause de vous! J'ai appris tout ce que je pouvais apprendre ici et il est temps pour moi de sortir. Quand Nimrod m'a dit que mes étoiles prédisaient la fin de cette existence, j'ai été saisie d'effroi. Allais-je partir? Et si tel était le cas, pour où? Ou allais-je mourir? C'est alors que vous êtes venue à moi, dit-elle en touchant le bras de Séléné. Vous avez réveillé un rêve d'enfant depuis longtemps oublié : voir le monde.

41

Séléné et Wulf, après avoir parlé toute la nuit, se disaient adieu.

Wulf avait fini par céder. Séléné voulait rester en Perse pour prendre la route du sud au printemps. Mais lui devait partir. Gaius Vatinius était de retour en Rhénanie et il avait été absent trop longtemps.

– Tu dois suivre les vents qui soufflent dans ton cœur, lui avait-elle dit. Et je dois laisser mon destin me guider.

Ils avaient parlé longtemps, puis pleuré et, à présent, dans l'aurore qui teintait l'horizon de nuances orangées, ils s'étreignaient pour la dernière fois.

« Ce n'est pas seulement l'aube d'un nouveau jour, c'est celle d'une nouvelle vie », se disait Séléné en s'accrochant à son ami.

– Écris une lettre à Andréas, l'avait pressée Rani. Et je la ferai porter par un courrier royal. Je donnerai des instructions pour que le messager passe Antioche au peigne fin pour le retrouver. D'ici au printemps, Séléné, tu auras ta réponse.

Séléné s'accrochait à Wulf et pleurait sur son épaule. Déjà, elle sentait leurs deux années passées ensemble s'éloigner peu à peu. Serrée contre lui, malgré sa présence physique, elle sentait qu'il commençait à devenir le souvenir qu'il resterait.

– Tendre ami de mon exil, murmurait-elle. Tu seras toujours près de moi, dans mon cœur et dans l'enfant que je porte...

Livre VI

JÉRUSALEM

42

Ils traînaient la jeune fille à travers les rues, les mains attachées dans le dos. Une foule en colère les suivait en ramassant des pierres et des cailloux.

Avec une inquiétude croissante, Séléné fouilla la rue du regard à la recherche des deux têtes familières, celle grisonnante de Rani et les boucles cendrées d'Ulrika. Elle s'était déjà trouvée séparée plusieurs fois d'elles depuis leur arrivée à Jérusalem et la jeune femme s'en alarmait de plus en plus. Elle n'aimait pas cette ville bruyante, surpeuplée, et l'humeur versatile de ses habitants l'effrayait.

– Rani! cria-t-elle, les repérant enfin. Ulrika! Je suis ici!

Mais la foule qui suivait la fille attachée les sépara. Séléné fit signe à ses deux compagnes de rester où elles étaient, d'essayer de plonger sous un porche, mais elle vit avec horreur que la marée humaine les entraînait.

« Non! pensa-t-elle. Ulrika ne doit pas voir cela! »

Séléné, Ulrika et Rani faisaient partie de la multitude qui entrait dans la ville par la Porte de Damas. Jérusalem était surpeuplée en raison des fêtes religieuses. En dehors des murs de la cité, un magnifique printemps peignait la Judée de riches couleurs. La campagne se couvrait de coquelicots, de crocus jaunes et d'anémones rouge sang. Dans les vergers, les paysans élaguaient les arbres; les vignes fleurissaient et des fruits verts pendaient aux branches des figuiers. A l'intérieur de la cité, les pèlerins remplissaient les rues, les tavernes et les auberges, et les passions s'enflammaient; l'humeur était vive et explosive.

Qu'avait fait la jeune fille, se demandait Séléné, pour mériter pareil châtiment?

Elle essaya de remonter la foule à contre-courant pour rejoindre Rani et Ulrika, mais la marée houleuse était trop forte. Alors, stupéfiée, elle sentit qu'on lui mettait une pierre dans la main.

– Rani! appela-t-elle encore.

Mais la foule, arrivée au bout de la rue, déferla sur une petite place, soulevant pratiquement Séléné de terre. Elle vit la tête de Rani disparaître, puis celle d'Ulrika.

Tandis qu'on tirait la jeune fille vers le mur du fond, les gens, les traits tordus de haine, se déversaient sur la petite place ensoleillée.

– Non! murmurait Séléné en essayant de se frayer un chemin entre les corps qui se bousculaient.

On allait lui arracher le coffre d'ébène de son épaule, elle le serra contre sa poitrine. Des visages, des dos et des bras qui s'agitaient lui obstruaient la vue. Elle ne pouvait voir ni Rani ni Ulrika.

Devant la foule, dans l'espace vide autour de la jeune fille attachée, quelqu'un parlait. Il utilisait des mots comme « putain », « pécheresse » et « traîtresse » que les gens hurlaient en écho. Prise d'une peur soudaine, Séléné redoubla d'efforts pour se frayer un passage, pour emmener sa fille loin de ce qui était sur le point de se produire. Mais les gens, hommes, femmes et enfants, étaient tellement serrés les uns contre les autres qu'elle était immobilisée.

Malgré elle, elle se tourna vers l'espace vide et, entre les têtes, elle aperçut la jeune fille qui se tenait face à la foule, tête baissée.

« Ce n'est qu'une enfant », pensa-t-elle.

L'homme qui s'adressait à la foule criait maintenant des paroles de damnation que Séléné entendait à peine, quelque chose comme « la Loi », « les Écritures ». Ensuite, à sa grande horreur, elle le vit rejoindre la foule.

A la première pierre, Séléné, incapable de bouger, ouvrit des yeux horrifiés. Le coup manqua la jeune fille, les mains toujours attachées dans le dos. Le deuxième jet la toucha à l'épaule. Elle resta tête baissée, sans esquisser un geste pour se défendre.

A mesure que les pierres pleuvaient, beaucoup manquaient leur cible ou ne faisaient que l'effleurer. La brise printanière parut glacée à Séléné qui frissonna d'effroi.

En bordure de la foule, elle vit une vieille femme d'allure frêle dont les cheveux blancs dépassaient du voile jeter une pierre qui frappa la victime en plein visage. Le regard de la vieille femme était embrasé et sa bouche déformée par un rictus qu'on aurait pu croire de joie comme de douleur.

La pluie de pierres s'intensifiait et la jeune fille était tombée à genoux. Un filet de sang coulait de son front.

– Putain! hurlait la foule. Traîtresse!

Alors, juste comme Séléné pensait que le pire allait se produire, qu'une pierre fatale allait atteindre son but, deux soldats romains surgirent d'une rue adjacente, capes rouges au vent, l'épée étincelant dans le soleil. Se protégeant de leur bouclier, ils coururent sous les jets de pierres en criant à la foule d'arrêter. Mais leur apparition sembla l'exciter davantage encore et elle avança comme pour se saisir d'eux. A la vue des épées dégainées, elle reflua pourtant.

Séléné cherchait désespérément Rani et Ulrika. Elle sentait la haine de la foule prête à déborder.

L'un des soldats recula pour protéger la jeune fille de son corps. Il avait le bras entaillé là où une pierre effilée l'avait touché. Son camarade se battait seul et perdait du terrain.

Puis, soudain, il y eut des capes rouges partout, des épées, des boucliers, et les gens se mirent à hurler de panique en courant dans tous les sens. Séléné, ballottée de part et d'autre, essayait de garder l'équilibre tout en cherchant des yeux Rani et Ulrika. Elle se retrouva plaquée contre un mur par des hommes et des femmes qui fuyaient en désordre comme des animaux affolés.

Les soldats romains se taillèrent un chemin à l'épée et bientôt la petite place se vida et retomba dans un silence sinistre.

– Ulrika! cria Séléné en voyant Rani et l'enfant sortir de sous un porche.

– Maman!

La fillette, boucles au vent, courut vers elle et jeta ses bras autour de sa taille. Rani arriva doucement en boitant.

– Tu n'as rien? demanda Séléné en tenant sa fille à bout de bras.

– Non, maman!

Elle avait les joues rouges et ses yeux bleu pâle

brillaient d'excitation. Séléné soupira de soulagement : la fillette n'avait rien vu, rien compris.

Quand elle se retourna, elle s'aperçut que Rani ne la rejoignait pas mais se dirigeait vers la jeune fille, dont on coupait les liens, et qui pleurait à grands cris. Aussitôt libérée, elle se jeta sur le soldat qui gisait inconscient sur le pavé. C'était celui qui l'avait protégée de son corps, comprit Séléné alors qu'elle s'approchait en tenant fermement Ulrika par la main. Et son casque était tombé laissant paraître une mauvaise plaie à la tête.

– Allons, allons..., disait un des soldats derniers arrivés, un vétéran aux cheveux gris, qui s'efforçait de l'arracher à son compagnon blessé.

– Il est mort! criait-elle. Cornélius est mort!

Rani s'agenouillait déjà près du soldat pour l'examiner.

– Non, il n'est pas mort, dit-elle dans un araméen rocailleux. Mais il a besoin de soins urgents.

– Nous nous en occupons, dit aimablement le vétéran en faisant signe à deux de ses compagnons d'emporter le blessé.

– Nous pouvons vous aider, proposa Séléné en s'agenouillant près de la jeune fille pour tenter de la calmer.

– Non, ça ira. Ne vous en faites pas. On va le remettre sur pied. Allez, vous autres, venez.

La fille en larmes essaya de les suivre, mais le vétéran la repoussa gentiment. Séléné et Rani la prirent par le bras et l'emmenèrent jusqu'à une fontaine au bout d'une rue voisine. Là, elles nettoyèrent ses plaies avant de les enduire d'onguent. Quand enfin elle sécha ses larmes, elle leur apprit qu'elle s'appelait Elizabeth et que le soldat blessé, Cornélius, était le garçon qu'elle aimait.

– Mais ils l'ont découvert, dit-elle tristement en montrant sa robe tachée de sang. Ils n'avaient pas le droit de me faire cela. Ils m'ont mal jugée. Ce n'est pas écrit dans la Loi. Je n'ai rien fait de mal. Mais ils détestent les Romains et à cause de cela, ils pensent que je suis une traîtresse.

Elles la raccompagnèrent chez elle, non loin de la petite place, et arrivées devant sa porte, elle les invita à entrer.

– Vous avez été gentilles pour moi. Et vous avez essayé d'aider Cornélius.

Séléné regarda le soleil qui baissait à l'horizon.

– Nous devons partir maintenant, il nous faut trouver un gîte pour la nuit. Nous venons juste d'arriver à Jérusalem.

– Oh, mais vous ne trouverez rien de libre! Surtout pendant la Pâque juive. Je vous en prie, restez chez moi, il y a de la place dans ma maison. Et vous m'honoreriez.

Séléné ne pouvait refuser : l'après-midi touchait à sa fin, Ulrika avait sommeil et Rani, qui s'était fait piétiner par la foule, souffrait d'un pied.

En arrivant à la Porte de Damas ce matin-là, elles avaient laissé leurs bagages à la caravane, qui faisait une halte avant de continuer vers Césarée. Elizabeth envoya deux jeunes voisins les chercher contre quelques pièces.

Pendant que Séléné improvisait un dîner simple fait de pain, d'olives et de fromage, Rani, après avoir examiné les plaies de la jeune Juive, y appliquait de la mie de pain qu'elle recouvrait de pansements propres. Elle lui fit aussi boire une infusion calmante de fleurs de trèfle incarnat. Ulrika, habituée à passer la nuit sous un toit étranger, s'installa dans un coin, à côté d'un métier à tisser, et se mit à jouer à la poupée.

Au milieu du repas, Elizabeth recommença à pleurer. Cependant que Rani passait un bras autour de ses épaules, Séléné lui demanda si elle n'avait pas d'ami qu'on puisse appeler. La véhémence de sa réponse les fit sursauter.

– Oh oui, j'ai des amis! Vous savez, depuis que ma mère est morte, je vis seule ici, mais la maison m'appartient et je gagne bien ma vie avec mes tissages, et j'ai beaucoup, beaucoup d'amis. Il y a Rebecca de l'autre côté de la rue, et Rachel qui vit par là, et la femme du rabbin... – Elle devenait écarlate de rage. – Mais c'est l'une d'elles qui m'a dénoncée et qui leur a parlé de Cornélius!

Elle éclata en sanglots, pleura un moment, puis dit calmement :

– Nous ne sommes pas amants. Celle qui a dévoilé mon secret a menti. J'ai rencontré Cornélius sur la place du marché. Je le trouvais beau. J'ai commencé à faire attention à lui et lui à moi. Et puis, nous sommes allés nous promener en dehors de la ville. Nous prenions toujours garde à ne pas être vus. Mais une de mes soi-disant amies nous a vus puisque très vite, tout le monde me prévenait d'arrêter de le voir. Nous ne sommes pas amants! Nous ne nous sommes même jamais embrassés! Ils voient le mal partout. Mes amis m'ont tourné le dos. Les Romains sont nos ennemis, disent-ils. Des occupants. D'après eux, en liant amitié avec Cornélius, je trahis mon propre peuple.

Elle sécha ses yeux et dit :

– Pourquoi est-il si douloureux d'aimer?

Soudain incapable d'avaler, Séléné reposa son pain en fixant la surface rugueuse de la table.

« Pourquoi est-il si douloureux d'aimer? »

Elle sentit son cœur se serrer. Elle pensait à Andréas.

Elle avait fini par retourner à Antioche...

Elizabeth était intriguée par ses invitées. Elle regardait Ulrika, la superbe fillette aux yeux couleur des longs jours d'été, et la trouvait étrangement calme et mélancolique.

– Vous avez une fille adorable, dit-elle à Séléné avec sur le visage cette question qu'elle avait vue tant de fois depuis sept ans qu'elles voyageaient.

– Le père d'Ulrika est mort avant sa naissance.

Elle l'avait répété si souvent que, parfois, elle le croyait presque. La vérité, que Wulf avait quitté la Perse il y avait plus de neuf ans sans être mis au courant de sa grossesse, elle ne l'avait dite à personne, pas même à Ulrika.

Alors qu'elle prononçait ces mots qu'elle connaissait par cœur, un incident lui revint en mémoire. Elles s'étaient arrêtées un moment à Pétra avant de venir à Jérusalem et un jour, Ulrika était rentrée en larmes parce qu'un voyou du voisinage l'avait traitée de bâtarde.

– Il dit qu'un bâtard n'a pas de père, avait-elle raconté entre deux sanglots. Et il dit que parce que moi, je n'en ai pas, je suis une bâtarde.

Séléné l'avait consolée dans ses bras.

– Tu ne dois pas écouter ce que disent les autres, lui avait-elle répondu. Parce qu'ils parlent sans savoir, Ulrika. Tu as un père, mais il est mort et il a rejoint la Déesse.

Rani, assise à une table, occupée à rouler des comprimés, l'avait regardée, peu convaincue, l'air de dire : « Quand donc vas-tu lui apprendre la vérité? »

Quand Ulrika était toute petite et dès qu'elle avait

commencé à poser des questions, Séléné lui avait appris ce qu'elle savait du peuple de Wulf. Ainsi, l'enfant avait entendu parler de l'Arbre du Monde, du Pays des Géants de Givre et du Walhalla, le palais d'Odin. Et elle savait qu'elle portait le nom de sa grand-mère paternelle, sage de la tribu, et qu'Ulrika signifiait « la puissance du loup ». Elle savait aussi que chez lui, son père était prince.

Cependant, là s'arrêtait la vérité qu'elle lui avait transmise.

– Comment faire comprendre à un petit enfant pourquoi son père n'est pas là? avait-elle dit à Rani cette nuit-là à Pétra. Comment lui expliquer qu'il est parti ailleurs? Qu'il a une autre famille? Comment lui faire comprendre que je ne pouvais lui parler d'elle? Elle me détesterait de l'avoir laissé partir et elle ne comprendrait pas pourquoi je devais le faire. Mieux vaut lui dire qu'il est mort. Pour l'instant. Quand elle sera plus grande, je lui dirai la vérité.

– Quand cela? avait demandé Rani, pas très sûre que son amie ait raison.

« Quand? » se demandait-elle en aidant Elizabeth à débarrasser la table. Pas encore, en tout cas. Ulrika n'avait que neuf ans. Le jour de la Cérémonie, quand elle aurait seize ans, elle le lui dirait.

Mais Ulrika posait sans cesse des questions sur son père; elle y revenait toujours, comme si cela l'obsédait. Aussi Séléné commençait-elle à se demander si elle n'aurait pas dû lui avouer la vérité depuis longtemps, cette nuit-là à Pétra, et pourquoi pas maintenant, cette nuit dans la maison d'Elizabeth. Parce que Ulrika en était arrivée à déifier son père; dans son esprit d'enfant, Séléné le savait, Wulf était une sorte de dieu-héros et Ulrika ne se lassait jamais d'entendre des récits de ses aventures. Peut-être que si elle connaissait la vérité, Wulf lui semblerait plus humain et que sa vénération se modérerait.

« Et elle me mépriserait de l'avoir laissé partir... »

En écoutant le silence de la nuit sur Jérusalem, elle se demanda si Wulf avait rejoint ses forêts, s'il avait retrouvé sa femme et les siens, s'il avait fini par affronter Gaius Vatinius et s'il s'était vengé.

– D'où venez-vous? l'interrompit Elizabeth, qui apportait des gobelets de vin.

– Nous étions à Palmyre dernièrement, répondit-elle,

reconnaissante pour le vin et l'hospitalité d'Elizabeth, après un long périple à travers le désert. Et avant, en Perse.

– En Perse! Mais c'est de l'autre côté de la terre!

« Effectivement, pensa Séléné. A des kilomètres de distance, à une vie d'ici. »

Presque dix années s'étaient écoulées depuis le jour où elle avait pour la première fois posé le pied sur le sol perse, après s'être enfuie de Babylone par le fleuve.

Il y avait deux ans, après l'avoir tant désiré et rêvé, après avoir fondé tous ses espoirs et ses projets sur ce jour, elle était enfin retournée à Antioche...

– Êtes-vous venues à Jérusalem pour la Semaine Sainte? demanda Elizabeth.

– Non, répondit-elle doucement. Jérusalem n'est qu'une étape sur notre route. Il y a sept ans que nous voyageons.

– Où allez-vous?

– En Égypte.

– Et qu'y a-t-il en Égypte?

Séléné sembla perdue dans le vague. En effet, qu'y avait-il en Égypte?

– Je suis à la recherche de ma famille, expliqua-t-elle d'une voix lointaine. Je suis née à Palmyre, mais mes parents venaient d'Alexandrie. J'espère retrouver leur trace là-bas.

« Et retrouver Andréas. »

Sept mois plus tôt, en août, Séléné et Rani s'étaient rendues à Palmyre, presque treize ans jour pour jour après l'attaque de la caravane et son enlèvement qui l'avait conduite au palais de Magna. Séléné s'était renseignée dans la ville et, par une chance incroyable, avait trouvé quelqu'un qui se souvenait du Romain et de sa femme enceinte, et de cette nuit fatale d'il y avait vingt-sept ans.

Il s'en souvenait parce que c'était à l'auberge de son père que la caravane d'Alexandrie qui amenait le Romain et sa femme en couches s'était arrêtée. L'aubergiste leur avait indiqué la maison d'une guérisseuse dans les faubourgs de la ville et leur avait donné deux ânes de son écurie. Quand Rani et Séléné avaient fait remarquer à l'homme qu'il était étrange qu'il se souvînt d'un événement aussi insignifiant après tant d'années, il leur avait expliqué que très peu de temps après le départ du Romain et de sa femme, des soldats s'étaient présentés à l'auberge et avaient exigé de savoir où les deux étrangers étaient partis. Son père leur avait parlé de la guérisseuse et l'un des soldats l'avait attrapé, lui, pour qu'il les conduise chez elle. Alors enfant, il avait été terrifié. Il les avait conduits puis il s'était caché près de la fenêtre et il avait vu ce qu'ils faisaient. Ils avaient froidement tué le Romain puis emmené sa jeune femme qui venait à peine d'accoucher. Voilà pourquoi il n'avait pas oublié cette nuit-là.

Les soldats avaient emmené la jeune femme et le bébé vivants, avait assuré le Palmyréen. En revanche, il ne savait pas ce qu'était devenue la guérisseuse.

– Je crois que je n'aurai pas de repos tant que je n'aurai pas découvert ce qui leur est arrivé, à ma mère et à mon frère jumeau, dit Séléné à Elizabeth qui l'écoutait, fascinée. Je dois savoir s'ils vivent encore ou s'ils sont morts. Et je dois savoir qui est ma famille, quel sang coule dans mes veines. Peut-être un sang noble...

– Et vous ne possédez pas le moindre indice? demanda Elizabeth. Rien qui vous lie à votre famille?

– J'avais quelque chose, répondit-elle doucement. Mais je l'ai donné à quelqu'un...

Après la naissance d'Ulrika, Séléné et Rani avaient dû s'attarder deux années en Perse, d'abord à cause d'une épidémie qui interdisait de quitter la région, ensuite parce qu'elles attendaient une réponse d'Andréas par le courrier royal.

Le messager avait regagné la Perse au printemps, bredouille. Il avait eu beau passer Antioche au peigne fin, il n'avait trouvé aucune trace d'un médecin appelé Andréas ou de quelqu'un qui l'aurait connu. Il avait rendu à Séléné sa lettre toujours scellée.

Elizabeth se sentait de plus en plus intriguée par ses hôtes. En apparence, rien ne les distinguait de voyageurs ordinaires. Les deux femmes portaient de longues robes de lin et des capes dont la capuche devaient leur servir autant à se protéger la tête qu'à se cacher le visage. Comme tout voyageur, elles avaient chacune à la ceinture une gourde évidée alourdie d'une grosse pierre. Chacune portait aussi à la taille un petit poignard. Elizabeth les soupçonnait même d'avoir des sacs de pièces cachés. Mais là s'arrêtait la ressemblance avec des femmes ordinaires.

– Comment se fait-il que vous puissiez voyager si

librement? demanda la jeune Juive, incapable de contenir sa curiosité.

– Nous sommes guérisseuses, expliqua Rani. Ce qui nous permet de gagner à mesure de quoi nous déplacer.

Qu'elle fût très riche, elle se garda bien de le préciser. En quittant le palais d'agrément, elle avait emporté sa fortune et les deux amies la portaient sur elles en ce moment même, cousue dans l'ourlet de leurs vêtements et à l'intérieur d'outres que tout le monde croyait remplies d'eau.

– Des guérisseuses! Voilà pourquoi vous avez pu me secourir, pourquoi vous transportez avec vous de si merveilleux remèdes! s'exclama-t-elle avec un regard d'envie. Vous pouvez aller où vous voulez et vous savez que, partout, vous serez toujours les bienvenues.

« Oui, songea Séléné. Partout... »

Car elle ne connaîtrait pas de répit, n'aurait pas de foyer tant qu'elle n'aurait pas trouvé Andréas.

Après Antioche, elles étaient allées à Palmyre avec le mince espoir qu'Andréas y était resté après y avoir cherché Séléné, treize ans plus tôt. Puis, ne le trouvant pas, Séléné avait su où elle devait aller : à Alexandrie, à la célèbre École de Médecine dont il avait suivi les cours des années auparavant, puisque c'est là qu'avaient commencé ses périples maritimes.

Là encore, Séléné avait vu la main des dieux, car ce ne pouvait être un pur hasard si l'aboutissement de ses deux quêtes – la découverte de son identité et la réunion avec celui qu'elle aimait – se trouvaient dans la même ville. A chaque jour qui se levait, à chaque kilomètre parcouru, elle avait acquis la certitude que les visions de son délire avaient prédit la vérité, que d'une manière ou d'une autre, son identité et sa vocation de guérisseuse étaient liées.

Mais son périple allait bientôt se terminer! Les dieux ne pouvaient manquer de voir l'immense somme de connaissances qu'elle avait rassemblée tout au long de son étrange odyssée!

En quittant la Perse, Rani et Séléné avaient décidé de se rendre directement à Antioche, mais c'était sans compter avec les obstacles et les retards rencontrés en chemin – la sécheresse dans une ville, une quarantaine dans une autre, ailleurs une guerre frontalière qui fermait toutes les routes, la pneumonie d'Ulrika –, si bien que leur voyage avait duré sept longues années. Mais tout ce temps, ni Séléné ni Rani n'étaient restées oisives. Dans chaque ville, dans chaque oasis, elles avaient parlé avec des guérisseurs, avec des gens de médecine, avec les shamans des tribus, apprenant de nouvelles pratiques, gardant les bonnes, écartant les mauvaises. Elles étaient allées sur la place de Gilgamesh à Babylone et s'étaient instruites auprès de médecins qui la traversaient; à Palmyre, elles avaient conversé avec les prêtres d'Esculape; et finalement, il y avait quelques jours à peine, alors qu'elles avaient quitté Pétra et qu'elles longeaient la rive occidentale de la Mer Morte, elles avaient passé une nuit dans un monastère où on les avait laissées visiter la petite *infirmaria* où les moines soignaient leurs frères malades.

Séléné pensait bien être prête à présent. Les dieux ne pouvaient que voir qu'elle devait commencer sans tarder sa vie et son œuvre avec Andréas.

Rani rompit le silence.

– Il vous faut vous reposer, dit-elle à Elizabeth. Votre corps a subi un choc. Vous devez dormir pour qu'il puisse s'en remettre.

43

Séléné monta en boitant l'escalier qui menait à l'étage. Sa cuisse lui faisait mal. Comme souvent après une journée épuisante, la vieille blessure s'était réveillée.

La pièce était imprégnée de l'odeur de mouton qui se dégageait des sacs de toisons emmagasinés là, Elizabeth filant sa propre laine avant de la tisser. Ulrika dormait déjà au milieu des sacs, recroquevillée sur une natte, une couverture jetée sur elle.

« Bientôt, ma toute petite, notre errance prendra fin et tu vivras dans une maison et ta vie sera celle de n'importe quelle fillette. Bientôt, bientôt... », pensa Séléné en ôtant ses sandales avant de s'allonger près de l'enfant.

Non pas qu'Ulrika se plaignît jamais. Comme née pour

cette vie de vagabondage, la fillette semblait trouver naturels les séjours temporaires et les mois passés sur les routes. Elle ne remettait pas davantage en question leur mode de vie inhabituel; pour elle, c'était simplement ainsi que vivaient sa mère et sa tante Rani. Elle n'enviait jamais les autres enfants rencontrés dans les villes étrangères et qui vivaient dans des maisons et conservaient leurs amis d'une année sur l'autre. Elle s'estimait même heureuse, parce que, avec tante Rani, elle avait l'impression d'avoir une seconde mère.

C'était une vie merveilleuse pour une fillette; il y avait toujours quelque chose de nouveau, quelque événement extraordinaire qui se produisait. Et les gens la gâtaient, surtout après que Séléné ou Rani avaient soigné leurs maux. Et puis, elle ne pouvait se plaindre d'être négligée parce que sa mère et Rani lui montraient toujours comment faire des choses ou comment cueillir des plantes en lui expliquant à quoi elles servaient. Et quand elle avait peur, comme pendant les orages, elles la faisaient dormir entre elles, dans leur lit.

Une vie parfaite pour une enfant, vraiment, et pleine d'amour, de sécurité et d'aventure. Pourtant tous les soirs, Ulrika s'endormait en pleurant et ni Séléné ni Rani ne s'en étaient aperçues.

Dans l'obscurité, Séléné tendit la main pour toucher le front de sa fille, par habitude. Les enfants étaient si fragiles, si facilement la proie de maladies. La terrible bronchite qui l'avait frappée à Antioche et qui s'était transformée en pneumonie avait mis Séléné dans un tel état d'inquiétude que depuis, elle péchait par excès de prudence, guettant constamment chez la petite le moindre signe, le moindre symptôme, alors que l'épisode cauchemardesque s'était produit voilà plus de deux ans.

Son front était chaud et sec. Séléné soupira et enveloppa le corps robuste de sa fille de son bras. A neuf ans, elle était déjà aussi grande que Rani; nul doute que plus tard elle dépasserait même Séléné, qui pourtant était grande. Elle l'avait hérité de son père, comme ses yeux et les pommettes hautes qui commençaient à se modeler dans son petit visage. La plupart du temps, les gens la dévisageaient. Ses cheveux étaient d'une teinte inhabituelle, pas blonde mais de l'ocre du désert au soleil couchant, et ses yeux d'un bleu si pâle qu'ils en semblaient presque incolores. Séléné avait le sentiment qu'un jour elle serait une belle, peut-être même une très belle jeune femme.

« Est-il une mère aussi comblée que moi? se demandait-elle souvent. Une mère dont l'enfant est si paisible et heureuse? »

« Je ne crois pas », se disait-elle en la berçant, inconsciente que le bonheur de son enfant n'était qu'une façade, une gaieté feinte derrière laquelle se cachait une peine profonde. Ce que ni Séléné ni Rani ne remarquaient, obsédées qu'elles devenaient par leur métier, c'était que la petite fille souriante leur échappait peu à peu et que la joie enfantine qu'elles croyaient voir brûler dans son cœur avait depuis longtemps laissé place à une étrange mélancolie.

Ulrika se changeait en fillette triste qui se sentait perdue.

Après avoir plié ses vêtements et les avoir soigneusement posés au pied de sa natte, Rani prit sa statuette de Dhanvantari, le dieu hindou de la guérison, et la plaça par terre, près de son oreiller. Dhanvantari l'avait accompagnée depuis la lointaine Perse et son pouvoir restait intact.

Voyant que Séléné s'était couchée près d'Ulrika et qu'elle avait fermé les yeux, Rani moucha l'unique lampe qui brûlait encore puis se glissa sous sa couverture. Le sommeil, elle le savait, ne viendrait pas avant longtemps, non pas qu'elle ne fût pas fatiguée – elle était en fait épuisée –, mais parce que depuis plus de vingt ans, elle méditait avant de s'endormir.

Et elle méditait à présent, concentrée sur la lueur qui brillait à l'horizon et l'appelait. Car elle allait enfin la voir, la grande École de Médecine d'Alexandrie!

Les cheveux de Rani étaient devenus complètement gris et son pas s'était ralenti. Mais à cinquante-sept ans, âge fort avancé, elle avait toujours de bons yeux et l'esprit vif, et des mains plus agiles que jamais. C'était cette vision de l'école d'Alexandrie qui la gardait aussi jeune, la pensée de l'immense savoir et des recherches qui s'y concentraient. Une école plus réputée encore que celles de Madras et de Peshawar où elle avait jadis supplié son père de l'envoyer.

Depuis le jour où elle était sortie du palais d'agrément, sept ans plus tôt, la princesse Rani n'avait pas regardé en arrière. Mais elle le faisait ce soir parce qu'il n'y avait plus de danger et parce qu'elle avait une bonne raison, car cela faisait sept ans, jour pour jour, qu'avec Séléné et Ulrika, alors âgée de deux ans, elle avait franchi les portes du palais qui ouvraient sur la liberté.

Elle se rappelait avec tendresse ses adieux à Nimrod, son seul ami pendant trente-six ans. Il avait pleuré et l'avait embrassée pour la première fois, lui donnant le seul baiser qu'un homme lui ait jamais donné. Puis au moment de se séparer, il lui avait offert son bien le plus précieux, une pierre magique.

C'était une turquoise de la taille d'un quartier de citron qui portait bonheur à qui la possédait. Quand la chance disparaissait, sa couleur passait mystérieusement du vert au bleu des œufs de rouge-gorge. Sur une face, il y avait des veinures orangées qui, au prime abord, ressemblaient aux deux serpents entrelacés autour d'un arbre du caducée des médecins et des guérisseurs. Mais à y regarder de plus près, on découvrait une femme debout, les bras tendus.

« Et ne m'a-t-elle pas porté chance? » se demandait Rani dans la nuit sombre et silencieuse de Jérusalem. A moi qui suis libérée de ma prison et vois enfin le monde? Tous mes rêves ne se réalisent-ils pas? Et pourtant, si seulement... »

Oui, si seulement les rêves de son amie pouvaient aussi se réaliser, la vie serait vraiment parfaite. Mais Séléné poursuivait un rêve insaisissable qui risquait de ne jamais aboutir, Rani le craignait bien.

Elle aurait voulu que Séléné cessât de chercher Andréas, que son esprit tourmenté trouve enfin la paix. Car aussi longtemps que le souvenir d'Andréas la hanterait, elle ne pourrait être tout à fait heureuse. Et puis, il y avait la quête obsédante de son identité qui, par une ironie du sort, la ramenait à Andréas, à Andréas qui détenait la rose en ivoire gardienne du secret de sa naissance.

Alors qu'elle sombrait dans le sommeil, elle pensa.

« Peut-être Séléné trouvera-t-elle la paix à Alexandrie. Et Alexandrie se trouve juste derrière le prochain horizon, en Égypte. »

Les yeux ouverts dans les ténèbres, Séléné écoutait le silence de la nuit la plus sainte de Jérusalem. Elle pensait encore à Antioche et au terrible choc qu'elle y avait reçu.

Quel espoir était né en elle en revoyant Antioche! Comme son cœur avait battu tandis qu'elle marchait dans ces rues familières puis lorsque, dans la ville haute, elle était passée à l'endroit où était tombé le marchand de tapis! Comme elle avait hâté le pas jusqu'à la rue avoisinante où habitait Andréas! Et alors!

Se trouver devant cette maison étrangère, s'entendre raconter des histoires incroyables, que la villa avait brûlé des années auparavant, qu'on ne savait rien des occupants précédents.

Elle en était restée anéantie. Séléné s'était accrochée à l'espoir que le courrier royal s'était trompé ou qu'il n'avait pas vraiment cherché le destinataire de la lettre, qu'il s'agissait d'une malencontreuse erreur et qu'Andréas vivait encore là, dans cette maison, qu'il attendait qu'elle lui revienne.

Le cœur lourd, elle avait emmené Rani et sa fille dans le quartier pauvre d'Antioche, à la maison où elle avait grandi. Elle voulait qu'Ulrika la voit. Debout devant la petite cour, elle avait cru revoir deux fantômes travailler au soleil, Méra et une Séléné enfant. Elle avait été surprise de voir combien la maison était petite.

Elle avait quitté Antioche triste et déprimée. Qu'avait-elle espéré retrouver? Sa jeunesse? Un rêve? S'était-elle attendue à retrouver le passé préservé comme il l'était dans sa mémoire alors que sa vie même avait été bouleversée de fond en comble?

« Le passé, une fois passé, ne peut jamais revivre », pensa-t-elle avant de se demander comment Ulrika se souviendrait de l'odyssée étrange qu'avait été sa propre enfance.

Elle revit la nuit de sa naissance, une nuit froide et pluvieuse de mars. Selon la coutume persane, un prêtre de Zoroastre avait présidé à l'accouchement, faisant naître lui-même l'enfant et tandis qu'il officiait, Séléné avait vécu une étrange expérience.

Au plus fort de ses contractions, alors qu'elle avait l'impression d'être un fruit trop mûr près d'éclater, elle avait eu de nouvelles visions. Soudain, elle n'avait plus été allongée sur un lit dans le palais d'agrément mais sur une paillasse dans une humble maison. Les murs de torchis tremblaient dans le vent hurlant. Elle avait senti le doux contact de Méra; elle avait vu le visage à demi éclairé du beau Romain qui la regardait avec amour et inquiétude. C'était comme si elle avait revécu sa propre naissance, comme si elle avait été sa propre mère, dans la maisonnette des faubourgs de Palmyre.

Mais comment était-ce possible? s'était-elle demandé maintes fois. Était-ce son imagination troublée par le drame d'une naissance? Ou y avait-il réellement un lien, une attache spirituelle qui existait par-delà ce monde et qui se transmettait d'une génération à l'autre, une mémoire ancestrale enfouie dans l'inconscient et qui remontait en des occasions comme celle-ci? Alors qu'elle donnait le jour aux jumeaux, la mère de Séléné avait-elle vu le travail de sa propre mère? Et si tel était le cas, dans quelle ville, en quelle année?

Séléné observait souvent Ulrika, certaine de voir sur son visage, qui n'était pas encore modelé, l'ombre de Méra, même si elle savait que c'était impossible, que pas une goutte de son sang ne coulait dans les veines de l'enfant. C'était le sang d'une autre aïeule qui coulait en elle. De qui? Était-elle romaine? Égyptienne? Et comment s'appelait-elle?

Un bruit, discordant dans la nuit paisible, la dérangea dans ses pensées. Elle souleva la tête et écouta. Une femme pleurait. En bas. On aurait dit Elizabeth.

Elle la trouva assise au milieu de la pièce en train de pleurer toutes les larmes de son être. Le pansement à son bras était taché de sang frais.

Prenant la pharmacie posée sur la table, elle alla s'asseoir près d'elle sur le tapis.

– Vous vous êtes cognée, dit-elle gentiment. Laissez-moi regarder.

Mais Elizabeth continuait de pleurer, le corps secoué de sanglots. Séléné sentait tant de douleur dans ses larmes que ses yeux s'embuèrent.

– Laissez-moi vous aider, lui dit-elle en retirant ses mains de son visage.

– Je ne veux pas le perdre! cria Elizabeth. Je l'aime!

Séléné défit le bandage, examina la plaie puis choisit un pot dans sa pharmacie. Il contenait de l'essence de wintergreen, un baume calmant pour les coupures, que Séléné extrayait de l'écorce de bouleau. Tout en pansant la plaie, sans omettre de la saupoudrer de moisissure pour prévenir l'infection, elle écouta la jeune fille se vider de sa peine et de sa douleur.

– Ils vont l'envoyer ailleurs, pleurait-elle. Il a désobéi aux ordres. Les soldats romains ont l'interdiction de se mêler des coutumes locales.

– Mais les gens étaient en train de faire quelque chose d'horrible, Elizabeth.

– Notre Loi le permet. Et les Romains ne doivent pas intervenir quand le peuple applique sa propre justice. Je ne le reverrai jamais! Pour le punir, ils vont le muter dans un avant-poste où personne ne veut aller, en Germanie, peut-être.

Elle cacha son visage dans ses mains pour pleurer encore.

Une main sur le bras d'Elizabeth, Séléné versa des larmes sur les deux jeunes amoureux qu'un sort cruel et injuste séparait. « Comme il me sépare d'Andréas », pensa-t-elle en portant son autre main à l'Œil d'Horus qu'elle n'avait pas quitté depuis treize ans. Et elle pensa à la rose d'ivoire sur la poitrine d'Andréas. La portait-il encore, en souvenir d'elle?

– Elizabeth, dit-elle doucement, l'amour est la plus belle chose au monde. Il détient le plus grand des pouvoirs, il peut faire des miracles. De l'amour naît la vie, Elizabeth. Et l'amour guérit les blessures, insuffle du courage et de l'espoir. Si tu aimes assez Cornélius, tu ne le perdras jamais. Mais aime-le, Elizabeth. Aime-le de tout ton être et de tout ton cœur. Promets-toi entièrement à lui et en retour, accepte totalement son amour, parce qu'il n'existe rien de plus beau et de plus éternel.

Les sanglots amers de la jeune fille commencèrent à se calmer pour n'être plus bientôt que des pleurs tranquilles. Puis elle respira profondément et sécha ses yeux.

– Il n'était pas fait pour être soldat, dit-elle calmement. Cornélius est un être doux, un rêveur, un poète. Je n'avais jamais rencontré quelqu'un comme lui. Et quand je l'ai vu la première fois, c'était presque comme si nous nous étions toujours aimés. Comprenez-vous cela, Séléné?

– Oui.

– Nous n'y pouvons rien si nos races sont ennemies, si

son peuple opprime le mien. Nous voulons seulement vivre ensemble, heureux et dans la paix. Nous ne demandons rien d'autre.

Séléné se leva et se dirigea vers l'outre accrochée dans un coin. Après avoir rempli une coupe d'eau, elle y versa quelques gouttes d'essence de pouliot puis retourna s'asseoir sur le tapis.

– Bois cela. Tu dormiras mieux.

– Vous êtes gentille, dit Elizabeth après avoir bu. Je ne sais pas ce que j'aurais fait si vous et votre amie ne vous étiez pas arrêtées pour m'aider. Comment puis-je vous remercier?

Séléné sourit.

– Un peu de ta laine brute me ferait plaisir.

– Ma laine?

– Je m'en sers pour soigner certaines maladies de la peau. Il m'en faudrait très peu. Et je crois, ajouta-t-elle d'une voix rassurante, que tu ne devrais pas t'inquiéter au sujet de Cornélius. L'armée prendra soin de lui.

– Oui. Ils vont l'emmener au *valetudinarium.*

– *Valetudinarium?* De quoi s'agit-il?

Elizabeth se mordit la lèvre en cherchant un équivalent en araméen. Elle n'en trouva pas.

– C'est le nom que les Romains donnent à l'endroit où ils mettent leurs malades et leurs blessés. Cornélius m'a appris un peu de latin. *Vale* veut dire santé.

– Et où se trouve cet endroit où l'on redonne la santé?

– Dans la forteresse Antonia.

Séléné devint pensive. Elle n'avait jamais entendu parler de *valetudinarium.* A sa connaissance, les seuls établissements de soins des Romains étaient les temples d'Esculape. Elizabeth lui expliqua : le *valetudinarium* était réservé à l'armée. Seuls les soldats y étaient admis, Cornélius le lui avait dit quand son ami Flavius avait été blessé. D'après lui, toutes les forteresses frontalières en étaient équipées. Même en Germanie.

– Ne peux-tu aller lui rendre visite? demanda-t-elle en essayant d'imaginer une maison conçue pour les soins des malades et des blessés et tenue par des médecins militaires.

– Non. Les civils n'ont pas le droit d'entrer dans la forteresse.

– Et son ami, l'autre soldat qui s'est porté à ton secours?

– Flavius?
– Ne te tiendra-t-il pas au courant de son état?
– Flavius ne sait pas où j'habite, Séléné. Mais il patrouille dans la rue qui longe le temple. Je peux le chercher! dit-elle en prenant la main de son amie. Vous viendrez avec moi? J'ai peur de sortir seule.
– Je t'accompagnerai.
Le visage d'Elizabeth s'illumina d'espoir.
– Demain? Tôt?
– Aussitôt que tu voudras. Maintenant, nous devons dormir un peu.

Quand Séléné eut retrouvé sa place près d'Ulrika, elle s'endormit presque aussitôt, sans s'apercevoir que l'enfant s'agitait dans son sommeil.

La fillette serrait dans sa main la croix d'Odin que Wulf avait donnée à sa mère près de dix ans plus tôt. Endormie mais profondément perturbée, elle roulait la tête de droite à gauche et se tournait et se retournait.

Et dans son rêve, elle appelait doucement son père.

44

Elles arrivèrent à la *trivia*, l'intersection de trois rues, un endroit populaire où partout, à travers l'Empire romain, les gens se retrouvaient pour converser. Flavius les y attendait, à l'ombre de la forteresse.

Les joues encore duveteuses, il était très jeune et il flottait dans son armure mal ajustée à son corps gracile. La foule qui se pressait aux abords du nouveau temple d'Hérode ne prêtait aucune attention aux trois femmes et à la fillette qui étaient en train de parler avec un soldat romain.

La première chose que Flavius leur apprit fut que Cornélius, blessé à la tête, n'avait pas encore repris connaissance. Elizabeth ne put retenir ses larmes.

– N'y a-t-il pas moyen de le voir? demanda Séléné en

regardant du coin de l'œil les murailles menaçantes de la forteresse.

– Seuls les soldats malades ou blessés ont accès à l'infirmerie, répondit-il en indiquant l'endroit où se trouvait le *valetudinarium*, le long du mur oriental. L'infirmerie elle-même n'est pas gardée, mais la forteresse, oui. Il y a des troubles en ce moment, vous savez. Nous avons dû contenir quelques accès de rébellion. En particulier, là-bas, dit-il en montrant de la tête l'enceinte du temple où se tenaient les changeurs de monnaie. Nous sommes obligés de surveiller cette foule sans relâche. Il y a pas mal de têtes brûlées à Jérusalem qui se feraient un plaisir de nous porter un mauvais coup.

Séléné parcourut du regard les murailles aussi monstrueuses et menaçantes que celles de Babylone, qui, dix ans plus tôt, l'avaient intimidée.

– A quoi sert cette porte? demanda-t-elle en la désignant.

– C'est l'entrée des civils. Mais vous devez avoir un rendez-vous avec un officier pour entrer. Et elle n'est ouverte que le jour.

Séléné regarda Elizabeth qui pleurait dans son voile.

– Il doit bien exister un autre moyen, dit-elle à Flavius avec un regard appuyé.

Il était très jeune et sincère, et certainement courageux, à en juger par la façon dont il s'était vaillamment battu contre ceux qui lapidaient Elizabeth.

– Si seulement nous pouvions le voir juste quelques instants. Nous vous serions tellement reconnaissantes.

Séléné l'avait bien jugé. Rien n'aurait su empêcher Flavius, invincible dans son armure, de venir en aide à des dames.

– Il y a bien une possibilité, chuchota-t-il en jetant un coup d'œil par-dessus son épaule. Mais c'est risqué...

Rani était contente de devoir rester à la maison avec Ulrika pendant qu'Elizabeth et Séléné se lançaient dans leur folle aventure. Son goût du risque s'arrêtait à la frontière du bon sens qui, selon elle, était en l'occurrence franchie. Mais il était dit que rien ne séparerait la jeune Elizabeth de l'objet de sa première passion amoureuse. Quant à Séléné, elle n'avait pas voulu démordre de son envie de voir l'intérieur d'une infirmerie romaine.

« Quoi d'autre les Romains pourraient-ils bien nous apprendre? » se demandait-elle en regardant les deux jeunes femmes enfiler leurs déguisements scandaleux. Nous en savons assez à présent pour notre *chikisaka*. Je doute que les Romains puissent nous apporter quoi que ce soit d'important. »

Mais elle garda ces pensées pour elle, consciente qu'elle ne saurait les dissuader de sortir. Quand elles quittèrent la maison à la nuit noire, elle leur souhaita donc bonne chance et la protection des dieux.

Arrivées au mur septentrional de la citadelle à minuit, elles attendirent en frissonnant dans leur manteau. Étant données sa taille et sa population, Jérusalem était curieusement calme sous les étoiles. Séléné s'en étonna d'autant plus que c'était la Semaine Sainte que tous, indigènes ou pèlerins, semblaient vouloir fêter avec solennité.

Serrée contre le mur à l'abri du vent mordant de mars, Séléné et Elizabeth surveillaient la rue sombre, impatientes de voir les autres apparaître.

Il leur sembla qu'il s'écoulait des heures avant que la première femme arrive. Ensuite, quand quelques autres se furent regroupées contre l'entrée des civils, elles se joignirent à elles.

Sous leur déguisement de prostituées réalisé avec force maquillage, bijoux et vêtements criards pris dans les réserves d'Elizabeth, personne ne leur prêta attention. Flavius leur avait parlé des prostituées qu'on autorisait à entrer dans l'enceinte de la forteresse à minuit; elles allaient dans les baraquements et dans la prison et repartaient avant le lever du jour. Leur présence était illégale, bien entendu, mais c'était une de ces choses sur lesquelles l'armée fermait discrètement les yeux. Une grande femme aux cheveux d'un blond éclatant était destinée à la tour de garde même qui surveillait cette entrée.

Un légionnaire vint ouvrir pour laisser les femmes entrer. « Je vous attendrai, leur avait dit Flavius le matin. Dès que vous serez entrées, je vous demanderai et je vous conduirai à l'infirmerie. »

En passant avec les autres femmes la porte qu'on referma derrière elles, puis le porche de Salomon, Elizabeth ne put s'empêcher de claquer des dents. Au-delà des piliers du cloître se dressait la Cour des Gentils, déserte et fantomatique dans le clair de lune, et sur la balustrade on lisait sur un écriteau rédigé en quatre langues que tout incirconcis qui la franchirait s'exposait à la peine de mort.

Séléné chercha Flavius du regard. Il n'y avait pas trace de lui.

Le légionnaire conduisit le groupe de femmes en haut d'un escalier à gauche. Là, Séléné et Elizabeth hésitèrent un instant, incertaines de ce qu'elles devaient faire.

– Où est-il? murmura Elizabeth, les yeux écarquillés de peur et d'émotion.

Séléné réfléchit puis, saisissant son amie par le bras, l'entraîna à la suite du groupe qui montait encore. En haut de l'escalier, elles se retrouvèrent dans une cour immense, déserte et silencieuse, aux pavés usés par le piétinement d'innombrables sandales. A l'autre extrémité, Séléné aperçut une haute estrade surmontée d'un fauteuil qui ressemblait à un trône. Elle comprit soudain qu'il devait s'agir de l'endroit où l'on jugeait et condamnait les prisonniers.

Le cœur battant la chamade, elle chercha Flavius. Où était-il? Pourquoi n'était-il pas là?

Le légionnaire, Séléné s'en aperçut affolée, les conduisait vers des baraquements fortement éclairés qui retentissaient du rire des soldats.

Avec Elizabeth, elle s'efforça de rester en arrière. Quelques hommes étaient sortis sur le seuil de leurs baraquements et les attendaient en leur faisant de grands signes. Les femmes riaient et répondaient en les saluant de la main. Quatre d'entre elles se séparèrent du groupe pour disparaître sous un porche.

Tout en restant à la traîne derrière le groupe qui se dirigeait vers les soldats, Séléné essayait de repérer le *valetudinarium*. Flavius avait dit qu'il se trouvait le long du mur oriental. Mais elles étaient en train de le suivre et elle ne voyait rien qui ressemblât à une infirmerie.

– Séléné, souffla Elizabeth alors que les baraquements se rapprochaient.

Quelques soldats impatients de faire leur choix venant à leur rencontre, le groupe ne tarda pas à se disséminer.

En voyant une espèce de géant s'avancer dans sa direction, Séléné plongea sans hésiter sous un porche proche, entraînant Elizabeth à sa suite. Elles trébuchèrent dans l'obscurité du passage étroit mais, entendant des cris derrière elles, elles s'enfoncèrent davantage dans les ténèbres effrayantes.

Au bout d'un moment, elles s'arrêtèrent et, collées contre le mur, tendirent l'oreille en retenant leur souffle. Tout autour d'elles, le silence régnait. Soudain, plus aucun bruit ne leur parvint de la cour.

– Séléné, chuchota Elizabeth en tremblant si fort que son collier de médaillons cliquetait. J'ai peur!

– Chut! Écoute. Ils sont rentrés. Ils nous ont oubliées.

– Et s'ils étaient encore en train de nous attendre?

– Mais non. Maintenant, écoute-moi. Nous ne pouvons plus être bien loin de l'infirmerie. Nous allons la trouver.

– Et comment?

Séléné essaya de réfléchir. Elle se reporta au matin, quand elles étaient à la trivia. Flavius avait pointé un doigt vers le haut en disant que c'était là que se trouvait le *valetudinarium*. Comment était-ce possible?

– Où sommes-nous? chuchota encore Elizabeth.

– Je ne sais pas...

En hésitant, Séléné s'éloigna du mur et tendit les bras. Elle fit quelques pas, puis quelques autres jusqu'au mur opposé. À sa surprise, le couloir s'était élargi. Elle explora la pierre, la tapotant de la paume de la main jusqu'à ce qu'elle trouve quelque chose.

– Elizabeth, appela-t-elle à voix basse, as-tu apporté le briquet à amadou?

Elle souleva la torche de son support pendant qu'Elizabeth frottait le silex contre le briquet. En un instant, elles eurent de la lumière.

Quand Séléné découvrit l'endroit, sa surprise crût encore. Le couloir s'était considérablement élargi et le sol pavé avait fait place à du parquet. Elle vit aussi, tout à l'autre bout, qu'il y avait des bancs de bois de chaque côté d'une porte double.

Elles se dirigèrent prudemment vers cette porte, Séléné devant, Elizabeth ne la quittant pas d'une semelle. Quand elles furent devant, elles écarquillèrent les yeux. Gravés dans le bois, il y avait deux serpents entrelacés autour d'une baguette surmontée de deux ailes déployées. C'était le caducée, le symbole d'Esculape, dieu de la médecine.

– Nous l'avons trouvé, soupira Séléné.

Le planton, qui leur ouvrit en bâillant et en s'étirant, n'eut pas l'air surpris de voir deux prostituées. Mais il était ennuyé de ne pas avoir été prévenu et donc de ne pas avoir perçu son pot-de-vin, qu'il s'empressa d'exiger et que Séléné acquitta d'une pièce d'argent.

– Arrangez-vous seulement pour être parties à l'arrivée des chirurgiens, leur dit-il d'un air las après avoir examiné le poinçon de la pièce.

Puis il retourna d'un pas tranquille à sa partie de dés.

Séléné et Elizabeth hésitèrent un moment sur le seuil.

Devant elles s'étendait un long corridor fortement éclairé avec, tout du long, des portes ouvrant de chaque côté.

Des sons curieux filtraient de derrière ces portes, des rires étouffés, des conversations paisibles, le chant solitaire d'une flûte de Pan et, incongrus, des gémissements. Au bout du corridor se dressaient deux statues, celle du dieu Esculape brandissant le caducée et celle de l'empereur romain Claude.

Séléné franchit le seuil et Elizabeth lui emboîta le pas. Elles remontèrent lentement le corridor en regardant à droite et à gauche par les portes ouvertes.

Chacune donnait sur une petite chambre de quatre lits, tous occupés. La plupart des patients dormaient, mais certains étaient assis à parler, à jouer aux osselets; d'autres, les bras ou les jambes bandés, en chemise de nuit courte, clopinaient sur des béquilles en jurant et en riant.

Elizabeth se recroquevilla dans son manteau et, d'instinct, tira son voile sur son visage. En revanche, Séléné regardait bravement dans chaque salle, intriguée mais prenant mentalement des notes.

« Ces quatre hommes, pensa-t-elle, ont tous des blessures aux jambes; ces quatre autres, des fractures aux bras. »

Les patients, elle le comprit avec un intérêt croissant, étaient donc regroupés selon leur type de mal, une pratique qu'elle n'avait jamais rencontrée avant, mais dont elle saisit immédiatement l'intérêt.

– Eh! lança une voix rauque.

Aussitôt, elles se retournèrent pour voir un vétéran grisonnant sortir sur le pas de sa chambre en clopinant. Il se tenait au chambranle de la porte en sautillant sur un pied; son autre jambe était amputée à hauteur du genou.

– Qui vous cherchez? demanda-t-il.

Elizabeth essaya de répondre, mais elle était aphone. Alors Séléné dit qu'elles cherchaient Cornélius, qu'on leur avait dit...

– Par là, cria-t-il en leur indiquant la direction du pouce. Chez les têtes cassées.

Un éclat de rire monta dans la chambre derrière lui.

Elles passèrent devant trois autres portes ouvertes avant d'arriver enfin devant une petite pièce où quatre hommes, endormis sur des lits de camp, reposaient la tête bandée.

– Cornélius! cria Elizabeth en courant à son chevet, toute peur et toute timidité oubliées.

En entrant dans la pièce, Séléné prit note de tout ce qu'elle voyait : la distance entre les lits, la table contre le mur opposé et les cuvettes d'eau, les pansements et les instruments qui y étaient disposés.

Efficace fut le premier mot qui lui vint à l'esprit. Le *valetudinarium* de la Cinquième Légion était austère, pratique et d'une efficacité militaire. Elle vit tout de suite ce qui ici pourrait servir leur projet, à Rani et à elle.

Arrivée près du lit de Cornélius, elle s'agenouilla et écarta doucement Elizabeth, en larmes, pour palper le front du jeune Romain, prendre son pouls et examiner ses pupilles.

– Est-ce à ça qu'on vous paie maintenant, les filles?

Elizabeth resta pétrifiée. Séléné se retourna d'un bond. Un homme se tenait sur le seuil de la porte, grand et maigre, les cheveux coupés ras, vêtu d'une longue toge blanche.

« Il est à l'image de l'infirmerie, sec et réservé », pensa Séléné en se levant lentement.

Il était aussi très beau, vit-elle quand il s'avança vers elle.

– Qui êtes-vous? demanda-t-il. Que faites-vous avec cet homme?

La façon dont il les dévisageait lui rappela quelle allure elles devaient avoir, Elizabeth et elle, avec leur rouge à lèvres et à joues, les ombres bleues sur leurs paupières, les boucles d'oreilles voyantes et leur robe rouge. Elle sentit une gêne inhabituelle dans son regard.

Elle expliqua la raison de leur présence et comment elles étaient arrivées jusqu'ici, sans mentionner le nom de Flavius, et tandis qu'elle parlait, l'étranger l'observait d'un œil perspicace. Il remarqua vite combien elle était différente des visiteuses nocturnes habituelles, combien elle s'exprimait avec confiance et comme elle se comportait. En définitive, il la crut et le lui dit.

– Je suis Magnus, le chirurgien de nuit, dit-il. En quoi puis-je vous aider?

– Chaque fois que le pouls est pris, raconta Séléné à Rani le lendemain au petit déjeuner, on le note sur une tablette en cire suspendue à la tête du lit. La fois d'après, quand on prend à nouveau le pouls, on peut comparer les deux chiffres et relever toute variation. Les Romains pensent qu'un changement dans les pulsations indique une évolution de l'état du patient.

– Ingénieux! déclara Rani, en regrettant de ne pas être allée voir le *valetudinarium* de ses propres yeux.

Elles étaient assises à la table, un papyrus étalé entre elles, sur lequel Séléné traçait un plan de l'infirmerie.

– Ils n'opèrent que le matin, expliqua-t-elle, à la fraîcheur et pour profiter de la meilleure lumière. Ceux qu'on vient d'opérer sont gardés dans une pièce attenante à la salle d'opération et ne sont pas ramenés tout de suite à leur chambre.

– Pourquoi? demanda Rani.

– Pour le cas où la blessure se rouvrirait ou si jamais une complication survenait.

Ulrika était assise dans un coin, sa poupée sur les genoux, à regarder sa mère et sa tante dans un silence attentif. Les deux femmes, tête contre tête, étaient occupées à faire des dessins. Elles avaient l'air très heureuses et excitées au sujet de quelque chose.

Puis Ulrika entendit un chant dans le jardin; elle tourna la tête et écouta.

Elizabeth était dehors en train de ramasser des fleurs pour Cornélius.

La veille, quand elle l'avait trouvé profondément endormi, le visage pâle, ses magnifiques boucles emmêlées sous un bandage, elle avait pleuré. Et alors, merveille des merveilles, le chirurgien de nuit était apparu et avait expliqué que Cornélius avait repris connaissance dans l'après-midi, qu'il avait dîné et qu'il dormait à présent sous l'effet d'un médicament qu'il lui avait administré. Et plus merveilleux encore, le médecin lui avait dit qu'à son réveil, alors qu'on venait de le ramener de la place où la lapidation avait eu lieu, Cornélius avait réclamé quelqu'un du nom d'Elizabeth.

Elle ne pouvait croire à son bonheur. Séléné devait être magicienne pour avoir ensorcelé le médecin romain à ce point. Car non seulement il leur avait permis de rester, avait fait visiter les lieux à Séléné et répondu à ses questions mais, il avait encore accordé à Elizabeth une permission spéciale pour qu'elle puisse venir voir Cornélius tous les jours à midi. Ce qu'elle s'apprêtait à faire dès qu'elle aurait terminé son bouquet et préparé un panier de nourriture, sans oublier la cape neuve qu'elle avait achetée le matin même au marché pour Cornélius.

Ulrika regardait Elizabeth avec de grands yeux contemplatifs en se demandant pourquoi tout le monde semblait soudain si joyeux et pourquoi on ne l'en faisait pas profiter. Bon, se dit-elle en se levant, sa poupée serrée contre sa poitrine, elles ont encore dû oublier, comme cela leur arrivait parfois. Aussi se dirigea-t-elle vers sa mère et la tira-t-elle par la manche.

– Qu'y a-t-il, chérie? demanda Séléné, sans la regarder et en continuant à dessiner sur le papyrus.

– Maman? dit la fillette.

– Ta mère est occupée pour le moment, intervint Rani. Pourquoi ne vas-tu pas jouer dans le jardin?

– Maman! insista l'enfant.

– Un instant, chérie. Ici, tu vois, Rani, dit-elle en indiquant un point sur le plan. Il y a un placard central pour les bandages et les médicaments. Au lieu d'en garder dans chaque table de nuit...

Ulrika recula. Elle avait reconnu cette expression sur le visage de sa mère, intense et bizarre, et elle savait que c'était comme une barrière invisible qu'elle ne pouvait franchir. Alors elle partit dans le jardin, ce qu'elle préférait d'ailleurs.

– Magnus m'a également donné quelques conseils à propos de l'argent, dit Séléné en reposant son crayon. Quand je lui ai dit que nous prenions un bateau pour Alexandrie, il a suggéré qu'il vaudrait peut-être mieux déposer notre argent chez un banquier ici, à Jérusalem. Les équipages des bateaux ont la réputation de détrousser les passagers. Même si nous le cachions bien, nous aurions vraiment de la chance d'arriver en Égypte avec. Il y a des banquiers ici qui sont en relation avec des banques d'Alexandrie, m'a-t-il expliqué, et avec une lettre de crédit...

Il fut donc décidé que Rani irait en ville l'après-midi même pour déposer leur argent et leurs bijoux dans le coffre de l'une des nombreuses banques réputées de Jérusalem. Puis, dans deux jours, quand la Semaine Sainte serait terminée, elles partiraient pour le port de Joppé et, de là, prendraient des places sur un bateau faisant voile sur Alexandrie.

Les deux femmes se sourirent. L'avenir semblait si proche maintenant.

45

Les cuillères en bois prises dans la cuisine d'Elizabeth faisaient de beaux pins et la tranchée creusée dans la poussière et remplie d'eau faisait un fleuve parfait. Le Rhin. Ulrika n'avait jamais vu de neige, mais sa mère la lui avait décrite, aussi pensait-elle que la laine blanche dérobée dans les sacs là-haut et répandue tout autour faisait une belle neige sur sa « forêt ».

Il était tard dans l'après-midi et Ulrika était en train de jouer dans le jardin à son jeu préféré, la « Germanie ».

– Voilà le fleuve, dit-elle à voix haute en consolidant les berges et en ajoutant un peu d'eau. Et les arbres. Elle redressa les cuillères plantées dans la terre comme des poteaux. – Et voilà Ulrika, termina-t-elle en plaçant sa poupée au milieu de son paysage miniature. Ulrika est une princesse et elle prévient tout le monde que les Géants de Givre arrivent. Et qu'ils vont sauver les gens! cria-t-elle de sa voix enfantine.

– Oh! s'exclama-t-elle. Regarde! C'est Wulf, le beau prince.

Ulrika n'avait pas de poupée pour représenter le héros, mais grâce à son imagination, elle le voyait tout pareil. A mesure qu'elle bougeait la poupée et le prince invisible, elle parlait et riait et s'animait davantage qu'en aucune occasion dans le monde réel.

– Et ils vécurent longtemps et eurent beaucoup d'enfants, conclut-elle en poussant un grand soupir et en s'allongeant par terre pour regarder le ciel.

Une fois encore, Wulf avait sauvé sa journée. Il n'existait rien qu'il ne pût faire et elle n'en était que plus fière qu'il fût son père. Elle savait qu'il l'aimait beaucoup parce qu'il était toujours avec elle. Et c'était le grand secret d'Ulrika. Sa mère lui avait dit que Wulf était avec la Déesse, mais elle n'était pas dupe. Elle l'avait vu en rêve il y avait très longtemps et il lui avait dit qu'il resterait auprès d'elle aussi longtemps qu'elle aurait besoin de lui.

Et Ulrika avait souvent besoin de son père. Tante Rani et sa mère étaient toujours trop occupées; elles la laissaient souvent à la garde d'étrangers, comme aujourd'hui à celle d'Elizabeth. Dans ces moments-là, un horrible sentiment de solitude l'envahissait et la rendait triste, mais l'instant d'après, l'esprit de Wulf était là, lui parlait, la consolait.

Il était là maintenant, dans ce petit jardin de Jérusalem.

Ulrika commençait à sommeiller dans le soleil de l'après-midi quand elle fut réveillée en sursaut par une ombre qui passait sur son visage. Elle ouvrit les yeux et s'exclama, puis elle s'assit.

Perché sur le mur du jardin, il y avait un corbeau et pendant un instant, il sembla la fixer de son œil doré.

Ulrika restait assise, comme clouée sur place. Le corbeau était l'oiseau sacré du peuple de son père, mais plus particulièrement, sa mère le lui avait dit, c'était le totem de son père.

– Bonjour, dit-elle timidement. Bonjour, corbeau.

L'oiseau inclina la tête, la fixa de son autre œil puis déploya ses ailes et s'envola.

– Attends! cria-t-elle en se relevant tant bien que mal. Attends, ne t'en va pas!

Le mur d'enceinte du jardin était recouvert d'une vigne vierge assez solide pour supporter le poids d'une enfant de neuf ans. Ulrika l'escalada en un rien de temps et sauta dans la ruelle de l'autre côté pour suivre l'oiseau noir qui se découpait dans le ciel bleu.

Alexandrie!

Elle n'en était plus qu'à quelques jours maintenant! Séléné se pressait comme si de marcher plus vite ferait accélérer le temps. Dans sa ceinture, elle portait leurs trois billets qu'elle venait d'acheter chez un agent maritime. Elle avait aussi un reçu du paiement de leurs places dans une caravane qui partait non pas dans deux jours mais cette nuit même! Ce soir, elles prendraient la route de Joppé et, de là, un bateau pour Alexandrie. Dans une semaine, elle poserait le pied dans la ville d'où étaient venus ses parents, la ville qu'Andréas avait connue dans sa jeunesse.

Elle s'engageait dans la rue d'Elizabeth en espérant que Rani était rentrée de la banque. Elles ne devaient pas perdre de temps si elles voulaient se joindre à la caravane de soieries qui partait de la Porte de Joppé cette nuit en direction de la côte. Elles devaient rassembler leurs effets sans tarder et faire leurs adieux à Elizabeth.

Alexandrie! Séléné avait l'impression qu'il lui suffirait presque de tendre la main pour la toucher.

Elizabeth était à son métier en train de tisser l'un des superbes châles qui faisaient sa renommée. Après l'avoir cherchée un moment, Séléné ne trouva pas Ulrika.

– Mais elle était dans le jardin, dit Elizabeth en se levant d'un bond. Elle n'est pas passée par ici. Je l'aurais vue, il n'y a pas d'autre porte.

– Alors, elle a dû escalader le mur.

– Pourquoi aurait-elle fait cela?

Séléné sentit soudain son sang se glacer.

– La ruelle derrière le mur, Elizabeth. Où conduit-elle?

– Par là, c'est une impasse. Mais de l'autre côté, elle va jusque dans la ville haute.

– Je pars à sa recherche, dit Séléné en se précipitant vers la porte. Peux-tu rester ici, au cas où elle reviendrait?

Le corbeau jouait avec Ulrika. Il s'envolait puis se posait à quelque distance sur une arcade ou un auvent, inclinait la tête de son côté et, dès qu'elle approchait, il repartait. Ulrika ne savait pas où il l'emmenait, mais elle n'avait pas peur. Son père était avec elle, à ses côtés.

Le corbeau l'entraîna finalement dans une petite ruelle, se percha un instant sur la saillie d'un toit puis, quand elle l'eut rejoint, il prit son envol pour disparaître derrière des maisons.

L'enfant le regarda partir, désolée. Elle appela son père, qui n'acceptait d'apparaître que pour elle, pour savoir ce qu'elle devait faire maintenant et c'est alors qu'elle s'aperçut qu'elle n'était pas seule dans la ruelle. On l'avait suivie.

– Bonjour, petit chien, dit-elle en souriant.

Le chien s'arrêta, la fixa. Puis il s'avança au ras du sol, le poil hérissé.

– Bonjour, petit chien, répéta-t-elle en tendant la main.

L'animal s'approcha encore en rampant. Alors, elle remarqua qu'il y avait quelque chose d'anormal. Il avait de l'écume sur les babines.

Rani était satisfaite de son après-midi. Elle s'était rendue à la rue des banquiers, non loin du palais d'Asmon, et avait traité avec un homme d'excellente réputation qui avait pesé son or et son argent sur des balances justes avant d'estimer ses bijoux à un prix honnête. Après quoi, il avait déposé le tout dans un coffre et, en échange, lui avait remis une lettre de crédit.

Le chirurgien romain avait eu raison, c'était effectivement une bonne idée parce que maintenant, elle marchait d'un pas léger avec une impression de liberté qu'elle n'avait pas connue pendant ces sept années de voyages. Après s'être tant inquiétées pour leur or, leur argent et leurs bijoux, avoir tant redouté les bandits, avoir senti constamment ce poids dans l'ourlet de leurs vêtements, leur fortune se trouvait à l'abri, bien en sécurité. Le banquier la placerait, elle rapporterait des intérêts et, chaque fois qu'elle ou Séléné le souhaiteraient, elles pourraient effectuer des prélèvements chez un correspondant d'Alexandrie.

C'était, en vérité, une manière sage de gérer sa fortune. Le banquier avait apposé un cachet au bas de la lettre de crédit avec un sceau, une agate gravée d'un dessin compliqué, qu'il lui avait ensuite remis et qu'elle portait à présent en pendentif. Dans tout l'empire, il n'existait pas deux sceaux identiques. Pour retirer de l'argent, il leur suffirait, à Séléné comme à elle, de présenter la lettre de crédit puis d'apposer leur sceau dans de l'argile. Un expert certifierait l'exacte similitude des deux dessins. Ce système les protégerait donc aussi des vols et des contrefaçons.

– Veillez simplement à ne pas garder ensemble la lettre et le sceau, avait conseillé le banquier. L'un sans l'autre ne présente aucun intérêt, car un voleur qui s'emparerait de l'un mais pas de l'autre ne pourrait toucher votre argent.

Dès qu'elle serait rentrée, elle confierait le sceau à Séléné et garderait la lettre de crédit qu'elle portait pour le moment dans un tube en bois passé à sa ceinture.

Les pensées de Rani couraient plus vite que ses pas pressés. Il y avait tant à faire! Elles auraient besoin de provisions pour la traversée, de nourriture, de nattes pour dormir sur le pont, de manteaux solides pour se protéger de la mer froide. Il lui restait quelques pièces et Séléné, elle le savait, disposait aussi d'une petite somme, ce qui suffirait pour leurs achats et ensuite pour régler l'auberge où elles logeraient à Alexandrie. Une fois là-bas, elles pourraient commencer à puiser dans leur compte bancaire bien garni.

En arrivant à la maison d'Elizabeth, elle trouva la jeune femme en train de se tordre les mains sur le pas de sa porte.

– Ulrika a disparu, dit-elle. Séléné est partie à sa recherche.

Rani fronça les sourcils. Cela ne ressemblait pas à l'enfant. Elle leva les yeux vers les toits, le soleil ne les baignait plus. L'après-midi touchait rapidement à sa fin; bientôt, le *shofar* du Temple proclamerait le début du sabbat de Pâque. Déjà, Jérusalem devenait silencieuse et se vidait en observance de la nuit sainte qui arrivait.

– Je pars aussi à sa recherche, dit-elle à Elizabeth. Attends ici. Il se peut qu'Ulrika retrouve le chemin de la maison.

Prenant la direction opposée à celle qu'avait choisie Séléné, elle s'engagea dans le dédale des rues étroites et des ruelles du quartier qui jouxtait le jardin d'Elizabeth.

Elle n'était pas allée loin quand elle tomba sur un groupe de petits entrepôts fermés pour la nuit sainte. Les rues désertées s'assombrissaient; Rani passa devant les portes et les porches sombres. Bientôt, elle entendit un bruit lointain, qui montait de derrière les toits, le bourdonnement de la cité qui se refermait comme une fleur dans le jour mourant. Mais, plus près, il y en avait un autre, plus distinct. Et soudain, elle identifia, affolée, ce bruit très familier.

C'était le grognement rauque et menaçant d'un chien.

Elle longea prudemment les murs de pierre, s'arrêtant souvent pour regarder de part et d'autre. Tandis que le grognement se rapprochait, elle sentit un frisson la parcourir. Une intuition profonde lui disait ce qu'elle allait trouver.

Quand elle arriva à l'entrée de la ruelle, la lumière était si faible qu'on voyait à peine; elle distingua cependant la silhouette du chien et sa gueule écumante de bave argentée. Et, au bout de la ruelle, adossée à un mur, Ulrika, immobile comme une statue, les yeux rivés sur l'animal.

Rani porta une main à sa poitrine, comme pour réprimer les battements de son cœur. Elle ouvrit la bouche pour parler, mais sa gorge était sèche. Se mordant les lèvres pour les humecter, elle avala sa salive avant de dire aussi calmement qu'elle pouvait :

– Ulrika, c'est moi, Rani. N'aie pas peur.

– Je n'ai pas peur, répondit la voix de l'enfant.

– Ulrika, écoute-moi bien. Ne fais aucun geste brusque. Regarde doucement autour de toi s'il y a un moyen de t'échapper.

– Non, il n'y en a pas.

Rani ferma les yeux. C'était une impasse. Il n'y avait donc qu'une issue, passer devant le chien.

– Ulrika, dit-elle d'une voix qu'elle voulait calme, le chien est malade. Il ne sait pas ce qu'il fait. Nous devons faire très attention. Tu comprends?

– Oui.

– Ne bouge surtout pas, Ulrika. Et ne le regarde pas dans les yeux. Il n'aimerait pas cela. Regarde ailleurs.

Rani s'efforçait de penser. Si elle partait chercher du secours, elle risquait de revenir trop tard. Mais si elle appelait, dans l'espoir d'attirer l'attention d'un passant, elle risquait de déclencher l'attaque de l'animal. Que faire?

Horrifiée, elle vit le chien commencer d'approcher lentement d'Ulrika. Il rasait sournoisement le sol et grognait, fou de douleur, le corps tremblant. Rani avait déjà vu des chiens enragés, elle savait comme ils devenaient méchants au stade final de la maladie. Il ne devait avoir qu'une seule idée en ce moment : attaquer et réduire en pièces quiconque se dressait sur son chemin.

« Grand Shiva, pria-t-elle. Aide-moi. »

Séléné franchit la porte, hors d'haleine.

– Est-elle rentrée?

– Non! répondit Elizabeth avec inquiétude. Rani est partie à sa recherche. Mais cela fait longtemps maintenant!

Séléné essaya de réprimer sa panique croissante. Il faisait presque noir. Où était Ulrika?

– Il va falloir demander de l'aide.

– Oui. Le rabbin...

– Vite!

Rani comprit qu'il n'existait qu'un moyen de sortir Ulrika de là : elle devait détourner l'attention du chien.

Fouillant le sol du regard, elle trouva une pierre tranchante et lourde et elle la ramassa.

Si seulement elle pouvait viser juste, toucher l'animal à la tête et l'assommer d'un coup...

Mais qu'arriverait-il si elle le manquait et qu'excité il se jette sur Ulrika?

« Je dois l'obliger à se tourner et à venir de ce côté. »

Ses doigts se resserrèrent sur la pierre. La lumière avait presque disparu; le chien continuait de ramper vers l'enfant.

« Je suis une vieille femme, se dit-elle. Quelle chance ai-je de courir plus vite que lui? Il faut qu'il vienne par ici et que je reste là, prête à jeter cette pierre. »

– Ne bouge surtout pas, Ulrika, dit-elle d'une voix dure. Je vais jeter une pierre pour effrayer le chien. Tu comprends?

Ulrika, qui avait suivi le corbeau jusqu'ici et dont le sang guerrier de Wulf coulait dans les veines, répondit sans peur.

Oui, tante Rani.

« J'ai vu le monde, pensa Rani en levant la pierre. Je n'ai aucun regret... »

Et elle la lança.

Les hurlements de l'enfant s'entendirent si loin que lorsque Séléné arriva à la ruelle, une foule considérable entourait déjà le corps de Rani.

Ulrika se jeta en pleurant dans les bras de sa mère qui regardait par terre, horrifiée.

Morts au même instant, Rani et le chien gisaient l'un à côté de l'autre. La robe de Rani était déchirée et tachée de sang. La cordelette à son cou était arrachée et le sceau en agate avait disparu. Sa ceinture défaite était abandonnée sur le pavé. Il n'y avait plus trace du tube qui renfermait la lettre de crédit.

Livre VII

ALEXANDRIE

46

– Si vous vous trouvez désarmées face à une blessure très grave, disait la voix douce au centre du cercle de femmes, n'hésitez pas à recourir à la vieille formule qui consiste à appliquer d'abord quelque chose de brûlant puis quelque chose d'apaisant. Et pour cela, utilisez ce que vous aurez à portée de main.

Mère Mercia, l'*alma mater* du temple, écoutait sœur Pérégrina dispenser son cours matinal dans l'infirmerie. Les femmes rassemblées autour d'elle au chevet des patients étaient des novices qui deviendraient infirmières. Toutes jeunes, dévouées et consciencieuses, vêtues de longues robes blanches, elles portaient la croix d'Isis sur leur poitrine. Et elles vouaient une immense admiration à sœur Pérégrina, qui était arrivée à Alexandrie trois ans plus tôt.

Ce matin, elle leur montrait comment soigner une plaie en prenant pour exemple pratique une blessée amenée au temple dans la nuit. Il s'agissait d'une jeune femme victime d'une agression. Avant l'arrivée de sœur Pérégrina à Alexandrie, cette jeune femme n'aurait bénéficié d'aucun soins. Mais aujourd'hui, la petite infirmerie du grand temple d'Isis d'Alexandrie était connue dans l'Égypte entière.

Mère Mercia sourit avec fierté. Comme la communauté s'était élargie grâce à sœur Pérégrina! Comme les coffres regorgeaient des riches offrandes de patients reconnaissants! Et comme la déesse devait être heureuse de noter la ferveur dont faisaient preuve ces jeunes femmes qui regardaient leur professeur leur montrer comment poser un bandage hindou connu sous le nom de *svastika,* d'après le mot sanskrit signifiant « croix ».

Mère Mercia ne cessait de s'émerveiller devant le savoir de sœur Pérégrina, qui avait introduit chez elles certaines pratiques médicales étranges mais efficaces, comme de suturer les plaies avec des scarabées ou de saupoudrer les plaies de moisissure afin de prévenir toute infection. Et alors que les prêtresses d'Isis, qui depuis longtemps connaissaient le secret de la potion d'Hécate, ne s'en servaient que pour soigner des maux de tête ou des crampes, sœur Pérégrina leur avait appris à l'utiliser contre la fièvre et les tuméfactions. Même les grands médecins de l'École de Médecine voisine, les célèbres *therapeutai,* venaient dans cette infirmerie l'observer et l'écouter.

Ce n'était pas par hasard, mère Mercia en avait la certitude, que sœur Pérégrina s'était présentée au temple trois ans plus tôt pour offrir de travailler au service de la Déesse. Isis elle-même l'avait conduite ici. Cela faisait partie d'un plan divin, l'*alma mater* en était persuadée, car elle en avait la preuve là, devant les yeux. Cette maison, jadis un entrepôt, était aujourd'hui remplie de lits et le soleil et l'air marin entraient par des fenêtres, éclairant les femmes endormies, les aides-soignantes en toge blanche et les fleurs que la brise estivale agitait. Vraiment, une infirmerie! On était loin des pièces minuscules et inconfortables où les sœurs et les prêtresses accueillaient autrefois malades et blessés qui se présentaient au temple.

Mère Mercia regardait affectueusement sœur Pérégrina qu'elle considérait comme la fille qu'elle n'avait jamais eue. Cette femme qui avait tant vagabondé, d'où le nom que mère Mercia lui avait donné : Pérégrina, « la voyageuse », cette femme arrivée d'Orient était bonne. Mais elle était étrangement réservée et gardait une partie d'elle-même cachée derrière une porte secrète.

Dès les premiers mois, trois ans plus tôt, quand sœur Pérégrina était venue au temple avec son enfant pour se consacrer au service de la Déesse, mère Mercia, sentant la sincérité de son offre, avait hébergé la mère et la fillette. Et pendant ces premiers mois au cours desquels elles avaient appris à se connaître, passant des soirées à parler gentiment ou à écouter ses merveilleux récits sur Babylone et la Perse, mère Mercia avait cru que la jeune femme ne tarderait pas à s'ouvrir de cette partie secrète de sa vie. La mère spirituelle du temple était une femme douce et compréhensive dont l'attitude patiente semblait inviter à se confesser. Elle mettait les gens à l'aise, les laissait décharger leur âme et ils repartaient soulagés et comme purifiés. Mais, curieusement, malgré sa certitude que sœur Pérégrina gardait au fond de son être quelque souvenir douloureux, elle n'en avait jamais eu la confirmation.

Après trois années passées ensemble dans l'enceinte à colonnes du temple d'Isis, après trois années de prières communes, de soirées passées à échanger des idées, sœur Pérégrina n'avait jamais franchi le pas, n'avait jamais déverrouillé la porte de son âme. Et qu'elle soit capable de se protéger si longtemps, qu'elle veuille encore se protéger maintenant, intriguait d'autant plus mère Mercia. Elle savait vraiment peu de chose de son professeur; ni comment ni pourquoi elle était venue de Jérusalem à Alexandrie, sans un sou, s'offrant à Isis, ni d'où elle venait avant la Perse, ni même l'histoire d'Ulrika, son enfant. Et par une étrange ironie qui ne lui échappait pas, le nom qu'elle lui avait donné à son arrivée lui seyait encore mieux qu'elle ne l'avait d'abord cru puisque Pérégrina signifiait non seulement « voyageuse » mais aussi « étrangère ».

– Mère Mercia, dit une voix derrière elle.

C'était une jeune fille entrée depuis peu au service d'Isis.

– Vous avez un visiteur. Il vous attend dehors.

– Merci, mon enfant. Je viens dans un instant.

Avant de s'en aller, l'*alma mater* observa sœur Pérégrina qui entraînait les novices vers le lit suivant. Quand elle se retourna pour faire face à ses élèves, Mercia fronça les sourcils. Elle avait encore ressenti, fugitivement, cette impression familière obsédante.

La première fois qu'elle avait posé les yeux sur sœur Pérégrina, elle avait pensé : « Je connais cette femme. » Puis, l'instant d'après, elle s'était rendu compte qu'elle ne la connaissait pas du tout. Mais au cours des trois années qui avaient suivi, en des circonstances précises, à certaines des expressions de son visage, à sa façon d'incliner la tête, mère Mercia avait à nouveau eu l'impression dérangeante que sa mémoire lui jouait des tours. Qu'y avait-il donc de vaguement familier chez la jeune femme? Ou qui lui rappela quelqu'un?

Cette fois comme toujours, elle secoua la tête. L'expression avait disparu, l'air familier s'était évanoui. Elle se détourna pour se diriger vers l'entrée de l'infirmerie où le visiteur l'attendait.

– Andréas ! s'exclama-t-elle, surprise, en lui tendant les mains. Comme il est bon de vous revoir ! Quand était-ce, déjà ? Il y a trois, quatre ans ?

Il s'avança, souriant, et prit ses mains dans les siennes.

– Comment est-ce possible, Mère, à chacun de mes passages, vous semblez plus jeune et plus belle ?

Elle rit.

– Dites-moi, à présent, êtes-vous à Alexandrie pour de bon ou, comme le *khamsin,* ne faites-vous que passer ?

– J'ai bien peur qu'il ne s'agisse que d'un court séjour. Je dispose de quelques jours pour voir mes amis et, ensuite, je dois partir pour la Bretagne.

– La Bretagne ! J'ai entendu dire que c'est un pays de sauvages ! Vous y allez pour l'empereur, je suppose ?

– Quelle autre raison m'y pousserait ?

Ils commencèrent à se promener dans le jardin.

– Vous avez l'air en bonne santé, Andréas. Vivre à Rome semble vous réussir.

Andréas, bien plus grand que la vieille *alma mater*, inclina la tête pour lui sourire, et le soleil s'accrocha un instant dans ses cheveux argentés.

– Il y a du bon et du moins bon à Rome. J'aime et je déteste cette ville à la fois.

– Et quelles sont les dernières nouvelles ? Je vous en prie, racontez-moi.

Andréas sourit. Il n'était plus le même homme qu'autrefois, à Antioche, sérieux et buté. Dix-sept années passées à parcourir la terre, à découvrir le monde et les manies de ses habitants, avaient tempéré l'intolérance qui, jadis, le rendait si sévère. Le pli entre ses sourcils était toujours là, plus marqué et permanent, mais il souriait plus volontiers et les ridules autour de ses yeux étaient témoins de bonne humeur et de clémence.

– Et vous-même, Mère ? Comment allez-vous ? On m'a dit que vous faisiez maintenant concurrence à l'École de Médecine. Que vous lui voliez des patients.

– Vous citez sûrement Diosthène, ce vieux crocodile ! Il n'y a que lui pour parler de patients comme de marchandises pour lesquelles il faudrait se battre. Non, Andréas.

Notre petite infirmerie ne représente aucun danger pour l'École de Médecine. D'une part, nous ne soignons que les femmes et les enfants. D'autre part, nous n'opérons pas.

Leurs pas les avaient conduits devant l'entrée de l'infirmerie. Ils s'y arrêtèrent pour regarder à l'intérieur. Andréas fut dès l'abord impressionné par les rangées de lits, la quantité de lumière, la propreté évidente de la salle.

– Comment en êtes-vous arrivée là? demanda-t-il en observant le groupe de novices à l'autre bout de la pièce.

– Par un miracle, Andréas. Vraiment. Il y a trois ans, une guérisseuse venue de Perse s'est présentée à notre porte pour demander à entrer au service d'Isis. C'est elle, à présent, qui est chargée de l'enseignement. Elle forme des aides soignantes que nous envoyons ensuite dans d'autres temples sur le Nil.

– Elle venait de Perse, disiez-vous?

– Elle m'a dit avoir beaucoup voyagé. Jusqu'à Babylone, même.

Andréas regarda plus attentivement les étudiantes réunies autour d'un lit. Il vit leur professeur, qui lui tournait le dos, se pencher pour faire quelque chose à une malade. Il la regarda appuyer ses explications par des gestes, puis remettre un bandage à une élève. Il était intrigué, sans plus.

Mais comme il l'observait, son intérêt s'aviva.

– Comment s'appelle-t-elle?

– Sœur Pérégrina. Elle et sa fille vivent ici dans l'enceinte du temple.

Il la fixa un moment encore, puis dit :

– Un instant, elle m'a rappelé quelqu'un que j'ai connu autrefois, il y a longtemps, à Antioche.

Mère Mercia leva les sourcils. Ainsi, sœur Pérégrina produisait le même effet sur d'autres gens! Peut-être était-ce son visage, peut-être avait-elle ce type de traits qui la rendait familière à ceux qui la regardaient. Il y avait des gens comme cela. Ce qui expliquerait tout.

– Dînerez-vous un soir avec moi avant de quitter Alexandrie, Andréas? demanda-t-elle en se détournant de la salle.

– Ah, je ne puis le promettre. Mon bateau lève l'ancre dans quelques jours et il y a tellement de personnes que je dois voir!

Alors, acceptez de partager un peu de vin avec moi, maintenant.

Andréas tourna le dos à l'infirmerie et, tandis qu'il entreprenait de raconter à mère Mercia les derniers scandales de l'impératrice Messaline, derrière lui, à l'autre bout de la salle, sœur Pérégrina debout, aussi immobile qu'une statue, les yeux fermés, les mains tendues au-dessus d'une patiente endormie, était en train de montrer la « flamme intérieure » à ses novices, mais Andréas n'en vit rien.

47

Ulrika l'avait encore fait.

Elle s'était glissée hors de la salle de classe pour courir à la grande bibliothèque, sur le port. Et une fois encore, elle avait pris un livre sans que personne s'en aperçoive. Si jamais l'un des bibliothécaires la surprenait, si jamais son professeur découvrait ses escapades en pleine leçon, si jamais sa mère l'apprenait, eh bien, Ulrika savait qu'elle serait punie. Mais elle s'en moquait. Ce livre était nouveau et elle devait l'avoir. D'ailleurs, elle ne faisait rien de mal. Elle le rapporterait à la bibliothèque d'ici à la fin de la semaine et tout le monde n'y verrait que du feu.

Il s'agissait d'un de ces merveilleux nouveaux manuscrits aux feuilles carrées cousues ensemble le long d'un côté, ce qui était tellement plus pratique que les rouleaux encombrants qui n'étaient écrits que d'un côté et qu'il fallait sans cesse tenir à deux mains. Ce livre-ci était un mémoire militaire, un des nombreux du genre que les dernières guerres avaient produits, et il était écrit par un commandant de l'armée du Rhin du nom de Gaius Vatinius.

Ulrika lisait en secret dans sa chambre à la lumière d'une lampe unique. Elle dévorait les mots du livre comme une autre fille aurait mangé une friandise défendue. Elle était insatiable. Plus elle lisait, plus elle voulait lire. Apprendre à connaître les siens, en savoir davantage sur le peuple dont elle descendait.

Mais quand elle arriva aux descriptions que Vatinius faisait des « barbares nordiques », les rabaissant au rang d'animaux, de bêtes sans âme ni esprit, elle repoussa le livre et s'assit dans son lit.

Ce livre ressemblait à tant d'autres qu'elle avait lus, imprégnés de la suffisance et des préjugés des Romains. Ce commandant Vatinius ne valait pas mieux que Jules César, l'homme qu'elle détestait entre tous. C'était César qui avait conquis et réduit en esclavage les Germains. Ses statues étaient partout dans Alexandrie, car son assassinat l'avait transformé en dieu. Mais Ulrika méprisait le premier ennemi de son peuple et le maudissait chaque fois qu'elle en avait l'occasion.

Abattue, elle se leva pour aller à la fenêtre, qui donnait sur un jardinet. D'ici, elle sentait la mer et son humidité, sa caresse suave, mais elle ne la voyait pas. Cette chambre était étouffante; ce temple massif avec ses cloîtres qui se répondaient, avec ses saints sanctuaires et les cellules des sœurs, pesait sur elle comme un grand tombeau. Elle avait du mal à respirer dans la nuit d'été tombante. Elle voulait des arbres et du ciel autour d'elle, elle voulait pouvoir courir, libre.

Cette nervosité récente avait commencé à peu près à l'époque de ses premières règles, quand elle avait eu douze ans, il y avait six mois. Avant cela, elle était une fillette silencieuse et renfermée, toujours réfugiée dans un monde imaginaire avec pour unique compagnon l'esprit de son père. Mais le changement s'était produit et Ulrika avait l'impression qu'on avait allumé en elle un brasier qui la consumait tout le temps, même dans les nuits froides du printemps, même pendant les tempêtes qui, l'été, assaillaient la côte nord-africaine. Elle brûlait de sortir, de faire quelque chose.

Des compagnons fantomatiques ne lui suffisaient plus.

Séléné sortit du bain, se sécha, noua ses cheveux trempés dans un fichu blanc et passa une robe propre. Puis elle arrangea les deux pendentifs sur sa poitrine.

Le premier était l'Œil d'Horus qu'on lui avait offert dix-sept ans plus tôt dans la Grotte de Daphné. Le second était la turquoise de Rani, le présent de Nimrod à leur départ de Perse. Comme elle la touchait, elle sentit à nouveau la perle noire de la douleur au fond de son âme.

Avant de quitter son petit appartement, elle saupoudra de poussière le feu sacré d'Isis qui brûlait jour et nuit près de sa porte. Elle n'oubliait jamais la Déesse. Il y avait trois ans, elle avait été au bord du désespoir, sans foyer, affamée, seule avec une enfant. Alexandrie, joyau de la Méditerranée, cité parfaite de moulages et d'albâtre qu'un historien avait décrite comme « si éblouissante que si l'on sortait dans ses rues à midi, il fallait se protéger les yeux ou bien être aveuglé », Alexandrie l'avait abandonnée, trahie.

Le peu d'argent avec lequel elle y était arrivée à Jérusalem, elle n'avait pu retrouver le banquier à qui Rani avait confié sa fortune – avait vite fondu. La population riche, choyée, gâtée d'Alexandrie n'avait que faire d'une simple guérisseuse, surtout avec autant de médecins élégants et savants à sa disposition.

Alors, après que son enquête à l'École de Médecine au sujet d'Andréas se fut révélée infructueuse et que la recherche de traces éventuelles de ses parents eut une fois de plus échoué, elle avait eu une révélation : « Elle vient des dieux », avait dit son père. Et les dernières paroles de Méra avaient été : « N'oublie pas d'entretenir l'amitié d'Isis. » Dès lors, elle avait su ce qu'elle devait faire. Elle était entre les mains des dieux. Sans la rose d'ivoire, sans Andréas, elle ne pouvait continuer de poursuivre son rêve fabuleux. Il lui restait donc à se mettre au service des dieux et à prier pour qu'ils choisissent l'heure où ils l'éclaireraient.

Séléné trouva sa fille assise à côté de la fenêtre, le regard fixé sur l'immense voûte stellaire.

Elle s'arrêta pour la regarder. Comme elle grandissait vite, ces derniers temps! Elle dépassait déjà certaines des sœurs du temple. Et son corps commençait à prendre forme; il y avait çà et là de nouvelles rondeurs, on commençait à percevoir le galbe ferme de ses bras et de ses cuisses. Ses cheveux fous avaient éclairci, ses yeux étaient d'un bleu plus intense. C'était, pensa Séléné en frissonnant, comme si sa moitié germanique prenait progressivement le pas sur l'autre, la moitié romaine. « Elle est en train de m'échapper », se dit-elle soudain.

Et elle était si solennelle. Pourquoi ne souriait-elle jamais? Que se passait-il derrière ces yeux graves? Était-ce la mort de Rani qui l'avait autant affectée? Ou avait-elle toujours été une enfant sérieuse?

« Je ne dois pas la perdre, pensa Séléné en entrant dans la pièce. Elle est tout ce que j'ai. »

– Rika, dit-elle doucement.

Ulrika se retourna et regarda sa mère avec des yeux trop sérieux.

« Elle n'est encore qu'une enfant, protesta Séléné. Elle devrait être étourdie et frivole comme toutes les filles de son âge. »

Mais Ulrika se tenait à l'écart des autres filles, elle n'avait pas d'amis et Séléné ne savait jamais ce qu'elle pensait.

Elle jeta un regard vers le lit. Aussitôt, Ulrika sauta sur ses pieds. Elle essaya d'empêcher sa mère de voir le livre, mais il était trop tard.

– Que lis-tu? demanda-t-elle en contournant sa fille pour ramasser le livre. Tu es encore allée à la bibliothèque, n'est-ce pas?

Ulrika hocha la tête.

Séléné reposa le livre sans le regarder et s'assit au bord du lit.

– Est-ce un livre intéressant? demanda-t-elle en faisant signe à Ulrika de venir s'asseoir près d'elle.

Ulrika hésita, puis répondit que non, qu'il était plein de mensonges et alla s'asseoir près de sa mère.

Séléné soupira. Elle savait depuis un moment que sa propre somme de connaissances ne suffisait plus à Ulrika. Elle lui avait déjà arraché tout ce qu'elle savait de Wulf et de son peuple et maintenant, dans son obsession, elle se tournait vers d'autres sources d'information.

En fait, elles n'avaient pas parlé du père d'Ulrika depuis longtemps. Séléné ne se rappelait même pas la dernière fois. Était-il possible que cela remonte à aussi loin que Jérusalem? La mort de Rani avait-elle coupé l'unique voie de communication qui restait entre la mère et la fille? Séléné sentit la panique la gagner un peu.

« Je devrais parler de lui maintenant, pensa-t-elle. Maintenant plus que jamais, Ulrika a besoin de savoir la vérité. »

Mais c'était une étape effrayante à franchir. Alors, elle se contenta de dire doucement :

– Ton père était un homme merveilleux, Rika. J'aimerais tellement que tu l'aies connu.

La pièce resta un instant plongée dans le silence, puis des larmes emplirent les yeux d'Ulrika. Quand Séléné les vit, elle prit sa fille dans ses bras et elles s'étreignirent pour la première fois depuis ce jour affreux où Rani gisait à leurs pieds, au fond d'une ruelle de Jérusalem.

– Rika, murmura Séléné. Je suis désolée. Je suis désolée.

– Maman, sanglota la jeune fille.

Mais ce fut tout ce qu'elles dirent. Les barrières n'étaient toujours pas tombées, trop de douleur et de distance les séparait encore.

« Et quel effet aurait la vérité à présent ? » se demanda Séléné en caressant les cheveux de sa fille.

Lui dire que son père n'était pas mort en Perse, qu'il était parti pour la Germanie sans savoir qu'elle était enceinte, qu'il pouvait être dans ses forêts en ce moment même, inconscient qu'il manquait terriblement à sa fille ?

« Je ne peux pas. Je ne peux pas... »

– Viens faire les rondes avec moi cette nuit, Rika, proposa-t-elle en dégageant les cheveux du visage de sa fille. Aide-moi avec mes patients.

Ulrika dévisagea sa mère un moment, comme surprise, puis une autre expression assombrit son visage, où se lisait le sentiment d'avoir été trahie. Alors, elle se leva et retourna à la fenêtre.

– Je... Je n'en ai pas envie, mère. J'ai sommeil.

Séléné regarda sa fille.

« Qu'ai-je fait de mal ? Quelle maladresse ai-je bien pu commettre ?

Leur moment d'intimité, de chagrin partagé, si tendrement retenu, s'éteignit comme une flamme.

– Très bien, dit-elle en se levant et en repartant vers la porte. Tu ne dois plus filer en cachette à la bibliothèque, Ulrika. Le port est un endroit dangereux pour les jeunes filles. Comprends-tu ?

– Oui, mère.

– Nous irons ensemble demain, d'accord ? Nous demanderons au bibliothécaire de te donner le meilleur livre sur la Rhénanie. Cela te plairait-il ?

Ulrika répondit que oui et s'absorba à nouveau dans la contemplation du ciel.

48

– Six nouveaux membres! annonça mère Mercia en remplissant à nouveau leurs coupes de vin. Vous rendez-vous compte, sœur Pérégrina, que le temple compte à présent le plus grand nombre de membres de toute son histoire? Et entièrement grâce à vous!

Sentant la tristesse l'envahir, Séléné plongea son regard dans les profondeurs de sa coupe. Comme Rani aurait aimé se trouver là! Les choses se seraient passées différemment si elle avait vécu. C'était son rêve de visiter l'École de Médecine. Peut-être aurait-elle acheté une maison ici, à Alexandrie, où elles auraient habité ensemble, toutes les trois; et peut-être auraient-elles suivi les cours de l'École pour apprendre au contact des plus grands esprits de la médecine. Et puis, avec de l'argent, elle aurait pu persister à faire des recherches sur sa famille. Mais sans argent ni maison, il lui avait fallu se réfugier au temple.

A plusieurs reprises, elle avait failli se confier à mère Mercia, lui demander son aide, mais l'*alma mater* était une femme détachée du monde. Entrée dans ce temple enfant, voilà presque soixante ans, elle n'en était jamais sortie depuis. Les nouvelles séculières lui étaient rapportées par des visiteurs occasionnels. Grande Prêtresse d'Isis, elle avait l'esprit occupé par des questions mystiques. Elle ne pouvait aider en rien Séléné dans sa quête et Séléné ne voulait pas déranger la brave femme avec ses malheurs apparemment insolubles.

Elle ne lui avait pas non plus parlé d'Andréas. Elle s'était renseignée à l'École de Médecine et n'avait obtenu pour toute réponse que des signes de tête négatifs ou des renseignements erronés : « Oh, oui! Andréas! Un homme petit qui venait de Gaule. » Séléné s'était enfermée dans une tristesse intérieure. Le perdre à nouveau, alors qu'elle avait tant espéré le trouver ici, après la mort de Rani, lui avait porté un coup terrible, qu'elle ne se sentait pas la force de surmonter. Alors, elle avait mis son grand rêve à l'abri dans son cœur. Pour le moment, elle pouvait servir la Déesse grâce aux connaissances et aux pratiques qu'elle avait rassemblées au cours de ses voyages.

– Beaucoup de jeunes femmes aimeraient rejoindre le temple d'Isis, était en train de dire Mercia. Mais jusqu'à présent, beaucoup hésitaient à l'idée de consacrer leur vie entière à des corvées aussi terre à terre que de fabriquer de l'encens ou de copier des textes sacrés et renonçaient. Mais aujourd'hui, nous leur offrons de soigner les malades, ce qui réveille la guérisseuse naturelle qui sommeille dans le cœur de toute femme... En fait, je dois même refuser des candidates maintenant, dit-elle en souriant. Vous êtes un tellement bon professeur, Pérégrina.

– Le crédit ne m'en revient pas exclusivement, mère. J'ai de très bonnes étudiantes. Ma seule crainte est que, dans leur zèle, elles risquent de causer davantage de mal que de bien. C'est pourquoi la première règle que je leur enseigne est : d'abord, ne pas faire souffrir.

– Voilà qui est intéressant, dit Mercia en goûtant son vin. Mon vieil ami Andréas aime assez à répéter la même...

– Andréas! Vous connaissez quelqu'un qui s'appelle Andréas?

– Pourquoi? Oui, en effet. Nous nous sommes connus il y a bien des années, à l'époque où il était étudiant à l'École de Médecine. Je ne le vois plus souvent. Il voyage beaucoup. Mais lorsqu'il vient à Alexandrie...

– Mère Mercia, dit lentement Séléné en posant sa coupe sur la table, j'ai connu autrefois un médecin qui s'appelait Andréas. Il y a des années, à Antioche.

– Quelle incroyable coïncidence! Il me faisait justement remarquer l'autre jour que vous lui rappeliez quelqu'un qu'il connaissait à Antioche.

Séléné se raidit.

– Il était ici? Dans le temple? Et il m'a vue?

Mère Mercia dévisagea Séléné d'un air intrigué.

– S'agirait-il du même homme?

– Où est-il maintenant? Il faut que je le sache.

– Quand il séjourne à Alexandrie, il prend une chambre à l'École de Médecine. Mais je doute qu'il soit encore là. Il devait partir pour la Bretagne ces jours-ci.

– Pardonnez-moi, Mère, s'excusa Séléné en se pressant vers la porte. C'est extrêmement urgent.
– Pérégrina, attendez!
Mais elle était déjà partie.

Les larges avenues d'Alexandrie étaient encombrées de promeneurs, de gens qui prenaient le frais, qui se pressaient vers des théâtres ou des musées, qui déambulaient dans cette belle nuit d'été parmi les parcs et les fontaines de la cité. Seules quelques têtes se retournèrent sur le passage de la jeune femme vêtue d'une toge blanche et de la coiffe des sœurs qui marchait d'un pas vif. Ses sandales frappaient les pavés lisses au rythme des battements de son cœur. Andréas, Andréas...

L'École de Médecine, érigée le long de la corniche, surplombait l'arc du môle qui reliait la terre à Pharos, l'île au gigantesque phare réputé comme l'une des sept merveilles du monde. Construction massive de marbre blanc et d'albâtre, toute de colonnes et de colonnades, elle étincelait dans la lueur des torches.

Séléné coupa à travers les immenses pelouses, dépassa de petits groupes d'étudiants en tunique et toge blanches et s'élança dans des escaliers qui lui parurent interminables. Quand elle arriva devant la double porte majestueuse encadrée de statues des divinités de la médecine, elle ralentit le pas pour reprendre son souffle.

Malgré son grand nombre de bâtiments et de cours et malgré la multitude de professeurs, d'étudiants et de patients qui la peuplaient, l'École semblait étrangement calme. En entrant dans la rotonde déserte, Séléné eut l'impression de pénétrer dans un temple. Et d'une certaine manière, c'était le cas, car les dieux y étaient présents : Asclepios, dieu grec de la médecine, et ses deux filles, Panacée et Hygie; Thot, dieu de l'Égypte antique; même le vieil Hippocrate, qu'on avait placé dans une niche et aux pieds duquel brûlait une lampe éternelle.

Rencontrant un gardien occupé à balayer, elle lui demanda où elle pourrait trouver un visiteur qui séjournait temporairement à l'école. Il lui indiqua les bâtiments des dortoirs, à l'autre bout du campus.

Elle se remit à courir, incapable de se contrôler. « Je doute qu'il soit encore ici », avait dit mère Mercia. « Il devait partir pour la Bretagne ces jours-ci. »

« Andréas, sois-là. Je t'en prie, il faut que tu sois là », criait-elle intérieurement, le cœur battant à tout rompre.

Le chambellan était un vieux Grec plaisant que l'arrivée impromptue dans ses dortoirs d'une jeune femme essoufflée sembla amuser.

– Ah oui, Andréas! Il est chez les visiteurs. Un ami à vous, pas vrai? dit-il en dodelinant de la tête et en clignant de ses petits yeux bruns.

– S'il vous plaît, conduisez-moi à lui.

Il lui fit traverser un jardin, suivre une allée sinueuse puis monter des escaliers. Il ne cessait de bavarder, mais Séléné ne l'écoutait pas. Le cœur battant la chamade, elle regardait droit devant elle en se tordant les mains.

Ils arrivèrent enfin dans un couloir où des bruits de conversations étouffés, des voix masculines, des rires et de la musique filtraient de derrière les portes.

– Des professeurs en visite logent ici, explique le Grec. Et d'anciens étudiants qui aiment venir revoir leur vieille école. Il y a même de riches malades qui ne veulent pas que leur présence ici soit connue. Ainsi, au printemps dernier, la femme du gouverneur a passé sa convalescence chez nous après une opération spéciale qui...

– Quelle est la chambre d'Andréas? l'interrompit Séléné, qui tremblait maintenant et avait du mal à respirer.

– Celle-ci, répondit le chambellan en s'arrêtant devant une porte close.

Il frappa puis, n'obtenant pas de réponse, frappa encore.

De part et d'autre du couloir montaient des bruits de vie et d'activité, mais derrière cette porte, tout restait désespérément silencieux.

– Peut-être dort-il, suggéra Séléné.

L'homme lui jeta un drôle de regard, puis posa sa main sur la poignée et la tourna. La pièce était vide.

– Il est parti, conclut-il.

Le bousculant, elle entra dans la pièce. Elle était meublée d'un lit, d'un coffre, d'une table et d'une chaise, tous vides.

– Vous cherchez Andréas?

Séléné se retourna d'un bond. Un homme, appuyé au chambranle de la porte, se séchait les cheveux avec une serviette.

– Savez-vous où il se trouve? l'interrogea-t-elle.
– Il est parti il y a quelques heures. Il a dit qu'il avait un bateau à prendre.
– Quel bateau? Vous le savez?
Il la dévisagea de haut en bas avant d'échanger un regard entendu avec le vieux Grec.
– Il partait pour la Bretagne. C'est tout ce qu'il a dit. J'en sais pas plus.
En la regardant partir en courant le long du couloir et disparaître, les deux hommes échangèrent une remarque et s'esclaffèrent. Leur rire retentit dans la nuit.

La dernière fois que Séléné s'était trouvée sur le port remontait à trois ans et demi, au jour où, avec Ulrika, elle avait descendu la passerelle avec leur maigre pécule et leurs pauvres paquets. Comme alors, elle se sentit désorientée, mais cette fois, elle ne se laisserait pas décourager par la foule, la forêt de mâts, les marins et les débardeurs qui l'apostrophaient tandis qu'elle se frayait un passage parmi eux.
Elle se précipita sur les quais, demanda où partait ce bateau et cet autre, courut à un autre quai, arrêta des armateurs qui ne parlaient pas grec, des capitaines bourrus, des agents maritimes qui n'avaient pas le temps. Partout, des hommes grimpés dans les mâtures, d'autres suspendus le long des coques à effectuer des réparations. On chargeait et déchargeait des navires. D'immenses voiles étaient étalées pour être recousues; des animaux étaient entassés dans des caisses; des passagers mécontents se querellaient avec l'employé qui vendait les billets. Séléné arrêtait tous ceux qui auraient pu la renseigner sur un bateau en partance pour la Bretagne et on lui répondait que celui-là au bout du quai allait justement lever l'ancre, qu'elle venait de manquer tel autre, qu'il n'y en aurait plus avant des semaines, autant de renseignements erronés et de fausses pistes qui finirent par venir à bout de tous ses espoirs.
La mort dans l'âme, elle se résigna : Andréas était déjà parti et elle l'avait manqué.

Elle traversait la cour du temple quand une novice vint à sa rencontre en courant.

– Sœur Pérégrina, mère Mercia veut vous voir tout de suite. Elle vous a fait chercher dans toute la ville.

Séléné regarda en direction de l'appartement de mère Mercia. Elle s'était enfuie sans explication et il était près de minuit, à présent. Elle se sentait épuisée et, au comble du désespoir, n'avait qu'une envie, être seule. Mais elle savait qu'elle devait aller s'excuser et s'expliquer.

Le cœur lourd, elle suivit la novice dans le cloître en se demandant quelle décision prendre.

A quelques minutes près, elle aurait retrouvé Andréas. Mais elle savait où il était, qu'il était toujours en vie et que la mer l'attirait encore. Que devait-elle faire?

« Dois-je embarquer sur le prochain navire à destination de la Bretagne?

La novice lui ouvrit la porte puis la referma discrètement derrière elle, la laissant avec mère Mercia et le visiteur.

Stupéfiée, Séléné s'arrêta net en regardant à l'autre bout de la pièce.

– Ah! s'exclama mère Mercia en se levant de sa chaise. Voici donc sœur Pérégrina.

Et Andréas se retourna.

49

– J'ai essayé de vous retenir, Pérégrina. Je savais qu'un messager envoyé par moi aurait plus de chance de retrouver rapidement Andréas. Et vous voyez, lui dit-elle en souriant, j'avais raison.

– Andréas, murmura Séléné.

Il la dévisageait, incrédule. Puis il prononça son nom et, soudain, elle ne fut plus à Alexandrie, n'eut plus trente-trois ans. Elle était à Antioche, elle avait seize ans et portait sa première robe de femme. Elle était sur le toit, avec Andréas qui se détachait sur un fond de ciel étoilé. Il se tenait près d'elle, prenait son visage entre ses mains et, ses yeux bleu nuit brûlant dans les siens, il lui disait doucement, passionnément : « Tu guéris d'autres gens, Séléné. Tu peux te guérir toi-même. »

« Oh, Andréas, avait-elle envie de crier. Que d'années et de distances j'ai parcourues depuis ce jour! Que de choses j'ai vues et apprises. Que de noms j'ai portés, Fortuna, Umma, Pérégrina. Mais je suis restée Séléné, la jeune fille d'autrefois. »

Elle voulait courir vers lui, elle voulait qu'il ouvre ses bras et qu'il la serre contre lui, refermant ces années et ces distances qui les avaient si longtemps séparés en lui disant que son voyage s'achevait enfin. Mais il ne bougeait pas et restait de l'autre côté de la pièce à la regarder d'un air pétrifié.

– J'étais dans une taverne du port, dit-il d'une voix incrédule, à attendre le départ avec le capitaine de mon bateau, quand le messager du temple d'Isis s'est présenté. Je n'avais pas la moindre idée de la raison urgente pour laquelle on m'appelait ici, mais parce que c'était mère Mercia qui m'envoyait chercher, je n'ai pu refuser. Et quand je suis arrivé, elle m'a parlé de sœur Pérégrina qui pensait me connaître.

Il se tut puis la dévisagea à nouveau comme s'il n'en croyait pas ses yeux.

– Séléné... il y a tant d'années.

Andréas, à quarante-sept ans, lui semblait plus beau que dans ses souvenirs. Ses cheveux étaient argentés mais sa barbe toujours brune et ses yeux plus doux, sa bouche moins sévère.

– J'ai pensé à vous, dit-elle.

– Et moi, à vous.

Ils se turent à nouveau sans détacher leurs regards l'un de l'autre. Mère Mercia, d'abord perplexe mais qui avait enfin compris, s'émerveillait de l'œuvre mystérieuse de la Déesse.

– Je vais vous laisser seuls. Vous devez avoir beaucoup à vous dire, décida-t-elle.

– Quand je vous ai vue dans l'infirmerie l'autre jour, dit Andréas après qu'elle fut partie, j'ai pensé vous reconnaître. Mais alors mère Mercia a dit que vous étiez sœur Pérégrina.

– On m'a appelée de bien des noms, répondit-elle doucement. Je suis allée à Antioche, il y a cinq ans, Andréas. Mais votre villa avait disparu.

– Elle a brûlé, m'a-t-on dit.

– Vous avez quitté Antioche.

– Comme vous. Je vous ai vue si souvent dans mes

souvenirs, Séléné, dans mes rêves, dit-il en la regardant droit dans les yeux, que j'hésite à en croire mes yeux. Mère Mercia m'a parlé de votre travail ici. Elle m'a raconté votre arrivée et m'a expliqué que vous et votre fille viviez ici, avec les sœurs. Comme la vie est étrange, nous réunir ainsi, de cette manière...

Séléné se perdait dans l'intensité de son regard. Pendant dix-sept ans, elle avait rêvé de cet instant ; elle l'avait imaginé si souvent et il avait fini par occuper à ce point ses pensées qu'il lui arrivait parfois de croire qu'il avait vraiment eu lieu. Mais maintenant, elle le vivait réellement et de le voir là, d'entendre sa voix et de savoir qu'elle ne rêvait pas la laissait soudain à court de mots.

– Êtes-vous devenu professeur, Andréas ? demanda-t-elle. L'ouvrage que vous deviez rédiger...

Un masque sombre passa sur son visage.

– J'ai sillonné les mers et les océans. Je n'ai jamais terminé le livre, répondit-il, l'air sombre, avec une vague amertume dans la voix.

– Et maintenant ?

– Maintenant, je suis au service de l'empereur Claude.

Séléné sentait quelque chose dans l'air. L'atmosphère était chargée ; il y avait une force dans la pièce. Quelque chose n'allait pas. Elle avait le vertige.

« Andréas ! aurait-elle voulu dire. Les dieux nous ont enfin réunis ! Nous pouvons commencer notre œuvre à présent ! »

Mais, inexplicablement, elle ne put se résoudre à parler.

Pourquoi ne l'avait-il pas cherchée ? Pourquoi ne l'avait-il pas suivie sur la route de Palmyre ?

Mais elle comprit soudain qu'elle ne voulait pas connaître la réponse.

Elle eut l'impression de recevoir un coup de poing dans l'estomac, car elle venait d'admettre ce qu'elle s'était efforcée de nier pendant dix-sept ans, la vérité incontournable : Andréas n'était pas parti à sa recherche.

« Nous avons passé deux semaines sur la route de Palmyre, pensait-elle, blessée et révoltée. Et je suis restée trois jours au bord de cette route à veiller ma mère mourante. Tu aurais pu venir, Andréas. Tu aurais dû venir. Mais tu n'es jamais venu. »

Elle se détourna.

– Pourquoi allez-vous en Bretagne? demanda-t-elle dans un souffle de voix.

– Claude m'a fait demander. Il se trouve là-bas et le climat ne lui convient pas. Il est de santé fragile.

Il avait répondu durement, mais son cœur saignait. Ce n'étaient pas les mots qu'il aurait voulu prononcer, mais le souvenir de sa douleur, de sa colère et de l'amertume d'il y avait dix-sept ans les avait fait taire au fond de lui. Elle lui avait parlé du livre. Il aurait pu lui dire qu'il était mort avec son rêve; qu'il avait été stupide de croire qu'il pouvait recommencer une nouvelle vie, que le châtiment de ses crimes passés cesserait.

Tout était différent à présent, car leur amour d'alors était mort.

Séléné l'avait tué en laissant le message au portail, le message que Zoé lui avait transmis, lui apprenant qu'elle allait épouser un homme qui vivait à Tyr.

Alors qu'il la fixait, luttant contre l'envie de la prendre dans ses bras, il se souvenait que, ne croyant pas Zoé, il avait couru le lendemain matin à la maison de Méra et l'avait trouvée vide. Il avait pensé qu'elles étaient parties tôt dans les montagnes, comme prévu, et qu'elles rentreraient dans deux jours. Il se revoyait allant et venant sans arrêt de chez lui à la petite maison du quartier pauvre, intrigué et troublé, incrédule, à espérer, à attendre des jours, des semaines, des mois qu'elle revienne. Puis il avait fini par comprendre la vérité, que l'amour l'avait aveuglé une deuxième fois et que Séléné, comme Hestia avant elle, l'avait abandonné.

Et s'il avait jamais conservé l'ombre d'un doute, si durant cette longue traversée solitaire vers la Chine, son cœur avait aspiré à se réconcilier avec Séléné, avait gardé le fol espoir que Zoé ait menti, tout cela s'était brisé quand il avait appris de la bouche de mère Mercia qu'elle avait un enfant, qu'en définitive Zoé avait dit vrai.

Baissant les yeux, Séléné regarda ses mains. Tout sonnait faux. Ils avaient l'air de deux étrangers. Où s'était envolé leur rêve? Leur rêve magnifique de travailler ensemble, de soigner, d'enseigner, de guérir. Elle voulait pleurer sur cette perte cruelle, ce rêve brisé et, étrangement, sur le garçon qui s'était embarqué sur un bateau de pêcheurs d'ambre et qui avait laissé tuer son âme.

– Pourquoi êtes-vous venue à Alexandrie? demanda-t-il soudain d'un ton sec.

Séléné leva les yeux et vit son regard sombre et coléreux. « Pour te trouver », eut-elle envie de répondre.

– Pour chercher ma famille, dit-elle. On m'a appris que mes parents venaient d'ici.

– Vos parents?

– Méra n'était pas ma vraie mère.

Andréas parut troublé. Alors Séléné se souvint que sa quête avait commencé sur la route de Palmyre. Andréas n'en savait rien. Pendant toutes ces années, il n'avait pas eu idée de la valeur inestimable de la rose d'ivoire!

– Avez-vous...

Elle s'arrêta, soudain effrayée. Et s'il l'avait vendue ou perdue? Et si le dernier indice sur son identité et sa destinée s'était envolé?

– Le pendentif en ivoire que je vous avais donné à Daphné, l'avez-vous toujours?

Une expression passa sur le visage d'Andréas, trop fugitive pour qu'elle pût la déchiffrer; une expression de déception, d'attente, d'espoir déçu, comme si elle n'avait pas dit ce qu'il souhaitait entendre d'elle. Puis il dit que oui.

Il traversa la pièce, posa un sac de voyage en cuir sur la table et en défit les attaches. Il plongea la main dedans, puis il se retourna en tendant la main. La rose d'ivoire reposait dans sa paume ouverte.

Séléné la regarda avec stupeur. Une petite rose blanche parfaite. Chaque pétale méticuleusement sculpté. Au creux de sa main bronzée et calleuse.

« C'est moi qu'il tient là, pensa-t-elle en s'approchant lentement de lui. Mais il ne le sait pas... La voilà. Enfin. Et toutes les réponses sont là. »

Et elle avait peur.

On frappa doucement à la porte. C'était mère Mercia, qui passa la tête dans l'entrebâillement.

– Puis-je me joindre à vous, maintenant? demanda-t-elle.

Elle remarqua qu'Andréas tendait quelque chose à sœur Pérégrina et que celle-ci semblait hésiter à le prendre. L'*alma mater* fut surprise devant le visage défait d'Andréas et, quand elle regarda Pérégrina, elle vit qu'elle s'était raidie, à la manière de quelqu'un qui lutte pour se contrôler.

« Comme c'est extraordinaire, pensa-t-elle. Il y a quelques minutes, quand leurs regards se sont croisés, j'aurais juré voir de l'amour passer entre eux. »

– Qu'est-ce, sœur Pérégrina? demanda-t-elle en s'approchant d'eux.

– Quelque chose que ma mère m'avait donné le jour de mes seize ans. Mais je l'avais donné à Andréas.

Elle la prit délicatement, la posa dans la paume de sa main et le regarda fixement.

– Ma mère, reprit-elle d'une voix perdue, la femme qui m'a élevée, m'a dit qu'à l'intérieur de cette rose je trouverais un indice sur l'identité de mes vrais parents.

– A l'intérieur? s'exclama Mercia, surprise.

Séléné hocha la tête.

– N'allez-vous pas l'ouvrir?

Séléné hésitait. Qu'allait-elle découvrir? Et si, après tout ce temps, il s'avérait que la rose ne lui apportait aucune réponse? Si Méra, dans sa simplicité et sa foi dans le miraculeux, avait cru au délire d'un homme mourant?

Elle essaya de l'ouvrir, mais le sceau de céramique résistait.

– Laissez-moi faire, proposa Andréas.

Ses doigts forts rompirent la céramique et il fit tomber le contenu de la rose dans les mains de Séléné : le morceau du drap qui avait reçu son frère naissant, une mèche de cheveux, un anneau en or. D'instinct, parce qu'elle reconnaissait là des témoignages puissants, mère Mercia se signa.

Ce fut l'anneau qui attira leur attention. Après avoir posé doucement les autres objets sur la table, Séléné le tourna vers la lumière.

– Il y a quelque chose d'écrit, dit-elle. Mais je ne peux pas le lire. Ce sont des lettres latines.

Mère Mercia regarda et vit qu'il s'agissait d'une pièce d'or montée en anneau, une pièce frappée à l'effigie d'un homme et dont le pourtour portait des mots latins qu'elle non plus ne pouvait déchiffrer.

Andréas prit l'anneau et le tint à la lumière. Ses sourcils se soulevèrent. Disposé en cercle autour du profil de l'homme, était écrit : CAESAR PERPETUO DICT.

– Qu'est-ce que cela veut dire? demanda Séléné.

– C'est une vieille pièce, répondit Andréas. Qui circulait il y a de nombreuses années, à l'époque où Jules César s'était proclamé dictateur à vie. Il a été le premier Romain à faire frapper la monnaie.

– Est-ce lui sur l'anneau? demanda-t-elle en le reprenant. Jules César?

– Oui. Et les mots signifient : César, dictateur perpétuel. La pièce commémore l'événement, qui a eu lieu, je crois, il y a quelque soixante-dix ans.

Séléné leva les yeux vers Andréas.

– Qu'est-ce que cela veut dire? Pourquoi mon père a-t-il dit que cette pièce était ma destinée? Pourquoi a-t-il dit que je venais des dieux?

– Votre père a dit cela? murmura mère Mercia, le souffle coupé.

– En quelle année êtes-vous née? demanda Andréas.

– Il y a environ trente-trois ans. Si vous savez ce que cela signifie, Andréas, dites-le-moi!

– Il y a trente-trois ans, commença-t-il prudemment, Auguste César est mort et Tibère a pris sa place. Mais la succession ne s'est pas déroulée sans heurt. Il y avait des conspirations pour empêcher Tibère de devenir empereur. Certains souhaitaient que soit rétablie la république comme au temps de Jules César. D'autres pensaient que la dictature de Rome ne devait se transmettre qu'aux descendants de l'homme qui l'avait établie, Jules César. Auguste, après tout, était seulement le petit-neveu de César. Il y a eu beaucoup d'agitation à la mort d'Auguste, et avant que Tibère ait la situation bien en main.

– Mais qu'est-ce que cela a à voir avec moi?

– On se débarrassait de ceux qui pouvaient constituer une menace en se posant en légitimes successeurs au trône. Tibère les éliminait.

Séléné retint son souffle.

– Vous voulez dire que mon père...

– Je ne vois pas comment cependant, dit-il en fronçant les sourcils. Tout le monde sait que César est mort sans descendance.

Se tournant vers mère Mercia, il vit qu'elle fixait Séléné d'une manière étrange.

– Je crois connaître la réponse. Venez avec moi, dit soudain la prêtresse.

Elle les entraîna dans un couloir sombre, sous des voûtes, jusque dans une partie du temple que Séléné n'avait encore jamais visitée. Les murs étaient couverts de peintures représentant des dieux antiques, silhouettes indistinctes aux corps humains surmontés de têtes d'animaux, et d'innombrables colonnes d'hiéroglyphes anciens. Les parois étaient tachées de moisissure; par endroits, le plâtre s'était effrité et l'air sentait le renfermé. Séléné comprit qu'il s'agissait de la partie la plus vieille du temple, de son cœur sacro-saint. Ces murs étaient bâtis depuis des siècles, voire des milliers d'années; ils existaient déjà quand Alexandre avait fondé cette cité.

Mercia conduisit Séléné dans une salle enfumée d'encens où une prêtresse âgée, pliée par les ans, était en train d'entretenir dévotement les feux sacrés qui brûlaient autour de la pièce. Après l'avoir renvoyée, Mercia amena Séléné devant la statue qui dominait la pièce.

La statue, de facture récente, ce qui détonnait entre ces vieux murs, semblait avoir été placée ici de fraîche date. Mère Mercia désigna le piédestal qui portait une inscription grecque, que Séléné put lire : THEA NEOTERA.

– La nouvelle Déesse..., murmura-t-elle.

Puis elle leva les yeux vers le visage de la statue et se sentit défaillir.

Le visage qu'elle vit ressemblait étrangement au sien.

– Cléopâtre, dit respectueusement mère Mercia. Dernière reine d'Égypte. Dernière incarnation vivante d'Isis. A présent, je sais pourquoi j'ai parfois eu l'impression de vous connaître, Pérégrina. Voyez combien vous lui ressemblez! On disait qu'elle avait un teint extraordinaire, une peau d'une blancheur inhabituelle et des cheveux aussi noirs que la nuit. Comme vous, Pérégrina.

Fascinée, Séléné était incapable de parler. Ce visage blanc l'hypnotisait. Elle restait aussi immobile que si elle aussi avait été sculptée dans du marbre.

Mère Mercia se tourna vers Andréas, qui les avait suivies et se tenait derrière elles dans la pénombre.

– Vous disiez, Andréas, que Jules César avait péri sans descendance. Cela n'est pas vrai. Il avait eu un fils, le prince Césarion, né de Cléopâtre, son épouse égyptienne.

La voix d'Andréas emplit la pièce comme un roulement sourd de tambour.

– Mais le garçon a été tué. Quand on a trouvé Antoine et Cléopâtre suicidés, Auguste a ordonné l'exécution de leurs deux enfants et de Césarion.

De ses petits yeux sages qui communiquaient davantage que les mots, mère Mercia fixait Andréas à travers la pièce.

– J'étais tout enfant à l'époque, dit-elle. Et je me souviens de l'arrivée des Romains. Je me souviens du jour où notre dernière reine a été conduite au tombeau. Je me rappelle qu'on avait tué ses enfants. Mais il y avait eu des rumeurs, Andréas. On parlait d'un esclave tué à la place de Césarion, d'un groupe de conspirateurs, toujours loyaux à Jules César, qui avaient sauvé le prince et le cachaient. Pour l'élever et le préparer au jour où il revendiquerait ses droits sur Rome. C'était la raison pour laquelle Auguste avait ordonné sa mort, car Césarion constituait une menace pour ses prétentions sur l'Empire romain. Mais le prince a échappé à la mort.

Andréas s'avança dans le cercle de lumière.

– Tibère avait dû l'apprendre, je suppose. Ses espions et ses agents avaient dû découvrir l'existence du prince Césarion. Peut-être que Tibère a envoyé des soldats. Et ils sont venus à Alexandrie, obligeant Césarion et son épouse à s'enfuir. Mais les soldats les ont rattrapés à Palmyre...

Séléné dévisageait la très belle déesse.

– Est-ce possible? murmura-t-elle. Cette femme est-elle ma grand-mère?

– Son nom entier est Cléopâtre Séléné. Et son frère s'appelait Ptolémée Hélios, dit mère Mercia.

Soudain, il fit trop chaud dans la pièce. La fumée des lampes tourbillonnait autour de la tête de Séléné; l'odeur écœurante de l'encens l'oppressait. Elle ne pouvait plus respirer. Elle suffoquait. Elle tanguait. Puis elle sentit un bras fort entourer sa taille et elle s'appuya contre Andréas.

De retour dans l'appartement de mère Mercia, Séléné secoua la tête et murmura :

– Je ne peux le croire.

– L'anneau le prouve, dit l'*alma mater*. Et votre nom, et votre remarquable ressemblance avec la reine.

– La guérisseuse qui m'a fait naître, dit Séléné d'une voix lointaine, m'a dit que ma mère a murmuré mon nom spirituel à mon oreille aussitôt après ma naissance. Quel nom a-t-elle murmuré, mère Mercia?

L'*alma mater* rendit son regard à Séléné, mais ne répondit pas tant la réponse lui semblait évidente.

Suis-je Cléopâtre Séléné? Et mon frère, Ptolémée

Hélios? demanda Séléné en regardant tour à tour Mercia et Andréas. Mais pourquoi les soldats ont-ils tué mon père et emmené ma mère et mon frère vivants? Mon frère n'était-il pas une menace pour Tibère?

– Je ne sais pas pourquoi ils ont été épargnés, dit Andréas. Car il est certain qu'ils représentaient une menace.

Les yeux de Séléné s'agrandirent.

– Alors, suis-je aussi une menace pour la famille régnante actuelle?

Ils s'assirent et écoutèrent la nuit profonde s'étirer doucement autour d'eux. Au-delà des murs du temple, Alexandrie dormait. Sous le clair de lune, le baiser salé de la Méditerranée faisait ployer les palmiers. Une brise marine ridait la surface des eaux. Séléné sortit enfin de sa torpeur.

– C'est ce que ma mère voulait dire. Tandis qu'elle agonisait dans le désert, loin de Palmyre, elle m'a dit qu'Isis était ma déesse. Qu'Elle montrait un intérêt particulier pour moi.

– Votre grand-mère était Isis, Séléné, dit mère Mercia. De son vivant, Cléopâtre était vénérée par des millions de gens. Et votre grand-père, Jules César, descendait de Vénus. Les deux divinités veillent sur vous. Dans vos veines coulent du sang royal et du sang sacré.

Ils étaient dans la cour, dans l'air étouffant de la nuit. L'aube ne tarderait plus à poindre. Bientôt, Vénus se lèverait sur la cime des palmiers.

Il parlait doucement mais passionnément. Ses yeux la retenaient comme ses bras autrefois.

– Il y a des années, Séléné, vous rêviez de créer une médecine exceptionnelle et de la porter là où le besoin s'en fait le plus sentir. A présent, vous possédez cet art et ce savoir. Vous êtes unique. Apportez-les là où le monde les attend le plus.

– Et où se trouve cet endroit, Andréas? Où dois-je aller?

– Allez à Rome.

– A Rome!

– Les gens là-bas ont besoin de quelqu'un comme vous, Séléné. Ils ont besoin de votre savoir et de votre sagesse. Ici, à Alexandrie, vous êtes aussi perdue qu'un diamant parmi des milliers de perles. Mais Rome, Séléné, Rome a besoin de vous.

« Rome! pensa-t-elle avec le vertige. La ville de mes ancêtres; la ville qui a fait de mon grand-père un dieu. »

Puis elle se demanda si sa mère et son frère s'y trouvaient, si on les avait ramenés à Rome et s'ils étaient encore en vie aujourd'hui.

– J'ai toujours eu l'impression, Andréas, que ma vocation et mon identité devaient être liées. Mais à quel point, je n'en sais rien. Trouverai-je les réponses à Rome?

– Peut-être.

– Et retournerez-vous à Rome, Andréas, après avoir vu l'empereur en Bretagne? demanda-t-elle dans un murmure. Y retournerez-vous après cela?

– Je reviendrai, Séléné. J'habite là-bas. Mes amis sont là-bas. Je rentrerai à Rome quand Claude me le permettra. Et nous nous reverrons, vous et moi...

50

Séléné et Ulrika embarquèrent sur l'un des puissants navires céréaliers qui traversaient régulièrement la Méditerranée d'Égypte à Rome. Cette magnifique embarcation, dont la poupe en forme d'oie se dressait fièrement, s'appelait l'*Isis*. Elle transportait mille tonnes de céréales, plus de six cents passagers, et effectuait la traversée, malgré les vents contraires du nord, en sept semaines.

Le départ avait été retardé plusieurs fois. D'abord, il avait fallu obtenir l'autorisation de sortie que toute personne quittant Alexandrie devait solliciter auprès du gouverneur, mais celui-ci, parti inspecter la première cataracte du Nil, n'avait pu la délivrer. Ensuite, Séléné avait voulu discuter le montant de la taxe, qu'elle estimait injurieux. Alors que les hommes payaient dix drachmes, elle devait débourser trente drachmes pour Ulrika et cent pour elle-même. Mais elle s'était insurgée en vain, car la loi avait été promulguée pour décourager les femmes de voyager. Mère Mercia avait donc puisé sur le trésor du temple. Puis il avait fallu trouver un bateau, c'est-à-dire arpenter le port en demandant la destination de tel ou tel autre navire et s'il y avait de la place pour deux passagères. Enfin, il y avait eu l'obstacle des présages.

Les capitaines étaient ordinairement des gens superstitieux, mais celui de l'*Isis* l'était beaucoup plus encore. Le jour prévu pour le départ, le sacrifice du taureau à Poséidon n'annonçant rien de favorable, il avait préféré rester à quai. Le lendemain, une corneille avait croassé dans les gréements. Le jour suivant, il avait refusé de lever l'ancre parce que le charpentier du bord avait vu des chèvres noires dans son sommeil. Enfin, le quatrième jour, il n'avait même pas envisagé de prendre la mer, le vingt-quatre août étant jour universel de malchance. Chaque fois, accompagnées de mère Mercia, Séléné et Ulrika s'étaient rendues sur le port avec armes et bagages pour attendre l'annonce au porte-voix du départ du bateau, car jamais les bateaux ne partaient à l'heure dite. Et chaque fois, elles étaient rentrées au temple, déçues et inquiètes.

Mais le jour arriva enfin où les vents furent favorables, la date propice et les présages bons. Debout sur le pont, Séléné et Ulrika avaient continué d'agiter la main tant que la rive s'éloignait, lentement, et qu'elles voyaient encore Alexandrie.

La nuit, elles dormaient sur le pont, derrière un rideau qui séparait les femmes des hommes, blotties sous des couvertures, leurs biens précieux serrés entre elles. Le jour, assises à l'ombre de la grand-voile carrée, elles mangeaient, raccommodaient leurs vêtements et causaient avec d'autres passagers. Elles ne s'ennuyaient jamais. Une fois que la nouvelle s'était répandue qu'il y avait une guérisseuse à bord, Séléné n'avait cessé de distribuer de la racine de gingembre contre le mal de mer et l'onguent contre les inévitables gingivites.

Ulrika passait le temps à regarder le timonier à sa barre, à écouter les propos des marins qui réglaient la voilure et pompaient l'eau de la cale ou à parler avec le charpentier du bord pendant qu'il façonnait des avirons et des taquets. Et lorsqu'elle ne s'émerveillait pas devant cette citadelle flottante qui ressemblait à une petite ville indépendante, elle restait des heures accoudée au bastingage à contempler la Méditerranée avec de grands yeux solennels en pensant à son père qui, des années auparavant, avait traversé cette même mer, enchaîné parmi les esclaves.

Ce fut un voyage sans incident ni tempête et lorsque le port d'Ostie fut en vue, les passagers se réjouirent, soulagés. La peur de naviguer frappait tous les peuples et, pendant ces sept semaines, personne à bord de l'*Isis* n'avait négligé de porter au cou la traditionnelle pièce en or qui, en cas de naufrage, donnait l'assurance que quiconque trouverait le corps l'enterrerait.

Tandis que l'*Isis* approchait du rivage, Séléné se tenait au bastingage, le visage au vent.

« Une autre terre, pensait-elle. Et d'autres gens, d'autres coutumes. Que vais-je trouver à Rome? »

Et sous quel nom serait-elle connue dans cette ville?

Séléné avait le sentiment profond qu'elle allait toucher son dernier rivage, que ses années d'errance se termineraient sur cette terre.

« Les dieux vont enfin me révéler leurs intentions. Mon identité s'alliera enfin à ma vocation, mais de quelle façon, comment? Eux seuls le savent. »

Elle pensa à Méra, femme aux origines humbles, qui avait ôté l'anneau de Jules César du doigt d'un prince mourant. Elle pensa, sans s'y attendre, au vieil Ignatius qui s'était battu contre les bandits du désert pour la protéger et dont la pierre transparente miraculeuse l'avait réchauffée de ses feux dans les nuits froides passées dans des terres inconnues. Elle se rappela même Kazlah, et sa boisson à base d'émeraudes et de rubis pulvérisés dissous dans du vin, qui, au lieu de les guérir, n'avait pour effet que d'aggraver les maux de ses malades. Elle se demanda quel usage il avait fait du secret de la potion d'Hécate. S'en était-il finalement servi comme d'une arme contre Lasha? Et puis, elle revit Fatma, mage du désert qui avait partagé avec elle le savoir secret de ces ancêtres qu'elle emportait maintenant à Rome. Et Rani, qui avait tant sacrifié pour pouvoir soigner, renonçant au mariage et aux enfants, niant sa féminité pour réussir à travailler dans un monde réservé aux hommes.

Elle pensa à sa fille, fruit merveilleux de son amour pour Wulf.

« Nous travaillerons ensemble à Rome, se dit-elle. Je lui transmettrai toutes mes connaissances qui, ainsi, ne mourront pas avec moi. »

Enfin, elle pensa à Andréas.

Il lui semblait que son amour pour lui était plus vaste que le ciel de la Méditerranée, plus profond que les eaux vertes qui couraient sous la coque de l'*Isis*. Elle l'avait pourtant perdu, avait laissé leur rêve s'éteindre. Mais peut-être à Rome, quand il reviendrait de Bretagne, si les dieux le permettaient...

« Peut-être que jusqu'ici ma vie n'a été qu'un prélude, pensa-t-elle avec émotion tandis qu'apparaissait le port affairé. Les dieux m'ont préparée et à présent, je suis prête. »

51

« Rome est une ville dangereuse, l'avait prévenue Andréas. Surtout pour une femme seule. Allez chez Paulina. C'est une vieille amie, elle vous aidera. »

Depuis neuf semaines qu'Andréas avait prononcé ces paroles, alors qu'ils se disaient au revoir à la porte du temple, Séléné s'était imaginé que Paulina habitait une modeste petite maison et qu'elle ressemblait à mère Mercia. Aussi, quelle ne fut pas sa surprise en découvrant la villa sur l'Esquilin et la dame qui l'occupait.

C'était leur premier jour à Rome, un jour d'automne bleu et or. Séléné et Ulrika s'étaient rendues directement au Mont Esquilin. Dame Paulina vivait dans une rue bourgeoise ordinaire bordée d'un mur continu percé de loin en loin de portails et qui cachait à la vue de tous les fastueuses demeures des riches Romains. Quand on leur avait laissé franchir l'un de ces portails, elles s'étaient retrouvées dans un jardin paradisiaque rempli de fontaines, d'arbres et de fleurs. On les conduisit dans l'*atrium* d'où on apercevait le jardin intérieur ceint des quatre côtés de cloîtres à colonnades sur lesquels ouvraient plusieurs pièces. C'était la maison la plus grandiose que Séléné avait jamais vue et elle commençait à se demander quel genre de femme l'habitait.

– Paulina est veuve, avait expliqué Andréas. Valérius, son époux, et moi étions très amis. Elle vit très solitaire dans la maison qu'il lui a laissée. Je suis sûr qu'elle appréciera votre compagnie.

De la musique et des rires s'échappaient d'une des pièces qui donnaient sur le jardin à péristyle. Une femme en émergea, traversa le jardin et entra dans l'*atrium* avec une grâce aristocratique et une assurance consommée.

Paulina Valéria, de taille moyenne, élancée, avait des yeux topaze et des cheveux bruns coiffés en rangs de boucles superposées. Son teint était délicat et clair, comme si elle évitait le soleil. Paraissant tout juste quarante ans, elle était beaucoup plus jeune que ne l'avait cru Séléné.

Elle remarqua au premier coup d'œil la robe simple en lin et les sandales de paysanne égyptienne que portait Séléné. Son regard s'attarda une fraction de seconde de plus sur Ulrika et Séléné crut voir passer sur son visage une ombre de désapprobation. Puis elle dit en latin :

– Je suis Paulina Valéria. Vous désiriez me voir?

– Ma fille et moi arrivons à Rome. Je suis une amie d'Andréas le médecin, qui m'a conseillé de venir vous voir.

Un éclair passa dans les yeux topaze.

– Je vois. Bienvenue à Rome. Est-ce votre première visite?

– Oui. Nous arrivons tout juste d'Alexandrie et nous ne savons où nous adresser ici. Nous ne connaissons personne, excepté Andréas.

– Oui, Andréas. Comment va-t-il?

– Il est en route pour la Bretagne.

– Je sais. Je l'ai accompagné à son bateau à Ostie, il y a trois mois. Est-il bien parti pour la Bretagne?

– Il a quitté Alexandrie par beau temps.

Paulina se tut. Puis elle leur demanda où elles logeaient.

Séléné lui parla de l'auberge près du Forum où elles avaient passé la nuit, après avoir débarqué à Ostie la veille.

– Alors, vous devez venir habiter ici, chez moi, dit-elle avec un sourire sans chaleur. Les auberges sont si chères et si peu sûres, n'est-ce pas? D'ailleurs, une amie d'Andréas est aussi mon amie. Je vais envoyer chercher vos affaires.

Elle appela un esclave pour qu'il les accompagne à leurs chambres.

Bien entendu, vous resterez aussi longtemps que vous le souhaitez. J'insiste, dit-elle avant de quitter l'*atrium*.

Puis regardant à nouveau Ulrika, elle demanda quel âge elle avait.

- Elle aura treize ans en mars.

Paulina Valéria sembla réfléchir.

C'est une grande maison. Une enfant pourrait facilement s'y perdre. Et les jardins derrière sont vastes. Je suis certaine que vous saurez lui dire de ne pas s'égarer. Et de ne pas s'éloigner de vos chambres.

Comme elles suivaient l'esclave à travers le jardin, elles passèrent devant la pièce d'où s'échappait la musique et Séléné entendit une voix qui disait :

- Je ne puis comprendre pourquoi Amélia s'est mariée en dessous de sa condition.

Et une autre qui répondait :

- Parce qu'il est beau et riche.

Ce qui déclencha des rires. Puis une voix de femme s'éleva :

Soit, mais sa famille ? Il descend d'une longue lignée de marchands. Il se peut qu'ils aient de l'argent de l'argent de nouveaux riches –, mais ils n'ont pas de nom. A mon avis, Amélia s'est abaissée. Elle se couvre de ridicule. Ah, voilà Paulina ! Demandez-lui ce qu'elle pense de la pauvre Amélia.

Mais lorsque Paulina entra dans la pièce, les rires se turent. Séléné entendit des chuchotements et imagina les regards curieux des invités qui les suivaient par la porte ouverte.

En traversant le jardin avec sa mère, Ulrika regardait de part et d'autre, émerveillée que tout cela appartienne à une seule personne. Puis elle vit un jeune garçon, de deux ou trois ans son aîné, qui ratissait des feuilles mortes dans l'allée. Elle le regarda, stupéfaite. Ses cheveux étaient blonds, ses yeux bleus et il était très grand. Levant les yeux de son travail, il la dévisagea, aussi stupéfait, figé, son râteau à la main.

Grâce aux facultés d'adaptation acquises au cours d'années de voyages, Séléné et Ulrika s'installèrent sans difficulté dans la maison de Valérius. Ulrika avait peu parlé depuis leur arrivée à Ostie. En fait, elle n'avait pratiquement rien dit depuis la nuit où sa mère était venue dans sa chambre au temple lui annoncer qu'elles quittaient Alexandrie. Elle se lava le visage, enfila sa chemise de nuit, pria en silence et se glissa dans les draps propres sans prononcer une parole.

Elle pensait au jeune garçon dans le jardin.

Dans la pièce voisine, Séléné essaya longtemps de s'endormir, mais en vain. Aussi exténué que fût son corps, son esprit refusait le sommeil. Était-elle enfin chez elle? A Rome? Elle le croyait avec de plus en plus de conviction. Elle le sentait. Sa famille était ici, les puissants maîtres de l'Empire, des hommes et des femmes liés à elle par un même sang, avec qui elle avait des ancêtres communs. Et ici aussi, se trouvait la maison d'Andréas, où il reviendrait à son retour de Bretagne. Mais quoi d'autre l'attachait à Rome? Son coffre d'ébène posé au pied de son lit attendait, prêt, un peu usé par ses périples, éraflé et écaillé, mais plein à craquer de tous les remèdes réunis au fil des années et des pérégrinations.

« Le peuple de Rome a besoin de vous, avait dit Andréas. Il n'a nulle part où aller, aucune salle de soins dans aucun temple comme vous en avez vu, ailleurs et comme vous en avez créé ici, à Alexandrie, aucun havre où l'on soulage ses souffrances. C'est à Rome que s'accomplira votre destinée. »

Alors que le sommeil l'emportait enfin, Séléné pensa à son hôtesse, se demandant ce qu'elle était pour Andréas et ce qu'il était pour elle.

Les paupières lourdes, la respiration lente, elle vit apparaître le visage d'Andréas. De vieilles blessures se réveillèrent et, avec elles, remonta le désir et, surtout, l'amour.

52

– Ces gens sont de notre famille, Rika, disait Séléné, de la fierté dans la voix. Ce sont nos cousins. Nous sommes du même sang.

Du pied du mont Palatin, elles regardaient les terrasses,

les portiques et les bosquets de cyprès qui délimitaient les demeures et les palais de l'aristocratie romaine. Séléné s'efforçait, une fois de plus, de débrouiller l'écheveau des liens de parenté avec l'espoir qu'Ulrika comprenne mieux.

– Auguste, le premier empereur, dit-elle, répétant ce que lui avait expliqué Andréas cette nuit dans l'appartement de mère Mercia, était le petit-neveu de Jules César. Sa sœur, Octavie, a épousé Marc Antoine et ils ont eu une fille, Antonia. Antonia, de son mariage avec Drusus, a eu deux fils, Germanicus et Claude. Ce même Claude qui est aujourd'hui empereur de Rome. Bien que lointain, Rika, il n'en est pas moins notre cousin.

Un court instant plus tard, elles visitèrent le tombeau du divin César, un joli temple où on le vénérait comme un dieu.

– Tu vois ce que Rome éprouve envers ton arrière-grand-père? C'est son sang qui règne sur l'empire, Rika. Et ceux qui sont aujourd'hui au pouvoir, les Julio-Claudiens, se réclament de cette goutte de sang julien qui coule dans leurs veines pour régner. Mais ton sang, mon enfant, est pur; tu es une descendante directe du divin Jules. Son fils était ton grand-père.

« Et parce que Jules César descendait de la déesse Vénus, ajouta-t-elle pour elle-même. Ma fille aussi. »

Ulrika écoutait sans dire un mot, ses yeux bleus graves s'imprégnant de la statue plus grande que nature de l'homme qu'elle méprisait, de l'homme qu'elle avait honte d'appeler son arrière-grand-père, de l'homme qui le premier avait marché sur la Germanie et réduit en esclavage le peuple de son père.

Ces gens-là n'étaient pas les siens, pas plus que cette ville. D'instinct, elle se détourna de la statue de Jules César pour regarder vers le nord. Et elle garda sans fléchir les yeux fixés dans cette direction.

Au début, Séléné eut du mal à se diriger dans la cité tentaculaire, mais rapidement, à force de l'arpenter chaque jour jusqu'à ce que sa vieille blessure à la cuisse se réveille, elle mémorisa le plan des rues, l'emplacement des centaines de monuments, se mit à parler avec les gens et commença à comprendre Rome.

Elle emportait sa pharmacie partout où elle allait et,

souvent, s'arrêtait pour soigner quelqu'un. Comme Andréas l'avait dit, il n'existait pas d'endroit où s'adresser en cas de maladie ou de blessure. Rome était une ville violente. Ses rues étaient brutales, ses habitants, entassés dans des logements insalubres, se comportaient comme des sauvages. En parcourant les rues étroites qui ne voyaient jamais le jour, Séléné comprenait peu à peu qu'il existait deux Rome : celle-ci, sombre et surpeuplée, où des milliers de sans-travail, ayant pour tout avenir une vie brève et dure, restaient assis dans la chaleur de fin d'été à maugréer en buvant des rations de bière que distribuait le gouvernement. Et l'autre, celle qui se dressait derrière de hauts murs et des grilles cadenassées, celle des villas richement aménagées, comme celle de Paulina Valéria, où un nombre infime de personnes vivait comme sur une autre planète et dirigeait le monde sans s'y mêler.

Séléné apprit vite à rentrer dès le coucher du soleil. Une fois que le jour tombait et que la circulation des chars était autorisée à l'intérieur de la cité, une autre catégorie de gens, dangereux et prêts à tout, apparaissait. Séléné ne tarda pas à comprendre la raison des barres de fer aux fenêtres et des énormes verrous aux portes. Les nuits romaines appartenaient au crime.

Elle se rendit compte aussi, et rapidement, d'une autre chose. Contrairement à ce qu'avait dit Andréas, Paulina Valéria n'était jamais seule.

Il y avait toujours des visiteurs et des hôtes, des dîners bruyants, des soirées avec des philosophes et des poètes; une fois même, une troupe de mimes en tournée avait rempli le jardin de musique et d'applaudissements jusque tard dans la nuit. Au coucher du soleil, les esclaves de Paulina allumaient toutes les torches et les lampes et bientôt les invités arrivaient avec leurs gardes du corps et la villa se remplissait de rires. Séléné et Ulrika n'étaient jamais conviées à ces fêtes, mais elles en suivaient les bruits depuis leurs chambres situées juste au-dessus et parfois, Séléné trouvait sa fille agenouillée sur le balcon en train de regarder en bas à travers la balustrade.

Séléné croisait rarement son hôtesse; des jours pouvaient passer sans qu'elle la vît traverser avec grâce le jardin à colonnades. Depuis le jour de son arrivée avec Ulrika, elles avaient à peine échangé quelques mots.

Peu lui importait d'être tenue à l'écart des réjouissances, car elle avait à faire. Dès l'aube, elle quittait la maison – sans Ulrika qui préférait ne pas sortir –, et au crépuscule, elle rentrait en boitant, fatiguée, sa pharmacie vidée d'une partie de son contenu. Le soir, elle roulait des bandages, aiguisait des scalpels, triait des herbes achetées au Forum. Ensuite, elle prenait un bain et se couchait tôt.

Elle était prête. Son destin, elle en avait la certitude, l'attendait dans cette ville, au détour de la prochaine rue, et elle espérait savoir le reconnaître.

53

Ulrika redressa brusquement la tête. Elle vit un éclair de cheveux blonds disparaître de la fenêtre. Le garçon du jardin était encore en train de l'épier.

Elle posa son livre, se leva de son lit et traversa la pièce sur la pointe des pieds.

C'était la cinquième fois cette semaine qu'elle le surprenait à l'observer. Combien d'autres fois l'avait-il espionnée sans qu'elle s'en aperçoive? Parfois, alors qu'elle passait dans le jardin, elle sentait des yeux la suivre; une fois même, alors qu'elle avait accompagné sa mère jusqu'à la rue, elle l'avait vu caché derrière des buissons.

Elle se glissa jusqu'à la porte et regarda dehors. Le couloir était vide. En contrebas, dans le jardin à ciel ouvert, les esclaves commençaient à allumer les torches en vue des festivités du soir. Elle fronça les sourcils. Elle s'était laissé tellement absorber par sa lecture qu'elle avait perdu toute notion du temps. Le soleil était presque couché et sa mère n'était pas encore rentrée.

Elle sortit de sa chambre, la ferma et partit. De l'autre côté du couloir, une porte s'ouvrit sur deux personnes, les hôtes actuels de Paulina, un sénateur et son épouse. Ulrika les observa. Les gens qui venaient dans cette villa étaient toujours magnifiquement vêtus; les hommes étaient beaux et élégants, les femmes portaient des coiffures extravagantes en forme de pyramides. Ils s'exprimaient d'une façon spéciale, dans un grec pur et soigné; même leurs rires étaient différents, polis et retenus. Ils fascinaient Ulrika, mais en même temps, elle les détestait.

Tandis que le sénateur et son épouse descendaient dans le jardin, elle aperçut un mouvement du coin de l'œil. Elle se retourna d'un bond, juste à temps pour voir le garçon plonger dans l'entrebâillement d'une porte.

– Attends! Ne t'enfuis pas!

Elle courut jusqu'à la porte maintenant fermée. Après un moment d'hésitation, elle posa la main sur le loquet et ouvrit. C'était une chambre semblable à la sienne, prête à accueillir un hôte pour la nuit.

– Je t'en prie, montre-toi, dit-elle en entrant.

Elle s'arrêta pour écouter. Tout ce qu'elle entendit, c'était les invités qui arrivaient en bas. Elle l'appela à nouveau, passant du grec à l'araméen.

– Comprends-tu ce que je dis? Je t'en prie, n'aie pas peur. J'aimerais te parler.

S'avançant davantage dans la chambre, elle remarqua que, malgré l'absence de brise, les tentures des fenêtres bougeaient.

– Je suis ton amie, dit-elle gentiment. Je ne suis pas comme eux. Je t'en prie, montre-toi.

Elle gardait les yeux sur les tentures. L'ourlet bougea.

– Je ne m'en irai pas, dit-elle plus fermement. Je vais rester jusqu'à ce que tu sortes.

Quand Séléné sortit du bâtiment près du fleuve, elle s'alarma en voyant combien il était tard. Une femme l'avait suppliée de venir voir son bébé qui était apathique et refusait de manger. Elle avait passé plus de temps qu'elle croyait auprès du bambin et elle se retrouvait dans ce quartier misérable au bord du Tibre à l'heure où le soleil disparaissait déjà derrière les collines.

Sa pharmacie serrée contre elle, elle obliqua dans la première rue qui l'éloignait du fleuve et se hâta vers l'Esquilin.

Soudain, une foule surgie d'une autre rue lui barra le chemin.

Les gens, furieux, réclamaient à grands cris « du pain et des jeux ». Séléné savait ce qui se passait. Elle avait assisté à plusieurs de ces explosions spontanées dans Rome. Il s'agissait en général d'hommes désœuvrés en mal d'action que la moindre provocation suffisait à enflammer et si leurs motifs étaient souvent insignifiants, ce soir ils s'insurgeaient contre l'absence de Claude et contre la pénurie grandissante de jeux et de nourriture gratuite.

Séléné s'abrita sous un avant-toit pendant que la foule passait poings levés, maudissant les gens qui vivaient sur le mont Palatin. Séléné ne les blâmait pas, car le nombre des sans-travail à Rome était scandaleusement élevé et une large proportion de la population subsistait grâce à la manne publique, ce qui favorisait l'éclosion d'une classe désœuvrée, illettrée et prompte à se soulever. Foncer dans la ville en provoquant les soldats, c'était leur distraction favorite. Des gardes apparaissaient justement au bout de la rue. Demain, ils iraient en masse au Grand Cirque assister à des jeux tout en se gorgeant de bière et de nourriture.

Au moment où les manifestants tombaient nez à nez avec les soldats alignés au carrefour, des hommes à cheval surgirent. Ils portaient des paniers attachés à leurs selles d'où ils ne tardèrent pas à sortir des serpents vivants qu'ils jetèrent sur la foule qui, aussitôt, se dispersa. Les gens couraient dans tous les sens en hurlant. Bientôt, la rue redevint déserte et les soldats ramassèrent leurs serpents.

Alors qu'elle quittait l'abri de l'avant-toit, Séléné vit un homme se détacher du mur en se tenant le côté, tituber puis tomber. Les soldats l'ignorèrent. En s'approchant, Séléné vit qu'il était blessé sous les côtes. Un examen rapide lui révéla qu'elle ne pouvait rien pour lui, il saignait trop abondamment. Il aurait eu besoin de tourniquets et de ligatures profondes, d'un endroit où s'allonger tranquillement.

Quand elle leva la tête en pensant appeler l'un des soldats, elle s'aperçut qu'elle était restée seule avec le blessé dans la rue de plus en plus sombre.

Alors, elle se souvint de l'île au milieu du fleuve où se dressait le temple d'Esculape et se rappela que le pont qui y menait se trouvait à proximité. Aidant de son mieux l'homme affaibli et hébété à se lever, elle passa son bras autour de ses épaules et, tournant le dos à l'Esquilin, l'entraîna vers le fleuve.

Le vieux pont de pierre qui reliait la berge du Tibre à l'île en forme de navire commençait près du théâtre de Marcellus, autour duquel grouillait une foule immense qui achetait des billets pour le spectacle du soir. Séléné aida l'inconnu à se frayer un passage jusqu'au pont.

Elle savait que les bâtiments sur l'île, dont la silhouette se détachait dans le soleil couchant, constituaient le temple d'Esculape. Bien qu'elle ne s'y soit pas encore rendue, elle supposait qu'il ressemblerait à n'importe quel autre temple d'Esculape de l'Empire et qu'on pourrait donc y secourir cet homme. Mais quand elle atteignit l'autre côté du pont et que, incapable de soutenir plus longtemps le blessé maintenant inconscient, elle le laissa glisser par terre et se redressa, elle regarda, stupéfiée, le spectacle qui s'offrait à ses yeux.

Les tentures bougèrent enfin et une tête blonde apparut. Deux yeux bleus méfiants regardèrent Ulrika. Le garçon semblait tendu, prêt à s'enfuir.

– N'aie pas peur de moi, dit-elle en se demandant pourquoi il était si peureux. Je suis ton amie, ajouta-t-elle en tendant la main.

Il sortit complètement de derrière le rideau mais resta à distance sans la quitter des yeux. A présent, elle voyait la raison de sa peur : il portait sur le haut des bras des traces fraîches de coups de fouet et des cicatrices aux poignets, là où des menottes avaient dû mettre la chair à vif. Ce garçon venait d'être réduit en esclavage; il n'était pas encore « maté ».

– Ne me comprends-tu pas? demanda-t-elle cette fois en grec.

Non, comprit-elle déçue; il y avait si peu de temps qu'il était là qu'il n'avait pas encore appris la langue de ses maîtres.

Elle l'étudia franchement. Comme elle, il était grand, avait les membres déliés. Il était jeune et pas encore étoffé, mais on devinait à sa carrure quelle serait bientôt sa force et les muscles de ses bras commençaient à poindre. Elle trouva son visage très beau. Il avait de grands yeux très séparés et une mâchoire bien dessinée. Et il n'avait pas vraiment peur. En réalité, il était méfiant et aussi farouche qu'un animal sauvage.

– Je m'appelle Ulrika, dit-elle en se désignant du doigt. Et toi?

Il la dévisageait.

– Ulrika, répéta-t-elle en se désignant toujours. Je m'appelle Ulrika.

Elle approcha de quelques pas mais s'arrêta en voyant sa nervosité grandir. Elle le désigna du doigt en prenant un air interrogateur.

– Eiric, finit-il par dire.

– Bonjour, Eiric, dit-elle en souriant.

Il ne se détendit pas, mais elle se rapprocha quand même et quand elle fut près de lui, regarda le pendentif qu'il portait sur sa poitrine. Elle leva les sourcils. C'était une croix d'Odin.

Elle attrapa la lanière de cuir qu'elle-même portait et sortit son propre pendentif. Quand il le vit, ses yeux s'écarquillèrent.

– Odin, s'exclama-t-il incrédule.

– Oui, Odin. Mon père a donné ce pendentif à ma mère avant de mourir.

Il scruta à nouveau son visage, regarda ses cheveux blonds et ses yeux bleus puis lui fit un sourire hésitant.

– Voilà qui est mieux! Maintenant, je vais t'apprendre ma langue et tu m'apprendras la tienne et nous serons amis parce que nous appartenons au même peuple.

Quand elle lui tendit la main et qu'il la prit timidement, Ulrika ressentit un frisson nouveau et étrange la parcourir. Elle oublia combien il était tard, qu'il faisait nuit et que sa mère n'était pas encore rentrée.

Paulina Valéria escorta ses derniers invités jusqu'à la rue, les embrassa et retourna vers la maison. Un vent chaud souffla soudain, soulevant les feuilles mortes et la terre poussiéreuse. Se couvrant les bras de sa *palla,* elle se hâta de rentrer.

Alors qu'elle traversait l'*atrium* pour rejoindre l'escalier qui conduisait à ses appartements, elle s'arrêta. Quelqu'un était assis dans le jardin à péristyle.

S'y dirigeant, elle vit que c'était l'enfant, Ulrika, qui était assise seule sur un banc. Son visage semblait affreusement pâle dans le clair de lune.

– Que fais-tu ici? lui demanda-t-elle.

– J'attends ma mère.

Paulina haussa un sourcil.

– Elle n'est pas encore rentrée?

Ulrika serra les dents et secoua la tête. Il était minuit. Il y avait des heures qu'elle était assise ici, depuis que Eiric avait été durement emmené par le contremaître de Paulina qui l'avait ramené au logement des esclaves. Incapable de toucher au dîner que, comme d'habitude, on lui avait apporté dans sa chambre, elle était descendue attendre dans le jardin.

Paulina hésitait. Elle résistait à son envie de s'asseoir près de l'enfant et de la rassurer.

– Sais-tu où ta mère est allée aujourd'hui? demanda-t-elle.

A nouveau, Ulrika secoua la tête, en luttant pour retenir ses larmes.

« Cette petite se retient de pleurer. Elle ne veut pas montrer sa peur. »

Elle faillit se laisser aller à la consoler, mais résista encore. Il était possible de contrôler ses émotions, elle le savait, il suffisait de les combattre avec force.

– Peut-être devrais-je envoyer quelqu'un à sa recherche, dit-elle d'un ton cassant. Un de mes esclaves.

Ulrika leva les yeux.

– Oh, vous le feriez?

Paulina détourna le regard de ces jeunes yeux brillants et regretta son instant de faiblesse. Elle n'aurait pas dû les laisser s'installer ici. Elle ne l'avait fait que pour Andréas...

Le portail s'ouvrit alors et, un moment après, Séléné entra dans le jardin.

– Maman! s'écria Ulrika en s'élançant vers elle.

Séléné prit sa fille dans ses bras.

– Rika! Je suis désolée. Tu étais inquiète. Mais je n'avais aucun moyen de te prévenir.

Elle regarda Paulina qui, l'air théâtral, se tenait dans le clair de lune. Son visage était empreint de déplaisir et d'autre chose. Était-ce de la douleur?

– Où étais-tu, mère? interrogea Ulrika en quittant les bras de Séléné.

– Je suis allée au temple d'Esculape.

– Au temple d'Esculape! intervint Paulina. Êtes-vous souffrante?

– Non, Dame Paulina. J'étais...

– Si vous êtes souffrante, vous pouvez faire appel au

médecin de la maison. Vous n'avez surtout pas à aller sur cette île abominable.

Avant que Séléné ait pu placer une parole, son hôtesse poursuivait.

– Il est tard. Votre fille était folle d'angoisse.

Séléné et Ulrika montèrent les escaliers en se tenant par la taille.

– Oh, mère, tu n'imagines pas à quel point je m'inquiétais!

– Je suis désolée, Rika, répéta Séléné en massant sa cuisse endolorie et en posant sa pharmacie sur la table.

Sa robe était tachée et des cheveux s'échappaient du fichu blanc qu'elle s'était noué autour de la tête, mais elle était rayonnante.

– Rika, il est arrivé quelque chose de merveilleux cette nuit!

Pendant que sa fille allait chercher de l'eau chaude et remplissait une cuvette pour qu'elle se lave, Séléné lui parla de l'homme qui avait été blessé par la foule et lui raconta comment elle l'avait emmené au temple sur l'île et quel spectacle elle y avait vu.

– C'était incroyable, Rika! Il devait y avoir des centaines de gens entassés sur cette île minuscule. Ils occupaient le moindre pouce d'espace. Et des créatures si misérables! Beaucoup trop nombreuses pour la poignée de frères et de prêtres qu'il y a là-bas. Le Grand Prêtre, un certain Hérodas, m'a dit que, à cause du trop grand nombre, les médecins de la ville avaient cessé de venir apporter leur aide au temple. Les frères sont livrés à eux-mêmes.

» J'étais épouvantée! Tous ces hommes et ces femmes pitoyables, ce sont des esclaves rejetés, Rika. Apparemment, il est de coutume dans cette ville horrible de charroyer les esclaves malades ou blessés, ou encore trop vieux pour servir à quoi que ce soit, jusqu'au temple d'Esculape et de les y abandonner. Les prêtres sont submergés. Et à cause des conditions épouvantables que crée une foule aussi nombreuse et démunie, ceux qui normalement viendraient au temple chercher la guérison divine n'y viennent pas. Ce qui fait que le trésor est vide. La tâche en est d'autant plus difficile pour les frères qui s'occupent des esclaves sans foyer et la situation se détériore de jour en jour, rendant l'île de plus en plus intouchable.

Elle prit les mains de sa fille et la fit s'asseoir près d'elle, sur le lit.

- Écoute, Rika! C'est arrivé! C'est enfin arrivé! Je sais à présent l'œuvre que je dois accomplir!

Ulrika dévisageait sa mère, regardait ses joues enflammées, ses yeux brillants. Elle ne l'avait jamais vue ainsi et la puissance de sa passion la fascinait.

– Dès que j'ai vu l'île, continuait-elle, j'ai su. Tout est devenu clair. J'ai vu la grande vision, Rika. J'ai vu que c'était la fin de ma longue route, la raison de toutes mes épreuves. Andréas avait raison! Il avait raison, Rika! Ma destinée est ici, à Rome.

Ulrika, muette de saisissement, commençait à avoir mal aux mains. Une énergie fantastique passait de celles de sa mère dans les siennes.

Comme c'était merveilleux! pensait-elle. Comme c'était merveilleux d'être si certaine, de savoir qui l'on est.

– Que vas-tu faire, mère? demanda-t-elle, excitée à présent, prise par la vision de Séléné.

– Je vais travailler sur l'île, Rika. Elle peut redevenir le refuge qu'elle était censée être. C'est pour cela que les dieux m'ont conduite là-bas, pour cela qu'ils me préparaient. J'apporterai sur cette île maudite tout le savoir et la sagesse que mes voyages m'ont appris.

Impulsivement, elle lâcha les mains de sa fille pour l'attirer dans ses bras.

– Nous travaillerons ensemble, dit-elle. Et je t'apprendrai tout ce que je sais. Je te le transmettrai, mon enfant, pour que le rêve ne meure jamais.

54

Les prêtres et les frères s'étonnèrent d'abord de voir Séléné apparaître chaque jour sur les marches du temple, puis se méfièrent quant à ses motifs et finalement, une fois convaincus de ses bonnes intentions, lui montrèrent une infinie gratitude.

– Beaucoup des médecins de la ville venaient travailler

ici, lui expliqua Hérodas. Certains offraient leurs services au dieu un jour seulement par mois, d'autres plus souvent. Il fut un temps où nous étions fiers de notre temple et alors, Esculape faisait des miracles. Mais ensuite, il y eut cet entassement et vous voyez..., finit-il avec un geste d'impuissance.

A l'intérieur, le temple ressemblait aux autres lieux consacrés au culte d'Esculape : une longue basilique avec, à son extrémité, une imposante statue du dieu de la médecine assis sur un trône, son caducée à la main; le reste de l'espace était laissé vide pour les pèlerins qui venaient s'y allonger en espérant que le dieu les soignerait durant leur sommeil. On appelait cela « l'incubation ». Le prêtre, ou *incubo,* qui incarnait l'esprit du dieu, allait voir le suppliant pendant qu'il dormait et lui prescrivait des remèdes, une diète ou un traitement. Les murs du temple étaient recouverts des offrandes votives de ceux qui avaient été guéris, répliques en pierre ou en terre cuite des parties du corps aux fonctions retrouvées. Mais Séléné vit qu'elles étaient poussiéreuses et que beaucoup étaient très vieilles. Seules quelques-unes semblaient de facture plus récente, en particulier une tête de femme que le dieu avait dû guérir de ses maux. Séléné comprit qu'à cause des quantités d'esclaves abandonnés, il ne restait plus de place pour les pèlerins. Un petit nombre de prêtres et de frères passaient parmi les malades pour leur donner à boire et à manger, mais la multitude même les empêchait de progresser véritablement.

– Ceux qui ne veulent pas se donner la peine de soigner un esclave malade, reprit Hérodas, ou qui n'ont que faire d'un vieil esclave, viennent les décharger ici comme des ordures. Et la loi le permet. Ces pauvres malheureux restent couchés là à attendre la mort. Nous n'y pouvons rien et maintenant, les gens de la ville se tiennent à l'écart. J'ai le sentiment qu'ils désertent le dieu.

Hérodas était un vieil homme petit et fragile, aux cheveux blancs et aux mains tremblantes. Il avait été le gardien du temple sous le règne de quatre empereurs et cela l'affligeait de voir comment les choses s'étaient détériorées.

– Claude ne veut-il pas vous aider? demanda Séléné alors qu'ils traversaient la cour du temple où d'autres gens, des hommes, des femmes et des enfants faméliques étaient couchés.

– Claude est aveuglé par cette sorcière de femme, Messaline, et aussi par son ambition de conquérir la Bretagne. Il me répond de prier Esculape et de faire des sacrifices!

Séléné resta pensive puis, finalement, elle dit :

– Moi, je vous aiderai.

Hérodas la regarda avec tristesse. Elle n'était pas le premier guérisseur empli d'idéalisme à se présenter au temple en clamant ses nobles intentions. Il était certain que cette jeune femme avec sa merveilleuse pharmacie et son fabuleux savoir ne tarderait pas à se décourager et à partir, comme tous les autres.

55

Paulina Valéria regarda une dernière fois le collier pour s'assurer de la perfection de son choix, puis elle referma le coffret et le remit au messager qui attendait. Le collier, en perles rares de la mer Rouge, était un présent pour l'impératrice, car bien qu'elle ne l'aimât pas, Paulina avait néanmoins la sagesse de se ménager ses bonnes grâces.

Après le départ du coursier qui porterait le présent au palais impérial où Messaline, en l'absence de son époux, donnait l'une de ses célèbres fêtes, Paulina considéra les autres cadeaux étalés sur la table.

C'était la semaine des saturnales, les cinq jours de décembre où Rome célébrait la renaissance hivernale du dieu Saturne. Partout à travers la ville, les maisons s'ornaient de rameaux de pins, on échangeait des présents, les vieux amis se rendaient visite. Ce soir, Paulina attendait huit invités et le fumet de porc et de faisan rôtis emplissait la villa.

Avant de quitter l'*atrium,* elle ferma les yeux et écouta les bruits de la ville, de l'autre côté des hauts murs qui ceignaient la propriété. Elle avait le cœur lourd, mais elle ferait un effort particulier pour se montrer gaie devant ses convives.

« Mes premières saturnales sans Valérius... »

Refoulant ses larmes, elle lutta pour recouvrer son calme. Née dans l'une des plus vieilles familles patriciennes de Rome, elle avait grandi dans l'atmosphère démodée de la *gravitas*, la dignité et le savoir-faire qui plaçaient l'aristocratie romaine à part du reste du monde. Personne ne devait la voir s'effondrer ainsi. Valérius, s'il avait vécu, aurait été déçu.

Elle ouvrit les yeux et se força à vérifier les cadeaux une dernière fois. Il y avait un livre de poèmes pour Maxime, un plat incrusté d'or pour Junon, une lyre en écaille pour la femme de Décius, le tout en ordre, enveloppé dans des tissus colorés et étiquetés pour être ouvert plus tard.

Mais il n'y avait pas de jouets...

Agrippant le rebord de la table, Paulina chassa la tempête qui menaçait de l'emporter. Puis elle quitta l'*atrium* et gagna ses appartements privés avec l'intention de se plonger dans un bain chaud en attendant l'arrivée des invités. Elle devait aussi régler la question de ses hôtes.

Si seulement Andréas ne les lui avait pas imposées. Lui avait-il seulement laissé le choix? Il lui avait même écrit de Bretagne pour la remercier, certain qu'elle avait agréé à sa requête. Et à présent, Paulina se sentait fort embarrassée de devoir trouver un moyen de se débarrasser de la mère et de l'enfant.

« Surtout de l'enfant... »

Il fallait faire quelque chose et vite. Il y avait deux mois maintenant qu'elles étaient installées chez elle. La situation devenait insupportable. S'il n'y avait eu que la mère, cela ne l'aurait pas ennuyée – Séléné était calme et discrète, s'en allait à l'aube, dieu sait où, pour ne rentrer qu'au coucher du soleil et s'enfermer dans sa chambre jusqu'au lendemain.

Mais l'enfant!

Ulrika aimait descendre s'asseoir dans le jardin. Elle aimait parler avec les esclaves. Elle avait même lié amitié avec certains. On entendait toujours sa voix résonner à travers les murs et Paulina ne savait jamais si elle n'allait pas soudain tomber sur elle. Une fois, elle l'avait même trouvée dans la bibliothèque en train de parcourir des manuscrits.

Paulina ferma les yeux.

Le rire d'Ulrika, sa présence lui causaient une telle douleur...

« Elle a presque treize ans, pensa-t-elle, l'âge que Valéria aurait eu ce mois-ci. »

Un esclave vint annoncer l'arrivée des premiers convives, Maxime et sa femme, Junon.

Soudain tirée de ses pensées, Paulina rouvrit les yeux. Maxime et Junon s'étaient retirés dans une villa près de Pompéi.

Bien sûr! La voilà, la réponse.

Elle se sentit soudain soulagée, car elle venait de trouver la solution à son problème.

Maxime et Junon l'invitaient sans cesse à venir passer des vacances chez eux, dans leur domaine du bord de mer. Eh bien, ce soir, elle allait leur faire la surprise d'accepter. D'ici à la fin de la semaine, elle serait en route pour Pompéi et cette villa, naturellement, serait fermée pendant son absence. Les deux indésirables devraient se trouver une autre résidence.

Assise sur son lit, Séléné regardait d'un air triste sa pharmacie presque vide.

Elle se leva et marcha jusqu'au balcon qui courait tout le long du premier étage, surplombant le jardin à péristyle. De là, l'odeur de mets délicieux lui parvenait et elle entendait la musique et les rires des amis de Paulina. La réception, qui durait depuis des heures, ne semblait pas vouloir se terminer.

Séléné retourna dans la chambre.

Elle se demanda comment Ulrika parvenait à dormir malgré tout ce bruit. Plus tôt, elle avait regardé dans la chambre voisine et dans la nuit, avait vu la forme endormie de sa fille sous les couvertures. Elle avait refermé doucement la porte. Pourquoi la réveiller? Ces saturnales n'étaient pas pour elles. Elles n'avaient pas de présents à échanger, pas d'argent pour en acheter.

« Pas non plus pour regarnir la pharmacie », pensa-t-elle avec chagrin.

Comment en était-elle arrivée là? Comment avait-elle pu être assez naïve pour croire qu'un miracle se produirait? Le Grand Prêtre l'avait avertie qu'Esculape faisait la sourde oreille. Depuis deux mois qu'elle travaillait sur l'île, qu'elle essayait de guérir quelques-uns des esclaves malades, elle avait été certaine qu'une aide quelconque se présenterait. Mais à présent, le trésor du temple était vide et sa bourse aussi.

Elle n'en avait rien dit à sa fille. Pourquoi l'inquiéter? Et puis, comment le lui expliquer?

« Comment lui expliquer que, dans mon espoir imbécile que le dieu finirait par nous secourir, j'ai dépensé nos derniers sous pour acheter des médicaments pour le temple. Et que maintenant même ces médicaments-là sont épuisés. »

Du moins, presque tous.

Séléné se rassit sur le lit et prit les petits pots, un par un. Beaucoup étaient vides, quelques-uns à moitié pleins, un ou deux pas encore entamés, mais en moins de quelques jours, ceux-là aussi seraient vidés.

« Et après? »

Elle se frotta les yeux. Elle essayait de penser, de trouver une solution. Comment pouvait-elle réunir de l'argent pour acheter de nouveaux médicaments? Elle savait qu'elle en gagnerait un peu en monnayant ses soins en ville. Encore fallait-il pour cela qu'elle ait de quoi soigner!

Mais Séléné se sentait remplie de gratitude pour une chose : grâce à la générosité de Paulina, elle et Ulrika avaient un toit sur leurs têtes et des repas assurés. Et il était clair que leur hôtesse ne mettait pas de limite à leur séjour. « Aussi longtemps que vous en aurez besoin », avait-elle précisé.

A cette pensée, en voyant la chambre agréable qu'elle occupait et en se rappelant qu'Ulrika et elle avaient, en définitive, beaucoup de chance, sa tristesse commença à se dissiper.

L'essentiel – un toit et la nourriture – leur était assuré aussi longtemps que nécessaire.

Dans la salle à manger, Maxime était en train de dire :

Pauvre vieux Claude. On dit que pendant que son oncle Tibère était empereur, il l'avait supplié de lui confier une fonction officielle. Alors, Tibère lui avait accordé le titre de consul. Mais quand Claude a demandé qu'on lui donne aussi les *charges* de consul, le vieux Tibère lui aurait répondu : « Je te verse un salaire uniquement pour que tu le dilapides en cadeaux pendant les saturnales. »

Tout le monde autour de la table éclata de rire.

– Et maintenant qu'il est empereur, il dilapide son argent en Bretagne! ajouta Junon.

– Je me demande bien pourquoi, d'ailleurs, commenta Paulina qui se lavait délicatement les mains dans un rince-doigts en or. Que peut-il trouver d'intéressant en Bretagne?

– Peut-être que, là-bas, il n'entend pas Rome rire dans son dos.

– A mon avis, Claude est un brave homme, avec de bonnes intentions, reprit-elle en secouant la tête.

– Hum! Tout le monde sait qu'il est devenu empereur par défaut. Qu'il se cachait derrière un rideau pendant qu'on assassinait Caligula. Les prétoriens l'ont nommé empereur parce qu'il était le seul survivant mâle des Juliens et des Claudiens. Il n'y avait personne d'autre!

– Et quand bien même! insista Paulina. Je crois que c'est une victime et qu'on l'a corrompu.

– Et vous n'avez pas besoin de préciser qui! intervint Junon.

– Se peut-il vraiment qu'il ignore à ce point les activités de Messaline? demanda quelqu'un d'autre. Est-il réellement inconscient de sa débauche?

– Claude est trop aveuglé par la sienne propre, répondit Maxime en enfournant un énorme morceau de gâteau au miel qu'il arrosa d'une copieuse lampée de vin.

Face à lui, de l'autre côté de la table, allongée sur un canapé entre Paulina et le célèbre poète Némésis, Junon observait son époux d'un regard inquiet. Maxime ne semblait pas très bien ce soir.

– Si vous faites référence à Agrippine, dit Paulina, je ne crois pas les rumeurs.

– Moi si, dit Maxime avant de marquer une pose pour bouger sa masse énorme et s'éponger le visage.

Puis, se jetant une poignée de noix épicées dans la bouche, il poursuivit :

– Il visite sa couche, c'est moi qui vous le dis.

– Sa propre nièce? s'étonna le poète.

– Vous ne connaissez pas Agrippine, dit quelqu'un à mi-voix pour que ni les domestiques ni les musiciens n'entendent. C'est une femme dangereuse. Elle n'a qu'une idée en tête : la succession au trône impérial pour son fils

Néron. Rien ne l'arrêtera pour atteindre son but, même s'il faut en passer par un inceste avec son oncle.

– Mais il y a Britannicus, le fils de Claude. Il succédera à son père, dit Junon, qui trouvait que le visage de son époux virait au gris.

– S'il vit assez longtemps, répondit Maxime d'une voix sifflante.

Il commençait à avoir du mal à respirer.

– Messaline est-elle aussi dévergondée qu'on le dit? interrogea Némésis, le poète d'Athènes en visite. Les histoires qu'on raconte à son sujet sont-elles vraies?

Maxime s'épongea à nouveau le visage. Malgré le froid de la nuit de décembre, il transpirait abondamment.

– Elles ne racontent pas la moitié de la vérité! déclara-t-il en se resservant des champignons. Je tiens pour certain que trente hommes l'ont prise en une nuit.

– Scandaleux! s'esclaffa quelqu'un.

Maxime essaya brusquement de s'asseoir.

– Claude peut-il être sûr que Britannicus est bien son fils? demanda un des convives. Si Messaline couche vraiment à droite et à gauche comme on le dit...

Junon poussa un cri.

Maxime s'était écroulé par terre.

Paulina se leva aussitôt. Quand elle vit Maxime étendu sur le dos, haletant et grimaçant de douleur, elle envoya un domestique chercher le médecin de sa maison.

– Qu'y a-t-il, mon chéri? Qu'est-ce qui ne va pas? demandait Junon qui, agenouillée auprès de son époux, lui soutenait la tête de ses mains.

– J'ai mal, haleta-t-il.

– C'est l'estomac, dit quelqu'un. Il a trop mangé.

– Faites-le vomir, suggéra Némésis. Cela le soulagera.

Paulina regardait Maxime avec inquiétude. Ses lèvres bleuissaient.

– Il ne peut plus respirer! cria Junon.

– Videz-lui l'estomac, vous dis-je! répéta Némésis en tombant à genoux pour ouvrir la bouche de Maxime.

– Attendez le médecin, intervint Paulina.

Mais un instant plus tard, l'esclave revint annoncer que le médecin était sorti pour la nuit.

– Donnez-moi une plume, dit Némésis. Vite!

Pauline fit signe à un esclave qui partit en courant.

– Toute cette nourriture, dit l'une des convives en se

tordant les mains. Vous savez, on peut mourir de trop manger.

– Taisez-vous! lui intima Paulina d'un ton sec. Décius, faites sortir votre femme de cette pièce.

L'état de Maxime empirait. Il avait le teint terreux, ses vêtements étaient trempés de sueur. Chose étonnante, remarqua Paulina, il ne se tenait pas l'estomac mais plutôt la poitrine.

Quand l'esclave reparut avec la plume, Némésis la prit et se prépara à l'enfoncer dans la gorge de Maxime.

– Attendez!

Tout le monde se retourna pour voir une jeune femme entrer dans la pièce.

– Séléné! s'exclama Paulina.

– Ne le faites pas vomir, dit-elle en s'agenouillant de l'autre côté de Maxime.

Elle arracha la plume des mains de Némésis, qui protesta.

– Vous allez le tuer pour de bon si vous le faites vomir, le coupa Séléné.

Puis elle se pencha sur Maxime, lui prit le pouls au cou et aux poignets, examina ses paupières et, enfin, colla l'oreille contre sa poitrine.

– C'est le cœur, dit-elle en se redressant.

Junon porta les mains à sa bouche.

Séléné tira à elle sa pharmacie qu'elle avait posée par terre près de la tête de Maxime. Quand elle avait entendu l'agitation en bas, puis vu qu'on cherchait le médecin qui s'était absenté, elle s'était précipitée vers l'escalier.

« Pourvu qu'il y en ait assez », pria-t-elle de toutes ses forces.

Elle vida de la poudre dans le creux de sa main, réfléchit, calculant la quantité nécessaire par rapport au poids de Maxime, puis la versa dans la coupe de vin la plus proche.

– Aidez-moi à l'asseoir, dit-elle en levant les yeux vers les visages qui l'entouraient.

– Qu'allez-vous lui donner? demanda Némésis juste au-dessus d'elle.

– Des feuilles de digitale qui ralentiront les battements de son cœur et calmeront la douleur.

– Mais je dis que ce n'est pas le cœur, insista-t-il en se tournant vers Paulina. Et la digitale est un poison, chacun le sait.

Tous les autres regardèrent Paulina.

– Nous avons tous vu combien il a mangé, ajouta quelqu'un.

– Je vous en prie! dit Séléné qui essayait de faire asseoir Maxime, mais il était trop lourd pour elle. C'est son cœur. Tâtez son pouls si vous ne me croyez pas!

Némésis lui adressa un regard méprisant.

– Le pouls charrie de l'air. Il n'a rien à voir avec le cœur.

– Vous vous trompez!

– Faites quelque chose! supplia Junon.

Un instant, Paulina resta indécise. Puis elle se tourna vers l'esclave.

– Aide-la à le faire asseoir, lui ordonna-t-elle.

Némésis tourna les talons et s'éloigna.

– Écartez-vous, s'il vous plaît. Il a besoin d'air, dit Séléné alors que tous s'agglutinaient pour regarder.

Une fois qu'il fut assis, Séléné lui fit boire le vin à petites gorgées.

Quand la coupe fut vide, des esclaves le portèrent sur un divan.

– Mettez des coussins derrière son dos, indiqua-t-elle. Il respirera mieux.

Elle prit encore son pouls. Il était affolé. Parfois, la digitale agissait immédiatement, d'autres fois plus lentement, mais il arrivait aussi qu'elle n'agisse pas du tout.

Personne ne bougeait. Tous les yeux étaient fixés sur Maxime qui gémissait et respirait avec peine. Dix minutes s'écoulèrent. Tout en regardant sa poitrine se soulever et s'abaisser, Séléné priait Isis de l'aider. Elle en appela aussi à Vénus, la mère de ses ancêtres romains.

Alors que tous observaient un silence prolongé, une bourrasque de décembre s'engouffra dans la pièce, soulevant les rameaux de pin et faisant danser les lampes au bout de leurs chaînes. Séléné regarda les ongles de Maxime; ils étaient bleus. Puis elle regarda ses chevilles; elles étaient enflées. Elle se rendit compte, non sans soulagement, que Maxime souffrait d'une maladie du cœur qu'on pouvait contrôler, s'il survivait.

La villa sur l'Esquilin devint étrangement calme, comme la ville de l'autre côté de ses murs, qui se refermait sur elle-même à mesure que ses habitants se retiraient derrière leurs portes verrouillées et leurs fenêtres à barreaux. Seul le groupe réuni chez Paulina Valéria ne pensait pas à aller se coucher. Il regardait Maxime.

Enfin, au bout d'une longue attente, Séléné sentit le pouls ralentir doucement. Les autres remarquèrent que Maxime respirait mieux et qu'il commençait à reprendre des couleurs. L'un après l'autre, ils se détendirent et bientôt, tous s'effondraient dans les canapés en poussant des soupirs de soulagement.

– Il aura besoin de beaucoup de repos, expliqua Séléné alors que les esclaves se préparaient à porter Maxime assoupi dans sa chambre. Mais il n'y a aucune raison pour qu'il ne vive pas encore des années. Il souffre d'une maladie cardiaque qu'il est possible de contrôler moyennant l'absorption de doses quotidiennes de digitale.

– Je ne sais comment vous remercier, dit Paulina. Maxime est un de mes plus vieux amis et l'un des plus chers aussi. S'il était mort...

Elle joignit les mains.

Paulina et Séléné étaient assises dans un petit salon attenant à l'*atrium*. Un brasero brûlant réchauffait la nuit d'hiver tandis que les deux femmes buvaient du vin chaud au miel. Les autres invités dormaient à l'étage; Junon veillait Maxime.

– Maxime a failli mourir cette nuit, continua Paulina. J'ai vu sur son visage l'ombre de la mort que je connais si bien. Comment puis-je vous prouver ma gratitude?

– Apportez une offrande au temple d'Esculape sur l'île du Tibre.

– Un sacrifice, bien sûr.

– Mieux, de l'argent pour les prêtres et les frères.

– Ce que vous voudrez. Mais vous, Séléné, comment vous remercier?

– Vous m'avez déjà payée au centuple, Paulina Valéria, en nous hébergeant, ma fille et moi.

– C'est si peu, répondit la noble Romaine en détournant le regard.

– Mais non. Vous voyez... nous n'avons plus du tout d'argent. Plus un sou.

Paulina eut l'air saisie.

Mais sûrement..., commença-t-elle. Mais où allez-vous donc chaque jour? Vous semblez travailler si dur.

Quand Séléné le lui dit, Paulina ouvrit de grands yeux.

– Je n'en avais pas la moindre idée. Et je ne savais pas davantage que vous étiez guérisseuse. Andréas n'en parlait aucunement dans sa lettre.

Séléné la dévisagea.

– Vous avez reçu une lettre d'Andréas?

– La semaine dernière seulement.

« Andréas sait que je suis ici et, pourtant, il ne m'écrit pas, à moi », pensa-t-elle douloureusement.

Mais pourquoi écrirait-il? Elle n'avait plus aucun droit sur lui puisqu'il lui avait rendu la rose d'ivoire.

– Comment va-t-il? demanda-t-elle.

– Il se plaint de l'humidité et du froid.

« Et quand rentre-t-il à Rome? » avait-elle envie de crier. Mais elle se tut. Andréas avait écrit à Paulina Valéria, pas à elle. Quelles que soient les nouvelles, elles ne la concernaient pas.

– Puis-je vous demander, demanda poliment Paulina, comment il se fait que vous connaissiez Andréas?

Séléné pensa à son seizième anniversaire, à la cérémonie, à Andréas. Elle se sentit envahie de mélancolie. Aussi occupées que fussent ses journées dans le temple sur l'île, aussi rempli de projets que fût son esprit, au fond de son cœur, il restait toujours cette place vide et intouchable, la place d'un amour non partagé et inassouvi. Et aussi profondément qu'elle dorme chaque nuit, le corps épuisé par une journée de labeur, ses rêves étaient pleins d'Andréas et elle se réveillait toujours avide de ses caresses.

– J'ai connu Andréas il y a bien des années, répondit-elle calmement. A Antioche, en Syrie.

Les sourcils parfaitement dessinés de Paulina se haussèrent.

– Il y a donc longtemps que vous êtes amis.

– Notre amitié a suivi un cours étrange. Nous nous sommes rencontrés et séparés il y a des années. Nous nous sommes retrouvés à Alexandrie, pratiquement par hasard, l'été dernier.

– Je vois. Mais vous êtes jeune. Vous étiez une enfant quand vous avez connu Andréas?

– J'avais seize ans. Il m'a appris comment soigner, comme l'avait fait Méra, la femme qui m'a élevée.

– Alors, dit Paulina avec admiration, vous êtes une *femina medica*.

Devant l'air perplexe de Séléné, elle s'expliqua :

– C'est ainsi que les Latins appellent nos femmes qui exercent des professions médicales. J'en compte quelques-unes parmi mes amies, encore qu'elles soient surtout *obstetrix*, autrement dit sages-femmes. Où avez-vous étudié ?

Séléné lui résuma sa vie, lui parla des années d'apprentissage auprès de Méra alors qu'elle était enfant et du temple d'Isis à Alexandrie. Mais elle passa le reste sous silence, la reine Lasha, Wulf, Rani et la découverte de son ascendance romaine. Et surtout l'aspect intime de ses liens avec Andréas.

Tout en écoutant Séléné, Paulina l'étudiait d'un air pensif. Et lorsqu'elle entreprit de lui raconter la situation épouvantable qu'elle avait découverte sur l'île tibérine, les difficultés extrêmes des prêtres d'Esculape et qu'elle lui expliqua qu'elle croyait que les dieux l'avaient conduite à ce temple avec une intention précise, Paulina se sentit soudain triste. Être mue par une telle ambition, avoir un tel avenir devant soi ! se disait-elle. Autrefois, elle aussi avait connu le feu de l'espoir. Mais sa flamme s'était éteinte depuis des années.

– Je vous envie, avoua-t-elle.

Séléné fut surprise. Comment était-ce possible ? Paulina possédait tout : cette maison splendide, une position sociale exceptionnelle, une multitude d'amis et sa vie était remplie de fêtes joyeuses.

– Je me suis mariée jeune et mon époux et moi avons vécu ensemble une vie pleine, expliqua-t-elle tranquillement, comme si elle avait lu ses pensées. Il est mort l'an dernier et je ne me suis pas encore habituée à ma solitude.

Chaque fois qu'elle prononçait le nom de son mari, Paulina ajoutait : « Que son âme repose en paix », vieille coutume qui visait à empêcher le réveil des morts. Les Romains, Séléné l'avait découvert, étaient très superstitieux. Ainsi, ils croyaient que prononcer le nom d'un mort réveillait son fantôme, mais que le fait d'ajouter la vieille formule magique suffisait à le maintenir dans sa tombe.

– J'aimais le calme de la nuit, continuait Paulina, quand j'étais assise à filer ou à écrire des lettres et que j'étais sûre de la présence proche de mon mari, dans son cabinet de travail. Mais à présent, la nuit m'effraie. Les heures sombres semblent si longues, si semblables à la mort...

– Comment votre époux est-il mort? demanda gentiment Séléné.

– Ce fut très long et très pénible. Le *cancer* l'a rongé peu à peu, dit Paulina en employant le mot latin qui désignait le crabe.

Ce nom avait été donné à la maladie parce que le cancer grossit souvent en prenant la forme d'un crabe et que la grosseur qui le caractérise est aussi dure qu'une carapace.

– Les uns après les autres, les médecins sont venus dans cette maison, mais aucun n'a pu le sauver. A la fin, Valérius a demandé qu'on le délivre. Alors, Andréas l'a fait partir sans douleur...

– Je suis désolée, dit Séléné.

Paulina leva des yeux noyés de larmes.

– A présent, je remplis mes nuits d'amis. Je ne peux supporter la solitude.

– Vous n'avez pas d'enfant?

– Nous en avions un. Elle s'appelait Valéria. Elle est morte il y a cinq ans.

Le chagrin de Paulina était comme une pierre tranchante qu'elle aurait avalée et qui se serait logée derrière son sternum. Elle y restait jour et nuit, comme un rappel, et rien ne pouvait la chasser. Les réceptions, les amis, la musique, les dîners et les torches qui brûlaient pour repousser les ténèbres, les beaux esprits et les poètes grecs, rien ne pouvait déloger cette pierre tranchante dans sa poitrine et la faire tomber dans son estomac où elle savait qu'elle finirait par se dissoudre.

Parce qu'il n'existait rien de comparable à la mort d'un enfant. Sa petite fille de sept ans était restée allongée, sa pauvre tête chauve sur l'oreiller, souriant à ses parents pour les rassurer, pour les consoler alors qu'elle se préparait à affronter l'horrible voyage tout proche et Paulina avait compris que ce n'était pas seulement l'enfant qui était en train de mourir. Elle avait vu la jeune fille que Valéria serait devenue, la femme de vingt ans, la mère qu'elle aurait été. Des visages superposés et transparents lui avaient souri sur cet oreiller et Paulina les avait tous regardés mourir.

Elle essuya une larme et dit :

– Nous avons essayé d'avoir d'autres enfants, Valérius et moi, mais nous n'avons pu. Et je désirais tant en avoir, si fort...

Se tamponnant les yeux avec un mouchoir de lin, elle se tut un instant pour se ressaisir, puis reprit d'une voix plus ferme.

– Alors qu'il agonisait, Valérius m'a fait promettre de me remarier. Mais j'ai quarante ans, Séléné. Je suis trop vieille pour porter un enfant.

– Vous pouvez en adopter.

Paulina secoua la tête.

– Valérius le voulait. Il y avait le fils d'un cousin éloigné. Les parents avaient péri dans les décombres d'un théâtre. Valérius voulait l'élever, mais je n'en avais pas la force. Vous comprenez, ma petite fille venait de mourir. Et je voulais que mon autre enfant vienne d'ici, dit-elle en pressant ses mains contre son ventre.

Dans les craquements du charbon qui se consumait, Séléné songeait aux marées étranges qui gouvernaient la destinée humaine. Elle se rappelait Fatma, il y avait des étés de cela, qui avait d'abord rejeté l'enfant de sa chair. Mais si elle avait pu aider Fatma, que pouvait-elle pour Paulina?

Puis, elle se souvint d'un phénomène étrange qu'elle avait observé en Perse et qui selon Rani n'avait rien d'inhabituel en Orient. Des femmes sans enfant qui prenaient des bébés orphelins contre leur sein avaient des montées de lait.

Alors qu'elle était sur le point de raconter ce miracle incroyable mais authentique, le silence de la nuit fut rompu par des cris dans le couloir et des pas précipités qui se rapprochaient. Et soudain, Ulrika fit irruption dans la pièce.

– Ils m'ont dit que tu étais ici, dit-elle hors d'haleine à sa mère.

– Rika! s'exclama Séléné en se levant d'un bond.

Un homme arriva en courant derrière elle et l'attrapa par le bras.

– Je t'y ai encore prise, gronda-t-il. – Puis voyant sa maîtresse, Paulina, il marmonna, écarlate : – Elle ennuyait les esclaves, M'dame.

– Rika! Je croyais que tu dormais, dit Séléné.

Ulrika rougit à son tour, puis dit avec un air de défi :

– J'avais mis des oreillers sous mes couvertures.

Séléné restait interdite. Se pouvait-il que cet animal sauvage soit sa fille?

– Je l'ai fait souvent, continua Ulrika en dégageant son bras de l'étreinte.

– J'en sais quelque chose, affirma le contremaître.

– Lucas, intervint Paulina en se levant. Qu'est-ce que tout cela signifie?

– Elle s'est liée d'amitié avec un des esclaves, Madame. Elle va le voir à toute heure et ils baragouinent ensemble. Je lui ai déjà dit de rester à l'écart.

Séléné dévisageait sa fille avec stupeur. Son visage semblait gonflé de larmes, mais aucune larme ne coula. Ulrika ne pleurait jamais, s'aperçut-elle tout à coup; en fait, elle n'avait pas pleuré depuis des années, depuis qu'elle était bébé, exception faite de la nuit où Rani était morte et de cet autre bref instant où elles étaient tombées dans les bras l'une de l'autre, à Alexandrie.

– C'est mon ami, protesta-t-elle. Je lui apprends à parler grec.

– Je vous prie de m'excuser de tout cela. Je n'étais au courant de rien, dit Séléné en s'adressant à Paulina.

Paulina se tourna vers Ulrika et lui demanda gentiment quel était ce garçon à qui elle rendait visite. La jeune fille lui lança un regard agressif et garda le silence.

– C'est Eiric, répondit le contremaître. Un des nouveaux de Germanie.

– Pourquoi lui apprends-tu à parler grec? poursuivit Paulina avec douceur.

– Parce qu'il ne comprend personne, lâcha Ulrika, les lèvres tremblantes.

– Il comprend très bien, aboya Lucas. Il est têtu. Il joue les imbéciles. Il faut le taper pour qu'il travaille.

Ulrika fit volte-face.

– Ce n'est pas vrai! Il ne comprend pas. Alors vous le fouettez! Vous le frappez tout le temps et vous le traitez cruellement.

Elle tourna un regard suppliant vers Paulina.

– Ils le frappent pour qu'il comprenne. Ce n'est pas juste.

Séléné continuait à dévisager sa fille. Des larmes commençaient à ruisseler sur ses joues. Des larmes pour un jeune esclave inconnu?

– Est-ce vrai? demanda Paulina au contremaître.

Il sembla se rapetisser devant elle.

– Ce garçon cause plus de problèmes qu'autre chose. Il faudrait s'en débarrasser.

– C'est à moi d'en décider, rétorqua-t-elle sèchement. Je ne veux pas que mes esclaves soient maltraités, Lucas. Je vous avais déjà prévenu.

Elle se tourna vers Ulrika et son regard s'adoucit.

Tu n'as pas à t'inquiéter pour le sort de ce garçon. Il est jeune. Il apprendra notre langue en temps voulu.

Mais il m'apprend aussi. Il m'apprend à parler sa langue à lui.

Et quelle est cette langue, Ulrika?

La jeune fille jeta un regard à sa mère puis répondit tranquillement :

– La langue de mon père.

Séléné porta une main à son front.

– Ulrika, dit-elle d'un ton las, ce que tu as fait n'est pas bien. Paulina Valéria ne veut pas que tu continues à fouiner partout dans sa maison. Il va falloir que tu cesses de...

– Mais Eiric est germain, mère. Il se moque de Jules César. Et moi aussi.

– Je n'y vois aucun mal, dit Paulina avec un sourire, sans remarquer l'air choqué de Séléné. Une fois son travail terminé, tu peux lui rendre visite si tu le veux, et si ta mère t'y autorise. – Puis à Lucas : – Ils peuvent se rencontrer dans le verger mais il faut qu'ils soient chaperonnés. Et pas par vous.

Ulrika dévisagea la Romaine qu'elle avait si longtemps haïe.

– Oh, merci! Je promets que je serai sage dorénavant, lui dit-elle soudain.

– Je dois vous confesser, Séléné, dit Paulina quand elles furent seules à nouveau, que la présence de votre fille me cause un peu de chagrin. La voir me rappelle constamment ma défunte Valéria, paix à son âme.

Séléné éprouvait une autre peine; elle ne pouvait oublier l'expression du visage d'Ulrika quand elle avait renié le sang de son arrière-grand-père.

– Je vais restreindre sa liberté de mouvement dès à présent, dit-elle.

– Mais surtout pas! Je n'affronte pas mes craintes comme je le devrais. Ulrika peut aller où bon lui semble dans cette maison. C'est une enfant charmante.

Elles traversèrent l'*atrium* et pénétrèrent dans le jardin intérieur qui n'avait pour toit que les étoiles froides et dures de l'hiver.

Je ne pourrai jamais assez vous remercier, Séléné, d'avoir sauvé mon ami, dit Paulina en s'enveloppant dans sa *palla*. Au matin, j'enverrai porter une offrande au temple d'Esculape. Et pour vous – ses yeux s'embuèrent d'émotion –, vous et Ulrika pouvez rester chez moi aussi longtemps que vous le voulez sans jamais penser à partir.

Séléné sourit. Un miracle s'était produit cette nuit. Parmi tous les remèdes épuisés de sa pharmacie, il était resté juste assez de digitale pour sauver la vie de Maxime. Esculape avait fini par l'écouter.

56

Aussitôt qu'elle la vit, Séléné sut qu'elle allait mourir.

Installez-la aussi confortablement que possible, dit-elle au frère qui était le gardien de la petite infirmerie de fortune. Il faut que je prie.

Séléné allait prier pour qu'Esculape l'arme de courage et que ses mains ne tremblent pas; elle n'allait pas prier, comme le frère le pensait, pour savoir quelle décision prendre. Car sa décision était déjà prise, dès l'instant où la jeune fille était apparue sur les marches du temple, agonisant d'un enfantement trop long. Il n'y avait aucun doute sur ce qui devait être fait – la loi était claire. Écrite un siècle plus tôt, la *Lex Caesaris* prescrivait qu'au cas où une femme enceinte mourrait, l'enfant vivant devrait être aussitôt retiré de son ventre. Cette pauvre fille, dont elle ne savait pas même le nom, allait mourir, c'était certain, mais le bébé qu'elle portait vivait et il fallait lui donner une chance de lui survivre.

Séléné avait peur. Elle n'avait jamais pratiqué de césarienne.

Péniblement, elle remonta l'allée qui conduisait du petit édifice au temple. Comme les accouchements n'étaient pas autorisés à l'intérieur de la basilique, car ils souilleraient le sol sacré, les frères avaient transporté en toute hâte la jeune fille à demi consciente dans une des maisons de fumigation que Séléné avait transformées en infirmerie. Et c'est là, sous le toit bas, dans le roucoulement des pigeons et sans presque de lumière, que Séléné allait bientôt tenter de sortir le bébé vivant du ventre de sa mère morte.

Hérodas ayant pu louer des bras pour aider à l'entretien de la maison du dieu, l'intérieur du temple était un peu plus propre maintenant mais encore trop surpeuplé et les prêtres et les frères étaient toujours submergés sous le nombre d'esclaves qu'on continuait d'abandonner sur l'île. Il ne s'agissait pas, après tout, du temple d'Isis dont le trésor était riche et dont les sœurs étaient issues de la noblesse; il s'agissait du vieux temple d'Esculape négligé et surchargé et qui ne disposait que de la bonne volonté d'une poignée de frères dévoués mais impuissants.

Les espoirs qui avaient animé Séléné en décembre, quand Junon et Paulina avaient offert de généreuses contributions, ne s'étaient pas matérialisés.

L'argent était une bonne chose, mais, Séléné l'avait appris au cours des mois suivants, il ne servait à rien sans main-d'œuvre. Le temple avait besoin de muscles, de dos puissants et de cœurs déterminés. Malheureusement, l'île était devenue intouchable. Peu d'hommes acceptaient d'y venir pour travailler à le rendre propre, préparer les repas et laver le linge. La peur des malades, la peur du mauvais air qui entourait le temple et la peur des mauvais esprits de la maladie et de la mort les tenaient à distance.

Séléné ne les blâmait pas, leurs peurs étaient justifiées. Mais pourquoi n'avaient-ils tiré aucune leçon de leur propre expérience? Les responsables de la santé à Rome connaissaient tous les bienfaits d'un système sanitaire et de l'hygiène : égouts, tout-à-l'égout, caniveaux, tout cela existait à Rome. Et on avait nettoyé les marécages en bordure du fleuve pour enrayer une malaria endémique. Tout le monde savait que le « mauvais air » latin était provoqué par les émanations fétides des eaux stagnantes. On avait donc drainé puis comblé les marécages avec de la terre et, comme espéré, la malaria avait disparu. Par la même occasion, les Romains s'étaient également débarrassés des moustiques qui infestaient la région.

Alors pourquoi, rageait Séléné en faisant à Esculape un

sacrifice de fleurs printanières, pourquoi ne pouvaient-ils consacrer la même énergie à cette île? Pourquoi ne venaient-ils pas la nettoyer et rendre au temple sa gloire passée?

« Parce que, pensa-t-elle amèrement, on ne peut attendre de compassion d'un peuple qui se délecte de carnages. »

Malgré elle, un souvenir sinistre remonta de sa mémoire, le souvenir d'un jour pendant les dernières fêtes d'Anna Perenna, déesse antique de l'année perpétuellement renouvelée, qui avaient donné lieu à des jeux dans le Grand Cirque.

La ville entière s'y était rendue pour honorer la déesse et Séléné avait décidé de prendre exceptionnellement un jour de congé pour Ulrika et elle-même. Elles s'étaient jointes à la foule qui s'engouffrait sous les arcades du Grand Cirque et s'étaient émerveillées de l'architecture de ce lieu, le plus gigantesque du genre au monde, réputé jusqu'en Perse pour ses courses de chars.

Elles qui n'étaient jamais allées au cirque avaient grimpé jusqu'à leurs places sur les gradins supérieurs en regardant de toutes parts et, assises sous un auvent de toile, bousculées par la foule bruyante, elles s'étaient laissées gagner par l'excitation générale. Elles avaient apporté un panier avec des œufs, du fromage et du pain et aussi une fiasque de vin coupé d'eau. Ulrika avait ri pour la première fois depuis bien longtemps et toutes deux, comme les milliers d'autres spectateurs de l'amphithéâtre comble, s'étaient levées pour mieux voir.

Finalement, il y avait eu une fanfare puis, sous un tonnerre d'acclamations, les dieux et les déesses étaient arrivés dans l'arène, suivis de prêtres, de dignitaires municipaux, d'artistes et, enfin, de l'empereur et de l'impératrice, dont l'apparition avait déchaîné les vivats de la foule. Le spectacle avait commencé par des cavaliers qui, chevauchant debout deux montures à la fois, avaient fait le tour de l'arène au galop. Séléné et Ulrika, émerveillées, avaient ri et applaudi. Ensuite, il y avait eu des acrobates, tous magnifiquement costumés, et des clowns qui couraient dans tous les sens.

Une autre fanfare avait annoncé la deuxième partie des jeux et deux hommes casqués vêtus de pagnes avaient fait leur entrée armés d'épées et de boucliers. La foule s'était mise à hurler. A la frénésie qui s'était emparée de ses voisins, Séléné avait pensé que ces deux hommes devaient être célèbres, bien qu'elle n'eût jamais entendu parler d'eux. Les paris avaient commencé, de l'argent circulait de main en main à travers les gradins et, apparemment, le favori était le plus grand des deux hommes, celui qui, au dire des parieurs, cumulait déjà cent victoires.

Quand le combat s'était engagé, les hurlements avaient redoublé. Les épées s'entrechoquaient, les muscles luisaient. Séléné et Ulrika avaient d'abord regardé avec curiosité puis avec une horreur grandissante.

Les vociférations des spectateurs avaient atteint leur paroxysme quand l'un des gladiateurs, le favori, était tombé à terre et que son adversaire l'avait immédiatement cloué au sol sous son pied. Le vainqueur avait levé les yeux vers la loge impériale où les vestales avaient baissé le pouce. Alors, devant les yeux stupéfaits de Séléné et d'Ulrika, l'homme debout avait enfoncé son épée dans le corps du vaincu à terre. Puis il s'était penché pour lui enlever son casque, découvrant un beau visage et des tresses blondes de Germain.

Séléné et Ulrika étaient restées assises, glacées d'horreur tandis que le vainqueur recevait son prix en or et qu'on débarrassait l'arène du cadavre de son adversaire.

Du haut en bas de l'amphithéâtre, des milliers de gens assoiffés de sang hurlaient et vociféraient en tapant des pieds; des vendeurs arpentaient les gradins avec des souvenirs et des victuailles; les parieurs touchaient leurs gains. Séléné et Ulrika étaient encore hébétées quand le spectacle reprit. Des portes en fer s'étaient levées et une centaine d'êtres misérables, hommes, femmes et enfants, pâles et en loques, étaient sortis dans l'arène en titubant, aveuglés par la lumière. De l'autre côté, d'autres portes en fer s'étaient levées, libérant une bande de tigres affamés. Alors que la foule criait : « Des Juifs! A mort les Juifs! », Séléné avait saisi la main de sa fille et, ensemble, elles avaient quitté le cirque en courant.

Maintenant, elle savait pourquoi personne ne l'aidait pour son île. Comment pouvait-elle espérer trouver de la pitié dans le cœur de ces gens? De gens qui se débarrassaient des malades comme s'il s'était agi d'ordures.

– Aussi longtemps que cette pratique sera tolérée, avait dit Hérodas, nous ne trouverons pas de solution. Car c'est là le cœur du problème : il y a trop de monde sur cette île. Si seulement l'empereur voulait bien écouter.

« L'empereur est un être avide et égoïste », pensait Séléné debout devant la statue d'Esculape.

Trois fois, elle avait demandé audience; trois fois, on la lui avait refusée. Même Paulina n'avait pu faire jouer son influence. A présent que Claude était de retour à Rome, il était trop préoccupé de ses propres plaisirs pour se soucier des problèmes du peuple.

L'empereur était rentré...

« Mais alors, où est Andréas? »

Paulina Valéria s'était renseignée parmi ses amis, au palais impérial, mais personne ne semblait savoir où se trouvait Andréas.

« Je sais où il est, pensait Séléné. Il a trouvé un bateau qui navigue vers un autre horizon... »

Elle secoua la tête. Elle était venue devant Esculape pour qu'il la guide dans la césarienne, pas pour déposer à Ses pieds ses propres malheurs. Elle devait se concentrer sur l'instant présent. Comme l'avait dit Hérodas : « Autant essayer de repousser les vagues de l'océan avec un balai. » Son projet de convertir l'île en asile pour les malades et les blessés de Rome ne s'était pas concrétisé; les gens n'avaient encore nulle part où aller.

« Esculape, murmura-t-elle dans l'encens et les ombres dansantes, père de la médecine, guide mon scalpel. Accorde-moi la sagesse et la force d'amener cet enfant condamné à la lumière. Vénus, dont je suis la fille dévouée, veille sur cette pauvre jeune femme, fasse qu'elle s'en aille sans douleur et donne-moi l'enfant. »

Pour finir, elle en appela à l'esprit du divin Jules César, son aïeul.

Si, en arrivant à Rome, six mois plus tôt, Séléné avait espéré retrouver sa famille sur le Mont Palatin, tous ses espoirs s'étaient évanouis quand elle avait entendu les récits de la traîtrise et de la cupidité de la famille impériale, qui, ainsi que l'en avait avertie Andréas, était cruelle et dangereuse. Tout Rome parlait à voix basse de l'ambition de Messaline de voir son fils Britannicus succéder à Claude sur le trône. L'impératrice était prête à tout pour écarter les obstacles qui se présenteraient et elle l'avait déjà prouvé. On parlait de morts mystérieuses et de la disparition inexplicable de ceux qui, d'une manière ou d'une autre, l'avaient contrariée.

Au fil des jours et des nouvelles rumeurs qui filtraient

de cette colline, la prudence de Séléné s'était accrue. A les voir s'entredévorer comme des loups, il était certain que les Julio-Claudiens n'apprécieraient pas l'apparition soudaine de la seule descendante légitime de Jules César. Pour sa propre sécurité, Séléné avait décidé de rester loin de leurs griffes. En outre, dans l'intérêt d'Ulrika, elle devait se tenir tranquille. Car l'arrière-petite-fille de Jules César était désormais en âge de procréer, de porter un héritier.

L'ultime, la plus respectueuse de ses prières, Séléné l'adresser à la Déesse, Mère de tous les êtres, pour lui confier l'âme de la jeune mourante qui connaîtrait bientôt une fin si tragique. Et comme toujours, elle ajouta une demande spéciale pour la sauvegarde de sa propre mère et de son frère, morts ou vivants, où qu'ils se trouvent.

– Je crois, tante Paulina, que j'aimerais avoir beaucoup d'enfants.

Ulrika était assise dans le jardin ensoleillé à regarder Paulina Valéria cueillir des pivoines et des iris jaunes. Elles y passaient la plupart des après-midi depuis que le printemps faisait éclore des fleurs de mille couleurs. Ulrika s'asseyait sous un grenadier pendant que Paulina, pareille à l'une des gracieuses statues de marbre qui ornaient le jardin, déambulait parmi les haies et les buissons. La jeune fille de treize ans et la femme de quarante ans étaient amies depuis cette nuit de décembre. Paulina avait fini non seulement par tolérer sa présence mais encore par l'apprécier. Quant à Ulrika, elle considérait maintenant Paulina comme une deuxième mère, comme Rani autrefois.

– N'avoir qu'un enfant serait cruel, continuait-elle. Je m'inquiéterais de savoir mon bébé seul. C'est pourquoi j'ai décidé d'en avoir plein, pour qu'ils se tiennent mutuellement compagnie. Ou alors, dit-elle avec sérieux, je n'en aurai aucun.

Se rappelant qu'elle devait cueillir quelques grenades pour Séléné qui utilisait leur écorce dans certaines préparations médicinales, Paulina s'approcha de l'arbre.

– Il te faudra d'abord un époux, dit-elle avec un sourire.

– Oh oui! Mais je le choisirai avec beaucoup d'attention. Il faudra que ce soit quelqu'un de très spécial.

« Comme je connais bien cela », pensa Paulina avec mélancolie. Valérius était spécial quand ils s'étaient connus, il y avait si longtemps. Ah, si elle pouvait être aussi jeune qu'Ulrika et avoir tout cet avenir excitant devant elle. Mais tout était derrière, maintenant. Certes, elle pouvait se remarier, mais ce serait injuste vis-à-vis de cet éventuel époux de lui refuser des enfants.

Elle soupira et regarda le ciel profond et transparent.

« Si je pouvais avoir des enfants, se disait-elle, j'aimerais épouser quelqu'un comme Andréas, peut-être Andréas lui-même... »

– Oui, poursuivait Ulrika, une moue sur sa jolie frimousse. Je ne peux pas épouser n'importe qui. Je suis de sang royal. Mon père était prince.

Paulina baissa les yeux vers la tête fauve. Ulrika l'inquiétait. Cette enfant sauvage au caractère rebelle s'enfermait souvent dans le silence, le regard grave et pensif. Elle était beaucoup trop sérieuse. Et comme elle s'était attachée à ce jeune esclave, Eiric! Et elle saisissait chaque occasion de s'exprimer en germain, parlait sans arrêt de son défunt père! C'était comme si elle était perdue et qu'elle cherchait un endroit où elle se sente chez elle.

– Et puis, bien sûr, continuait-elle, il y a le côté de ma mère aussi. Je suppose que je devrai aussi en tenir compte. Cela ne me plaît pas que Jules César soit mon arrière-grand-père, mais d'autres gens semblent y attacher de l'importance et ce sera peut-être le cas de mon époux.

Un sourire absent aux lèvres, Paulina déposa le fruit rouge et or dans son panier. Puis, alors qu'elle s'apprêtait à en cueillir un autre, elle s'immobilisa, bras levés, et baissa le regard.

– Que disais-tu, Ulrika? A propos de Jules César.

– Qu'il était mon arrière-grand-père, répondit la jeune fille en commençant à peler une grenade qu'elle avait prise dans le panier.

– Pourquoi dis-tu cela?

– Parce que c'est vrai. Son fils était mon grand-père. Il est donc mon arrière-grand-père, c'est logique.

Paulina baissa les bras.

– Son fils?

– C'était un prince, lui aussi. Le prince Césarion. Il était le père de ma mère.

Paulina la dévisagea un instant.

– Ulrika, tu n'es pas en train d'inventer tout cela?

– Oh non. C'est l'*alma mater* qui l'a dit à ma mère, à Alexandrie. Elle lui a expliqué que la reine Cléopâtre était sa grand-mère et que le prince Césarion avait été caché après qu'on avait tué un esclave à sa place. Mais plus tard, des soldats ont fini par le tuer à Palmyre, la nuit où ma mère est née.

– Cela semble difficile à croire, dit Paulina en s'asseyant lentement près d'Ulrika. Ta mère ne m'en a jamais parlé.

– Elle garde le secret, mais elle porte l'anneau de Jules César autour du cou. Il a conquis la Gaule, vous savez, et la Germanie. Je ne veux pas de lui pour arrière-grand-père, mais...

– Ulrika, l'interrompit Paulina en lui prenant la main. Quelqu'un d'autre le sait-il?

– Seulement mère Mercia. Et un homme qui était venu au temple, Andréas.

Paulina scruta ses yeux immenses et sincères, aussi bleus qu'un ciel d'avril, et elle vit qu'Ulrika ne mentait pas.

– Ulrika, écoute-moi. Ta mère a raison. Cela doit rester secret. Tu ne dois jamais en parler, à personne. Promets-le-moi.

Tandis que la jeune fille promettait solennellement, Paulina serra sa main. Si jamais Messaline en avait vent...

« Elle est au seuil de la mort », dit calmement le saint frère.

Il n'était pas indispensable de purifier les instruments chirurgicaux dans le feu, Séléné le savait, car une fois morte, la jeune femme n'aurait plus rien à craindre des mauvais esprits de l'infection. Pourtant, il ne lui semblait pas normal d'entailler sa chair avec des instruments sales, aussi se prépara-t-elle comme pour n'importe quelle autre opération.

Des lampes spéciales, les flammes sacrées de Panacée et d'Hygie, avaient été apportées du saint des saints du temple. Esculape était présent, lui aussi, et sa silhouette bienveillante se détachait dans la pénombre, le caducée à la main. On avait suspendu des herbes sacrées aux portes et aux fenêtres et tracé les signes mystiques d'Isis et de Minerve sur les murs. Les frères en appelaient à toutes les puissances qu'ils connaissaient pour aider Séléné dans sa tâche redoutable.

Les prêtres et les frères d'Esculape croyaient en elle. Contrairement aux prédictions d'Hérodas des mois plus tôt, Séléné ne les avait pas abandonnés. Elle ne s'était pas découragée et n'avait pas baissé les bras. En fait, elle travaillait plus dur que jamais. Malheureusement, son énergie inébranlable ne suffisait pas.

Elle était venue à eux avec des projets merveilleux. Elle voulait séparer le temple en différents secteurs, chacun correspondant à une maladie, comme elle l'avait vu faire dans le *valetudinarium* romain. Elle voulait aussi remplacer les paillasses par de vrais lits, à l'exemple des Perses, et former des aides soignants, à l'instar des Hindous. Elle s'efforçait d'employer l'eau courante et de jeter les déchets et autres détritus au tout-à-l'égout, de conserver à l'abri des bandages propres et de purifier tous les instruments dans les feux sacrés. Mais lorsqu'une centaine de malades et de mourants gisent dans la saleté tout autour du temple, quand les mouches remplissent l'air de leur bourdonnement et que l'odeur épouvantable de l'île atteint la ville et dégoûte les gens de bonne volonté de leur venir en aide, quand il n'y a plus de place pour enterrer les morts trop nombreux, plus de place pour séparer les nourrissons des vieillards moribonds, pour réserver un endroit tranquille à ceux qui en ont besoin, pour que d'autres voient le soleil... Une seule femme et tous ses projets fantastiques sont de peu de secours.

Mais là où Séléné les aidait vraiment, là où elle réussissait parfois, c'était dans des cas comme celui-ci. Cette pauvre fille s'était traînée jusqu'à l'île dans l'espoir qu'Esculape viendrait à son secours et maintenant au moins, Séléné allait donner une chance au bébé. L'île était peut-être un *infernus* de ténèbres, pensait le frère, mais au moins y avait-il une petite lueur qui brillait dans la nuit.

Séléné et le frère s'assirent de part et d'autre de la jeune femme allongée, les yeux fixés sur sa poitrine qui se soulevait et s'abaissait. Au moment même où la mort l'emporterait, Séléné utiliserait son scalpel ; pas avant, car ce serait couper dans la chair d'une femme vivante, pas trop tard, car le bébé mourrait dans le ventre de sa mère.

A l'instant précis où la jeune femme rendit son dernier soupir... le frère posa une main sur la poitrine chaude et prit son pouls.

– C'est fait, dit-il.

Séléné prit le scalpel, pria tous les dieux et les déesses qu'elle connaissait et commença.

57

Séléné savait qu'elle prenait un gros risque.

Elle se rendait compte qu'elle ne connaissait pas suffisamment bien Paulina pour prévoir sa réaction et que leur amitié ne s'était pas développée au point qu'elle puisse se permettre ce qu'elle allait tenter ce soir. Mais elle n'avait pas le choix. Elle ne pouvait laisser le bébé mourir.

En décembre, après que Maxime avait quitté la villa tout à fait rétabli, Paulina avait insisté pour qu'elle emménage avec sa fille dans les chambres des hôtes d'honneur. Situées à l'arrière de la maison, loin de la rue bruyante, elles ouvraient sur le verger à flanc de colline. C'était là que courait Séléné, un paquet serré contre sa poitrine. Un dîner paisible se déroulait dans la salle à manger attenante au jardin. Un philosophe lisait ses derniers écrits. Après le départ des convives, elle inviterait Paulina à la rejoindre dans sa chambre.

« Douce Mère de tous les êtres, priait-elle en passant vite devant la salle à manger sans être vue pour se précipiter vers les escaliers. Fasse que le cœur de Paulina fonde à la vue de ce petit être sans défense. Fasse que jaillisse l'amour maternel qui y est enfoui. »

C'était le pari de Séléné, qu'un seul regard posé sur ce nouveau-né minuscule réveille l'instinct maternel de Paulina, cet instinct qu'elle s'était efforcée d'étouffer depuis cinq années.

Sinon...

Sinon, elle garderait le bébé et l'élèverait comme son fils.

Mais c'était Paulina qui avait besoin d'un enfant, Paulina qui parfois regardait Ulrika avec nostalgie en pensant à sa propre fille disparue, Paulina dont la vie était vide et qui refusait de se remarier faute de pouvoir enfanter. Or, peut-être que d'adopter le bébé l'inciterait à se remarier.

Bien qu'elle eût quarante ans, âge mûr chez les Romains, Paulina était une belle femme, bien née, charmante et débordante d'un amour inassouvi. De telles qualités ne passaient pas inaperçues parmi les célibataires de l'aristocratie romaine et la liste des prétendants qui recherchaient sa compagnie était interminable. Mais, Séléné l'avait remarqué, dès que la relation risquait de devenir plus intime, Paulina prenait ses distances et décourageait toute amitié.

Le bébé transformerait à coup sûr la vie de Paulina, pensa Séléné avec enthousiasme en l'installant au milieu de coussins sur son lit.

Elle resta un instant à le regarder. C'était un adorable petit garçon avec une tête ronde et des cheveux noirs. Et il éclatait de santé. Sa jeune mère s'était certainement bien nourrie pendant sa grossesse. Après coup, Séléné avait remarqué d'autres choses étranges : la qualité de la robe de la jeune femme, la douceur de ses mains et de ses pieds – ce n'était ni une paysanne ni une esclave, peut-être même était-elle de haut rang. Pourquoi n'avait-elle pas accouché chez elle?

Le dernier des invités parti, elle envoya un esclave demander à Paulina de monter. Et lorsque, un moment plus tard, Paulina apparut vêtue d'une de ses plus élégantes *stolae,* les joues encore enflammées du bonheur de sa soirée réussie, elle l'invita à s'asseoir et entreprit de lui raconter l'histoire de la jeune inconnue et sa césarienne.

En terminant, elle s'éloigna de Paulina, qui se demandait, intriguée, pourquoi elle lui racontait cela, et prit dans ses bras le paquet endormi.

– J'ai rapporté le bébé à la maison, annonça-t-elle en se retournant. Je l'ai gardé.

Paulina ne dit rien. Elle continuait de fixer le visage de Séléné, comme si elle refusait de voir ce qu'elle portait dans ses bras.

Il est si beau, si parfaitement formé, si robuste. Je ne pouvais le laisser mourir, poursuivit-elle en se penchant devant Paulina et en écartant la couverture pour qu'elle voie le petit visage. N'est-il pas superbe?

Paulina le regarda et acquiesça d'un oui sec.

– Tenez, dit Séléné en le lui tendant.

Mais Paulina ne bougea pas.

– Il vous faudra une nourrice pour l'allaiter. Je vais vous en trouver une.

– Le bébé n'est pas pour moi, Paulina, répondit-elle lentement. Je l'ai ramené pour vous.

– Quoi? Que dites-vous?

– Prenez-le dans vos bras et...

Paulina se leva d'un bond.

– Vous avez perdu la raison!

– Prenez-le, Paulina. Tenez-le dans vos bras.

– Êtes-vous devenue folle? Vous pensiez vraiment que j'allais le prendre?

– Il a besoin d'un foyer.

– Pas du mien! s'exclama Paulina en s'éloignant de quelques pas, puis faisant volte-face. Je n'aurais jamais cru cela de vous, Séléné. Que vous vous attendiez à me voir accepter ce... ce...

– Cet enfant sans toit! Regardez-le, Paulina. Ce n'est qu'un bébé!

– Un bébé des caniveaux. Un bébé dont personne d'autre ne voulait.

– Moi, je le voulais.

– Alors, gardez-le.

– Mais, Paulina....

– Pourquoi me faites-vous cela, Séléné? commença Paulina en tremblant. Comment pouvez-vous vous montrer aussi cruelle?

– Je ne pouvais l'abandonner, Paulina.

– Pourquoi pas? Rome est jonchée de bébés abandonnés. Pourquoi vous inquiéteriez-vous pour celui-ci?

C'était vrai, pourquoi aurait-elle dû s'en inquiéter alors qu'elle en voyait tant livrés aux éléments, des bébés, garçons ou filles, des infirmes, des bâtards.

– Parce que je lui ai donné la vie, répondit-elle doucement. Je l'ai fait naître.

– Eh bien, gardez-le. Vous serez sa mère.

– Mais pourquoi ne pouvez-vous le prendre, Paulina? Expliquez-moi, que je puisse comprendre.

– Je vous l'ai déjà dit. Je ne veux pas d'un enfant qu'une autre a rejeté.

– Elle ne l'a pas rejeté, Paulina. Elle est morte.

– Je veux que mon enfant sorte de là, dit-elle en serrant ses bras contre son corps.

– Mais aucun ne peut en sortir.

– Alors, je n'en aurai aucun, dit-elle en tournant les talons.

– Paulina, écoutez-moi! Vous pouvez le nourrir vous-même. Vous pouvez le tenir contre votre sein et lui donner la vie. N'est-ce pas presque la même chose que s'il sortait de votre propre chair?

– A présent, je sais que vous êtes folle, répondit Paulina en abaissant le loquet de la porte.

– Paulina, écoutez-moi! Laissez-moi vous raconter ce que j'ai vu en Orient. Des femmes qui n'avaient pas enfanté donnaient le sein à des nouveau-nés. C'est possible, Paulina.

– Me prenez-vous pour une idiote?

Séléné attrapa Paulina par le bras. Le bébé, au creux de son autre bras, dormait entre les deux femmes.

– C'est vrai. Je l'ai vu de mes propres yeux. Quand un bébé tète un sein, le lait finit par monter. Je l'ai vu, Paulina.

Paulina hésita un instant; son regard vacilla. Puis elle dégagea son bras et sortit.

Ulrika, les mains sur les hanches, détaillait le bébé en se demandant pourquoi on en faisait tant d'histoires. Sa mère disait qu'il était superbe. Elle le trouvait plutôt drôle. Et tellement inutile.

Elle soupira et s'éloigna du lit. La nuit d'avril était emplie de parfums délicieux, comme si toutes les fleurs du monde poussaient dans le jardin de Paulina. Elle alla sur le balcon pour regarder le verger sombre qui grimpait le long de la colline. L'air était chaud et envoûtant.

En décembre dernier, après que Maxime avait eu son attaque, Paulina avait décidé de vendre le médecin grec qui s'était absenté au moment où l'on avait besoin de lui.

Elle avait demandé à Séléné d'occuper sa place et de la soigner ainsi que ses nombreux esclaves. Séléné venait de se rendre au logement des esclaves pour soigner une fièvre, laissant à Ulrika la garde du bébé. Cela ne la dérangeait pas. Après tout, il était orphelin. Mais il n'y avait rien à faire. Il dormait tout le temps et elle était si agitée.

– Ton petit frère, avait annoncé Séléné.

Ulrika ne savait trop comment réagir. Sa mère semblait triste en le regardant. Alors pourquoi l'avait-elle ramené à la maison? Et il n'avait pas encore de nom. Comment diable allaient-elles l'appeler?

Un bruit dans le verger la tira de ses pensées. C'était un bruit familier, un sifflet. Cela voulait dire qu'Eiric était libre et l'attendait.

Eiric. Le cœur d'Ulrika battit plus fort.

Elle regarda vers le lit. Le bébé dormait toujours.

Elle regarda vers le verger. Elle vit un bras qui lui faisait signe.

Se mordant la lèvre, elle eut un bref moment d'indécision puis finit par répondre au signe d'Eiric et se précipita pour le rejoindre. Il était évident que le bébé dormirait encore des heures. On ne remarquerait même pas son absence.

– Mais faites quelque chose! aboya Paulina dans un rare accès de colère. Trouvez quelqu'un qui le calme.

Il y avait presque une heure que le bébé pleurait; son vagissement résonnait dans toute la maison et jusqu'ici, aucune des esclaves que Paulina avait envoyées n'avait réussi à le calmer.

Elle arpentait sa chambre en pensant avec rage que c'était une des ruses de Séléné pour l'amener à accepter ce bébé. Mais elle ne se laisserait pas duper.

Où est-elle? demanda-t-elle quand l'esclave revint.

– Il y a une fièvre chez les esclaves, répondit l'esclave métisse. Maîtresse Séléné dit qu'elle ne peut pas venir. Elle dit que sa fille est avec le bébé. Elle dit qu'il y a du lait sucré pour le bébé.

– Et est-ce que sa fille est bien avec le bébé?

L'esclave secoua la tête d'un air apeuré. Elle n'avait jamais vu sa maîtresse aussi fâchée.

Pour finir, Paulina attrapa sa *palla,* la jeta sur ses épaules et sortit en trombe de la pièce.

Dans la chambre de Séléné, elle trouva quatre femmes en train d'essayer de calmer le bébé qui hurlait. Elles se le passaient, le berçaient, le faisaient sauter, agitaient des objets sous son nez.

– Sortez, ordonna-t-elle.

Aussitôt, elles le reposèrent entre les coussins et quittèrent en toute hâte la pièce, soulagées.

Les mains tremblantes, Paulina se bouchait les oreilles. De ses pleurs stridents insupportables, l'enfant réclamait éperdument de l'attention. Valéria le faisait déjà alors qu'elle n'avait que quelques jours...

Elle se dirigea d'un pas raide vers le lit et le regarda. Ses pieds et ses mains minuscules battaient l'air; son visage fripé de colère était écarlate. Paulina ne put réprimer un frisson. Elle savait qu'il lui suffisait de faire le premier pas et que le reste suivrait.

Elle regarda autour d'elle. Le biberon, une fiole à laquelle Séléné avait ajouté une tétine en tissu lâche, était sur la table. A en juger par l'état de cette tétine, les esclaves avaient dû essayer de le faire boire, sans succès.

– Des incapables, marmonna-t-elle en prenant le biberon.

Puis elle se dit qu'il lui fallait quelque chose de plus solide, quelque chose à quoi la petite bouche puisse s'accrocher.

Les pleurs aigus commençaient à lui faire mal aux oreilles. Elle retourna près du lit et regarda l'enfant avec un mélange de pitié et de ressentiment. Séléné aurait dû le laisser mourir. C'était ce que n'importe qui d'autre aurait fait. Pratiquer cette césarienne avait été une bêtise. Elle secoua la tête. Il arrivait à Séléné de se montrer parfaitement irréfléchie. Elle semblait ne jamais songer aux conséquences de ses choix.

– Allons, allons, s'entendit-elle dire.

Et ses bras, presque contre sa volonté, se tendirent vers le bébé.

Elle le regarda bien cette fois, avec surprise. Il était si petit. Elle avait oublié combien les nouveau-nés étaient petits.

– Allons, allons, répéta-t-elle en le prenant.

Il s'arrêta de pleurer.

– Eh bien, dit-elle en commençant à marcher à travers la pièce, émerveillée de le sentir contre elle, de cette chaleur qui traversait la couverture, des creux et des pleins que formaient ses os fragiles et sa chair, de ce visage encore plissé de sa récente venue au monde. Et ses yeux, ces petites billes rondes qui ne voyaient pas encore.

Cela lui rappelait...

Des souvenirs et des sensations depuis longtemps oubliés surgissaient.

– On n'aurait pas dû te laisser seul, murmura-t-elle. Où Séléné avait-elle la tête de te confier à cette écervelée d'Ulrika ?

Elle prit le biberon et alla s'asseoir sur une chaise. Mais comme elle l'avait pensé, la tétine ne valait rien. Alors elle l'enleva, plongea son petit doigt dans le lait sucré puis le porta à la bouche du bébé, qui aussitôt le téta. Elle répéta ce geste encore et encore.

– Nous allons devoir trouver quelque chose de mieux, dit-elle en le berçant.

Mais pour l'instant, cela le calmait. Pourtant, il lui faudrait une nourriture plus consistante, autre chose qu'un simple biberon.

« Je dirai à Séléné de prendre une nourrice pour l'allaiter », se dit-elle, absente, en continuant à le bercer et à aller de la fiole à sa bouche.

S'adossant à la chaise, elle sentit une chaleur familière l'envahir, une douce indolence qu'elle n'avait ressentie que peu de fois dans sa vie. Elle fredonna une vieille mélodie que Valéria avait aimée.

Le bébé rejeta la tête de côté et se remit à crier.

– Allons, allons, dit doucement Paulina.

Et elle dégrafa une épaule de sa robe. D'instinct, la petite tête se tourna et commença à chercher.

A l'instant où les lèvres du bébé se refermaient sur son mamelon, Paulina sentit la pierre tranchante du chagrin qui s'était logée derrière son sternum, il y avait bientôt six ans. Elle la sentit se dissoudre peu à peu, comme elle avait su qu'un jour elle le ferait.

– Tu t'appelleras Valérius, dit-elle. Et tu seras un petit homme noble...

58

La direction de l'Empire romain reposait sur un curieux paradoxe. Bien que la famille impériale régnât en maître absolu, sans compte à rendre à personne, elle n'en devait pas moins obtenir préalablement l'approbation populaire. Le peuple de Rome, que les intrigues de palais et les conspirations constantes n'intéressaient guère, laissait volontiers aux Julio-Claudiens le contrôle du monde, pour autant qu'ils continuent à lui assurer du pain et des jeux.

D'où les Fêtes du Fleuve de cet après-midi qui célébraient le dieu Tibre, pourvoyeur d'eau et de vie à Rome. Ce devait être le spectacle le plus grandiose des sept années de règne de Claude et la population entière s'était rassemblée pour y assister.

Les berges étaient noires de monde. On avait construit des tribunes provisoires pour les dignitaires et les favoris de la famille impériale. Quant aux Romains les plus illustres, les Metelli, les Lepidi, les Antonii, ils étaient installés près de la tribune impériale même, tout au bord de l'eau. C'était là qu'étaient assises Paulina Valéria et Séléné, aussi nerveuses que les milliers de personnes qui, à perte de vue, se pressaient le long du fleuve, impatientes de voir commencer la procession des dieux.

Comme tout un chacun en cette fin d'après-midi d'octobre, Séléné et Paulina, servies par des esclaves, mangeaient. Leur panier comprenait une volaille rôtie, des galettes de maïs, des olives et du fromage ainsi qu'une fiasque de vin frais. Séléné était heureuse d'avoir pu venir. L'été, avec son lot de chaleur et de fièvres terribles, avait causé des ravages sur l'île. Le taux de mortalité avait considérablement augmenté et davantage encore d'esclaves avaient été abandonnés sur les marches du temple. Les contributions financières de Paulina étaient de peu de secours. Et les efforts de Séléné pour obtenir une audience auprès de l'empereur étaient restés vains. Si bien qu'elle commençait à se demander si Hérodas n'avait pas raison, si Esculape n'avait pas fini par abandonner sa propre maison.

Elle avait été surprise que Paulina accepte l'invitation de l'empereur. Au cours des six derniers mois, elle avait passé tant d'heures à s'occuper de Valérius qu'elle avait cessé toute vie mondaine. Mais elle lui avait expliqué pourquoi elle avait accepté : Andréas serait peut-être présent aux festivités.

Six mois plus tôt, après que Séléné avait ramené le bébé à la villa, Paulina lui avait fait une confidence : « Je ne voulais pas me remarier parce que je trouvais injuste de refuser à un homme d'avoir un héritier. Mais aujourd'hui, j'ai un bébé, un fils à donner à un époux. A présent, je veux me remarier, Séléné. Et je vais vous confier un secret : j'ai toujours beaucoup aimé Andréas. »

Andréas et Valérius, son défunt mari, avaient toujours été très amis depuis que le médecin était venu à Rome pour devenir l'un des médecins personnels de Caligula à la cour. Paulina avait passé de nombreuses soirées avec les deux hommes, s'était rendue au bord de la mer avec eux, avait assisté à des réceptions et à des jeux. Ils s'aimaient beaucoup, Andréas et elle, et étaient bien assortis. Il n'avait jamais été marié certes, mais à quarante-huit ans et sans héritier, il voudrait fonder une famille, du moins l'espérait-elle.

– J'ai attendu un an depuis la mort de mon époux, ainsi que le requiert la loi, avait encore dit Paulina. A présent que je suis libre de me remarier, qui conviendrait mieux qu'Andréas ?

Qui, en effet, se demandait Séléné en observant les allées et venues sur la tribune impériale. La famille était arrivée, mais quelques sièges restaient inoccupés. Le bateau d'Andréas devait toucher Ostie ces jours derniers. Serait-il là aujourd'hui ?

Le bébé commença à bouger et à s'agiter dans les bras de Paulina qui, aussitôt, dégrafa sa robe pour lui donner le sein sous le voile pudique de sa *palla*.

Séléné ne manquait jamais de s'émerveiller devant la magie et le pouvoir du sein maternel. Fatma la Bédouine avait rejeté son bébé jusqu'à ce qu'on le lui ait attaché une nuit entière sur la poitrine. Et Paulina, comme les femmes que Séléné avait vues en Orient, après quelques jours d'allaitement alterné entre elle et une nourrice, avait fini par avoir du lait. Elle était maintenant autant attachée à ce bambin que si elle l'avait vraiment porté.

Son lait était pauvre et insuffisant, mais allaiter Valérius servait davantage à tisser avec lui des liens d'amour qu'à le nourrir.

Elle avait inventé une histoire pour expliquer son adoption : le petit Valérius, fils d'un cousin éloigné héritier de très vieille et noble famille, avait perdu ses parents lors d'une épidémie. Il lui avait fallu payer très cher pour obtenir de faux papiers, mais à présent, l'enfant était légalement déclaré et portait le patronyme fier et aristocratique de Valérius.

Séléné offrit son visage à la brise du Tibre qui charriait des myriades d'odeurs, des feux de camps sur lesquels les Romains cuisaient des aliments jusqu'aux parfums entêtants des dames de la noblesse qui l'entouraient. Paulina, en arrivant, les lui avait présentées. Il s'agissait de Cornélia Scipionis, descendante de Scipion l'Africain, et de Marcia Tullia, arrière-petite-fille de Cicéron.

– Séléné, avait répété lentement Cornélia. Quel nom insolite. A quelle famille appartenez-vous?

– Séléné est *therapeutès*, s'était empressée de répondre Paulina. Elle a étudié à Alexandrie. Vous avez entendu parler de l'attaque de Maxime, en décembre dernier?

– Bien évidemment!

– C'est Séléné qui lui a sauvé la vie. Elle vit chez moi, à présent. J'ai vendu mon médecin et Séléné l'a remplacé.

– Ces Grecs! avait déclaré Marcia. A mon avis, leur réputation est tout à fait surfaite. Les esclaves ne sont plus ce qu'ils étaient.

Puis elle s'était penchée pour chuchoter quelque chose à l'oreille de Paulina, que Séléné avait entendu répondre calmement que non, elle n'était pas son esclave, mais une citoyenne romaine née libre.

Séléné avait fini par accepter le fait qu'à Rome le patronyme passait avant tout. L'ascendance importait davantage que la personnalité, les aïeux davantage que l'œuvre personnelle. Les patriciens, assis là à manger en attendant que les festivités commencent, descendaient des familles fondatrices de Rome, et ils défendaient férocement cette hérédité.

– Il joue de malchance, était en train de dire à son voisin l'époux de Cornélia. Néanmoins, c'est un Agrippa. Nous ne pouvions donc pas le laisser vendre sa maison à un Syrien! Oh, l'acheteur a de l'argent, mais aucune famille...

Derrière Séléné, deux femmes parlaient.
– Et bien sûr, quand elle a découvert qu'il avait menti, qu'il n'avait pas une goutte de sang des Gracchus, elle n'avait pas d'autre choix que de divorcer. Encore que le coup ait été rude pour elle. Elle assure qu'elle l'aimait.
Le rire de Marcia la fit se retourner.
– Un acteur! s'exclamait la femme du monde. Quelle idiote de s'amouracher d'un acteur! Elle peut s'estimer heureuse que son père l'ait seulement exilée.
– On aurait dû les mettre à mort tous les deux. Son père en avait le droit, ajouta sévèrement Cornélia.
Devant l'air perplexe de Séléné, Paulina se pencha et lui expliqua.
– La loi interdit aux descendants de sénateurs, même à leurs arrière-petits-fils et arrière-petites-filles, d'épouser des acteurs ou quiconque dont le père ou la mère aurait exercé cette profession.
Elle retira Valérius de son sein, agrafa discrètement sa robe et tendit le bébé à une esclave. Comme elle rajustait sa *palla,* regardant par-dessus l'épaule de Séléné, elle vit arriver Andréas.
– Ah! Voici Andréas! annonça-t-elle.
Sa toge blanche et ses cheveux argentés éclairés par le soleil couchant, il se frayait un chemin dans la foule pour arriver jusqu'à elles. Il était constamment arrêté par des gens qui lui agrippaient les mains et lui disaient leur joie de le revoir à Rome, ce qui donna à Séléné le temps de se dominer, de contrôler les battements de son cœur.
Il lui fallut une éternité pour arriver jusqu'à elle. Leurs regards se croisèrent bien avant qu'il approche et ils se fixèrent tout le temps qu'il avança, si élégamment vêtu, si distingué et raffiné, pareil à l'Andréas d'Antioche, à celui de ses souvenirs, de son cœur.
– Bonjour, Séléné, dit-il.
Elle leva les yeux vers son visage souriant.
– Bonjour, Andréas.
– Eh bien! l'apostropha l'époux de Cornélia en se levant. Enfin de retour à Rome?
Les deux hommes se serrèrent la main.
– Comment était-ce, en Espagne? demanda Marcia Tulla. Affreux à cette époque de l'année, à ce qu'on dit.
Séléné détourna les yeux. En Espagne. Il était allé en Espagne.

– Dans quel trou perdu vous conduira votre prochaine mission, Andréas? demanda Paulina.

Il marcha jusqu'à elle et prit ses mains dans les siennes.

– Vous êtes en beauté, Paulina, dit-il chaleureusement. Comment allez-vous?

Séléné nota le ton de préoccupation de sa voix et son regard scrutateur tandis qu'elle répondait.

– Je vais bien, Andréas. Merci pour vos lettres.

– J'ai appris que vous aviez un fils.

– Il pourrait être le fils de Valérius, il lui ressemble tant.

– Êtes-vous à Rome pour longtemps? demanda Marcia Tulla.

– En effet, commença-t-il, lâchant les mains de Paulina et se tournant pour regarder Séléné. Je suis ici pour de bon.

Il se tut et s'approcha d'elle en souriant.

– Et vous, Séléné, comment vous débrouillez-vous?

– Je vous remercie de m'avoir envoyée chez Paulina, dit-elle. Cette année aurait été bien difficile sans son aimable hospitalité. Ma fille et moi allons bien.

Une ombre passa sur le visage d'Andréas, mais il sourit aussitôt.

– Quand êtes-vous arrivé à Rome? demanda Paulina.

– Mon bateau n'est entré au port que ce matin, commença-t-il.

Mais quelqu'un d'autre l'interpella, lui serra la main et l'entraîna plus loin.

Séléné fixa les eaux du fleuve. La brise se leva, la faisant frissonner. Quand elle regarda par-dessus son épaule, elle vit Andréas de plus en plus entouré, au centre de toute l'attention. Malgré elle, elle fut surprise de le voir prendre place sur la tribune impériale, à la droite de l'empereur.

Elle observa la famille impériale. De cette distance, Claude ne lui sembla pas aussi répugnant que ses détracteurs voulaient le faire croire. Il boitait et avait des tics, mais il n'était pas affreusement laid et ne paraissait pas particulièrement mauvais. Puis elle remarqua que le divan à côté du sien était inoccupé. Où était l'impératrice?

Le son des trompettes reporta l'attention générale sur le

fleuve. De loin en aval leur parvenait un grondement, celui de la foule qui accueillait la procession des dieux.

Un roulement de tambour régulier approchait dans le lointain. La foule se tut. Tous les yeux se fixèrent sur le coude du fleuve. Après un moment, la proue d'une barge majestueuse apparut. Le tambour était celui du *hortator* qui donnait la cadence aux rameurs sous les ponts. Alors que la barge passait le coude du fleuve, un millier d'archers habilement disséminés dans la foule décochèrent leurs flèches ornées de pennons et de flammes multicolores, striant un court instant le ciel du soir qui tombait d'une multitude d'arcs-en-ciel. La foule poussa de grands cris.

Sur la barge majestueuse se dressait le dieu Tibre, incarné par un acteur à la longue chevelure et à la longue barbe. Dans une main, il tenait un aviron, symbole des marins qui naviguaient sur ses eaux, et dans l'autre, une corne d'abondance, symbole de sa fertilité. Il était debout au milieu de vagues que simulaient des baquets d'eau jetés de temps en temps à travers le pont. Tibre était entouré de nymphes nues qui lançaient de grandes poignées de nourriture aux spectateurs massés sur les berges, déchaînant leur folie et une bousculade qui précipita les premiers rangs dans l'eau.

Ensuite vint une barge plus petite. Elle ne portait que la louve encagée qui se trouvait d'ordinaire sur le Capitole, symbole de la fondation de Rome. Deux bambins étaient avec elle dans la cage, figurant Rémus et Romulus, mais au lieu de téter la louve comme ils l'auraient dû, l'un hurlait assis et l'autre était couché, indifférent. Il était visible qu'on avait drogué la louve pour empêcher qu'elle n'attaque les bambins, parce que chaque fois qu'elle tentait de se redresser, elle trébuchait et retombait. Ce n'était pas l'effet recherché, mais la foule n'en vociférait pas moins sa joie.

Les trompettes retentirent à nouveau et un très étrange bateau apparut au coude du fleuve. Il était recouvert d'une montagne de pierres au sommet de laquelle se tenait un homme nu, flanqué d'une énorme paire d'ailes qu'on lui avait attachées dans le dos. La foule le reconnut instantanément.

– Icare! cria-t-elle. C'est Icare!

L'homme qui, de toute évidence, n'était pas un volontaire mais un esclave désigné pour ce rôle, tremblait sur son promontoire, effrayé à l'idée de regarder en bas.

– Vole, Icare! hurlait la foule. Vole! Vole!

Il avait sûrement reçu l'ordre de sauter quand la barge arriverait à hauteur de la tribune impériale, mais il était trop terrifié pour bouger. Alors, le barreur de la barge, caché derrière la montagne de pierres, se glissa vers lui et le poussa. Icare plongea dans le fleuve et coula, entraîné par ses ailes monstrueuses. La foule hurlait de plaisir.

Séléné détourna le regard. Les gens avec qui elle était assise n'étaient pas aussi indisciplinés que la foule; eux hochaient la tête en signe d'appréciation tout en continuant à manger et à converser.

Regardant à nouveau par-dessus son épaule, elle vit qu'Andréas la regardait.

Le navire suivant, magnifique, était conçu d'un œil d'artiste. Une forêt artificielle poussait sur le pont. Il y avait des arbres, des buissons et même une chute d'eau. Au centre de ce paradis sylvestre se tenait un cheval blanc solitaire qui broutait paisiblement. Comme Icare, il portait attachées à son dos une paire d'ailes immenses déployées dans lesquelles s'accrochaient les teintes cuivrées du soleil couchant.

Pégase passa sereinement devant une foule silencieuse, car devant une scène si simple et si pure, tout le monde s'était tu.

Mais le tumulte reprit à l'apparition d'une autre barge qui portait deux jeunes gens éblouissants grimpés sur des chariots d'or et d'argent. Il s'agissait de Séléné, déesse de la lune, et de son frère Hélios, le soleil, qui conduisait un char flamboyant et dont la tête était ceinte d'éclairs de feu. Représentant la lumière céleste de l'astre, Séléné était une vision aveuglante d'argent. Sa robe était argentée et ses bras saupoudrés de poussière d'argent.

Quand ils arrivèrent à hauteur de la tribune impériale, le soleil et la lune s'inclinèrent devant Claude. Rome entière les acclama.

– Plutôt original, commenta Cornélia Scipionis. Force est de le lui rendre, ce vieux démon s'est nettement surpassé.

– Claude s'est gagné le peuple pour une année supplémentaire, ajouta Marcia Tulla.

La barge suivante portait Laocoon, le malheureux prêtre qui avait rompu ses vœux de célibat puis amené la chute de Troie. Le Laocoon du mythe avait péri étranglé par deux énormes serpents; celui-ci, un esclave assis seul sur une petite embarcation que halait un canot, était aux prises avec un python géant qui n'allait plus tarder à le tuer.

Les acclamations qui s'élevaient en aval du fleuve avertirent ceux qui entouraient la tribune impériale de l'arrivée d'un navire particulièrement impressionnant et bientôt, un tableau extraordinaire surgit du coude du fleuve.

Deux acteurs s'y tenaient aussi immobiles que des statues. La fille, très jolie, avec de longs cheveux qui couvraient son corps dénudé, avait les bras levés et une jambe légèrement tendue en arrière, comme si elle avait été en train de courir. Le jeune homme qui la « poursuivait », lui aussi très beau et nu, tendait les bras comme pour l'enlacer. Ce qui ravissait la foule, c'était l'illusion parfaite de la voir se transformer lentement en arbre. Des feuilles poussaient de ses doigts, ses bras se recouvraient d'écorce, des branches de laurier émergeaient de sa chevelure. La foule l'avait reconnue, c'était Daphné qui changeait d'apparence pour échapper au désir d'Apollon.

Séléné regarda à nouveau en direction d'Andréas et leurs regards se croisèrent. Se souvenait-il lui aussi de leur journée à la Grotte de Daphné, il y avait si longtemps?

D'autres bateaux et d'autres barges passèrent encore, chargés de dieux et de déesses, de héros et d'héroïnes de mythes, de personnages historiques, tous plus fantastiques que les précédents, avec des dispositifs ingénieux, comme ce volcan crachant des flammes et le chariot tiré par des cygnes s'envolant de terre.

La nuit remplaça le jour et des milliers de torches s'allumèrent le long du Tibre, réfléchies par la surface des eaux. On entendait les flûtes et les harpes par-dessus le grondement de la foule en liesse. Du pain et des saucisses étaient distribués gratuitement ainsi que des billets pour les courses de chars du lendemain. Dans la nuit qui fraîchissait, les spectateurs s'échauffaient et hurlaient le nom de l'empereur au passage de chaque embarcation. Ils étaient ivres, heureux et ils l'aimaient. Aujourd'hui du moins.

Séléné regardait souvent du côté d'Andréas. Il regardait souvent de son côté et leurs yeux se croisaient, parfois longuement, mais à plusieurs reprises, elle le surprit en conversation avec Agrippine, la très belle nièce de Claude, avec qui il riait.

Enfin, à un signal, la foule se tut. On n'entendit plus un bruit le long du Tibre, hormis le craquement des torches et le clapotement de l'eau sur les rives.

Une barge imposante, la plus grande jusque-là, les flancs couleur or et une centaine d'avirons dorés se levant et plongeant à l'unisson dans les eaux, franchit lentement le coude du fleuve. Elle étincelait à la lueur des torches, et son éclat se reflétait dans les eaux du fleuve qu'il transformait en coulées d'or liquide. Tous les yeux la regardaient glisser sur le Tibre; le vent nocturne fouettait les chevelures et les toges, faisait claquer les drapeaux et les pennons. Personne ne bougeait. Le silence était total.

La barge était divisée en deux scènes différentes mais qui se rejoignaient au centre grâce à une métamorphose ingénieuse. L'avant de la barge devait créer l'illusion de la mer, avec des rochers, des vagues et des dauphins cambrés. Un magnifique coquillage blanc sortait de la mer encadré de deux petits garçons. Le coquillage était deux fois plus haut qu'eux. A mesure que la barge avançait, les gens identifiaient les deux garçonnets. Il s'agissait de Britannicus, le fils de sept ans de Claude, et de Néron, le fils de onze ans d'Agrippine.

La seconde moitié de la barge, tout le monde le découvrit peu à peu, représentait une forêt spectaculaire où abondaient roses et myrtes, cygnes et colombes. La barge avançait silencieusement et à mesure qu'elle approchait de la tribune impériale, la foule s'agitait nerveusement. Jusqu'ici, en dehors des deux garçonnets vêtus de pagnes et de petites ailes, aucun acteur n'était apparu.

Mystère silencieux, retenu par des ancres invisibles, le navire s'immobilisa dans la lueur des torches.

Tandis que la foule commençait à murmurer et à chuchoter, se demandant si quelque chose était arrivé, les deux garçons s'éloignèrent du coquillage pour gagner la proue. La foule se tut à nouveau. Un nouveau bruit monta dans la nuit froide, un craquement lointain, pareil à des rouages et des roues qu'on actionnerait. Le coquillage géant était en train de s'ouvrir.

Une moitié du coquillage s'abaissait lentement, comme un pont-levis, et la foule tout d'un coup se déchaîna. Deux cent mille gorges hurlèrent de joie en voyant apparaître Vénus, la déesse préférée de Rome.

Une très belle jeune femme au teint de lune, à la chevelure or tombant en cascade sur ses seins nus, posait théâtralement sur cette mer artificielle, la sérénité de son visage encore accentuée par la lueur des torches. Elle était à couper le souffle.

– C'est Messaline, murmuraient les gens. C'est l'impératrice!

Fascinée, Séléné dévisageait l'impératrice de vingt-deux ans. Elle savait que Messaline avait épousé Claude à quatorze ans, alors que lui en avait quarante-huit, et qu'elle était issue de vieilles et grandes familles, les Domitii et les Messalae. On la disait lascive et cruelle mais ce n'était, à sa connaissance, que bruits et rumeurs.

– C'est la vérité, je le tiens de source sûre, disait quelqu'un près d'elle. La nuit, Messaline met une perruque blonde et va se donner gratuitement dans le bordel le plus malfamé des quais. Il paraît qu'elle est insatiable.

Séléné regarda la superbe impératrice dont on disait qu'elle tuait ses amants d'une nuit. Tout Rome savait qu'elle avait par jalousie fait mettre à mort plusieurs femmes de l'aristocratie. Se rappelant qu'elle était l'arrière-petite-fille d'Octavie, la petite-nièce de Jules César, Séléné comprit tout à coup qu'elles étaient parentes.

Quand elle estima que tout le monde avait eu le temps d'apprécier la naissance majestueuse de la déesse, Messaline descendit de son piédestal et commença à jouer une pantomime. D'un endroit sous le pont monta le son d'une flûte qui donna le signal de l'accompagnement musical du mythe. Un jeune homme surgit de la partie boisée de la barge et, aussitôt, la foule l'identifia. C'était Silius, le plus bel homme de Rome, le plus ambitieux aussi, mais surtout l'amant de Messaline.

Tandis que, de son côté de la barge, Adonis mimait l'insouciance et l'ignorance du drame qui allait survenir, Vénus jouait avec ses deux fils, Éros et Antéros. Lorsque Éros, son jeune fils Britannicus, fit apparaître un petit arc et une flèche, tout le monde sut ce qui allait se passer. Les Romains aimaient particulièrement ce mythe qui racontait comment la déesse, le sein accidentellement percé par une flèche de Cupidon, avait posé un regard sur Adonis avant que la blessure ait eu le temps de cicatriser. La foule savait comment se terminait l'histoire : Adonis mourait éventré par un sanglier fou et de son sang répandu devait naître une fleur, l'anémone rouge.

Mais le mime fut interrompu avant cela. Vénus prit la pose et Éros leva son arc et sa flèche. Un peu déséquilibré sur la barge instable, le jeune Britannicus recula d'un pas et, à la surprise générale, tomba à l'eau.

Le moment de stupeur passé, la foule éclata de rire. Ses ailes flottant de façon comique derrière lui, le petit garçon se débattait, complètement affolé.

– Il ne sait pas nager! cria soudain Messaline.

Aussitôt, plusieurs hommes plongèrent à sa rescousse. Mais il y eut tant de confusion, chacun voulant s'arroger l'honneur de sauver l'héritier impérial, et l'éclairage était si faible, qu'ils s'emmêlèrent dans les filins d'amarrage de la barge et, lorsqu'ils ramenèrent le garçonnet sur la berge, il était inconscient et ne respirait plus.

– Faites quelque chose! criait Messaline.

Les hommes attrapèrent Britannicus par les pieds et commencèrent à le secouer.

Andréas bondit de sa chaise et sauta de la tribune. A plusieurs reprises, la tête de l'enfant manqua de heurter le sol. Personne ne semblait avoir vu que Britannicus était tombé du bateau poussé par Néron. Séléné l'avait remarqué.

Arrivé au bord de l'eau, Andréas fit allonger Britannicus sur le dos, et commença à actionner les bras sans vie à la façon d'une pompe.

Toute la population de Rome regardait dans un silence de mort. Messaline, tremblante, se serrait contre Silius. Dans la tribune, Claude avait l'air hébété. Britannicus recrachait de l'eau, mais il ne respirait toujours pas.

– Il est mort, murmura Paulina, incrédule.

Séléné bondit vers la rive. Sans un mot à Andréas, elle s'agenouilla près de Britannicus, prit sa tête entre ses mains et commença à lui insuffler de l'air dans la bouche.

Andréas recula, stupéfié. Tout le monde observait la scène, médusé. Séléné souffla plusieurs fois dans la bouche de l'enfant, puis s'arrêta pour regarder sa poitrine. Elle se pencha pour coller une oreille sur son torse. Le cœur battait imperceptiblement. Elle souffla à nouveau dans sa bouche, régulièrement, ne s'arrêtant que pour voir s'il respirait de lui-même. La nuit semblait s'étendre au-dessus d'elle jusque dans l'éternité et les minutes lui semblaient interminables.

Séléné désespérait de plus en plus. Mais lorsqu'elle écouta de nouveau son cœur, elle l'entendit battre plus fort, à un rythme aussi régulier que le sien. Elle sentait des milliers d'yeux sur elle et Andréas qui la regardait.

« Vis ! criait-elle mentalement en insufflant de l'air dans les poumons du garçonnet. Tu dois vivre ! »

Alors, elle vit la flamme. Elle était apparue seule, sans qu'elle l'appelle. Sa flamme intérieure, surgie du plus profond de son être, brûlait avec autant d'éclat que les torches alentour. Et lorsqu'elle la vit et sentit sa chaleur réconfortante, elle se concentra pour la faire monter dans sa poitrine jusque dans sa bouche. Elle avait fermé les yeux, son corps s'était détendu. Ses lèvres posées sur celles de Britannicus comme pour un baiser, elle lui insuffla sa flamme.

« Vis, murmurait-elle intérieurement. Prends cette flamme et respire. »

Quand, les yeux toujours clos, elle vit la flamme s'allonger et passer ses lèvres pour descendre dans la gorge de l'enfant et y attiser une petite flamme fragile, elle sut qu'il vivrait.

Enfin, alors que la foule commençait à s'agiter nerveusement et qu'Andréas posait une main sur son bras, elle se redressa et Britannicus toussa.

Tandis qu'on emportait l'enfant, on la conduisit à la tribune impériale sous un tonnerre d'acclamations.

Claude dut lever longtemps les bras pour calmer la foule et quand le silence fut enfin revenu, il déclara d'une voix tremblante :

– Tu as sauvé la vie de mon fils, l'héritier de Rome.

Maintenant qu'elle se trouvait face à lui, Séléné voyait les ravages du temps et de la maladie sur son visage. Claude n'avait que quelques années de plus qu'Andréas, mais on aurait dit un vieillard. Il était visiblement bouleversé.

– Comment t'appelles-tu ? demanda-t-il.

– Je m'appelle Séléné, Majesté.

Il retroussa le coin des lèvres.

– Pas de Majesté. Ce mot a des relents de monarchie. César suffira, dit-il sobrement avant de hausser la voix. Tu as accompli un miracle ce soir. C'est un signe des dieux.

La foule entière poussa des vivats.

Claude attendit que le tumulte retombe puis reprit :

– Pour ce que tu viens de faire, il n'est pas de récompense assez grande.

Séléné remarqua les larmes qui emplissaient ses yeux; il avait failli perdre son fils.

– Nomme ta récompense, dit-il. Tu verras que Rome sait honorer ses héros.

– Merci, César, répondit-elle. Je ne veux rien pour moi-même, mais je demanderai au Divin César de bien vouloir placer l'île tibérine sous sa protection personnelle.

– Qu'est-ce que cela signifie? L'île? Pourquoi?

Elle lui décrivit la situation là-bas, lui parla des prêtres et des frères surchargés de travail, des innombrables esclaves abandonnés.

– Comment sais-tu tout cela? lui demanda-t-il une fois qu'elle eut fini.

– Parce que j'y travaille, César. Je suis guérisseuse.

Elle jeta un regard vers Andréas qui se tenait derrière l'empereur et elle vit qu'il lui souriait.

– Guérisseuse! C'est pour cela que tu as pu sauver mon fils. Ton vœu sera exaucé. L'île sera placée sous la protection impériale. Mes ministres s'y rendront demain et verront ce qui doit être fait. Comme tu le vois, je suis un homme qui ne peut se permettre d'offenser Esculape.

– Merci, César, dit-elle en souriant.

– Séléné, eh? reprit-il. Est-ce tout ton nom? Et ta famille?

Elle hésita.

– Mon nom est Cléopâtre Séléné.

– Cléopâtre Séléné! Comment cela?

– Je porte le nom de ma grand-mère, la dernière reine d'Égypte.

Face à elle, sur la tribune tout autour de Claude, les membres de la famille impériale et les plus hauts dignitaires de l'empire la dévisageaient d'un air surpris. Derrière elle, le long du fleuve, sur les balcons et les toits, des centaines de visages regardaient et attendaient. Seuls troublaient le silence les flammes qui claquaient dans le vent et le grésillement des torches.

– Il me semblait qu'aucun descendant n'avait survécu à la reine. Et quelle est ta famille de l'autre côté?

Séléné ôta son pendentif, fit glisser l'anneau dans sa main et le tendit à Claude qui le regarda de près en louchant.

Comment? Cet anneau appartenait au Divin Jules. Ou il lui ressemble fort. Qu'est-ce que cela signifie? demanda-t-il en levant les yeux vers Séléné.

– Jules César était mon grand-père.

Un murmure parcourut la foule. Il partit de ceux qui se trouvaient le plus près de la tribune puis s'étendit peu à peu, comme les cercles que fait une pierre jetée dans une eau calme, jusqu'à gagner les milliers de spectateurs massés sur les rives.

Je dis la vérité, César, dit Séléné à voix haute. Mon père était le prince Césarion, fils de Cléopâtre et de Jules César. Il n'a pas été tué comme l'avait ordonné Auguste mais emmené et caché alors qu'on tuait un esclave à sa place. L'année de la mort d'Auguste, Tibère a envoyé une patrouille tuer Césarion qui s'est enfui d'Alexandrie avec sa jeune femme et c'est à Palmyre que je suis née.

Claude l'étudia un moment puis dit lentement :

Mon oncle Tibère avait beaucoup d'ennemis. Son trône était mal affermi. Je sais qu'il avait entendu parler de l'existence de Césarion, le seul descendant de Jules César et que, craignant qu'il revendiquât le trône, il avait envoyé des soldats pour le tuer. Mais aucune preuve n'a jamais été rapportée qu'il s'agissait bien de Césarion.

La voilà votre preuve, César, dit Séléné en désignant l'anneau. Mon père mourant l'a remise à la sage-femme qui venait de me faire naître et lui a dit qu'il s'agissait de mon héritage.

Claudius la regarda d'un air sceptique.

Quand était-ce? Quel mois?

– C'était en août, la première année du règne de Tibère.

Claude hocha la tête. Historien érudit, il avait mémorisé une multitude de dates et d'événements.

Cela s'est bien produit à cette époque. Cependant, tu peux avoir fait fabriquer l'anneau.

En effet, mais ce n'est pas le cas.

– Ta seule parole ne prouve rien. As-tu une preuve?

Elle se tut.

Non, César.

Quelqu'un peut-il répondre de toi?

Moi, César.

Toutes les têtes se tournèrent vers Andréas qui s'avançait.

– Séléné dit vrai, confirma-t-il. Je me trouvais à Alexandrie quand elle a appris la vérité sur ses origines. Cela se passait l'an dernier. Avant cela, elle ne savait rien de sa propre identité.

– Et quelle est cette preuve qui se trouve à Alexandrie? demanda Claude.

– Sa ressemblance parfaite avec la reine Cléopâtre.

Alors que Claude étudiait plus longuement Séléné, un bruit commença à monter de la périphérie de la foule, un grondement sourd qui allait en s'amplifiant dans la nuit pour arriver, comme porté par une marée de bras, jusqu'à la tribune impériale. « Jules César, Jules César », scandait la foule en levant les poings.

Séléné tourna la tête pour la regarder. De haut en bas du fleuve, elle vit, émerveillée, des milliers de Romains qui, à la lueur des torches et des feux de camp, scandaient le nom de César en agitant les bras.

– Il semblerait que Rome te croie, dit sèchement Claude.

Les lèvres pincées, il scruta les spectateurs en liesse. Lui ne croyait pas l'histoire de Séléné, mais eux, visiblement, oui. A voir combien ils étaient impatients de la vénérer, il comprit tout de suite le parti qu'il pourrait en tirer s'il leur donnait une nouvelle idole. S'il l'embrassait lui-même, il se gagnerait davantage encore leur faveur. Alors, il posa une main sur l'épaule de Séléné, la fit se tourner face à la foule et cria d'une voix haute et claire :

– Vois comme Rome accueille la petite-fille de Jules César!

Puis il murmura à son oreille :

– Tu prendras place à mes côtés pour le reste de la Fête. Ce soir, quand tout sera terminé, viens au palais. Nulle autre que toi ne touchera mon fils.

Britannicus se remit rapidement de l'accident qui avait failli lui coûter la vie et après un bain et un dîner chauds, il alla se coucher docilement. Un à un, les gens quittèrent la chambre, Claude et Messaline, Agrippine et son fils boudeur, les médecins impériaux, les courtisans et les esclaves, laissant Séléné seule avec l'enfant et Andréas qui, les bras croisés, se tenait adossé à une colonne.

Au plus profond de la nuit, la pièce baignait dans la lumière douce des lampes suspendues au plafond. Assise au chevet de Britannicus, Séléné ne quittait pas des yeux son visage endormi.

– Comment saviez-vous ce qu'il fallait faire? demanda Andréas, alors que les derniers pas s'éloignaient dans le couloir. Je ne l'avais jamais vu pratiquer auparavant.

– Je l'ai appris en Perse, répondit-elle en tâtant le front du garçonnet. Par certains côtés, la médecine hindoue est en avance sur la nôtre.

– Les gens disent que vous êtes une déesse.

– Les gens ont besoin d'adorer quelqu'un. Demain, ce sera le tour d'un autre.

Quittant l'appui de la colonne, Andréas se mit à faire les cent pas à travers la chambre luxueuse.

– J'ai été agréablement surpris de vous voir aux festivités de ce soir, dit-il. Je pensais vous avoir manquée.

– M'avoir manquée? Que voulez-vous dire?

– Je suis allé chez Paulina cet après-midi et vous n'y étiez pas.

Séléné le regarda, étonnée de son pouvoir, de son magnétisme.

– Êtes-vous amoureux de Paulina? s'entendit-elle demander.

Il haussa les sourcils.

– Je l'aime, certes. Mais comme une amie.

– Vous êtes arrivé ce matin et vous êtes allé droit chez elle.

– Pour vous voir, vous!

– Je ne vous crois pas, dit-elle en le dévisageant.

– Demandez au domestique qui m'a ouvert. Quand mon bateau a accosté, je n'avais qu'une pensée, vous voir.

– Pourquoi ne m'avez-vous jamais écrit?

– J'ai essayé, maintes fois, dit-il doucement.

Séléné serrait ses mains à s'en faire mal.

– Pourquoi êtes-vous allé en Espagne au lieu de revenir directement à Rome?

– Claude m'y a envoyé. Il voulait faire éclaircir quelque chose et j'étais le seul en qui il ait confiance. Je n'avais pas le choix.

Il y avait quelque chose dans l'air, une tension qui émanait d'elle et d'Andréas et Séléné la sentait.

« Tais-toi, pensa-t-elle. Nous sommes étrangers maintenant. Trop de choses se sont produites. Ne rouvre pas les blessures. Ne réveille pas la douleur. »

Mais elle ne pouvait s'en empêcher. Elle ne pouvait résister à ces yeux bleu nuit. Le passé pesait trop sur le présent.

– Andréas, dit-elle calmement. Je veux vous demander quelque chose. Je suppose que je ne devrais pas. Que je devrais oublier. Après tant d'années..

– Que voulez-vous savoir? demanda-t-il en se rapprochant.

– Êtes-vous... – Elle regarda ses mains croisées en se disant anxieusement : « Et s'il dit non? » – ... Êtes-vous jamais allé à Palmyre, Andréas?

– Palmyre? répéta-t-il, l'air intrigué.

Séléné aurait voulu ne pas avoir parlé. Ne pas entendre la vérité valait parfois mieux.

– Pourquoi aurais-je dû aller à Palmyre?

Séléné tendit la main vers le front de Britannicus.

– J'ai quitté Antioche pour partir à votre recherche. Mais à Tyr, pas à Palmyre.

Séléné se détourna.

– Pourquoi aurais-je dû aller à Palmyre? demanda-t-il encore.

Elle se leva et lui fit face.

– Je vous avais laissé un message, chez vous. Ne l'avez-vous pas eu?

– Oui, en effet. Mais qu'est-ce que cela a à voir avec Palmyre?

– Mon mot, dit-elle. Je l'expliquais dans mon mot.

Il fronça les sourcils.

– Quel mot? La fille qui m'a transmis le message m'a dit que vous partiez à Tyr.

– A Tyr!

– Pour vous marier.

Séléné tombait des nues.

– Me marier! Et vous l'avez crue?

– C'était ce que disait votre message!

– C'est faux. J'ai dit à cette fille de vous prévenir que ma mère m'emmenait à Palmyre. Je voulais que vous veniez nous rejoindre. Je vous ai laissé un mot sur un tesson de poterie.

– On ne m'a remis aucun mot. La fille m'a dit que vous aviez décidé d'épouser quelqu'un d'autre.

– Andréas! C'était un mensonge!

– Pourquoi aurait-elle menti?

– Peut-être était-elle amoureuse de vous?

Andréas essaya de se rappeler la fille qui l'avait recueilli sur le port, ce spectre aux yeux tristes qui errait dans sa maison comme un fantôme. Elle était morte le même été, d'une faiblesse de la moelle osseuse due à une vie de privations. Malakos l'avait aimée, lui semblait-il.

Il prit Séléné par les épaules.

– Vous dites que c'était un mensonge et pourtant, vous vous êtes mariée!

– Jamais!

– Votre fille...

– Son père et moi ne nous sommes jamais mariés! Je l'ai connu longtemps après avoir quitté Antioche. C'était un homme qui...

Andréas la fit taire d'un baiser soudain et les bras de Séléné s'enroulèrent autour de son cou.

Il enfouit son visage dans ses cheveux en murmurant :

– Je t'ai cherchée. Je suis allé à Tyr, à Césarée. Je ne vivais que pour te retrouver, Séléné. La douleur de ton départ n'était rien comparée à celle de ton absence. Je pensais que, si je te retrouvais, je me battrais pour te reconquérir. Je ne savais pas où tu avais pu partir.

– Tous ces mois affreux dans le palais de Lasha, dit-elle dans un sanglot en embrassant ses yeux. Et dans le désert, à fuir, à me cacher, à suivre le fleuve. Et en Perse. Ton visage ne me quittait jamais. Je priais qu'un jour tu me retrouves.

– Je t'ai enfin retrouvée et je ne te laisserai plus partir. Je n'ai jamais aimé personne comme je t'aime, Séléné. Tu m'as appris à rêver à nouveau, à espérer à nouveau.

Tu m'as rendu le respect de moi-même. Mais quand tu as disparu, les rêves et l'espoir ont disparu eux aussi. J'ai repris la mer...

– Nous pouvons rêver à nouveau, Andréas! Ensemble! Nous pouvons recommencer où nous nous étions arrêtés, dans la Grotte. Tu écriras tes livres, tu enseigneras et moi, je...

Ils s'embrassèrent encore et se serrèrent l'un contre l'autre pour calmer la douleur de tant d'années cruellement perdues. Puis Andréas l'emmena vers ses appartements dans le palais.

Livre VIII

ROME

59

La voilà donc, la *Domus Julia*, la Maison julienne, asile pour les malades.

L'impératrice Agrippine souleva juste assez le rideau de sa litière pour voir sans être vue. Elle s'était arrêtée sur la rive gauche du Tibre pour observer l'activité qui régnait sur l'île où l'on construisait la *Domus Julia*.

« Cette femme, pensait-elle, a l'arrogance de donner à sa folie le nom d'une des plus vieilles et plus nobles familles de Rome et Claude, l'imbécile, l'a approuvée. »

Sa main se serra sur le rideau. Elle savait ce que visait Julia Séléna : le fait d'avoir accepté ce nom prouvait, s'il le fallait, son ambition. Ce nom que le peuple de Rome lui avait donné la nuit de la Fête du Fleuve, cinq ans plus tôt. Après avoir sauvé Britannicus, elle avait pris un air humble et avait reçu l'hommage de la foule avec modestie. Mais Agrippine avait compris. Elle savait que, comme elle, Julia Séléna visait le trône de l'Empire.

Depuis quatre ans et demi qu'elle avait épousé Claude, aussitôt après l'exécution de Messaline pour bigamie qui avait suivi de peu la Fête du Fleuve, Agrippine avait agi mue par l'unique ambition de devenir la mère d'un empereur. Dans son obsession dévorante, elle s'était mariée avec son oncle, s'était fait déclarer son consort légal et avait réussi à le persuader d'adopter officiellement son fils, Néron, le plaçant devant Britannicus dans la succession, puisqu'il était le plus âgé des deux enfants. Quiconque représentait l'ombre d'une menace pour le projet d'Agrippine était écarté. Elle s'était arrangée pour que son fils soit le seul Julio-Claudien légitime restant et pour que le peuple n'ait d'autre choix que de l'accepter comme tel après la mort de Claude.

Mais à présent, il semblait qu'un nouvel obstacle se présentait!

Agrippine observait l'activité sur l'île comme le chat épie la souris. Les équipes de travail, marbriers, dessinateurs, artisans et architectes, escaladaient les échafaudages, s'affairant autour de la *Domus* inachevée comme des abeilles autour d'une ruche. Des faux bourdons stupides qui veillent sur leur reine, pensa Agrippine. Et où se trouvait « Son Altesse », ce matin?

Elle écarta un peu plus le rideau pour parcourir l'île du regard.

A l'extrémité sud se dressait l'ancien et modeste temple d'Esculape entouré de jardins et de communs de moindre taille – des cabanes de rangement et des maisons de fumigation – que Julia Séléna avait transformés en infirmerie provisoire. Et dominant l'île, la *Domus* à moitié construite dont les colonnes de granit et les arcades de marbre s'élançaient vers le ciel, suggérant sa magnificence à venir, la splendeur qui surpasserait celle des grands ouvrages de Rome, du Théâtre de Marcellus au Temple d'Agrippa, faisant de la *Domus Julia* l'édifice le plus beau et le plus célèbre de l'Empire romain.

Une maison pour les malades!

Agrippine fit signe aux porteurs de se rapprocher de la rive. Elle espérait apercevoir Julia Séléna pour voir par elle-même si ce que ses informateurs avaient rapporté était vrai.

De cet endroit stratégique, l'impératrice pouvait surveiller les allées des jardins, les fontaines asséchées et les massifs d'arbustes dénudés par l'hiver. Bientôt, l'île déborderait d'activité et ressemblerait à une couronne fleurie tombée du front de quelque dieu au milieu du vieux fleuve gris pour raviver Rome de fleurs et de verdure. Telle était l'œuvre de Julia Séléna. D'aussi loin que se la rappelait Agrippine, l'île n'avait toujours été qu'un affront pour l'œil. En cinq ans et demi, Julia Séléna avait réussi à en faire un paradis.

C'était à cause du décret que Claude avait pris au lendemain de la Fête par lequel il déclarait libre tout esclave abandonné sur l'île et qui serait guéri.

Le résultat, bien entendu, ne s'était pas fait attendre. Personne n'osant insulter l'empereur et son nouveau projet, les gens s'étaient soudain mis à respecter la vieille île. Et nombre de propriétaires d'esclaves avaient vu la perte d'argent que représentait l'abandon d'un esclave qui, sur l'île, recouvrait la santé et repartait libre.

Pratiquement du jour au lendemain, l'abandon systématique des esclaves cessa. A mesure que les frères d'Esculape soignaient ceux qui s'y trouvaient déjà et les émancipaient aussitôt guéris, l'encombrement se réduisit. L'enceinte du temple ne tarda pas à se vider et l'île commença de renaître. L'argent affluait de riches bienfaiteurs anxieux de gagner la faveur de l'empereur; on répara les murs et les toits, replanta les jardins, creusa des fontaines. Les pèlerins firent leur réapparition et avec eux, les médecins de la ville. Tout le monde s'accorda à dire qu'Esculape était de retour dans son temple et que c'était la petite-fille du Divin Jules César qui L'avait ramené.

Les Romains étaient des gens pieux et superstitieux; ils respectaient les vieilles traditions, craignaient les dieux et vénéraient leurs ancêtres. Ce qui contribua de façon prodigieuse à la popularité de Julia Séléna. Toujours prompt à idolâtrer un héros, le peuple de Rome l'avait aussitôt portée au pinacle, non seulement en raison de son ascendance julienne – qui, comme son aïeul avant elle, la rattachait directement à la déesse Vénus –, mais aussi à cause de son œuvre extraordinaire.

Agrippine serra le rideau, si violemment qu'elle faillit le déchirer.

Pourquoi les gens ne voyaient-ils pas ce que cachaient les simagrées de Julia Séléna? Un asile pour les malades, vraiment! Où ils resteraient aussi longtemps qu'ils en auraient besoin et seraient soignés par des gens qualifiés. Nulle part au monde, il n'existait pareil endroit! C'était une ruse, Agrippine le savait. Cette île-refuge et sa *Domus* obscène qui s'élevait vers les nuages étaient une supercherie de Julia Séléna pour consolider sa place dans le cœur des gens. « Pour que son fils et pas le mien soit le prochain empereur... »

Elle la vit enfin. Vêtue de sa célèbre *stola* de lin blanc, les cheveux ramassés sous un voile, son éternelle pharmacie à l'épaule, Julia Séléna émergea d'un des petits bâtiments de pierre pour se diriger vers le chantier qui se trouvait tout au nord de l'île, avec sur ses talons, fidèle comme son ombre, l'inévitable Pindare, le simple d'esprit qui était apparu un jour sur l'île et qui depuis ne quittait pas Julia Séléna d'un pas.

Les yeux d'Agrippine se rétrécirent. Alors qu'elle regardait Julia Séléna approcher de la *Domus,* elle vit que tout travail cessait à son arrivée, que les hommes la saluaient du haut des échafaudages comme du fond des fondations. Le vent capricieux de mars, qui soufflait de l'ouest, tourna soudain au nord. Cela ne dura qu'un instant, mais suffisamment pour que la *palla* de Julia Séléna flotte, dévoilant la rondeur nouvelle de sa silhouette.

Agrippine laissa retomber le rideau. Elle avait vu ce qu'elle était venue voir. Ses informateurs avaient dit vrai. Julia Séléna était enceinte.

Tandis qu'elle donnait le signal du départ aux porteurs de sa litière, l'impératrice commença à fomenter un plan. Julia Séléna n'avait constitué aucune menace pendant ces cinq ans et demi, mais maintenant, elle était dangereuse.

Ni l'enfant de Julia Séléna ni la *Domus Julia* ne devaient voir le jour.

60

Comme toujours quand elle venait chez Paulina Valéria, Ulrika se dit qu'elle ne cherchait pas à voir Eiric.

S'il lui arrivait de le rencontrer et que leurs regards se croisent, elle ignorait le soudain emballement de son cœur. Elle admettait sans doute avoir éprouvé pour lui une affection fraternelle quand elle avait douze ans, sept ans plus tôt, mais certainement pas d'en être amoureuse aujourd'hui. C'était trop impensable.

Si Ulrika venait souvent chez Paulina, qui n'habitait pas loin de la maison sur l'Esquilin où elle vivait avec sa mère et Andréas, son beau-père, c'était parce qu'elle aimait beaucoup le petit Valérius. Elle lui donnait des leçons, jouait avec lui et ils remplissaient mutuellement le vide de leur vie. Cet après-midi, Paulina Valéria donnait une grande réception et Ulrika cherchait le petit garçon.

Elle le trouva caché dans le jardin à colonnades à attendre l'arrivée des premiers invités. Elle se glissa doucement jusqu'à lui, l'attrapa et le fit tournoyer dans les airs. Valérius poussait de petits cris aigus en battant des jambes.

– Ouf, petit frère! dit-elle en le reposant par terre. Tu deviens trop lourd. Tu as six ans, maintenant. Tu es presque un grand garçon.

Quand elle essaya de se redresser, Valérius garda ses bras autour de son cou et ne voulut plus la lâcher.

– Ne me quitte pas, Rika, dit-il.

Elle s'agenouilla devant lui et enleva les cheveux qui lui tombaient devant les yeux. Valérius avait un visage doux, avec de bonnes joues et des sourcils inquiets.

« Pourquoi a-t-il si peur? » se demanda-t-elle.

Paulina était une bonne mère, mais elle était occupée et ne comprenait pas toujours les besoins d'un garçonnet. Ulrika, si. Elle aussi avait passé sa petite enfance perdue entre les jambes des adultes.

– Tu ne veux pas que j'aille à la réception? demanda-t-elle.

– Oh, ce n'est pas la réception, Rika. Mais je ne veux pas que tu te maries avec Drusus.

Le visage d'Ulrika s'assombrit. Alors, on les aurait crus frère et sœur, avec leurs deux visages sérieux qui partageaient la même moue. Mais Ulrika se reprit vite et sourit.

– Peu importe qui j'épouse, petit frère, tu pourras toujours venir me voir.

– Mais je ne vivrai pas avec toi!

– Tu ne vis pas avec moi en ce moment, pas vrai?

La moue de Valérius s'accentua. Ce n'était pas la même chose. Rika vivait juste au bout de la rue et elle était là presque tous les jours. Il sentait bien que le mariage bouleverserait tout, même s'il ne savait pas comment.

– Tu auras un petit garçon à toi et tu m'oublieras.

– Oh, petit frère! dit-elle en l'attirant dans ses bras pour le bercer. Quelles idées noires te mets-tu en tête!

Pourtant, elle ne le niait pas. Quel que soit celui qu'elle épouse, elle irait vivre ailleurs et, elle l'espérait, aurait des enfants.

Soudain, elle en voulut à Paulina. Elle ne devrait pas évoquer ces sujets devant Valérius, surtout qu'elle n'envisageait pas le moins du monde d'épouser Drusus. Cette idée absurde lui semblait aussi inconcevable que d'aimer Eiric.

Tout en ramenant Valérius à la nurserie, elle se mit à penser à Drusus.

Il était très beau, fils de chevalier, fortuné et avait pour ambition de devenir sénateur. Et il était encore jeune, vingt-trois ans, contrairement à la plupart des prétendants qui venaient la courtiser, pleins d'espoir. Comme tous les autres, Drusus n'attachait pas d'importance au fait qu'elle ait dix-neuf ans, un âge déjà avancé selon les critères de mariage de l'époque. Tous pensaient aux nombreux avantages que présenterait une alliance avec elle. Ulrika était très belle, offrait une dot considérable et partageait les illustres ancêtres de sa mère. Ulrika était, en fait, l'un des partis les plus courus de Rome.

Mais comment expliquer à sa mère et à Paulina qu'elle n'était pas prête pour le mariage, qu'elle se sentait mue par une énergie inexplicable, une agitation à laquelle elle ne pouvait donner de nom? Depuis son douzième anniversaire à Alexandrie, elle ressentait une étrange chaleur au fond de son être, comme un brasier qu'on aurait allumé et qui brûlerait pour une raison particulière.

« Mais quelle raison? » se demandait-elle en remettant Valérius à sa nourrice.

Elle se sentait poussée mais ne savait vers quoi. Elle se sentait née pour agir mais n'avait jusqu'ici entendu aucun appel. Elle adorait travailler sur l'île, partageait l'intérêt de sa mère pour la médecine et les plantes. Mais elle n'en trouvait pas moins Rome aussi étouffante qu'Alexandrie autrefois. Rome qui ne lui paraissait pas assez vaste pour contenir son ambition inconnue. Et quelle était cette ambition? Peut-être était-ce de suivre les traces de sa mère et de parcourir le monde avec sa pharmacie?

« Peut-être me sera-t-elle révélée un jour? pensa-t-elle en encourageant Valérius à déjeuner. Comme elle l'a été un jour à ma mère. Et peut-être est-ce pour bientôt... »

Au bruit des premiers invités qui arrivaient en bas, elle leva les yeux vers la fenêtre de la nurserie qui donnait sur le verger derrière la maison. Elle vit le soleil d'avril et son cœur se serra.

Elle pensait à Eiric.

Elle revoyait les premiers jours, au début qu'elle vivait chez Paulina et qu'ils se glissaient dans le verger pour s'apprendre leurs langues. Ils étaient timides et incertains, elle nouvelle à Rome, lui à l'esclavage. Les mots grecs et germains étaient prononcés doucement sous les citronniers et les orangers. Elle avait tracé des lettres dans la poussière avec un bout de bois et lui avait appris à lire et à écrire sa propre langue. Puis une familiarité agréable s'était installée entre eux; quand ils étaient fatigués de leurs leçons, ils jouaient dans le verger. Eiric la taquinait et lui tirait les nattes; elle se moquait de sa voix qui muait et du duvet qui ourlait sa lèvre supérieure. Ils se poursuivaient et se bombardaient de fruits pourris. C'étaient des jours heureux, sans complications.

Mais ensuite, l'été de ses quinze ans, alors qu'ils jouaient au chat, Ulrika avait volé la sandale d'Eiric et il l'avait poursuivie à travers les arbres. Il l'avait attrapée, ils s'étaient bagarrés en riant. Ulrika avait trébuché et était tombée par terre. Ils avaient lutté un moment puis, impulsivement, Eiric avait posé sa bouche sur la sienne. Ulrika, surprise, l'avait repoussé. Elle lui avait dit que ses manières étaient dégoûtantes, l'avait traité de barbare.

Après cela, Eiric avait boudé, refusé de parler germain avec elle, l'avait traitée de gamine et lui avait demandé de le laisser tranquille.

Ulrika s'était sentie malheureuse pendant des semaines. Elle ne comprenait pas ses sentiments, pourquoi elle avait réagi ainsi, pourquoi elle avait dit des choses aussi cruelles. Elle avait commencé à faire des rêves étranges, troublants, à propos de l'amour, et quand elle venait chez Paulina, elle cherchait toujours Eiric du regard.

Et pour finir, il y avait eu le terrible incident, deux ans plus tôt, la nuit de son dix-septième anniversaire.

– Rika, dit soudain Valérius en tirant sur sa robe.

Il avait terminé ses œufs et son pain. Elle sourit au petit visage solennel.

– Promets-moi d'être sage, petit frère, lui dit-elle. Écoute bien ta nounou et fais ta sieste. Je t'apporterai un cadeau tout à l'heure.

Tout en descendant rejoindre les invités de Paulina, Ulrika se dit que sa nervosité devait être la conséquence des premières années de sa vie. Toutes ces distances parcourues, explorées, ce temps passé de tentes en auberges sans jamais avoir de maison à soi; c'était sûrement à cette époque-là que la graine avait été plantée, le germe qui l'empêchait maintenant de voir de quoi était fait son avenir.

Par les grilles qui ouvraient sur la rue, elle aperçut trois chevaux qui arrivaient. Et elle vit Eiric, dans son élégante tunique, ses cheveux dorés comme le soleil, les prendre par la bride.

Ulrika se rappela la fête organisée en son honneur dans la maison de Paulina, deux ans plus tôt, avec des jongleurs, des mimes, des invités, des cadeaux. Pendant toute la journée, elle avait cherché Eiric, furtivement, espérant qu'il se montrerait. Mais en vain. Alors, elle avait décidé qu'il devait bouder. Cela lui ressemblait. Puis, elle s'était convaincue qu'elle ne voulait de toute façon pas le voir, qu'il l'embarrasserait probablement avec ses manières frustes.

Cette nuit-là, la maison entière avait été réveillée par un fracas de voix dans le jardin. Lucas, le contremaître, ramenait Eiric enchaîné. Il portait sur le dos des marques fraîches de coups de fouet et son visage était couvert de contusions. Lucas avait expliqué à Paulina qu'on l'avait rattrapé alors qu'il s'enfuyait à cheval à travers les collines en direction de la côte.

S'enfuir était une faute grave pour un esclave, parce qu'en quittant la maison de son maître, il lui volait son propre corps. Comme Eiric avait aussi volé un cheval dans les écuries, son crime était double et Lucas avait recommandé qu'on le mette à mort, ce qui servirait d'exemple.

Ulrika était intervenue. Elle avait supplié Paulina de se montrer indulgente. Paulina avait hésité. Dans une société où les hommes enchaînés étaient plus nombreux que les hommes libres, il était vital que les maîtres gardent le dessus. Personne n'oublierait jamais le soulèvement sanglant conduit par Spartacus des années auparavant, mais parce que Ulrika la suppliait si désespérément et que c'était son anniversaire, Paulina avait fini par céder, à contrecœur, mais à condition que le second délit soit puni sans appel.

Alors que tout le monde retournait se coucher et qu'on retirait les chaînes qui entravaient Eiric, Ulrika s'était avancée vers lui en souriant, s'attendant à ce qu'il montrât sa reconnaissance. Au lieu de cela, il lui avait lancé un regard furieux et était parti d'un air digne.

Ils s'étaient rarement parlé depuis lors. S'il lui arrivait de passer alors qu'elle se trouvait là, elle se montrait indifférente et dans les yeux bleus d'Eiric couvait de la rancœur.

« Il m'est inférieur, se rappelait-elle à elle-même alors qu'elle sentait son corps la trahir. Comment pourrais-je aimer une brute pareille? »

– Tante Paulina, dit-elle en rejoignant la maîtresse des lieux dans le jardin à péristyle. J'ai mis Valérius au lit pour sa sieste.

– Merci, ma chérie, dit Paulina en lui prenant la main et en la serrant fort. Il y a des moment où je crois qu'il pense que tu es sa mère et pas moi.

– Tante Paulina, tu devrais savoir maintenant qu'on n'apprécie jamais les mères autant qu'elles le mériteraient, répondit Ulrika, qui, se rappelant Rani, ajouta : mais les tantes, oui.

Elles rirent toutes deux.

– En parlant de mère, la mienne est-elle arrivée? demanda Ulrika.

Paulina secoua la tête.

– Cela ne te surprend pas, n'est-ce pas?

– Depuis un an, elle n'a jamais été à l'heure pour rien. La *Domus Julia* l'obsède complètement.

– Elle est à envier, dit calmement Paulina. La *Domus* est la réalisation de l'ultime phase de son rêve. Quand elle sera terminée et qu'elle accueillera des malades, elle et Andréas commenceront une œuvre grandiose.

– Je voudrais qu'elle se repose davantage maintenant qu'elle va avoir un bébé.

– Oui, dit Paulina.

Elle était heureuse pour Séléné. Ce bébé avait été tant désiré! Et Andréas était ravi. Paulina s'était depuis longtemps remise de la brève déception qu'elle avait ressentie en apprenant le projet de mariage de Séléné et d'Andréas. Elle avait vu combien ils étaient faits l'un pour l'autre, qu'Andréas appartenait à Séléné depuis bien longtemps, avant même qu'elle le connaisse, et elle s'était consolée avec le souvenir de son propre époux et de ses années de bonheur auprès de lui, avait reporté tout son amour sur le bébé que lui avait donné Séléné, et avait souhaité à ses amis tout le bonheur du monde.

A ce moment-là, trois cavaliers arrivèrent et, à leur

allure, il s'agissait certainement de personnages importants.

Tout en les regardant descendre de cheval, Ulrika observa Eiric, dont le travail consistait à s'occuper des chevaux. Il avait le visage dur qu'elle lui connaissait et qui signifiait qu'une haine féroce bouillait en lui. Elle savait qu'il méprisait ses conquérants. En sept ans, il n'avait pas été complètement « maté » et il arrivait encore que son dos sente la brûlure du fouet.

Un chambellan se tenait dans le jardin pour annoncer le nom des invités qui arrivaient. Les trois hommes qui passaient les grilles étaient des militaires. Le premier était un éminent centurion, le deuxième un tribun célèbre.

Et le troisième était le vainqueur de Rhénanie, le commandant Gaius Vatinius.

61

– J'ai peur de ne pouvoir vous aider, dit Séléné après avoir examiné la jeune femme. Je ne connais pas la cause de votre stérilité et ne puis vous recommander de traitement.

La patiente était une femme de vingt-cinq ans, membre de la haute société. Mariée depuis neuf ans, elle n'avait toujours pas d'enfant. Elle était l'une des nombreuses femmes qui venaient demander à Séléné de les guérir de leur stérilité.

Après son départ, elle alla s'appuyer à la fenêtre minuscule pour respirer l'air d'avril. Pendant tout l'hiver, les chambres des patients étaient restées hermétiquement closes pour garder la chaleur et, selon la vieille tradition romaine, on avait brûlé du pain continuellement dans toutes les pièces pour couvrir l'odeur de renfermé. Mais le printemps était enfin arrivé; l'île était en pleine floraison et le fleuve amenait des brises purifiantes dans les salles maintenant ouvertes.

Elle posa les mains sur son abdomen, émerveillée du miracle de la nature.

Les événements de la nuit de la Fête du Fleuve, cinq

ans et demi plus tôt, lui avaient instantanément ouvert la plupart des cercles de l'élite romaine et, alors qu'elle s'était aperçue que les maux de l'aristocratie locale ne différaient pas de ceux des riches des autres cités, elle avait découvert une exception curieuse : la haute société romaine souffrait d'une mystérieuse stérilité.

Quand elle avait commencé à fréquenter la noblesse, elle avait remarqué que beaucoup de couples n'avaient pas d'enfant et elle avait cru à un choix délibéré. Mais ensuite, les femmes avaient commencé à venir lui demander des conseils pour recouvrer leur fécondité.

Séléné en avait parlé à Andréas, mais il n'avait pas eu d'explication. Ce qui était encore plus curieux, c'était que cette stérilité ne frappait apparemment pas les couches sociales inférieures qui, elles, au contraire procréaient, contraintes même souvent d'abandonner des bébés non désirés sur les marches du temple. Seuls ceux qui vivaient dans les belles demeures des collines semblaient frappés de ce mal mystérieux.

D'abord, Séléné l'avait considéré comme un phénomène intéressant, mais rapidement le problème l'avait touchée personnellement. Après son mariage, en octobre, il y avait maintenant cinq ans et demi, Andréas et elle avaient voulu un enfant. Les mois avaient passé. Au bout de quelque temps, Séléné avait craint d'être infectée comme les autres. Elle avait redouté que ce mal inconnu qui frappait les femmes riches de Rome l'ait empoisonnée elle aussi. Elle avait Ulrika comme preuve de sa fertilité d'avant.

Elle avait alors connu l'angoisse, jusqu'à janvier dernier, jusqu'à ce qu'elle retrouve les premiers signes familiers.

Ce bébé miracle était davantage pour Andréas que pour elle-même. Elle savait combien il désirait un enfant de sa chair. Il ne l'avait jamais dit, mais elle le lisait dans ses yeux, chaque fois qu'ils faisaient l'amour, chaque mois quand elle secouait la tête. Il avait cinquante-quatre ans et n'avait pas d'héritier. C'était important pour lui, Séléné le savait. Il y avait la villa dans les collines à transmettre, et la richesse que lui et Séléné avaient accumulée, sans compter l'impressionnante encyclopédie de médecine qu'il était en train de rédiger et qui était presque achevée. Une partie de tout cela irait à Ulrika, bien sûr, mais si Andréas avait un fils...

« Et avec la naissance du bébé, pensait-elle tandis que

ses yeux s'arrêtaient sur la *Domus* en construction qui s'élevait par-dessus les toits, notre lien sera total. Nous formerons une vraie famille. »

Quant à son autre famille, celle qui vivait au palais impérial, Séléné ne s'y intéressait pas beaucoup. Et pour ce qui était de la famille perdue depuis si longtemps, sa mère et son frère jumeau, elle avait fini par se résigner au fait qu'ils devaient être morts. « Aucune preuve n'a jamais été rapportée de Palmyre », avait dit Claude la nuit de la Fête du Fleuve. Ce qui ne pouvait signifier qu'une chose, sa mère et son jeune frère n'avaient pas survécu au voyage vers Rome.

Elle lut l'heure au cadran solaire du jardin. Il était temps de partir chez Paulina, les invités ne tarderaient plus à arriver. Mais elle ne pouvait s'arracher de la contemplation du squelette blanc de la *Domus Julia* qui se détachait dans le ciel bleu d'avril.

Son cœur se gonflait de bonheur d'assister à la lente naissance de cette magnifique structure, qui était l'aboutissement ultime de sa longue quête.

La *Domus,* qui était construite selon ses instructions, offrirait un asile parfait aux malades et une école de médecine y transmettrait le savoir. Les hommes qui y travaillaient maintenant, le personnel qui la ferait fonctionner, les étudiants qui la fréquenteraient et le millier de patients qui occuperaient les lits ne sauraient pas que, dans la *Domus Julia*, transparaissait un peu de la *chikisaka* des Perses, du *valetudinarium* des Romains, de l'*infirmaria* des Esséniens et de l'École de Médecine d'Alexandrie. Il y aurait des salles séparées, des chapelles pour tous les dieux et un bloc opératoire dont le dôme laisserait entrer le soleil. Andréas avait prévu des salles de cours, un petit amphithéâtre pour les leçons d'anatomie et un foyer pour les étudiants. On posait des conduites qui apporteraient de l'eau fraîche et évacueraient les eaux usées. La *Domus* était conçue avec un esprit pratique mais également avec un sens esthétique, parce que Séléné était persuadée que la tranquillité de l'âme contribuait à la guérison du corps. Une fois terminée, la rotonde blanche qui dominait l'édifice, monument dédié à la médecine, plus grand qu'aucun autre, étincellerait au soleil, visible à des kilomètres à la ronde. La *Domus Julia* serait unique au monde et se dresserait, elle en était certaine, pour l'éternité.

Elle voyait enfin combien son identité était liée à la médecine, car là en était la preuve : la *Domus Julia*, la Maison Julienne. Parce qu'elle était la petite-fille de Jules César, elle avait pu donner vie à la vision qui avait peuplé son délire sur l'Euphrate : des murs d'albâtre étincelants dans le soleil. Et c'était aussi l'accomplissement du rêve qu'Andréas et elle avaient osé formuler dans la Grotte de Daphné, d'œuvrer ensemble pour une cause commune.

Comme elle se détournait de la fenêtre, elle aperçut Pindare qui se pressait dans l'allée, l'air soucieux.

Pindare était une figure si familière de l'île – il vivait ici, entretenait les jardins – que les gens le remarquaient à peine. Tout comme Séléné n'en avait plus conscience, tant elle s'était habituée à lui qui la suivait comme son ombre.

Personne ne savait exactement quand il avait commencé à venir sur l'île. On l'avait trouvé un beau jour en train de ratisser l'allée. Depuis, il se chargeait de menus travaux; il débarrassait les fontaines des algues, taillait des haies, et quand Séléné avait fini par demander qui il était, nul n'avait pu la renseigner.

Pindare devait avoir une trentaine d'années, mais il avait l'air d'un enfant. Cela tenait à la façon dont sa tunique tombait sur son corps dégingandé; elle n'était pas droite, l'ourlet était toujours retourné et il avait toujours quelque chose fourré dans sa ceinture. Ses sandales n'étaient jamais lacées correctement et ses cheveux lui retombaient sur le visage comme une tignasse de gamin. Son visage aussi était étrange; quoique adulte, on n'y trouvait pas les traits de son âge et son sourire était curieusement engageant.

Apparemment inoffensif, ne parlant jamais, ne demandant rien, il se contentait d'accomplir les corvées çà et là dans l'enceinte du temple. On lui avait donc permis de rester. Puis un jour, un homme était venu le chercher. C'était son père et il s'appelait Rufus.

– Il n'a pas de mauvaises intentions, avait-il expliqué à Séléné alors que Pindare refusait de quitter l'île. Il est comme cela. Une fois qu'il s'est mis quelque chose en tête, il ne veut plus en démordre. Je me demande bien ce que c'est cette fois. Je suis déjà venu le rechercher une centaine de fois, mais il revient toujours ici.

Rufus était un homme d'une soixantaine d'années, grand et fort, le visage couturé de cicatrices de guerre et mangé de barbe grise. Il portait une tunique en tissu grossier et sentait l'oignon. Ce père et ce fils étranges, l'un sans instruction, l'autre simple d'esprit, étaient pauvres, Séléné l'avait compris.

– Il peut rester, avait-elle dit. En fait, il nous est utile.

– Il dormira ici, si vous le laissez faire, avait dit Rufus, soulagé. Vous voyez, je suis fouleur et je travaille tout le jour. Pindare a besoin qu'on s'occupe de lui. Les gens l'ont maltraité, parce qu'il est naïf.

– Ici, personne ne se montrera cruel avec lui, j'y veillerai.

Et c'est ainsi que le curieux homme-enfant était resté. Toujours à quelques pas de Séléné, il s'acquittait avec diligence de diverses corvées en souriant à tous ceux qui passaient. Aujourd'hui, alors qu'il se pressait dans l'allée, Séléné vit que le chien le suivait.

Le sauvetage de ce chien lui avait révélé quantité de choses sur Pindare.

Il y avait un assez grand nombre de chiens qui couraient çà et là sur l'île, débusquant rats et lapins, se nourrissant de restes. Mais celui-ci, un chien de chasse à la tête carrée et à l'air de vieil ours, était horriblement maigre; ses côtes saillaient sous son pelage terne, et tout le monde en avait conclu qu'il souffrait de quelque maladie et qu'il ne tarderait pas à mourir.

Il allait bien mourir, oui, mais pas de maladie.

C'était Pindare qui, lui ouvrant la gueule et découvrant ses dents cassées ou usées, avait compris tout de suite que le pauvre chien ne pouvait tout simplement pas mâcher ce qu'on lui jetait. Dans l'abondance, il mourait littéralement de faim. Alors Pindare lui avait préparé des boulettes de pain trempées dans de la sauce et l'avait nourri jour après jour. La tâche longue et fastidieuse durait encore six mois après que l'animal s'était rétabli, mais il avait réussi et aujourd'hui, le chien bondissait plein de vie derrière lui. Tout le monde l'appelait Fido, nom de chien populaire à Rome et qui, en latin, signifie « je suis fidèle ».

Voyant Séléné à la fenêtre, Pindare lui fit des signes affolés. Il était rarement agité, aussi Séléné comprit que quelque chose s'était produit. Alors qu'elle s'enveloppait de sa *palla,* une intuition sinistre lui dit ce que ce devait être.

Quand elle arriva au chantier, tout travail avait cessé. Les ouvriers étaient sortis du bâtiment encore à ciel ouvert et déambulaient nerveusement dehors.

– Que se passe-t-il? demanda-t-elle au contremaître, Gallus.

C'était un homme taillé comme un gladiateur, large d'épaules et musclé, mais lorsqu'il s'approcha de Séléné, il prit un air humble.

– C'est encore arrivé, maîtresse, dit-il.

Séléné pinça les lèvres. Cela faisait la quatrième fois en trois semaines! Qui commettait ces actes de sabotage?

– Où est-ce?

– A l'intérieur, dit-il en désignant la *Domus.* Les hommes refusent d'y rentrer. Il y en a qui ont déjà quitté l'île. Ils disent que le chantier est maudit.

Séléné lui décocha un regard. Elle l'avait averti de ne pas encourager ce genre d'idée parmi les hommes.

Relevant le bas de sa robe, elle enjamba les gravats et les outils et entra dans le bâtiment. Tout était recouvert d'une fine couche de poussière de marbre de Carrare dont les marbriers étaient en train de plaquer les murs. Il y en avait sur les échafaudages, sur le matériel des géomètres, jusque sur la table de l'architecte. Séléné se dirigea vers le centre de l'édifice qui, dans plusieurs mois, serait marqué par une statue de Vénus, placée juste sous la rotonde. Le sol serait en marbre, mais pour le moment ce n'était qu'une chape de ciment jonchée de débris.

Séléné s'arrêta brusquement. Elle porta une main à sa bouche et détourna vivement le regard, luttant contre la nausée avant de retourner vers l'entrée sans porte de la *Domus*.

– D'où est-ce que cela vient? demanda-t-elle au contremaître.

Un des ouvriers l'a trouvé enterré dans un mur. Il a dit que le plâtre était encore frais. On a dû le mettre là dans la nuit.

Séléné ferma les yeux un instant pour essayer de chasser de sa mémoire la chose abominable qu'elle venait de voir. Puis elle demanda :

Où étaient les vigiles?

Ils jurent qu'ils ne dormaient pas, maîtresse. Et que toutes les lanternes étaient allumées. On a triplé les rondes depuis que...

Depuis la semaine précédente, quand on avait trouvé une chèvre noire pendue à un pilier.

Séléné ne pouvait le croire. Ces actes étaient apparemment le fait de quelqu'un du chantier, d'un membre d'une des équipes peut-être ou d'un des nombreux dessinateurs ou encore d'un des géomètres. Trois cents hommes travaillaient à la construction de la *Domus* et il pouvait s'agir de n'importe lequel d'entre eux.

– Sortez-moi cela d'ici, dit-elle. Et brûlez-le.

Mais le contremaître ne bougea pas.

– Je vous ai dit de l'enlever.

– Je suis désolé, maîtresse. Mais c'est une satanée chose qu'il y a là-dedans. C'est l'œuvre des démons. Si je le touche, qu'est-ce qui m'arrivera?

– Oh, Gallus, ce n'est qu'un...

Elle ne put se résoudre à le prononcer. D'un ton plus calme, elle reprit :

– Quelqu'un essaie de ralentir les travaux, ne le voyez-vous pas? Quelqu'un essaie de nous effrayer. Nous ne devons pas nous laisser faire. Cette chose là-dedans, Gallus, n'est qu'un objet.

– C'est de la magie noire.

Séléné vit que les hommes commençaient à s'agiter, mal à l'aise.

– Moi je n'en ai pas peur, dit-elle et elle retourna vers le bâtiment.

Mais Pindare lui posa une main sur le bras en la regardant d'un air inquiet. Alors qu'il la poussait pour entrer à sa place, elle le retint.

– Non, Pindare. Je vais le faire. Je dois leur montrer que je n'ai pas peur.

Elle parvint à soulever la chose entre deux bouts de bois. Quand elle émergea au soleil, le tenant à bout de bras, les hommes reculèrent en se signant contre le mauvais œil. Elle se dirigea à grands pas vers l'extrémité en pente de l'île et laissa rouler les bouts de bois et leur charge dans le fleuve.

Elle revint vers les hommes en s'efforçant de cacher sous sa *palla* qu'elle tremblait.

– C'est terminé, leur dit-elle. Il n'y a plus à avoir peur.

– C'est de la sorcellerie, renchérit Gallus. Quelqu'un a jeté un sort sur le chantier et il va retomber sur nous tous.

– Reprenez le travail, tous.
Les hommes se regardèrent.
– Je vous ai dit de reprendre le travail.
Elle voyait leurs regards se tourner vers Gallus, guettant un signe, et comment Gallus hésitait, effrayé. Alors elle monta les escaliers jonchés de gravats de la *Domus* et ramassa un énorme marteau et le levant au-dessus de sa tête, elle cria :
– Alors, je ferai le travail moi-même! Je ne permettrai pas qu'on insulte le Divin César de cette manière!
Plusieurs hommes s'avancèrent et lui prirent l'outil pesant des mains, honteux, en protestant de leur respect envers le Divin César et sa petite-fille. Puis, comme des enfants grondés, ils se remirent au travail en renâclant.

– Je vais devoir demander à des prêtres de venir exorciser le chantier. Ce sera la seule façon pour que les hommes restent travailler à la *Domus*.
– Qui pourrait faire une chose pareille? demanda Ulrika qui se promenait dans le jardin bras dessus bras dessous avec sa mère.
Séléné secoua la tête. Elle regardait en direction de la salle à manger puissamment éclairée où se côtoyaient les invités de Paulina, mais elle ne les voyait pas. Elle voyait la chose repoussante qu'elle avait jetée dans le fleuve cet après-midi et elle se demandait quelle horrible surprise lui réservait le lendemain.
Elles tombèrent sur trois hommes d'allure militaire qui discutaient d'un point de stratégie. Ils s'arrêtèrent pour se présenter à Séléné et quand arriva le tour du commandant Gaius Vatinius, elle le regarda, saisie.
Elle l'étudia un instant. A sa grande surprise, il était extraordinairement beau.
– Commandant Vatinius? Ai-je entendu parler de vous, Monsieur?
Le tribun éclata de rire, découvrant des dents blanches au milieu d'un visage bronzé.
– Si ce n'est pas le cas, Madame, alors vous avez gâché sa journée! Gaius serait anéanti à la pensée qu'une seule jolie femme de Rome ne sache pas qui il est!
Elle ignora cet autre homme et continua de fixer Gaius Vatinius. Les yeux très enfoncés, le nez long et droit, il

était d'une beauté sévère et son attitude était arrogante. Un soupçon de sourire flottait sur ses lèvres.

– Seriez-vous, par hasard, le Gaius Vatinius qui a combattu sur le Rhin, il y a quelques années de cela? s'entendit-elle demander.

Le sourire du commandant s'agrandit.

– Vous avez donc entendu parler de moi, dit-il tranquillement.

Séléné ferma les yeux.

« Wulf, criait-elle intérieurement, que s'est-il passé? Es-tu jamais arrivé en Germanie? Oh, Wulf! Tu ne t'es jamais vengé... »

Gaius Vatinius regarda alors Ulrika. Ses yeux la parcouraient de haut en bas, avec insistance. L'instant d'après, un esclave annonça que le dîner était servi et les trois hommes s'excusèrent avant de se tourner vers la maison.

– Mère, demanda Ulrika devant la pâleur de Séléné. Tu vas bien?

– Oui. Je vais bien.

– Tu penses à la *Domus*.

– Non, répondit-elle dans un souffle.

Ulrika regarda les trois militaires qui entraient dans la salle à manger.

– T'ont-ils causé de la peine? demanda-t-elle. Est-ce Gaius Vatinius?

Séléné se força à sourire.

– Je n'ai pas de peine, Ulrika. Je vais très bien. Entrons.

– Qui est ce Gaius Vatinius?

Séléné évita le regard de sa fille.

– Il commandait autrefois les légions sur le Rhin. C'était il y a des années, avant ta naissance.

Il y avait quatre tables, chacune entourée de trois côtés par des divans. Suivant un strict protocole, les invités d'honneur s'allongeaient sur le bord gauche des divans. Le quatrième côté était ouvert pour permettre aux esclaves d'aller et venir avec les mets et les boissons.

Alors qu'elles entraient dans la pièce, Andréas arriva derrière sa belle-fille et, passant un bras autour de sa taille, il lui murmura :

– Je vois que Paulina a invité Odius et Odia ce soir.

Ulrika rit. C'était une blague entre eux, car ni l'un ni l'autre n'aimaient Maxime et Junon.

Elle serra son bras et lui glissa un regard complice. Ulrika adorait son beau-père. Au début, elle l'avait considéré comme un intrus, mais ensuite, pendant la cérémonie du mariage à Ostie, quand il avait passé l'anneau au troisième doigt de la main gauche de Séléné, qui avait revêtu le voile couleur flamme, elle avait été si émue par l'amour qui passait dans leurs regards qu'elle l'avait accepté.

Andréas était un homme bon et sa voix était douce. De plus, il était brillant. Son encyclopédie, qui comptait presque quarante volumes, promettait d'être le travail le plus complet jamais écrit sur la médecine. Ulrika l'aidait souvent quand il y travaillait dans le jardin de leur propriété sur les collines. Elle écrivait sous sa dictée ou corrigeait les épreuves et faisait des suggestions. Il l'écoutait toujours avec bienveillance.

– Mais qui sont ces trois-là? demanda-t-il d'un signe de tête vers les militaires en tuniques et toges écarlate et or qui se comportaient comme les maîtres de la maison.

– Des soldats, répondit-elle avant d'aller prendre place sur le troisième divan.

La place d'honneur à cette table revenait au commandant Gaius Vatinius. Séléné, qui tenait le rôle d'hôtesse, était allongée à sa gauche, Ulrika face à sa mère. Entre elles s'étaient installés Maxime et Junon, le centurion et Aurélia, une veuve âgée.

Un faisan rôti présenté avec ses plumes trônait sur la table, entouré d'une variété de plats dans lesquels les convives se servaient avec leurs doigts. La conversation des trente-six invités emplissait la pièce, couvrant presque la musique de l'unique joueur de flûte installé dans un coin. Quarante esclaves s'affairaient sans bruit d'une table à l'autre.

Ulrika ne parvenait pas à détacher les yeux de Gaius Vatinius.

– Je vous assure que c'est sacrément ennuyeux, disait-il à ses compagnons de table. Nous avons signé des traités de paix avec les barbares pendant le règne de Tibère et maintenant, ils les rompent. Vous savez, Caligula avait l'intention de traverser le Rhin et de conquérir les Germains. Si seulement il l'avait fait, je n'aurais pas à envisager cette corvée d'y retourner.

Quand il remarqua qu'Ulrika le fixait, il se tut pour la

fixer à son tour. Il ne manqua pas d'apprécier sa beauté inhabituelle, sa chevelure fauve et ses yeux bleus. Un coup d'œil à sa main gauche lui dit qu'elle n'était pas mariée, ce qui le surprit, car il pensait qu'elle en avait largement l'âge.

– Je vous ennuie avec mes discours militaires, lui dit-il avec son plus beau sourire.

– Pas le moins du monde, commandant, répondit-elle. Je me suis toujours intéressée à la Rhénanie.

Les yeux de Vatinius descendirent sur ses seins et s'y arrêtèrent tandis qu'il disait :

– Peut-être seriez-vous intéressée par ma bibliothèque sur le sujet.

– Pourquoi ne se comportent-ils pas enfin comme des êtres civilisés ? intervint Aurélia. Regardez ce que nous avons fait pour le reste du monde. Nos aqueducs, nos routes.

Regardant sa mère, Ulrika fut frappée par la pâleur de ses traits. Séléné ne mangeait pas, n'avait pas touché à son vin.

– Ils sont restés pacifiques pendant longtemps, expliqua le commandant. Mais il semblerait qu'ils se laissent à nouveau entraîner par un chef rebelle.

– Et qui est-ce ? demanda Maxime.

– Nous ne savons pas qui il est ni comment il s'appelle. Nous ne l'avons même jamais vu. Il a surgi de nulle part, tout à coup, et aujourd'hui, il est à la tête des soulèvements des tribus germaniques. Ils frappent quand nous nous y attendons le moins puis se volatilisent dans la forêt. Les patrouilles qu'on envoie à la recherche de son camp ne reviennent jamais. La situation s'aggrave, aussi Pomponius Secondus, le gouverneur de Germanie, m'a demandé de reprendre le commandement des légions.

Gaius Vatinius but son vin à petites gorgées, se tut pendant qu'un esclave lui essuyait les lèvres, puis il ajouta sur un ton de confidence :

– Je vais chercher ce chef rebelle et quand je le tiendrai, je ferai un exemple de son exécution, un avertissement pour tous ceux qui auraient des envies de rébellion. J'ai l'intention de mettre un terme une fois pour toutes à ces sottises.

– Et qu'est-ce qui vous rend si certain de réussir cette fois, commandant ? demanda Ulrika.

– J'ai un plan spécial. Ce n'est pas par hasard que

l'empereur m'avait choisi pour commander les légions du Rhin. Je suis un maître stratège. Et cette campagne exige une stratégie supérieure.

Ulrika continua de le fixer. Ce vantard arrogant avait l'intention de retourner dans le pays de son père et de briser son peuple une fois pour toutes!

– J'ai lu que les barbares sont rusés, commandant Vatinius, lui dit-elle en souriant. Que pouvez-vous bien envisager qui vous assure à coup sûr la victoire?

Il lui rendit un sourire sur la nature duquel il était impossible de se méprendre, puis il dit :

– Un plan qui ne peut échouer parce qu'il repose sur l'élément de surprise.

Ulrika se força à rester calme, comme si seul l'intéressait l'aspect théorique.

– J'aurais pensé que maintenant les barbares seraient rompus à toute stratégie employée par la légion, dit-elle en prenant une olive. Même celle censée les surprendre.

– Ce plan sera différent.

– Comment cela?

Il eut un petit rire et secoua la tête.

– Vous ne comprendriez pas. Mieux vaut laisser ces questions aux hommes.

Mais elle insista en usant d'un sourire enjôleur.

– J'ai lu les Mémoires de mon arrière-grand-père sur ses conquêtes, dit-elle en lui rappelant subtilement qu'elle descendait du grand général Jules César. Les questions militaires ne m'ennuient pas, commandant.

– Moi, elles m'ennuient, coupa Aurélia avant de se tourner vers Séléné. Julia Séléna, ma chère, comment avancent les travaux de votre nouvel édifice?

Séléné sursauta, soudain tirée de ses pensées.

– Je vous demande pardon?

– Votre nouvel édifice. La *Domus*. Est-ce que les travaux avancent? Je dois avouer que j'ai du mal à m'imaginer à quoi elle ressemblera. Ce sera tellement grandiose! Pourquoi la remplir de malades? D'ailleurs, il m'est avis que les malades sont mieux soignés chez eux, par leurs propres familles.

– Beaucoup sont sans toit, sans famille. Vous-même, Aurélia, vous êtes veuve. Vous vivez seule, n'est-ce pas?

– Mais je compte un médecin parmi mes esclaves.

Séléné écarta cet argument. Beaucoup de ces soi-disant

médecins étaient insuffisamment qualifiés et tout juste capables de poser un bandage grossier. Mais Aurélia refusait de comprendre, tout comme la majorité des habitants de Rome ne comprenaient pas ce qu'elle et Andréas espéraient réaliser sur l'île. Parce qu'il n'existait rien de comparable à la *Domus*, nulle part au monde. Mais une fois que ses portes seraient ouvertes et que les soins et les cours commenceraient, les gens en saisiraient vite l'importance, Séléné le savait.

– Commandant Vatinius, dit Ulrika, attirant à nouveau son attention sur elle, entendez-vous employer des engins militaires dans votre campagne contre les barbares?

Il l'observa un moment puis, flatté par son intérêt persistant et vaguement impressionné par sa capacité à comprendre son plan, il répondit :

– C'est précisément ce à quoi s'attendent les barbares. Mais j'ai en tête un autre plan d'attaque. Cette fois, je combattrai le feu par le feu.

Elle le regarda d'un air perplexe.

– Vous voyez, reprit-il, pour vaincre les barbares une fois pour toutes, il faudra les prendre par surprise. Ce qu'ils attendront, ce sont des engins militaires et c'est exactement ce que j'enverrai contre eux.

Les yeux d'Ulrika s'agrandirent.

– Une ruse?

Il hocha la tête.

– L'empereur m'a accordé entière liberté pour cette campagne. J'ai le pouvoir de réquisitionner autant de légionnaires, autant d'engins qu'il me faudra. Des catapultes et des tours mobiles, des troupes montées et des unités d'infanterie. Le tout très organisé, très romain. Ce qu'ils ne verront pas, dit-il, prenant le temps de goûter son vin, ce sont les unités de guérilla, entraînées et conduites par des barbares, déployées à travers les forêts derrière eux.

Ulrika fixa le commandant. « Combattre le feu par le feu », avait-il dit. Il allait utiliser contre son peuple sa propre méthode de combat. Pendant qu'il se rassemblerait pour combattre les engins et la cavalerie romaine, disposés pour servir d'appât, il les attaquerait par-derrière.

Elle baissa les yeux sur ses mains. Elle sentait son pouls battre au bout de ses doigts.

« Ce sera un massacre... », pensa-t-elle.

62

La nuit avait fraîchi. Ulrika, vêtue de sa seule chemise de nuit, s'enveloppa dans sa cape en laine avant de sortir de sa chambre.

La maison de Paulina était sombre et silencieuse. Les invités étaient partis depuis longtemps et tout le monde dormait. Maxime et Junon, qui habitaient loin, occupaient la chambre contiguë et les parents d'Ulrika, cédant à la demande instante de Paulina, étaient restés coucher là, trois portes plus loin. Ulrika se glissa silencieusement dans le couloir. Quand elle frappa à la porte de sa mère, celle-ci lui ouvrit, toujours habillée et apparemment pas du tout surprise de la visite de sa fille.

– Je pensais que tu viendrais, dit-elle en refermant la porte derrière Ulrika.

Du charbon brûlait dans le brasero et deux chaises avec des tabourets étaient posées devant.

– Andréas dort. Nous pouvons parler, dit-elle en s'asseyant et en faisant signe à Ulrika de la rejoindre.

Les yeux fixés sur le charbon de bois rougeoyant, elles gardèrent un moment le silence puis, finalement, Séléné prit la parole.

– Tu veux savoir qui est Gaius Vatinius, dit-elle doucement.

– Il te mettait mal à l'aise, mère. C'était flagrant. Pendant tout le dîner. Et tu es partie tôt. Dis-moi. Qu'a-t-il à voir avec mon père? Est-ce lui qui...?

Séléné se tourna pour faire face à sa fille.

– C'est Gaius Vatinius qui a réduit en cendres le village de ton père et qui l'a emmené enchaîné. Durant les années que nous avons passées ensemble, ton père parlait souvent de rentrer en Germanie et de se venger de Gaius Vatinius.

– Je vois, murmura Ulrika. Père n'a pas vécu assez longtemps pour exaucer son vœu. Tuer cet homme. L'homme avec qui je viens de dîner.

– Ulrika, dit Séléné en prenant la main de sa fille, c'est

le passé. C'est arrivé il y a de nombreuses années. Oublie-le, Ulrika. Chasse-le de ton esprit.

– J'ai l'impression d'avoir trahi mon père.

– Mais tu ne l'as pas trahi, dit Séléné en jetant un regard vers la chambre avant de poursuivre à voix basse. Tu ne savais pas qui était Gaius Vatinius. Et c'était le combat de ton père, pas le tien.

Quand Ulrika sentit la main de sa mère serrer la sienne de plus en plus fort, au point de lui faire mal, elle la regarda dans les yeux.

– Il y a autre chose, dit-elle. Quelque chose que tu ne m'as pas dit. Quoi?

Séléné retira sa main et regarda ailleurs.

– Y a-t-il autre chose? insista Ulrika.

Séléné hocha la tête.

– Dis-moi quoi.

Le regard douloureux, Séléné lui fit de nouveau face.

– C'est quelque chose que j'aurais dû te dire depuis longtemps, commença-t-elle, la gorge serrée. J'avais l'intention de t'en parler. Je ne pensais pas pouvoir te l'expliquer quand tu étais petite, j'attendais que tu grandisses... Rani me poussait constamment à te le dire. Mais chaque fois, le moment était mal choisi.

– Ulrika, continua-t-elle en se tordant les mains, Ulrika, je t'ai dit que ton père avait été tué dans un accident de chasse avant ta naissance. Je t'ai menti. Il a quitté la Perse pour rentrer en Germanie.

Ulrika fronça les sourcils.

– Il n'est pas mort? Il est rentré en Germanie?

– Sur mon insistance. Nous étions depuis peu en Perse quand il a appris que Gaius Vatinius s'y trouvait avant nous. On nous a dit qu'il était en route pour la Germanie. J'ai insisté pour que ton père s'en aille, pour qu'il parte à sa poursuite alors que moi je restais en Perse.

– Et il est parti? En sachant que tu étais enceinte?

– Non. Il ne savait pas que j'étais enceinte. Je ne le lui avais pas dit.

– Pourquoi?

– Parce que je savais qu'il serait resté avec moi et qu'ensuite, après la naissance du bébé, il ne retournerait pas en Germanie. Je n'avais aucun droit de m'imposer dans sa vie, Ulrika.

– Aucun droit! Tu étais sa femme!

Séléné secoua la tête.

– Je ne l'étais pas. Nous n'étions pas mariés.

Ulrika dévisagea sa mère.

– Il avait déjà une femme, poursuivit Séléné sans croiser le regard de sa fille. Il avait une femme et un fils en Germanie. Oh, Ulrika, ton père et moi n'étions pas faits pour passer le reste de notre vie ensemble! Il avait son combat en Rhénanie et moi, je cherchais Andréas. Nous devions suivre des routes différentes.

– Il a quitté la Perse, dit lentement Ulrika. Sans savoir que tu étais enceinte. Il ne savait rien de moi.

– Non.

– Et il ne sait rien non plus maintenant! Mon père ne sait pas que j'existe!

– Il ne peut avoir survécu, Ulrika.

– Comment peux-tu dire une chose pareille?

– Parce que s'il était arrivé jusqu'en Germanie, ton père aurait retrouvé Gaius Vatinius et se serait vengé.

Les yeux d'Ulrika se remplirent d'horreur.

– Et Gaius Vatinius est vivant, dit-elle doucement. J'ai partagé sa table ce soir...

Séléné voulut reprendre la main de sa fille, mais Ulrika se dégagea.

– Tu n'avais aucun droit de me cacher tout cela, cria-t-elle. Toutes ces années ont été un mensonge!

– C'était pour ton bien, Ulrika. Enfant, tu n'aurais pas compris. Tu m'en aurais voulu de l'avoir laissé partir. Tu n'aurais pas compris pourquoi je l'avais fait.

– Je t'en veux maintenant, mère. Je ne suis pas restée enfant longtemps. Tu aurais pu me le dire il y a des années, au lieu de me le laisser découvrir de cette manière, dit-elle en se levant. Tu m'as privée d'un père et ensuite, tu m'as laissée grandir en pensant que j'adorais un mort. Et ce soir, mère, ce soir tu es restée assise là-bas pendant que je parlais avec ce monstre.

– Ulrika...

Mais elle était déjà sortie.

Ulrika fixait le plafond en écoutant le grondement lointain de la circulation nocturne dans les rues de la ville. La tête lui élançait. Elle avait d'abord pleuré un peu, puis elle avait commencé à penser. A présent, allongée dans l'obscurité, les yeux grands ouverts, elle s'efforçait de mettre de l'ordre dans ses sentiments, mais sans y parvenir. Elle éprouvait du chagrin, de la déception et surtout le sentiment d'avoir été trahie. Mais elle ressentait aussi de la pitié pour sa mère, pour la jeune femme qu'elle avait été en Perse portant un enfant et renvoyant l'homme qu'elle aimait pour qu'il suive son propre destin. L'admiration d'Ulrika pour le sacrifice de sa mère et aussi pour la manière dont elle avait courageusement gardé le secret pendant toutes ces années pour le bien de son enfant se heurtait au ressentiment de ne pas avoir connu la vérité. Elle pensait à son père qui était sûrement en vie toutes ces années d'enfance où elle avait pensé à lui. Et à Jérusalem, quand elle avait suivi le corbeau, peut-être était-il encore vivant. Vivant sans savoir qu'il avait une fille à l'autre bout du monde.

Elle s'assoupit un instant et fit un rêve. Elle rêva qu'elle s'était levée, qu'elle allait à la fenêtre, l'enjambait et retombait dehors pieds nus dans la neige. De grands pins poussaient tout autour d'elle et les nuages chuchotaient à la face de la lune. Elle voyait des traces de pattes énormes qui conduisaient dans les bois. Elle les suivait. Elle sentait le clair de lune dans son dos. A ce moment, elle vit un loup immense, aux yeux dorés. Elle s'assit dans la neige et il s'approcha pour se coucher près d'elle en posant sa tête sur ses cuisses. La nuit était pure, aussi pure que les yeux du loup qui la regardaient, et elle sentait le battement régulier de son cœur sous son pelage épais. Les yeux dorés clignaient et semblaient dire : « Ici, tu peux avoir confiance, ici tu trouveras l'amour, ici est ta maison. »

Ulrika se réveilla, surprise de se trouver dans un lit, et se sentit troublée par le parfum printanier de la brise nocturne. Elle alla regarder par sa fenêtre. Le sol était blanc, il s'étendait jusqu'au haut de la colline comme un tapis de neige. Puis elle comprit que c'étaient les pétales des arbres fruitiers en fleur, des fleurs roses et orange, qui tombaient comme de la neige et paraissaient blanches dans le clair de lune. Regardant plus loin dans le verger, elle vit quelque chose bouger.

C'était Eiric.

Elle se glissa dans le couloir puis, par le portail de derrière, gagna le verger. Ses pieds avaient parcouru ce chemin familier pendant sept ans, mais plus aussi souvent ces derniers temps qu'autrefois, quand ses sentiments pour Eiric étaient simples et clairs.

Elle marcha vers l'endroit où il était assis. Elle voyait son dos dur et musclé. Il portait un fin bandeau d'or autour de la tête; ses boucles blondes touchaient ses épaules. Il était superbe.

Ulrika avait l'impression que si elle l'aimait un tant soit peu davantage son cœur exploserait.

– Eiric, dit-elle.

Il se retourna et se leva vivement. Ils se firent face dans le clair de lune.

Et elle se retrouva dans ses bras. Son corps dur contre le sien, la pression de ses lèvres sur les siennes, la chaleur de sa langue l'étourdissaient. Elle essayait de toucher toutes les parties de son corps. Eiric embrassait ses larmes sur son visage et calmait ses sanglots dans sa bouche. Il lui murmurait des mots en germain, elle plongeait les doigts dans ses boucles dorées.

Allongée sur le lit de pétales, elle laissa Eiric se coucher de tout son poids sur elle. Elle aperçut la lune entre les branches au-dessus de sa tête. Son chagrin se dissipait, chassé de son corps. La colère, le ressentiment et la sensation de trahison s'effaçaient devant la force de la passion d'Eiric.

– Nous nous enfuirons ensemble, chuchota-t-elle. Nous nous cacherons. Je t'aime. Je t'aime.

Eiric ne parla pas. Il savait déjà ce qu'il devait faire. Ils ne s'enfuiraient pas ensemble, ne se cacheraient pas honteux, ne seraient pas ramenés humiliés, ne seraient pas punis. C'était quelque chose qu'il devait faire seul. Il devait faire ses preuves, à ses yeux à elle.

Ensuite, il reviendrait la chercher pour l'emmener, dans l'honneur, chez elle, chez eux. Vers le nord.

63

Rufus traversa le pont au pas de charge.

Le bruit de ce qui se passait à la *Domus*, des sales tours pour faire fuir les ouvriers, lui était parvenu aux oreilles et il était furieux. Il n'allait pas rester assis dans son coin pendant que quelqu'un cherchait à effrayer Julia Séléna. Il fallait faire quelque chose pour que cela cesse et lui s'en chargerait.

L'île dormait dans le clair de lune printanier. Elle semblait assoupie sous un manteau de neige, puis il vit que c'étaient des centaines de pétales roses et orange qui recouvraient le sol et qui paraissaient blancs dans la nuit. Des torches brûlaient à l'entrée du temple, mais il n'y avait aucun autre signe de vie. Sauf sur le chantier qui dominait l'extrémité de l'île. Là, de nombreuses lumières brillaient et des hommes étaient assis autour de feux de camp, leur matraque posée à côté d'eux.

Rufus se dirigea d'un pas décidé vers la *Domus*. Pour ce que Séléné avait fait pour lui et pour son fils Pindare, il ne saurait jamais montrer assez sa gratitude. Le pauvre garçon avait été maltraité pendant des années, on lui avait lancé des fruits et des œufs pourris, il avait été la cible des railleries des enfants, de leurs farces cruelles. Pindare était simple, mais il n'avait pas le mauvais œil, contrairement à ce qu'affirmaient les gens.

Pindare ne pouvait rien au fait qu'il était simple. C'était parce qu'on l'avait retiré trop tôt à sa mère après sa naissance. Les dieux savaient combien Rufus avait essayé de sauver la pauvre femme, mais elle venait juste d'accoucher quand on l'avait traînée dans le vent glacial du désert.

Ils avaient tous été d'accord, Rufus et les autres soldats, pour dire que ce n'était pas juste de tuer une jeune mère et son enfant. Ils avaient tué le Romain, c'était suffisant. Mais quel danger pouvait représenter cette paire pitoyable pour le vieux Tibère? Alors les soldats qui avaient été envoyés du poste de Palmyre avaient conclu un pacte secret. La femme et le bébé seraient épargnés. Mais Rufus avait gardé un autre secret pour lui-même, sans même le partager avec ses compagnons. Il avait vu la sage-femme cachée dans la remise à grain avec un autre nouveau-né serré contre elle.

Cela avait été un sale boulot, enfoncer la porte et exécuter le Romain. Bien entendu, les soldats ne savaient pas pourquoi ils le faisaient, ils se contentaient d'exécuter les ordres du nouvel empereur, Tibère. Néanmoins, même des légionnaires endurcis perdus dans un poste reculé comme celui de Palmyre n'acceptaient pas tout. C'est pourquoi la mère et l'enfant avaient été épargnés.

Mais la mère n'avait pas survécu jusqu'au poste et ils l'avaient enterrée là où elle était morte, au bord de la route. Le bébé, lui, avait vécu assez longtemps pour connaître les seins gonflés de lait de la jeune femme de Rufus, qui venait d'avoir un bébé.

Alors qu'il approchait de la *Domus* dont la silhouette se détachait majestueusement dans le ciel étoilé, Rufus évoquait ce souvenir doux-amer. Pauvre Lavinia, si jeune, si fragile, elle n'était pas faite pour épouser un soldat ni mener sa rude existence. Elle et leur bébé étaient morts de la fièvre postnatale qui avait emporté tant de jeunes mères et de bébés cet été-là à Palmyre. Mais le petit orphelin en avait réchappé. Rufus y avait vu la main des dieux. Ils avaient remplacé son fils perdu par un autre. Alors, ne connaissant pas son vrai nom, il l'avait appelé Pindare et l'avait élevé tout seul.

C'était drôle comme Pindare s'était attaché à Séléné. Après des années de souffrance, il avait appris à se tenir à l'écart, à s'effacer autant que possible. Mais un jour, au Forum, alors qu'ils regardaient la devanture d'un cordonnier, Pindare avait soudain quitté l'aile protectrice de son père pour courir derrière une inconnue qui passait. Elle avait disparu dans la foule et Rufus avait retrouvé Pindare sur les marches de la Curie, affolé et désemparé.

Ensuite, des jours plus tard, Pindare avait fini par la retrouver, sur cette île. De ce moment-là, il avait été impossible de l'en éloigner.

Eh bien, se disait Rufus tout en cherchant un responsable dans le campement des ouvriers, il paraît que les animaux savent d'instinct qui a bon cœur et qu'ils s'attachent à eux. Peut-être que Pindare, dans sa simplicité, a cet instinct. Parce que c'était comme cela qu'il restait auprès de Séléné, comme Fido restait près de lui.

Et puis, il y avait cette ressemblance presque troublante. Peut-être que les autres ne les remarquaient pas, mais elles lui avaient sauté aux yeux tout de suite, ces similitudes entre leurs deux visages. Cela pouvait aussi expliquer pourquoi le garçon était si attiré par elle. Il voyait en elle un visage auquel il pouvait se fier.

Rufus s'arrêta pour inspecter les lieux du regard. Il y avait plein de vigiles de service à cette heure tardive, mais aucun ne se trouvait à l'intérieur de l'édifice à moitié construit. Et cela lui sembla très bizarre. Ne devraient-ils pas être de garde à l'intérieur, là où la prochaine plaisanterie de mauvais goût risquait de se produire?

Séléné arriva au chantier hors d'haleine. Elle se sentait fatiguée dans le petit matin piquant. Elle avait des cernes violets sous les yeux. Elle n'avait pas dormi après sa conversation de la veille avec Ulrika et elle était inquiète.

Elle avait eu l'intention d'aller droit à la chambre de sa fille ce matin et de lui parler, peut-être de passer la journée avec elle, pour lui expliquer. Mais un messager était venu de l'île pour la prévenir qu'il se passait quelque chose d'anormal et elle avait quitté la maison aussitôt.

Les hommes étaient dehors à se regarder les uns les autres en se grattant la tête.

– Qu'est-ce que c'est, cette fois? demanda-t-elle en arrivant.

Mordéchaï, l'architecte égyptien, s'approcha d'elle, l'air abasourdi.

– Les hommes sont prêts à se mettre au travail, madame. Mais il n'y a trace du contremaître nulle part.

– Gallus? dit-elle en regardant autour d'elle.

Les hommes se tenaient en petits groupes, les marbriers, les plâtriers, les maçons. Le visage gonflé de sommeil, beaucoup avaient encore à la main la bière de leur petit déjeuner.

– Quelqu'un l'a-t-il cherché? demanda-t-elle.

– On a envoyé des hommes en ville. Il n'était pas aux endroits où il va d'habitude. Sa femme dit qu'il n'est pas rentré de la nuit.

Séléné fronça les sourcils. Était-ce encore un de ces tours horribles pour faire arrêter les travaux? Alors qu'elle s'apprêtait à envoyer un messager à la corporation du bâtiment pour trouver un autre contremaître, quelqu'un cria à l'intérieur de la *Domus*.

Tout le monde se retourna pour voir Rufus sortir en trombe sur le seuil en hurlant : « Madame! Venez voir! »

« Non, pas une nouvelle fois! » pensa-t-elle sans pouvoir réprimer un frisson.

Mais comme elle n'osait montrer sa peur devant les

ouvriers, elle suivit Rufus en s'armant de courage pour ce qu'elle risquait de découvrir.

– Regardez, madame, dit-il en pointant son doigt vers le haut.

Là, parmi les chevrons et les poutres provisoires, se détachant dans le ciel matinal, volait une colombe blanche.

Séléné la regardait, stupéfaite. L'oiseau allait de poutrelle en poutrelle, voletant entre les montants des échafaudages sans une seule fois s'envoler vers le ciel et disparaître alors que le dôme n'était pas encore posé sur la rotonde et que la maison n'avait pas de toit. Pourtant, elle restait là !

Puis Séléné remarqua quelque chose de vert à son bec, un brin de myrte.

– C'est un signe, madame ! tonitrua Rufus, pour que les autres dehors entendent. Un signe des dieux.

Un à un, les hommes montèrent les marches pour glisser un regard craintif à l'intérieur. Mais quand ils virent la colombe qui voltigeait dans la rotonde, ils entrèrent carrément pour suivre ses évolutions avec des yeux émerveillés.

– C'est un signe de Vénus, dit Mordéchaï l'Égyptien, le myrte est l'arbre consacré à la déesse.

– Et donc un signe de César, cria un autre homme.

Ils se mirent à parler tous en même temps en hochant la tête et sans plus hésiter à s'installer dans la *Domus*.

Quand le bruit de leurs voix emplit la vaste rotonde à ciel ouvert, Rufus se pencha à l'oreille de Séléné pour lui murmurer :

– Gallus est parti, madame. Il ne reviendra pas.

Séléné le regarda.

– Pourquoi ? Où est-il allé ?

Rufus ne répondit pas, mais Séléné eut sa réponse. Quand elle leva à nouveau les yeux vers la colombe, avec plus d'attention cette fois, elle remarqua ce que personne d'autre n'avait vu : le brin de myrte était attaché au bec de l'oiseau et une ficelle très fine retenait la colombe à une poutre par une patte.

Comprenant soudain et impressionnée, elle se tourna vers Rufus.

– C'est vraiment là un signe du Divin Jules. Il nous dit que les travaux de la *Domus* doivent continuer. Cependant, je n'ai plus de contremaître.

– Je vais aller tout de suite voir à la corporation, m'dame.

– Peut-être, Rufus, dit-elle en l'arrêtant, voudriez-vous la place?

– Moi? Les dieux vous bénissent, m'dame, mais je ne suis qu'un vieux soldat à la retraite. Et un fouleur, quand je peux trouver de l'embauche.

– La paie est bonne et vous aurez de la viande trois fois par semaine.

La vieille face couturée de Rufus grimaça.

– Ce serait vous insulter si je ne tentais pas au moins ma chance.

Quand elle s'engagea dans l'allée qui menait au temple, le travail avait repris sur le chantier et le Tibre vibrait de la musique des marteaux et des burins.

Il y avait une petite construction en pierre, pas plus grande qu'une pièce, qui jadis avait servi à entreposer le vin et la viande fumée. Séléné en avait fait un petit bureau pour elle-même où elle conservait manuscrits et dossiers et accueillait les visiteurs. Ulrika l'y attendait.

La jeune femme avait elle aussi les traits tirés par une nuit sans sommeil et elle se tenait raide devant sa mère, comme une étrangère.

– Je suis venue parce que je veux que tu me dises tout, dit-elle.

– Tout à propos de quoi?

– Je veux savoir tout ce que Gaius Vatinius a fait au peuple de mon père.

– Que veux-tu dire?

– Mon père te l'a raconté, je le sais. Maintenant, je veux savoir moi aussi.

– Ulrika, c'était il y a si longtemps.

– Je veux savoir ce qui s'est passé. J'en ai le droit. C'est mon héritage. Je veux l'entendre exactement comme tu l'as entendu de la bouche de mon père.

Séléné secoua la tête.

– Ce que cet homme leur a fait est horrible. Le combat dans les forêts était déjà affreux, mais les corps ont été mutilés, les autels des arbres sacrés profanés... et il y a eu la torture.

– Continue.

– Pourquoi, Ulrika? pleura Séléné. Pourquoi dois-tu savoir?

– Parce que je veux voir ce que mon père a vu, je veux sentir dans mon cœur ce qu'il a ressenti. S'il était resté en Perse, il m'aurait raconté ces choses lui-même. J'aurais grandi en connaissant sa peine. A présent, tu dois me les transmettre.

Séléné dévisagea sa fille, puis elle parla.

– Les femmes furent violées. La femme de ton père fut conduite à la tente de Gaius Vatinius. Il y avait d'autres hommes avec lui. Ils ont forcé ton père à regarder.

Ulrika gardait un visage de pierre.

– Tu dis qu'il est retourné avec elle. Elle a donc survécu.

– Elle n'avait plus qu'un souffle de vie quand on l'a emmené.

– Et son fils?

– Wulf disait que Einar avait été torturé. Ce n'était qu'un petit garçon. Il vivait toujours, lui aussi.

La brise d'avril qui pénétrait par la fenêtre apportait les bruits des quais animés de l'autre côté du fleuve. On entendait aussi les marteaux des hommes qui travaillaient à la *Domus*. La *Domus Julia*, le rêve de tant d'années qui s'élevait vers le ciel.

– Mon frère, dit Ulrika. J'ai un frère qui s'appelle Einar. Quel âge a-t-il? Mon père te l'a-t-il dit?

Séléné essaya de se souvenir.

– Je crois qu'il devait avoir dix ans. Ulrika, pourquoi ne peux-tu tourner la page? C'était il y a tellement longtemps!

– Parce que mon père vit toujours.

Séléné écarquilla les yeux.

– Qu'est-ce qui te le fait penser?

– C'est lui le chef rebelle dont Gaius Vatinius parlait hier soir. C'est mon père qui est à la tête des soulèvements dans la forêt.

– Tu ne peux pas croire une chose pareille! Ulrika, c'était il y a dix-neuf ans!

Ulrika marcha jusqu'à la fenêtre. Elle avait l'impression d'avoir vieilli d'une vie en une nuit. Et elle savait que rien ne serait plus comme avant. Elle connaissait aussi sa raison de vivre à présent, comprenait ce que signifiait son impatience, pourquoi Rome ne la satisferait jamais. Aux petites heures de l'aube, blottie dans les bras d'Eiric, elle avait vu son avenir aussi clairement et nettement qu'elle voyait en ce moment la *Domus* à moitié construite. Elle savait ce qu'elle devait faire. Si ce n'était pas son père qui se trouvait à la tête des rebelles, alors c'était son frère, Einar. Mais elle ne le saurait jamais si elle n'essayait pas d'aller le découvrir par elle-même.

– Je m'en vais, mère, dit-elle enfin en se retournant. Je quitte Rome.

– T'en aller! Mais pourquoi? Et où?

– En Germanie.

Séléné porta une main à sa bouche.

– Je pars à la recherche de mon père.

– Ulrika, non!

– Il a besoin de moi, mère. Je le comprends maintenant. Je l'ai compris dès l'instant où j'ai su qu'il devait être le chef rebelle que Gaius Vatinius a reçu l'ordre d'éliminer. Je dois l'avertir de son plan, mère. Gaius Vatinius aura une énorme surprise, parce que mon peuple sera prêt à le recevoir. Et je vais l'aider à lutter. Je peux lui offrir mes connaissances médicales.

– Je t'en prie, murmura Séléné. Je t'en prie, ne t'en va pas.

Ulrika hésita un instant. Une ombre passa sur son visage, elle sembla vaciller, puis elle se ressaisit. Elle avait franchi un pas et ne pouvait revenir en arrière.

A la porte, elle se retourna vers sa mère.

– Tu as parlé de chemins qui se séparaient pour mon père et toi, dit-elle doucement. Tu as dit que tu as toujours su qu'ils bifurqueraient un jour. A présent, c'est toi et moi qui devons nous séparer, mère, parce que nos destins divergent. Au revoir et que les dieux, les tiens et les miens, te protègent.

Séléné ouvrit la bouche pour parler, mais au lieu de cela elle marcha vers sa fille pour la prendre dans ses bras sans dire un mot. Ulrika la serra fort contre elle, comme si leur étreinte expliquait ce que des mots ne pouvaient dire.

Séléné recula et enleva son collier pour le donner à sa fille, mais Ulrika le refusa.

– Non, mère. Ce collier, c'est toi, dit-elle en désignant l'anneau de César. Donne-le au petit frère ou à la petite sœur que tu portes. Il ou elle sera romain et grandira avec la fierté de son arrière-grand-père. Mon esprit m'appelle dans les forêts nordiques. Je n'ai rien à faire ici. Odin m'accompagnera jusqu'à mon père.

Séléné ne put retenir un sanglot.

– C'est si loin, Rika ! Et si dangereux ! Ta maison est ici à Rome, auprès de moi.

Mais Ulrika secoua la tête.

– Mère, toi plus que quiconque dois comprendre pourquoi je dois partir. Tu as passé ta vie à chercher ton identité et ta destinée. Aujourd'hui, c'est à mon tour de chercher.

Séléné regarda la porte se refermer sur sa fille, puis elle s'effondra sur une chaise. Une fraction de seconde, elle avait failli bondir pour retenir Ulrika. Elle voulait la garder, qu'elle reste à Rome, à ses côtés comme elle l'avait été pendant ces dix-neuf années. Mais l'instant d'après, elle s'était souvenue. De nombreuses années auparavant, Méra avait essayé de contrarier son destin en le prenant entre ses mains. Il était écrit dans les étoiles que Séléné devait vivre auprès d'Andréas, mais Méra n'avait pu l'accepter et avait entravé la route de son enfant pour qu'elle suive sa propre vision.

C'était ce qu'elle était tentée de faire à présent, d'empêcher Ulrika de suivre la voie qu'elle avait choisie. Et elle ne le pouvait. Vingt-deux ans plus tôt, Méra avait été incapable de laisser partir sa fille. Mais en ce matin d'avril, Séléné devait en avoir la force.

64

Ulrika devait se dépêcher. La nuit dernière, Gaius Vatinius avait dit qu'il partait pour la Germanie dans cinq jours en emmenant avec lui une légion de soixante centuries, soit six mille hommes. Elle devait arriver en Rhénanie avant lui.

Elle s'arrêta d'abord au *Forum*, où des centaines de petites échoppes étaient installées sur la place du marché animée. Là, elle demanda à un sculpteur sur bois de lui faire une réplique de la croix d'Odin qu'elle portait au cou. Ensuite, elle s'arrêta chez elle, sur le mont Esquilin. Andréas était dans son bureau à travailler à son encyclopédie médicale. Ulrika lutta contre l'envie d'aller lui dire au revoir. Elle n'avait pas le temps, il comprendrait.

Dans sa chambre, elle rassembla hâtivement quelques effets pour le voyage. Elle prit ses vêtements les plus solides, une paire de sandales de rechange, des affaires de toilette, de l'argent et un deuxième manteau. Puis elle puisa dans les réserves médicinales de sa mère, des pots de remèdes, des sachets de plantes, de la potion d'Hécate, une boîte de moisissure, des bandages, des scalpels, des sutures. Dans le coffret à bijoux, elle prit la turquoise qui avait appartenu à Rani et la passa à la cordelette qui retenait déjà la croix d'Odin qui lui venait de son père. Enfin, sur la pointe des pieds, elle alla dans la bibliothèque prendre deux livres : le *Materia Medica* de Pédinias Dioscoridès et le *De Medicina* de Celsus.

Paulina Valéria s'était absentée, aussi n'eut-elle pas à lui expliquer sa présence dans la villa. Elle se rendit directement au logement des esclaves.

Eiric n'y était pas.

Elle était venue lui dire de se préparer. Mais elle ne le trouva nulle part, pas plus dans la maison que dans le verger ou les jardins. Et personne ne l'avait vu depuis l'aube.

Alors, elle comprit : il s'était enfui.

Il ne lui en avait rien dit. Il était parti seul. Et elle savait pourquoi. C'était la raison de son air sinistre après qu'ils avaient fait l'amour, et aussi du mutisme dans lequel il s'était retranché. Tout ce temps, il avait pensé à sa fuite et il en avait gardé le secret.

« Pour moi, pensa-t-elle. Il l'a fait pour moi. »

Ulrika se doutait toutefois de la direction qu'il prendrait. Il fuirait vers le nord, vers les siens. Elle le retrouverait, elle en avait la certitude. En Germanie, elle rejoindrait son père, son frère et le garçon qu'elle aimait.

Pour finir, elle monta vite à la nurserie où elle congédia la nourrice pour rester seule avec Valérius.

– Petit frère, lui dit-elle en s'agenouillant devant lui. Je suis venue te remettre un présent.

– Tu n'es pas venue me voir hier soir, Rika, dit le garçonnet. J'ai attendu, attendu, mais tu n'es même pas venue après la réception.

– Je suis désolée, Valérius. Mais je ne me sentais pas très bien. Je sais que je t'avais promis de t'apporter une friandise, mais est-ce que ceci n'est pas une meilleure surprise?

Quand elle ouvrit le mouchoir, les yeux du garçonnet s'écarquillèrent.

– C'est la même que la tienne, s'écria-t-il en prenant la croix.

– C'est un présent très spécial, petit frère, lui dit-elle solennellement en lui passant la croix en T autour du cou et en la lissant sur sa poitrine. Elle est exactement comme la mienne et cela nous rend très proches. Cela signifie que, peu importe la distance qui nous séparera, nous serons toujours ensemble, grâce à elle.

Il rit en admirant son nouveau pendentif.

– Nous ne serons jamais séparés, Rika. Nous vivons dans la même rue!

Elle retint ses larmes.

– Écoute-moi, petit frère. Regarde-moi et écoute. Cette croix est très importante. Tu dois la garder, toujours. Et un jour, si jamais tu avais besoin de moi...

Sa voix se cassa.

– Pourquoi es-tu triste, Rika?

Elle le prit dans ses bras et le serra très fort.

– Écoute-moi, Valérius! Tu dois me promettre une chose. Si jamais tu avais besoin de moi, où que tu te trouves, quel que soit ton âge, promets-moi de m'envoyer cette croix et où que je sois, je viendrai.

– Mais où seras-tu, Rika? demanda-t-il, le visage dans les cheveux de la jeune femme.

– Je te le ferai savoir dès que je le pourrai, petit frère. Sinon, demande à tante Séléné. La croix me parviendra, Valérius, et je viendrai tout de suite, où que tu sois. Je te le promets.

Sentant la gravité du moment, le garçonnet ajouta :

– Et si jamais tu as besoin de moi, Rika, envoie-moi ta croix et moi je viendrai à ton secours.

Ulrika se recula pour regarder le petit visage sur lequel se lisait toujours de la peur et, pour la première fois, elle y vit l'ombre de l'homme que Valérius deviendrait, un homme beau et courageux.

– Oui, répondit-elle d'une voix remplie d'étonnement. Si jamais j'ai besoin de toi, petit frère, je t'enverrai ma croix. Ce sera notre signe.

Elle quitta la nurserie avant qu'il voie ses larmes. Elle ramassa son sac qu'elle avait laissé dans le jardin, regarda la position du soleil puis partit dans la direction d'Ostie. Elle portait des chaussures de marche et avait assez d'argent dans sa ceinture pour arriver à destination. Et à son épaule gauche, elle portait sa pharmacie en bandoulière.

Assurée que les dieux étaient avec elle, Ulrika marchait vite.

65

– Tu es celle qu'on appelle Marcella?
– C'est bien moi.
– Et tu es sage-femme sur l'île tibérine?
– En effet.

Sur un signe de tête de l'impératrice Agrippine, tous les esclaves se retirèrent en fermant la porte derrière eux. Marcella, soudain seule avec l'impératrice sans savoir pourquoi elle l'avait fait appeler au palais impérial, passait nerveusement d'un pied sur l'autre.

– On m'a dit, commença Agrippine en s'asseyant sans inviter Marcella à en faire autant, que ce sera toi qui accoucheras Julia Séléna. Est-ce vrai?

– Oui, Majesté. Elle me l'a demandé. J'ai trente ans d'expérience derrière moi.

– Quand l'enfant doit-il naître?

– Dans deux semaines.

– Il y a quelque chose que je veux que tu fasses.

L'inquiétude de Marcella grandissait. Elle avait entendu des histoires sur cette femme cruelle, des histoires horribles de gens qui disparaissaient, de personnes innocentes qu'elle faisait mettre à mort sans qu'elles connaissent le crime dont on les accusait. C'est pourquoi elle avait pris peur quand elle l'avait convoquée au palais.

Agrippine prit une petite bourse posée à côté d'elle sur la table et la tendit à Marcella, intriguée.

– Quand elle entrera en couches, dit-elle, tu renverras tout le monde. Assure-toi bien d'être seule avec Julia Séléna quand le bébé naîtra, est-ce clair?

La sage-femme hocha la tête.

– Et si l'enfant est un garçon, tu l'étoufferas jusqu'à ce que mort s'ensuive et ensuite, tu diras à Julia Séléna qu'il était mort-né.

Marcella sursauta.

– Majesté! Je ne peux faire une chose pareille!

Agrippine la fixa de ces yeux verts devant lesquels les gens tombaient à genoux et elle dit :

– Tu n'as pas à le discuter mais à le faire.

– Mais, Majesté... protesta Marcella.

Puis elle comprit et se tut. Un garçon en qui le peuple reconnaîtrait l'héritier de son bien-aimé Jules César serait un obstacle à l'ambition d'Agrippine pour son fils, Néron.

Elle lâcha la bourse d'or sur la table, redressa fièrement son corps replet et déclara :

– Je ne le ferai pas.

Agrippine soupira.

– J'avais espéré que tu ne te montrerais pas aussi ennuyeuse. On m'avait dit que tu étais une femme intelligente. Je vois maintenant que ce n'est pas le cas.

Sur un claquement de mains de l'impératrice, un esclave entra.

Il déposa quelques rouleaux de parchemin sur la table et ressortit en silence. Marcella regarda les rouleaux et son sang se glaça dans ses veines.

– Sais-tu ce qu'ils contiennent? demanda Agrippine.

Marcella secoua la tête.

– Les dépositions, faites sous la foi du serment, de témoins de tes divers actes de trahison.

– De trahison!

– Le nies-tu?

– Je le nie fermement. Jamais la moindre idée de trahison n'a traversé mon esprit!

– Malheureusement pour toi, ta seule parole ne prouve rien. Es-tu prête à répondre de ces accusations devant un tribunal?

– Je le suis. Mes amis jureront de ma loyauté envers Rome, et envers l'empereur.

L'impératrice haussa un sourcil finement dessiné. Marcella trembla. Elle regarda à nouveau en direction des parchemins. Qui avait signé? Qui l'avait trahie? Qui l'impératrice avait-elle poussé au parjure, tout comme elle voulait maintenant la forcer à commettre un meurtre?

– Vois-tu, dit Agrippine, tu n'aurais pas une chance devant un tribunal. Et le châtiment pour trahison, comme tu le sais, c'est la mort.

Marcella gardait les yeux fixés sur les parchemins.

– Très bien, reprit Agrippine en se levant pour faire le tour de la table et se placer face à la sage-femme. Cet or ne représente que la moitié du prix pour ce travail. Quand tu l'auras fait, tu recevras la seconde moitié. Et ces parchemins, dont tu feras ce que bon te semblera.

Marcella trouva le courage de parler.

– Je ne vous crois pas, dit-elle. Il n'y a rien sur ces parchemins.

– Oh, satisfais ta curiosité, je t'en prie! Examine-les.

La sage-femme en prit un, défit gauchement le cordon, puis lut l'accusation et la signature au bas. C'était celle du boulanger qui était son voisin depuis des années. Elle en lut un autre, et un autre encore. Tous l'accusaient d'avoir parlé en traître contre Rome, contre le Sénat et contre la famille impériale.

L'impératrice observait la sage-femme dont la face se décomposait peu à peu. Exactement comme celle de ce Gallus quand il avait fini par céder. Gallus était son homme de main sur l'île où il occupait la position clé de contremaître du chantier de la *Domus*. Il avait fait du bon travail pendant un temps. Il avait presque réussi à faire interrompre les travaux. Quelques « mauvais présages » de plus et personne dans l'Empire n'aurait voulu toucher une seule pierre de cet édifice. Mais quelqu'un avait fini par le démasquer. Quelqu'un de loyal envers Julia Séléna l'avait guetté et surpris en train de faire de la sorcellerie. On racontait que Vénus avait envoyé une colombe pour bénir la *Domus*. Toujours est-il que deux jours plus tard, on avait retrouvé le corps décapité de Gallus flottant sur le Tibre.

Agrippine avait dû recourir à d'autres méthodes, sans succès jusqu'ici. La popularité de Julia Séléna la protégeait. De plus, elle jouissait de l'amitié de Claude. Il l'appréciait et s'intéressait à la *Domus*. Or Agrippine n'était pas encore plus puissante que son époux. Elle devait donc agir avec prudence. Bien que la *Domus* fût presque terminée, il restait encore du temps. Le problème du bébé, toutefois, était plus urgent.

– Eh bien? dit-elle à la sage-femme.

Marcella reposa le dernier parchemin sur la table.

– Je ferai ce que vous demandez, répondit-elle en inclinant la tête.

La ville somnolait sous une chape de chaleur. Aucune brise n'agitait les branches et les flammes, même le fleuve semblait paresser. L'été, avec sa chaleur oppressante qui favorisait les rébellions et les émeutes, était si incendiaire à Rome que les Jeux du Cirque étaient pratiquement permanents.

Aujourd'hui, on distrayait la populace avec des carnages en l'honneur du dieu Auguste, qui avait donné son nom à ce mois, comme le divin Jules César avait donné le sien à juillet. Une fabuleuse bataille navale allait être reconstituée dans l'arène. Des bateaux et des catapultes flottaient sur une mer artificielle et deux flottes devaient s'affronter jusqu'à la mort. Aussi, en attendant cette représentation, les rues de Rome étaient presque désertes. Séléné et Pindare remontaient lentement la voie sacrée.

Andréas lui avait demandé de ne pas sortir, mais Séléné était décidée. Aujourd'hui, cela faisait exactement quatre mois qu'Ulrika était partie et depuis, pas un mot, aucune nouvelle. Alors Séléné se rendait une fois de plus au tombeau de César pour y déposer une offrande et demander à son aïeul de veiller sur Ulrika.

Pindare, qui l'accompagnait, était inquiet; fréquemment, il la prenait par le coude. Il portait sa pharmacie. La grossesse qui touchait à son terme alourdissait la démarche de Séléné. Elle devait s'arrêter souvent pour reprendre son souffle. Le bébé s'était retourné hier; maintenant, la tête en bas dans son berceau pelvien, il pesait sur le bas de son abdomen.

Le tombeau du divin César se trouvait dans un square de verdure orné d'une fontaine et de haies. Le monument lui-même était de petite taille, circulaire, avec des colonnes tout autour. Il n'y avait pas de construction annexe; les prêtres vivaient ailleurs. A l'intérieur, il n'y avait que la statue de Jules César, au pied de laquelle brûlait une flamme. Les prêtres n'étaient pas là aujourd'hui, ils étaient tous au Cirque, dans les loges qui leur étaient réservées.

Séléné se glissa dans la fraîcheur du petit temple avec soulagement. Posant une main sur ses reins, elle se dit qu'elle aurait peut-être mieux fait d'écouter Andréas quand il lui conseillait de prendre une litière. Mais le chemin semblait si court, et il faisait si bon tout à l'heure.

Elle leva les yeux sur l'expression lointaine de son ancêtre en se demandant s'il était vraiment présent dans ce tombeau et comment il la considérait, elle, sa petite-fille.

– Divin Jules, murmura-t-elle en déposant des fleurs à ses pieds, je t'en prie, veille sur Ulrika, ton arrière-petite-fille. Elle t'a renié, mais elle est si jeune! Elle a besoin de trouver sa voie dans le monde, comme moi j'ai trouvé la mienne. Un jour, elle reviendra vers toi.

Séléné se sentait lourde et heureuse. Les choses se passaient comme prévu. Depuis que Rufus avait accepté la place de contremaître, en avril, les travaux avaient beaucoup avancé. Le dôme était terminé; tous les murs, les colonnes et les arcades achevés. A présent, les équipes de travail se concentraient sur les finitions, les loquets des portes et les grilles des fenêtres. Selon les estimations, plus que deux mois, et la *Domus Julia* serait prête à accueillir des patients, et les salles de cours s'ouvriraient aux étudiants.

Séléné ferma les yeux, prise de vertige devant le précipice qui s'ouvrait devant elle. Le chemin avait été long pour venir jusqu'ici et pourtant, un autre plus long encore semblait l'attendre. Bientôt commencerait son travail avec Andréas.

Un spasme soudain la secoua, puis un liquide chaud coula entre ses cuisses et, aussitôt après, elle sentit une crampe dans le bas de ses reins.

« C'est trop tôt », pensa-t-elle alors que la crampe lui encerclait le ventre.

– Pindare, je dois m'asseoir. Aide-moi. Regarde s'il y a...

Une autre crampe, plus aiguë, lui enserrait la taille.

Pindare la prit par le bras et l'aida à passer à l'arrière du tombeau, là où, derrière la statue de César, il y avait un grand coffre en pierre dans lequel les prêtres rangeaient l'encens et les vêtements de cérémonie. Séléné se laissa aller sur le coffre en se tenant l'abdomen. Avant qu'elle ait pu inspirer, une nouvelle contraction, plus forte que les autres, la broya.

– Va chercher Marcella, dit-elle en haletant. Je serai à la maison.

Pindare secoua la tête.

– Va! insista-t-elle en le poussant. Il y a le temps. Je me débrouillerai. Je marcherai doucement. Cours, Pindare!

Il hésita une fraction de seconde puis tourna les talons et sortit précipitamment du temple. Séléné vit sa silhouette nimbée de soleil se découper une fraction de seconde dans l'entrée. Elle cligna des yeux : il semblait entouré de rayons de soleil, comme le dieu Hélios dans les représentations qu'on en faisait. Puis il dévala les marches et disparut, la laissant seule.

La contraction suivante la plia en deux. Séléné se redressa en agrippant à deux mains les bords de sa robe. Son corps se couvrit d'une sueur froide qui contrastait avec la brûlure de la douleur.

La contraction suivante fut comme une bande de feu autour de son corps. Un instant, ce fut le trou noir, elle ne vit plus rien. Elle était aveugle et sourde, consciente uniquement de la douleur horrible et brûlante.

« Ce n'était pas comme cela avec Ulrika, lui disait sa pensée du coin sombre où elle s'était réfugiée. Quelque chose ne va pas. »

Elle essaya de se lever. Une vague de douleur la submergea; elle tomba à genoux puis se coucha sur le côté. Elle se mit à haleter. Sa robe, froide et trempée, collait à sa peau. Elle attendit. La douleur suivante sembla partir de son cœur. C'était un jet de feu qui descendait en spirale comme une étoile filante pour exploser dans son pelvis.

Elle poussa des cris.

Puis elle resta allongée un moment, se contentant de respirer pour essayer de rassembler des forces qui l'aideraient à supporter le prochain assaut. La douleur était effroyable.

– Au secours, murmura-t-elle en étant persuadée d'avoir crié.

« Il est en train de me tuer. Je vais mourir. »

Elle eut la sensation qu'elle s'absentait du temple. Elle vit les pieds de marbre de son grand-père disparaître alors qu'elle s'enfonçait dans un tunnel sombre où ne l'attendaient que des cercles de douleur brûlante.

Le sol était dur et froid, mais elle sombrait dans un feu noir. Les minutes semblaient des heures, qui paraissaient des jours, qui duraient une éternité. Elle avait l'impression d'être allongée là depuis toujours. Pindare n'était plus qu'un vague souvenir.

Puis elle vit des pieds courir vers elle. Le Divin César changeait d'avis et venait à son secours. Mais c'était Pindare qui, d'une voix d'enfant, lui expliquait sans reprendre haleine qu'il avait eu trop peur de courir jusqu'à l'île pour chercher Marcella. Il ne pouvait la laisser seule. Il pleurait et essayait de la soulever.

Séléné était horrifiée. Il n'était parti qu'une minute.

– Il y a quelque chose d'anormal, murmura-t-elle.

Il plaça ses grosses mains sous ses aisselles et la tira derrière la statue. Elle comprit, encore plus surprise, qu'elle avait rampé.

« Pour aller où ? » se demanda-t-elle.

Elle vit Pindare forcer la serrure du coffre et l'ouvrir.

« Il ne doit pas faire cela. C'est un sacrilège », pensa-t-elle d'une façon étrangement détachée à travers une nouvelle vague de douleur.

Alors elle se souvint pourquoi elle avait rampé : pour sortir du temple parce qu'un accouchement profanerait ce lieu saint.

« Mais pourquoi ? pensa-t-elle tandis que la vague de douleur suivante déferlait sur elle. C'est le miracle de la vie. Les dieux eux-mêmes l'ont inventé. »

Les répits entre les contractions, pendant lesquels Séléné reprenait son souffle et réfléchissait, se raccourcirent. Bientôt la douleur se fit sentir sans discontinuer.

Et alors, elle devint la douleur qui la dévorait et l'emportait dans un endroit sombre d'avant le temps et l'existence. Pindare était en train de sortir du coffre des robes et des ceintures en or.

– Il ne faut pas... murmura-t-elle.

Il sanglotait, il avait peur, mais il était décidé à rester près d'elle et à l'aider. Un oreiller sous sa tête, un coussin sous ses reins. Séléné regardait le dôme du temple de son aïeul et sentait la brise chaude de l'été alors que Pindare relevait sa robe.

Elle pensa à la naissance d'Ulrika, essaya de se

rappeler ce qu'elle avait ressenti. Mais ce n'était pas du tout comme aujourd'hui. Il y avait le lit immense et doux, le vin chaud que Rani lui avait fait boire, et le vieux prêtre zoroastrien qui avait mis au monde un millier de bébés. Elle avait eu l'impression qu'Ulrika sortait tout simplement de son ventre pour entrer dans la vie.

« Ulrika est ainsi, pensa-t-elle en s'éloignant de son corps torturé. Où qu'elle soit maintenant, qu'elle se batte aux côtés de son père ou qu'elle attende que la neige tombe, elle tendra toujours la main à la vie. »

Elle ressentait une autre douleur maintenant, différente, plus sourde, une douleur déchirante. Elle avait peur. Puis quand la main de Pindare se posa doucement sur son front, elle lui fit l'effet étrange d'un baume inattendu.

« Je suis trop vieille, se disait-elle. Il y a dix-neuf ans qu'Ulrika est née, j'étais jeune alors... Depuis, mon corps s'est endurci. Il proteste contre cette intrusion. Je suis en train de mourir... »

– Je vais le garder, murmura-t-elle. Je ne vais pas l'expulser. Je vais garder mon bébé dans mon ventre et le porter le reste de ma vie.

Elle hurla.

Des pigeons s'envolèrent de chevrons au-dessus d'eux, voletèrent, se cognèrent dans les murs et se reposèrent.

Séléné hurla encore.

Il y avait vraiment quelque chose d'anormal. Elle le sentait, Pindare aussi. Elle luttait. Il essaya de lui dire qu'il ne fallait pas. Il essaya de la calmer, de l'aider à se détendre. Il essaya gauchement de l'enjoindre de s'abandonner, de laisser les choses se passer par elles-mêmes, de la sermonner doucement, elle se faisait du mal à vouloir résister.

Mais la douleur la forçait à lutter et lutter empirait sa souffrance. Elle se rendait compte avec effroi qu'elle était effectivement en train de se tuer, mais qu'elle ne pouvait s'en empêcher à cause de la douleur.

Alors, des bras aimants se refermèrent sur elle et des mots apaisants se glissèrent à son oreille.

– Tout va bien, dit-elle à cet homme simple et fidèle qui la soutenait et pleurait sur son épaule.

Pindare la berçait comme un bébé et pour Séléné, c'était la chose la plus merveilleuse au monde. Elle voulait hurler, mais au lieu de cela, elle pensait :

« Il sait ce dont j'ai besoin, mieux que Marcella ne le

saurait. J'ai besoin de quelqu'un en haut ici, pas en bas là-bas. De quelqu'un qui partage ma douleur, qui la coupe en deux, qui me l'enlève. »

Alors, tout à coup, elle la vit.

Sa flamme intérieure...

Une seule autre fois, la flamme était apparue inopinément, sans qu'elle l'appelle et voilà qu'elle brillait maintenant comme une comète, inattendue et si bienvenue que Séléné courut vers elle pour l'étreindre, comme Pindare l'étreignait en ce moment.

Puis elle se rendit compte que ce n'était pas sa flamme. C'était celle de quelqu'un d'autre, différente, moins chaude, plus jeune. Elle comprit que c'était celle de Pindare qui vacillait et dansait tandis qu'il la tenait.

Elle se mit à crier, puis à rire, puis elle dit :

– Le voilà !

Il y eut une dernière onde de douleur qui la libéra de tout le feu liquide qui la brûlait.

66

Des ombres l'accompagnaient.

Séléné sentait leur présence dans l'air doux de l'automne naissant. Des esprits qui s'assemblaient pour la guider, pour partager son moment de triomphe tandis qu'elle traversait la *Domus* vide, en cet après-midi d'octobre.

Les ouvriers avaient terminé depuis une semaine. Ensuite, les équipes de nettoyage avaient balayé et poli la maison pour qu'elle brille. La *Domus* embaumait les essences de bois et la cire d'abeille, le suif frais et les herbes ; les sols de marbre luisaient comme des mers, les plafonds blancs n'étaient pas encore tachés par la fumée des lampes. La jeune *Domus Julia* était prête à se lancer dans sa grande œuvre.

Pindare marchait derrière elle, la suivant dans cette ultime inspection. Il portait Jules, son fils de trois mois. Il la regardait traverser lentement la grande rotonde, lever les yeux, se tourner légèrement, le visage empreint d'une expression d'émerveillement, comme si elle voyait la *Domus* pour la première fois. Il la suivit à travers les nombreuses pièces, les salles avec leurs lits, les resserres, le gymnase et la bibliothèque, les salles de cours d'Andréas. Pindare ne voyait pas tout ce que Séléné voyait. Il ne voyait pas les patients, les infirmières, les médecins et les professeurs. Il ne pouvait imaginer la vie, l'animation qui, après demain, emplirait ces chambres vides de bruit et d'énergie. Seule Séléné le voyait, comme elle l'avait vu pendant dix-neuf ans dans ses rêves, depuis la Perse, depuis le docteur Chandra et le pavillon.

C'est à ce moment-là, pendant ces soirées dans les appartements de la princesse Rani, qu'elle avait réellement commencé à construire la *Domus Julia*. Et Rani, sa vieille et sage amie, l'accompagnait en cet instant d'une présence mélancolique et tendre pour la féliciter et la stimuler.

– Il faut que les patients restent éveillés et joyeux, avait-elle affirmé à maintes reprises.

– Les patients ont besoin de sommeil, avait rétorqué Séléné.

C'était l'un des rares points sur lesquels elles n'avaient jamais pu s'entendre, mais Séléné l'avait emporté. Au-dessus de l'entrée de la *Domus*, elle avait fait inscrire : LE SOMMEIL EST LE MÉDECIN DE LA DOULEUR. Une façon de rappeler au personnel et aux visiteurs qu'ils devaient marcher sans faire de bruit sur les sols en marbre.

Beaucoup de visiteurs se presseraient à la *Domus*. Séléné n'en doutait pas. Pendant des mois, les Romains avaient bourdonné de curiosité autour de l'édifice qui s'élevait petit à petit au nord de l'île. Un havre pour les malades. Pas un temple où l'on donne un sou au prêtre pour rester la nuit, mais un endroit comme un chez-soi où l'on serait soigné par des gens attentionnés. Les Romains n'avaient jamais entendu parler d'un tel endroit, ne pouvaient l'imaginer, ne pouvaient comprendre comment il se présenterait. Les petites infirmeries provisoires sur l'île qui s'étaient chargées des malades et des blessés pendant qu'on construisait la *Domus Julia* n'étaient rien en comparaison.

Demain, pendant la grande fête qui marquerait l'ouverture de la *Domus Julia*, les gens seraient libres de se promener dans les pièces et les couloirs pour découvrir par eux-mêmes quels mystères abritait le dôme blanc.

Séléné s'arrêta dans la bibliothèque. Du sol au plafond, les murs étaient tapissés de parchemins et de manuscrits. Il y avait là des écrits sur la magie et les sorts dans l'Égypte ancienne, un traité médical de la lointaine Chine, un recueil sur les médecines traditionnelles en Bretagne. Et le trésor suprême, l'imposante encyclopédie médicale d'Andréas – cinquante volumes –, terminée pour la cérémonie d'inauguration de demain. Andréas y avait consacré beaucoup de temps et d'énergie. Elle renfermait l'ensemble des connaissances de la médecine grecque et de la médecine romaine, des plantes à la chirurgie, de la botanique à l'anatomie. Dans quelques jours, quand les festivités seraient terminées, il la porterait chez un éditeur qui en ferait des copies afin que les médecins et les étudiants en médecine du monde entier puissent en profiter.

Séléné entendit un gloussement. Elle se retourna : Pindare était en train d'endormir Jules en le berçant dans ses bras.

Séléné ne put s'empêcher de froncer les sourcils. Depuis cet épisode effrayant avec Marcella quelques jours après la naissance du bébé – Jules, soudain malade, était devenu tout bleu –, Pindare refusait de le quitter des yeux. Marcella qu'on avait retrouvée le lendemain morte dans son bain, les poignets tranchés, et qui dans une lettre d'adieu demandait son pardon...

La rumeur disait-elle vrai ? Agrippine était-elle furieuse de la naissance du fils de Séléné ? L'avait-on vraiment entendue déclarer que, selon elle, l'accouchement dans le tombeau du Divin César avait été manigancé pour consacrer la place du bébé dans la lignée des Julio-Claudiens ? L'événement avait été propice, Séléné n'en déconvenait pas. Les prêtres avaient même fermé les yeux sur l'antique tabou de profanation pour affirmer que cette venue au monde était de bon augure. Mais Séléné ne l'avait pas manigancée !

Si Pindare n'avait pas été là, elle serait probablement morte là-bas, au pied de la statue de son aïeul.

C'était étrange comme ses sentiments à l'égard de ce garçon avaient évolué. Il s'était créé entre eux un lien indéfinissable. C'était lui qui avait mis le bébé au monde, lui qui l'avait tenue dans ses bras alors qu'elle était aux prises avec la douleur, c'est pourquoi elle éprouvait pour lui cette chaude et tendre affection que l'on ressent envers un ami proche ou un parent. Mais il y avait autre chose, quelque chose qu'elle ne pouvait encore cerner.

Elle secoua la tête. Elle avait tant de choses à l'esprit aujourd'hui! Elle tremblait comme une jeune mariée, elle avait l'impression d'avoir à nouveau seize ans.

« On aurait conduit le marchand de tapis dans un endroit comme celui-ci », pensa-t-elle en se rappelant que cela s'était passé l'année de ses seize ans.

A Antioche, elle s'était sentie si impuissante, si frustrée; sans la présence d'Andréas, cet homme aurait succombé. Cela ne se produirait pas à Rome, se rassura-t-elle. Parce que maintenant, il y avait la *Domus Julia.*

L'ombre de Méra l'accompagnait aussi, une Méra abasourdie de voir qu'on pouvait prodiguer des soins à une si grande échelle. Si l'esprit de Méra l'approuvait, Séléné n'en sentait pas moins une touche de circonspection, comme si cette femme aux méthodes d'un autre temps demandait : « Est-ce que cela peut marcher? Le monde est-il prêt à l'accepter? »

Le seul esprit que Séléné ne sentait pas à ses côtés était celui de Wulf. Cela signifiait-il qu'il était toujours en vie? Était-il, après tout, le chef rebelle des forêts de Germanie? Ulrika l'avait-elle trouvé, étaient-ils réunis et luttaient-ils côte à côte?

Séléné serra les bras autour de son corps en se berçant. Demain, tout commencerait. Demain marquerait la fin de sa longue odyssée. Demain verrait le crépuscule d'un âge révolu et l'aube d'une ère nouvelle, comme prédit. Demain...

– Séléné!

Elle se retourna.

Andréas arrivait hors d'haleine.

– Paulina, dit-il. Elle a été arrêtée!

Laissant Pindare sur l'île avec le bébé, ils se précipitèrent à la prison du Capitole où on leur apprit, à leur grande stupeur, que Paulina n'avait pas été conduite dans la prison habituelle mais incarcérée dans les geôles des sous-sols du Grand Cirque.

– Grands dieux! Mais pourquoi? demanda Andréas.

Le gardien consulta son grand livre et haussa les épaules.

– Elle est accusée de trahison.

– De trahison!

– Pourquoi le Cirque? demanda Séléné en se raccrochant au bras d'Andréas.

– Elle a été condamnée à mourir avec les Juifs, annonça l'homme après avoir consulté sur des tablettes de cire les listes des exécutions prévues.

Séléné se sentit défaillir.

Il y avait une nouvelle secte de Juifs, les Nazaréens, qui refusaient de vénérer l'empereur comme un dieu, ce qui constituait un acte de trahison. Pour l'exemple, on les avait traînés dans le Cirque, où on les avait jetés dans la fosse des chiens et des ours sauvages. Demain était organisé un autre spectacle dont on savait Claude friand : les traîtres seraient attachés sur des croix, couverts de poix et brûlés vifs.

– Mais Paulina Valéria n'a pas été jugée! s'insurgea Andréas.

Le geôlier lui décocha un regard qui signifiait : pas de procès pour cette prisonnière-là.

– Mais pourquoi? interrogea Séléné. Paulina ne fait pas partie de cette secte! Claude le sait.

– Ce n'est pas l'empereur qui a ordonné son arrestation, dit le geôlier. On l'a arrêtée sur ordre de l'impératrice.

– Andréas, je ne comprends pas, avoua Séléné une fois dans la rue animée. Pourquoi Agrippine aurait-elle fait arrêter Paulina sur des accusations qu'elle sait fausses?

Andréas grimaça dans le soleil couchant.

– Va réconforter Paulina. Dis-lui que nous allons nous arranger pour la faire relâcher tout de suite.

– Où vas-tu?

– Voir Claude. A mon avis, il ne sait rien de cette arrestation. Il rédigera un ordre de mise en liberté.

Après s'être frayé un chemin à travers le *Forum* encombré pour arriver jusqu'au Cirque, il lui fallut discuter et supplier quantité de gardes avant d'obtenir enfin l'autorisation de rendre visite à Paulina.

Son amie, seule dans une cellule, était assise bien droite, les mains posées à plat sur ses cuisses. En entendant des pas résonner dans le couloir, elle se tourna vers le judas et vit apparaître le visage de Séléné. Elle se leva avec autant de grâce que si elle accueillait un invité chez elle.

– Paulina! s'exclama Séléné en agrippant les barreaux du judas, nous venons de l'apprendre. Andréas est parti voir l'empereur.

Quand Paulina se rapprocha, Séléné vit un visage pâle et défait. Mais elle vit aussi la fameuse *gravitas* romaine, la dignité patricienne innée qui distinguait Paulina du reste des prisonniers qui pleuraient et blasphémaient.

– C'est arrivé si vite, expliqua-t-elle d'une voix calme, sans perdre sa fierté, le menton redressé. Les prétoriens sont entrés chez moi, m'ont montré l'ordre d'arrestation et m'ont emmenée. J'ai réussi à dire à un esclave de vous prévenir.

Séléné fixait les yeux topaze de Paulina et, sous le vernis de courage, elle vit de la peur.

– Mais pourquoi? demanda-t-elle. Qui est votre accusateur?

– Cela, je n'en sais rien. J'ai été conduite chez l'impératrice qui m'a montré des parchemins, des déclarations de témoins de ma trahison, a-t-elle dit.

– Des faux!

Paulina serra les lèvres.

– Il ne fait aucun doute qu'Agrippine a acheté ou menacé mes amis pour les amener au parjure. Je n'aurai même pas droit à un procès. Je dois mourir demain. Dans l'arène.

Séléné regardait son amie, incrédule. Ce n'était pas possible. Elle devait faire un cauchemar; elle n'allait pas tarder à se réveiller dans la *Domus,* dans la lumière pure et blanche du soleil. Et les bruits qu'elle entendait, les sanglots, les supplications derrière les portes des autres cellules, faisaient tous partie de ce rêve affreux.

– Mais a-t-elle dit pourquoi, Paulina? Elle devait vouloir quelque chose pour vous avoir envoyé chercher. Qu'a-t-elle dit?

Pour la première fois, la façade de Paulina se craquela.

– Elle n'exigeait qu'une chose, répondit-elle en baissant la voix pour mieux la contrôler.

– Laquelle?

– Que je vous persuade de renoncer à vous réclamer de sang julio-claudien.

Il y avait un minuscule soupirail en haut d'un des murs

de la cellule de Paulina par lequel entraient les teintes mordorées du jour tombant. L'air était empli d'une odeur étrange, d'une odeur de brûlé, de roussi et au loin, on entendait les clameurs d'un feu.

Séléné regarda la lumière cuivrée rapetisser sur le sol pavé comme une mer qui se retire; elle huma l'odeur vague de fumée, écouta les cris lointains des *Cohortes Vigiliarum*, les pompiers de Rome; elle imagina leurs seaux, les tuyaux de cuir et les pompes à bras inefficaces. Elle les avait vus maintes fois à la tâche, ces volontaires courageux qui combattaient le feu plus férocement qu'ils n'auraient résisté à une armée d'envahisseurs, car le feu était la plus grande peur des Romains, la pire menace qui pesait sur leur ville.

– Je vois, dit-elle enfin, calmement, et soudain elle vit effectivement.

La sorcellerie dans la *Domus,* la maladie inexplicable du bébé alors qu'il était confié à la garde de Marcella, puis le suicide déconcertant de la sage-femme. Il y avait la main de l'impératrice derrière tout cela qui voulait empêcher Séléné de voler le trône de l'Empire.

« Elle n'ose pas s'attaquer à moi, pensa-t-elle. Mais elle peut me blesser à travers ma famille et mes amis. »

– Et comment dois-je accomplir cet acte? demanda-t-elle.

– Devant le peuple. Vous devez déclarer que vous avez menti entièrement. Que vous ne descendez pas de Jules César. Et vous devez remettre publiquement l'anneau à Agrippine.

– Et à cette condition, elle vous laissera partir?

Paula ne répondit pas.

– Alors, je dois le faire, Paulina. A cause de moi, vous risquez une mort horrible. Je m'en sens responsable. Moi seule peux vous sortir d'ici.

Paulina approcha son visage des barreaux.

– Mais il y a autre chose encore...

– Autre chose! Que peut-elle exiger de plus?

– Agrippine exige que vous dénonciez publiquement votre médecine comme sorcellerie.

Séléné regardait son amie avec stupeur.

– Et que vous dénonciez la *Domus Julia* comme endroit maléfique.

Les yeux de Séléné se remplirent d'horreur. Comment, après tout le chemin parcouru depuis l'humble maison du quartier pauvre d'Antioche, en était-elle arrivée là? Renier un ancêtre dont on venait d'apprendre l'existence était une chose, mais dénoncer sa vocation sacrée, renoncer au rêve qu'elle partageait avec Andréas!

Levant les yeux vers le petit soupirail, elle remarqua que la lumière avait disparu. La nuit enveloppait Rome; l'air était imprégné d'une fumée de plus en plus épaisse. Les voix des autres condamnés emplissaient l'air de leurs cris affolés, car eux aussi avaient senti la fumée et, dans leur panique, demandaient qu'on les laissât sortir.

– Il ne faudra pas en arriver là, dit-elle. Andréas est allé voir Claude...

Elle se tut, comprenant soudain qu'il était parti depuis longtemps.

– Séléné, dit Paulina. Vous devez quitter Rome. Le pouvoir d'Agrippine grandit de jour en jour et il arrivera un moment où le peuple ne pourra vous sauver. Je connais cette femme. Elle le retournera contre vous. Le peuple est versatile, Séléné, prêt à suivre toute étoile nouvelle qui se lève. Aujourd'hui, il vous porte aux nues; demain, il causera votre chute. Quittez Rome, Séléné. Prenez votre bébé et partez loin.

Séléné regarda son amie, les yeux écarquillés.

– Mais... la *Domus*! C'est toute ma vie. Comment pourrais-je l'abandonner?

– Pensez-vous qu'Agrippine supportera son existence? Elle trouvera un moyen de la détruire, et vous par la même occasion, avec ceux que vous aimez.

– Si je renonce à mes ancêtres, cria Séléné, cela devrait lui suffire! Si je lui montre que je n'ai nulle intention de contester l'accession de son fils au trône, certainement qu'elle nous laissera en paix.

Mais non, elle le comprenait au moment même où elle prononçait ces mots. Une fois qu'elle aurait dénoncé son hérédité, plus rien ne les protégerait, son enfant et elle. En cédant au chantage d'Agrippine, c'est de sa propre main qu'elle retournerait le peuple contre elle-même.

Passant la main à travers les barreaux, Paulina agrippa son poignet.

– Partez, supplia-t-elle. Cette nuit, sans attendre. Avec Andréas et le bébé, et fuyez loin, là où vous serez en sécurité.

– Je ne vous abandonnerai pas, Paulina!

– Et prenez mon fils, Séléné. Emmenez Valérius avec

vous. Quand je serai morte, il ne sera plus en sécurité. Élevez-le comme votre propre enfant.

Les prisonniers cognaient à présent contre leurs portes en hurlant qu'on les laisse sortir. Séléné et Paulina levèrent les yeux vers le soupirail. Une nouvelle lueur brillait dehors, comme un second coucher de soleil, et l'odeur de fumée était plus forte.

– Le feu n'est pas dans le coin! cria un garde par la porte en fer. Vous brûlerez pas. Alors, taisez-vous!

Quand il s'éloigna en laissant la porte entrebâillée, Séléné entendit une autre voix se joindre au vacarme : celle d'Andréas qui discutait avec le geôlier. Séléné alla voir. L'homme grimaçait au-dessus d'un bout de papier tandis qu'Andréas était en train de lui dire :

– Vous connaissez le sceau de l'empereur. Le voilà. Relâchez immédiatement Paulina Valéria ou vous en supporterez les conséquences.

Pendant que le geôlier se grattait le crâne d'indécision, car la prisonnière était celle d'Agrippine, Andréas décocha à Séléné un regard qui l'invitait à la prudence. Elle resta derrière la porte.

Finalement, l'homme céda et dit :

– D'accord. Ça devrait venir de l'impératrice, mais...

Aussitôt que la porte fut déverrouillée, Paulina sortit de la cellule. Tous trois marchèrent à grands pas mais sans précipitation pour ne pas se faire remarquer. Une fois qu'ils furent dehors dans la nuit enfumée, Andréas dit :

– Nous devons quitter Rome sur-le-champ. Claude est mort.

– Quoi?

– Il dînait quand je suis arrivé pour lui parler de Paulina. Il était ivre et a insisté pour que je m'asseye avec lui. Agrippine l'a poussé à reprendre des champignons, mais d'un plat qui n'était pas passé par le goûteur, et voilà comment Claude est mort. Mais écoutez, dit-il en serrant le bras de Séléné, Agrippine dit que c'est moi qui l'ai empoisonné. Elle a ordonné mon arrestation.

– Non!

– J'ai réussi à sortir du palais sans être vu, mais c'est Agrippine qui détient désormais le pouvoir suprême. Elle agira à la place de Néron jusqu'à sa majorité. Il faut quitter Rome cette nuit même.

– Mon fils... s'écria Paulina.

– Je me suis arrangé avec le capitaine d'un bateau qui part ce soir. C'est notre seul espoir. Toutes les sorties de la ville seront surveillées. Le bateau lève l'ancre dans une heure.

– Andréas, dit Séléné. Va avec Paulina chez elle. Prends Valérius et... de l'argent, Andréas. Il nous faudra de l'argent. Je vais aller chercher Jules sur l'île. Nous aurons besoin de quelques choses, des provisions, des médicaments. Je dois donner des instructions à Hérodas au sujet de la *Domus*. Je vous retrouverai sur les quais.

Ils se séparèrent dans la rue sombre, Andréas et Paulina pour aller dans leurs villas sur l'Esquilin, Séléné pour courir vers l'île.

Lorsqu'elle arriva au bord du fleuve, elle s'arrêta net, les yeux écarquillés d'incrédulité.

La *Domus Julia* brûlait.

Une brigade de pompiers combattait l'incendie, mais il était évident que c'était tout à fait inutile. La *Domus* était trop grande, l'île trop exiguë pour qu'ils luttent efficacement. Les gens commençaient à affluer sur les rives pour regarder les flammes s'élever dans le ciel. Alors qu'elle courait vers le pont, elle entendit quelqu'un dire :

– N'ont jamais eu de chance. Tu te rappelles en avril? J'ai toujours pensé que cet endroit n'était pas fait pour exister. Qui a jamais entendu parler d'un tel truc? Une maison pour les malades...

« Non, non, non », battait son cœur à l'unisson de ses sandales sur le pavé alors qu'elle franchissait le pont de pierre.

La chaleur de l'incendie arrivait jusqu'à ce bout de l'île, chassant les malades et les prêtres du temple. Beaucoup plongeaient dans le fleuve, d'autres s'enfuyaient par le pont, se bousculant, piétinant ceux qui tombaient. Et le feu grondait comme un lion enflammé tapi sur l'île qui aurait craché son haleine brûlante vers le ciel.

La foule entraînait Séléné en arrière. Elle tomba et se releva deux fois. C'était un spectacle terrifiant, la *Domus* qui se consumait comme un nouveau soleil incandescent, incendiant la nuit à des kilomètres à la ronde, envoyant une pluie de cendres et de braises sur la ville.

Séléné sentait l'air brûlant lui dessécher les poumons. Elle trempa sa *palla* dans une fontaine puis s'en enveloppa la tête et, ce linge mouillé sur la bouche, elle continua d'avancer vers la *Domus*.

Où étaient Pindare et le bébé?

Elle trouva Rufus d'abord, couché sous un bloc de pierre effondré. Il avait le crâne fendu. Dans ses yeux ouverts se reflétaient les flammes dorées.

Elle s'agenouilla près de lui. Le vieux vétéran rassembla assez de forces pour lui dire :

– Prenez soin de mon garçon. Vous serez la seule famille de Pindare.

Et il mourut.

D'autres personnes étaient coincées sous les décombres. Séléné vit un homme transformé en torche vivante courir et s'effondrer dans le fleuve, carbonisé.

Elle regardait l'incendie, hypnotisée. L'entrée de la *Domus* était une bouche ardente. Elle pensa à tout ce qui se trouvait à l'intérieur, les livres, les médicaments.

L'encyclopédie d'Andréas.

Sa pharmacie.

Elle fut forcée de se retourner. Des explosions se produisaient partout dans l'édifice à mesure que les gaz emprisonnés dans la maçonnerie chauffaient et se dilataient. Même les pompiers abandonnaient l'île à présent. Et la foule massée sur les rives était de plus en plus nombreuse. Elle acclamait et criait tandis que des cruches de vin passaient à la ronde. C'était comme si ces gens assistaient à un spectacle, à un divertissement.

Séléné courut à l'arrière de la *Domus*, là où le feu faisait le moins rage.

– Pindare! cria-t-elle.

Les fenêtres scintillaient comme des yeux de démons, de la fumée s'échappait des portes en volutes épaisses.

– Pindare! Où es-tu?

Une braise tomba sur sa robe, en enflammant le bas. Elle l'éteignit en tapant dessus. Une explosion non loin projeta sur elle des pierres et de la cendre. Elle se protégea la tête du bras.

Le bébé! Où était le bébé?

– Pindare! appela-t-elle, désespérée, mais sa voix se perdit dans le grondement infernal.

Puis un homme, l'un des frères du temple, la prit par les bras pour essayer de la tirer en arrière.

– Avez-vous vu Pindare et le bébé? cria-t-elle.

– Ils se trouvaient à l'intérieur quand l'incendie s'est déclaré, madame! Ils n'ont pas pu ressortir! Venez!

– Pindare! Julius!

Elle se débattit jusqu'à ce que le frère la lâche et s'enfuie les mains sur la tête pour se protéger des débris qui tombaient.

Elle parcourut en courant le périmètre de la *Domus,* cherchant un moyen de rentrer, mais tout était en flammes.

– Pindare..., sanglota-t-elle en trébuchant et tombant par terre.

Elle regagna l'entrée principale, où les flammes léchaient les colonnes du porche imposant. La chaleur formait un mur épais qui la repoussait par vagues successives. Puis, plus loin devant elle, il y eut une déflagration. Le linteau de pierre qui portait l'inscription « LE SOMMEIL EST LE MÉDECIN DE LA DOULEUR » explosa, projetant une averse de morceaux de marbre.

Séléné leva les yeux, voulut se protéger de ses bras. Trop tard. Une pierre de la taille d'un poing la frappa à la tête et elle tomba inconsciente dans l'herbe recouverte de cendres.

Tout en se hâtant dans les rues qui serpentaient le long de l'Esquilin, Andréas et Paulina regardaient en arrière pour voir ce qui brûlait. Mais chaque fois, des immeubles, les murs d'un jardin, de hauts cyprès leur obstruaient la vue. Les incendies étaient chose courante à Rome en août. Il était rare qu'un jour passe sans qu'on sente l'odeur âcre de la fumée et qu'une pluie fine de cendres emplisse l'air. Lorsqu'ils arrivèrent dans leur propre rue, au sommet de la colline, ils purent enfin voir. Et ils restèrent pétrifiés.

– C'est l'île! murmura Paulina.

– Séléné se trouve là-bas! dit Andréas en se tournant vers elle. Écoutez. Le bateau s'appelle le *Bellérophon* et le capitaine est un homme du nom de Naso. Prenez Valérius et filez-y tout de suite.

– Mais...

– Vite, Paulina! Avez-vous un esclave à qui vous fier?

– Oui... répondit-elle en retenant son souffle.

– Emportez toutes les choses de valeur que vous pourrez, des bijoux, de l'argent. Et dépêchez-vous!

– Laissez-moi vous accompagner, Andréas.

– Non! Je retourne chercher Séléné et le bébé. Nous nous retrouverons au bateau. Vite, Paulina. Naso lève l'ancre avant la marée.

– Il vous attendra certainement! lui cria-t-elle.

– Je lui ai dit de ne pas m'attendre. Une fois que vous serez à bord, Valérius et vous, il sera autant en danger que nous. Si Séléné et moi n'arrivons pas à temps, vous devez lever l'ancre, Paulina! Et nous nous débrouillerons pour trouver un autre moyen de quitter la ville. Allez, maintenant!

Il la regarda entrer vite chez elle par la porte du jardin puis se prépara à rebrousser chemin pour gagner l'île.

Il s'arrêta net. Les gardes de l'impératrice tournaient l'angle de la rue. Il plongea sous une arcade. Il regarda de part et d'autre de la rue sombre. Devant lui, le ciel brillait de lueurs orangées. La fumée de l'incendie, qui montait jusqu'aux collines, lui brûlait les yeux et brouillait sa vue de larmes.

Voyant les gardes s'arrêter devant le portail de Paulina, il sortit de sa cachette pour se glisser le long du mur jusqu'à un passage étroit qui, entre deux villas, débouchait sur une autre rue. Il remonta le passage en courant, trouva un endroit où les branches basses d'un arbre pendaient à l'extérieur et s'en servit pour escalader le mur.

Il retomba dans le jardin à l'arrière de la propriété de Paulina, près des logements des esclaves. De l'autre côté de la maison lui parvenait le bruit des soldats qui enfonçaient le portail.

Paulina le rencontra alors qu'elle s'enfuyait de la maison en emportant Valérius ensommeillé dans ses bras. Andréas prit le garçonnet et emmena vite Paulina jusqu'à l'arbre qui lui avait permis d'escalader le mur.

– Mes esclaves! s'écria Paulina. Agrippine va tous les faire tuer!

– Grimpe! dit Andréas à Valérius en l'aidant à monter dans l'arbre. Et saute. Attends de l'autre côté et aide ta mère à descendre. Tu es un homme, maintenant, Valérius. Tu dois veiller sur elle.

Tout à fait réveillé, le garçonnet de six ans grimpa dans

l'arbre comme un singe. Quand Andréas vit que Paulina montait à son tour sans risque, il lui dit :

– N'oubliez pas. Le *Bellérophon*. Et faites vite!

Puis il retourna en courant vers les logements des esclaves qu'il trouva tremblants, tassés dans un coin.

– Venez! dit-il. Fuyez!

Mais ils ne bougèrent pas.

– Fuyez! cria-t-il encore.

Ils le fixaient comme des bêtes affolées, paralysés de peur.

Quand il entendit le portail céder, puis les sandales qui traversaient en courant le jardin de devant, et les cris des soldats, il fit demi-tour et se précipita vers le mur. Comme il sautait de l'autre côté, les soldats faisaient irruption dans le jardin de derrière.

Lorsque Séléné reprit conscience, l'herbe tout autour d'elle avait pris feu. Elle toussa péniblement. Les yeux lui piquaient. Elle voulut se couvrir le visage, mais sa *palla* avait été soufflée. Se relevant tant bien que mal, elle regarda autour d'elle, hébétée.

– Au secours! cria-t-elle.

Puis elle leva les yeux. Sur un piédestal juste au-dessus du grand porche, une gigantesque statue de Vénus en marbre menaçait de basculer.

– A l'aide! hurla-t-elle.

Andréas, qui était en train de traverser le pont, l'entendit. Il la vit dans un cercle de feu et vit aussi la statue de Vénus qui commençait à se fêler.

– Au secours! hurla encore Séléné.

Andréas trouva une toge accrochée dans un buisson, abandonnée par quelqu'un dans sa fuite. Il la plongea dans une mare et s'en enveloppa la tête pour traverser l'écran de flammes, attrapa Séléné par le bras, jeta l'autre extrémité de la toge trempée sur sa tête et ses épaules et l'entraîna dans sa course.

Au moment même où Séléné quittait l'endroit où elle se trouvait, la statue de Vénus bascula dans le vide.

Quand ils arrivèrent au pont, Séléné le tira soudain en arrière.

– Le bébé! cria-t-elle. Il faut que nous trouvions le bébé!

Andréas regarda en arrière. Toute la *Domus* brûlait; l'île entière était perdue.

– Il n'y a rien à faire, Séléné! cria-t-il. Nous devons nous sauver!

Sans lâcher prise, il l'entraîna.

Se soutenant, toussant, ils descendirent en courant les rues sombres enfumées. A leur gauche, les murs redoutables du Grand Cirque se dressaient, fantomatiques, dans un brouillard de fumée, ses arcades et ses colonnes éclairées par les lueurs de l'incendie.

Séléné trébucha à plusieurs reprises, mais Andréas la retenait, un bras passé autour de sa taille. Il savait que les gardes, ayant trouvé leur maison vide, seraient aussitôt allés à l'île. Et maintenant, ils devaient les chercher dans toute la ville.

– Pourvu qu'ils fouillent d'abord les sorties de la ville, espéra-t-il.

Mais en le souhaitant, il savait qu'il était déjà trop tard. Naso devait déjà avoir levé l'ancre.

Ils arrivèrent à un espace dégagé entre les immeubles, un petit parc avec un temple circulaire au milieu, le tombeau de Jules César. Alors qu'ils le dépassaient, ils entendirent un chien aboyer. C'était Fido qui bondissait hors du temple.

Et derrière lui, Pindare qui portait le bébé.

– Pindare! cria Séléné en courant vers lui.

Pleurant de soulagement, elle prit Jules dans ses bras et écouta Pindare raconter d'une voix hésitante comment le chien avait senti la fumée avant les hommes et avait aboyé pour l'avertir.

Puis Séléné remarqua le coffre d'ébène qu'il portait en bandoulière – sa pharmacie qu'il avait attrapée dans sa fuite –, et elle le serra dans ses bras en embrassant ses joues ruisselantes de pleurs.

– Venez, dit Andréas. Il faut faire vite.

Tout le monde s'étant précipité en amont pour voir le fantastique incendie, les quais étaient pratiquement déserts mais, au grand soulagement d'Andréas, le *Bellérophon* était encore amarré.

Alors qu'ils se pressaient de monter à bord, d'un ton bourru, Naso dit quelque chose comme :

– Trop vieux pour fuir devant une impératrice dingue.

Puis il cria l'ordre de larguer les amarres.

Paulina et Séléné se jetèrent dans les bras l'une de l'autre. Sur le pont, Fido bondit vers Valérius pour lui lécher le visage. Et Andréas resta au bastingage à regarder le quai s'éloigner lentement.

Des heures plus tard, juste avant l'aurore, ils naviguaient en haute mer.

Le bateau, chargé de vin pour la Mauritanie, sur la lointaine côte africaine, et un des derniers à traverser la Méditerranée avant que l'hiver n'empêche tout transport, était une embarcation résistante avec une grande voile et un équipage de solides gaillards. Naso assura à ses passagers qu'ils étaient désormais en sécurité entre les mains de Poséidon.

Alors que les autres restaient à la poupe pour regarder les dernières lueurs de l'incendie dans le lointain, Séléné, seule à la proue, avait les yeux rivés sur l'avenir. Elle tenait Julius dans ses bras et son collier frôlait le petit corps. Elle y avait accroché toutes les amulettes amassées au fil des années : l'anneau ancestral, la rose d'ivoire, rescellée et renfermant la mèche des cheveux de Césarion et le morceau du linge qui avait reçu son frère jumeau à sa naissance, de ce frère qu'elle pensait n'avoir pas retrouvé.

Finalement, Andréas vint la rejoindre, puis Pindare, Paulina laissa Valérius où il s'était endormi, avec Fido pour oreiller, et elle alla se joindre à eux.

Silencieux, choqués, débraillés et abattus, ils regardèrent droit devant dans la pénombre étoilée et la mer infinie, noire. Écoutant les flancs du bateau craquer dans l'eau, ils pensèrent à tout ce qu'ils laissaient derrière eux.

Paulina commença à pleurer doucement et Pindare passa gauchement un bras autour de ses épaules. Andréas chercha la main de Séléné pour lui donner de la force et pour puiser dans sa force. La vision de la *Domus* en flammes resterait à jamais gravée dans leurs mémoires.

Derrière eux, l'aube poignait et déjà la promesse du jour nouveau qu'elle apportait glissait sur l'eau.

– Nous devons reprendre courage, dit Séléné, la gorge serrée. Nous devons nous réjouir d'avoir pu sauver nos vies et d'être tous ensemble. Nous irons là où Agrippine ne pourra nous trouver. Nous trouverons une nouvelle patrie, un endroit où recommencer...

Sa voix se brisa.

– Où nos enfants pourront grandir en paix, loin de toute peur.

Elle prit une grande inspiration.

– Nous construirons une autre maison où nous accueillerons les malades et les blessés, une maison qui résistera aux aléas des temps. C'est ce pour quoi nous sommes nés.

Appuyée contre Andréas, elle comprit que ce n'était qu'un commencement de plus parmi tous les commencements qui avaient jalonné sa vie.

« J'ai été Fortuna de Magna, pensa-t-elle. Fortuna de la chance et du bonheur; j'ai été Umma la « mère »; Pérégrina, l'étrangère et la voyageuse; Cléopâtre Séléné, descendante d'une reine et Julia Séléna, fille des dieux. Mais pour finir, je suis celle que j'ai toujours été, Séléné la guérisseuse. »

Bien qu'elle fût accablée de douleur d'avoir perdu la *Domus*, elle savait que son rêve n'avait pas péri avec elle dans les flammes. Elle était arrivée au terme de sa longue odyssée et ses deux quêtes avaient abouti : elle avait trouvé ses racines, son identité, elle avait construit un endroit où les gens pourraient trouver des soins.

Debout sur le pont, entourée des siens et d'êtres aimés, elle regarda Vénus disparaître dans le jour nouveau qui se levait.

Note de l'auteur

Le monde occidental antique n'avait pas de mot pour « hôpital ». La première institution de ce genre telle que nous la connaissons fut fondée à Ostie en 394, par la bienfaitrice chrétienne Fabiola. Un hôpital moderne existe aujourd'hui sur l'île tibérine, construit sur les fondations d'un ancien temple d'Esculape et dirigé par des frères.

L'empereur Claude a effectivement écrit une loi émancipant les esclaves qui se réfugiaient sur l'île ou y étaient abandonnés. Quant à son épouse, Agrippine, qui fut par la suite assassinée par son fils Néron, elle est passée à la postérité en donnant son nom à la ville du Rhin Colonia Agrippina, devenue Cologne.

Plusieurs théories ont été avancées pour expliquer la stérilité qui frappait les hautes couches de la société romaine pendant la période impériale, diminuant le taux de naissances chez les citoyens libres et que l'on présenta comme l'une des causes possibles de la chute de l'Empire. Les historiens modernes ont démontré que les classes supérieures romaines avaient probablement souffert d'un empoisonnement par le plomb ingéré en buvant de l'eau apportée par des canalisations en plomb et en se servant de coupes et de casseroles contenant du plomb. En outre, le plomb entrait également dans la composition de leurs cosmétiques et de leur vin, qu'ils réchauffaient dans des récipients recouverts de plomb. Les couches inférieures de la société romaine, qui ne bénéficiaient pas d'un tel luxe, cuisinaient et buvaient dans des récipients sans plomb.

L'empoisonnement chronique par le plomb provoque la

stérilité chez l'homme et des fausses couches ou des naissances d'enfants morts-nés chez la femme.

Les divers remèdes populaires dont il est fait mention tout au long de Séléné *sont tirés de sources antiques. La raison de leur efficacité est aujourd'hui expliquée :*

– L'application de feuilles vertes sur des plaies ouvertes prévient effectivement la gangrène, car la chlorophylle qu'elles contiennent empêche la prolifération des bactéries à l'origine de ce mal.

– Le suint est un remède dermatologique très ancien. Il contient de la lanoline, ingrédient que l'on trouve aujourd'hui dans la plupart des crèmes pour les mains.

– La moisissure est employée depuis des siècles pour prévenir l'infection; la moisissure qu'on trouve sur le pain ou dans les fromages, appelée penicillium, *contient une substance, la pénécilline, dont les propriétés antibiotiques sont bien connues aujourd'hui.*

– La potion d'Hécate est toujours employée de nos jours. On la tire de l'écorce des saules pleureurs, qui contient de l'acide salicylique, plus communément appelé aspirine.

TABLE

Achevé d'imprimer sur les presses de

BUSSIÈRE

GROUPE CPI

à Saint-Amand-Montrond (Cher)
en août 2003

POCKET - 12, avenue d'Italie - 75627 Paris Cedex 13
Tél. : 01-44-16-05-00

— N° d'imp. : 34583. —
Dépôt légal : février 1990.

Imprimé en France